作者2013年4月在加州大学圣地亚哥分校对蕾·阿曼特劳特（左）进行访谈时的留影

国家社会科学基金项目资助

蕾·阿曼特劳特
诗歌与诗论研究

孙立恒 著

陕西师范大学出版总社

图书代号　WX21N1686

图书在版编目(CIP)数据

蕾·阿曼特劳特诗歌与诗论研究/孙立恒著.—西安：陕西师范大学出版总社有限公司,2021.8
ISBN 978-7-5695-2368-3

Ⅰ.①蕾… Ⅱ.①孙… Ⅲ.①蕾·阿曼特劳特—诗歌研究 Ⅳ.①I712.072

中国版本图书馆CIP数据核字(2021)第151124号

蕾·阿曼特劳特诗歌与诗论研究
LEI AMANTELAOTE SHIGE YU SHILUN YANJIU

孙立恒　著

出 版 人	刘东风
出版统筹	郭永新
责任编辑	王淑燕
责任校对	尹海宏
装帧设计	张潇伊
出版发行	陕西师范大学出版总社
	（西安市长安南路199号　邮编：710062）
网　　址	http://www.snupg.com
印　　刷	西安市建明工贸有限责任公司
开　　本	787mm×1092mm　1/16
印　　张	26
插　　页	2
字　　数	415千
版　　次	2021年8月第1版
印　　次	2021年8月第1次印刷
书　　号	ISBN 978-7-5695-2368-3
定　　价	78.00元

读者购书、书店添货或发现印装质量问题，请与本公司营销部联系、调换。
电话：(029) 85307864　85303629　传真：(029) 85303879

前　　言

初读蕾·阿曼特劳特（Rae Armantrout）诗歌的感受可谓半是惊讶半是焦虑。十年前，因为准备参加一个美国诗歌与诗学的国际研讨会，我搜索整理美国近年获得各种诗歌奖项的女诗人名单。在众多拼写不一的姓名中，鬼使神差锁定了当时新晋普利策奖诗歌奖得主Rae Armantrout的名字，并设法搜到她的部分诗作先睹为快。乍读之下吃惊不小——因为她的诗从形式到内容都与此前所熟悉的英语诗大有不同。它们大都呈现一种微小的创作样貌，篇幅窄狭，骨感凌厉，充满内爆能量。诗人显然倾向于自我退隐的书写姿态，很少采用我们所熟悉的第一人称的统一声音，思维跳突，换行陡峭，节与节，乃至行与行、词与词之间裂罅遍布，迷思重重，令人困惑且莫名慌张。然而，惊慌之余又备受吸引，欲罢不能。经进一步研读，我还惊讶地获悉她有"当代埃米莉·狄金森"的美誉，于是生出了更大的好奇与兴趣。随后机缘巧合地与她建立了联系，我在更深入阅读其诗作的同时，与她进行了长达半年的沟通，因为访谈而往来的电子邮件累计数十封。2013年3—6月间，我应诗人本人邀请，亲赴其所任教的加州大学圣地亚哥分校，期间对她进行了数次面对面的访谈。蕾与我母亲年纪相仿，当时留着栗色短发，戴黑框眼镜，多穿黑色便装，隐约透着年轻人的酷劲；她个性内敛，话语不多，泰然自若；她的声音声线略细，话音清脆，从容不迫。在她的诗歌朗读会上，她的个性与其动荡不安的诗句呈鲜明对比，她读诗的音调气定声平，除了偶尔扬脸向观众浅浅一笑，大部分时间都径自埋头朗读，绝无半点夸张作势，却时不时在会场掀起阵阵会心的笑声。

作为当代美国同时在诗歌、评论和出版界都广受欢迎的极少数诗人之一，这个头上还不情愿地顶着那个充满悖论的"最抒情的语言诗人"之浪漫标签的诗人，却以去浪漫化的反抒情方式，在以自白派为代表的美国主流诗歌和以男性诗人为主导的语言派诗歌的夹缝中异声突起，为美国诗歌带来别样的诗学风骨。在诗歌美学层面，她挑战诗歌作为虚构产物的体裁及其作为单纯表达和分享感情的媒介的观念，视诗歌为思考方式，在真实记录当代美国意识形态所引发的各种文化震惊与战栗的同时，完美保持了诗所以为诗该具有的优雅克制。她通过语言与沉默的精妙平衡，打造了当代美国社会文化之弊端的诗意图鉴，是精湛融合创新意趣与社会关注的美国后现代诗歌美学的优秀代表。在文化层面，阿曼特劳特诗歌见证了美国诗歌从个人与顿悟走向"观察与见证立场"的重大诗歌文化转向，立意揭露"资本主义对意识的干预"，代表了21世纪美国诗歌文化"朝向将诗歌视为应对自我之外的世界做出反应与担当之观念"的进步方向，是对21世纪美国见证诗歌的有益充实。而从社会层面而言，在这个被尼尔·波兹曼（Neil Postman）斥为"娱乐至死"的当代美国社会，阿曼特劳特视诗歌为保持清醒的对抗方式，以语言为利刃，徒手撬开美国文化在大众语言层面的伪饰和欺骗，不仅拯救自己，也拯救几乎陷于思维和精神麻痹之中的读者，成为他们在这个众声喧哗与信息乱象时代的精神向度。也正是在此意义上，其作为创作个体的诗性观察获得了独特的公共价值，她极具辨识度的诗意声音，携带"有关流行文化影响的普世性警告"，成为评论家所说的"迷思海洋中的严肃灯塔"，具有深刻的人文价值与社会担当。

不无巧合的是，阿曼特劳特与2020年诺贝尔文学奖得主、美国抒情诗人露易丝·格吕克（Louise Glück）具有不少惊人的相似之处。比如，二人的诗风都质朴冷峻，极尽简约；二人都不同程度地在抒情诗框架下寻求对抒情诗传统的突破与改造。然而，无论哪一点，阿曼特劳特都更为勇敢和果决。如果说格吕克为规避传统抒情诗的自恋危险在个体情感体验与转化层面收获了普遍意义，阿曼特劳特则走得更远：她弃绝一切个人情感沉溺，抵达更为宽广的社会文化空间，凭借"地震仪般"的超凡敏锐勾勒出常常被人忽略的美国文化自我组织的伪饰表征。"我在这里重现/别人曾亲眼看到的/'转瞬即逝的印象'",她在《此地》(here)一诗中如是说。她一次次耐心地邀请读者和她一道"观,即观其两面",以极其开放的语言姿态,不遗余力地激发读者的才智,打造一切可能的谐韵共振机会,从而与读者分享至少在文字层面可能分享的民主与平等。正如她在一首题为《某人》(Someone)的诗中所写:

我在寻找
一种心连心,

一种谐韵

在我的
"我的"空白

和忧伤的虚空之间

也正因为如此,其诗歌外表看似清冷拒绝讨巧,却在不经意间流露出意外的柔情和暖意,恰如那首题为《诗》(Poem)的诗所说:

在你的梦中我们在一片遥远的土地
我看起来完全不同。

冷漠

假装不
认识你。

但在这里我
将你的梦
留在我的诗中。

查尔斯·伯恩斯坦(Charles Bernstein)曾在论及诗歌魅力时说:"它是克制的,安顿好自己的位置,在我们身旁落座。我们凑过去,盯着看,便看到一个世界。"一诗一世界,阿曼特劳特的每一首诗都是对世界发起的一次凝视,她观察锐利,却又笔触轻灵,点到即止。透过它们,我们可以洞悉一个世界,以及生活在那个世界里的人们。而纵贯其诗中的动荡与无定之感,不仅显示了美国知识分子对所处社会和文化的焦虑和质疑,也揭示了当代美国诗歌本身所面临的整体焦虑。阅读她的诗,就像为我们打开了一扇窗,在一窥又一处新的诗歌景观的同时,也得以从另一维度了解美国人自己眼中的美国,及其对美国文化的智性观察和反思,从而开启我们看待世界的又一别样视野。

作为最早开展阿曼特劳特诗歌与诗论的研究之一,本书涉及诗人的作品和诗学思想较为庞杂,且同时关涉大量诗例的翻译工作,其间笔者常有欲穷其林却又力不从心之感,疏漏和错误之处在所难免,万望专家同行不吝赐教,不胜感激!

孙立恒
2021年2月17日

目 录

第一章
绪 论 / 001

一、研究概览 / 001

（一）研究缘起 / 001

（二）研究目标 / 004

（三）研究方法 / 005

（四）研究意义 / 006

二、文献综述 / 008

（一）国外研究现状 / 008

（二）国内研究现状 / 034

第二章
研究理论基础：见证诗歌 / 037

一、见证诗歌的肇始 / 037

（一）20世纪美国诗歌自身发展的需要 / 038

（二）世界政治诗歌的鼓舞 / 039

（三）21世纪美国诗歌的文化认同转向 / 040

二、见证诗歌的内涵与社会价值 / 042

三、当代美国见证诗歌的艺术策略 / 044

（一）挪用 / 045
　　（二）打破主体稳定性 / 046
　　（三）跨时空穿越 / 048
四、见证诗歌所面临的挑战与责任 / 051

第三章
阿曼特劳特诗歌的崛起 / 054

一、阿曼特劳特的诗人之路 / 054
　　（一）"孑然特出"：早年时光 / 054
　　（二）"林下植被"：湾区岁月 / 060
　　（三）"零度景观"：故里生活 / 065
二、阿曼特劳特创作分期 / 066
　　（一）"到沙漠去"：发轫期 / 066
　　（二）"她在黑暗中/缝着，将裂洞穿在一起"：探索期 / 071
　　（三）"我就写这个/一直"：成熟期 / 081

第四章
阿曼特劳特诗论 / 096

一、创作旨趣、定义和标准 / 097
　　（一）"我意在见证资本主义对意识的干预"：创作宗旨 / 097
　　（二）"诗歌是鬼魅缠绕的语言"：诗歌定义与标准 / 107
二、语言情趣论 / 116
　　（一）怀疑之论 / 116
　　（二）语言情色 / 118
　　（三）旧词新曲 / 124
三、"诗意沉默" / 131
　　（一）历史语境 / 131
　　（二）"沉默的冲动" / 132

（三）沉默的类别及效果 / 135

　四、"切尔西诗学" / 140

　　（一）"切尔西"名考 / 141

　　（二）多声部诗学 / 145

　　（三）反转的诗学 / 153

第五章
阿曼特劳特诗歌艺术策略 / 163

　一、混搭 / 164

　　（一）雅语与俗语混搭 / 164

　　（二）严肃和戏谑混搭 / 170

　　（三）诗意和非诗意混搭 / 176

　二、跨界 / 180

　　（一）散文诗：折中策略 / 181

　　（二）分行诗节加散文段落 / 184

　　（三）纯散文诗 / 192

　三、拼贴 / 195

　　（一）传统拼贴及意义 / 196

　　（二）"淘来语" / 199

　　（三）阿氏拼贴的分类 / 206

　四、并置 / 222

　　（一）具象与抽象的并置 / 227

　　（二）远景与近景的并置 / 232

　　（三）观察者与被观察者的并置 / 236

第六章
阿曼特劳特诗歌美学特点 / 242

　一、抒情性 / 242

（一）"最抒情的语言诗人" / 244
　　（二）破壁主体的抒情主义 / 249
　　（三）日常抒情主义 / 256
　　（四）"此刻"抒情主义 / 268

二、未决性 / 281
　　（一）多重解读可能性 / 283
　　（二）容忍不确定立场 / 300
　　（三）承认诗人的局限性 / 306

三、政治性 / 318
　　（一）超越语言层面的见证 / 318
　　（二）对美国大众媒体的批判 / 325
　　（三）对美国城市空间的批判 / 345

第七章
结语："迷思海洋中的严肃灯塔"之两面观 / 363

一、阿曼特劳特诗歌的重要性及局限性 / 364
二、研究反思与未来研究方向展望 / 382

参考文献 / 385

后　记 / 403

第一章　绪　　论

一、研究概览

（一）研究缘起

蕾·阿曼特劳特生于1947年，美国西海岸语言诗派（又称湾区语言诗派）奠基诗人，2010年"普利策诗歌奖"和2009年"美国国家图书批评家奖"双料得主，是当代美国在诗歌界、评论界和出版界都广受欢迎的少数几位诗人之一，被誉为"其时代最具辨识度"和"最优秀诗人之一"；《纽约客》盛赞其为"继约翰·阿什贝利以来最具有真正实验精神的普利策获奖诗人"[1]。在过去十几年间，美国著名学术出版机构卫斯理安大学出版社打破出版业三四年内不重复出版同一作者书稿的规则，平均每两年出版其书稿一部，由此可见，其作为当代美国重要作家的地位和影响力。同时，其作品还被译介到我国及法国、德国、加拿大等国家，在国际上引起了广泛的关注。

阿曼特劳特于20世纪70年代初就读于加州大学伯克利分校，在那里曾师从丹尼斯·列维托夫（Denise Levertov）学习写作，后在旧金山州立大学继续深造，并在此期间作为奠基诗人之一加入湾区语言诗派，该诗派是被普遍认定最早将美国诗歌带入后现代主义的美国诗歌群体。从那时起，她笔耕不辍，成为享誉国际诗坛的美国诗人，出版了十几部优秀诗集，如《极

---

[1] Dan Chiasson, "Entangled: The Poetry of Rae Armantrout," *The New Yorker*, May 17, 2010, p. 110.

限》（Extremities，1978），《饥饿的发明》（The Invention of Hunger，1979），《优先》（Precedence，1985），《通灵》（Necromance，1991），《就好像》（Made To Seem，1995），《面纱》（Veil，2001），《借口》（The Pretext，2001），《悉知》（Up to Speed，2004），《来世》（Next Life，2007），《谙熟》（Versed，2009），《卖点》（Money Shot，2011），《说说而已》（Just Saying，2013）和《它自己》（Itself，2015）等。其中，《面纱》和《悉知》入围美国笔会诗歌奖，《来世》入选《纽约时报》2007年度最具影响力书籍榜单，《谙熟》则荣获2010年普利策诗歌奖和国家图书批评家奖。阿曼特劳特诗歌的影响力不断扩大，其诗作除了被《诗歌》《纽约客》《纽约时报》《联合》《美国诗歌评论》《党派评论》《波士顿评论》和《芝加哥评论》等高端文学报刊竞相刊载，还连续数年（1988年、2001年、2002年、2004年、2007年、2008年、2011年等）入选《美国诗歌精粹》（The Best American Poetry）和数十部大型诗歌选集，如《美国树：语言、现实主义及诗歌》（In the American Tree: Language, Realism, Poetry，1986），《语言诗》（Language Poetries，1987），《后现代美国诗歌：诺顿选集》（Postmodern American Poetry: A Norton Anthology，1994），《千年诗选》（Poems for the Millennium，1998），《21世纪美国后现代诗人诗歌选集》（Postmodern American Poets of the 21st Century，2002），《21世纪美国女性诗人诗歌选集》（American Women Poets in the 21st Century: Where Lyric Meets Language，2002），《美国诗歌百科全书·20世纪卷》（Encyclopedia of American Poetry: the twentieth century，2001），《20世纪美国诗歌》（20th Century American Poetry，2005），《牛津美国诗歌集》（The Oxford Book of American Poetry，2006），《妇女运动诗歌》（Poems of the Women's Movement，2009）以及《21世纪美国社会关注新诗选》（The New American Poetry of Engagement: A 21st Century Anthology，2012），等等。此外，阿曼特劳特还著有散文回忆录《真》（True，1998）和《散文集》（Collected Prose，2007）等，并积极参与题为《大钢琴》（The Grand Piano）的美国西海岸语言诗派10卷本回忆录系列写作计划。鉴于其丰硕的诗歌成果与杰出的诗学贡献，除上述2010年

普利策诗歌奖和国家图书批评家奖,阿曼特劳特还荣获诸多其他诗歌奖项,如诗歌基金奖、当代艺术基金会奖、加州艺术委员会奖学金,以及古根海姆奖等。

作为21世纪美国诗歌文化转向关注社会的见证诗歌的重要组成部分,阿曼特劳特诗歌立意"见证资本主义对意识的干预",特别聚焦美国社会强加给本国民众的文化震惊及其带来的意识混乱和信任危机。她挑战诗歌作为虚构文本的体裁观念,视诗歌为思考与保持意识清醒的独特方式,紧扣社会现实,透过日常细节勾勒美国文化意识形态的微妙表征,捕捉其用以解释世界的不同语言背后所潜藏的思想游丝,曲意蔓叠,不着微痕。在完美保持诗所该具有的克制与迂说之美的同时,以水滴石穿的方式揭露并批判潜藏在美国现实社会中的一切表里不一或伪善欺骗。贯穿其诗歌的深刻的怀疑感和不确定感不仅代表当代美国知识分子对其所处社会文化现实的焦虑,也代表了当代美国诗歌的焦虑。她的诗歌不仅具有文化、社会和审美等多方面的重要意义,也是我们了解美国社会文化真相的又一面镜子。

然而,与阿曼特劳特诗歌成就及其作为当今美国最优秀和最具辨识度诗人之一的声望和影响力呈鲜明反差的是,我国学界对阿曼特劳特诗歌作品的译介和系统化研究仍十分稀缺,针对其诗歌和诗学的研究尚有巨大空间和可能。本书结合国外最新诗歌文化思潮和相关研究动态,以细读阿曼特劳特1978年至2015年间发表的几乎全部作品为依托,特别关注其中别具见证和社会关注意义的作品,旨在对阿曼特劳特诗歌与诗学思想进行全面、系统、多角度的深入解读和阐释,以期为国内外国文学的研究与教学提供较为新颖的研究思路和内容。此外,本书还希望提供管窥当代美国主流诗歌日趋包容和多元的流变历程与发展态势的机会,结合当前疫情下国内普遍对中美关系发展态势的关注,有望为了解并批判美国社会文化提供较为新鲜的破解路径。从诗歌维度管窥美国社会现实,了解美国人自己眼中的美国及其对美国意识形态的智性思考与批判,从而对培养全面科学的"美国观"提供些许借鉴。

（二）研究目标

本书结合国外最新诗歌文化思潮及相关研究动态，以阿曼特劳特1978年至2015年间所发表的几乎全部诗作的全景式阅读和文本细读为基石，旨在对阿曼特劳特意在"见证资本主义对意识的干预"的诗歌与诗论进行全面、系统和多角度的深入解读和阐释，包括阿曼特劳特创作分期和主题流变基本态势、阿曼特劳特诗学理念和美学理想、阿曼特劳特诗歌艺术策略、阿曼特劳特诗歌美学特点，以及阿曼特劳特诗歌的重要意义及其所面临的主要问题和局限性等。为此，本书意在完成下列具体研究目标。

首先，本书从传记研究的视角出发，对阿曼特劳特的生平和时代语境，以及二者对其创作发展的重大影响进行了有针对性的梳理与评述，进而从纵贯研究的角度，将其创作发展历程大致分为起步、探索及成熟三大阶段，并对各个阶段作品的内容、主题思想和艺术手法等进行了概略分析和归纳，以初步勾勒阿曼特劳特诗歌的总体脉络与流变过程。

其次，本书还点、面呼应，适当采用纵横比较研究法，横向对比阐释阿曼特劳特诗歌对语言诗派重要"群体"诗学思想的批判与继承，纵向关注其与自幼即奉为诗歌偶像的埃米莉·狄金森（Emily Dickinson）和威廉·卡洛斯·威廉姆斯（Williams Carlos Williams）等早期意象主义、客体主义等前辈诗人之诗歌之间的渊源，发掘其创新之处。

最后，本书还将系统分析并解读阿曼特劳特以意在"见证资本主义对意识的干预"为主导思想的独具个性的创作实践本质，包括其诗歌创作旨趣、艺术策略和美学特点，特别是其通过弥合实验派诗歌与经验派诗歌之间所固有的沟壑，在作品中搭建起既有创新意趣又具有社会见证意义的诗歌空间的特点进行整体性分析、梳理和总结，进而从美学、文化和社会等多个维度探讨其诗歌的整体价值及其所面临的主要问题和局限。

为实现上述目标，本书拟采取以下三个步骤展开具体研究。首先，以阿曼特劳特主要创作阶段的作品和国内外现有相关研究文献为依托，从宏观上尽可能全面准确地把握阿曼特劳特诗学思想的框架，并从不同渠道如访谈、书信、电子邮件、诗歌朗诵会中的资料深度提炼、整理和揭示其有别于语言诗派通常所倡导的诗歌主张和思想。同时，为厘清诗人所受的诗学影响，该研究在此步骤还重点追溯了阿曼特劳特从埃米莉·狄金森和由威廉·卡洛斯·威廉姆斯所集中代表的早期意象主义诗歌中所汲取并继承的精神遗产。

其次，结合后现代诗歌和文化研究理论以及玛乔瑞·帕洛夫（Marjorie Perloff）和特里·伊格尔顿（Terry Eagleton）等文学理论家和评论家所提出的重要诗歌批评思想原则，本书将从微观角度深入细读阿曼特劳特从《极限》到《说说而已》等全部诗集，以尽可能全面把握并阐述其主要诗意关注和艺术技巧，以及其诗歌融合先锋独创意趣和深刻社会关怀的独特魅力。为此，本书将特别深入分析探讨阿曼特劳特视诗歌为思考方式，突破语言诗在后现代诗歌潮流席卷下偏重形式创新而放逐意义的抽象化趋势，侧重揭露并批判资本主义对意识的干预的见证诗歌内涵，从而揭示阿曼特劳特诗歌植根现实世界对当代美国社会文化所建构的种种"虚假意识"的诗意反应和回击潜在"政治干预"的巨大能量和社会价值。

最后，本书将从理论、美学、文化和社会等多个角度对阿曼特劳特诗歌对美国诗歌发展的重要意义及在形式和内容方面所面临的主要挑战和局限加以分析、概括和总结，并对相关研究的未来和可能方向进行一定的反思与展望。

（三）研究方法

为了对阿曼特劳特诗歌和诗学思想进行全面系统的分析探讨，本书主要采取以下五种研究方法：

1. 文本细读与理论阐释结合法。以文本细读为基础，援引见证诗歌理念和后现代诗歌与传播学相关理论，以文本为经，理论为纬，理论联系实际，尽可能保证论证的可信度。此外，本书还借鉴了帕洛夫的"微分阅读"（deferential reading）法，将文本细读和历史文化"远读"有机结合，以全面还原阿曼特劳特诗歌及诗论的真实风貌与特点。

2. 比较阐释法。本书点面呼应，追根溯源，横向探讨阿曼特劳特诗歌对语言诗派的批判与继承，纵向发掘其与狄金森诗歌美学以及以威廉姆斯所代表的早期意象主义诗歌之间的渊源及创新。

3. 田野考察和访谈法。鉴于本书的研究对象阿曼特劳特目前依然保持活跃的创作状态，笔者曾在研究的最初阶段亲赴美国，多次对其进行了面对面的学术访谈。此过程不仅有助于收集第一手资料并确保资料的准确性和直接性，也有助于亲身经历并全方位体察和了解研究对象所处的地理、文化语境、个人创作空间，以及这些因素对其创作的具体影响等。

4. 文献研究法。上述田野调查和访谈期间，笔者还在目前保存其手稿、日志、书信和发表物等第一手资料最全的加州大学圣地亚哥分校特殊藏品图书馆和斯坦福大学的特殊藏品图书馆现场收集了大量珍贵的研究资料，为文献研究提供了有力的保障。

5. 传记研究。本书还在一定程度上采用了传记研究方法，以揭橥阿曼特劳特的诗歌创作及其艺术特点与其个人及社会语境之间的交互关联，包括追溯诗人的成长经历，研究她所在的特定地理、社会和文化语境等对创作实践的整体影响。

（四）研究意义

作为在我国外国文学研究语境中最早开展阿曼特劳特诗歌与诗论研究的项目之一，本书具有如下四个方面的意义。

首先，在学术思想层面，本书以"见证诗歌"理念为基本理论指导框架，对当代美国最具影响力的优秀诗人代表阿曼特劳特的诗歌与诗论进行全面深入研究，探讨其如何透过日常观察再现当代美国社会种种感知混乱与信任危机，以敦促读者提高警惕、抵制美国意识形态侵扰，并认识这种诗学思想与创作实践的社会批判价值。这在国内外国文学研究领域是一种较新的尝试，具有前瞻性。

其次，在研究方法层面，本书结合国外最新诗歌文化动态，坚持把诗歌视为对自我之外更大的社会空间负有责任和义务的思想原则，兼以后现代主义诗歌理论为指导，同时还穿插少量传播学和日常审美理论及文化批评等为辅助，研究特别关注阿曼特劳特诗歌对美国社会强加给本国民众的文化震惊及其带来的意识混乱和困惑的细微记录与反思，分析探讨其最为关注并批判的美国大众传媒文化和城市空间等意识形态场域，具有一定的跨学科研究意义。

再次,在学术观点层面,本书认为,阿曼特劳特作为语言诗派的"异声",身处以男性为主导的语言诗派和主流诗歌的双重夹缝之中,却勇于挑战权威,在拒绝被同化的基础上吸收二者精华,坚持个性化创作道路,完美保持了其创作特性。一方面,阿曼特劳特诗歌拒绝盲从语言诗派"群体"诗歌美学风潮,勇敢突破语言诗在后现代诗歌浪潮席卷下偏重形式创新而放逐意义的"无指称性"(nonreferentiality)的抽象化趋势,在注重形式创新的同时,更重视观察现实世界的日常细节,深入关注社会并有力地彰显人文情怀。另一方面,其诗歌巧妙融注来自纷繁语境的不同声音,消解主宰美国主流诗歌抒情自我的单旋律线性结构;虽呈现一定抒情特点,却毫无滥情与自恋的自我中心主义意味。相反,其诗以近乎自我淹没的大气胸怀,弃绝传统抒情诗的自白式表达倾向,越过自我密闭世界,望向更为广阔的社会空间。作者将诗歌创作深深植根于日常现实世界的观察,以去浪漫化和去感伤化的方式记录现实社会的种种文化困惑与意识混乱表征。建基于深刻的不确定感和怀疑主义,阿曼特劳特的诗性观察聚焦裂罅、缝隙、反讽和游戏,以邀请读者积极参与即便是最为细微的意义构建;其诗歌尤其重视思考并揭露当代美国在新媒体时代通过大众传媒等意识形态工具建构的种种"虚假意识"[1],因而具有巨大的能量和社会价值。

阿曼特劳特不仅敏感于"诗本身"[2]的细微动态变化,对自我之外的世界更是反应机敏,富有责任,她以特有的方式消解了卡罗琳·弗池(Carolyn Forché)在1996年所说的长期主导美国社会的"文学文化"[3],即把诗人贬视为"被历史、政治和社会力量纳归于抒情表达主义之密闭领域"的成见。她以一己之力,甚至打破西方诗学长期认同的诗歌作为虚构

---

[1] Ann Keniston and Jeffrey Gray, eds., *The New American Poetry of Engagement: A 21st Century Anthology*, Jefferson: McFarland & Company, 2012, p. 205.

[2] Andrew Epstein, "The Volley Maintained Nears Orgasm: Rae Armantrout, Ron Silliman, and the Cross-Gender Collaboration," in *Among Friends: Engendering the Social Site of Poetry*, Anne Dewey and Libbie Rifkin, Iowa: University of Iowa Press, 2013, p. 171.

[3] Carolyn Forché, "The Poetry of Witness," in *The Writer in Politics*, eds. William H. Gass and Lorin Cuoco, Carbondale: Southern Illinois University Press, 1996, p. 135.

文本的体裁观念，视诗歌为"非虚构"文本，以X光般的敏锐视角记录了弥漫在当代美国社会各种形式的意义混乱症候与信任危机。作为21世纪美国见证诗歌和日趋转向社会关注诗歌的文化转向的一部分，阿曼特劳特诗歌立意揭露资本主义对意识的侵扰与干预，尽管它们诗行短促，多由3—5个单词组成，且诗节间由数字或星号分隔，在纸页上呈现几近骨感的纤细外形，但在有限的诗歌空间却深藏无限的惊喜和哲思；它们精妙结合先锋诗歌的实验美学与自白派诗歌所倡导的个人化经验美学，从而超越了语言诗派倚重形式创新而放逐意义的抽象化倾向。作为诗人，阿曼特劳特置身自我之外，深入体察"此时此地"的真实世界，书写超越个人、顿悟或审美之外的社会焦虑。其诗歌更像是一双发现真实的眼睛，是当代美国见证诗歌的有力充实与表现，是对当代美国意识形态所引发的各种困惑与谜团的防御性回应和反击，显示了深刻的人文关怀与社会责任感，振聋发聩，引人深思。因此，对其诗歌的研究也是对美国社会现实的研究，对我们拓宽思维空间，了解美国人自己眼中的美国，从而对美国价值观及意识形态进行智性思考与批判，均具有一定的现实启示作用。

最后，在学术价值方面，本书力求为国内有关美国诗歌的考察提供一些较为新颖的研究内容，在推动和丰富国内外国文学研究方面具有一定的学术意义，也期望能为未来搭建有关阿曼特劳特诗歌和当代美国见证诗歌研究国际对话平台尽一份绵薄之力。同时，该书还旨在提供管窥当代美国诗歌日渐趋向社会关注的整体发展态势的机会。从某种意义上说，该书还有望提供一种较为新鲜的观察美国社会的视角，即透过一位立意思考并批判美国社会文化意识形态的本土美国诗人所创造的诗意景观来了解美国社会及文化，这同样具有一定的现实意义。

二、文献综述

（一）国外研究现状

国外关于阿曼特劳特诗歌的研究文献始于20世纪70年代，按线索大概可分为三个主要阶段，即萌芽期、上升期和速进期。

1. 萌芽期（1979—1999）

1978年，阿曼特劳特发表首部诗集《极限》，当时除以苏珊·豪（Susan Howe）的《评〈极限〉》（*Review of Extremities*）为代表的少量书评之外，其作为年轻诗人尚未得到美国学界的太多注意。直到1994年，迈克尔·莱迪（Michael Leddy）打破沉寂，在卓有影响的《当代文学》（*Contemporary Literature*）学刊发表了题为《看待阿曼特劳特的另一视角：阿曼特劳特诗歌的叙事与反叙事》（"See Armantrout for an Alternate View: Narrative and Counternarrative in the Poetry of Rae Armantrout"）的标志性研究论文。该文将阿曼特劳特的诗歌置于抒情诗框架，聚焦其通过批判性介入传统叙事与叙事型意义建构来达到颠覆它们之目的的美学努力。莱迪的解读以诗人早期发表的4部诗集为基础，包括《极限》《饥饿的发明》《优先》和《通灵》，明确指出阿曼特劳特对以童话、主流诗歌及流行文化等介质所传播的传统叙事型意义建构模式及其所代表的权力政治、权威所进行的反叛与颠覆。毋庸置疑，莱迪对阿曼特劳特标志性作品如《故事一则》（*A Story*）等诗作的解读极具洞见，开启了解读阿曼特劳特诗歌的新视角，指向该诗人如何透过诗歌发起对"世俗社会权威（既有来自父系也有来自母系的；一个是医生，另一个则是好母亲）"[①]的挑战及其重大意义，具有不可或缺的学术和社会价值。但令人意外的是，除了笼统地将阿曼特劳特具有此挑战意义的作品称为"反叙事"和"对于熟悉事物的喜剧性戏仿与颠覆"之外，该文对关键词"反叙事"本身却并未做更加明确的界定。在具体层面，这样的"反叙事"与莱迪在文中所援引的杰罗姆·麦甘（Jerome McGann）的"反叙事"或"非叙事"区别何在？此外，阿曼特劳特的叙事手法究竟在哪些方面戏仿了熟悉的叙事手法与意义建构模式？这种戏仿发生在哪些层面？类似问题都有进一步探讨的空间。

接着，1999年，汤姆·贝克特（Tom Beckett）的《狂野的凸显：蕾·阿曼特劳特的写作》（简称《狂野的凸显》）一书由先锋派诗歌阵地燃烧出版

---

① Michael Leddy, "See Armantrout for an Alternate View: Narrative and Counternarrative in the Poetry of Rae Armantrout," *Contemporary Literature*, Vol. 35, No. 4, 1994, p. 758.

社出版。这是迄今为止第一部有关阿曼特劳特诗歌的文学评论专著。此书收录了诗人的9首新诗、2篇访谈，以及由其他语言派诗人所著的16篇评析论文。她的这些诗人朋友和评论家包括鲍勃·佩雷尔曼（Bob Perelman）、罗恩·西利曼（Ron Silliman）、大卫·布洛米奇（David Bromige）、汉克·拉泽（Hank Lazer）、罗伯特·克里利（Robert Creeley）、莉迪亚·戴维斯（Lydia Davis）、苏珊·惠勒（Susan Wheeler）、基特·鲁滨孙（Kit Robinson）、杰西卡·格里姆（Jessica Grim）和查尔斯·亚历山大（Charles Alexander）等人。

该书收录的两篇访谈，一篇由琳·贺金年（Lyn Hejinian）主持，另一篇则由该书主编汤姆·贝克特主持，均具有极高的学术参考价值。从阿曼特劳特与两位诗人和评论家的热烈问答与讨论中，可以零星窥见诗人的重要诗学思想与主张，有待在未来研究中做进一步系统化的提炼整理和阐论。其中贺金年的访谈涉及诸多与创作相关的问题，如阿曼特劳特对于好诗的界定准则；她分别称为"拼贴"和"伪拼贴"的并置技巧；她对来自"日常"和"偶发事件"的所谓偶然性的关注，以及其对女性主义的解读与看法等。该访谈对于研究阿曼特劳特诗歌研究来说意义非凡，特别是其中两段对话讨论，明确指向阿曼特劳特作品中的政治维度和社会价值，一是关于阿曼特劳特视写作为思考和保持自我清醒的方式；二是阿曼特劳特对其诗歌作为见证诗歌的自我定位，彰显对切斯瓦夫·米沃什（Czeslaw Milosz）和卡罗琳·弗池分别在1982和1981年以不同方式所认定的诗歌首要任务的高度认可。所不同的是，其见证更多聚焦于见证"资本主义对意识的干预"[①]。这为未来将阿曼特劳特诗歌置于见证诗歌的框架内提供了有益的方向和注脚。

另一篇贝克特主持的访谈则另辟蹊径，重点就阿曼特劳特的诗歌创作思想等问题展开了妙趣横生的对谈与讨论，内容包括诗人对诗歌在接受层面所具有的自淫性潜质；其对不确定性的痴迷；对诗意空间和静默的理解等。除此之外，该访谈还关涉阿曼特劳特对圣地亚哥地理征候的讨论及其对自己写

---

① Lyn Hejinian, "An Interview with Rae Armantrout," in *Collected Prose*, Rae Armantrout, San Diego: Singing Horse, 2007, p. 120.

作的影响；对湾区语言诗运动的参与，以及在世纪之交对诗歌未来的希冀。后者尤其值得关注，其间阿曼特劳特坦言，作为诗人，她希望人们未来不再将诗歌视为自我滋补的鸡汤，而从艺术和政治等事物中寻求力量。同样值得关注的，还有阿曼特劳特在此次访谈中所透露的对当代美国文化的担忧。她认为美国文化处在"一个如此堕落的语言环境"[①]之中而不能自拔，而诗歌写作则是"在一个不鼓励清醒与活跃的社会中保持这些品质的方式"[②]，从而以比上述贺金年访谈更加清晰的方式指向其诗学思想中的政治深度。鉴于这两篇访谈的特殊价值，它们后来被阿曼特劳特同时纳入她2007年的《散文集》之中。

除了以上两篇访谈，《狂野的凸显》一书还收录了16篇评论性文章，形式从赏析到评论再到学术分析均有涉及，内容丰富，视角多元，是研究阿曼特劳特诗歌难得的资料，同样具有十分重要的学术参考价值。其中几篇，如阿尔登·尼尔森（Aldon L. Nielsen）的《仿似先例的极限》（*Extremities Made to Seem Precedence*）、范妮·豪（Fanny Howe）的《平地花园》（*The Garden of Even*）、杰西卡·格里姆的《阿曼特劳特之地》（*Place d'Armantrout*）和莉迪亚·戴维斯的《何必止于藤壶？》（*Why Stop with a Barnacle?*），都不同程度地探讨了阿曼特劳特诗歌中显在的地域性。这些研究显示，这位几乎一生都在家乡南加州圣地亚哥创作的诗人，其血液中已深深融进了这里的地理征候。其中戴维斯的《何必止于藤壶？》一文别有意趣，读来令人耳目一新。戴维斯是美国当代著名极简主义小说家，是阿曼特劳特的多年挚友和第一读者之一。在这篇散文式的赏析文章中，戴维斯生动地论及阿曼特劳特如何将对桉树、金银花和杜松等南加州典型植被的敏锐观察融入兼具高度视觉与听觉效果的语言之中的超凡技能，从而幻化出一种

[①] Lyn Hejinian, "An Interview with Rae Armantrout," in *Collected Prose*, Rae Armantrout, San Diego: Singing Horse, 2007, p. 120.

[②] Lyn Hejinian, "An Interview with Rae Armantrout," in *Collected Prose*, Rae Armantrout, San Diego: Singing Horse, 2007, p. 110.

"奇异之美"①。在戴维斯笔下，这种融合不仅带来视听享受，同时也带来了心灵上的欢愉，在平淡无奇波澜不惊的日常世界中创造出一个乐趣横生的语言王国。然而，依笔者拙见，创造"奇异之美"其实并非阿曼特劳特诗歌的根本意图。其所关注的真正焦点在于一种由某种奇特的矛盾所导致的情感困惑，而这种矛盾则由南加州这片特定地理空间与其城市绿化规划所操控的非原住植物之间的张力所构成。尽管戴维斯的赏析文章已意识到阿曼特劳特诗中"植物并非某种浪漫的载体"②，但鉴于篇幅限制，它并未进一步点破圣地亚哥的绿化规划乃至整个美国文化之中的反讽以及人为建构性本质。而这一点在笔者看来，恰恰是阿曼特劳特诗歌与诗学中反复显现的主题，具有进一步深入研究的价值。

除上述若干评论文章，罗伯特·克里利题为《特定》（*Particular*）的文章十分引人注目。彼时的克里利已是知名的纽约州桂冠诗人，一路收割过古根海姆奖、谢利纪念奖和罗伯特·弗罗斯特奖章等诗歌大奖，可谓荣誉等身。在该文中，克里利高度赞扬阿曼特劳特诗作的"句法清晰"与"用词的坚实"，盛赞其诗歌对"日常平凡生活"③的关注，而正是这种生活将读者引向了存在的本质。该文以赏析为重，显示了克里利惜字如金的个人风格，虽十分简短，但它不仅指出了阿曼特劳特诗中最显著的特质，即把日常观察与对特定时间和空间的瞬间跳跃性思考完美相融的能力，更以其资深前辈的口碑为阿曼特劳特搭建了难得的桥梁，使其诗歌更易被读者接受。

诗人兼评论者瑞秋·布劳·杜普莱西斯（Rachel Blau DuPlessis）在题为《一辆完美的加长轿车》（*One Perfect Limousine*）的文章中从女性主义视角探索了阿曼特劳特对日常生活的审视，特别是对所谓"不和谐"的"凝

---

① Lydia Davis, "Why Stop with a Barnacle?" in *Collected Prose*, Rea Armantrout, San Diego: Singing Horse, 2007, p. 83.

② Lydia Davis, "Why Stop with a Barnacle?" in *Collected Prose*, Rea Armantrout, San Diego: Singing Horse, 2007, p. 83.

③ Robert Creeley, "Particular," in *Collected Prose*, Rea Armantrout, San Diego: Singing Horse, 2007, p. 91.

视"①。她指出，阿曼特劳特在不同的语言、叙事和传统的层面，在既定符号秩序中发现了这种不和谐，并借由对它们的审视揭示构成女性身份的机制和手段。同时，杜普莱西斯的文章还触及阿曼特劳特对短小格言式抒情诗的倾向性，即通过将第一人称单数解构为一组视角和为读者留下协商空间等方式，拆解传统抒情诗的滥情与道德说教。遗憾的是，一方面，在阿曼特劳特诗作中的观察或"凝视"如何发生、在何种层面上发生等问题上，该文未能提供足够的文本案例分析。另一方面，由于篇幅有限，杜普莱西斯在阿曼特劳特诗中所发现的读者协商空间这点，该文也只是捎带提及，几乎没有提供任何更有力的分析与阐证。

《狂野的凸显》收录的另一篇学术评述，由汉克·拉泽撰写的《突转的抒情性：蕾·阿曼特劳特的诗歌》（*Lyricism of the Swerve: The Poetry of Rae Armantrout*）一文可谓该书的扛鼎之作。该文以严肃的学术观察态度分析了阿曼特劳特诗中"别具一格的律动"，或者说"一种奇异的突转"②，这种特质被拉泽定义为"转向，或方向的突然改变"③。拉泽援引路易斯·祖科夫斯基（Louis Zukofsky）对诗歌的定义，即视诗歌为提供"自我存在的信息"，或者更具体地说，"文字律动（或音调）"④的媒介，指出阿曼特劳特抒情主义的"强简性"与情感和表达上的平实相伴相生，从而造就了其特定的"写作操守"⑤。他认为，正是这样的写作操守让阿曼特劳特尤其注意不去干预读者对自己诗艺之外的内容的关注。在阿曼特劳特的诗中，相关性

---

① Rachel Blau DuPlessis, "'One Perfect Limousine'," in *A Wild Salience: The Writing of Rae Armantrout*, ed. Tom Beckett, Cleveland: Burning Press, 1999, p. 42.

② Hank Lazer, "Lyricism of the Swerve: The Poetry of Rae Armantrout," in *A Wild Salience: The Writing of Rae Armantrout*, ed. Tom Beckett, Cleveland: Burning Press, 1999, p. 131.

③ Hank Lazer, "Lyricism of the Swerve: The Poetry of Rae Armantrout," in *A Wild Salience: The Writing of Rae Armantrout*, ed. Tom Beckett, Cleveland: Burning Press, 1999, p. 132.

④ Louis Zukofsky, "A Statement for Poetry," in *Prepositions: The Collected Critical Essays of Louis Zukofsky*, Berkeley: University of California Press, 1971, p. 20.

⑤ Hank Lazer, "Lyricism of the Swerve: The Poetry of Rae Armantrout," in *A Wild Salience: The Writing of Rae Armantrout*, ed. Tom Beckett, Cleveland: Burning Press, 1999, p. 148.

的无限潜能与任意配置的有限变化之间张力十足，充满对弈的意味。因此，拉泽的文章极具见地，深化了对阿曼特劳特诗歌的整体理解。然而，文中对"抒情主义"或"抒情性"这一关键术语却缺乏足够清晰的界定，这点其实从其在分析操作中不时混用"受限的抒情主义"①、"分解抒情"和"强简"②的"抒情主义"等词即可窥见一斑。反观"抒情诗"一词本身所附带的复杂身世和争议，这种模糊性尚有极大的思考空间。正如拉泽本人所言，"但这些词本身——抒情、抒情的、抒情主义，这些词现在蕴含了太多意义"③，因而该文索性停止了进一步发掘更清晰定义的努力。此外，虽然拉泽的研究指向了他在阿曼特劳特诗中所发现的借以催生"我们决策过程中的自觉"和"对我们现有秩序模式的构建与重建"的"视角教育"④，但其认为阿曼特劳特诗歌与其他语言派诗人的诗歌相比政治性"较弱"的论断却显得过于匆忙。结合阿曼特劳特晚近诗作来看，这一定性尤显莽撞。笔者将在后文中进一步力证阿曼特劳特诗歌所具有的潜在政治性，其诗歌在帮助读者像诗人本人一样，在一个并不鼓励清醒和活力的美国社会中保持这些品质方面具有独特的潜在能量和社会意义。

此外，鲍勃·佩雷尔曼所撰写的《恰到好处：蕾·阿曼特劳特的诗》（*Exactly: The Poetry of Rae Armantrout*）一文，则在追溯意象主义和客体主义诗歌传统基础上深入研究了阿曼特劳特诗歌的"精准性标志"⑤。佩雷尔曼指出，阿曼特劳特诗歌的各个方面——如选词、律动、换行以及诗节之间的

---

① Hank Lazer, "Lyricism of the Swerve: The Poetry of Rae Armantrout," in *A Wild Salience: The Writing of Rae Armantrout*, ed. Tom Beckett, Cleveland: Burning Press, 1999, p.144.

② Hank Lazer, "Lyricism of the Swerve: The Poetry of Rae Armantrout," in *A Wild Salience: The Writing of Rae Armantrout*, ed. Tom Beckett, Cleveland: Burning Press, 1999, p. 148.

③ Hank Lazer, "Lyricism of the Swerve: The Poetry of Rae Armantrout," in *A Wild Salience: The Writing of Rae Armantrout*, ed. Tom Beckett, Cleveland: Burning Press, 1999, p. 132.

④ Hank Lazer, "Lyricism of the Swerve: The Poetry of Rae Armantrout," in *A Wild Salience: The Writing of Rae Armantrout*, ed. Tom Beckett, Cleveland: Burning Press, 1999, p.152.

⑤ Rob Perelman, "Exactly: The Poetry of Rae Armantrout," in *A Wild Salience: The Writing of Rae Armantrout*, ed. Tom Beckett, Cleveland: Burning Press, 1999, p.157.

关系等——都经过精心策划，体现了"对于从某个特定视角看到的历史时刻和景观的精准描述"①的诗学思想，但是其客体主义因明显的自反性又超越了意象主义和客体主义诗学的范畴。该文最后指向阿曼特劳特诗中"宏大的历史动态"，也就是"诗人如何用她所继承的个人和国家语言书写现在，又让意象主义和客体主义诗学具有足够的自反能力从而表达书写的身体"②。但在诗中这种自反性如何发生且程度怎样？这些问题未见作者进一步展开做更充分的论证。同时，尽管佩雷尔曼对他所谓阿曼特劳特的"个人语言"阐述得十分详尽且颇有洞见，但对于诗人想要挣扎摆脱的所谓"国家语言"如何定义且表征如何等问题也未做出明确阐发。

罗恩·西利曼的《星号：阿曼特劳特诗歌意义起点的分割》（*Asterisk: Separation at the Threshold of Meaning in the Poetry of Rae Armantrout*）则是另一篇非常具有学术价值的研究力作。该文从读者反应出发，探讨了阿曼特劳特诗歌中"粗粝的不确定性"，即其"对于沉默、间隙、断裂和不言的运用"③，从而有意在读者方面留下某种焦虑。西利曼以对阿曼特劳特早期近二十年的诗作所做的统计学分析及其3首最具代表性的诗作《世代》（*Generation*）、《脉搏》（*A Pulse*）和《锁》（*Locks*）的文本解读，聚焦阿曼特劳特诗歌中由星号或数字标出的分隔，认为这样的分隔本身是作品中不可或缺的一部分；再加上诗人惜字如金的语言风格，两者共同为读者创造出了一种悬疑感。读者被"形式组织"的本能驱动，通过整理诗中他们能够认出的仅有的一些细枝末节参与到意义的构建当中。然而，这样的分隔能在有时过于抽象的写作中把读者带多远仍然是一个需要进一步探索的问题。同时，该文还谈及阿曼特劳特在诗中刻意将标点当成一种平衡和排序的策略，虽令人

---

① Rob Perelman, "Exactly: The Poetry of Rae Armantrout," in *A Wild Salience: The Writing of Rae Armantrout*, ed. Tom Beckett, Cleveland: Burning Press, 1999, p.157.

② Rob Perelman, "Exactly: The Poetry of Rae Armantrout," in *A Wild Salience: The Writing of Rae Armantrout*, ed. Tom Beckett, Cleveland: Burning Press, 1999, p.161

③ Ron Silliman, "Asterisk: Separation at the Threshold of Meaning in the Poetry of Rae Armantrout," in *A Wild Salience: The Writing of Rae Armantrout*, ed. Tom Beckett, Cleveland: Burning Press, 1999, p. 162.

印象深刻，却论说简略，因而在文本分析方面留下了相当空间。

从上述对1979—1999年阿曼特劳特研究第一阶段的回顾和评述来看，尽管该阶段研究为阿曼特劳特诗歌被大众接受奠定了宝贵基础，但它们仍然有两方面的局限。首先，该阶段偏于赏析性，其中大多数，尤其是《狂野的凸显》所收录的篇目，由于出自阿曼特劳特的同行及友人之手，多以轻松散漫的风格写就，在一定程度上流于主观印象主义式的评述，具有明显的对话式情感色彩，缺乏传统学术批评的系统性和严肃性。其中提到的很多重要问题也需要进一步坚实充分的分析和论证。另一方面，《狂野的凸显》一书的出版时间决定了本阶段阿曼特劳特诗歌研究大多侧重于其早期作品，如《极限》（1978）、《饥饿的发明》（1979）、《优先》（1985）、《通灵》（1991）和《就好像》（1995）等。为了准确把握阿曼特劳特在美国国内和国际诗坛上的文学成就与影响力，进一步研究诗人的晚近作品就显得越发重要。

2. 上升期（2000—2009）

与上阶段以论文形式为主的研究批评方式不同，2000年后，随着阿曼特劳特作为美国当代优秀诗人的美誉在美国内外深入人心和互联网技术的突飞猛进，有关其作品的书评开始被各大实体和线上刊物高频刊载，相关研究不仅数量上呈明显上升态势且形式更加多样，涉及作品分析、赏析、书评和访谈等多种形式。其中，书评占比较重，包括登载于《E诗歌》（*Epoetry*）2001年第4期的弗雷德·穆拉托里（Fred Muratori）的《面纱》书评；题为《貌似为实》（*Seeming Is Believing*），查尔斯·亚历山大载于2002年8月《护封》（*Jacket*）杂志第18期的《在回音中歌唱：蕾·阿曼特劳特〈借口〉书评》（*Singing Through the Echo: Review of The Pretext by Rae Armantrout*）；同年凯瑟琳·戴利（Catherine Daly）发表于《剑桥书评》（*Cambridge Book Review*）春/夏刊中的《评〈面纱〉》（*Review of Veil*）等。本阶段最令人瞩目的当属美国最具历史和声望的主流诗刊《诗歌》杂志三年内接连刊登了两篇有关阿曼特劳特新著的书评，分别是彼得·坎佩恩（Peter Campion）的《评蕾·阿曼特劳特〈悉知〉》（*Review of Up to Speed by Rae Armantrout*, 2004）和安吉·姆琳科（Ange Mlinko）的《评蕾·阿曼特劳特〈来世〉》（*Review of Next Life by Rae Armantrout*, 2007）。尽管侧重于诗人的不同著作,但这些评论从不同维度和深度同时指向阿曼特劳特诗中的压缩和简约等突出特质。其中几篇,特别是穆拉托里的《貌似为实》和姆琳科的《评〈来世〉》,都点出了阿曼特劳特的真正用心之处:相较于内部或个人生活,她更愿意把她的诗歌放在广阔的外部世界的细节之中。如这些评论普遍认识到的,阿曼特劳特的诗歌"关注我们是谁,做什么,如何存在于这个世界",她真正关注的是"此地和我们"①。

此外,这些评论还认识到,尽管阿曼特劳特表达了她对当代美国社会中存在的各种欺骗模式的怀疑,它们或自然生发,或出于商业和政治目的精心编排。但是,她却很少在诗中流露一丝苦情或怨恨,也从不借传统抒情诗的单一声线做出任何结论与评判。恰恰因为这一原因,她的诗具有了穆拉托里所说的"承载纪实,甚或科学的分量"②。该洞见为进一步深入探究阿曼特劳特诗歌的见证或社会关注价值做了精彩的背书。的确,虽然阿曼特劳特诗歌的政治性并不十分鲜明,但其政治色彩却难以忽视且别具一格。然而,阿曼特劳特诗歌的政治性究竟具体体现在哪些方面,又具有怎样的意义,这些问题依然有进一步讨论的广阔空间。

除上述评论文章,本阶段还出现了另外几篇出自知名诗评家的批评文献,格外引人注目,分量十足。其中最具影响的当属史蒂文·伯特(Stephen Burt)、玛乔瑞·帕洛夫和罗伯·斯丹顿(Rob Stanton)三位,他们为阿曼特劳特诗歌的接受和相关研究的发展壮大做出了极大贡献。

史蒂文·伯特被《纽约时报》(New York Times)推崇为"同时代最有影响力的诗歌评论家之一"③,在过去几十年中他对阿曼特劳特的诗歌给予高度关注和评价,在推动阿曼特劳特的接受方面发挥了举足轻重的作

---

① Charles Alexander, "Singing Through the Echo: Reviews of *The Pretext* by Rae Armantrout," *Jacket*, August 18, 2002, http://jacketmagazine.com/18/alex-arma.html. (Accessed 2013-06-09).

② Fred Muratori, "Seeming is Believing," *Epoetry*, http://www.epoetry.org/issues/issue/muratorirev.htm. (Accessed 2011-12-25).

③ Mark Oppenheimer, "Poetry's Cross-Dressing Kingmaker," *The New York Times*, September 14, 2012, http://www.nytimes.com/2012/09/16/magazine. (Accessed 2013-04-28).

用。2002年，其《双眼警惕之处——蕾·阿曼特劳特的怀疑之诗》（*Where Every Eye's a Guard: Rae Armantrout's Poetry of Suspicion*）发表在《波士顿评论》（*Boston Review*）的4月/5月刊上，后来被全文收录在他本人题为《走进无用之语：解读新诗》（*Close Calls with Nonsense: Reading New Poetry*, 2009）的论文集中。该文敏锐地指出，阿曼特劳特诗歌虽折射了乔治·奥本（George Oppen）、罗琳·尼戴克（Lorine Niedecker）、罗伯特·克里利和丹尼斯·列维托夫等诗人的光谱，但威廉·卡洛斯·威廉姆斯和埃米莉·狄金森诗歌却对其具有直接的影响。伯特如是说：

> 威廉姆斯和狄金森共同教会了阿曼特劳特如何拆解和重构分节诗歌的形式——他们教她如何将其内外翻转；如何用单个词语的组合来表现更为重大的问题和疑虑，以及如何运用短小词组的配置制造有力的冲突。①

通过追溯阿曼特劳特从《极限》到《借口》等早期作品中展现出来的形式和风格，伯特探讨了诗人如何通过言说对美国文化"既定剧本"的怀疑和反叛找到了自己在美国诗坛的独特声音。他高度评价诗人这种执着精神的及时性："很少有读者——很少有诗人——像阿曼特劳特一样强烈地感受到我们既定剧本的残酷；也很少有人像她那样富有成效地憎恶这些残酷。"②为此，伯特称赞阿曼特劳特为"*那个*③表达我们对所谓一切社会构建之当代懊恼的诗人"，巩固了她作为"其时代最具辨识度"和"最优秀诗人之一"④的地位。

总体来说，伯特的评论异彩纷呈，特别是其对阿曼特劳特诗歌的浓缩诗风、重大主题关注和独特调性等方面的论述极具洞见。但是，在个别几个

---

① Stephen Burt, "Where Every Eye's a Guard: Rae Armantrout's Poetry of Suspicion," *Boston Review*, April/May 2002, http://bostonreview.net/br27.2/burt.html. (Accessed on 2011-06-04).

② Stephen Burt, "Where Every Eye's a Guard: Rae Armantrout's Poetry of Suspicion," *Boston Review*, April/May 2002, http://bostonreview.net/br27.2/burt.html. (Accessed on 2011-06-04).

③ 斜体为原作者所加，笔者注。

④ Stephen Burt, "Where Every Eye's a Guard: Rae Armantrout's Poetry of Suspicion," *Boston Review*, April/May 2002, http://bostonreview.net/br27.2/burt.html. (Accessed on 2011-06-04).

方面的讨论似乎仍需更深层次的思考。例如，虽然其对于阿曼特劳特所受威廉姆斯的影响做出了详尽的阐释，但对其所受狄金森影响的论断却似乎还需要更为具体的范例分析来支撑。反观阿曼特劳特本人在一些访谈中多次强调的，其受威廉姆斯和狄金森的影响方式不尽相同，笔者认为这或许是未来相关研究又一个颇具建设性的方向。

2006年，史蒂文·伯特与利尼亚·奥格登（Linnea Ogden）合作通过电子邮件对阿曼特劳特进行了一次深入的访谈，随后访谈录以《谁之语言？蕾·阿曼特劳特访谈》（Whose language is it? An Interview with Rae Armantrout，2007）为题于线上线下同时刊登在《雨中的士》（Rain Taxi）的春季刊上。在该访谈中，伯特等和阿曼特劳特就其诗歌中几个重要方面进行了别开生面的对谈，包括她诗中"我"的功能、其对于梦境题材的运用，以及对科学语言的兴趣，等等。因为结合了一些卓有成效的帮助读者更好理解和欣赏阿曼特劳特诗歌作品的问题，该访谈的导语也意义深远。除了为读者完美概括了阿曼特劳特诗歌的风格特征，该导语还第一次指出了其通过诗歌创作"了解我们如何知道我们所知道的东西"的认识论本质。正如伯特所言，这种认识论本质具有不可否认的社会和伦理价值，使阿曼特劳特能够脱颖而出，成为"美国最具影响力的诗人之一"，也让她的诗歌成为"迷思海洋中的严肃灯塔"[1]。的确，当阿曼特劳特在探寻"我们是如何被父母、薪酬、医院、超市、汽车和电视所编排、构建、欺骗和构成"[2]之时，她的读者们或许也正在问着同样的问题。反观诗人几次在采访中所言，诗歌写作是其保持清醒和活跃的特有方式，阿曼特劳特诗歌的社会价值值得更多关注。

2007年，与上述访谈几乎同一时间，伯特对阿曼特劳特新著《来世》的评论《怀疑的种子》（The Seeds of Doubt）一文刊载于3月18日《纽约时报》上。如果说五年前其《双眼警惕之——蕾·阿曼特劳特的怀疑之诗》一文

---

[1] Stephen Burt and Linnea Ogden, "Whose Language Is It? An Interview with Rae Armantrout," *Rain Taxi*, Vol. 12, No. 1, Spring 2007, p. 23.

[2] Stephen Burt and Linnea Ogden, "Whose Language Is It? An Interview with Rae Armantrout," *Rain Taxi*, Vol. 12, No. 1, Spring 2007, p. 22.

是对阿曼特劳特诗歌的一次综合研究，那《怀疑的种子》则是针对某本书的个案分析。该文以同阿曼特劳特几乎同样简洁凝练的方式总结概括了其诗歌的又一显著特征，即激荡在紧缩简短诗行间的怀疑精神。伯特称，尽管阿曼特劳特的诗貌似断裂，尽管它们"短促唐突似乎难以整合，难以形成诗歌整体"①的风格对读者的审美提出了极大挑战，却恰恰最为接近日常生活的本质。如其在《走进无用之语：解读新诗》的前言中所言，阅读传统美国诗歌或许会轻松许多："如果读那些被人遗忘的旧诗，你会发现一些不同的东西：娴熟顺滑，乃至过于顺滑的技巧，和靠其自身的纯净获得成功的诗，但你会说：'生活并非如此啊。任何真实生活都要比这些诗中写得要更为怪异和复杂。'"②在伯特的解读下，阿曼特劳特的诗将我们指向不同的方向，她刺耳、模糊且拒绝抚慰的诗歌撬动了人类所有的自信，进而剥夺了读者对于诗歌的几乎所有期望：比如慰藉、爱、信任、希望和信仰。然而令人悲哀的是，她在诗中展现出来的生活才是更为接近当代美国人正在经历着的广阔而复杂的真实的生活。在这些问题上，伯特的论断功力深厚，鞭辟入里。但是，贯穿在《来世》和其他阿曼特劳特诗集的那些难以安放的思虑和不确定性如何转变成风格问题？而这零散而断裂的风格又如何具体揭示了诗人对当代美国社会可能持有的态度？类似问题在伯特的讨论中鲜有提及。结合阿曼特劳特此前在与贝克特的访谈中所论及的新千年之际对诗歌未来的期许："我希望人们能不再将诗歌看作是对他们已有感觉（或希望得到的感受）的确认，而要去重新发现所谓的'消极感受力'。换句话来说，我希望人们无论是在艺术还是政治上都能寻求力量，而不是寻求窥视者那样的身份认同。"③阿曼特劳特对诗歌阅读的功利主义文化传统的抵制具体在诗中如何发

---

① Stephen Burt, "The Seeds of Doubt," *The New York Times*, March 18, 2007, http://www.nytimes.com/2007/03/18/books/review/Burt2.t.html?_r=0. (Accessed 2013-04-03).

② Stephen Burt, *Close Calls with Nonsense: Reading New Poetry,* by Saint Paul, Minnesota: Graywolf Press, 2009, p. xii.

③ Tom Beckett, ed., *A Wild Salience: The Writing of Rae Armantrout*, Cleveland: Burning Press, 1999, p. 114.

生也未见论及，因此同样具有进一步研究的空间。

与上述两篇评述一道，伯特还在另外两篇有关美国诗歌现状与社会价值的长篇综合论述中特别辟出相当篇幅论及阿曼特劳特诗歌，这在提高学界兴趣和读者接受层面影响颇深。其中一篇是载于《诗歌》（*Poetry*）杂志2007年1月刊《诗歌是否有社会功能？》[①]（*Does Poetry Have a Social Function?*）一文，它在阿曼特劳特诗歌研究史上首次明确宣示了其作为"怀疑性思考的渗透"所蕴藏的"社会福祉"[②]的能量。尽管"渗透"（或"灌输"）一词可能带来的一定的负面联想有悖于阿曼特劳特在不同场合所强调的创作初衷，但该评价不仅是阿曼特劳特诗歌社会关注价值的绝佳背书，也为相关研究提供了可资借鉴的方向。另外一篇则是伯特2009年刊登在《波士顿评论》5月/6月刊的《新事物》（*The New Thing*），也特别涉及阿曼特劳特诗歌作为个案的大段评述。其间，伯特把阿曼特劳特奉为他定义为"新事物"诗人中的"守护神"。而伯特所谓"新事物"诗人是指美国当代诗人的一个特别群体，他们的风格深受威廉·卡洛斯·威廉姆斯、罗伯特·克里利和乔治·奥本等前辈诗人的影响。

伯特的上述文章在再次确认阿曼特劳特诗歌所受威廉姆斯影响的基础上，进而论及其诗中由简洁和怀疑主义的刻意结合而营造的张力。其在讨论中所引用的阿曼特劳特在一次访谈中的言论极为抢眼，即"我对'编造'心存恐惧"[③]，它指向阿曼特劳特对世界以及用来描述世界的词语的任意性及其无可避免的虚构性所持的怀疑态度。反观阿曼特劳特在贝克特访谈中视美国社会为"堕落的语言环境"[④]的批判，伯特在此虽然强调但鉴于篇幅又并

[①] Stephen Burt, et al., "Does Poetry Have a Social Function," *Poetry*, January Issue, 2007, http://www.poetryfoundation.org/poetrymagazine/article/178919. (Accessed 2014-02-14).

[②] Stephen Burt, et al., "Does Poetry Have a Social Function," *Poetry*, January Issue, 2007, http://www.poetryfoundation.org/poetrymagazine/article/178919. (Accessed 2014-02-14).

[③] Stephen Burt, et al., "Does Poetry Have a Social Function," *Poetry*, January Issue, 2007, http://www.poetryfoundation.org/poetrymagazine/article/178919. (Accessed 2014-02-14).

[④] Tom Beckett, ed., *A Wild Salience: The Writing of Rae Armantrout*, Cleveland: Burning Press, 1999, p. 110.

未展开讨论的阿曼特劳特对语言任意性的忧虑，再次向我们打开了深入研究的一个路径。围绕诗人对她周围事物进行的视觉和听觉上的密切观察及其中蕴含的社会价值，以及这些观察如何在诗中转化为其在"资本主义的意识干预"①面前保持清醒的具体方式等，都具有可深入研究的空间。

史蒂文·伯特之外，玛乔瑞·帕洛夫是另一位推动阿曼特劳特诗歌被接受与研究的重量级诗歌评论家。2004年，她在她本人的论文集《诗歌、诗学与教学辨微》（*Differentials: Poetry, Poetics, Pedagog*）中以《'新诗'教学：以蕾·阿曼特劳特为例》为题，专门对阿曼特劳特诗歌进行了颇有洞见的解读。该文从教学的角度出发，以阿曼特劳特的《借口》为例，不仅讨论了其体裁和风格传承，还通过文化和历史标记对其诗歌特点进行了精彩分析。在她看来，阿曼特劳特诗歌是"由克里利、奥本，尤其是尼戴克发展而来的威廉姆斯风格写就。……和尼戴克一样，阿曼特劳特自诩局外人、离群索居者，并以此身份进行写作"②，因为"她有一种坚硬古怪的幽默感，使她的诗与纽约派前辈表面的精巧截然区别开来"。③但与尼戴克不同的是，阿曼特劳特把来自"卡通书、深夜电视节目、电影明星、百货公司店员、CBS晚间新闻和停车场"④的流行文化作为诗歌创作的主要阵地。同时，帕洛夫观察到阿曼特劳特对其称为"细微缠绕的从句和短语"的"伪形合"情有独钟。其中，"B似乎与A相连但终却断裂"，事实上是一种"比拼贴更激进的模式。"⑤这一点还可推演到更大的社会文化话题，即一代人对一切

---

① Lyn Hejinian, "An Interview with Rae Armantrout," in *Collected Prose*, Rae Armantrout, San Diego: Singing Horse, 2007, p. 120.

② Marjorie Perloff, *Differentials: Poetry, Poetics, Pedagogy*, Tuscaloosa: University of Alabama P, 2004, p. 250.

③ Marjorie Perloff, *Differentials: Poetry, Poetics, Pedagogy*, Tuscaloosa: University of Alabama P, 2004, p. 250.

④ Marjorie Perloff, *Differentials: Poetry, Poetics, Pedagogy*, Tuscaloosa: University of Alabama Press, 2004, p. 250.

⑤ Marjorie Perloff, *Differentials: Poetry, Poetics, Pedagogy*, Tuscaloosa: University of Alabama Press, 2004, p. 250.

组织原则和传统体裁的对抗。帕洛夫指出："拥有开头、过程和结尾以及音乐性重复的线性结构已经不能被用来'衡量'和评判我们所经历的20世纪末（现在为21世纪）的实际社会政治结构。"① 援引阿曼特劳特一首名叫《她的参照》（Her References）的诗："当她的母亲病危/她开始想象/一位在世名流的葬礼//谁会出席呢？/参加或不参加的理由又是什么/这个梦是否符合逻辑？"② 作者由此得出结论："《借口》字里行间处处都可以看到由于女性的身份，即被迫照顾儿子和母亲的现象，这种制度性结构显得尤为具有压迫性。"③

帕洛夫的解读很有价值，因为她认识到阿曼特劳特看似"轻巧"和断裂的诗歌背后所暗藏的深度和不确定性。她进而指出，"任何严肃诗歌，无论怎样断裂或语焉不详，都是有意义的"，而且"诗歌的意义从来都不是易于阐释和单一化的——而是同时包含多种可能"④。以此为据，帕洛夫强烈建议"细读"作为理解阿曼特劳特诗歌的唯一方法，并坚称"唯一理解诗歌的方法就是逐字逐行地仔细阅读"，且"细读——理解诗歌的不二方法——必须要仔细研究文本中所有的，而不仅仅是支持特定理解的元素"⑤。同时，帕洛夫通过平行阅读当时另一位主流诗人乔丽·格里汉姆（Jorie Graham）的诗，以深化其对于阿曼特劳特这位"主要""资深语言诗人"的分析研究。与阿曼特劳特时值失业和被纽约出版界、《纽约客》及《纽约时报》书评排挤的情况截然相反，格里汉姆当时已是哈佛大学修辞学教授头把交椅，横扫各大主流诗歌奖项和荣誉，其中包括最负盛名的麦克阿瑟奖。通过仔细

---

① Marjorie Perloff, *Differentials: Poetry, Poetics, Pedagogy*, Tuscaloosa: University of Alabama Press, 2004, p. 251.

② Rae Armantrout, *The Pretext*, Los Angeles: Green Integer, 2001, p. 17.

③ Marjorie Perloff, *Differentials: Poetry, Poetics, Pedagogy*, Tuscaloosa: University of Alabama Press, 2004, p. 251.

④ Marjorie Perloff, *Differentials: Poetry, Poetics, Pedagogy*, Tuscaloosa: University of Alabama Press, 2004, p. 246.

⑤ Marjorie Perloff, *Differentials: Poetry, Poetics, Pedagogy*, Tuscaloosa:University of Alabama Press, 2004, p. 247.

对读两位诗人的作品，帕洛夫尖锐地指出，尽管格里汉姆的诗"严肃且高度复杂"，却并没有最好的语言诗中的那种"坚韧和棱角"，而这却是阿曼特劳特诗歌所具有的可贵的精神品质。相比之下，阿诗在描绘困境和"因诗人并无答案而无法解决的谜团"方面，进行了很好的"实验"，并且这种实验针对的是特定情况，而不是格里汉姆诗中的那种"设计好了"的困境。格里汉姆的诗则"旨在用相关议题的重要性和深刻性打动和迷惑读者"①。最后，帕洛夫在结束其新诗教学法解读之时坚称："在我们决定到底谁才在创作真正富有创意的诗歌以及我们应该如何教授这些诗歌以前，我们需要更加仔细地权衡面前的各种选项。"②

该文对于阿曼特劳特的研究具有多方面的意义。首先，它确认了阿曼特劳特作为"真正创新"的实验诗人的地位；另外，它用与伯特书评相似的手法点出了阿曼特劳特诗歌的精华。用帕洛夫原话来说，就是"阿曼特劳特的诗看起来轻快"，但它们深深根植于一种"不把任何事认作理所当然"的"用力思考"③。最后，该文在阿曼特劳特及其他当代美国创新诗人作品的教学与赏读方面提供了一个教学论视角，称如果新"实验诗歌"教学有什么诀窍的话，阿曼特劳特已经说得很好，那就是"不把任何事认作理所当然"④。值得注意的是，帕洛夫所谓"细读"或曰"微分阅读"，和新批评派所倡导的"细读"并不一样。它并没有从诗歌和相关分析中剔除社会和文化方面的信息，而是与文化研究相伴相生，对文本和文化背景信息同样关注。帕洛夫对阿曼特劳特故乡圣地亚哥的本土地理特征对其诗歌的影响做出了卓有见地的简短讨论。对照阿曼特劳特在许多访谈当中对故乡所表现出来

---

① Marjorie Perloff, *Differentials: Poetry, Poetics, Pedagogy*, Tuscaloosa: University of Alabama Press, 2004, p. 256.

② Marjorie Perloff, *Differentials: Poetry, Poetics, Pedagogy*, Tuscaloosa: University of Alabama Press, 2004, p. 257.

③ Marjorie Perloff, *Differentials: Poetry, Poetics, Pedagogy*, Tuscaloosa: University of Alabama Press, 2004, p. 257.

④ Marjorie Perloff, *Differentials: Poetry, Poetics, Pedagogy*, Tuscaloosa: University of Alabama Press, 2004, p. 257.

的复杂态度,这种人文地理性研究也是其诗歌整体研究中无法回避的一个重要因素,同样具有重要的研究价值。

帕洛夫对阿曼特劳特研究的贡献还体现在她2009年为《叙事》写的后记①当中。《叙事》是阿曼特劳特部分诗歌的德文译本,由德国威斯巴登专门出版双语诗歌的出版社路克斯图书以英、德双语出版。为了把阿曼特劳特带到德语语境,帕洛夫在此后记中不仅对其作为"当今美国最佳诗人"的成长历程进行了精彩的勾勒,更对其诗歌进行了精心解读,盛赞其诗是"极简主义诗歌中的佼佼者——无所匹敌"②。有对现代主义和后现代主义诗歌的深厚学养加持,帕洛夫和伯特一样,认为阿曼特劳特的诗歌受到威廉姆斯的影响。然而与伯特不同的是,尽管篇幅略显简短,帕洛夫更喜欢揭示阿曼特劳特和威廉姆斯的不同之处。她视阿曼特劳特为"从不注重具体细节的诗人",反观阿曼特劳特对现实世界日常及时性的不懈关注这一事实,该评价是否妥帖,确实仍有待商榷。结合阿曼特劳特毕生寻求的"切尔西诗学"(Cheshire Poetics)的背景,帕洛夫对阿曼特劳特《黄昏》(*Dusk*)和《近》(*Close*)两首诗的解读同样极具学术价值,为人们更加清楚地认识到阿曼特劳特诗歌作为"一片叙事可能性的开阔地带"③的独特魅力提供了精彩的启示。然而略显遗憾的是,由于后记的篇幅终归有限,帕洛夫这篇后记虽然明确地将阿曼特劳特诗歌置于抒情诗的框架内,却仍然留下了两个某种程度上未能清晰解答的问题。一方面,如汉克·拉泽所言,"抒情、抒情

---

① 特别致谢《叙事》(2009)一书的美方编辑、美国著名诗人、评论家杰罗姆·罗森伯格(Jerome Rothenberg)先生,他于2013年5月21日通过邮件向笔者提供了该后记的英文全文。

② Marjorie Perloff, "Afterword," in *Narrativ: Selected Poems*, Rae Armantrout, Wiesbaden: Luxbooks, 2009.(该书在德语语境发表,无法获取,此处所引文献是美方编辑以邮件形式提供,故没有页码,后如此情形不再重复说明。)

③ Marjorie Perloff, "Afterword," in *Narrativ: Selected Poems*, Rae Armantrout, Wiesbaden: Luxbooks, 2009.

的、抒情主义——这些词现在蕴含了太多意义"①。考虑到"抒情"一词本身的定义及其他相关词的复杂性,帕洛夫有关阿曼特劳特诗歌的"抒情诗"本身的定义需要被更加清晰界定。另一方面,尽管援引了西利曼认为阿曼特劳特诗歌是"垂直的反抒情诗"这一说法,该文并没有充分阐释其反抒情之所在。类似问题都值得进一步深思。

除了史蒂文·伯特与玛乔瑞·帕洛夫,罗伯·斯丹顿是年轻一代里另一位研究阿曼特劳特诗歌的重要学者。他的文章《不知哪里/它就这样发生:蕾·阿曼特劳特作品中的家庭与社会空间以及写作空间》(*Hard to Say Where / This Occurs': Domestic and Social Space and the Space of Writing in Rae Armantrout's Work*)2005年被亚利桑那州立大学发表在其线上文学期刊《如何2》(*How 2*)上。该文认为,作为一种典型手法,阿曼特劳特对地点位置的关注及其对这些地点的表现方式,与其意欲通过转喻方式做出的评判密不可分。其总是有意把空间描述得玄而又玄,难以进行视觉化,这样就可以将更多的注意力集中在这些描述的文本本身。为了达到这一目标,她放弃了其他诗人紧抓不放的论证的精准性,避免在任何既定情况下出现明显的词义联想,从而磨炼锐化其对与某个具体地点隐秘联结的一系列社会文化假设及限定的怀疑和困惑。虽然斯丹顿对阿曼特劳特几首诗在公共与内部空间方面的解读都颇令人信服,但其关于为何放弃社会地理解读模式的论点尚需更具体的阐证。

3. 速进期(2009—)

2009年和2010年阿曼特劳特研究在海外兴起。彼时,其新作《谙熟》由卫斯理安大学出版社出版,并在一年内连续斩获美国国家图书批评家奖和普利策诗歌奖,赢得评论界广泛关注。在众多评论中,陶德·派德森(Todd Pederson)的《评〈谙熟〉》指出,阿曼特劳特的作品对以见缝插针的高速路广告牌、小报标题和无数电视真人秀为症候的美国流行文化发出了全面警告。如派德森所观察的,在这个"夸张的年代","流行文化的碎片争抢着

---

① Hank Lazer, "Lyricism of the Swerve: The Poetry of Rae Armantrout," in *A Wild Salience: The Writing of Rae Armantrout*, ed. Tom Beckett, Cleveland: Burning Press, 1999, p. 132.

我们的注意力,自相矛盾的讯息如雨般降临",阿曼特劳特的作品"找出并强调标出所遇到的各种欺骗或伪饰,并以医学般的精准对这种伪饰提出挑战"[1]。派德森认为,通过这样的做法,阿曼特劳特的诗实际上是在引导读者进行深入思考,努力认清信息的欺骗性和多重解读的可能性,而不是接受美国流行文化欣然呈现的形象和刺激。如其所言,阿曼特劳特的诗或许能警示读者不要轻易成为美国通过流行文化所维持的力量和权威的受害者。然而,这种警告在何种程度且以何种方式作用于读者呢?类似问题未见明确论及。而且,虽然派德森的书评正确总结了阿曼特劳特诗歌的首要主题,即专注于交流方式和意图,但它似乎忽略了诗人作品中反复出现的死亡主题,尤其是被称为"暗物质"的第二部分。在这两方面,蒂姆·格里芬(Tim Griffin)登载于2009年4月/5月刊《书坛》(Bookforum)的《自由冥想》(Liberal Meditation)一文则更胜一筹。

派德森的书评侧重于阿曼特劳特诗歌的社会意义,蒂姆·格里芬的文章虽与其相似,却更多考察了阿曼特劳特如何试着为读者的参与腾出空间,同时通过对大众媒体的借鉴,对抗高度传媒介导的美国当代大众文化。格里芬认为,通过模仿或使用大众媒体本身的语言,也就是美国文化中无处不在、广为人熟悉的论调或"声音",阿曼特劳特的作品谨慎地颠覆了它们的传播模式,从而打破了对诗歌作为表达媒介的传统期待。格里芬辩称,阿曼特劳特的诗以短小的诗行、段落和精心设计的怀疑作为意义承载,邀请读者不要因某一特定诗作的紧缩性而畏缩,更多关注考察这些声音并开辟自己的解读空间。同时,格里芬的评论还简述了《谙熟》第二部分里所营造的危险感。格里芬认为,阿曼特劳特结合自己最近的抗癌经历,在几首诗歌中以医院为背景,将诙谐和对病痛的残酷描述并置,让细胞结构科学成了这些诗里"文本解读困境的艰难延伸"[2]。确实,如格里芬在他的评论中发出的问题一

---

[1] Todd Pederson, "Review of *Versed* by Rae Armantrout," *Raintaxi Review of Books*, Fall 2009, https://www.raintaxi.com/versed/. (Accessed 2014-01-20).

[2] Tim Griffin, "Liberal Meditation," *Bookforum*, April/May 2009, http://www.bookforum.com/. (Accessed 2014-02-07).

样,"当听到当地星巴克传出的音乐时,你又如何思考生死?你又能占据什么位置?"随后格里芬得出结论:"这样的反讽有两种效果,一种是拥抱可能的体验,另一种则是将其拒之门外。无论是思考选择,还是思考悖论,都妙趣横生。"[1] 该评述在笔者看来可谓对阅读阿曼特劳特诗歌之体验的最佳描述之一。然而,和其他此类书评一样,由于篇幅有限,派德森和格里芬的评论都为日后延展研究留下了相当空间。

如果上述两篇评论是不同程度地探索了阿曼特劳特诗歌的社会价值,接下来的两篇分别由马克·斯科罗金斯(Mark Scroggins)和丹·谢松(Dan Chiasson)所著的评述似乎更关注她对日常生活的诗学主张。斯科罗金斯的《暗物质》(*Dark Matters*)2009年发表在《诗坛:诗歌评论》(*Parnassus: Poetry Review*)中。该评论将阿曼特劳特的诗学思想追溯至狄金森的诗歌传统,但特别点明了阿曼特劳特虽然被认为是描写日常生活的诗人,但她的诗作却从来都不是琐碎细节的无聊堆砌。相反,其诗以一种特有的淡然和好奇不断探寻着日常生活表象之下的存在,并从平凡的数据中推导出不平凡的结论,对那些在不那么敏锐的人眼中为视为熟悉甚至陈腐的事物做出不同以往的崭新诠释。据斯科罗金斯称,哪怕在癌症面前,阿曼特劳特仍然保持了她特有的好奇心和贯穿日常生活其他事物当中的怀疑精神。她幽默地将疾病称为"暗物质",在诗中讨论它们,并从中发现意想不到的意趣。论及阿曼特劳特作品经常探究的各种语域或话语时,斯科罗金斯的文章捎带讲到了诗人对于大众媒体平淡而有诱导性的语言的特殊关注,但并未进行深入探究。

丹·谢松的文章《盘根错节:蕾·阿曼特劳特的诗歌》(*Entangled: The Poetry of Rae Armantrout*)发表于美国最知名的杂志之一《纽约客》2010年5月17日刊中,是有关阿曼特劳特诗歌评论文章中极其重要的篇目之一。该文提及阿曼特劳特赢得了之前获得提名的三项大奖,即国家批评家奖、普利策诗歌奖和国家图书奖中的两项,盛赞其为"继约翰·阿什贝利以来最具有真正实验精神的普利策获奖诗人"。在把阿曼特劳特的诗学主张划归湾区语

---

[1] Tim Griffin, "Liberal Meditation," *Bookforum*, April/May 2009, http://www.bookforum.com/. (Accessed 2014-02-07).

言诗派的同时,谢松进而指出,她对于语言诗的独特贡献在于"把语言诗的写作领地带往它不曾料想的某个方向,开始谱绘个体的非凡头脑和破碎得独一无二的内心"①。总体而言,该评价通过确认阿曼特劳特诗学主张中最明显的特质肯定了诗人对语言诗发展的贡献。因为阿曼特劳特确实在其诗歌中实践了被谢松称为"意识描绘"的方法,记录了她对日常生活中所见所闻的回应。但是,称阿曼特劳特把语言诗的创作领地引向谱绘"破碎得独一无二的内心"这点对其作品实质来说则显得太过浪漫化。虽然阿曼特劳特的诗中可以看到相当数量的优秀抒情诗的美丽瞬间,但那绝不是叙事和多愁善感的美。即便在说到个人经历,如癌症和遭遇心碎的瞬间时,她都依然保持了其特有的轻盈笔触和幽默。除此之外,谢松的文章还说到了阿曼特劳特得奖作品《谙熟》的主题,即"盘根错节"②以及她深深根植于日常生活中的诗学主张,但完全没有提及显现于阿曼特劳特诗中的政治性深度。

谢松的文章中还有一点颇耐人寻味,即其对于所评论诗人和长期与她有关联的语言诗群体的评价带着一种明显的不屑口吻和保留态度。这实际上代表了美国诗评界过去长期以来对语言诗的矛盾态度。著名文学批评家杰德·拉苏尔(Jed Rasular)在《美国文学史》(*American Literary History*)中曾发表一篇题为《从胸衣到播客:当今诗歌的问题》(*From Corset to Podcast: The Question of Poetry Now*)的文章,时间恰在谢松评论文章发表不久之前。拉苏尔在该文中论及他所察觉的谢松对于语言诗的类似无理态度,并将它称为一种"愤世嫉俗和怯懦胆小的古怪混杂"③。据拉苏尔观察,谢松一直以来对语言诗颇有成见,这点早在一次线上访谈中就已表达明确。谢松明显语带鄙夷地评价道:"语言诗人们总是大同小异,无比乏味。"其

---

① Dan Chiasson, "Entangled: The Poetry of Rae Armantrout," *The New Yorker*, May 17, 2010, p. 111.

② Dan Chiasson, "Entangled: The Poetry of Rae Armantrout," *The New Yorker*, May 17, 2010, p. 111.

③ Jed Rasular, "From Corset to Podcast: The Question of Poetry Now," *American Literary History*, Vol. 21, No. 3, Fall 2009, p. 664.

对于阿曼特劳特诗歌的态度也显见于其在最近一次访谈中所做的无礼评价概括："真惨不忍'读'。"①而今,谢松评介阿曼特劳特诗歌这一事实本身也显示了一个饶有兴趣的现象——评论界,甚至是美国主流诗歌对实验派诗歌的普遍接受。除却些许不易察觉的矛盾心态和零星的冷漠态度,谢松的书评仍然明确确认了阿曼特劳特作为"继约翰·阿什贝利以来最具有真正实验精神的普利策获奖诗人"的地位。该评价对于推进阿曼特劳特诗歌在美国学界的整体接受和美国国内国外相关研究的发展具有举足轻重的意义。

罗伯·斯丹顿对《谙熟》的另一篇评论《这》（This）和以上评论大约处于同一时期,却采取了不同视角。《这》2010年初刊发于《护封》39号刊中,第一次以更为系统的方式阐释了阿曼特劳特普利策获奖作品中所表现的不同主题。斯丹顿认为,《谙熟》涉及众多缠绕交织的诗歌主题,包括死亡、身份、欲望、孤独、语言和知识的边界,以及诗歌作为在特定世界特定时刻的感悟与体验之见证与记录的过程本身。作者对于这些主题的细致探索,再加上对阿曼特劳特多首诗作的精妙分析,对于进一步理解这位当代美国诗人具有极大的学术与社会价值。斯丹顿特别结合诗人抗癌的个人经历,对于《谙熟》中反复出现的死亡主题进行了透彻分析,不仅很好地阐明了诗人创作这本书的个人背景,也极大丰富了阿曼特劳特诗歌主题研究的资料。此外,该文对《谙熟》中佳作的精彩解读还为促进阿曼特劳特诗歌被接受和理解提供了宝贵的参考。遗憾的是,斯丹顿的主题研究虽然生动入微,但对于显见于《谙熟》中的政治和社会价值却讨论不多。然而难得的是,虽略显唐突,该书评在末尾处首次明确肯定了阿曼特劳特诗歌的社会政治意义,推崇其为一种"政治干预"和"我们时代最伟大艺术的一部分"②。该结论尽管掷地有声,但对于阿曼特劳特的读者是如何、在何种程度上因其诗歌的激发"不仅保持清醒,而且警觉,同时在精神和情感上都保持'活跃'且'防

---

① Jed Rasular, "From Corset to Podcast: The Question of Poetry Now," *American Literary History*, Vol. 21, No. 3, Fall 2009, p. 664.

② Rob Stanton, "This," *Jacket*, 39, Early 2010, http://jacketmagazine.com/39/r-armantrout-rb-stanton.shtml.

备'"①状态等方面却未做出更为深入的阐发。

该时期除上述评论文章以外,阿曼特劳特也被各种纸媒、广播和线上媒体频繁采访,尤其是继其2010年以《谙熟》斩获普利策奖之后。这些访谈由其他诗人和批评家主持,为阿曼特劳特提供了很多从不同角度思考她的作品的机会。他们从不同层次阐发她的美学理想与创作技艺,这些访谈都是日后阿曼特劳特研究的第一手宝贵资料。它们中最具影响力的包括由琳·凯勒(Lynn Keller)、莫琳·卡文诺(Maureen Cavanaugh)、劳拉·兴顿(Laura Hinton)、本·莱纳(Ben Lerner)、娜塔莉亚·卡尔巴约萨(Natalia Carbajosa)和凯瑟琳·瓦格纳(Catherine Wagner)等诗人或学者所做的一系列访谈。

首先是发表于《当代文学》2009年夏季刊中的琳·凯勒的《蕾·阿曼特劳特访谈(An Interview with Rae Armantrout)》一文。作为截至目前最全面的访谈之一,它涵盖了关于阿曼特劳特《来世》《谙熟》和《暗物质》三部诗集的全面对话与讨论。该访谈回顾阿曼特劳特所归属的语言诗派主要特点以及她对20世纪70年代后该群体一些诗学主张的抵制,简要盘点了阿曼特劳特诗歌的一些基本特征,围绕阿曼特劳特当时刚刚刊发的新作《来世》进行了一系列深入对谈。内容不仅涉及阿曼特劳特的诗学思想与创作技法,如她对于序列的使用和对宗教语言的喜好、对量子物理的兴趣、对散文诗的看法,还谈及其个人抗癌经历对创作《暗物质》和《谙熟》的影响、对"淘来语"(found language)的使用,以及她和女权主义的关系等问题。

第二篇重要访谈是由莫琳·卡文诺于2009年11月9日所主持的广播访谈②。该访谈聚焦阿曼特劳特对于在美国社会"媒体轰炸"(media barrage)境遇下人们受困大众传媒所操控过的信息和图像侵扰而难以找到真

---

① Rob Stanton, "This," *Jacket*, 39, Early 2010, http://jacketmagazine.com/39/r-armantrout-rb-stanton.shtml.

② 该访谈文稿见 Maureen Cavanaugh, et al., "UCSD Professor And Poet Rae Armantrout Nominated For National Book Award," "These Days on KPBS", November 9, 2009, http://www.kpbs.org/news/2009/nov/09/ucsd-professor-and-poet-rae-armantrout-nominated-n/. (Accessed 2014-01-10).

实声音的忧虑等关键性问题，具有相当大的参考价值。然而，该访谈虽触及阿曼特劳特的语言观、其以消化和处理经验为目的的创作主导思想及她对日常事件的关注等问题，但鉴于广播节目在时间和内容上的局限，大都只是匆匆捎带而过，没能进行更加深入的探讨。

第三篇值得一提的访谈是劳拉·兴顿的《与蕾·阿曼特劳特把酒言欢》。顾名思义，该访谈在非常轻松的氛围下进行，两位诗人就阿曼特劳特当时的新书《卖点》展开一系列火花四溅的愉快对话和讨论。尽管该访谈只是劳拉发表于2011年5月14日期《塞壬之歌》（*Chante De La Sirene*）的一篇博客文章，却展现了年轻一代诗人对阿曼特劳特诗歌的思考，也是对于"1900年后文学文化路易斯维尔会议"的宝贵记录。2010年的文学文化会议在肯塔基州的路易斯维尔召开，阿曼特劳特在会上进行了主旨朗读。

该访谈从《软币》（*Soft Money*）一诗的写作开启，访谈者兴顿将这首诗称为《卖点》中最"虚幻"的诗作之一。随后访谈触及阿曼特劳特从流行歌曲等流行文化中获得灵感的喜好、对双重意义的痴迷、对流行杂志或电视节目中所传播的所谓科学或超自然理念的看法，以及她刻意把各种不同元素压缩入诗的技法等。阿曼特劳特在该访谈中大方披露了创作《软币》背后的一些精彩花絮，让读者得以一窥其如何通过融合不同的话语以便为读者创造思考空间并参与到意义构建的过程。此外，阿曼特劳特还就女性主义对其诗歌的影响做出了一定阐述，这对揭示诗人如何并在何种程度上会被自己个人经历所影响这一问题的研究提供了第一手宝贵资料。

除上述三场访谈外，大约在同时间进行的另外三场访谈也同样意义非凡。首先是本·莱纳的访谈（2011），它于《卖点》出版后不久进行并随即被刊载在线上杂志《炸弹》（*Bomb*）同年冬季刊中。该访谈主要围绕阿曼特劳特2011年发表的新书《卖点》，期间诗人清晰阐明了对量子物理的兴趣，其与语言诗运动的关系，威廉姆斯对其诗歌的影响，以及在诗中并置不同声音的做法等。此外，该访谈富有洞见地触及阿曼特劳特从一直对美国主流诗歌颇有诟病的诗人一跃成为被主流诗歌接受并赞誉有加的诗人这样的敏感问题。其间她对公众认可的明显矛盾态度及其视写作为与自己对话和做伴方式的解释或可能帮助读者更好地理解弥漫在其诗歌中的孤独主题。

第二是娜塔莉亚·卡巴约萨的《蕾·阿曼特劳特访谈》（An Interview to Rae Armantrout），它于2012年3月被线上刊物《笔下》（Jot down）刊载。该采访由来自另一个语言文化世界的西班牙语学者主持，在追溯阿曼特劳特与20世纪70年代语言诗运动的渊源基础上率先切入敏感话题，问及诗人对美国主流诗歌日益包容并接受像基斯·沃尔多普（Keith Waldrop）和她本人这样更具挑战性的诗人的看法。此外，该访谈还就诗人对其所称"切尔西诗学"的追求，其对前辈诗歌的传承，对诗歌中的幽默的认识，及其对将其作品译成西语和其他语言的各种建议等方面进行了深入浅出的对谈和阐释。最为重要的是，阿曼特劳特在该访谈中首次在诗人生涯中正面谈及当今美国诗坛中已露端倪的政治诗。她对此类诗歌的关切，担心它们本身变成宣传工具或为讽刺而讽刺的忧虑，对于未来探索阿曼特劳特本人诗歌中的政治色彩具有不可或缺的重大意义。

最后则是凯瑟琳·瓦格纳对蕾·阿曼特劳特的访谈，它的内容于2013年8月9日刊载于线上刊物《食诗者》（Poetryeater），应该是诗人在过去几年中所进行的最新访谈。该访谈由一位年轻许多的新生代诗人主持，成为从侧面展现美国年轻一代诗人和读者对阿曼特劳特诗歌之接受的精彩范例。该访谈就阿曼特劳特2013年出版的新作《说说而已》进行了精彩纷呈的对话与讨论，其中对于阿曼特劳特作品的阶段划分、她计划和科学家布莱恩·基丁（Brian Keating）联合讲授的"物理学家的诗歌"实验课程，以及她对隐喻和叙事的看法等，对深化阿曼特劳特诗歌和诗学主张的总体理解尤其具有重要参考价值。

过去十多年间，阿曼特劳特的声名和影响力在美国国内学界持续上升，同时，其作品也在德国、法国和墨西哥等地诗坛引起广泛反响，催生了一批对其作品的推介与评论文章。上述墨西哥学者娜塔莉亚·卡巴约萨即是这样的例子。在2012年的访谈中，该学者的问题涉及阿曼特劳特诗歌的不同方面，从20世纪70年代以来阿曼特劳特和语言诗的联系到她对于当今美国诗坛表现的政治性的态度都有涉及。此外，德国学者亚历山大·施密茨（Alexander Schmitz）也将阿曼特劳特的诗歌引进了德语语境。这些介绍性文献虽然数量稀少且篇幅和深度有限，但它们的重要性不容小觑，因为这些译介性文献从另一个角度见证了过去几十年间阿曼特劳特诗歌研究在国际诗坛的日渐崛起。相较于此，国内学界对阿曼特劳特诗歌的相关译介和研究则较为罕见。

（二）国内研究现状

与国外阿曼特劳特研究的崛起势头形成鲜明对比，我国学界对阿曼特劳特诗歌的相关研究无论在广度和深度上都相对匮乏。截至目前，倪志娟与笔者是国内率先对阿曼特劳特诗歌进行译介的两位学者。

2010年，倪志娟在《绿风》诗刊发表了题为《揭开事物的面纱》一文，除以赏析为主要目标简要解读了阿曼特劳特普利策获奖作品《谙熟》（2009）中的客体主义特性，还附带翻译了从《谙熟》和《极限》等几部诗集中精选的阿曼特劳特的8首作品。鉴于刊载刊物的特点，该文对阿曼特劳特诗歌的评述在广度和深度上均留有一定空间。但是，作为首例将目光锁定这位影响力日渐上升的当代美国优秀诗人及其作品的译介性文章，该文绝非只为盘点2010年普利策诗歌奖获奖作品的应景之作，它还开启了国内对阿曼特劳特诗歌研究的先河，显示了国内学者与国外最新诗歌成果代表对话的敏锐视角，其意义不可小觑。

随后，笔者于2013年在《陕西师范大学学报》发表了《蕾·阿曼特劳特诗学观与诗歌特点》一文，从政治、文化和社会角度追溯了阿曼特劳特的诗歌源头。该文不仅详细分析了阿曼特劳特诗歌多声部、抒情性和开放性等特点，还从诗人对"非指称性"的诘问、对"诗学留白"[①]和"切尔西诗学"的美学追求，以及对"伪拼贴"等艺术技法的倚重等诸多方面对阿曼特劳特的诗学观及其渊源进行了深入的探讨与阐证。

次年，笔者在《外国文学》2014年第2期中发表了又一篇题为《蕾·阿曼特劳特诗歌初论》的研究论文。该文从另一角度分析了阿曼特劳特诗歌的美学特征及指导思想，包括跨界拼贴技法、极简主义、根植日常生活、"淘

[①] 孙立恒：《蕾·阿曼特劳特的诗学观及诗歌特点》，载《陕西师范大学学报》2013年第3期，第149页。

来语"①的使用,以及贯穿其所有作品的浓厚的怀疑主义色彩等。该文后有《诗十一首》一文,为笔者翻译的11首阿曼特劳特诗作,这些诗均选自诗人的两部力作《谙熟》和《卖点》,从而为中国读者提供了一窥阿曼特劳特诗歌风貌的宝贵机会。这两篇研究论文虽然都涉及阿曼特劳特诗歌对美国社会通过宗教和大众传媒所灌输的意识形态的抵制和批判等特点,但限于篇幅,相关讨论在文本分析的容量和深度上均留有进一步拓展的空间。

2015年春,笔者题为《"我的诗歌基底在于好奇与不确定"——蕾·阿曼特劳特访谈录》一文在《英美文学研究论丛》第22期刊发。该访谈根据2012—2013年间作者与诗人往来的电子邮件以及后来与阿曼特劳特本人面对面访谈录音的第一手资料整理而来,内容不仅包括阿曼特劳特对获得普利策奖的感想与思考,获奖作品《谙熟》的创作过程,湾区语言诗派的特点及其对美国诗歌的贡献;还涵盖了阿曼特劳特对诗歌定义、意义不确定性、诗歌创作技艺、对科学文本的兴趣,以及对美国社会意识形态的质疑等问题的详细阐发。特别值得一提的是,该访谈还涉及阿曼特劳特对中国诗歌的简短讨论及她对于中国年轻一代诗人及读者更好阅读并理解其诗歌的建议。该文不仅有利于推动国内学界对阿曼特劳特诗歌的认识,也有助于中国读者进一步了解当代美国主流诗歌日趋包容性和多样性的流变方向,具有重要的学术价值。此外,就在本书写作接近尾声之时,笔者欣喜地发现了倪志娟翻译的阿曼特劳特的普利策获奖作品译本《精深——雷·阿曼特劳特诗集》。译本面世对该诗人的作品在中文语境的译介和推广具有良好的推动作用。

截至目前,尽管阿曼特劳特诗歌研究在规模和范围方面仍然有限,但国内学者的研究已经显示了中国学界对这位极具魅力和影响力的美国当代诗人及其作品的兴趣和重视,显示出国内学者与国外最新诗歌成果及研究态势积极并轨并寻求对话机会的学术敏锐和广阔格局,具有相当重要的学术价值和社会意义。

总而言之,除上文所述国内外阿曼特劳特诗歌研究所具有的特点和存在的不足之外,目前国内外学界对于阿曼特劳特诗歌及诗论的相关研究在宏观

---

① 孙立恒:《蕾·阿曼特劳特诗歌初论》,载《外国文学》2014年第2期,第21页。

上仍然显现下列几方面的局限性。一方面，国外对阿曼特劳特诗歌的研究虽精彩纷呈，但大多以单篇书评、访谈和作品赏析等形式出现，且往往聚焦在该诗人的单个作品上。时至今日，阿曼特劳特的诗歌异质及其诗学主张研究依然呈零散状态，尚未形成有规模的研究，亟待系统化的深度透析、提炼与阐释。因此，迫切需要更加全面和多维的研究，以探索阿曼特劳特作品中的独特艺术手法和美学特征及其背后的美学指导思想。另一方面，不可否认目前中国学者对阿曼特劳特诗歌所做的学术研究相当有见地，十分宝贵，但总体仍处在初级阶段，力量上也尚显单薄。这些研究评论在广度和深度上仍具有相当的局限性，因而为阿曼特劳特诗歌和诗学思想的后续研究留下了广阔的空间。

本书契合国外最新诗歌文化思潮及阿曼特劳特诗歌相关研究成果，对阿曼特劳特诗歌及诗论进行系统化、全方位、多维度的深入探究和阐释，内容包括阿曼特劳特创作分期及特点，阿曼特劳特诗学理念和美学理想，阿曼特劳特诗歌艺术策略，阿曼特劳特诗歌美学特点及阿曼特劳特诗歌的意义与局限等。为此，本书首先从传记研究视角出发，对阿曼特劳特诗人成长阶段及其从《极限》到《说说而已》等全部诗集作品进行纵向分类，并在此基础上分析其诗歌思想主题，关注其发展历程。其次，本书将从横向角度对阿曼特劳特的诗学思想进行全面系统的分析和探究，特别聚焦其异于西海岸语言诗派"群体"诗歌美学倾向的诗歌美学观点及借由诗歌批判美国流行文化所倡导和灌注的当代美国社会意识形态的创作理念与创作实践。同时，本书还密切关注阿曼特劳特对狄金森和威廉姆斯等诗歌前辈的继承与发展。最后，本书还将系统分析并揭橥阿曼特劳特独具个性的诗歌创作本质，包括阿曼特劳特诗歌的主题关注、艺术策略和审美价值，特别聚焦该诗人从无意识再到有意识地通过弥合实验派与经验派诗歌之间所固有的沟壑，在作品中搭建既有创新意趣又充满见证或社会观察意义的诗歌空间的诗性努力，进而从社会、文化、理论和美学等维度探讨其诗歌的重要意义及潜在的局限性等。

第二章　研究理论基础：见证诗歌

见证诗歌理念最早由美国著名诗人卡罗琳·弗池于1981年提出，经由诗人和评论家罗伯特·平斯基（Robert Pinsky）在《诗人的责任》（*Responsibilities of the Poet*, 1987）一文中给予充分肯定。诺贝尔文学奖得主，波兰诗人切斯瓦夫·米沃什在《诗的见证》（*Witness of Poetry*, 1987）一文中也以不同的表述方式强调了同样的理念。1993年，弗池在其主编的《谨防忘却：20世纪见证诗歌》（*Against Forgetting: Twentieth-Century Poetry of Witness*）一书中，对该理念的社会历史及理论渊源做了较为详尽的分析阐述，主张诗歌冲出个人狭隘世界，以见证重大社会历史事件为己任，定格社会个人和体制在面对战争、政治变迁或自然灾难等极端情境下的困惑与反思。该思想后经弗池在《见证诗歌：英语传统1500—2001》（*Poetry of Witness: The Tradition in English 1500–2001*, 2014）一书中进一步深化，成为21世纪美国诗歌最新的创作思潮。由此开始，汇集了从罗伯特·布莱（Robert Bly）、平斯基和莫文（W.S. Merwin）等老牌传统诗人，再到蕾·阿曼特劳特、乔丽·格里汉姆等实验派诗人，以及凯蒂·福德（Katie Ford）和本·莱纳等新锐诗人，群贤毕集，佳作频出，影响深远。

一、见证诗歌的肇始

见证诗歌作为美国诗歌在21世纪发展的最新趋势，强调诗歌的政治历史责任，其生发不仅是美国诗歌伴随社会发展自我反思与自我弥合的过程，也是其与世界政治诗歌相遇的结果。

（一）20世纪美国诗歌自身发展的需要

众所周知，20世纪上半叶前，美国诗歌大都鲜问政治。现代主义为摆脱维多利亚时代矫揉造作的感伤倾向，致力于用全新方式抒发个人思想和感情，采用断裂、缺省、自由联想或超现实主义意象等，呈现出浓厚的破碎感和创伤意识。其在形式方面的创新实验促成了美国诗歌一场史无前例的针对思维及其运动模式的探究，不仅刷新了诗人对待现实的立场与态度，更开启了一场"非个人化"的美学思潮，时至今日仍对英美诗人具有深刻影响。20世纪中叶以来，美国诗歌为反对现代主义诗歌博雅精深、曲高和寡的倾向，则以一种更加漠视社会政治的姿态转向"自白派"诗歌美学。无论是强调"非个人化"还是"个人化"，这些美学倾向均反映了新批评的文艺思想。而新批评的始兴也折射了美国20世纪上半叶的社会风尚，即对社会现状进行干预和批判之举持极端冷漠态度。随着这些美学风潮对"诗本身"的特别关注，新批评从诗歌研究中剔除了历史、传记、种族、阶层和性别等相关因素，从而大大缩小了政治诗歌的发展空间。

然而，即便是在上述诗歌思潮盛行时期，美国诗歌界自二十世纪三四十年代起始终有诗人对社会政治给予极大关注，莫·洛凯瑟（Muriel Rukeyser）、吉·塔格德（Genevieve Taggard）、肯·费林（Kenneth Fearing）、肯·瑞克斯罗斯（Kenneth Rexroth）、埃·鲁尔夫（Edwin Rolfe）、兰·休斯（Langston Hughes）、卡·桑德堡（Carl Sandburge）、阿·麦克里奇（Archibald MacLeish）、阿德里安·里奇（Adrienne Rich）和艾伦·金斯伯格（Allen Ginsberg）等诗人都曾从不同层面对美国政治体制、社会不公正现象和战争罪恶等发出呐喊。二战期间，更有一批诗人应征入伍，成为"战士诗人"[①]，如兰·贾雷尔（Randall Jarrell）、卡·夏皮罗（Karl Shapiro）、路易斯·辛普森（Louis Simpson）、霍·内梅罗夫

---

① Lorrie Goldensohn, "War and Anti-War Poetry," in *Encyclopedia of American Poetry: the Twentieth Century*, ed. Eric L. Haralson, Chicago: Fitzroy Dearborn Publishers, 2001, p. 749.

(Howard Nemerov)和理·爱博哈特(Richard Eberhart)等。他们的作品以亲身经历为背景,揭露战争的残酷与罪恶,成为美国诗歌的崭新声音。然而,由于与主流诗歌美学传统相悖,这一声音尚处于蛰伏状态,亟待拓展更大的发展空间。

(二)世界政治诗歌的鼓舞

就世界诗歌地图而言,在欧洲、南美洲和亚洲等地,很多诗人无惧被查禁、流放或迫害的可能后果,坚持通过诗歌创作表达对一切黑暗和不公正的批判。中国读者熟悉的智利诗人和政治活动家巴勃罗·聂鲁达(Pablo Neruda),曾在积极参加保卫和平运动的同时坚持创作和朗诵活动,成为20世纪60年代伟大的诗人。战后欧洲"废墟文学"的杰出代表,著名德语诗人保罗·策兰(Paul Celan),其以《死亡赋格》(*Death Fugue*)为代表的"血滴诗"对纳粹邪恶本质的强烈控诉和冷峻沉郁的艺术感染力震动了德国乃至世界诗坛。此外,活跃于世界诗坛的尼加拉瓜诗人和政治家埃·卡德纳尔(Ernesto Cardena),素有"浪漫的革命者"美誉的土耳其诗人纳·克梅特(Nazim Hikmet),以及俄国诗人马雅可夫斯基、阿赫玛托娃(Anna Akhmatova)和叶夫图申科(Yevgeny Yevtushenko)等,都曾在创作中不同程度地描绘了国家政治变迁以及社会个人因此所面临的各种极端情境,成为世界诗坛的宝贵财富。

20世纪60年代,伴随越南战争所引发的反战情绪,上述国家的政治诗被陆续译介进入美国,进而重燃三四十年代以来激流暗涌的政治热情,使美国社会进入所谓"诗人和学生及教授们一道重新发现政治的阶段"[①]。从布莱、雷(David Ray)到邓肯(Robert Duncan)和列维托夫,美国诗人不分流派和种族,纷纷加入政治诗歌的创作行列。特别是以尤·科姆尼亚卡(Yusef Komunyakaa)、道·安德森(Doug Anderson)、布·弗劳依德(Bryan Alec Floyd)和布·威格尔(Bruce Weigl)等为代表的新一代"战

---

① Morris Dickstein, *Gates of Ede: American Culture in the Sixties*, New York: Basic Books, 1977, p. 17.

士诗人"，以诗歌形式见证越战给两国民众带来的创伤，抨击美国政府的战争决策和霸权野心。这些政治诗歌作品内涵深刻，意义深远，是了解美国社会和文学历史的珍贵资料。然而，遗憾的是，除个别专题结集出版的个案，政治类诗歌被美国主流文学选集或诗歌选集排斥在外已达半个世纪之久①。直至1994年，《西斯美国文学选集》（The Heath Anthology of American Literature）第二版以"现代政治诗小札"（Sheaf of Political Poetry in the Modern Period）为题，收录了费林、塔格德、休斯和鲁尔夫等几位政治诗人的作品。深潜半个世纪的政治诗终于开始在美国主流诗选中占有一席之地，标志着美国诗歌品味的新变化。

1993年，弗池主编的《谨防忘却：20世纪见证诗歌》一书出版，成为这种品味变化的又一重要标志。该书凝聚作者十三年研究心血，以"见证诗歌"理念挑战以自白派为代表的美国诗歌的个人化倾向，明确指出其中的问题，即"对个人的歌颂会显示出一种短视，无法看到国家和经济大格局尽管不能决定，却对脆弱的个人世界具有的限制作用"。②她进而强调，诗歌可以，并且应该担负起见证重大历史事件的责任，从而开启了美国诗歌创作的新思潮。

（三）21世纪美国诗歌的文化认同转向

尽管有来自世界各国政治诗歌的影响，以及发自美国本土诗歌的各种呼吁，美国学界对政治诗歌一直抱持怀疑和轻视态度。究其原因，弗池的分析鞭辟入里：一方面是出于美国文化对"政治"一词的轻视，视其为对严肃文学的污染；另一方面，则源自美国社会长期以来对诗歌本身的文化认同，认为它不过是个人"抒情表达或文字游戏的密闭领域，不应该受历史、政治和社会因素的影响"③。然而，21世纪伊始，《美国杂糅：诺顿新诗选》

---

① Eric L. Haralson, ed., *Encyclopedia of American Poetry: the Twentieth Century*, Chicago: Fitzroy Dearborn Publishers, 2001, p. 19.

② Carolyn Forché, "Twentieth Century Poetry of Witness," *American Poetry Review*, Vol. 22, No. 2, March/April 1993, p. 9.

③ Carolyn Forché, "The Poetry of Witness," in *The Writer in Politics*, eds. William H. Gass and Lorin Cuoco, Carbondale: Southern Illinois University Press, 1996, p. 135.

（*American Hybrid: A Norton Anthology of New Poetry*, 2009）的出版为美国诗歌发展以及诗歌文化认同指明了新的方向。从书名可见，其宗旨在于弥合以自白派为代表的传统诗歌和以语言诗运动为代表的实验诗歌之间的长久隔阂。据该书主编斯文森（Cole Swensen）分析，这种两大阵营的分法早已失去意义，当代美国诗歌已经日渐融合来自实验派和传统派的双重特点，开启了全新的创作及审美方向，不仅重视自我世界，也同样关注社会历史责任①。其后出版的《美国新诗选：后现代主义卷（1950至今）》（*The New Anthology of American Poetry: Postmodernisms 1950–Present*, 2012）也间接指出，20世纪末以来美国诗歌不仅致力于"语言创新诗学"（Linguistically-adventurous poetics），也同样关注"文化创新诗学"（Culturally-adventurous poetics）所倡导的诗歌的社会批判价值②，再次改变了美国诗歌的文化认同观念。

美国诗歌的这一转向经过20世纪后半叶数十年的酝酿，终于在21世纪之初勃发，除前文所述世界诗坛长期活跃的政治诗歌的影响之外，还有另外两个方面的原因。一是频发于美国社会各种重大事件本身的震撼力量。"9·11"事件、伊拉克战争和飓风袭击等，一系列政治、经济和环境方面所面临的种种威胁，彻底打破了艺术创作的个人空间和公共空间的界限，令美国诗人对诗歌的纯粹个人化色彩产生了普遍怀疑。二是美国诗人对诗歌界长期以来的两分法日渐不满，强烈呼吁有第三种表达方式的出现。2012年，美国学者安·凯尼斯顿（Ann Keniston）等主编的《21世纪美国社会关注新诗选》一书正是对这种呼吁的有力响应，也成为见证诗歌在美国诗歌发展史上的新锐力量。

2014年，弗池主编的大型诗选《见证诗歌：英语传统1500—2001》出版，进一步确立了见证诗学在美国诗歌的地位。该书在序言部分对见证诗歌

---

① Cole Swensen, et al., eds., *American Hybrid*: A Norton Anthology of New Poetry, New York: W.W. Norton & Company, 2009, p. xx-xxi.

② Steven Gould, Axelrod, et al., eds., *The New Anthology of American Poetry: Postmodernisms 1950–Present*, New Brunswick: Rutgers University Press, 2012, pp. 297-298.

的理论依据和社会价值再次加以整合与深化，称其"不仅仅是创作方式"，还应该是一种"诗歌阅读方式"，以及"读者与真实发生的事件之间的一场直面相遇"①。这种从作者和读者的双重视角界定诗歌意义的做法，彻底打破了美国学界长期以来认为诗歌只属于个人化"密闭领域"（hermetic sphere）的片面认识，标志着一个具有跨世纪意义的文化转向：即不再把诗歌视为不问世事的痴人梦呓或单纯的文字游戏，而是将它看作是能够，且应该承担见证人类所面临的一切极端情境之重大责任的创作活动，开启了新世纪美国诗歌创作及诗歌审美的最新方向。

二、见证诗歌的内涵与社会价值

当代美国见证诗歌强调诗歌的政治性和社会关注，却与以往政治诗有所不同。作为后自白派、政治诗、现代派和实验派等诗歌风格的继承与发展，与其说它是一种诗歌类型或亚类型，不如说它是在形式多样、风格迥异的众多美国诗歌作品中所凸显的一种趋势。凯尼斯顿用更为中性的"社会关注诗歌"（engaged poetry）②来定义它，虽削弱了其内在政治性，却进一步深化了其内涵，将自然灾害和大众文化的侵扰也纳入了见证视野。作为21世纪美国诗歌发展的崭新趋势，其宗旨就是突破个人狭隘世界，回归社会现实纬度，对更大的世界做出反应，担负起政治历史责任，记录重大社会事件或矛盾冲突对语言和思维所留下的烙印。21世纪以来，美国社会面临诸多挑战，有政治错误也有经济动荡，这些都可以做见证诗歌的素材，而其所关注的焦点问题则包括下列几个主要方面：（1）重大社会事件，如"9·11"事件、校园枪击事件、2008年金融危机、2010年墨西哥湾漏油事件和总统大选等。（2）美国政府的错误决策，如伊拉克战争和入侵阿富汗等政治事件。（3）

---

① Carolyn Forché, "Reading the Living Archives: the Witness of Literary Art," in *Poetry of Witness: the Tradition in English 1500–2001*, eds. Carolyn Forche et al., New York: W.W. Norton & Company, 2014, p. 21.

② Ann Keniston and Jeffrey Gray, eds., *The New American Poetry of Engagement: A 21st Century Anthology*, Jefferson: McFarland & Company, 2012, p. 6.

自然灾害，如飓风卡特里娜和气候变化等。（4）以大众文化为代表的美国意识形态对意识和思维的侵犯，如媒体的"类像"现实等，本书所研究的阿曼特劳特诗歌即属于此类。与其他记录重大事件的见证诗歌略有不同，阿曼特劳特诗歌关注、思考并揭露当代美国在新媒体时代通过大众传媒等意识形态工具建构的种种"虚假意识"①及其表征。

把诗歌作为宏大见证本身也就把诗人置于观察者的角度，难免要牵涉立场问题。但是，与拉美和俄国诗人那种宣言式政治诗不同，美国当代见证诗歌主张曲而不直、秘而不宣的表达方式，刻意拉开事件与主体之间的距离。对此，已故诗人劳特巴赫坦言："对事件的反映和报道不会将我们拉近事件，它们只是让我们对事件有所意识。"②为规避意识形态倾向，见证诗歌在重大事件面前表现出高度节制，既不会滔滔不绝，也不会惊吓失语。原因则如格莱格森（L. Gregerson）所言，"因为稍不留神就可能出现可怕的错误，我总是很担心——我认为担心是必要的——担心可能发生的越界侵犯"。③这里所说的越界侵犯与米沃什在《诗的见证》中援引其表兄奥斯卡·米沃什所强调的诗歌要承担的"可怕的责任"④一脉相承，即诗人被高昂的道德热情和英雄情怀所异化，用耸人听闻的手法处理暴力题材。然而，这又是不得不冒的风险，毕竟，如平斯基所言："社会总要依靠诗人见证某些事情。"⑤为此，诗人福特的态度具有一定的代表性，"诗人也应该负起

---

① Ann Keniston and Jeffrey Gray, eds., *The New American Poetry of Engagement: A 21st Century Anthology*; Jefferson: McFarland & Company, 2012, p. 205.

② Ann Lauterbach, "Statement: Writing in the Near/Far," in *The New American Poetry of Engagement: A 21st Century Anthology*, eds. Ann Keniston and Jeffrey Gray, Jefferson: McFarland & Company, 2012, p. 230.

③ Linda Gregerson, "Statement," in *The New American Poetry of Engagement: A 21st Century Anthology*, eds. Ann Keniston, et al., Jefferson: McFarland & Company, 2012, p. 222.

④ [波兰]切斯瓦夫·米沃什：《诗的见证》，黄灿然译，广西师范大学出版社2013年版，第32页。

⑤ Robert Pinsky, "Responsibilities of the Poet," *Critical Inquiry*, Vol. 13, No. 3, Spring 1987, p. 426.

这个责任：无论有人怎样警告反对，依然要记录逝者的哀吟"，①充分体现了见证诗人的强烈人文诉求。

　　当然，见证诗歌强调社会政治内涵，却并不排斥个人化色彩。这与著名诗人和评论家威廉·梅勒迪斯（William Meredith）早在20世纪80年代提倡的诗学思想，即诗人应该既是艺术家又是"异见者"②一脉相传。在见证诗人眼中，"所有诗歌都具有政治性"。③诗人苏珊·斯图亚特（Susan Steward）在诗行中的表述则更为明确："个人是被巧妙地政治化了的个人，而政治则是被巧妙地个人化了的政治。"④显然，在见证诗人眼中，政治诗与个人化诗歌并不矛盾，重要的是要强调"诗歌的人际交往特性"，⑤使诗歌跨越文本边界，进入社会文本，成为"一种公共话语，一种有关作为公民责任，以及我们既愧疚又无助之心情的交流行为"，⑥"如洒下的鲜血般"⑦见证着历史，让读者在未来的岁月里了解过去，反思现实，因而赋予其深刻的社会担当与历史价值。

三、当代美国见证诗歌的艺术策略

　　如前文所述，见证诗歌为避免空洞的说教，反对对公共政治事件进行

---

① Katie Ford, "Statement," in *The New American Poetry of Engagement: A 21st Century Anthology*, eds. Ann Keniston and Jeffrey Gray, eds., Jefferson: McFarland & Company, 2012, p. 216.

② William Meredith, "Reasons for Poetry," *Quarterly Journal of the Library of Congress*, 39, September 1982, p. 188.

③ Robert Pinsky, "Responsibilities of the Poet," *Critical Inquiry*, Vol. 13, No. 3, Spring 1987, p. 425.

④ Ann Keniston and Jeffrey Gray, eds., *The New American Poetry of Engagement: A 21st Century Anthology*, Jefferson: McFarland & Company, 2012, p. 184.

⑤ Carolyn Forché, "Twentieth Century Poetry of Witness," *American Poetry Review*, Vol. 22, No. 2, March/April 1993, p. 12.

⑥ Kevin Prufer, "Statement," in *The New American Poetry of Engagement: A 21st Century Anthology*, eds. Ann Keniston and Jeffrey Gray, eds., Jefferson: McFarland & Company, 2012, p. 244.

⑦ Carolyn Forché, "Reading the Living Archives: the Witness of Literary Art," in *Poetry of Witness: the Tradition in English 1500-2001*, eds. Carolyn Forche et al., New York: W.W. Norton & Company, 2014, p. 21.

直截了当的处理方式，而更倾向于狄金森式"说出全部真理/但不直说"的"曲径"美学。在言说真相的时候，多采用语言重组、多重声音和时空穿越等方式，对极端情境进行迂回表现，具有丰富多变的艺术魅力。

（一）挪用

生发于后现代语境的美国见证诗歌，多喜用挪用手法，将来自各种语境、出处不详的语言或片段，特别是通常被传统诗歌视为"非诗意"的"淘来语"、加工语和官方用语等混搭入诗。如当代著名诗人、美国艺术文学会主席麦克莱希（J.D. McClatchy）的《圣战》（*Jihad*）一诗，用醒目的斜体字引用《古兰经》中的段落；诗人弗雷斯特·哈默（F. Hamer）的《会议》（*Conference*）一诗，实录了2001年南非种族大会不同与会者的发言段落；西维尔（L. Sewell）的《忧郁的解剖》（*The Anatomy of Melancholy*）引用伊拉克城市提克里特的一场轰炸事件的新闻报道及军方否认对平民实施暴行的相关讨论。作为研究和批判的对象，见证诗歌还经常挪用媒体发布的官方评论和各种层出不穷的政治委婉语，如西哈奈（N. Shihah Nye）《黑暗中的词典》（*Dictionary In the Dark*）一诗，特别引用"大规模杀伤性武器"等官方用语。在见证诗人看来，媒体中的官方语言实为美国政府出于各种政治目的而刻意使用的，其模糊处理或误用的目的是粉饰现实、安抚人心或掩盖真相。见证诗歌将类似说辞挪用入诗，其目的是引起读者对官方"语言误用"的警惕及其深层动因的思考。

此外，见证诗歌的挪用还反映了著名后现代理论批评家琳达·哈琴（Linda Hutcheon）所说的"共谋批判"意识，即说话人虽然对所挪用语境深表怀疑，却又自感难逃其影响的境遇。对此，2010年普利策诗歌奖得主阿曼特劳特的看法颇具代表性，称"这样的语言充斥着我们的意识，并成为它的组成部分"[①]。她认为要批判这种从意识形态层面刻意美化的语言，必须

---

① Eric Elshtain et al, "An E-mail Interview with Rae Armantrout," in *Collected Prose*, Rae Armantrout, San Diego: Singing Horse, 2007, p. 92.

将其实例剥离并做"去语境化"（decontextualized）①处理，以引起读者的思考，提防其背后隐藏的各种深层意图。

值得注意的是，挪用作为后现代诗歌的重要特点之一，在见证诗歌中却被赋予更为深刻的内涵。与前者多强调戏仿效果不同，见证诗歌的挪用弃绝戏仿的幽默色彩，而专注于揭示这些被挪用言辞所构建的"类像"现实的虚伪。例如，布鲁沃（J. Brouwer）一首有关2010年4月墨西哥湾漏油事件的诗，《调查委员会报告节选》（*Lines from the Reports of the Investigative Committees*），将官方报道和抒情语言混搭并置，旨在揭示在任何历史事件后区别"现实"与"再现"的困难所在。其所暗示的，也正是阿曼特劳特曾明确提出的问题，即"我们怎样处理这些（政府机构的）欺骗？这些欺骗又是怎样被大众文化处理后再传达给我们？"②阿曼特劳特称这种欺骗为"这样或那样的意识形态"，并借用阿多诺的"虚假意识"将其定义并指出：在连篇累牍的"媒体轰炸"下，人们对世界的经验以及对这些经验的解读和表达只能通过"被预先消化"或"预先设定"了的言语方式来实现的实质。③其本人的作品也常常通过挪用来自不同语境的"淘来语"片段以暗示美国社会意识形态对意识的侵犯。以其在2008年华尔街股灾爆发当天创作的《气泡膜》（*Bubble Wrap*）一诗为例，它以疑问句"想不想打开CNN／看看是否又发生了什么／灾难？"④开头，继而挪用"庞氏骗局"和"人造草皮公司"等媒体报道用词，结合结尾处某移民在便利店前出售廉价手工制品的意象，暗示媒体以"真相"代言者自居的距离感和经济下滑所造成的现实冲击感之间的距离。

（二）打破主体稳定性

除通过挪用手段打破不同语境的边界外，见证诗歌还挑战传统诗歌单一

---

① Rae Armantrout, *Collected Prose*, San Diego: Singing Horse, 2007, p. 92.
② Rae Armantrout, "Statement," in *The New American Poetry of Engagement: A 21st Century Anthology*, eds., Ann Keniston and Jeffrey Gray, Jefferson: McFarland & Company, 2012, p. 205.
③ Rae Armantrout, *Collected Prose*, San Diego: Singing Horse, 2007, p. 21.
④ Rae Armantrout, *Money Shot*, Middletown: Wesleyan University Press, 2010, p. 23.

主体的权威性及其线性抒情进程。为此，它弃绝对重大事件进行零距离处理的方式，摒弃单一固定和全知全能的言说视角，而倾向于采用多变主体或多重视角。即使出现第一人称，也会尽可能打破其直线推进的稳定性。以金奈尔（G. Kinnell）有关"9·11"事件的作品《当双子塔倒塌的时候》（*When the Towers Fell*）为例。该诗虽然以第一人称复数开头，"透过我们的高窗，我们看见双子塔"，但是，很快却通过"某人说"和"我希望我能说"等几个插入语让主体身份变得模糊难辨。①而希尔曼（Hillman）的《在参议院军事武装听证会上》（*In a Senate Armed Services Hearing*）一诗，虽以人的视角开头："从我作为女人的角度/我能看见"，很快变成"苍蝇/能……预测"，接着又在以苍蝇、思想和原子为主体的多个第一人称间穿梭跳转，显示了高度的不稳定性。此外，还有见证诗人运用剧本写作中常见的括号加斜体文字的形式，暗示言说者并非诗人本人，从而彻底瓦解了主体的权威性。这在普利策诗歌奖得主科姆尼亚卡的《波涛》（*Surge*），以及维娜（E. Wilner）的《免费图书馆中的发现》（*Found In the Free Library*）等作品中均有体现。

为进一步消解传统单一抒情自我的可靠性，见证诗歌还采取自我缺席的"无我"视角。如提莫西·刘（T. Liu）的《成品》（*Ready-mades*）等诗作以近乎平铺的方式描写了"9·11"事件后的场景，却拒绝加入说话人"我"的任何评判，以显示极端情境中第一人称视角的局限性和无助感。显然，见证诗歌在力图记录重大历史政治事件的同时，对传统诗歌抒情自我或诗人作为见证者的权威身份抱持不信任的态度。这种不信任在多纳利（T. Donnelly）的《空中残骸的部分清单》（*Partial Inventory of Airborne Debris*）一诗中表现得尤为明显。"不奇怪我会退缩/甚至从我自己/精疲力竭的正在回望的影像中"②，该诗以第一人称"我"字开头，却在接近尾

---

① Ann Keniston and Jeffrey Gray, eds., *The New American Poetry of Engagement: A 21st Century Anthology*, Jefferson: McFarland & Company, 2012, pp. 107-108.
② Ann Keniston and Jeffrey Gray, eds., *The New American Poetry of Engagement: A 21st Century Anthology*, Jefferson: McFarland & Company, 2012, p. 34.

声处转而鄙视这种自以为是的自我抒情立场："我/自己一定程度上肯定是//那只狼，而其他/都不过是电视而已。"①这种将自我比作狼的例子道出了言说主体被异化，甚至被消灭的可能性。这种可能性在西戴尔（F. Seidel）《布什政府》（*The Bush Administration*）一诗中更是走向极端，直指美国政府以消除恐怖主义为由而发动战争，从而最终"洗白黑暗"、征服"丛林"②，即征服尚未驯化的非美国世界的野心：

> 我爬进一只鳄鱼
> 变得和鳄鱼一样。
> 穿着牛仔靴的白种食人兽们
> 返回丛林
> 我四脚着地拼命吃草
> 这样就能吐出来
> 因为我喜欢这感觉。
> 我趴在猎物的尸体上
> 然后开吃。③

在这里，说话人"我"不仅是政治事件的观察者，更是整个事件的行动者。"我"所呈现给读者的一系列因暴食造成的病理症候，令人既恐惧又厌恶，借以批判布什政府以追杀恐怖分子头目为由而滥杀无辜的残暴行为，及其意欲征服整个世界的野蛮动因。

（三）跨时空穿越

除上述两大艺术策略及特色外，当代美国见证诗歌还体现了高度的时空意识，特别是与"9·11"事件有关的作品，如戈德史密斯（K. Goldsmith）

---

① Ann Keniston and Jeffrey Gray, eds., *The New American Poetry of Engagement: A 21st Century Anthology*, Jefferson: McFarland & Company, 2012, p.37.

② 原文"Bush"，这里取该词的另一意思，即"灌木丛或丛林"之意，与题目《布什政府》中作为姓氏的Bush形成明显的双关关系。

③ Ann Keniston and Jeffrey Gray, eds., *The New American Poetry of Engagement: A 21st Century Anthology*, Jefferson: McFarland & Company, 2012, p. 177.

《来自那天的"艾尔"》，瑞维儿（D. Revell）《特定日子》（*Given Days*），莫文《致9月的光》（*To the Light of September*）和欧兹（S. Olds）《2001年9月》（*September, 2001*）等，均以"9·11"这个特定日期为时间轴坐标，在历时和共时的不同空间穿梭往返。

历时穿越主要是将过去和现在某个时间段所发生的事件并置拼搭，不仅暗示二者之间的类比关系，更折射出历史的延续性。例如，普鲁佛（K. Prufer）将《那些无法逃脱的人们》（*Those Who Could Not Flee*）一诗置于古罗马历史和未来科幻等语境，旨在"从我周围发生的即时事件中游离……进入一种无时间界限、中立的想象领域"①。该历时手法在威廉姆斯的作品中更被用到了极致，如《战争》（*War*）一诗，就包含公元前900年玛雅人的历史片段，假以古希腊和特洛伊诸神及轰炸机飞行员等形象，在排比中平行展开，直至在第三小节"季节永不停歇的车轮"那句达到高潮。它与其说是感慨季节的轮回，不如说是在暗示"9·11"给遇难者所带来的灾难性结果：他们的人生转瞬间碾过四季，走向终结。金奈尔的《当双子塔倒塌的时候》一诗，同样采取类似历时手法，在"9·11"事件场景和20世纪其他重大事件和典故之间切换。它特别引用惠特曼、克兰（Hart Crane）、策兰和法国中世纪诗人维雍（Francois Villon）的诗歌片段，以期说明"9·11"事件无非是"20世纪宏大暴力死亡史上／一个小小的案例"②。通过援引历史事件，这些作品以悖论形式揭示了在单独语境下书写重大事件的困难所在。这些事件和人的生命一样，发生在"时间粒子"之间，单独看转瞬即逝，难以辨认。而让现在和过去在有限的诗歌空间相遇、碰撞，通过单个事件的不断重复，不仅能集中体现战争灾难的可怕，更赋予诗歌以预言和历史的精神向度。

共时穿越则采取隔空拼搭手法，即把处在两个不同物理空间的意象并

---

① Ann Keniston and Jeffrey Gray eds., *The New American Poetry of Engagement: A 21st Century Anthology*, Jefferson: McFarland & Company, 2012, p. 245.
② Ann Keniston and Jeffrey Gray eds., *The New American Poetry of Engagement: A 21st Century Anthology*, Jefferson: McFarland & Company, 2012, p. 110.

置，通过言说者此刻所处的安逸状态和彼处（特指伊拉克）严酷战争场景之间的强烈对比，表现一种难以逾越的隔绝感和共谋的负罪感。如西德曼（H. Seidman）在《想起巴格达》（*Thinking of Baghdad*）一诗中所云："在这里，我还在痛恨一片面包的价格/在这里，我坐在公园的长椅上晒太阳"，而"在那里，城市，刚刚经过爆裂的砖头/在那里，城市，就像刚刚穿过无数黑洞"①。维纳的《用国旗演奏》（*Rendition, with Flag*）则将下网捕捉河狸而"河狸正在树上磨牙"的意象与同时发生的"一个美国士兵抽着烟，而费卢杰②正在燃烧"的场景隔空交叠。除表现隔绝感和负罪感，这种共时穿越也再次验证了阿曼特劳特所表达的对美国媒体的深刻怀疑。自美国内战以来，由美国燃起战火的战争几乎都发生在其国土之外的他地，人们获取的所谓战争消息都主要来自新闻媒体，是《电视转播战争》（*Televised Wars*）③，无一不是带有明显倾向性的二手信息。对此，老一代反战诗歌中亦早有表现，其中旅美加拿大女诗人阿特伍德（M. Atwood）那首题为《读报纸是件危险事》（*It Is Dangerous to Read Newspapers*）的作品堪称经典："每一次，当我在电动打字机上/敲下一个键盘，/赞美平静的树林//另一个村落却正在爆破。"④如今，这种由近及远，由和平到战争的场景交替在当代见证诗歌中得以重现，暗示身处安逸、遥远之地的言说者根本无法准确还原正在"那里"发生的骇人事件的无奈与愧疚。如诗所云，"在我幸运//无知的人生中我甚至从未/闻到过爆炸//的气味"⑤，"我的近旁不是你的近旁"⑥。由此，

---

① Ann Keniston and Jeffrey Gray, eds., *The New American Poetry of Engagement: A 21st Century Anthology*, Jefferson: McFarland & Company, 2012, pp. 180-181.

② 费卢杰是伊拉克城市。

③ Rae Armantrout, *Next Life*, Middletown: Wesleyan University Press, 2007, p. 34.

④ Lorrie Goldensohn, "War and Anti-War Poetry," in *Encyclopedia of American Poetry: the Twentieth Century*, ed. Eric L. Haralson, Chicago: Fitzroy Dearborn Publishers, 2001, p. 749.

⑤ Ann Keniston and Jeffrey Gray eds., *The New American Poetry of Engagement: A 21st Century Anthology*, Jefferson: McFarland & Company, 2012, p. 73.

⑥ Ann Keniston and Jeffrey Gray, eds., *The New American Poetry of Engagement: A 21st Century Anthology*, Jefferson: McFarland & Company, 2012, p. 230.

历时与共时穿越手法携手，以无法逾越的疏离感和负罪感道出了当代美国诗歌的书写焦虑。

四、见证诗歌所面临的挑战与责任

见证诗歌关注社会历史事件，其严肃与内在沉重感使其面临诸多考验。首先，是听众障碍。美国后现代诗歌普遍看重听众的参与，这点从20世纪60年代兴起的诗歌朗诵会热潮就可以看出。然而，在以消费主义和快餐文化为主导的当今社会，诗歌作为一门边缘化小众艺术，大多面临无人倾听的尴尬。如平斯基在《忘却》（The Forgetting）一诗中所描写的场面：一个诗人在朗诵一首关于"9·11"的诗，"人群鼓着掌尖叫着，他们很开心"，但是"却没有人在听"；即便有人在听，也什么都不会听到，因为人群的喧嚣只会触发"一种忘却的狂喜"。类似的焦虑在普利策诗歌奖获得者格里汉姆的《祈祷》（Praying）一诗中亦有表现：诗人"吟咏着所发生的事情"，"等待，聆听骇人的结果"[1]。该"结果"正是诗人深深惧怕的无人聆听的窘境。诚然，诗可以记录社会重大事件，但是，该行为唯有被人聆听方有意义。听众的聆听不仅可以缓解见证诗歌所面临的创作困难，帮助作者解决难以言说等问题，还可推动诗歌进入更大的公共领域，成为人们了解社会和历史的全新维度。

其次，是诗人的书写焦虑。尽管存在听众障碍的问题，见证诗人依然对创作的必要性持肯定态度。平斯基的《断裂之诗》（Poem of Disconnected Parts），通过描写关塔那摩监狱[2]里某个囚徒诗人把"他的普什图语诗刻在泡沫塑料杯子上"的行为来强调书写的必要性，以及诗人对读者所负有的责任。米特的《证据》（Testimony）一诗，则通过把某些句子完全涂黑，表达

---

[1] Ann Keniston and Jeffrey Gray., eds., *The New American Poetry of Engagement: A 21st Century Anthology*, Jefferson: McFarland & Company, 2012, p. 63.

[2] 关塔那摩监狱：系美国军方于2002年在古巴关塔那摩海军基地所设置的一座军事监狱，主要关押阿富汗战争以来的大批基地组织和塔利班成员，以及来自世界各地的所谓"恐怖分子"。

难以言说的内容。这种自我审查而不是全部废弃的创作行为,不仅证明了诗人的书写意愿,也同时暗示了其书写的焦虑。诗人涂了又写,写了又涂,无论怎样困难,"我都需要快速地写/这样就不会错失——/每一个被蚀刻的脸,和被捆绑的身体"①。表面上看,那些触目的黑色,与其他类似的自我审查手段一样,似乎淡化了诗人"说出所发生一切"的决心,显得缺乏勇气。而实际上,它们与见证诗歌的一系列艺术手法相辅相成,表现了通过曲径表达的良苦用心与策略。与米特相仿,哈默在《发生了什么》(*What Happened*)一诗中也表现了在困难中艰难前行的创作过程,"终于,一个字,而不是很多/再次沉默,期盼着/更多字,但还不是所发生的一切……"直至在结尾处的慨叹:"发生的一切/是一种言说,却又说不出来。"②显然,面对难以言说的困难,诗人没有放弃书写,而是踟蹰前行,在捕捉那些"所发生之事"的细节及其本人元认知体验的回转切换中最终完成了诗歌创作。在题为《致词语》(*To the Words*)一诗中,莫文以这样的元诗形式对词语发起责难:"当它发生之时,你们并不在那儿。"③为凸显主题,该诗并没有说明"它"的具体所指,而直接指向"词语"。然而,正如安·肯尼斯顿(Ann Keniston)所分析的,"无论发生什么,即便词语不在那里,它们的存在也'是为了说出所能说出的一切',而诗人的任务就是促使它们'说出来'"④,凸显见证诗人对书写责任的重视。

综上所述,当代美国见证诗人在尽可能记录所发生之事的同时,也意识到这种书写的重重障碍与挑战。但这些障碍非但没有让诗人们驻足不前,反倒敦促其更加接近真相。尽管困难有时会让见证诗歌的表达踟蹰延宕,而

---

① Ann Keniston and Jeffrey Gray, eds., *The New American Poetry of Engagement: A 21st Century Anthology*, Jefferson: McFarland & Company, 2012, p. 148.

② Ann Keniston and Jeffrey Gray, eds., *The New American Poetry of Engagement: A 21st Century Anthology*, Jefferson: McFarland & Company, 2012, p. 84.

③ Ann Keniston and Jeffrey Gray, eds., *The New American Poetry of Engagement: A 21st Century Anthology*, Jefferson: McFarland & Company, 2012, p. 143.

④ Ann Keniston and Jeffrey Gray, eds., *The New American Poetry of Engagement: A 21st Century Anthology*, Jefferson: McFarland & Company, 2012, p. 15.

克服这种延宕的过程本身又成就了创作的主题。当有些作品最终突破这种延宕而找到表达路径之时，另一些则在各种困难及元诗歌体验中推演出一种新的诗学方向，致力于表现在两者间的穿梭变换，直至完成创作的过程本身。由此，见证诗歌不仅见证了美国重大社会历史事件，也见证了21世纪美国诗歌所面临的责任与焦虑，其"诗性语言勇敢地面对罪恶及其表现，呼唤共同的人性意识和集体反抗精神"[1]，进而赋予诗歌文本以"活档案"（living archives）[2]的非凡价值，成为读者深入了解新世纪美国社会的又一重要维度。

---

[1] Carolyn Forché, "Reading the Living Archives: the Witness of Literary Art," in *Poetry of Witness: the Tradition in English 1500–2001*, eds. Carolyn Forche et al., New York: W.W. Norton & Company, 2014, p. 24.

[2] Carolyn Forché, "Reading the Living Archives: the Witness of Literary Art," in *Poetry of Witness: the Tradition in English 1500–2001*, eds. Carolyn Forche et al., New York: W.W. Norton & Company, 2014, p. 26.

第三章 阿曼特劳特诗歌的崛起

一、阿曼特劳特的诗人之路

1947年,蕾·阿曼特劳特出生在加利福尼亚州萨克拉门托和旧金山之间的小城瓦莱霍的一个普通工薪家庭,在美国靠近墨西哥边境的边陲城市圣地亚哥长大。她的父亲约翰·阿曼特劳特(John Armantrout)是一位职业海军军人,参加过二战和后来的朝鲜战争。她的母亲海泽尔·阿曼特劳特(Hazel Armantrout)据说曾做过推销员上门推销服装,之后在麦克法兰糖果公司任店铺经理。阿曼特劳特成长在海军部队社区,父亲饱受战争创伤、酗酒,母亲信奉宗教激进主义,他们对她孩提时代即显示的诗歌天赋并无鼓励和支持。这样的家庭背景为她日后的成长打上了不一样的烙印,令她的成长之路不仅充满转折与坎坷,更充满了叛逆与反抗,为其未来的诗歌发展方向埋下了深深的伏笔。

(一)"孑然特出":早年时光

作为独生女,阿曼特劳特从小跟随父母生活在圣地亚哥海军军事基地的部队社区,先后在卓亚斯维尤和联盟花园[①]居住。阿曼特劳特先在卓亚斯维尤小学读了两年,后来又转学到马尔文小学。之后不久,她于1959年升学到专为工薪家庭子女设立的胡佛高级中学。在阿曼特劳特的散文回忆录《真》

---

① Rae Armantrout, *Collected Prose*, San Diego: Singing Horse, 2007, pp.138-142.

中,她将自己描述为"在家被冷落"和"完全不受欢迎的孩子",而在学校又是个"异类"和"怪胎独行侠"。

在童年的孤独和隔绝之中,阿曼特劳特很早就对诗歌展示出了浓厚的兴趣,并开始试着以写作为伴。她喜欢母亲为她睡前朗读的儿童诗和传统长诗,如朗费罗的《海华沙之歌》等。然而,阿曼特劳特似乎从小就和她日后的诗歌楷模威廉姆斯拥有一样的极简主义的直觉和天性。六岁时她写下人生第一首诗,其中已然可见威廉姆斯极简主义的踪迹:

小鱼游

游啊游

游走了。①

尽管幼稚,但小阿曼特劳特的这首处女作已彰显她言简意赅的美学直觉,寥寥数字就生动刻画了小鱼在溪中左游游右游游,然后倏忽消失无影踪的奇妙瞬间。难怪多年后她的朋友,诗人和评论家罗恩·西利曼曾由衷赞叹,称"她就好像打娘胎里出来就会写作了一样"②。除了威廉姆斯式的极简主义,这首小诗中的小鱼从悠哉显现到不知所踪,从可见到不见,用极有限的空间引发了无限的想象:它游去哪里了?石洞边?水藻间?它何时还会再出现?此诗表现了其日后在创作中孜孜以求的"切尔西诗学"双重性效果的早期痕迹。

然而,正如长大后的阿曼特劳特所回忆的,自己作为初露头角的诗人,成长背景中几乎看不到任何走职业艺术道路的可能性。"我当时甚至不知道世上还有什么诗人",阿曼特劳特在一次访谈中坦言,"长大后可以成为艺术家以艺术为业,这个概念对我来说完全是陌生的"③。因此,阿曼特劳特曾经一度想成为一位气象学家,原因是当时她怀着巨大的兴趣读过一本讲天

---

① Rae Armantrout, *Collected Prose*, San Diego: Singing Horse, 2007, p. 139.

② Kevin Nance, "The Difference between Nothing and Nothingness: profile of Rae Armantrout," *Poets and Writers*, Issue March/April 2013, p. 50.

③ Kevin Nance, "The Difference between Nothing and Nothingness: profile of Rae Armantrout," *Poets and Writers*, Issue March/April 2013, p. 49.

气的奇怪的书。为此，她在回忆录中这样写道："我觉得我注定是要成为艺术家的，但当时并不知道如何将这种渴望具体化。"①

父亲酗酒，母亲笃信宗教，这样的家庭环境不允许小阿曼特劳特询问任何诸如"为什么？""你这句话什么意思？"②之类的问题，这或可部分解释她日后在诗中不断追问类似问题的嗜好，幼年的压力经年之后在创作中找到了出口。年幼的阿曼特劳特感觉到自己和父母及他们的价值观不断远离。她寡言的父亲从朝鲜战场回来后一直受到创伤后应激障碍的折磨，退伍后在圣地亚哥州立大学做了一名门卫。她的母亲是一位基督徒，阿曼特劳特十二岁公然宣布要做一名无神论者，此事让她母亲大为光火，并在其后多年不间断地向她宣教，希望把女儿改造成如她一样虔诚的教徒。"母亲一直有一位认为自己知道世界末日会在何时来临的牧师，所以她一直试图说服我在某某日期前皈依，尽管到了那些日子什么都没有发生。"阿曼特劳特在同一访谈中回忆道："这让我和母亲比以前更加疏远，因为她认为我会下地狱。"③

生长在这样的家庭环境，年轻的阿曼特劳特学会了从诗歌中寻找精神慰藉与支持。七年级时，她的英语老师给了她一本书，是一本由路易斯·昂特迈尔（Louis Untermeyer）编的诗选，叫《现代美国诗歌》（*Modern American Poetry*）。直到今天，阿曼特劳特仍认为这是"一件异常珍贵的礼物"④。在这本书中，她不仅发现了现代主义诗人，还发现自己被他们中间最激进的威廉姆斯所吸引，他作品的简洁让她着迷不已。同时，她还在书中认识了埃米莉·狄金森，后者的反叛精神、与上帝的激辩及对死亡的强烈兴趣，在年轻的阿曼特劳特的心中产生了极大的共鸣。为此，她曾在一次访谈中直言：

> 我之前被传统的思维方式包围着，而我知道狄金森是不畏惧挑战

---

① Rae Armantrout, "True," in *Collected Prose*, San Diego: Singing Horse, 2007, p. 147.
② Rae Armantrout, "True," in *Collected Prose*, San Diego: Singing Horse, 2007, p. 141.
③ Rae Armantrout, "True," in *Collected Prose*, San Diego: Singing Horse, 2007, p. 141.
④ Rae Armantrout, "True," in *Collected Prose*, San Diego: Singing Horse, 2007, p. 149.

传统并敢于与上帝争辩的。我确信她是第一位在这些方面如此大胆的女诗人,也许时至今日她仍是最大胆的那一个。[1]

受到这本书和书中介绍的诗人的启发,阿曼特劳特开始更加认真严肃地对待写诗这件事。和狄金森一样,她也是偷偷在私下里写,生怕她的诗不被爸爸妈妈接受。不幸的是,阿曼特劳特的担心成了现实:她母亲很快发现了她写的诗,称它们带着"青少年常见的矫情、阴暗和灰色的风格"[2],同时坚持认为小阿曼特劳特应该去看心理医生,因为母亲认为"很显然你不快乐,所以你一定是疯了"[3]。不快乐是事实,但小阿曼特劳特并没有像她母亲说的发疯。由于在有栅栏的院子和陌生的邻里间长大,她变得越发内向,离群索居,这直接让她从小就有了不信任他人的性格。为此,阿曼特劳特后来在一次访谈中袒露:

> 我所拥有的只有我的核心家庭,而我们的相处并不总是和睦。我当时比较孤僻,有一段时间,和其他人相处,信任他们,甚至上前向陌生人问路,对我来说都是非常困难的事情。[4]

军队社区程式化的生活所带来的无法逃避的无聊感对这种孤独感来说是雪上加霜。小阿曼特劳特被"囚禁"在同质化、缺乏想象力的部队环境中,对生机勃勃和极限边缘的生活产生了无比的向往。正如她后来在其处女诗集《极限》中所写的:"到沙漠去 // 是古老的说辞 // '零度景观' / 边沿的闪光"[5],年轻的阿曼特劳特"不自觉地渴望盛放与突变、山墙与壁

---

[1] Kevin Nance, "The Difference between Nothing and Nothingness: profile of Rae Armantrout," *Poets and Writers*, Issue March/April 2013, p. 50.

[2] Kevin Nance, "The Difference between Nothing and Nothingness: profile of Rae Armantrout," *Poets and Writers*, Issue March/April 2013, p. 50.

[3] Kevin Nance, "The Difference between Nothing and Nothingness: profile of Rae Armantrout," *Poets and Writers*, Issue March/April 2013, p. 50.

[4] Kevin Nance, "The Difference between Nothing and Nothingness: profile of Rae Armantrout," *Poets and Writers*, Issue March/April 2013, p. 50.

[5] Rae Armantrout, *Extremities*, Berkeley: Figures, 1978, p. 7.

兔,渴望一切暗示着独立生长的东西"①,急切地"想要逃离我们所知的这个世界"②。于是,在八年级那年,仍然像个假小子并且充满幻想的小阿曼特劳特和几乎所有20世纪50年代末的美国人一样,因为受到《神枪侠》(*Gunslinger*)之类影视剧和边疆故事的影响,说服自己在学校认识的新密友,制定了一个相约逃往"老墨西哥"的计划。因为她相信,那里才是赞恩·格雷(Zane Grey)③笔下令她心驰神往的、真正的"老西部"。很快,两个小姑娘就秘密约定在十二年级满十八岁那年离家出走。为了这个计划,她们在学校放假期间拼命打工攒钱,还到家附近荒无人烟的峡谷中用罐子练习枪法。她自己醉心于"墨西哥计划",在学校和家中所做的一切都是为了该计划的实施,浑然忘记了周遭,直到她的朋友在距离逃跑还有一年时选择了退出。

尽管"墨西哥计划"几乎占据了她整个高中生活,但少女时代的阿曼特劳特对诗歌的热情并未减退,仍然不间断地写诗。在此期间,她曾试着想把自己写的诗拿给一位老师看,结果这位老师竟以"女人不会写诗"④为由拒绝了她。尽管不知如何争辩,但小阿曼特劳特并没有相信老师的话,而是在写诗这件事上更加上心更加努力,期待着有所突破。这种久等的突破在阿曼特劳特的大学时代终于到来,因为在大学里,阿曼特劳特遇到了对其个人生活和职业生涯来说都具有重要意义的一群人。

1965年秋天,为了留在父母身边,中学毕业的阿曼特劳特进入离家只有两英里的圣地亚哥州立大学。在其后近一年半的时间里,阿曼特劳特选择了人类学作为专业,但仍然怀着巨大的兴趣阅读和创作诗歌。无聊至极的阿曼特劳特热切地寻找着新生活的各种迹象。如其回忆:"十八九岁的时候,我和朋友们会去市中心,不好意思地打量着那些水手、文身馆、站街

---

① Rae Armantrout, "True," in *Collected Prose*, San Diego: Singing Horse, 2007, p. 146.

② Rae Armantrout, "True," in *Collected Prose*, San Diego: Singing Horse, 2007, p. 150.

③ 赞恩·格雷:1872—1939,美国著名西部小说家,代表作是1912年写的《荒野情天》(*Riders of the Purple Sage*)。

④ Rae Armantrout, "True," in *Collected Prose*, San Diego: Singing Horse, 2007, p. 153.

女和变性人。我知道他们把这叫作造访贫民窟,但我们只是在寻找色彩和刺激。"①同时,阿曼特劳特还遇到了未来的丈夫查克·科格吉安(Chuck Korkegian),一位与她年龄相仿,同样信奉无神论的英俊男孩。"他的难以琢磨、超凡脱俗,甚至他的贫穷"②都让阿曼特劳特着迷,而这一切都是因为他和自己有着截然不同的家庭背景。

不久之后,这对年轻人开始共同寻找外部世界变化的证据,阿曼特劳特也在人生中第一次完美表现了她的叛逆性格。她和男友查克体验了在杂志上读到过的种种新兴反文化运动:群居,反战游行等。"我是个糟糕的嬉皮士",在一次访谈中阿曼特劳特开玩笑地回忆道:

> 我试了一段时间,但并不理想。我不喜欢扎染的T恤和烘焙。我尝试过手工串珠,但觉得极其无聊。……我感兴趣的是可能看待世界的不同方式。……你的自我已经不那么重要,你的理想也不那么重要,而爱是非常重要的。③

然而,初尝叛逆的阿曼特劳特并不仅仅只是发现了爱,年轻的阿曼特劳特还发现了她的自我,如她在回忆录中所言:"我意思是我突然把年轻的自我看作是模仿和反应形成的集合。"④但是,经年之后阿曼特劳特仍然不知该如何清晰描述这些非同一般的体验:

> 我清晰地看到,我所认为的"我"是一套防御堡垒体系(那种我以前崇拜的英雄,从比利小子到史蒂芬·克莱恩都有的那种"坚定不屈"的信念和硬汉姿态),然后那些堡垒"里面"又是什么呢?羞愧?恐惧?我的父亲母亲?我觉得,这是一次和"解构"尚不成熟的交集,但也是我几乎立刻就很感兴趣的一次交集。[……]回想起

---

① Kevin Nance, "The Difference between Nothing and Nothingness: profile of Rae Armantrout," *Poets and Writers*, Issue March/April 2013, p. 50.

② Rae Armantrout, "True," in *Collected Prose*, San Diego: Singing Horse, 2007, p. 157.

③ Kevin Nance, "The Difference between Nothing and Nothingness: profile of Rae Armantrout," *Poets and Writers*, Issue March/April 2013, p. 50.

④ Rae Armantrout, "True," in *Collected Prose*, San Diego: Singing Horse, 2007, p. 160.

来，我认为我确实是有某个"真实"自我的。我就是那个认为类似经验很有意思会想要再来一次的人。①

年轻的她积极参与到学生反战运动中，甚至还和男友查克参加了1967年4月在旧金山举行的反战大游行，在金门公园聆听了艾伦·金斯伯格的诗歌诵读。深受鼓舞的她在回到圣地亚哥州立大学后的第一件事就是将专业从人类学改成了英语语言文学，因为这样她就能参加诗歌研习班的学习。彼时，美国主流诗歌是以第一人称叙事讲述个人经历，但这种以自我表达为基础的创作并没有引起阿曼特劳特的兴趣。她喜欢的是从小学起就一直崇拜的威廉姆斯的诗歌风格。阿曼特劳特对后者以寥寥数语就能表达出的感受和其中的浓缩意味深感着迷，于是自己也开始刻意向这种美学方向趋近，不断创作出以充满爆发力的简洁压缩为特征的诗歌。比如，其当时创作的一首诗《视景》（*View*）仅有4行，共计14个单词。

大约在同一时间，年轻的新手诗人阿曼特劳特因为一个突然的决定，人生就此改变。在一次与查克的激烈争吵后，她申请转学到加州大学伯克利分校，并很快获得了录取。她的家人虽然不情愿，但因为暗中希望女儿就此能和查克分手，还是默许了她的转学决定。后来证明，这个决定非但没有让她与查克分开，反倒成为阿曼特劳特人生和职业生涯的一个重大转折点。

（二）"林下植被"：湾区岁月

如前文所述，阿曼特劳特1967年成功转学到加州大学伯克利分校，这成为其个人生活和诗歌创作"最大的转折点"②。因为在伯克利分校，她不仅结识了丹尼斯·列维托夫并有幸参加了后者的诗歌研习班，还开始进入湾区语言派诗人圈，并从这两者身上找到了任何诗人和作家都希望得到的"人脉与支持"③。伯克利岁月见证了她从诗歌爱好者到严肃作家的华丽转身。

还在圣地亚哥州立大学上学时，阿曼特劳特曾偶然发现一本当时已是著

---

① Rae Armantrout, "True," in *Collected Prose*, San Diego: Singing Horse, 2007, p. 161.

② Steven Gould Axelrod, et al., eds., *The New Anthology of American Poetry: Postmodernisms 1950-Present*, New Brunswick: Rutgers University Press, 2012, p. 363.

③ Rae Armantrout, "True," in *Collected Prose*, San Diego: Singing Horse, 2007, p. 161.

名诗人的列维托夫的诗集。后者诗中的欢庆及在自然中寻找神圣力量的方式让她甚为叹服，于是她将列维托夫的书几乎读了个遍。1967年早秋，在阿曼特劳特作为转校生抵达伯克利不久，她激动地在全校课程表里发现了列维托夫即将开设的诗歌研习班，于是立即决定注册。但是，注册过程并不容易，因为此时只剩下一个空缺名额，且将以面试形式决定人选。选课心切的阿曼特劳特专门早早来到面试现场，成为第一个受试者。她向列维托夫展示了一首自己的诗作，同时表达了强烈的学习愿望。心诚所致，列维托夫直接收下她而不再面试其他学生，从而让其有幸开始了人生第一次也是唯一一次诗歌研习班学习。列维托夫让阿曼特劳特更仔细推敲换行所能带来的可能性，这个建议是她最大的收获。得益于这些建议，阿曼特劳特开始找到了她在诗歌中一直追求的标志性效果之一，即由换行所带来的悬念和意外之感。她在多年后的一次访谈中坦言："诗行的最后一个词总会带有一些强调，因为读诗时眼睛往往会在这里停留半秒，再挪到下一行。"[①] 顺此思路，诗人还谈到换行产生多种解读的潜能：

> 阅读诗歌时，如果我一直知道接下来会发生什么，那我就会厌倦。但当你从一行读到下一行，不知道接下来会发生什么，诗中的意义具有双重性，你以为这一行会是这样的走向，结果读到下一行以后你发现："噢，原来是另一种意思。"然后你的脑中就同时有这两种可能的意义或解释。[②]

在列维托夫的建议下，阿曼特劳特终于成功找到一种通过意想不到的换行产生悬疑，并让读者参与其中的诗学。"当你第一次看到Y和X一样，谁会不喜欢呢？"阿曼特劳特在访谈中继续说道："我喜欢发现事物，我认为其他人也是一样，而不是喜欢喂到嘴边的东西。而且我的注意力集中时间

[①] Kevin Nance, "The Difference between Nothing and Nothingness: Profile of Rae Armantrout," *Poets and Writers*, Issue March/April 2013, p. 51.

[②] Kevin Nance, "The Difference between Nothing and Nothingness: Profile of Rae Armantrout," *Poets and Writers*, Issue March/April 2013, p. 51.

比较短,听到解释会觉得无聊;我喜欢开门见山直入重点。"①虽然研习班只持续了一学期时间,却让青年诗人阿曼特劳特受益终身。除了有关换行的建议,阿曼特劳特有了其他收获:那就是有机会认识了大卫·梅尔尼克(David Melnick)、罗谢尔·纳姆罗夫(Rochelle Nameroff)和罗恩·西利曼等诗人。其中西利曼对阿曼特劳特最为重要,并在日后成为其终生挚友和某种意义上的导师。在阿曼特劳特眼里,西利曼一直都是"第二个(在查克之后)对我的人生产生重大影响的男人"②,一个"我最信任、知道他会无所畏惧地对我说实话,至少是他认为的实话"③的人。据阿曼特劳特回忆,在那个男人尚不常把女人当回事的年代,"他似乎对我说的话很感兴趣"④。在西利曼的推荐下,她开始对庞德、奥尔森和罗伯特·克里利的作品产生浓厚兴趣,她的诗歌视野也大大拓宽了。随后,经西利曼引荐,她开始进入湾区语言诗人行列。在当时,这是一个由一群自认为是局外人、反宗教和高度严肃的诗人组成的颇具争议的诗歌群体,与该群体的联系对阿曼特劳特诗学和诗歌的形成与发展都产生了重大影响。

首先吸引阿曼特劳特的,是语言诗团体对性别的进步认识,以及拒绝被主流文化把虚构连贯故事当作真理的文学审美旨趣所同化的决心。此外,本身就崇尚威廉姆斯式极简风格的她也在该团体早期的极简主义诗学中找到了共鸣。后来,随着语言诗群体的发展壮大,诗人们开始对初期十分推崇的查尔斯·奥尔森、罗伯特·克里利和艾伦·金斯伯格等前辈基于话语基础的诗学产生了质疑和抵制,开始倡导一种趋向文本性的诗学。一时间,包括西利曼和琳·贺金年在内的很多语言诗人选择放弃早期珍爱的极简主义,转而创作长篇、非线性散文诗。这些诗的句子彼此间相对独立但又保持着某种整体的美学连贯性。然而,阿曼特劳特没有选择盲

---

① Kevin Nance, "The Difference between Nothing and Nothingness: Profile of Rae Armantrout," *Poets and Writers*, Issue March/April 2013, p. 51.

② Rae Armantrout, "True," in *Collected Prose*, San Diego: Singing Horse, 2007, p. 165.

③ Rae Armantrout, et al., *Grand Piano*, Part 5, Detroit: Mode A, 2007, p. 85

④ Rae Armantrout, "True," in *Collected Prose*, San Diego: Singing Horse, 2007, p. 166.

目跟风，没有被查尔斯·伯恩斯坦后来在《内容之梦：1975—1984文集》（*Content's Dream:Essays 1975–1984*）里所论及的语言诗"群体主义"[①]所裹挟，而是勇于挑战权威，包括她所欣赏的新兴激进改革诗人，拒绝在身份和审美态度上被群体意识所同化。她不改初心，坚持自己的诗学理念和美学追求，在各种压力中保持了独特的创作个性。当然，诗学思想的碰撞与相悖并没有影响阿曼特劳特与语言诗同侪们的友谊，多年来她都与他们保持着联络和合作。

回到阿曼特劳特在伯克利求学期间的经历。如前文所述，其师从列维托夫，并经由后者的诗歌研习班走进了语言诗人圈子。随着学期结束，列维托夫的研习班也宣告结束。进入大四阶段，阿曼特劳特潜心于独立创作，并在大学举办的伊娜·库伯斯诗歌大赛（Ina Coolbrith Poetry Contest）中赢得了第二名。1970年6月，阿曼特劳特从加州大学伯克利分校毕业，回到了家乡圣地亚哥，次年与男友查克·科格吉安结婚。大约同一时间，阿曼特劳特经好友西利曼的推介在一本名叫《毛毛虫》（*Caterpillar*）的小型刊物上发表了几首诗作，从而备受鼓舞。自此，尽管"依然怀揣某些畏惧"[②]，但她已经开始更认真地将自己看作是一位诗人，将诗歌写作视为一份正式严肃的事业。

此后不久，阿曼特劳特于1972年再次回到旧金山，目的是完成在旧金山州立大学的研究生学习。三年后她光荣毕业，获得创意写作硕士学位。在此期间，除了享受旧金山特有的忙碌，阿曼特劳特也加强了和湾区语言诗派的联系，积极和其他诗人进行面对面的对话与交流。这些诗人包括史蒂夫·本森（Steve Benson）、卡拉·哈里曼（Carla Harryman）、琳·贺金年、汤姆·曼德尔（Tom Mandel）、泰德·皮尔森（Ted Pearson）、鲍勃·佩雷尔曼、基特·罗宾逊（Kit Robison）、罗恩·西利曼和巴雷特·瓦藤（Barrett Watten）等。阿曼特劳特与他们合作，共同完成了20世纪70年代和20世纪80

---

① Charles Bernstein, *Content's Dream: Essays 1975–1984*. Los Angeles: Sun & Moon Press, 1986, p. 343.

② Rae Armantrout, "True," in *Collected Prose*, San Diego: Singing Horse, 2007, p. 168.

年代著名的"大钢琴"系列诗歌朗诵活动,以及由西海岸语言诗人在2007至2010年间发起的集体自传项目《大钢琴》系列回忆录的写作。"大钢琴"是一个每周一次的朗诵和表演活动,于1976—1979年间由语言诗人们在旧金山海特街的一个咖啡馆里发起。其间,阿曼特劳特本人亲自主持了1977年12月到1978年1月间的数场大型活动。同一时间,在与语言诗同伴们的思想交流与作品互读中,她发表了两部早期诗歌专集《极限》和《饥饿的发明》。此外,其作品还通过语言诗团体创立的小型出版社得以发表,其中包括《这》(This)、《了不起》(Big Deal)、《熔合》(Fuse)、《山丘》(Hills)、《百张海报》(Hundred Posters)、《屋顶》(Roof)、《托特尔》(Tottel's)和《图姆巴明信片》(Tuumba Postcards)等。

然而,尽管阿曼特劳特和语言诗团体之间的密切关联与合作对她的诗学发展颇有影响,但它并没有塑造阿曼特劳特;虽然很享受"群体所带来的有血有肉的真挚情谊"[①],但她更遵从自己的诗歌追求,在语言诗团队各种风起云涌的美学思潮中始终不为所动,保持了一贯稳定的个人创作风格。为此,她曾对语言诗团队的两大美学主张进行了颇具韧性的抵制:一是20世纪70年代很多男性语言诗人所倡导的"无指称性"诗学理念,即主张消解语言指称作用,甚至"切断能指与所指的联系,使之不再表现社会现实,不表现个体经验和体验"[②];二是"新句子",即上述席卷语言诗派的以长篇散文式诗歌为主导的创作形式,通常由某种程式化排列在一起的不连续的语句堆叠而成。在此过程当中,阿曼特劳特坚守自己的诗歌美学,即以压缩、断裂和留白为特征的纤细而短促的形式和风格。这让她在语言诗人群体中"一枝独秀"。毫不夸张地说,阿曼特劳特作为语言诗派的"异声",身处以男性为主导的语言诗派和主流诗歌的双重夹缝之中,其特定诗学思想和美学风格的形成与发展实际是建立在挑战和对抗语言诗"团队"诗歌美学的不懈努力之上。

---

① Rae Armantrout, "True," in *Collected Prose*, San Diego: Singing Horse, 2007, p. 131.
② 参见林玉鹏:《伯恩斯坦与美国语言诗的诗学观》,载《外国文学研究》2007年第2期,第25页。

（三）"零度景观"：故里生活

唐纳德·霍尔（Donald Hall）曾一语道破所谓诗人成长的必经之路，称几乎每位诗人"都必须在回到家乡前，过一段充满对抗与确认的流放生活"，然后家就变成了那个"先离开再回来"[①]的地方。这话对青年时期的阿曼特劳特同样适用。1978年秋，在旧金山已经生活了十年之久且已有孕在身的阿曼特劳特做出了人生"最艰难的决定之一"[②]，和丈夫一起回到了他们共同的家乡圣地亚哥。翌年，他们的儿子艾伦出生，一家人便在故乡定居，一直生活至今。

阿曼特劳特夫妇重回故里的决定有两方面的原因。一方面如阿曼特劳特在《大钢琴》集体自传中透露，是由于这对年轻夫妻当时所面临的经济困难。她的书商丈夫因经济不景气而难以找到长期稳定的工作，而旧金山的生活成本对当时的他们来说过于高昂。另一方面，则是对故乡那份难舍的感情。尽管阿曼特劳特出于理性批判对圣地亚哥持有很多保留意见，认为它是"一个奇怪的地方""一个由某种主题公园、陈腐的表面和笑脸组合而成，军队氛围浓重的地方"[③]，但是，即便如此，她依然能明显发现自己在熟悉的环境中比在其他地方会更加轻松自洽，这种自洽带来的沉静与从容是其诗歌创作的先决条件之一，而这是旧金山所不具备的。圣地亚哥还有她从小就无比熟悉的带栅栏的院子、灰泥小屋、俊美的杜松和高大茂密的桉树，其独特的文化与地域特点能带给她源源不断的灵感和素材。从某种程度而言，圣地亚哥之于阿曼特劳特，就如同新泽西的派特森之于威廉姆斯的关系，无论对它有多少不满，故乡总还是故乡。

然而，真正要离开旧金山这个无数风华正茂的艺术家们的"麦加"，远离这个各种先锋文化思想相遇与碰撞的活力之都，这一切对阿曼特

[①] Donald Hall, "Poetry and Ambition," in *Twentieth-Century American Poetics: Poets on the Art of Poetry*, eds. Dana Gioia et al., Boston: McGraw Hill, 2004, p. 305.

[②] Rae Armantrout, et al., *The Grand Piano*, Part 2, Detroit: Mode A, 2007, p. 28.

[③] Laura Moriarty, "Interview: Kit Robinson and Rae Armantrout," *The American Poetry Archives*, Vol. 10, Summer 1994, p. 5.

劳特远非易事。重回故乡圣地亚哥,这里的静谧让她一时茫然不知身在何地。"那是个雾蒙蒙而炎热的9月。周围的事物看起来遥远而不真实。一切都似曾相识,但就像梦中的事物,那种熟悉感,又反而是'怪异的'"①。时至今日,她对那段初回故乡的感受仍记忆犹新:"未来还难以预测,时间仿佛变得浓稠,我像是在水下行走一般"②,以至于"一开始,这对阿曼特劳特来说就像是一场放逐"③,如其多年诗友鲍勃·佩雷尔曼回忆。但不久,阿曼特劳特便逐渐开始习惯并拥抱圣地亚哥的这种清远淡泊的生活。"这有益于我的写作,"她在一次访谈中说,"我有更多时间静下心来,更好地享受清净,这对我是有好处的。"阿曼特劳特又补充道:"在我成熟之年,我开始欣赏圣地亚哥的淡泊。当我走在街头,我不会踏入某个布景,不会踏入一场我的或是任何其他人的戏剧人生。"④正是在这种她日渐享受的淡定与沉静中,阿曼特劳特潜心创作,写下了一系列优秀诗歌作品:《优先》《通灵》《就好像》《借口》《面纱》《悉知》《来世》《谙熟》《卖点》和《说说而已》。这些专集也反过来见证了一位寻找突破的新手诗人如何完美蜕变成当今美国最具辨识度的诗人。

二、阿曼特劳特创作分期

自1978年发表首部诗集《极限》之后,阿曼特劳特一直笔耕不辍。结合其诗歌主题聚焦、风格打造、技艺演化和出版频率等多方因素,其创作发展可大致分为发轫期、探索期和成熟期三大阶段。

(一)"到沙漠去":发轫期

本阶段跨越阿曼特劳特在加州大学伯克利分校和旧金山州立大学研究生

---

① Rae Armantrout, et al., *The Grand Piano*, Part 9, Detroit: Mode A, 2009, p. 11.

② Rae Armantrout, et al., *The Grand Piano*, Part 9, Detroit: Mode A, 2009, p. 11

③ Kevin Nance, "The Difference between Nothing and Nothingness: profile of Rae Armantrout," *Poets and Writers*, Issue March/April 2013, p. 52.

④ Kevin Nance, "The Difference between Nothing and Nothingness: profile of Rae Armantrout," *Poets and Writers*, Issue March/April 2013, p. 53.

学习的湾区岁月，主要著有《极限》和《饥饿的发明》等两部诗集。

《极限》系阿曼特劳特的处女诗集，可被视为一位立意用极限或激进方式来表达诗歌理想和主张的诗人所做出的诗意宣言，这点从书名即可窥见一斑。该书名来自其开卷同名诗《极限》，暗示了多种不同的解读可能。首先，"极限"确有"极端手法"的意思。这一点从其作品中的极度压缩与断裂中可见，它与当时的主流美国诗歌形式形成鲜明对比。第二，"极限"一词按字典释义也可以解释为"肢体或躯体的一部分"。从该角度来看，它或可解读为诗人的写作手法，即其在语言世界和现实世界开辟道路的"手段"。最后，作为边远、偏僻地区的代名词，"极限"还可以解读为地理、文化或心理上的边缘地带。如阿曼特劳特本人在《大钢琴》中所言："老实说，某种意义上，我可能被边缘化了，那是因为我一直就在边缘。"①这也就难怪该书开卷之作即奔向充满未知的极限地带，"到沙漠去"，去到"'零度景观'／边沿的闪光"②。然而，阿曼特劳特的策略绝不仅是退避到沙漠中，或在边缘的书写。在其看来，"到沙漠去"只是"古老的说辞"，而《极限》所要呈现的是"破解这些利刃"③的不同方式，是对当时把自白主义主观抒情诗歌及其意义构建奉为圭臬的美国主流诗歌权威的公然挑战。

《饥饿的发明》是阿曼特劳特的第二本诗集，主要记录了发生在个人和家庭语境中的日常事件、微观的观察以及瞬间的感悟。该书创作时间正值阿曼特劳特怀孕生子的特殊时期，所录作品常常表现了女性妊娠与分娩的片段。"我可以用能量／／来奉献。"如开篇之作《自然史》（*Natural History*）一诗的说话人所言，"可怜的宝贝／我听见你拳头的声音"。④通过反复出现的"宝贝""孩子""儿子""出生"和"父亲"等与家庭空间有关的词语，《饥饿的发明》聚焦断裂、破碎的家庭关系以及这些关系中身份的碎片化，折射了一位女性诗人夹在个人和诗学身份确认与家庭乃至社会责任之间

---

① Rae Armantrout, et al., *The Grand Piano*, Part 3, Detroit: Mode A, 2007, p. 55.
② Rae Armantrout, *Extremities*, Berkley: Figures, 1978, p. 7.
③ Rae Armantrout, *Extremities*, Berkley: Figures, 1978, p. 7.
④ 该诗集原作未见页码标注，鉴于篇幅短小，诗例较易定位。

的艰难处境与思考，见证了其在形式和内容上寻求自己独特声音所做出的最初努力。

从形式上来说，该阶段的阿曼特劳特仍在寻找最能代表她个人诗歌旨趣的美学风格。和许多其他同龄诗人一样，她在该时期的创作明显可见威廉姆斯的影响，作品大都短小精悍，明确展现出威廉姆斯式极简主义的风骨。例如，《反短故事》（Anti-Short Story）一诗只有短短3行，《视景》和《信号》（Signs）有4行；《相对性特史》（Special History of Relativity）有5行，《世代》有6行。这些短诗结构疏离，换行陡峭，一行句子中只有一到三个单词，让整个诗看起来形销骨立，完全不符合传统美国诗歌所具有的铺陈与丰满的审美标准。诗人似乎在用极度的俭省和节制说明，真正想要抵达一件物品或事件的内核，不是做加法而是做减法；需要的不是词语的堆叠，而是词语的缺席。她用标志性的简约和跳跃提醒读者，真正有效的认知活动既取决于所见和所知，也取决于未见与未知；它包括言，也包括不言，是言与不言的神秘变化与精妙平衡。

而在内容方面，处在发轫期的阿曼特劳特不断通过身边的事物在家庭和社会空间中寻找灵感。和威廉姆斯一样，她对那些日常生活中通常被视为最普通最没有诗意最视而不见的事物反倒十分着迷。《腔调》（Tone）一诗即是最佳例证：

  不想看到
  橡皮筋、润唇膏、锡
  箔、这支笔等为我们
  所用的东西

  但你用门把手
  所做的花束，长钉为根
  却在有些时候
  会带来欢乐[①]

[①] Rae Armantrout, *Extremities*, Berkeley: Figures, 1978, p. 10.

如以上诗行所示，阿曼特劳特不仅模仿威廉姆斯的诗节形式，也沿袭了他对普通甚至毫不起眼的事物的兴趣。和威廉姆斯一样，阿曼特劳特被微小、被忽略的手工物件所吸引，就像诗中所描述的，用"门把手"，而不是"橡皮筋""润唇膏""锡箔"和"笔"做成的"花束"，依稀显示了威廉姆斯"物之理论"（the thing theory）的模糊框架。处于特殊身体阶段且或许有些茫然无措的诗人在诗中努力地接近这些日常之物，似是在将普通之物当作陌生之物，再试着与之重新相遇，以便发现其中的某种镇定感和此在性。然而，和威廉姆斯又不同，阿曼特劳特对所谓"用/使用"及其背后的功用主义产生了兴趣，"当名字发挥功能/ 那就是虚构"，她让一位"固执的老妪"在另一首题为《故事一则》的诗中抱怨道。她反叛的性情、对虚构和功能的反抗、对权威及遵从既有叙事和思维模式的怀疑，在创作初期就表现得坦坦荡荡。此时的年轻诗人阿曼特劳特所需做的只是找到她个人的表现方式，难怪其毕生诗友西利曼曾赞赏地评价道："她就好像打娘胎里出来就会写作了一样。"①

此外，该阶段的阿曼特劳特还通过改写从小听到或读到的故事，以再现意义构建和讲故事中潜在的随意性。比如，她在该阶段最早创作的诗作之一——《世代》就通过隐去原始人物和故事背景，改写了安徒生的童话《汉赛尔和格蕾特尔》：

  我们都知道这个故事

  她转

  过去，寻找被鸟儿吞食了

  的来时的路

  那些岁月；那些

  低矮灌木②

该诗只有短短6行，却已经展现出阿曼特劳特日后作品中的典型风格，

---

① Kevin Nance, "The Difference between Nothing and Nothingness: profile of Rae Armantrout," *Poets and Writers*, Issue March/April 2013, p. 50.

② Rae Armantrout, *Extremities*, Berkley: Figures, 1978, p. 14.

包括具有爆发力的浓缩、令人意外的换行,以及非传统的标点运用等。如该诗所示,诗人借由一个读者似乎已经熟悉的故事,即安徒生童话中那对被父亲遗弃在森林中的兄妹汉赛尔和格蕾特尔的故事,目的却是要暗示,为人熟知的故事可能并非故事的全部。短促、参差不齐的诗行和不规律的节奏都最大限度地显示了换行的突兀,反过来又强调了因不连贯句法和语义所能带来的可能性:"她转……"变成一头鹿?一棵树?抑或是一块石头?但当读者的目光移到下一行时,他们会发现这些猜测都落空了。"她"只是"转过身去"而已。而这个"她"被困在特定故事中间,来路不明,前途未卜,不可避免地引发了女性主义视角的解读:为什么童话故事总是喜欢将女性置于险境之中?诗中的字词彼此孤立,排列稀疏,不断提醒着读者:这"故事"有多少还没有讲出?又有多少未讲的部分和我们认为已经知道的部分是真正符合?她再次用标志性的缩略、跳跃和断裂告诉读者,意义的构建不仅取决于已知,也取决于未知,她用沉默的神秘力量让我们在不言中推演出无数未知的可能性。

最后,本阶段的阿曼特劳特已经开始尝试新的写作技法。在其诗友西利曼、瓦藤和格里尼尔(Robert Grenier)等人的建议下,她试着把微小片段作为半独立的部分串联起来以聚合成某种更大的结构,从而寻求对极简主义短诗的突破。尽管从来没有写出过像其他语言诗人所创作的长达一本书之厚度的作品,此时的阿曼特劳特却已经找到了一种形式突围的方法,即将序列化的诗节串在一起而拓展了诗的总体长度。比如,《仇外》(*Xenophobia*)一诗即为她用该方法写出的"第一首成功的长诗"[①],由5节47行构成,不要说与其当时的其他作品,即便与她今天的全部作品相比,依然是迄今为止其所创作的最长诗作,足见当时其为拓展诗歌形式所费的苦心。

同时,为寻找属于自己的诗性声音和风格,阿曼特劳特还开始实验性地使用"淘来语"。例如,在《自然史》一诗中,她将《科学美国人》(*Scientific American*)中一篇介绍白蚁的文章片段和在别处读到的有关虐恋

---

① Tom Beckett, "'My Poetry Isn't Built on Hope': an interview with Tom Beckett," in *Collected Prose*, Rae Armantrout, San Diego: Singing Horse, 2007, p. 131.

的杂文结合在了一起。在被问及为何会和这些材料中的"淘来语"产生共鸣时,阿曼特劳特解释道:"我不知道这是否和我当时怀孕了有关"①,但"怀孕(和死亡一样)让你沉浸在一个你几乎无法掌控的过程当中。它告诉你到底谁才能说了算,而这个人并不是你"②。某种程度上,这也揭示了诗人们可能受到的来自生活境遇的潜在影响。正如阿曼特劳特坦言:"我认为我的生活环境多年来一直影响着我的诗歌。这对所有的诗人来说都是如此。"③这种影响在接下来的时间里表现得尤其明显——此后六年,阿曼特劳特因忙于生子和抚养孩子等家庭原因未发表任何作品,直到1985年其第三部诗集得以问世。然而,虽然被埋在初为人母的琐碎日常中,阿曼特劳特从未停止写作,默默在夜深人静的灯下磨炼着自己的写作技能,在对日常现实微观的观察与记录中汲取灵感,韬光养晦,寻找着破茧而出的机会。

(二)"她在黑暗中/缝着,将裂洞穿在一起":探索期

该阶段大约涵盖20世纪80年代中期至千禧年伊始这段时间,期间阿曼特劳特一共出版了五本诗集,分别是《优先》《通灵》《就好像》《借口》和《面纱》。

《优先》是其第三部诗集,见证了她开始突破更为熟悉、相对狭窄的家庭和个人空间,开始指向整个美国文化,尤其是诗歌传统,并对其进行更深层次和更广范围的观察与评价。其中《虚构》(*Fiction*)和《纵游后院》(*Travelling through the Yard*)两首作品就是阿曼特劳特挑战主流诗歌传统的最佳范例。该诗集根植于地方这一概念,通过"浅色房屋"(p.11)、"有栅栏的院子"(p.16)、"灰泥平房"(p.19)、"布满所有弯道的灌木"(p.28)、被描述为"家庭制作"的"巧克力"(p.16)和有着"家庭联

---

① Ben Lerner, "Rae Armantrout," *BOMB*, Winter 2011, https://bombmagazine.org/articles/rae-armantrout/.(Accessed 2012-07-24).

② Stephen Burt and Linnea Ogden, "Whose Language Is It? An Interview with Rae Armantrout," *Rain Taxi*, Vol. 12, No, 1, Spring 2007, p. 22.

③ Ben Lerner, "Rae Armantrout, " *BOMB*, Winter 2011, https://bombmagazine.org/articles/rae-armantrout/.(Accessed 2012-07-24).

邦"这样奇葩名字的银行（p.42）等城郊生活细节，悉心描绘了典型的南加州城郊风貌，以及维特根斯坦所称的"生活形式"。

《优先》创作于阿曼特劳特和丈夫从旧金山回到他们共同的家乡圣地亚哥以后，其中的许多诗都再现了一种诗人所描述的"令人不安的熟悉感"①，一种莫名的现实中的不现实感，或是熟悉中的不熟悉感。开篇之作《重影》（*Double*）就充满了这种现实中的超现实的诡异感：

　　那么，这就是家乡的山丘了。一层层雾蒙蒙
　　几乎难以觉察。所见即重影，就像听到糟糕
　　的双关语，被人使着眼色说出来。
　　一种令人不安的熟悉感。

　　从睡梦中醒来，那条路更像
　　又不大像那条路。拐弯处，一座座
　　浅色房子，一排排杜松树。
　　再看，又什么也看不见。②

从某种意义上来说，这首诗和《优先》中许多其他作品一样，都表现了诗人在文本创作空间试图应对其在个人空间所面对的错位感的努力。除了这种诡异的不现实感，《优先》还显示了一种对几乎一切美国文化的怀疑。"随处摆拍的场景征求着解／释"，如《虚构》一诗所言，"但相信就是进食，日复一日，那些／多余的，长长的纤维，并快速地吞下"③。在此背景下，其他几首作品，如《发展即历史》（*Derelopment is History*）、《后期》和《家庭联邦》等，也都记录了诗人对所谓"真实"和"权威"美国文化的虚构本质所做的观察和评价，显示了诗人对美国意识形态所带来的思维困惑的初步反思和质疑。

《通灵》继续了阿曼特劳特对美国文化，尤其是对业已接受的传统叙

---

① Rae Armantrout, *Precedence*, Providence: Burning Deck, 1985, p. 11.

② Rae Armantrout, *Precedence*, Providence: Burning Deck, 1985, p. 11.

③ Rae Armantrout, *Precedence*, Providence: Burning Deck, 1985, p. 26.

事及其意义建构的思考与质疑。其中大部分诗作,如《基底》(*Bases*)、《劳动力》(*Labors*)和《开端》(*Begin*)等,都考察了真实与想象、自然与超自然之间的脆弱不堪的微妙联系,揭露了所谓"正统"美国文化和真理构建的浪漫幻象。诗集所用的"通灵"一词出自阿曼特劳特本人的创造:她将"通灵(necromancy)"和"传奇(romance)"结合,营造出多种可能的解读方式。"通灵"是指通过与死者的所谓交流来进行占卜的方法,而"传奇"除了指浪漫的事或体验,也有华丽、荒诞、奇幻的叙述和描绘之意。其中来源于"精神病学"(necrology)一词的前缀"necro-"本身就是一个组合形式,意指"死者"或"尸体"。因此,"通灵"一词可能意味着"死者的传奇"或"传奇的消亡",或者,借用迈克尔·莱迪的话来说,指的是"美国文化荒诞叙述的消亡"。它见证了阿曼特劳特对于正统美国文化中"虚假和幻觉的种种变形"①的初始观察。

此外,《通灵》还表现了诗人通过对美和性别塑造的考察所体现出来的女性主义思想,诗集中的许多作品都突出了通常被认定为"女人工作"的家务事细节。例如,在标题诗《通灵》(*Necromance*)中就有这样的描写:"她洗着/碗碟,在黑色液体中/有着泡沫的岛屿–/并唱着歌。"②在另一首题为《个性发展》(*Character Development*)的诗中她写道:"这是母亲/认出的哭喊!"③而《基底》一诗则勾勒了一位细心的母亲和孩子进行交流的感人画面。该诗集创作于阿曼特劳特潜心抚养孩子的生活阶段,她对于为母之道似乎深有心得。其中另一首诗《取暖》(*Getting Warm*)则将写作和作为一种"女性成就"的缝纫相比较,带有显在的女性主义痕迹:

> 如果她是安静的
> 她就专注于哭泣之间的
> 空间,把时间

---

① Michael Leddy, "'See Armantrout for an Alternate View': Narrative and Counternarrative in the Poetry of Rae Armantrout," *Contemporary Literature*, Vol. 35, No. 4, 1994, p. 753.
② Rae Armantrout, *Necromance*, Los Angeles: Sun & Moon Press, 1991, p. 7.
③ Rae Armantrout, *Necromance*, Los Angeles: Sun & Moon Press, 1991, p. 37.

> 变成空间
>
> 她在黑暗中,
> 缝着,将裂洞穿在一起
> 用一根看不见的线。
> 那是女性的成就:
> 是记忆的壮举,是节制的
> 充实或辉煌。①

  这里的"她"既可能指向诗人本人,也可能指向一个致力于写出阿曼特劳特式诗歌的女诗人,或是任何一个进行着严苛而"看不见"的工作的女人。"安静""黑暗""裂洞"和"空间",诗中看似寻常的选词,叠加在一起却营造了一种不寻常的神秘氛围和意象:一个照料年幼哭闹的孩子的母亲,在孩子入睡的间歇终于可以安静下来,躺在黑暗中专心地在脑海里构思着,把这难得的空余时间变成一段诗性思考的空间;"用一根看不见的线"或者片段思想的连缀,苦心孤诣地进行着文学创作,从而将全诗变成一种元诗思考。站在一个女性诗人的立场,诗歌又何尝不是"女性的成就",是"节制的／充实或辉煌"?

  《就好像》则又回归平凡的日常生活,特别是典型的美国城郊生活里在平淡的育儿时光和日间电视节目间穿梭忙碌的常规而琐碎的生活,字里行间充满了"母亲""儿子""父亲"和"孩子"之类的家庭语汇。同时,该诗集依旧对南加州的城市空间,尤其是绿化景观进行了大量描绘。"何必止于藤壶?"正如诗人在《我的问题》(My Problem)一诗中问的,她带着一丝惊讶与迷惑凝视着周围司空见惯的植被,"一丛金银花／像条胳膊／环绕在铁丝网围栏上／会更加／／繁复新巧,重复得更加精准／让我觉得／我可以这么继续下去"。② 其他如《悔言》(Retraction)、《跨度》(Spans)、《原生》(Native)、《穿越》(Crossing)、《种类》(Kinds)、《转折

---

① Rae Armantrout, *Necromance*, Los Angeles: Sun & Moon Press, 1991, p. 43.

② Rae Armantrout, *Made to Seem*, Los Angeles: Sun & Moon Press, 1995, p. 16.

点》(*Turn of Events*)和《平凡的高度》(*Normal Heights*)之类的作品也聚焦各种植物,把杜松、棕榈树、金银花、桉树、百合和夹竹桃等变成了该诗集回旋的主题。如《转折点》一诗所描述的,"屋外和以前一样,瘦削的棕榈和夹竹桃 / 它们颀长的叶子,造作的手指,并不指向哪里 / 而是原地翻转——假如有人留意会称为异域风情 / 的植物"①。这些植物的名字似乎平淡而微不足道,但它们是阿曼特劳特作为南加州人的地域身份的特别标识,强化了其诗歌中的地域感和方位感。

同样值得特别注意的是,这部诗集中显在的对话式腔调。阿曼特劳特之前的大多数诗歌在不破坏源头的情况下对诗中的声音进行了巧妙处理,而《就好像》截然不同,它高频地使用类似"我们""你们""我们"和"我们的"等暗示自我指涉的包容性人称代词和所有格。《静坐》(*Sit-Calm*)、《掩盖》(*The Covers*)、《创世纪》(*The Creation*)、《概率》(*Incidence*)、《穿越》、《故事一则》、《工作》(*The Work*)和《平凡的高度》等都是很好的案例。这些诗运用上述包容性的自我指涉词汇,就好像密友或爱人之间的对话。然而,当读者开始逐渐适应这些诗的语境时,这种看似亲近的关系又急速反转,暗示着人际关系的疏离和人与人之间沟通的失败。这一点,在《就好像》的开篇诗中就可窥见一斑:

> 在蜜月期
> 我们以为我们想要
> 我们就好像
> 极为不适合的东西,
> 比如说,触摸。②

这首诗的标题《静坐》通过模仿"情景喜剧"(sitcom)一词的发音表现了典型的美式城郊生活,即人们无休无止地把时间花在电视剧集上及他们的沉默寂寥。诗中的"我们"宁愿消极沉默地坐着,为沟通的失败寻找托词,也不愿意主动出击,建立更亲密的联系:

---

① Rae Armantrout, *Made to Seem*, Los Angeles: Sun & Moon Press, 1995, p. 48.

② Rae Armantrout, *Made to Seem*, Los Angeles: Sun & Moon Press, 1995, p. 7.

> "我不知道
>
> 我在想什么。"我们说
>
> 带着陡然升起的欢愉。
>
> 这是温暖的,
>
> 人情味的部分
>
> 它驱散了紧张。①

然而,上述几行中所谓能"驱散了紧张"的"人情味的部分"却带来了新的紧张感。这种紧张源于英文原作中"spike"一词的另一含义,即"尖刺,尖钉"所暗示的刺痛感。它在此处被用作名词,意为"陡然升起"的不自然的假装的欢愉感,却恰恰暴露了人与人之间的交流缺席或沟通失败,这种沟通失败带来的痛楚成为这首诗和本诗集很多其他诗作的回旋变调。

《借口》和《就好像》一样,继续呈现了阿曼特劳特对当地和当下时刻日常生活的观察。其中几首诗的标题,如"此地""那里""此刻"等词本身就强调了这部诗集的旨趣。如许多作品暗示的,现实中这个世界的"此地"和"此刻"无不由无数语言碎片组成,正是语言创造了地域感和方位感。当《警务》(Police Business)一诗的说话人说道:"嫌疑人 / 口吐鲜血地说 / '我爱你',让我们 / 失去了我们的方位。"②诗人在另一首《言之凿凿》(Articulation)中又通过说话人宣称"没有言之凿凿 / 就没有了地方感"③。因为"一丝呼吸"可以"守住一片天地"④。然而,毫不意外的是,方位和错位却总是被轻易打破,因此"人要耐心 / 对待当下 / 像对孩子一样 // 跟随着它的呓语—— / 水上的闪光—— // 纵容地 / 这样才合乎礼貌"⑤。正如诗人在这首诗中暗示的,当下就宛如一个孩童,沉浸在呓语之中,随时随意地转换着视角,而诗人就是这些呓语的见证者,其职责就是聆听这

---

① Rae Armantrout, *Made to Seem*, Los Angeles: Sun & Moon Press, 1995, p. 7.
② Rae Armantrout, *The Pretext*, Los Angeles: Green Integer, 2001, p. 12.
③ Rae Armantrout, *The Pretext*, Los Angeles: Green Integer, 2001, p. 23.
④ Rae Armantrout, *The Pretext*, Los Angeles: Green Integer, 2001, p. 28.
⑤ Rae Armantrout, *The Pretext*, Los Angeles: Green Integer, 2001, p. 24.

种"呓语",并尽量及时将其记录下来。"我在这里重现/别人曾亲眼看到的 / '转瞬即逝的印象' // 作为经验的积淀。"① 与上一部集中《已知》（*The Known*）一诗所表达的诗歌使命相呼应,即"诗的职责就是/为所有这些声音找到归宿"②,阿曼特劳特在该诗集的《此刻》（*Now*）一诗中写道:"空间暂时成为回声。//它在说些什么? / 它这样说/ 意义是什么?"③再次强调了作为诗人的重要职责,即聆听并记录下这世界,包括在社会空间和宇宙空间所产生的各种声音。

除了从日常现实的声音中获得素材,阿曼特劳特还从她家院子以外的周遭景致中汲取作为诗人可能获得的一切给养,显露其更为深刻的威廉姆斯式的对人与物的兴趣与观察。在她的诗意世界里,我们可以看到对于多种不寻常人物的速写,例如《思考》（*Thinking*）一诗以看似平淡的口吻勾勒了一个街头疯子的身影:"一个人走在人行道上 / 系着细绳领带身穿无袖短外套 // 大力摆着手臂/ 好像个鼓乐队长 // 又像是祈祷的鬼魂/ 之类的东西。"另一首叫《此地》的诗则写到一个玩玩具手枪的小男孩,枪声最终汇入了教堂的录音钟声里:"街上有个男孩 / 用玩具枪开火 / 就像我的儿子一样 / 而教堂正奏响着 / 余音袅袅的/钟声录音。"④

和《通灵》一样,诗集《借口》也以独特的方式聚焦了诗人有关女性主义的思考。在性别歧视严重甚至厌女症当道的五六十年代的历史语境中成长起来的诗人一直与轻视女性的观念做斗争,以培养更为积极的自我和自我认同。例如,《借口》的开卷之作《胎记》（*Birthmark*）就对玛丽莲·梦露（Marilyn Monroe）所代表的女性身份进行了深入的反思和挑战:

> 我不曾介意胸部瘦小,尽管那样
>
> 总附加以负面语汇,如平胸之类。
>
> 然而,性别才是那个一直令我困扰

---

① Rae Armantrout, *The Pretext*, Los Angeles: Green Integer, 2001, p. 76.
② Rae Armantrout, *Made to Seem*, Los Angeles: Sun & Moon Press, 1995, p. 37.
③ Rae Armantrout, *The Pretext*, Los Angeles: Green Integer, 2001, p. 91.
④ Rae Armantrout, *The Pretext*, Los Angeles: Green Integer, 2001, pp. 77-78.

> 的胎记。我小时候,玛丽莲·梦露
> 是性感女神。我知道人们对"玛丽莲"
> 怀有好感,但我却在她行为中看到糟糕
> 的一面。或许是种乖觉的糟糕。她把问
> 题放大化了。那沉重的胸部兜在脆弱的
> 纤细肩带中。呵呵。缺了些什么。那
> 尖细的小女孩的声线,不可能发出全
> 部卓有分量的声音。①

很明显,尽管玛丽莲·梦露被整个美国社会奉为"性感女神",诗中的"我"却认为她装腔作势、行为糟糕,让说话人觉得"缺了些什么"。而"那/尖细的小女孩的声线,不可能发出全/部卓有分量的声音"。直至该诗的结尾处,说话人发出充满疑惑的慨叹:"奇怪/你怎能因在哪里都不被容下而兴奋。"这听起来似乎无心的观察不仅为该诗集,更为阿曼特劳特的全部作品提供了一个"借口",表现了一种在"不被容下"和"感到兴奋"之间,即对一个格格不入的文化既排斥又接纳的两难状态之间所产生的特定张力。在这样的文化中,拥有"沉重的胸部"的梦露虽被奉为"性感女神",却有着"不可能发出全/部卓有分量的声音"的"尖细的小女孩的声线"。就像该诗在结尾处所说:"但我岔开了话题,虽然我想做的是咽下自己的借口。"在此,我们可以看到一个贴切的比喻:看似岔开话题,而这其实是阿曼特劳特精心打造的一个"借口",也成为引出该诗集后面与当时美国主流诗歌格格不入的所有诗作的铺垫与动机,显示了作者意欲挑战主流诗歌文化语法和仪轨的勇气和决心。

《面纱》与《借口》同年出版,其中包括从此前6部诗集中精选的50余首作品,一首与西利曼合作的长达5页的散文诗《引擎》(*Engines*),以及19首新诗,共计73首诗作。作为一部新旧作品的精选合集,该书展现了阿曼

---

① Rae Armantrout, *The Pretext*, Los Angeles: Green Integer, 2001, p. 8.

特劳特诗歌"最丰富全面的风貌"①。同时,还有一个不容忽视的细节让此书不同于此前发表的全部诗集,那就是它是由美国声誉极高的卫斯理安大学出版社出版,并被《布鲁姆斯伯里书评》(*Bloomsbury Review*)评为"2001年出版的最佳诗集之一"。有卫斯理安大学出版社的良好声誉作为背书,阿曼特劳特从此突破了美国主流诗歌的玻璃天花板,奠定了其作为当代美国诗歌"主要人物"②的地位。

在思想主题方面,延续《极限》《饥饿的发明》《优先》《就好像》《通灵》和《借口》中对于历史、自然、爱情和家庭生活的细微观察与记录,《面纱》中的19首新作从更高层面考察了美国文化所营造的伪现实或诗人所称的"虚假意识",以及经验和语言之间的裂缝与漏洞。此时的阿曼特劳特更加清楚地意识到由美国文化精心打造的对所谓"事实"与"权威"的伪装,意欲努力揭下蒙在电视剧、广告、报纸新闻和政府机构上的浪漫化虚伪面纱。通过揭露"经过选择的/ 展示语境 // 安排与抵达"③,本诗集中的作品始终让读者处于"着魔的存在边缘"④,以本雅明般的锐利目光凝视且记录了美国社会所制造的超越美国人自己认知边界的种种文化震惊。如在《坠落:1》(*Falling: 1*)中诗人写道,"吞下你自己的尾巴——//或故事/已不再是//被认可的/通行方式",从而对美国文化中的陈词滥调,包括"是/与否/的开关"和"新/旧/二元//表现癖"⑤等二元论标准发出质疑。而在《如我们被告知的》(*As We're Told*)一诗中她坦言,"任何栅栏维持的另一/端是'无

---

① Ron Silliman, "Foreword," in *Veil: Selected and New Poems*, Rae Armantrout, Middletown: Wesleyan University Press, 2001, p. ix.

② Rae Armantrout, "Marjorie Perloff's Correspondence with Armantrout (2000-2008)", MSS 699, Box 2, Folder 29, Special Collections Library, University of California San Diego.

③ Rae Armantrout, *Veil: Selected and New Poems*, Middletown: Wesleyan University Press, 2001, p. 51.

④ Rae Armantrout, *Veil: Selected and New Poems*, Middletown: Wesleyan University Press, 2001, p. 3.

⑤ Rae Armantrout, *Veil: Selected and New Poems*, Middletown: Wesleyan University Press, 2001, p. 115.

形'的"①,将质疑的目光指向自我中心主义的国家与个体的文化自大。然而,尽管带着质疑批判的口吻,这些诗从不愤世嫉俗,在表达来之不易的幻灭感时也很少流露苦涩。相反,它们传递的是一种惊奇感,展现了一种夹在被流行文化巧妙包装的现实与个体所经验的真实世界之间依然奋力保持的清醒。

综合看来,阿曼特劳特在该阶段的作品有四方面的特点。第一,该阶段诗作在主题和基调上呈现了一种微妙而非刻意的统一,以家庭和亲子关系为主的日常生活为回旋主题。这与诗人个人创作语境的一系列变迁不无关联,如与丈夫查克从旧金山搬回故乡圣地亚哥,怀孕、生子、育儿,以及在自己母亲和婆婆的人生最后阶段担负起照料者的责任与辛苦。比如创作《优先》时,诗人从和儿子一起观看的动画片,以及与丈夫一起守望的福克斯晚间新闻中汲取灵感,整本诗集实际上是写给儿子艾伦的献礼;创作《借口》时,诗人的母亲和婆婆先后在养老院中离世,因此该诗集中很多诗作都从不同角度近距离书写了衰老和死亡。

第二,该阶段作品也见证了阿曼特劳特为磨炼诗歌技巧与开拓主题方向的努力。尽管20世纪70年代末诗人已经把数字或星号分隔的诗节连缀在一起将作品的长度做了适当拓展,但直到该阶段才出现令所有人意外的、长度空前绝后的诗歌案例,这就是其与西利曼联合创作的《引擎》一诗。该诗体现了她对当时在语言诗派中风行一时的所谓"新句子"的富有节制的实验。《引擎》全诗占满5个页面,共计14节,每一节包含14个完整句子,是迄今为止阿曼特劳特创作过的最长且外形最为铺陈丰满的诗作。

据安德鲁·爱普斯坦(Andrew Epstein)考证,《引擎》是1982年阿曼特劳特和西利曼以一种前卫的形式合作的作品。首先由一位诗人先行创作一节包含14个句子的散文诗,然后将其寄给另一位诗人,并由后者添加一节含有14个句子的散文段落,再通过邮件寄回给前面那位诗人,如此反复,直到两位诗人总共创作量加起来达到14节为止,最终写出了这首散文长

---

① Rae Armantrout, *Veil: Selected and New Poems*, Middletown: Wesleyan University Press, 2001, p. 120.

诗《引擎》。该诗于1983年由一家小杂志《联结》（*Conjunctions*）首次发表，后于1992年被西利曼作为一个单独部分收录在其题为《字母表》（*The Alphabet*）的长诗当中；再后来阿曼特劳特将其收录入《面纱》中[①]。作为一首联合创作的作品，《引擎》不仅是阿曼特劳特所称与湾区语言诗人的"战友情谊"[②]的完美体现，更显示了该诗人勇于创新，为突破个人诗歌形式和风格局限的努力与实践。

第三，该阶段不仅显示了阿曼特劳特形式和风格创新方面的实验与突破，还显示了其诗歌从个人空间的细微观察转向更大的美国社会文化空间的主题转变。如《虚构》和《纵游后院》两首诗，均证明了其对美国主流诗歌传统的质询。而《借口》的开篇诗《胎记》则展示了诗人对美国消费主义文化中以玛丽莲·梦露为代表的女性身份问题所做出的智性思考和批判。

第四，该阶段阿曼特劳特开始使用梦境题材。其中，《就好像》和《通灵》两部作品都包含了相当数量的梦境素材，给其作品蒙上了一层明显的超现实主义的神秘色彩。更重要的是，此间由卫斯理安大学出版社出版的《面纱》可以说是阿曼特劳特诗歌生涯的里程碑，为其踏上当代美国主流诗坛做了有力背书。

（三）"我就写这个／一直"：成熟期

该阶段的作品主要包含千禧年后创作的五部诗集：《悉知》《来世》《谙熟》《卖点》和《说说而已》。

《悉知》（2004）展现了阿曼特劳特的诗突破当下诗歌的边界进入科学领域，开始对物理学的时间现象表现了极大的兴趣，这从许多诗作的标题中就能窥见一斑：《终结时间》（*End Times*）、《秒》（*Seconds*）、《时间里》（*In Time*）、《曾经》（*Once*）、《这一次》（*This Time*）、《间

[①] Andrew Epstein, "The Volley Maintained Nears Orgasm: Rae Armantrout, Ron Silliman, and the Cross-Gender Collaboration," in *Among Friends: Engendering the Social Site of Poetry*, eds. Anne Dewey and Libbie Rifkin, Iowa City: University of Iowa Press, 2013, p. 171.

[②] Tom Beckett, "'My Poetry Isn't Built on Hope': an Interview with Tom Beckett," in *Collected Prose*, Rae Armantrout, San Diego: Singing Horse, 2007, p. 130.

歌》(Intervals)和《此刻这》(Now This)等。这些诗聚焦与时间直接相关的关键词,如"当下""过去""时刻/一刻""时间""未来""速度"等,不仅将时间视为"此时"和"此地"的直接体验,更把它看作一个如斯芬克斯问题般神秘且永远拷问着灵魂的谜语。"斯芬克斯/想要我猜"①,阿曼特劳特在《悉知》的标题诗中写到,"我'即刻'作答,而后'永远'"②;接着她又如哲学家般地叹息而语:"时间除了流逝/还能做些什么?//在这里'流逝'/即为/'存在'://一个鬼魅般的/不定长度的附属。"③谈及对时间兴趣的由来,阿曼特劳特在一次访谈中坦言是源于对当代物理学科普读物的阅读经验。"星系从我们逃离。'别看!'"她在《终结时间》中写道:"当某物到达/光速的时候//它看起来会冻结//变得越来越/没有意义。"④和该书中许多其他诗作,如《纠缠》(Entanglement)、《可视化》(Visualizations)、《如一》(As One)等一样,这首诗将当下碎片化体验与物理术语的科学描述并置一处,以表现人类试图抓住时间又无奈失败的困顿。然而,诗人的时间观并不永远都是纯物理学的,无论多么玄妙,她最终想要的是将时间化为空间,融入字里行间,成为各种不同声音的场域。对她而言,无论时间如何转瞬即逝或支离破碎,关于时间的体验却总可以通过写作锚定;无论如何流转易逝,时间定从"此时""此地"的经验与感悟开始。承袭其在上一部诗集《借口》中《此地》一诗所表现的"锚定"旨趣,即"我在这里重现/别人曾亲眼看到的/'转瞬即逝的印象'//作为经验的积淀'"⑤,她在这部《悉知》中向世人宣布:"通过写作我可以延长每一缕思绪。"⑥和以往一样,该书强调"此地"和"此刻"及其经验。在一首题为《此刻这》的诗中,诗人写道:

---

① Rae Armantrout, *Up To Speed*, Middletown: Wesleyan University Press, 2004, p. 1.
② Rae Armantrout, *Up To Speed*, Middletown: Wesleyan University Press, 2004, p. 3.
③ Rae Armantrout, *Up To Speed*, Middletown: Wesleyan University Press, 2004, p. 29.
④ Rae Armantrout, *Up To Speed*, Middletown: Wesleyan University Press, 2004, p. 21.
⑤ Rae Armantrout, *The Pretext*, Los Angeles: Green Integer, 2001, p. 76.
⑥ Rae Armantrout, *Up To Speed*, Middletown: Wesleyan University Press, 2004, p. 22.

>因而棕榈是放浪的
>
>而蔓绿绒
>是忧伤的。
>
>只有用这些冷僻词
>才能证明
>
>我所写的"这",
>
>我所写的"我的"
>或*此刻*
>
>*此地*①

这些诗行明确无误地宣告了这位诗人对当下、对此时此刻的关注程度,其所想写的就是"这(个)",是"此时"和"此地"的体悟。不同的是,她笔下的"这(个)"常变常新,因为其所谓借用"冷僻词"的做法,实为诗人寻求"陌生化"的谦辞。把看似寻常的事物或寻常的地方看作陌生事物或陌生之地以便与之重新相遇,从而拒绝将其简单匆忙地定格为历史,将此时此刻以及对时间的体验不仅锚定在文本空间,也锚定在历史空间,这不正是书写"这"的价值?它再次证明了诗歌的禀赋,即通过对"此在"物和事的特别聚焦,将其拉回被遗忘和废弃的泥潭,从而赋予其新的生机与能量。

《来世》是阿曼特劳特的第十部诗集,它通过将语言置于更宏大的宇宙空间,展现出对当代物理学愈加浓厚的兴趣,继续着诗人对由语言所构筑的世界和另一个可能世界的思考与疑惑。

然而,阿曼特劳特对科学语言的关注并不仅仅在于量子物理学本身,而是透过对科学的兴趣对人性和社会进行更深层次的叩问。"那远古/ 爆炸/ 自

---

① Rae Armantrout, *Up To Speed*, Middletown: Wesleyan University Press, 2004, p. 67.

我安排的方式，"她在该诗集的标题诗《来世》中写道，"巴士站：// 一位驼背老妪/ 赤发/ 稀疏/散落在彼得潘式/的圆领之上。"①将在巴士站偶然看到的一位老妪的古怪形象置于宇宙起源这个背景之下，令读者脑洞大开。尽管乍读之下深感突兀，但这首诗的标题却以意想不到的方式将两个意象巧妙地连缀在一起。毕竟，对于处在生命尽头的老妪来说，她身体的原子最终确实是要被重新配置到一个更新的"安排"中去的。借由物理学的视角，该诗也突破了威廉姆斯对城市普通人的观察，虽然同样记录了街头偶遇的与周边环境略有些格格不入的老妇人，但相较于后者那首《为了一个贫苦的老妇人而写》中所刻画的边走边嚼着李子的动态中的老妇，阿曼特劳特诗中的这位老妇被一个似乎穿越整个宇宙投射而来的遥远目光定格在一个相对静态的空间，令在巴士站安静候车的她显得如此渺小和短暂。然而，全诗的基调平和淡然，几乎没有苦涩和无奈，那个似乎来自宇宙的更大的他者的目光，又为其洒下一丝微光，让我们看到了不同的可能。一切意料之内或意料之外的相遇，在整个宇宙的陪衬下都生出了一丝笃定和从容。

在另一首题为《继续闪耀》（*Shine On*）的诗中，我们看到阿曼特劳特如何让有关黑洞的科学描述与一个作为广告用品放在商场顶上的巨型南瓜灯模型相遇：

> 在最后的分析中，
> 以普朗克之详尽，
>
> 问出正确的问题
> 所需要的能量
> 如此巨大
>
> 以至于询问本身形成了
> 一个迷你黑洞。
> ············

---

① Rae Armantrout, *Next Life*, Middletown: Wesleyan University Press, 2007, p. 52.

南瓜微笑着，

正极度膨胀，

端坐在斯皮利特

大卖场顶上①

按照科学解释，黑洞作为一个奇异的存在能将一切物质粉碎成小到不能再小的颗粒，以至于空间和时间都停止了存在。上述诗行结合这样的科学描述，在结尾处以反高潮的语调再现了对美国经济过度膨胀的冷静观察。如该书标题《来世》所暗示，通过想象不可想象的，联结不可联结的，阿曼特劳特似乎在勾画一个与信奉消费主义的当代美国社会大为不同的"来世"。

如上所述，诗集《来世》中的作品以对量子物理和流行文化的关注为前提，继续呈现了阿曼特劳特对当今世界有关爱、怀疑、梦境、语言的塑造功能、死亡和沟通失败等一系列主题的探究。它呼吁人们在世纪之交越过骇人的全球现实，看向"来世"并尽一切可能找到它。该书在一首首精准、狡黠、短促和近乎骨感的诗中探索着"一切都在闪光/ 然后熄灭"②的原因，以及"灵魂/ 设想的居所"③中的"沟壑"。它们恰到好处地用小到一个音节、一个眼神，再到某个洞察力迸发的瞬间，一点点地提醒读者：想要尝试着去了解这个世界，保持个体清醒，不被流行文化不断传递的经过塑装的意识形态讯息所塑造是何其困难的事情。它们也一次次用最细微的观察和瞬间的感悟，见证并记录了美国文化所造成的各种意识的震颤与战栗。

与其他许多当代美国诗人不同，当他们深陷在自我的幽闭空间不能自拔，在诗中大谈个人生活，将自己的悲喜起落作为创作中心的时候，阿曼特劳特却断然抽离，将自己深深地浸没在更广阔的外部世界，乃至浩瀚的宇宙之中。"我将自己淹没 / 因为我享受/ 醒来 // 从混沌中/ 超脱// 一点一点/ 再一

---

① Rae Armantrout, *Next Life*, Middletown: Wesleyan University Press, 2007, p. 61-62.

② Rae Armantrout, *Next Life*, Middletown: Wesleyan University Press, 2007, p. 48.

③ Rae Armantrout, *Next Life*, Middletown: Wesleyan University Press, 2007, p. 22.

次。"①如她在诗中所言,她在这部诗集中用冷静的声音讲述了永远在微妙变化中的经验碎片及其背后造成这些经验碎片的文化震惊。用震惊回击震惊,不事噱头,以其一贯的强烈、坚忍风格,传递发现的力量。姆琳科在其《来世》的书评中曾这样说道:"我会用一大堆当代轶事风格的自由诗去交换像阿曼特劳特这样精准、冷峻的诗歌。在她坚持宇宙是中心,而可怜的人类是偏离中心的诗歌中,有着更多的情感共鸣。"②该评价可谓道出了阿曼特劳特诗歌的博大情怀和精神内涵。

《谙熟》发表于2009年,是为阿曼特劳特赢得2010年国家图书批评家奖和普利策诗歌奖的杰出作品。该诗集由前后松散相连的两部分即《谙熟》与《暗物质》组成,后者原本按诗人计划是要分开发表的作品。据诗人在一次访谈中讲述,2006年在《谙熟》的手稿即将完成之际,她被诊断患上肾上腺皮质癌。在将该手稿交给卫斯理安大学出版社时,当时的新作《暗物质》刚完成了20多页。由于这场可能致命的疾病,阿曼特劳特改变了主意,决定将《暗物质》和《谙熟》合并出版,并得到卫斯理安大学出版社的赞同。因此,如今看到的《谙熟》其实包含基调不同的两部诗集。

第一部分《谙熟》的基调更为明快,探讨了当代美国日常生活、流行文化、城市景观和语言情趣等阿曼特劳特诗歌中常见的主题,而第二部分《暗物质》则对阿曼特劳特患病和面对死亡的个人状况进行了更为近距离和严肃的探索。尽管两部分在基调上有所不同,它们仍然完美地共同展示了阿曼特劳特诗歌的一贯特色——不同寻常的简洁浓缩,对日常美国语言的细致观察,以及其标志性的怀疑感和不确定感。

然而,与阿曼特劳特以往所有作品不同,该诗集中明显从以前诗人所更为关注的外部世界转向了个人世界,进行了某种意义上的身体写作,描绘了许多优美而抒情的瞬间。过去几十年中,阿曼特劳特很少在诗中使用代词"我",而她这一次开始直接或间接地用"我"指涉其罹患癌症和后续的治

---

① Rae Armantrout, *Up To Speed*, Middletown: Wesleyan University Press, 2004, p. 13.
② Ange Mlinko, "Review of *Next Life* by Rae Armantrout", *Poetry*, Vol. 191, No. 1, October 2007, p. 64.

疗细节。诗人带着一种略带躲闪的态度和时而阴郁暗淡的口吻,思考并回应着自己的抗癌经历:"什么事?/ 仿佛这事/ 事关生死/ 而现在确实如此。"①随即在字里行间对自己的病情做了断续的描述:"现在我总是躺在金属检查台上/ 两个人,医生和护士,交替着过来/ 告诉我我将活下去还是死去"②;"此刻/ 癌症建起/ 一个自由市场/ 在你的内脏中"③;"壁炉架上的女人/……/ 带着一抹震惊的微笑/ 而一个未被发现的肿瘤/ 栖息在她的肾脏"④;"死亡是胶片上的/ 一抹污渍/ 是地平线上的/ 一个污点"⑤……然而,尽管有对其患病经历的指涉,但这些诗作从不过分感伤或恣意宣泄。相反,涉及个人部分的内容只被允许以优雅的轻盈笔触,带着一丝幽默感,零星地出现在诗行中,并最终落脚到意志力、生存本能等话题的回旋与往复,时而严肃如"生存意志/ 的全部力量/ 被钉在了/ 下一个/ 场合"⑥,时而又带着轻微的自嘲,"不是说/ 我们想活下去/ 而是我们被下了药/ 表现得好像/ 我们想活下去"⑦。显然,尽管阿曼特劳特在这些诗中有一定个人化抒情的特点,却从不以自我为中心,也从不自我放纵,而是沿袭了她对周遭世界,特别是对语言的微妙观察与疑惑,吸收着来自不同语境的"各种独白"⑧所构造的"新的现实",与读者分享自己在语言和写作中获得的乐趣,分享在语言层面可能分享的财富,"这么多快乐/ 囚禁在/ 语言中// 随时/ 准备/ 破笼而出// 然后杳然而逝"⑨。

如此,阿曼特劳特有关死亡的深入探索和对美国生活中矛盾现实的诗意分析不仅打动了普通读者的心,也获得一系列重大诗歌奖项评选委员会的青

---

① Rae Armantrout, *Versed*, Middletown: Wesleyan University Press, 2009, p. 78.
② Rae Armantrout, *Versed*, Middletown: Wesleyan University Press, 2009, p. 62.
③ Rae Armantrout, *Versed*, Middletown: Wesleyan University Press, 2009, p. 85.
④ Rae Armantrout, *Versed*, Middletown: WesleyanUniversity Press, 2009, p. 107.
⑤ Rae Armantrout, *Versed*, Middletown: Wesleyan University Press,2009, p. 103.
⑥ Rae Armantrout, *Versed*, Middletown: Wesleyan University Press, 2009, p. 121.
⑦ Rae Armantrout, *Versed*, Middletown: Wesleyan University Press, 2009, p. 73.
⑧ Rae Armantrout, *Versed*, Middletown: Wesleyan University Press, 2009, p. 104.
⑨ Rae Armantrout, *Versed*, Middletown: Wesleyan University Press, 2009, p. 104.

睐。2009—2010年，《谙熟》接连入选国家图书奖、国家图书批评家奖，以及普利策诗歌奖，成为美国历史上仅有的在一年之内获得其中两项大奖的极少数诗人之一。普利策奖评奖委员会主席在为其颁奖时对这部诗集做出如下精彩评价："一本以机智和语言独创而引人入胜的书，其所奉上的诗歌常常是思想的小炸弹，初读之后很久在脑海炸开。"① 这应该是对阿曼特劳特诗歌最贴切的评价了。

《卖点》是阿曼特劳特的第十二部诗集，记录了其创作主题一次更大的迂回改道，从此前《谙熟》所代表的个人境遇转为描绘2008年和2009年席卷美国的金融危机所引发的各种变化与信任危机。它创作于经济大衰退席卷美国的背景之下，探索了美国在21世纪的头十年遇到的或许是最大的困境，即金钱或以金钱驱动的当代美国社会本身的困境。"金钱又在/ 对自己说话了"②，正如《金钱会说话》（Money Talks）一诗所言，"按下刷新键/ 这就是你所得到的 // 金钱假装/ 它无能为力"③。该诗集勾勒了这样一个世界：人们不去自己承担责任，而将一切归咎于金钱或是"母亲""伟大的天使"，称"我造出的/ 东西// 在我不在时/ 代表我"。它通过"灾难资本主义"的黑暗滤镜对宇宙、人类关系、性和死亡等主题进行了深入探讨，在萧条和堕落的时代里发现背叛、困惑、怀疑，甚至是乐趣。在这个世界里，哪怕堕落都会性感，"它们性感/ 因为它们贪婪 / 而贪婪又让它们越发堕落/……// 它们在你身下/ 灼热"④。

除聚焦一片萧条的美国社会经济，《卖点》还沿袭了阿曼特劳特对美国流行文化的独到观察。"当我回首往事 / 不管那些经历都是什么，"她在《自传：瓮葬》（Autobiography: Urn Burial）一诗中写道，"我听见悠扬的曲调/ 那曾经听过的乐音 / 或是杂乱无章的旧曲 / 幻想不能持续 / 太久，不是

---

① "2010 Pulitzer Prizes Journalism", The Pulitzer Prizes, Columbia University, http://www.pulitzer.org/citation/2010-Poetry. (Accessed 2011-10-10).
② Rae Armantrout, *Money Shot*, Middletown: Wesleyan University Press, 2011, p. 73.
③ Rae Armantrout, *Money Shot*, Middletown: Wesleyan University Press, 2011, p. 73.
④ Rae Armantrout, *Money Shot*, Middletown: Wesleyan University Press, 2011, p. 37.

吗？/ 在经历的瞬间 / 有人会溺水 / 有人却在观望。"①这些诗作检视了语言和世界、启示与遮蔽,以及看与被看之间的沟壑,对我们如何知道自己对世界有多少了解,以及我们是否"看到即能意识到"提出了疑问。带着浓重的后现代诗歌美学风骨,这些诗更像是一种开放的提问,延绵不绝地提出问题,却又从不提供任何答案。诗人不仅不会做出任何全知全能的评判姿态,反倒时不时有意泄露出人类因知识的绝对边界而导致的局促与失措;她在无意义间发现意义,在断裂间搭建关联,将读者引向看待世界的新的可能。

《说说而已》是阿曼特劳特的第十三部诗集,从上部诗集的金融危机主题又回归对当代美国社会生活与文化的细查与记录。如《交易》(*Transactions*)一诗毫不掩饰地直言,"你跑来告诉我 / 你为省钱 / 正自己做饭"。该诗集深入讲述了普罗大众在经济危机后所面临的残酷现实,"你已经想好 / 用什么样的单位 // 去换取你想要的 / 新的单位 /"②,这些诗从维特根斯坦所说的广阔的社会生活中汲取素材,从科普杂志中抽象的量子物理概念黑洞和视界,到具象迫近的城市景观,再到连锁超市的广告,等等,诗人颠覆诗歌作为虚构产物的根深蒂固的文体观念,真实记录令其困惑乃至震惊的所见所闻。这部诗集不仅关注爱、金钱、权威和权力政治等主题,也探讨老龄、孤独和全球化等迫在眉睫的普世话题,总体上呈现下列特点。

首先,《说说而已》再次关注了语言所带来的乐趣和困惑。"我从音节中/ 拧出最后的// 甜蜜/ 在你面前把它吞下"③,诗人在一首题为《母亲节》的诗中这样写道。她通过思考并记录日常所见所闻,借由语言对人际关系、生活空间和记忆等一切可能令当今美国人失望无措的原因进行了深入考察。通过检视广告公司、新闻主播和政府顾问反复传播的所谓"真实"的口号和流行语,通过戏仿其在咖啡馆、酒吧和街道等公共空间所发现的代表某种可疑权威的不同论调,诗人探索了信息组合与配置的不同方式所带来的困惑。当一首诗的说话者令人难解地高调宣称:"我做的是/ 高速/ 弃选(de-

---

① Rae Armantrout, *Money Shot*, Middletown: Wesleyan University Press, 2011, p. 31.
② Rae Armantrout, *Just Saying*, Middletown: Wesleyan University Press, 2013, p. 43.
③ Rae Armantrout, *Just Saying*, Middletown: Wesleyan University Press, 2013, p. 86.

selection)"①；另一位说话者则低沉地宣布："我想探索'后希望'（post-hope）时代精神"②。诗人借用以上酒吧听来的陌生人的无稽之谈，不仅表现了某些自以为是的所谓高端人士的"高阶"话语的空洞，更暗示了后现代碎片化传媒世界里人们沟通失败的窘境。

第二，该诗集继续延续诗人对"当下"和"此刻"的微观观察与感悟，那句"看到什么，说点什么"③的诗句可谓其明白无误的诗学宣言。略有不同的是，这本诗集对"此时此刻"的记录中又多了一些诗人在城市生活中偶遇的古怪的众生相。一首诗描写"一个饱经沧桑，壮实的自行车手/ 戴着兔子耳朵/ 穿着扎染的衣服/ 上书'疾行'/飞驰而过"④，另一首则描绘了一位因穿着金丝裙而在阴影中闪闪发光的老妪的尴尬画面，"太阳封印了/ 阴影// 而一位老妪/ 身着一条金丝裙"⑤。题为《达到预期》（*Meeting Expectations*）的诗作还记录了一位用奇怪方式逗弄自己孩子的母亲，"为了制造出这种/ 刺耳尖锐的笑声 // 一个女人刺激着她的婴儿/一次又一次// 用一只绿色的鹦鹉/手偶"⑥。对此，诗人虽未做任何主观评判，但对于这一场景的记录本身却让人们注意到这位母亲通过反复刺激自己孩子以达到自我娱乐期望的做法中所包含的无心的残酷。

第三，除了惯常关注的主题，这部诗集在继《卖点》的改道之后重回死亡主题。"就算不死于癌症，我也不再年轻，所以死亡是一个我时常思考的话题"，阿曼特劳特在一次采访中坦言，"我承认这方面我想得很多"⑦。"癌症/是老派的 / 无感情的"⑧，如这首《老派》（*Old School*）一诗所写，

---

① Rae Armantrout, *Just Saying*, Middletown: Wesleyan University Press, 2013, p.15.

② Rae Armantrout, *Just Saying*, Middletown: Wesleyan University Press, 2013, p.90.

③ Rae Armantrout, *Just Saying*, Middletown: Wesleyan University Press, 2013, p.39.

④ Rae Armantrout, *Just Saying*, Middletown: Wesleyan University Press, 2013, p. 32.

⑤ Rae Armantrout, *Just Saying*, Middletown: Wesleyan University Press, 2013, p. 94.

⑥ Rae Armantrout, *Just Saying*, Middletown: Wesleyan University Press, 2013, p.67.

⑦ Kevin Nance, "The Difference between Nothing and Nothingness: Profile of Rae Armantrout," *Poets and Writers*, Issue March/April 2013, p. 49.

⑧ Rae Armantrout, *Just Saying*, Middletown: Wesleyan University Press, 2013, p.5.

关于死亡的焦虑源头依然存在。在《鬼魅》(Ghosted)一诗中，她以浓浓的哥特风格写到，"黑色的君王/ 端坐着，折起/ 又展开/ 它的翅膀"①；在《遗留》(Remaineder)中，诗人再次写到，"我死去的朋友们/ 都不来看我 // 他们说我/ 与他们素昧平生"②。就这样，该诗集一定程度上继续呼应着《谙熟》的死亡关注，通过近距离的微妙描摹，勾勒出其所带来的充满震颤和战栗的思想游丝。

纵观阿曼特劳特在成熟期的创作，不难发现该阶段的她可谓诗思勃发，佳作频出，一路受到诗歌界、评论界和出版界的广泛好评，最终突破边缘诗人的围栏进入其同时代最优秀诗人之列。最为难得的是，即便是获得了普利策诗歌奖，即便是从边缘进入主流，阿曼特劳特从未放弃自己的创作个性，其诗艺在日臻成熟的同时也成功保持了极具辨识度的个人化风格。然而，尽管风格依旧，其该阶段的诗歌主题却表现了较大的回旋和变化。除了多年来特别关注的主题，如此时此刻、所见所闻，语言和城市空间等，最凸显的回旋主题主要是对美国经济世界和死亡的特别聚焦。二者都不同程度地体现了诗人创作与个人及历史语境的交互关系，尤其与见证诗歌所说的"极端情境"之间的有机关联。前者关涉美国2008—2009年经济大萧条及其对民众生活的影响，后者则与其罹患癌症的个人生命经历有关，其中后者尤其引人注目。从《谙熟》中的《暗物质》部分到《说说而已》，死亡的阴影如潮水般频频撩拨着阿曼特劳特的思绪，她在《行进》一诗中这样写道："如果我们以为死亡/ 就像睡着/ 一样/ 那我们就会相信 // 错误地，正确地/ 那都是一种 // 陷入/ 所发生之事中的方式，// 加入那个正在进行中/ 的计划"③。这种死亡犹如"正在进行中"的迫近感源于其个人极端境遇，即其2006年罹患肾上腺皮质癌的凶险经历。据数字显示，该病患者大多在确诊六个月内即告死亡，预后极不乐观。为此，阿曼特劳特的丈夫曾哽咽着回忆：

> 当时蕾对她这一生十分知足。她很高兴长期的写作得到了一些肯

---

① Rae Armantrout, *Just Saying*, Middletown: Wesleyan University Press, 2013, p.13.
② Rae Armantrout, *Just Saying*, Middletown: Wesleyan University Press, 2013, p.16.
③ Rae Armantrout, *Just Saying*, Middletown: Wesleyan University Press, 2013, p.73.

定,但同时也很难过,因为我们的相守已到了尽头,她也无法看到我们的儿子结婚。当时有一种时间放慢的感觉,我们在那段短暂的时间里尽可能努力地活着。①

然而,阿曼特劳特并未在致命疾病面前自怨自艾或多愁善感。和常人一样,她感到恐惧,但又不同于常人的是,她从这种恐惧中能动地发掘出令她激动的崭新体验。据其本人回忆:"我当时开始拥有一种全新的、奇特的心态,不管可能会有多糟糕的后果……我决心作为一个清醒思考的个体朝着'死亡之谷'尽可能地深入。"②这种半害怕半激动的复杂体验让作为诗人的她经历了创作上的迸发,这成为该阶段其诗歌创作的又一特点。忆起这段特殊经历,她曾在一次采访中坦露:

……它来得太突然,以至于特别不真实,很新很奇怪——这也让它变得有趣,是那种可怕的有趣。但凡我觉得有什么事既新奇又特别并令我迷惑,就会写下来,这是我消化应对经验的方式。只要我还在这样做,那就证明我活着。③

由此可见诗歌书写的能量所在。尽管写作本身并不能真正治愈疾病,却帮助阿曼特劳特拥有活着的感觉,让她在极端情境下保持坚强的生命意志。正是因为这种用诗歌来应对令其感到惊奇或困惑之事的嗜好,她才得以免于悲伤自怜,宁愿作为一个理性和思考的个体直面死亡,并将其化为长久专注的诗歌主题,在一首首诗中与它直面相对。截至今天,阿曼特劳特依然被誉

---

① Kevin Nance, "The Difference between Nothing and Nothingness: profile of Rae Armantrout," *Poets and Writers*, Issue March/April 2013, p. 48.

② Natalia Carbajosa, "An Interview to Rae Armantrout," *Jot Down*, 2012(3), http://www.jotdown.es/2012/03/an-interview-to-rae-armantrout/. (Accessed 2015-01-29).

③ Maureen Cavanaugh, et al., "UCSD Professor And Poet Rae Armantrout Nominated For National Book Award," "These Days on KPBS", November 9, 2009, http://www.kpbs.org/news/2009/nov/09/ucsd-professor-and-poet-rae-armantrout-nominated-n/. (Accessed 2014-01-10)

为"一位(尽管不是唯一)伟大的描写死亡或哀恸的当代诗人"[1]。为此,其四十余年的诗友西利曼直言:"她的抗癌经历赋予她对直面死亡的理解以美国诗歌界无人能敌的深度。我觉得没有人像她一样如此有意义地将这种体验落到纸上。"[2]

幸运的是,阿曼特劳特活了下来。经过一系列手术和化疗,她得以痊愈并很快重拾写作。这次与死亡的正面交锋不仅没有让她放弃斗志,反倒进一步锐化了她对美国社会文化用以解释世界的充满矛盾的语言及人类关系的诗意分析。在经历癌患之后的几年间,她先后创作了包括前文所述的《谙熟》《卖点》和《说说而已》在内的三部诗集,皆由卫斯理安大学出版社出版。

另外,其创作成熟期除主题上的回旋,还显示另一个突出特点,即创作数量的快速增长。具体到数据上,她在20世纪70年代一共有38首诗出版成册;80年代24首;90年代60首;2000—2009年高达237首,2010—2013年则共有164首。其中,《说说而已》录有101首诗,是迄今为止这一创作迸发的最佳佐证。诗人本人曾给这种可见的"迸发"做出过如下解释。一是因为此间她的儿子于2001年离开家去上大学,大大减少了其照顾子女的时间。这反过来再次证明女性作家创作与个人生活语境的关系。诗人坦言:"或许女性作家起步更慢,要么是被家庭责任所牵扯,要么是因为她们需要更久的时间获得自信。"[3] 而第二个原因则来源于出版机构的鼓励与不断支持。阿曼特劳特曾在一次访谈中坦言:"有一个支持我,等着我新作的出版社可能也是我的动力来源之一。"[4] 这里所谓"支持我的出版社"指的正是卫斯理安大学出版社。作为美国最负盛名的出版机构之一,该出版社不惜打破三四年内

---

[1] Rob Stanton, "This," *Jacket* 39, Early 2010, http://jacketmagazine.com/39/r-armantrout-rb-stanton.shtml. (Accessed 2013-12-22).

[2] Kevin Nance, "The Difference between Nothing and Nothingness: profile of Rae Armantrout," *Poets and Writers*, Issue March/April 2013, p. 49.

[3] Rob Stanton, et al., "A Conversation with Rae Armantrout," Rae Armantrout Versed Reader Companion, http://versedreader.site.wesleyan.edu/interviews/. (Accessed 2014-03-03).

[4] Rob Stanton et al., "A Conversation with Rae Armantrout," Rae Armantrout Versed Reader Companion, http://versedreader.site.wesleyan.edu/interviews/. (Accessed 2014-03-03).

不出版同一位作家作品的业界行规，从2001年出版《面纱》起，就以平均每两年一次的频率出版阿曼特劳特的诗作，可谓业内现象级举措，也从侧面证明了阿曼特劳特诗歌的魅力与价值。

更重要的是，成熟期中的阿曼特劳特终于"异声"突起，从边缘地带一路突围打入主流美国诗坛。其中2007年可谓其职业生涯的华丽蜕变，奠定了其跻身美国主流诗坛的坚实基础。首先，这一年《纽约时报》3月18日刊对其诗集做出高度评价，标志着其诗歌生涯的重要转折。关于这点，帕洛夫曾在一封致阿曼特劳特的邮件中称此事"令人欢欣鼓舞但在意料之中"，紧接着又热情洋溢地写道："我认为你已经打破了玻璃天花板，不管别人怎么称呼它。那就是人们已不再把你当成'语言诗人'，而是当作一位重要诗人看待了。我时常这么听别人说起。"①同年，继《纽约时报》书评不久，美国最负盛誉的诗歌杂志《诗歌》（*Poetry*）征集并发表了3首阿曼特劳特的诗作。对此，诗人本人当时也颇觉意外，因为《诗歌》杂志自创立之初就一直是一家立场保守的刊物。在和挚友兼忠实读者、著名微小说家莉迪亚·戴维斯的邮件中，阿曼特劳特将其描述为一件"奇特"事件，因为该《诗歌》杂志的编辑克里斯蒂安·维曼（Christian Wiman）一向是"美学上的保守派。曾说过史蒂文斯毁了诗歌，因为他让诗有了哲学意味"②。诗人本人这些反应也同时侧面验证了另一个事实，即阿曼特劳特被主流诗歌接受，不是因为其为了进入主流而做了妥协，而恰恰是因为数十年来她顶住各种压力刻意保持的个人风格。紧接着在2008年初，《纽约客》于2月25日刊登了其诗作《抛》（*Thrown*）；随后，美国最大、最具影响力的诗歌组织美国诗人协会邀请阿曼特劳特在一次"美国创意写作协会"的活动中接替露易丝·格吕克做诗歌朗诵嘉宾。面对主流诗坛伸出的橄榄枝，阿曼特劳特自己曾一度感觉并不自在。她在一封致帕洛夫的邮件中说道："这让我怀疑我是否变得软弱

---

① Rae Armantrout, "Correspondence with Marjorie Perloff (2000-2008)", Rae Armantrout Papers, MSS699, Box 1, Folder 12, Special Collections Library, University of California San Diego.
② Rae Armantrout, "Correspondence with Lydia Davis (2000-2008)" Rae Armantrout Papers, MSS 699, Box 1, Folder 12, Special Collections Library, University of California San Diego.

了。"①然而,软弱素来与阿曼特劳特无缘。在数十年的创作中,她始终保持了一个实验诗人的鲜明个性,终于以独特的风格和富有见证与社会关怀力量的诗歌成为美国诗坛极具辨识度的卓越声音。

---

① Rae Armantrout, *Rae Armantrout Collections*, MSS 699, Box 1, Folder 12, Special Collections Library, University of California San Diego.

第四章　阿曼特劳特诗论

全面提炼并归纳研究阿曼特劳特的诗论或诗学思想注定是一件极具挑战的工作，一是因为该诗人几乎未曾就个人诗歌思想做出十分系统的阐释；二是国内外目前尚缺乏对其具有直接针对性的全面研究。尽管困难重重，但我们仍可以从诗人过去几十年大量日志、各种访谈、邮件往来，以及诗歌文本等众多零散材料中梳理、提炼，进而分析研究出阿曼特劳特的重要诗歌语论和理念。其中，访谈的价值尤其突出，可谓近距离了解一位诗人的完美路径，因为它是"一种可以从中看见思考过程的形式——可以看见思想的运作，即诗人确认、反对、推延或重新聚焦某些问题的过程"[1]。有观点称访谈虽未见得能得出肯定或确切的结论，但对理解诗人的作品无疑是很好的辅助，对于"任何反对单一解读而主张联想跳跃和无所不在的深度游戏的诗学来说，访谈则是一种探索和体验其脉搏和纵深的替代方法"[2]。针对阿曼特劳特的诗歌理论，在试图归纳研究之前，需先明确其诗论生发与演进的美国诗歌的历史语境。

20世纪70年代，阿曼特劳特尚在加州大学伯克利分校读书时开始进入湾区语言诗派，并在与语言诗同侪们互读互评的"战友情"中不断成长。反

---

[1] Kane Daniel, *What is Poetry: Conversations with the American Avant-Garde*, New York: Teachers and Writers Collaborative, 2003, p. 2.

[2] Kane Daniel, *What is Poetry: Conversations with the American Avant-Garde*, New York: Teachers and Writers Collaborative, 2003, p. 2.

讽的是，其诗歌思想的形成不仅建立在对主流诗歌的挑战与反抗之上，还更大程度上建基于对湾区语言诗派各种群体美学潮流的委婉质疑和抵抗之上。其中最具代表性的有两点：一是她对语言诗"无指称性"诗学思潮的质疑。该理念主要在20世纪70年代中期由语言诗奠基人罗恩·西利曼和布鲁斯·安德鲁斯（Bruce Andrews）所倡导，主张诗歌应该"无所指"，甚至切断能指与所指之间的关系，使之不再指向社会现实和个体经验。二是阿曼特劳特对所谓"新句子"，即一种主要将大量陈述句并置堆砌的程式化诗歌创作美学趋势的质疑和反对。此间她创作了一系列杂文，包括《为什么女性不选择以语言为导向的写作》（*Why Don't Women Do Language-Oriented Writing*）、《主流边缘性》（*Mainstream Marginality*）、《诗意沉默》（*Poetic Silence*）和《女性主义诗学与清晰的意义》（*Feminist Poetics and the Meaning of Clarity*），随后都被收入诗人2007年《散文集》中。这些文章不仅证明了阿曼特劳特"反抗在她看来太过狭隘的新诗定义和不愿研究其意识形态和美学传统、自我满足的主流倾向"[①]的努力，更表现了其主要诗学思想在形成过程中个人创作和群体诗学思潮之间的内在交互与张力。

基于上述背景，本书对阿曼特劳特诗论的归类整理和分析阐释主要从下列四个方面展开：其诗歌创作旨趣、定义及标准，语言情趣论，以及被其分别称为"诗学沉默"和"切尔西诗学"的两大重要诗学思想。

一、创作旨趣、定义和标准

（一）"我意在见证资本主义对意识的干预"：创作宗旨

论及创作旨趣，阿曼特劳特曾在一次访谈中说道："我总不断地询问，在一个感知都被当作商品被事先压缩包装好的社会中，主体——即'我思故我在'的我，会发生什么……我写作的目的就是让读者更加警惕，更加怀疑。"[②]为此她坦诚宣告："我可以把我所作的称为'见证诗歌'——只不

---

① Rae Armantrout, *Collected Prose*, San Diego: Singing Horse, 2007, p. 9.

② Lyn Hejinian, "An Interview with Rae Armantrout," in Rae Armantrout, *Collected Prose*. San Diego: Singing Horse, 2007, p. 120.

过,不是见证重大事件,我意在见证资本主义对意识的干预。"①这一"见证诗歌"的自我定位,彰显新世纪美国诗歌所认定的诗歌首要任务的进步思想,不仅奠定了其见证诗学的根本内涵,也极大挑战了美国长期占主导地位的诗歌文化,即"把诗人归类为受历史、政治和社会力量操纵的抒情表达的密闭领域"②的文学生态观念。阿曼特劳特诗歌超越美国传统诗歌自我表达的有限空间,通过密切的社会关注与观察,指向更为宽广的美国社会文化和意识形态空间。作为对见证诗歌内涵的有力充实和丰富,其诗歌思想的根基则在于视诗歌为思考方式的特定观念。

海德格尔曾在《诗歌、语言和思想》(*Poetry, Language, Thought*, 1971)里考察诗歌创作的本质时说道:"诚然,在这个世界历史时刻,我们首先需要明白的是诗歌的创作也是一种思考过程。我们应该把诗看作是一种诗意自省的方式。"③数十年之后,在大洋的另一边,阿曼特劳特以不同方式在其创作中践行着同一理念的又一版本,始终将诗歌奉为一种思考方式,并在若干场合着重谈论过这一创作旨趣。早在1978年,她在为《语言》(L=A=N=G=U=A=G=E)杂志所写的一篇杂文中坦言:"我对写作的最初理解就是出声地思考一个谜团。"④在另一篇早期访谈中,她重提这一话题并强调说:"……我是为自己而写。我的诗帮我理清并保存我的体验和思想。"对她来说,"诗人就是在意语言和思想,以及两者间关系的人"⑤。然而,关注语言与思维之间的关系并将书写奉为思考方式的想法并非只出自

---

① Lyn Hejinian,"An Interview with Rae Armantrout," in *Collected Prose*, Rae Armantrout, San Diego: Singing Horse, 2007, p. 120.

② Carolyn Forché, "The Poetry of Witness,"in *The Writer in Politics*, eds. William H. Gass and Lorin Cuoco, Carbondale: Southern Illinois University Press, 1996, p. 135.

③ Martin Heidegger, *Poetry, Language, Thought*, trans. Albert Hofstadter, New York: Harper & Row Publishers, 1971, p. 100.

④ Rae Armantrout, "On *From Tender Buttons*," L=A=N=G=U=A=G=E, Vol.1, No. 6, December 1978, p. 21.

⑤ Eric Elshtain, et al., "An E-mail Interview with Rae Armantrout,"in *Collected Prose*, Rae Armantrout, San Diego: Singing Horse, 2007, p. 101.

阿曼特劳特，弗吉尼亚·伍尔夫（Virginia Woolf）曾是最早对此进行考察的女性作家之一。后者在回忆录《湖泊速写》（*Sketch of a Lake*）中曾谈到她个人时常经历的各种"震惊"及其应对震惊的方式。据悉，这些震惊让伍尔夫无所适从，除非她能将其付诸文字。一旦落在纸上，原本令其不安的震惊便会带来意外的惊喜，因为书写的过程能帮助她理清思路，进而对自己的思绪有一定的掌控。乐趣即生于这种将迷惑焦虑化为掌控之感的转换过程，即书写本身的过程。与之相似，阿曼特劳特也在一次线上访谈中坦陈："那我是为什么而创作呢？"随着问题的展开，她直言写作让她对自己的思想具有某种掌控感："我通常在我觉得什么东西不太对劲但又不明白是什么的时候开始写作。我写诗的部分目的就是去了解，或至少是为了弄清楚完全理解某事的不可能性。"[1]其诗作《悔言》就对此有所指涉：

  此刻，当事情讲不通，
  我就会在被消弭的
  宇宙中心，
  "看齐"
  过于频繁地
  ——仿佛除此
  了无他物[2]

  以上诗句借用美国俚语"snap to it"（马上开始，即刻开始之意），明确宣告了阿曼特劳特诗性思维所特别关注的方向，即美国社会文化为本国国人所带来的文化震惊及其所引发的各种虚假意识和困惑，而诗歌创作正是其试图深度思考并破解这些疑惑的过程。她挑战诗歌作为虚构产物的体裁观念，在一首首的诗作中真实记录对周遭现实的所见所闻，勾勒其所感悟的转瞬即逝的思想游丝，以细微的观察见证了资本主义商品社会所带来的文化震惊和战栗，彰显其"意在见证资本主义对意识的干预"的创作宗旨。

---

[1] Eric Elshtain, et al., "An E-mail Interview with Rae Armantrout," in *Collected Prose*, Rae Armantrout, San Diego: Singing Horse, 2007, p. 93.

[2] Rae Armantrout, *Made to Seem*, Los Angeles: Sun & Moon Press, 1995, p. 9.

归根溯源，阿曼特劳特有关"创作即思考"的理念实则直接来自其所喜爱和推崇的前辈诗人罗伯特·克里利，其诗学名言"诗人以诗为思"日后也变成了她本人诗歌创作的信条。"我同意克里利'诗人以诗为思'的说法"①，她不仅多次在不同场合表达了对这一理念的高度认可，还曾在《实验写作教学笔记》中专门深入探讨克里利这一著名诗歌理念。她分析说："他的意思是说诗人通过写诗来厘清自己的所思所想。他/她信任这个过程。"②然而，"这在实践中究竟意味着什么？"为此她思考了如下几种可能情况：

> 这或许意味着把任何正巧显现的事作为题材。但显现在哪里的？那些脑海中闪过或突然想到的看似随机的词语呢？假如你用这些词开始写出一篇东西会如何？又假如你把早上一出门所看到的第一样东西写下来会怎样？如果你连续七天都这样做又如何？③

上述诗人这席话通过一连串标志性的"假如……"和"……又如何"等特殊疑问词的开头方式，实际拷问了诗歌可能呈现的各种不同事物的可能性。对她来说，这既可能是日常生活中肉眼所见之物，也可能是脑海中所想之事。前者包括现实中在电视、广播上，或街角、咖啡馆、超市等社会生活中所听之言、所见之人和事等；后者则包括那些在写作开始时所谓最先划过脑海的貌似随机的词语。实践中，通过索性让这些词语直接出现在诗里，阿曼特劳特发展出了其标志性的创作路径，即通过玩味词语的语义重叠或多重可能含义本身让诗思指向其称为"针对写作之写作"的元诗思考。"何必在意/缺席的变调？"④她在《概率》一诗中问道，进而又在一次访谈中做出进一步解释：

---

① Eric Elshtain, et al., "An E-mail Interview with Rae Armantrout,"in *Collected Prose*, Rae Armantrout, San Diego: Singing Horse, 2007, p. 93.

② Rae Armantrout, Rae Armantrout Papers, MSS 699, Box 21, Folder 1, Special Collection Library, University of California San Diego.

③ Rae Armantrout, Rae Armantrout Papers, MSS 699, Box 21, Folder 1, Special Collection Library, University of California San Diego.

④ Rae Armantrout, *Made to Seem*, Los Angeles: Sun & Moon Press, 1995, p. 20.

> 我承认我的作品的确有时（甚至是经常）呈现出关于写作的写作，或关于思考的思考的趋势。或许当我们这样做的时候就是在尝试通过写作将自己代入当下时刻，以保持与思想同步。可我们真能追得上（思想）吗？①

阿曼特劳特在这里所言实际解释了以诗为思的具体操演方法，对其而言，"关于写作的写作"（writing about writing）正是为追赶"实时思想"的做法。从某种意义上而言，这一过程就是所谓的"元诗歌维度"，也即："这些诗有意识地揭示其本身的艺术手法"②。对阿曼特劳特来说，该艺术手法首先关涉"实时思想"，包括有关诗歌最根本、最不可或缺的资源，即词语的思索。然而，"我们真能追得上（思想）吗？"尽管阿曼特劳特在上述解释的末尾忍不住追加了这样的疑问以表达对该做法究竟能做到何种程度的怀疑，但她在创作实践中从未停止过追赶自己的思维步伐。为此她曾坦言："我想让我的诗歌与思想的速度同步，拥有实时思考的那种及时性和紧迫感。"③而在此过程中，"或许那样你会从自己或世界当中发现些什么——那些你以前并不了解的东西"④。通常，创作于她来说就是在刺破这种混沌不清或不确定的感觉，以便能够仔细思考日常生活中所遇到的困惑与问题。她直言："所以写诗对我来说就像在解决一个难题。首先，我总是会在头脑里发问'为什么……'或者'这种情况意味着什么？'而开始。"⑤类似问题所表达的认识论关注并非只是其个人的关注，实则折射了许多与其

---

① Tom Beckett, ed., *A Wild Salience: The Writing of Rae Armantrout*, Cleveland: Burning Press, 1999, p. 108.

② Steven Gould. Axelrod, et al., eds. *The New Anthology of American Poetry: Postmodernisms 1950–Present*, New Brunswick: Rutgers University Press, 2012, p. 299.

③ Eric Elshtain, et al., "An E-mail Interview with Rae Armantrout," in *Collected Prose*, Rae Armantrout, San Diego: Singing Horse, 2007, p, 95.

④ Eric Elshtain, et al., "An E-mail Interview with Rae Armantrout," in *Collected Prose*, Rae Armantrout, San Diego: Singing Horse, 2007, p. 95.

⑤ Tom Beckett, "'My Poetry Isn't Built on Hope': an Interview with Tom Beckett," in *Collected Prose*, Rae Armantrout, San Diego: Singing Horse, 2007, p. 25.

同时代的美国诗人的关注焦点。如另一位语言诗人和批评家琳·贺金年就曾在其精彩论著《探究的语言》（*The Language of Inquiry*, 2000）中巧妙地体现了类似理念："归根结底，就像哲学建立和发现各种关联一样，诗歌帮助我们认识到这个世界上我们能和不能理解的东西，以及如何接受这种现状。"[1]对于这两位诗人，诗歌具有参与认知的能力，"每个短语，每个句子，皆为对一种想法的探究"[2]。

不仅如此，阿曼特劳特将"诗人以诗为思"的信念不断升华至更高境界，即"人在创作中得以认知"，充分肯定诗歌创作对于人类认知的价值，暗合杰罗姆·麦甘所持"诗歌是一种批判性思维方式"[3]的理念。据麦甘考证，诗歌作为批判性思维方式这一理念最早可追溯到欧里庇得斯、奥维德和卢克莱修等古希腊戏剧家，在但丁和蒲柏等英国诗人的作品中也有明确体现。后来，"当哲学在20世纪早期发生了'语言学转向'之时，这样的创作得到了充分的激发"[4]。作为维特根施坦的忠实读者，阿曼特劳特尝试在诗歌中思考并揭示其与语言诗同侪共同关注的"被操控的语言"[5]的表征，即隐藏在个体和公共话语所传达的巧经伪装的文化和政治资讯。对诗人而言，诗歌是思考并应对这些虚假信息的防御反击方式，是对抗"资本主义意识干预"的最佳解药。秉持"我意在见证资本主义对意识的干预"的创作目标，她在诗中"不断地询问，在一个感知都被当作商品被事先压缩包装好的社会中，主体——即'我思故我在'的我，会发生什么？"[6]充分展示了美国知

---

[1] Lyn Hejinian, *The Language of Inquiry*, Berkeley: University of California Press, 2000, p. 384.

[2] Lyn Hejinian, *The Language of Inquiry*, Berkeley: University of California Press, 2000, p. 384.

[3] McGann Jerome, *The Point is to Change it: Poetry and Criticism in the Continuing Present*. The University of Alabama Press, 2007, p. vi.

[4] McGann Jerome, *The Point is to Change it: Poetry and Criticism in the Continuing Present*, The University of Alabama Press, 2007, p. vi-vii.

[5] Bob Perelman. "Exactly: The Poetry of Rae Armantrou," in *A Wild Salience: The Writing of Rae Armantrout*, ed. Tom Beckett, Cleveland: Burning Press, 1999, p. 158.

[6] Lyn Hejinian, "An Interview with Rae Armantrout," in *Collected Prose*, Rae Armantrout, San Diego: Singing Horse, 2007, p. 120.

识分子为保持清醒而勇于对抗当今美国社会语境中各种欺骗性政治文化讯息所做的努力。"我写诗,这样就不会被动地受到各种耸人消息、事件和观点的攻击",阿曼特劳特在2010年的一次访谈中直言:"我想要给世界一个'回话',我猜当你在被提到的时候有所答复也是一种礼貌。困惑时我就写作,我通过写作思考,或用诗歌思考。"①

上述言论不仅反映了阿曼特劳特对克里利"诗人以诗为思"之理念的再次肯定,更重要的是,它们也展示了她作为诗人最为珍贵的"对抗气质"。正如伯特所论,阿曼特劳特诗歌主要是发自重在"反抗,而非表达"②的诗性冲动。如阿氏本人所说:"我们并非处在一个自然的世界中,而是生活在一个特定政治、科技和经济体系中"③,诗人的任务就是不断地从该体系中发现需要回应的现象和讯号。与前美国诗人协会会长梅瑞狄斯一贯坚持的"我们的世界就是我们必须诚实回应的那一个"④的认识相呼应,阿曼特劳特强调,"现在,那就是我们赖以生存的真实世界。我认为我们的诗歌应该对这个真实世界有所回应。为了回应某事,你就一定要首先承认它的存在"⑤。为践行这一创作理念,她养成了一套"当被世界困扰即以言语相怼"⑥

---

① Paul Holler, "An Interview with Rae Armantrout," *Bookslut*, July 2010, http://www.bookslut.com/features/2010_07_016299.php. (Accessed 2013-07-10).

② Dan Chiasson, "Entangled: The Poetry of Rae Armantrout," *The New Yorker*, May 17, 2010, p. 111.

③ Rob Stanton, et al., "A Conversation with Rae Armantrout," Rae Armantrout Versed Reader's Companion, http://versedreader.site.wesleyan.edu/interviews/. (Accessed 2014-03-03).

④ William Meredith, "Reasons for Poetry," *The Quarterly Journal of the Library of Congress*, Vol. 39, No. 3, Summer, 1982, p190.

⑤ Rob Stanton, et al., "A Conversation with Rae Armantrout," Rae Armantrout Versed Reader's Companion. http://versedreader.site.wesleyan.edu/interviews/. (Accessed 2014-03-03).

⑥ Christopher Lydon, "Pulitzer Poet Rae Armantrout," Huffpost Arts and Culture, http://www.huffingtonpost.com/christopher-lydon/pulitzer-poet-rae-armantr_b_582301.html. (Accessed 2011-09-13).

的创作习惯。她所回怼的对象包括宗教激进主义家庭背景、当年的布什政府、父母的权威、媒体灌输的错误信息，以及身体罹患的罕见癌症，等等。为此，她坦陈："我的诗与这个世界是互动的，它们是联结意识和世界的媒介。"①

然而，客观地说，阿曼特劳特"以诗为思"并视诗歌书写为批判思维的理念并非只对其个人具有单方面的意义。它不仅打破了文德勒在《诗人的思考》中已质疑过的英美诗歌审美倾向，即认为"'思考'这个词与'诗歌'这个词产生密切联系的并不多"②的偏见；同时如保罗·豪勒所洞见，尽管"她的诗意感受是自己的，但就某种程度而言，当她的诗歌对世界进行'反击'的时候，这些诗就变成了世界的一部分"③。该说法可谓一语道破了阿曼特劳特诗歌的特别意义：其诗性情感与反应表达了对普通大众而言可能无从清晰和准确表达的精神诉求。阿曼特劳特以诗为思并向社会发出回响的同时就已将自己变成了梅瑞狄斯所呼唤的"异见诗人"，而据后者观察，该角色恰恰是"诗人在我们这个时代应该扮演的最紧要的角色"且"一首异见者的诗有志于成为引发变革的有效仪式"④。创作中其诗也正在不断趋近这一方向，"紧急插播/ 安娜·妮可新闻/ 就在她埋葬/ 儿子的时候"，她在《急板》（*Presto*）一诗中这样记录下美国新闻带给她的"文化震惊"。在此，诗人通过逐字引用CNN新闻口播，对美国媒体耸人听闻的过分渲染加以质询，但质询方式却依然保持了诗歌本应具有的优雅克制，并未加以任何道德评论或说教。其匠心与苦心并用，以震惊回击震惊，针对美国大众传媒为提高收视率竟把话题明星之死等同为"9·11"事件一样进行紧急插播的做

---

① Rob Stanton, et al., "A Conversation with Rae Armantrout," Rae Armantrout Versed Reader's Companion, http://versedreader.site.wesleyan.edu/interviews/. (Accessed 2014-03-03).

② ［美］海伦·文德勒：《诗人的思考：蒲柏、惠特曼、狄金森、叶芝》，刘晗译，浙江大学出版社2020年版，导言第3页。

③ Paul Holler, "An Interview with Rae Armantrout," *Bookslut*, July 2010, http://www.bookslut.com/features/2010_07_016299.php. (Accessed 2013-07-10).

④ William Meredith, "Reasons for Poetry," *The Quarterly Journal of the Library of Congress*, Vol. 39, No. 3 , Summer, 1982, p.190.

法，在诗中巧妙拼贴CNN新闻口播词开头句，却不露声色地将其置于舆论的天平留待读者深思。同样，她在另一诗作《新》（New）中这样写道："假如黄色/是新的黑色/［……］//因为费卢杰/就是新的安提瓜。"和她的很多诗一样，该诗至此戛然而止，点到为止，保持了梅瑞狄斯所提倡的至高优雅，即"诗歌亟须的寡言"[①]美德。这也是她从众多同时代诗人中脱颖而出的主要原因之一，她的诗借由刻意的寡言少语为读者打开了更多思考空间和解读可能。

总之，秉持"诗歌作为思考方式"的旗帜，视诗歌为"通过语言对某些事物进行纠错，或隐喻的乃至变革的思维方式"[②]，阿曼特劳特重新确立了诗歌书写与批判性思维的关系，并在此过程中努力抵御其所说的"资本主义对意识的干预"。如其所言："有时我想自己之所以成为诗人是为了让自己免受可疑记忆的影响。我想让诗歌作为某种检测器，帮我去伪存真。"[③]为此，陶德·派德森有评：语言就变成了"阿曼特劳特用来撬开盛行于信息世界中错误信息的伪装和欺骗的利刃，从而使人们对它有所意识"[④]。该评价从另一侧面再次准确道出了阿曼特劳特"与诗为思"诗学理念的根本意义之所在。对此，她特别强调：

> 写作不仅仅是一种"分享思想和感情"的方式，而且是发展它们、验证它们的方法，是一种保持清醒和活跃的方式。在这个社会中，用维克托·埃尔南德兹·克鲁兹（Victor Hernandez Cruz）的话说，"所有的愚蠢都只是为了阻塞脑回路而存在的。"[⑤]

---

① William Meredith, "Reasons for Poetry," *The Quarterly Journal of the Library of Congress*, Vol. 39, No. 3, Summer, 1982, p.190.

② Edward Hirsch, *How to Read a Poem*, New York: Harcourt Brace and Company, 1999, p. 44.

③ Lyn Hejinian, "An Interview with Rae Armantrout," in *Collected Prose*, Rae Armantrout, San Diego: Singing Horse, 2007, p. 117.

④ Todd Pederson, "Review of *Versed* by Rae Armantrout," *Raintaxi Review of Books*, Fall 2009, https://www.raintaxi.com/versed/. (Accessed 2014-01-20).

⑤ Tom Beckett, "'My Poetry Isn't Built on Hope': an Interview with Tom Beckett," in *Collected Prose*, Rae Armantrou, San Diego: Singing Horse, 2007, pp. 128-129.

对于这位诗人来说,"所有的诗都和意识有关"[1],每一首诗都是其头脑所做出的某种独到观察,抑或对某个错误信息的反应和反击。《纽约客》盛赞阿曼特劳特的头脑"像一个如计算器般精准的问题解决器,尽管它更多是受无解问题的吸引"[2]。阿曼特劳特本人充分肯定书写作为批判性思维方式的理念,因为对她来说:"只要我还在这样做,那就证明我活着。"[3]通过诗歌书写,其得以深化对世界的认识论探索。美国批评家和作家彼得·尼古拉斯·贝克(Peter Nicholas Baker)在评论威廉姆斯诗歌时指出,"……而诗歌本身就可以让一个人更全面地理解某种经验"[4]。该评价对阿曼特劳特的情况同样适用。如其本人坦言:"如果我不写作的话,就会发现自己把不该视为天经地义的事物视为理所当然。"[5]借由思考并呈现日常生活中所遇到的各种惊奇和困惑,其诗歌锐意锻炼并改善了其头脑的基本认知过程,从而让她得以保持旺盛的生命力而不被美国流行文化所传递的各种错误信息所荼毒。

更为重要的是,谈及创作旨趣的同时,阿曼特劳特从不忘将读者纳入关照范畴,"我希望读者也能更有意识地与我们所处的世界的某些方面进行

---

[1] Tom Beckett, "'My Poetry Isn't Built on Hope': an Interview with Tom Becket," in *Collected Prose*, Rae Armantrout, San Diego: Singing Horse, 2007, p. 124.

[2] Dan Chiasson, "Entangled: The Poetry of Rae Armantrout," *The New Yorker*, May 17, 2010, p. 112.

[3] Maureen Cavanaugh, et al., "UCSD Professor And Poet Rae Armantrout Nominated For National Book Award," "These Days on KPBS", November 9, 2009, http://www.kpbs.org/news/2009/nov/09/ucsd-professor-and-poet-rae-armantrout-nominated-n/. (Accessed 2014-01-10).

[4] Peter N. Baker, *Modern Poetic Practice: Structure and Genesis*, New York: Peter Lang, 1986, p. 3.

[5] Maureen Cavanaugh, et al., "UCSD Professor And Poet Rae Armantrout Nominated For National Book Award," "These Days on KPBS", November 9, 2009, http://www.kpbs.org/news/2009/nov/09/ucsd-professor-and-poet-rae-armantrout-nominated-n/. (Accessed 2014-01-10).

互动"①。在此过程中,诗人为应对日常现实中的文化震惊所进行的诗歌书写已经远远超过了诗歌隐喻空间的边界,在现实层面引导读者们就一些重大问题加以回应和思考,从而为变革提供了可能的机会。当然,这里的变革是指艺术层面的变革,是更为温和沉静的变革,而非社会层面的急速变革。毕竟,如菲尔斯基曾尖锐指出的,"强行把艺术与革命或越界或遏制对号入座,这显然是不公平的"②,阿曼特劳特的诗所做的正是这样沉静、温和的变革,是针对根深蒂固的传统思维和行为方式的变革,是对以往熟悉和舒适的视角的变革,甚至是对政治和社会状况重新思考的观念性变革。如此种种,其诗充满了无可置疑的积极的向好能量。对此,被《纽约时报》盛赞为"其时代最具影响力的诗歌批评家之一"③的伯特也充分认可。在一次题为"诗歌有社会功能吗?"的讨论会上他明确指出,阿曼特劳特诗歌是在寻求"一种我们或可称为培养怀疑式思维能力的社会功能。这是一种'社会福祉',甚至'社会政策'层面上的社会功能"④。

(二)"诗歌是鬼魅缠绕的语言":诗歌定义与标准

《美国诗歌精粹》系列主编大卫·莱曼(David Lehman)在该刊2002年那一期讲到了定义诗歌的困难。"诗歌是精准表达的艺术,却让我们在试图定义它时难以准确描述",因为"诗歌一直以来是一种试金石般的艺术、一种超凡的能指;象征着用心的艺术、大胆的想象,以及创意灵魂"⑤。然

---

① Rob Stanton, et al., "A Conversation with Rae Armantrout," Rae Armantrout Versed Reader's Companion. http://versedreader.site.wesleyan.edu/interviews/. (Accessed 2014-03-03).

② [美]芮塔·菲尔斯基:《文学之用》,刘洋译,南京大学出版社2019年版,第174页。

③ Mark Oppenheimer, "Poetry's Cross-Dressing Kingmaker," *The New York Times*, September 14, 2012, http://www.nytimes.com/2012/09/16/magazine. (Accessed 2013-04-28).

④ Stephen Burt, et al., "Does Poetry Have a Social Function," *Poetry*, January Issue, 2007, http://www.poetryfoundation.org/poetrymagazine/article/178919. (Accessed 2014-02-14).

⑤ Robert Creeley and David Lehman, eds., *The Best American Poetry 2002*, New York: Charles Scribner's Sons, 2002, p. xv.

而，许多诗人仍然不惧风险和困难，孜孜以求以不同方式赋予诗歌以不同定义。如莱曼十年后在《美国诗歌精粹》2011年那一期中所列举的，这些诗歌定义包括柯勒律治之"以最佳顺序排列的极致辞藻"，庞德"充满最大限度可能性之意义的语言"，T.S. 艾略特"不是表达个性，而是逃离个性"，以及W. B. 奥登"难忘的言辞"[①]等。其中最著名的莫过于威廉·华兹华斯（William Wordsworth）的定义，即诗歌是"热烈情感的自然流露"[②]。然而，不同于所有这些诗人，阿曼特劳特将诗歌定义为"鬼魅缠绕的语言"。在笔者对诗人的一次访谈中她解释道：

> 就像你以为你一个人在房子里，但可能也会有另外某种存在，那样你就会感觉到房子被鬼魅所萦绕。词语被它们的不同意义所纠缠，意义流转，意义来了又去，至少在诗里是这样的。你可能从来都不能确定一首诗的意义，就像你无法确定刚听到或看到的是否是鬼魅一样。有时当我们读一首诗到某个地方，忽然发现了某个不曾想到过的意义。我不只是说我的诗，也指其他人的诗。或许那会让我们先前的解读产生问题，但先前的解读未必就不正确，但现在确实有另一种意思进入我们的脑海，就像交响乐里总会有第二个乐器跟进一样，无法抹去。[③]

从以上诗歌定义可见，阿曼特劳特眼中的诗歌是可包容不同解读的开放空间，而这正是阅读诗歌真正的乐趣所在，不同读者会做出不同的解读。这不仅显示了开放包容的心态，更表现了语言层面的民主精神。追根溯源，其诗歌定义很大程度上来源于她的语言观，她享受语言内在的不确定性而产生的不断变化着的意义可能，并在其中发现身体甚至感官上的乐趣。

除了不同于许多为人熟知的诗歌定义之外，阿曼特劳特对好诗的评判

---

① Kevin Young and David Lehman, eds., *The Best American Poetry 2011*, New York: Charles Scribner's Sons, 2011, p. ix.

② Kevin Young and David Lehman, eds., *The Best American Poetry 2011*, New York: Charles Scribner's Sons, 2011, p. ix.

③ 孙立恒：《"我的诗歌基底在于好奇与不确定"——蕾·阿曼特劳特访谈录》，载《英美文学研究论丛》2015年第22期，第18页。

标准也别具一格。在这些标准背后,可以清晰看到狄金森和威廉姆斯激进诗学的影响。诗人明言:"那些仿佛行将消失或爆破——到极限的,……激进的诗歌很吸引我。"而她本人的诗歌整体而言也正是这种激进诗学的另一版本。"但我们如何定义'激进'呢?"阿曼特劳特自问自答道,"或许可以通过文本中有多少内容悬而未决,含义之弧(arc of implication)能抻拉多远而仍然保持恰当贴切来决定。"①这里的"含义之弧"已然成为阿曼特劳特毕生的美学追求,它不仅包括探索语言本身的边界,也包括语言使用者或诗人本身的极限:"如果一种创作甘冒犯错的风险,坦承我们的谬误,那它算不算激进?"②显然对于这位诗人来说,好诗源于"诗意激进"(poetic radicalism)。细究起来,其内涵主要表现在两个方面:一是多种解读的生成能力,二是诗人能够坦陈并揭示在自身及其所在文化中发现谬误的能力。如《差错》(Slip)一诗所写:"我想抓住 / 我自己 // 但求 / 在犯错之时 // 仿佛赤身裸体 / 在反复出现的梦中。"③该诗句可谓完美注解了其勇于承认作为诗人的局限和会如常人一样易犯错误的激进主义诗学内涵。

有趣的是,阿曼特劳特"激进诗学"的思想在她对列维托夫的诗歌讨论中表现得最为淋漓尽致。如前文所述,20世纪70年代早期,阿曼特劳特在加州大学伯克利分校求学期间曾师从后者学习诗歌写作。当时她二十出头,被列维托夫的作品深深吸引,创作成熟后,她却认为列维托夫诗歌"有些过于简单",因为她诗中的"冲突大多都是外部的、偶然的,很少涉及内部。她不与自己争辩,也不真正指出自己的错误。她不涉足荒谬的东西"④。而对阿曼特劳特来说,这些都是一个伟大的诗人不应回避的事情。因而她最终认为"列维托夫是一个好诗人,但不是一个伟大的诗人"⑤。与其早期导师明

---

① Rae Armantrout, "Cheshire Poetics," in *Collected Prose*, San Diego: Singing Horse, 2007, p. 55.

② Rae Armantrout, "Cheshire Poetics," in *Collected Prose*, San Diego: Singing Horse, 2007, p. 55.

③ Rae Armantrout, *Versed*, Middletown: Wesleyan University Press, 2009, p. 91.

④ Paul Holler, "An Interview with Rae Armantrout," *Bookslut*, July 2010, http://www.bookslut.com/features/2010_07_016299.php. (Accessed 2013-07-10).

⑤ Paul Holler, "An Interview with Rae Armantrout," *Bookslut*, July 2010, http://www.bookslut.com/features/2010_07_016299.php. (Accessed 2013-07-10).

显不同，阿曼特劳特在作品中从不规避其所经历的矛盾与谬误，这些矛盾与谬误既来自内部，也来自外部。对其而言，诗歌就应当记录下诗人经历的矛盾和困惑。

除了诗意激进，阿曼特劳特的好诗标准还包括"惊奇原则"，即"一首好诗会让读者感到惊奇。它让读者处于一种不确定的状态，提高他的警觉"①。该诗论和另一位语言诗人伯恩斯坦的诗歌理念不谋而合，体现了语言诗人对诗歌本质的普遍认识。如后者所言："诗歌是动荡的思想，它让事物处于动荡、悬而未决的状态——让你比开始阅读时知道得更少。"②论其渊源，"惊奇诗学"的思想可追溯到其与西利曼合著的《引擎》一诗中所说的"疑惑感"，即"我想让每个句子都在脑海中留下一个问题——一种疑惑感，起先比较模糊，但能够成体系"③。若干年后谈及同一话题，她这样诠释：

> 我喜欢的作者都是充满惊奇，具有启示作用。他们将语言/思想的潜在结构带入意识当中，他们摒弃显而易见的东西。尽管通常不相信所谓的真理，他们却对词与词之间、句子与句子之间产生关联的方式诚实到一丝不苟的地步。④

显然，上述说法的根基依然在于阿曼特劳特的"惊奇原则"或独创性原则。对她而言，这是一切优秀创作者应该秉持的准则；真正的诗人敢于挑战权威，阐发新的思想，扩展读者的眼界，并将他们从认知的谬误中解放出来。无独有偶，上文提到的《美国诗歌精粹》系列主编莱曼在分析读者喜爱诗歌的原因时曾写道："我们希望诗人能用读后余音绕梁几日甚至几周的词

---

① Rae Armantrout, "Reading and Performances' Introductions," Rae Armantrout Papers, MSS 699, Box 23, Folder 8, Special Collections Library, University of California San Diego.

② Rae Armantrout, "Teaching Notes for Experimental Writing," Rae Armantrout Papers, MSS 699, Box 21, Folder 1, Special Collections Library, University of California San Diego.

③ Rae Armantrout, *Veil: New and Selected Poems*, Middletown: Wesleyan University Press, 2001, p. 43.

④ Rae Armantrout, *Collected Prose*, San Diego: Singing Horse, 2007, p. 15.

句为我们带来惊奇，因为它们已经深深印在了我们的意识之中。"[1] 在此，主编也道出了其他读者的心声。阅读阿曼特劳特诗歌，读者可以一直体验到这种惊奇和惊喜。对于这种感受，普利策奖颁奖主席曾将其生动地形容为"初读之后很久在脑海炸开"的"思想小炸弹"[2]，可谓传神之至。

然而，阿曼特劳特的"惊奇原则"究竟如何运作并发挥影响？在《热爱震惊的我们》（*We Who Love to be Astonished*, 2001）一书中，劳拉·兴顿和辛西娅·豪格（Cynthia Hogue）两位学者曾仔细考察了女性前卫文学中"呈现以往在主流文化中被无视或忽略的事物以达到惊奇效果"的倾向。通过追溯"震惊"（astonish）一词的词源，该书力证，这些女性作者在其言语创新中"探索物质社会里被主流建构掩盖的可能性和不同点，创造了可资提供各种发现未曾被发现过、注视未曾被注视过的事物的女性文本"[3]。其说法同样完美破解了阿曼特劳特"惊奇诗学"的真谛。所谓"惊奇"，作为"震惊"的近义词，在其众多含义中深藏着如下释义，即"进行出其不意的打击（对措手不及的军队、要塞和人等）"的能力。这和上述兴顿与豪格在前卫女性作家身上所发现的品质一样，都具有一种相似的"对抗性力量"。同时，该词另外两个更为常用和为人熟知的释义："突然令人感到出其不意的惊奇或惊讶"和"出其不意地令某人做出原本无意而为之的事情"等，都以不争的方式传达了一种积极主动的力量，即通过展现被无视的或难以解释的事物为人们带来崭新的思维方式。

反观阿曼特劳特的"惊奇诗学"，我们同样会发现兴顿和豪格所说的"女性主义倾向"，即通过揭示主流文化中一直被忽略和无视的事物来制造惊奇之感。在其诗意重组与创新中，她孜孜以求不断探索新的方式以发现被

---

[1] Kevin Young and David Lehman, eds., *The Best American Poetry 2011*, New York: Charles Scribner's Sons, 2011, p. xiii.

[2] "2010 Pulitzer Prizes Journalism," The Pulitzer Prizes, Columbia University. http://www.pulitzer.org/citation/2010-Poetry. (Accessed 2011-10-10).

[3] Laura Hinton, et al, eds., *We Who Love to be Astonished*, Tuscaloosa: University of Alabama Press, 2001, p. 5.

无视的、尚未被知晓的并难以言喻之事物。通过对已有认知方法进行挑战和诘问,其诗歌为读者提供了新的认识论模式,显示出难以忽视的社会价值。值得关注的是,在践行"惊奇诗学"准则的创作过程中,阿曼特劳特也将自己变成了令人惊奇乃至震惊的诗人,该特质主要体现在下列几个方面。

首先,其惊奇特质最为清晰地体现在诗集的标题当中。纵观其整个职业生涯,她几乎都是用同时代诗人少用的词语为诗集命名。如《极限》《饥饿的发明》《通灵》《卖点》和《说说而已》等,都是阿曼特劳特以期抵达的"惊奇诗学"的绝佳例证。其中1991年诗集的标题《通灵》,实为"通灵"(necromancy)和"传奇"(romance)两个单词组合而成的复合名词。据《牛津高阶词典》释义,"necromancy"(通灵)一词指的是:"通过魔法与死者进行所谓的交流以获知未来;或魔法,尤其是邪恶魔法的使用。"而"romance"(传奇)一词则既可以指恋爱关系,也有冒险、传奇、超自然和骑士爱情故事的意思。值得注意的是,"necromancy"的前缀"necro-"发源于希腊语的"*nekros*"一词,意味"尸体",是一个在神经病学、食腐及坏死语境下表示死亡、死尸、死亡组织的复合词。有鉴于此,阿曼特劳特的诗题《通灵》至少暗示了两种解读,即亡灵的传奇或传奇的消亡,而无论哪一种都充满了神秘的惊奇色彩。此外,其2011年的诗集标题《卖点》同样令许多读者震惊不已。所谓"卖点"原本是影视行业术语,意为拍摄费用最高的场景,或可视为电影的卖点。例如,在一部惊悚动作片中,一座水坝轰然爆炸的昂贵特效镜头就可以被称作电影的"卖点"。在电视脱口秀中,一个卖点可以是一个高度情绪化的场面,由夸张的肢体语言进行表达,如一位嘉宾含泪吐露之前的秘密,或声情并茂地重述所受到的创伤等场面。阿曼特劳特用其作为书名,意在反思并批判以金钱为驱动的美国社会及其所遭受的"金钱打击"的现实根源。

其次,"说说而已"一词来源于俚语"我就随口一说"和"我只是说说而已"。该词被阿曼特劳特用作2013年的诗集标题,让许多美国读者惊讶无比。一方面,据调查显示,"我只是说说而已"由于近些年过度高频使用,被广泛视为今日美式英语中最令人讨厌的口语表达。另一方面,虽然表面让步,但该俚语暗地里传达出一种强迫的态度。据荟萃美国文化点滴的《都市词典》最新定义，该俚语多用来"表示之前的评论无意引起冒犯或反感，只是表达说话人不屑于为之争论的个人意见或看法"之意。作为用来平息一切不和谐状况的不二表达，"我只是说说而已"时常紧跟在"发表了令人反感的评论"之后使用。细究阿曼特劳特将其用作2013年诗集标题的做法，应该说绝非偶然，它同时传达出几种可能信息。第一，它或许是要道出阿曼特劳特的诗学态度，暗示"无论你喜欢与否，我也只是说说而已"。如她在与笔者的访谈对话中所言："不管出于什么反常的原因，当我想到这个说法的时候，就觉得可以将它作为书的标题。"① 第二，它也真实反映了作者在日常生活中所观察的事物。如诗人在一次朗诵会的开场介绍中所说，"诗会突然转向接受正在自行呈现出来的东西"②。她相信，即便生活中的日常琐碎也都有可能是在为其自身诉说着什么。"意欲言说的 / 以藤叶的形式 / 将自己蔓延开来 / 爬满煤渣砖墙。"《说说而已》的标题诗如是说："那些我所想写的 / 我转而用 / 常青藤书写。"③ 对其而言，如《已知》一诗所宣示的："诗的职责就是 / 为所有这些声音找到归宿。"就此，该诗结尾"想要说的/专业地/扭动着/而日子/点头致意，眨眼而过"④，表现出诗人对生活日常的细微观察与互动。

通过创造性地将陈旧表达或词语作为诗集的标题，阿曼特劳特不仅展现了其"惊奇诗学"的意蕴，也带给读者陌生化的观察视角，让他们得以用不同的方式看待世界。为此，当代美国最具影响力的诗评家之一帕洛夫不吝赞美之辞。在1995年写给阿曼特劳特的一封信中，她就诗人新出版的诗集给予高度评价：

> 在革新和从陌生化视角看待问题方面，你有绝佳天赋——"借由坠落 / 阴影增加了深度"；把鸽子尸体横陈在"婚姻咨询师的栅

---

① 阿曼特劳特于2013年4月26日接受笔者面对面采访时所说。
② Rae Armantrout, "Reading and Performances' Introductions," Rae Armantrout Papers, MSS 699, Box 23, Folder 8, Special Collections Library, University of California San Diego.
③ Rae Armantrout, *Just Saying*, Middletown: Wesleyan University Press, 2013, p. 11.
④ Rae Armantrout, *Just Saying*, Middletown: Wesleyan University Press, 2013, p. 11.

栏上"——《穿墙》中"这是怎样的世界啊,小野蛮!"一句十分绝妙,我还喜欢"热浪／没有／回家",然后换行,直接到"谁的家?""回家／谁的家"之间的偏韵令人十分惊喜。①

最后,更为重要的是,阿曼特劳特"惊奇诗学"不仅集中体现了诗人通过挑战惯性思维对事物加以呈现以让读者感到惊奇的匠心,也体现了其作为美国普通民众为应对和消化在日常生活中所感受到的惊奇和震惊的努力。特别针对其在美国文化不断灌输的所谓自明之理、特定模式和理念中所感受到的惊讶乃至震惊,她的诗已然化为对美国文化震惊的防御性反击和对抗。她用惊奇回击惊奇,用谜团回击谜团,一点点帮助读者远离情感沉溺,朝向更高层次的自觉与意识,抵达独立和理智化的思维彼岸。谈及类似话题,阿曼特劳特曾在访谈中低调地说道:"对于在读者身上起到某些'预期效果'的想法,我从来就不知道该作何评说。我只是在记录对自己感知的情感回应。假如读者能分享这一做法,那我很高兴。"②"你可以'有'性行为——"她以一种近乎离经叛道的生猛方式在一首诗的开篇说到,而读者则被这个打着显眼的引号的"有"字吸引想一睹究竟,从而会迫不及待、更为用心地思考接下来的诗行:

  但出口匝道下

  那些圆形的

  排水孔

  结着不知是什么

  平坦,绿色之物——

  不是用你最

  标志性的

---

① Marjorie Perloff, "Letters to Armantrout," Rae Armantrout Papers, ca. *1970–2001*, M1211, Box 4, Folder 4, Special Collections Library, Stanford University.

② Eric Elshtain, et al., "An E-mail Interview with Rae Armantrout,"in *Collected Prose*, Rae Armantrout, San Diego: Singing Horse, 2007, p. 99.

太空步。①

至此，读者会发现该诗开头句中令人震惊的"'有'性行为"随着第二句突而转向更加纵深且发人深省的城市视野。尽管如该诗第一行所说，"你"，或任何人，都可以"有"性行为，但作为一个性趣活跃的个体，"有性行为"动作本身，并不一定让人拥有对世界的感知和经验，也不会让世界按你所偏好的太空舞步般浪漫的方式运转。满眼望去却是如该诗在第二节中所再现的破败街景：虽名为"护航村"，却杂草丛生，满是"骷髅架般"的"晾衣绳"。因此，该诗在这一小节的结尾处写道："后果将令人/不再遐想。"其中最后一个词"不再遐想"被刻意单独放到了下一行，几乎成为一种情感上的顺势疗法：假如人在性行为中得不到满足或半途而废，很可能会面对不愿去联想的结果，如抑郁、疏离和空虚等。阅读本诗时，尽管读者一开始会自然而然地把"有"这个被大多数人频繁使用的最普通的英语词汇放在"有性行为"的语境中思考，但很快会被引导着从未曾料想的崭新角度去审视这个词：所谓"有"或许会导致"没有"乃至"虚空"的结果。

有鉴于此，阿曼特劳特完美入围阿克塞尔罗德（Steven Gould Axelrod）称为"以语言为导向的诗人"②行列。在语言上极度敏感而警惕的阿曼特劳特，像苏珊·豪和琳·贺金年等其他女性语言诗人一样，把目光"聚焦在语言的游戏上"，以便"将语言从日常使用和范式中解放出来，暴露出语言的密度和遮蔽所在，沉醉于所有语言内在但总被日常使用所掩盖的未决感中"③。在2010年的一次访谈中谈及对诗歌的评判准则时，诗人再一次明确将"惊奇"作为好诗的几项特质之一，并列的其他特质则包括"猛烈""速度""敏捷"和"听觉享受"等几点。如其所述，好诗的第一准则就是"要有惊奇"出现在"当有什么令人惊讶，当一个词看起来正好，而你此前却完

---

① Rae Armantrout, *Necromance*, Los Angeles: Sun & Moon Press, 1991, p. 47.

② Steven Gould Axelrod, et al., eds., *The New Anthology of American Poetry: Postmodernisms 1950-Present*, New Brunswick: Rutgers University Press, 2012, p. 299.

③ Steven Gould Axelrod, et al., eds., *The New Anthology of American Poetry: Postmodernisms 1950-Present*, New Brunswick: Rutgers University Press, 2012, p. 299.

全没想到它的时候"①。对于这位诗人来说,当对某事感到惊奇但又无法用语言清晰表达之时,即是诗所以产生之时。在此意义上,阿曼特劳特诗歌已然记录了在当代美国现实中所发现的怀疑与困惑,是对美国社会在意识形态方面所带来的文化震惊与战栗的真实见证。

二、语言情趣论

帕洛夫在评述阿曼特劳特2001年诗集《借口》时指出,其作品是"痴迷于语言本身的诗歌"②。这话虽未道尽其痴迷的具体方面,但总体上准确反映了该诗人对语言的特别关注程度。进一步细究,我们会发现阿曼特劳特所痴迷的其实更多是用语言解释世界的不同方式,其诗歌把语言置于显微镜下,以便捕捉解释世界的各种修辞背后的微妙意图,勾勒弦外之音的思想游丝,从而发掘语言所内在的无穷乐趣。在她看来,语言、词语都具有无限潜能,蕴藏丰富的感性乐趣;即便是看似最平庸迂腐的表达,假如能制造与之重新相遇的机会和视角,都会令其焕发新的生机与活力。

(一)怀疑之论

阿曼特劳特对语言的痴迷及由此发展而来的语言情趣论就本质而言是一种怀疑之论,它最初源于她对伴随其成长的"家族故事"③的不断怀疑。这点在题为《真》的回忆录的开篇部分即十分显见,充满了对其母亲用以解释家族历史的各种说辞的怀疑和不信任。直至20世纪70年代初,这种对语言的

---

① Christopher Lydon, "Pulitzer Poet Rae Armantrout," *Huffpost Arts and Culture*, May 19, 2010. http://www.huffingtonpost.com/christopher-lydon/pulitzer-poet-rae-armantr_b_582301.html. (Accessed 2015-02-28).

② Marjorie Perloff, "Teaching the 'New' Poetries: The Case of Rae Armantrout," in *Differentials: Poetry, Poetics, Pedagogy,* Marjorie Perloff, Tuscaloosa: University of Alabama Press, 2004, p. 252.

③ Catherine Wagner, "Dressing Electrons: Catherine Wagner Interviews Rae Armantrout for Poetryeater," *Poetryeater*, http://poetryeater.com/post/57810376657/dressing-electrons-catherine-wagner-interviews. (Accessed 2013-08-09).

怀疑伴随着其与语言诗派同侪们的密切交往被自觉代入更多有关美国文化和理论方面的思考。

在文化方面，这种怀疑来源于语言诗人对于被媒体所腐蚀的美国社会语言环境的集体性抵制。如克里斯多夫·比奇（Christopher Beach）所言，"直至七八十年代，美国文化中到处都是低俗、媒体化的语言"①。广告、才艺秀、脱口秀和无休止的情景喜剧都是类似例子。这样的媒体语言在个人和公共交流中无孔不入，让美国诗人们开始广泛意识到伯特所精辟指出的那种"我们对如何发出自己的声音知之甚少，却频频在自己无法书写（更谈不上编导）的剧本里进行演出"②的无奈境地。

在理论方面，阿曼特劳特对语言的痴迷部分原因是受到20世纪中后期后结构主义者提出的文学理论的影响。该理论"挑战了语言作为思想、概念、图像交流的透明媒介这一理念"③。其中雅克·德里达（Jacques Derrida）提出的"语言本质上是一个差别体系，词语（'符号'）并不捕捉或代表意义，而只是在无限的意义拖延中指称其他的符号"④的学说和语言诗人的思想在很大程度上不谋而合。语言诗人们有了上述理论的启发，摒弃"语言透明说"，即认为"语言"可以"以迅速、直接的方式描述物体或表达其想要描述的经验"⑤的理念。对他们而言，语言"不仅仅承载着解释或转化经验的功能，同时也是诗歌创作中的生成媒介"⑥。该理念也受到了由索绪尔和

---

① Christopher Beach, *The Cambridge Introduction to Twentieth-Century American Poetry*, Cambridge: Cambridge University Press, 2003, p. 204.

② Stephen Burt, "Where Every Eye's a Guard: Rae Armantrout's Poetry of SuspicionPress," *Boston Review*, April/May 2002, http://bostonreview.net/br27.2/burt.html. (Accessed 2011-06-04).

③ Christopher Beach, *The Cambridge Introduction to Twentieth-Century American Poetry*, Cambridge: Cambridge University Press, 2003, p. 205.

④ Christopher Beach, *The Cambridge Introduction to Twentieth-Century American Poetry*, Cambridge: Cambridge University Press, 2003, p. 205.

⑤ Christopher Beach, *The Cambridge Introduction to Twentieth-Century American Poetry*, Cambridge: Cambridge University Press, 2003, p. 205.

⑥ Christopher Beach, *The Cambridge Introduction to Twentieth-Century American Poetry*, Cambridge: Cambridge University Press, 2003, p. 204.

维特根斯坦代表的20世纪"语言学革命"潜移默化的影响。这两位学者都认为，意义并非只是由语言所"表达"或"反映"，而是由语言本身产生。

和她的语言诗同侪们一样，阿曼特劳特始终强调语言"充当的是触发和探究的功能，而不仅仅是交流的手段和工具"①。尽管抗拒传统的诗歌理念和手法，她却一直密切关注着其中最核心、最不可或缺的元素，即语言。对她来说，语言不应被视为透过它看现实世界的透明媒介，而是需要以其本身名义，对其自身加以特别关注的东西。在一次诗歌朗诵会上，阿曼特劳特被问及语言诗派对语言的态度这一问题，她坦言："语言可以被用在意识形态中……为我们看见的事物涂上色彩；我们用来描绘眼前所见而用到的语言，尽管是继承下来的语言……也某种意义上决定了我们能看见什么。"②彰显其充满怀疑色彩的语言观。

（二）语言情色

和其他语言诗人一样，阿曼特劳特秉承维特根斯坦式的语言观，认为语言充满了塑造与重塑世界的各种可能。这种可能性包括通过创意和陌生化方式发掘语言和词语，无论大小高低，以及看似陈腐乏味的日常言辞中所蕴含的趣味。如其在《语境》（*Context*）一诗中所写："等着词语向她／而来，绷紧／仿佛高潮即至。"③她在词语及其声音的物理感受和拓展能指边界的潜能中，以及来源广泛的不同词组的表达中发现无限乐趣。对阿曼特劳特来说，"这么多快乐／被囚禁在／语言中／随时／准备／破笼而出／／然后杳然而逝"④，而她作为诗人则正如在新近一首题为《母亲节》（*Mother's Day*）的诗中所写，会"从音节中／拧出最后一丝／／甜蜜／并在你面前把它吞下"⑤。在另一首题为《渐淡》（*Scumble*）的诗作中，诗人则细心捕捉到其对语言

---

① Douglas Messerli, "*Language*" *Poetries*, New York: A New Directions, 1987, p. i.

② Rob Stanton, et al., "A Conversation with Rae Armantrout," Rae Armantrout Versed Reader's Companion, http://versedreader.site.wesleyan.edu/interviews/. (Accessed 2014-03-03).

③ Rae Armantrout, *Necromance*, Los Angeles: Sun & Moon Press, 1991, p. 10.

④ Rae Armantrout, *Versed*, Middletown: Wesleyan University Press, 2009, p. 104.

⑤ Rae Armantrout, *Just Saying*, Middletown: Wesleyan University Press, 2013, p. 86.

本身的感官乐趣：

  如果那些貌似单纯的词语让我感到刺激会如何
  比如"渐淡""粉色"或"推断"？

  如果我操纵对话以期让
  别人说出这些词语又会怎样？

  或许刺激就来自于
  另一个人用他的舌头
  轻轻地，无心地碰触它们的方式。①

  如这首诗所表现的，阿曼特劳特在语言和文字的游戏中发现了某种她称为"语言情色"（the erotics of language）的感官乐趣。在其看来，这也是读者能从语言中找到的感性的乐趣。然而，所谓语言情色或语言的性感并不一定与性有关，未必来自本身性感或带有性暗示的语言表达方式，而植根于语言本身内在的模糊性和不确定性。在2011年的一次主旨诗歌朗读和问答环节中，诗人就"什么是诗的性感？"一题做出了如下解答，是"当事物（或意义）始终处在游戏中，等待被捕捉到的时候"。对诗人而言，诗歌的情色源于一种类似捉迷藏的不确定性：

  （一首诗的性感）这是个很有趣的问题。我认为某些不确定性就很性感。那个词（那种形态）是我以为的意思吗？聊天对话、布鲁斯歌曲和诗歌中的双重意义都可以很性感。我想无论内容是否有张扬的性意味，这些形式都可以是性感的。它们性感，是因为吸引读者与文本建立起一种力量不均衡、不稳定的关系。②

  上述说法实际准确体现了阿曼特劳特有关诗歌情色的想法。显然，和其他直接将性作为创作主题的诗人不同，她对于诗歌情色的理论更多来源于一

---

① Rae Armantrout, *Versed*, Middletown: Wesleyan University Press, 2009, p. 34.
② Laura Hinton, "Conversation over Cognac with Rae Armantrout," *Chante De La Sirene*, http://www.chantedelasirene.com/. (Accessed 2011-09-03).

种能让读者对同一文本拥有多种解读可能的不确定状态。如上述《渐淡》一诗接下来在结尾处提出的那个令人忍俊不禁的问题：

假如"的"是一个敏感点会怎样？

"灌木丛的渐淡。"

假如一种隐秘的乐趣

在于用另外的名字

称呼一样东西？[1]

这一看似天真的问题实则一语道破了语言的精妙所在，即语言中总有至少第二种可能以供选择。同时，如阿曼特劳特在一次广播访谈中指明，这首诗主要讲的是"我们想'用一样东西取代另一样'的方式……用称呼其他事物的词语来称呼一样事物"[2] 的可能性。乔治·莱可夫（George Lakoff）在其至今仍被相当数量的中国读者所喜爱的名作《我们赖以生存的比喻》（*Metaphors We Live By*, 2003）里曾断言，"我们的经历和活动本质上都是比喻性的，而我们的概念体系又是由比喻所构筑的"[3]。以上所引用的《渐淡》一诗，其实正是对莱可夫隐喻思维更为生动直观的一次诗性思考。通过探索经验和感知的情色乐趣与隐喻本质，它清晰揭示了阿曼特劳特的语言观乃至世界观的本质所在。"语言从来不是中性的。每个词语都意味满满。"[4] 诗人如是说，且在《渐淡》一诗中将此信念发挥到了极致：假如"的"字都充满情色意味，那世界将会这样？为此，诗人还曾在一次访谈中

---

[1] Rae Armantrout, *Versed*, Middletown: Wesleyan University Press, 2009, p. 34.

[2] Maureen Cavanaugh, et al., "UCSD Professor And Poet Rae Armantrout Nominated For National Book Award," "These Days on KPBS", November 9, 2009, http://www.kpbs.org/news/2009/nov/09/ucsd-professor-and-poet-rae-armantrout-nominated-n/.（Accessed 2014-01-10）.

[3] George Lakoff, et al., *Metaphors We Live By*, Chicago: The University of Chicago Press, 2003, p. 147.

[4] Maureen Cavanaugh, et al., "UCSD Professor And Poet Rae Armantrout Nominated For National Book Award," "These Days on KPBS", November 9, 2009, http://www.kpbs.org/news/2009/nov/09/ucsd-professor-and-poet-rae-armantrout-nominated-n/.（Accessed 2014-01-10）

做过如下回应:

> 我觉得任何东西对一些人来说都可以是情色的。比如,鞋子就是一个很突出的例子。但如果"的"这个词都具有情色意味呢?……用另一个名称来称呼一样东西,其中是藏着隐秘快感的。这就是比喻,我们都喜欢比喻,也都会用比喻。任何藏而不露的乐趣都具有情色意味。①

通过在《渐淡》一诗中赋予"的"这个最卑微的英文单词以"敏感按钮"的动人能量,阿曼特劳特将语言的情色乐趣推向新的高度。如果"的"字果真充满性感能量,那其中又会生成怎样的快感?借由这一提问,诗人实际在邀请读者追寻用另一词语称呼某样事物所带来的隐秘乐趣。在她看来,给某样事物以不同的命名本身不仅带来乐趣,同时还有可能借此发掘出之前被遮蔽的东西。阿曼特劳特不仅相信"任何单词、任何零碎的短语,都有无限可能"②,她还坚持认为即便是最简单、最小的词语,它都有可能指向某种终极的奥秘,枝缠蔓绕,朝着不同方向蔓延出去。就像《渐淡》中对于"的"字的演绎那样,她以英语语言中再平常不过的小词作为诗题,赋予这些词语以前所未有的丰富内涵。其对微不足道的小词的特别兴味还显现于大量诗作的标题当中,如《谙熟》中的《后来》(*Later*)、《自己》(*Own*)、《一起》(*Together*)、《周围》(*Around*)、《曾》(*Had*)、《像》(*Like*)、《嘿》(*Hey*)、《仍》(*Still*)和《仅》(*Only*);《卖点》中的《跨越》(*Across*)、《和》(*With*)、《过》(*Over*)和《沿着》(*Along*);以及2013年诗集《说说而已》中的《至少》(*At Least*)、《在》(*At*)、《和》(*And*)及《因而》(*Thus*)等,都是绝佳例证。这些标题向读者宣示:通常被贬为"非诗意"的冠词、介词、连词和助词这样

---

① Maureen Cavanaugh, et al., "UCSD Professor And Poet Rae Armantrout Nominated For National Book Award," "These Days on KPBS", November 9, 2009, http://www.kpbs.org/news/2009/nov/09/ucsd-professor-and-poet-rae-armantrout-nominated-n/. (Accessed 2014-01-10)

② Rae Armantrout, et al., *The Grand Piano*, Part 4, Detroit: Mode A, 2007, p. 88.

卑微的功能词,在阿曼特劳特诗歌里拥有无限的潜在含义。如维特根斯坦所说:"如果你给它意义,它就有意义。"①阿曼特劳特通过将英语中最普通的词语奉为潜力的象征,不仅拓展了它们的意义边界,赋予它们新的活力与生机,更带给读者以全新的看待语言及世界的方式,以帮助其打破定义传统世界观的陈旧认知与思维壁垒。

如《渐淡》一诗和上述其他诗题所示,阿曼特劳特在语言中、在对蛰伏于流行文化各种虚假信息和陈词滥调险恶用心的揭露中,发现并享受乐趣。从读者接受角度来看,这种语言趣味及其发现总能找到相当的共鸣。比如在诗人朗读《渐淡》和很多其他诗作的现场,听众每每发出会意的笑声。诗人自解:"我认为人们在对熟悉的东西感到惊讶时就会发笑,可能这就是我诗里所表达的东西吧。"②陶德·派德森的评价则直抵要点:"它描述的是那种荒诞却真实的东西。"③阿曼特劳特以看似轻松的方式,在对语言所能触发的哪怕最细微的反思中与读者分享看似离谱实则真实却又不被细查的语言乐趣。也正因为如此,比起严肃直白的说教,她的诗更加耐人回味,发人深省。

不仅如此,在对词语众多可能释义进行筛选的过程中,其内在模糊性和不确定性所带来的乐趣对诗人来说同样重要。如果说《渐淡》一诗是以言语本身并无性感色彩的表达呈现了语言内部可能暗藏的性感乐趣,另一首诗《命名》(*Name Calling*)则以本身具有情色意味的用词探索了其所蕴含的同样的乐趣。在《命名》中,诗人开门见山地点明了商品的不实用性和孤独属性——"物品是*愚蠢*的"——而相反,"开放性/问题的/韧性"则活跃而经久。和阿曼特劳特一道,读者可以用同样方式对美国流行文化中隐藏的

---

① Daniel Kane, *What is Poetry: Conversations with the American Avant-Garde*, New York: Teachers and Writers Collaborative, 2003, p. 60.

② Maureen Cavanaugh, et al., "UCSD Professor And Poet Rae Armantrout Nominated For National Book Award," "These Days on KPBS", November 9, 2009, http://www.kpbs.org/news/2009/nov/09/ucsd-professor-and-poet-rae-armantrout-nominated-n/.(Accessed 2014-01-10).

③ Todd Pederson, "Review of *Versed* by Rae Armantrout," *Raintaxi Review of Books*, Fall 2009, https://www.raintaxi.com/versed/. (Accessed 2014-01-20).

险恶信息发出诘问,直到快感升腾:

  花苞轻咬。

  阴户
  试图
  夹断的,

  一次次地尝试

  那即被称为
  快感的感觉[①]

  如上述诗句所示,《命名》与《渐淡》不同,它借用本身就具有明确情色意味的词语描绘了语言中潜在的情色趣味。虽然个别用词直白得令人尴尬,这首诗却绝不是仅仅因为性意味本身而性感。相反,它从纯粹的女性主义角度,借用极具情色意味的词语所勾勒的画面,意在提高读者对错误信息的警觉意识,鼓励她们"夹断"美国流行文化中深藏的以男性为主导的观念与假设,向她们宣告其中潜在的回报,即是结尾句中所承诺的"那即被称为/快感的感觉"。查尔斯·伯恩斯坦曾经对诗歌的性感维度做出过如下评论:"性具有自然的吸引力。对于一些人来说,这是最私密的主题;另一些人则将其作为写作的动力或源泉。"[②] 该结论看似普适,实则有失仓促,至少对阿曼特劳特诗歌而言,性既非私密主题,也非书写动力,而是语言可能为诗人和读者打造的某种情趣体验。这或许能印证诗人所言:"我觉得诗可

[①] Rae Armantrout, *Versed*, Middletown: Wesleyan University Press, 2009, p. 17.
[②] Charles Bernstein, *Content's Dream: Essays 1975-1984*, Los Angeles: Sun & Moon Press, 1986, p. 42.

以是有趣的,应该被大声读出来,让人们听到。"①

(三)旧词新曲

如前文已分析解读过的几首诗作所示,除赋予最简单、最卑微的英语词汇以至高潜能,阿曼特劳特还借由语言游戏从日常言辞,甚至所谓陈腔滥调中寻找并发现乐趣。阿克塞罗德在《美国新诗选:后现代主义卷(1950至今)》一书中指出,像苏珊·豪、琳·贺金年和阿曼特劳特这样的语言诗人喜欢将语言游戏和形式问题摆在首要位置,"将语言从日常的使用和范式中解放出来,让语言的密度和遮蔽得以显露,沉醉于所有语言固有却总被日常使用所掩盖的不确定性中"②。该评价对阿曼特劳特的诗歌书写而言尤为贴切,她在数十年的创作中一直不遗余力地尝试将语言从日常语用的陈词滥调中解放出来。如《通灵》中的《花园》(Garden)一诗,通过考察"抿"(smack)这个已不再能激起任何遐想的词语展示了这种语言游戏的魅力所在。

该诗一开场就对夹竹桃这种在美国随处可见的普通庭院植物进行了观察,从它被用在20世纪50年代口红广告中的花蕊颜色开笔,然后借诗人经典的反转手法转向由口红所引发的性别议题:

夹竹桃:珊瑚红

源自50年代的口红广告。

这些知识之树的果实。

"抿"

(稀薄的空气)

---

① Maureen Cavanaugh, et al., "UCSD Professor And Poet Rae Armantrout Nominated For National Book Award," "These Days on KPBS", November 9, 2009, http://www.kpbs.org/news/2009/nov/09/ucsd-professor-and-poet-rae-armantrout-nominated-n/. (Accessed 2014-01-10).

② Steven Gould. Axelrod, et al, eds., *The New Anthology of American Poetry: Postmodernisms 1950-Present*, New Brunswick: Rutgers University Press, 2012, p. 299.

意味着亲吻或拍打。

它被

过时的用例掩盖着

因为我们坏？

巨大的雄性威胁，

充满暗示而鄙俗。①

如上述诗行所示，全诗从一个普通的庭院植物开始，不露声色地径直发展到结尾处具有明显女性主义倾向的反思，由夹竹桃这种花园植物的诱人色彩引出一个伊甸园般的故事。这样的故事在当今的社会语境中虽然显得有些"过时"，但在年轻的阿曼特劳特所成长的五六十年代却几乎每天都在上演：即一个有关性别歧视甚至厌女的故事；一个假设女性的"坏"和强迫女性服从的故事。在此语境中，"抿"这个词可以解读成女性涂完口红后抿嘴唇的动作，也可以解读成一位好色男性渴望女性嘴唇亲吻的表情，甚至还可以理解为具有施虐倾向的"拍打"动作。湾区语言诗派的另一位先驱人物巴雷特·瓦藤曾对语言做出过鞭辟入里的评价："词汇有着感性的历史，我们逐渐认识它们——更妙的是，我们也从中逐渐认识自己。"② 阿曼特劳特在这首诗中通过列举一个特定单词的日常用意，力邀读者发现并反思流行于大众文化语汇中所暗藏的针对女性的威胁，从而对消费主义当道的美国社会中男性对于女性的暴力威胁时刻保持警惕。

类似诗例在阿曼特劳特的诗中不在少数，如另一首稍早时期的诗作《不》（No）。诗中说"我们所有的名词／很快就会回来"，然而"我们是如此确信／甚至可以将目光短暂移开／……／仿佛这是毋庸／说的事情"③。在这里，诗人特意在"毋庸说"这个英语中最常使用的俗语之一上大做文章，用换行的方式在最意料之外的地方将其拆解成两个部分。帕洛夫曾评价

---

① Rae Armantrout, *Necromance*, Los Angeles: Sun & Moon Press, 1991, p. 11.

② Rae Armantrout, et al., *The Grand Piano*, Part 6, Detroit: Mode A, 2008, p. 68.

③ Rae Armantrout, *The Pretext*, Los Angeles: Green Integer, 2001, pp. 46-47.

阿曼特劳特的诗"是一种痴迷于语言本身的诗歌，（痴迷于）它的机运、部分，以及（特别是）相契"①。的确，对阿曼特劳特而言，诗歌中最重要的是词语的相关性和契合度。例如在《方向》（Direction）一诗中有这样一句："起源是一个痛点。"乍看"痛点"（sore point）作为隐喻似乎并不适合有关"起源"的讨论，但数行之后该诗又描写了一位老妪"流下眼泪"的画面，两者结合，之前的"痛点"借由后来那句中的"眼泪"遂生出"痛点"，即我们汉语语境中所讲的"点点热泪"的意思，因而为一个旧词添加了一个新的意义可能。如帕洛夫所说，"阿曼特劳特在此所做的尝试和她在所有其他诗里一样，是将滥俗陈旧的表达或说法加以扭转以生出新的意义"②。诗人正是独出心裁地把日常用语陌生化从而赋予它们新的意义，从而在更大程度上拓展了能指空间，将这些词语从即将被遗忘甚至荒废的危险中拯救出来。"长绿"（long green）一词可谓又一佳例。作为一个早已被人们遗忘的英语俚语，它原指"纸币"或"现金"，但经阿曼特劳特匠心扭转，出现在2011年诗集《卖点》中，成为一首诗的标题："如此热忱，绿色的／绅士／／如此魁梧的身姿／跳动着／／在一阵阵的／风里。"③原来，这首诗实际描写的是植物长而翠绿的叶子，一反英文语境读者所熟悉的"纸币"或"现金"之意，诗题中的"长绿"果真指"长长的绿叶"。如果说这样巧妙的扭转是为该词增加了新的可能意义，不如说是在还原绿所以为绿的本真面貌的基础上为读者带来新的观看视角及由此触发的新的观念。

此外，"说说而已"则是另一个被诗人赋予新生的短语。这个源于今日美语里最常用的两个俗语"我就这么一说"和"我也就说说而已"的短语，在其他诗人眼中很可能被视为滥俗表达，却被阿曼特劳特特意用作其2013年诗集的标题及开卷之作的诗题。出乎意料的是，这样的用法不仅没有让整个

---

① Marjorie Perloff, "Teaching the 'New' Poetries: The Case of Rae Armantrout," *Differentials: Poetry, Poetics, Pedagogy*, Tuscaloosa: University of Alabama Press, 2004, p. 252.

② Marjorie Perloff, "Teaching the 'New' Poetries: The Case of Rae Armantrout," *Differentials: Poetry, Poetics, Pedagogy*, Tuscaloosa: University of Alabama Press, 2004, p. 252.

③ Rae Armantrout, *Money Shot*, Middletown: Wesleyan University Press, 2011, p. 74.

诗集显得老气横秋，反倒在读者心里激起了强烈的共鸣和新鲜感。据广受美国网民喜爱的《都市词典》定义，所谓"我就说说而已"指的是"先前发表的评论无意引起冒犯和烦恼，只是陈述个人意见，或就说话人不屑为之争辩的议题提出个人的看法"①。作为多被用来平息各种争论的不二手段，"说说而已"经常被用在"刚刚给出了令人反感的意见之后"，因而具有潜在的冒犯风险。而作为标题诗《说说而已》的诗题，它却可能触发至少几种不同的解读可能。一方面，它或是阿曼特劳特的一个诗学宣言，暗示"无论你是否喜欢，我也只是说说而已"。或者，如标题诗所写：

意欲言说的

以藤叶的形式
将自己蔓延开来
爬满煤渣砖墙。

那些我所想写的
我转而用
常青藤书写。
……………
想要说的
专业地
扭动着
而日子
点头致意，眨眼而过。②

在这首诗中，看似平凡的事物或日常生活中的琐碎只是为它们自己"说说而已"，而诗的目的似乎就在于发现这样的"言说"，并为它们在诗中找

---

① Urban Dictionary, http://www.urbandictionary.com/define.php?term=i%27m%20just%20sayin%27. (Accessed 2014-12-28).

② Rae Armantrout, *Just saying*, Middletown: Wesleyan University Press, 2013, pp. 11-12.

到合适的位置。如诗人所言:"诗之所以突转方向是为了呈现自我显现出来的东西。"①据其在与笔者的访谈对话中所说,上述诗例的灵感来自她家隔壁所在超市的煤渣砖墙上四处蔓延的常青藤叶子。"周围的任何东西我都可能会放进诗里,"诗人说道,"这既可能是窗外的景色,也可能是我在后院看到的东西。这一次就是煤渣砖墙上的常青藤叶子"②。在她心中,事物正在她眼前"诉说",而她作为诗人所能做的就是记录下这些正在进行着的"诉说",记录下那些将自我呈现在她眼前的事物。"我在这里重现/别人曾亲眼看到的/'转瞬即逝的印象'//作为经验的积淀"③,她在《此地》一诗中宣示。或许正是基于这样的创作基础,阿曼特劳特坚持诗歌为"非虚构"的创作理念,从而彻底颠覆了诗歌在西方传统文学语境一直被视为想象文学或虚构文学的文体学观念。

此外,作为美国俚语中司空见惯的口水话,"说说而已"还有一种非常微妙的解读可能,那就是读者可能会在格式塔完形心理学的驱使下将"说说而已"这一表达按自己的理解方式补充完整。在此过程中,它或可被解读成"不是说说而已"或"我不只是说说而已",暗示"我不只是说说,我还想做些什么"。这一点已在阿曼特劳特的一个《诗学声明》中得到了明确验证,"我'只是说说',但除了说,我还想做些什么"④。诗人在创作中所追求的是其所称的"切尔西诗学"效果,它强调语言"双重性"的理念,主张"词、行、节、句子有时比最初的含义要有更多(或更少)或完全不同的其他意思"并最终"在读者中引发一种高度的警觉"⑤。威廉姆斯在《知识

---

① Rae Armantrout, "Reading and Performances' Introductions," Rae Armantrout Papers, MSS 699, Box 23, Folder 8, Special Collections Library, University of California San Diego.

② 阿曼特劳特于2013年4月16日接受笔者面对面采访时所说。

③ Rae Armantrout, *The Pretext*, Los Angeles: Green Integer, 2001, p. 74.

④ Ann Keniston and Jeffrey Gray, eds., *The New American Poetry of Engagement: A 21st Century Anthology*, Jefferson: McFarland & Company, 2012, p. 206.

⑤ Ann Keniston and Jeffrey Gray, eds., *The New American Poetry of Engagement: A 21st Century Anthology*, Jefferson: McFarland & Company, 2012, p. 206.

的表现》（*The Embodiment of Knowledge*, 1974）中说过："语言是心灵摆脱束缚、逃向过去的关键。语言中没有固定的'真相'。是语言的拆分才让真相显现并发挥作用。"[1] 从这一角度来看，阿曼特劳特从词语的众多释义中进行筛选，给予它们新的可能含义，其实也是一种试图摆脱传统桎梏、摆脱语言文化的习惯性假设的努力。通过这样的努力，她将读者引向这些词语此前可能被遮蔽或遗忘的含义，赋予其新的生命，从而刷新了读者的认知，让他们在美国文化刻意打造的错误信息面前保持清醒，因而为自己的诗歌增添了更加深刻的人文关怀。

让人毫不意外的是，虽然阿曼特劳特和她的语言诗人同侪一样抱持维特根斯坦式的语言观，相信语言塑造和重塑世界的无限潜能，但她对语言的稳定性并无多少信心。"词语主要是一种含义／物体几乎是／气团？"[2] 如其在《相似》（*A Resemblance*）一诗中所写，她承认"语言的不稳定性既令人困扰又令人向往"[3]，因而对语言表现真实世界的能力心存怀疑。作为上述威廉姆斯有关语言中没有固定"真相"之理念的坚定支持者，阿曼特劳特一直以来都深谙语言的局限性，"我不确定我是否相信文字正描绘着这个世界，我是指真实的现实世界"，如其在一次广播访谈中所说：

> 我想如果我们运气好的话，文字描述的是人类的认知和我们能通过人类认知和文化所能抵达的事物。但这和触及真相还不一样，我认为我们只是在黑暗中摸索前行，不知自己碰见的是什么东西。只有当它让我们感到惊讶的时候，我们才会有某种真实感。[4]

在此，阿曼特劳特想要表达的意思，借用佩雷尔曼的话来说，就是"对

---

[1] William Carlos Williams, *The Embodiment of Knowledge*, New Directions Publishing Corporation, 1974, p. 19.

[2] Rae Armantrout, *Versed*, Middletown: Wesleyan University Press, 2009, p. 10.

[3] Rob Stanton, et al., "A Conversation with Rae Armantrout," Rae Armantrout Versed Reader's *Companion*, http://versedreader.site.wesleyan.edu/interviews/. (Accessed 2014-03-03).

[4] Charles Monroe-Kane, Rae Armantrout on Versed, TTBook Archives.http://www.ttbook.org/book/rae-armantrout-versed. (Accessed 2014-10-22).

于世界不会处在我们掌控之中的认识似乎和语言的习得息息相关"①。这样的语言观决定了阿曼特劳特看待和体认世界的方式。对她来说,这是一个由语言碎片组成的声音和符号世界,通过这些碎片,我们创造出一种地方感和存在感。她在《言之凿凿》一诗中写道:"没有言之凿凿/ 就没有了地方感吗?"②因为"一丝呼吸"可以"守住一片天地"。在《谙熟》中她则再次重申了这一想法:"我所做任何声明,/ 如果足够特别 // 将会证明 / 我曾在这里。"③然而,随着语言的流转变迁,这种地方感也如同闪烁的光线一般易逝。在这样一个由语言碎片或被阿曼特劳特称为"媒体轰炸"④所构成的世界,一个由"来自电视、广播和广告牌的信息幽灵般不断轰炸我们的耳朵和记忆"的世界,诗人的责任又作何解?对诗人而言,这不仅是一个如何存在的问题,更是一个诗学问题。答案无疑是不断地将自己融入语言的世界,以诚实的态度对其进行观察并做出她称为"说说而已"的书写与思考。然而,阿曼特劳特"说说而已"的绝不只是语言碎片,她同样也会讲故事,尽管她的诗歌叙事常常会在一些地方偏离故事的形式,转而集中探讨词语的语意重叠或可能不同的含义本身。这种对语言的关注暗合了以伯恩斯坦和安德鲁斯为代表的语言诗人所提出的"诗歌目标",即"我们认为诗歌的目标并不是将语言作为供人消费的商品",两位语言诗人先驱在1987年的《语言》杂志里如是说,"它是通过密切观察并积极参与到其生产当中以重新获拥符号的过程"⑤。

和其他语言诗人一样,阿曼特劳特一直旗帜鲜明地反对将语言作为透明工具以抵达世界之外或语言之外的东西,坚持词语是作为它们自身,而非作为一种透明的亟待消费的商品才能被重视。因此,其对于探究词语不同含义

---

① Bob Perelman, "Exactly: The Poetry of Rae Armantrout," in *A Wild Salience: The Writing of Rae Armantrout*, ed. Tom Beckett, Cleveland: Burning Press, 1999, p. 158.

② Rae Armantrout, *The Pretext*, Los Angeles: Green Integer, 2001, p. 23.

③ Rae Armantrout, *Versed*, Middletown: Wesleyan University Press, 2009, p. 23.

④ Rae Armantrout, *Collected Prose*, San Diego: Singing Horse, 2007, p. 21.

⑤ Bruce Andrews and Charles Bernstein, ed., *The L-A-N-G-U-A-G-E Book*, Carbondale and Edwardsville: Southern Illinois University Press, 1987, p. x.

的兴趣已经远远超越语言本身。如伯恩斯坦所说：

> 语言是存在的共性，通过它，我们认识价值并对其有所了解。语言的探索即是对人类共同点的探索，从纯描述、指向外界转向以文字、实体和个体存在性（此性）为中心的写作，其本质上是对人类自我共性的研究，是对我们在世界和文字里，以及在我们自身内部的关联之所在的探究。[1]

因而，阿曼特劳特对语言文字的探究本质上是一种对生活，即现实中每个美国人所共同亲历的生活形式本身的探究。有鉴于此，其诗歌始终是语言诗人们"某个更大的对抗策略"的一部分，即如西利曼所主张的重整资本主义社会总体秩序的伟大创想的一部分，深潜其中的社会价值毋庸置疑。

三、"诗意沉默"

秉持上述语言观，阿曼特劳特认为诗歌是把时间置换为空间的艺术，并多次在不同场合谈及诗歌创造空间的理念。她强调："诗中的空间既是真实的又是隐喻的……在隐喻层面，我想空间和沉默是相连的。当我在诗中留下空间和逻辑上的缝隙时就是在对它进行设想。"[2] 究其根源，这种别具特色的诗歌空间概念直接来源于其称为"诗意沉默"的美学理念。

（一）历史语境

作为阿曼特劳特诗论的重要组成部分，"诗意沉默"实际上产生于其对早期的诗歌同侪——语言诗人的群体性诗歌美学的抵抗。这可回溯到1983年她在诗友佩雷尔曼组织的一次系列诗歌朗诵会上的讲话。"准备这次讲话，"她说道，"帮助我思考并置在表现我们经验之断裂的作用，那些负面

---

[1] Charles Bernstein, *Content's Dream: Essays 1975–1984.* Los Angeles: Sun & Moon Press, 1986, p. 32.

[2] Tom Beckett, "'My Poetry Isn't Built on Hope': an Interview with Tom Beckett," *Collected Prose*, Rae Armantrout, San Diego: Singing Horse, 2007, p.127.

的（断裂）——我称之为沉默。"①这篇讲话后来被收录在其2007年的《散文集》中。

据其本人详解，这篇讲话是在她"与语言诗派盛行的散文诗的'相爱相杀'中完成"，并意味深长地将这次流行称为散文诗的"时髦风气"。这种由语言诗奠基人之一的西利曼倡导并称为"新句子"的散文诗，通常由非叙事性陈述句组成，可绵延数页甚至整本书的长度。这让素来惜字如金的阿曼特劳特发现了问题，为此她明确指出：

> 这样的诗会营造一种肯定、坚决和完整的基调，为体验沉默而留下的空间少之又少。……每个句号之后读者得到更多的是疑惑而不是停顿。该片断在整体中作用如何？

为抵制不留余地的"新散文诗"在语言诗圈子里的过度盛行，阿曼特劳特在此讲话中力证：沉默可以在诗中催生更进一步的疑问，甚至能使不可想象的或是逻辑相悖的事物成为可能。鉴于阿曼特劳特不喜争执的个性，她对这种"时髦风气"所采取的态度也不出所料地极尽迂回克制，"我无意反对这种散文诗，而是想要肯定抒情形式的价值以及它激发静默的更大潜能"②。通过这种潜能，她提出抒情诗可以作为长散文诗的替代的建议。在她看来，抒情诗中保留了诗歌本性中最需要的沉默感，而抒情的部分特质恰恰在于它有制造沉默的潜能。

（二）"沉默的冲动"③

在上文所提到的讲话中，阿曼特劳特将"诗学沉默"定义为"诗歌有意识的组成部分"④，一种"诗行有意识地面对白色纸页的虚空，不知接下来何去何从"⑤所产生的"美学效果"。这种效果存在于"作品中或作品后留下的空白，一种明显的停顿，一种沉默的姿态"，或"封存于人类沉默

---

① Rae Armantrout, "Poetic Silence,"in *Collected Prose*, San Diego: Singing Horse, 2007, p. 10.
② Rae Armantrout, "Poetic Silence,"in *Collected Prose*, San Diego: Singing Horse, 2007, p. 22.
③ Rae Armantrout, "Poetic Silence,"in *Collected Prose*, San Diego: Singing Horse, 2007, p. 21.
④ Rae Armantrout, "Poetic Silence,"in *Collected Prose*, San Diego: Singing Horse, 2007, p. 21.
⑤ Rae Armantrout, "Poetic Silence,"in *Collected Prose*, San Diego: Singing Horse, 2007, p. 10.

中字词周遭所散发的闪光"①当中。就像音乐家既重视音符和节奏流畅，也同样重视休止和静音一样，阿曼特劳特也充分肯定诗歌中的休止与沉默。然而，诗人这里定义的"沉默"并非本体论形式的完全沉默，而是一种"相对沉默"②的经验。对其而言，从世界获取的经验从来都不是一个流畅的统一体，而是充满了由四面八方的噪声造成的断裂和缝隙。诗人不厌其烦地解释道："就好比你一直听着某个很响的声音，电视开着，音响开着，你附近还有座工厂轰鸣不已，然后它突然就停下了。"所以，这里的沉默是相对的，并不存在"绝对沉默"。作为人，我们需要这样的沉默，渴望这样的沉默，而同时，"或许有些鸟在歌唱，你也许可以听见自己的身体，……大环境中有些声响，但你有一种相对的沉默"③。

对于这种沉默的冲动或渴望，阿曼特劳特阐发了几点原因。首先，是因为"世界上自然的沉默所剩太少"，而且"引擎的声音持续不断"④。不仅如此，还有阿曼特劳特所称的"媒体轰炸"，即"电视、广播和广告牌的信息"对人们耳朵和内心不间断地侵扰甚至折磨。她直言：

> 这些声音是不需要任何回应的嘈杂之声，所以人们可能会下意识地接受。但我认为，做出回应的冲动依然存在。在审慎的思考之下总有一些想法，这些想法是对媒体轰炸片段的自动、随机的回应。⑤

正如诗人在此所暗示的，所谓"沉默的冲动"实际深藏着对美国媒体意识形态灌输的抵制，因为这些"媒体轰炸"在阿曼特劳特看来已使得"词语不再从寂静中来，而是直接从其他语汇中来"，或者，借用阿多诺的说法，是从媒体不断重复的"事先咀嚼过、事先包装过的理念和思想"中来，从而失去了自主思想和行动的能力。出于这一原因，诗人体察到这种"沉默冲动"所蕴含的力量，其"诗意沉默"的理念实为应对美国社会意识形态干预

---

① Rae Armantrout, "Poetic Silence," in *Collected Prose*, San Diego: Singing Horse, 2007, p. 21.
② Rae Armantrout, "Poetic Silence," in *Collected Prose*, San Diego: Singing Horse, 2007, p. 37.
③ Rae Armantrout, "Poetic Silence," in *Collected Prose*, San Diego: Singing Horse, 2007, p. 37.
④ Rae Armantrout, "Poetic Silence," in *Collected Prose*, San Diego: Singing Horse, 2007, p. 21.
⑤ Rae Armantrout, "Poetic Silence," in *Collected Prose*, San Diego: Singing Horse, 2007, p. 21.

的解药，因而具有不可抹杀的社会力量。

其次，阿曼特劳特就"沉默的冲动"给出的第二个原因则可追溯到她对真实世界中难以言说之存在的清晰体察。湾区语言诗派的另一重要创始人罗伯特·格里尼尔曾指出："某种意义上来说，作品中的沉默比真实世界中的沉默更恰当，且相较于其他表现手法而言更具有直接的表现功能。"①与此相通，阿曼特劳特也明言："我觉得或许有必要去表现世界上那些难以言说的事物。我们有必要指向它，就像有必要指向事物一样。"②如她在《悔言》一诗中所写，"'看齐'/过于频繁地/——仿佛除此/了无他物"，试图呈现出世界上难以言说的事物所留下的空间。由此，诗人所说的"沉默"实际上不仅是一种文字效果，更是试图用多种方式所要抵达的隐喻效果——比如在空间和逻辑层面刻意留下的断裂和脱漏，以对抗来自美国社会不同源头的永无止境的噪声干扰。反观其对"媒体轰炸"的认识和前文所讨论的相对沉默的背景，诗人所推崇的沉默实际上是一种积极应对并记录媒体侵扰的策略，是其用来对抗和反击当今美国社会无所不在的电视、广播和广告牌等鬼魅般信息的至上法宝。

除上述两点，阿曼特劳特为倡导"诗意沉默"所提出的第三个原因则存在于如下情境，即"当意识到已经抵达自己思想的末端无法再往前一步，你正站在它的边缘，必须要有除你之外的力量来进行下一步动作或下一份声明和下一次发声"③的时候，沉默就成为"一种可能表示个人声音极限的停顿"，且"这种沉默的使用"，如她所言，"能够设法腾空片刻时间，以使问题得以浮现。'那么然后呢？'"④然而，重要的是"那么然后呢"这一问题并不是由任何说话个体（包括诗人本人）来决定，而是"必须要有除你之外的力量来进行下一步动作或下一份声明和下一次发声"。在此语境下的

---

① Rae Armantrout, *Collected Prose*, San Diego: Singing Horse, 2007, p. 35.
② Rae Armantrout, *Collected Prose*, San Diego: Singing Horse, 2007, p. 35.
③ Rae Armantrout, *Collected Prose*, San Diego: Singing Horse, 2007, p. 30.
④ Rae Armantrout, *Collected Prose*, San Diego: Singing Horse, 2007, p. 31.

沉默冲动，再次体现了梅瑞狄斯称为"诗歌高能寡言"①的克制和优雅。在此过程中，这样的沉默就是承认诗人语言和知识上的局限，通过揭下传统美国诗歌赋予诗人的高高在上的精英主义面纱，体现出诗人开放的思想和无限的可能。由此可见，那些在字词、诗行和诗节之间的留白与刻意的缺省压缩，都是沉默在阿曼特劳特诗歌中的生动再现。反讽的是，这些空间所产生的位置不仅为读者参与留出更多余地和机会，也因此给阿曼特劳特的诗歌带来一种近乎民主的诗学氛围。

（三）沉默的类别及效果

除了诗意沉默的定义和产生原因，诗人还在上文提到的讲话中对沉默的多种语境做出如下六种分类：

（1）承认谬误的沉默。

（2）认识到个人局限或极限的沉默。

（3）表示难以言说的沉默。

（4）被另一种沉默噤声的沉默。

（5）等待未知回应的沉默。

（6）在远距离所观察的某个人突然转过来用眼神阻止你而产生的沉默。②

在上述六种沉默中，阿曼特劳特对其中两种尤感兴趣：一是承认个人局限或边界的沉默，另一个即是表示难以言说的沉默。从认识论角度来说，这两种沉默起到的效果几乎相同，可以互为因果。前者即个人知识和语言的局限很可能导致难以言说的沉默，后者则很有可能被归结为前者的局限。在阿曼特劳特看来，难以言说是世界存在的本质之一。海德格尔曾说："只有当人们认为这个世界本质上不可透露且一旦有所披露，它都会退缩回去，不断地自我封闭。只有这时，这个世界才会展现出原本的面貌。"③ 以此为据，

---

① William Meredith, "Reasons for Poetry," *The Quarterly Journal of the Library of Congress*, Vol. 39, No. 3, Summer 1982, p. 190

② Rae Armantrout, "Poetic Silence," in *Collected Prose*, San Diego: Singing Horse, 2007, p. 21.

③ Rae Armantrout, "Poetic Silence," in *Collected Prose*, San Diego: Singing Horse, 2007, p. 21.

阿曼特劳特再次强调沉默的必要性，认为它是忠实表达这个世界难以言说以及"一种不可透露之本质"的最佳方式。

与上述不同语境的沉默分类相对应，阿曼特劳特还通过分析包括自己在内的几位语言诗人的作品，列举了一系列表现诗意沉默的不同方式：

（1）突然且意外地结束一行或整首诗，却出于某种原因不提供解答。

（2）在诗的各部分间建立极其微弱的联系。

（3）故意制造逻辑脱漏。

（4）利用自相矛盾或悖言。

（5）使用明显缺省。

（6）使用任何能让存在之事物和所不存在、缺失或外部的事物产生合乎情理的关联的事物。①

尽管阿曼特劳特在其个人创作中几乎使用了上述所有方式以求得诗意沉默的效果，但她更感兴趣且大量使用的典型的微观手法将这些表征发挥到极致。其中包括非线性、意外跨行或换行、意外分节、诗句或诗节之间及行与行之间的大片空白，乃至词与词中间的刻意空缺以及标点缺省，特别是在一个诗行或诗节末尾本应有标点之处的刻意缺省。与之对应，以这些手法创造的沉默和空间感也会抵达不同的美学效果。它们或是掩盖了行与行之间、节与节之间的内在勾连，从而留下逻辑缝隙和断裂，或是打破读者期待用读起来不像结尾的结尾将其置于悬置状态，直呼"就这个？"或"这就结束了？"而由此所产生的沉默又反过来迫使读者更积极地投身到重读和意义建构中，而不是作为诗歌消费者去被动阅读。

此外，阿曼特劳特在诗中所制造的沉默和空间还表达了某种极限与孤独感，或暗示了难以言说的存在、知识和想象的局限，并随之腾出空间，让除诗人以外的人（如读者）能做出未知的回应。以《优先》中一首早期诗作为例：

　　扁平的

　　驱逐舰在薄雾中

　　升起

---

① Rae Armantrout, "Poetic Silence," in *Collected Prose*, San Diego: Singing Horse, 2007, p. 24.

越过康维尔低矮的屋脊,

和袒露的入口

坡道向上

卷起:

灰白的

相似得几近

隐形。

而在这

车中饱满的

"蒙娜"的鼓点

充盈着我们的胸膛[①]

  如在她很多其他诗作中的做法一样,阿曼特劳特会将句子之间乃至句子中的语法联结减到最小,以赋予诗中不同元素最大限度的独立。如上述诗句所示,这首诗拒绝平稳的自动推进,仿佛要将读者带离既定轨道,或者让他们突然停住。锯齿状明显参差不齐的诗行,频繁而陡峭的跨行,结尾标点的缺失和前后的不连贯感一起营造出沉默的诗意效果。

  在该诗的开头,它所呈现的似乎是某个军工场所的外部特征,描绘了雾蒙蒙的清晨远处由远及近排列的几艘军舰的画面。值得注意的是,其中"扁平""袒露""灰白"和"隐形"等词都饱含负面含义。很快,诗的第二节以"而"字开头,后面紧接着是"在这车中",将读者拉进一个更加内部的空间,一位无名的说话者似乎在听一首流行音乐,令人误以为此诗是要在之前的外部景观和此处的内部景观之间进行对比。尽管"饱满"作为"扁平"的反义词的确可以算作对比,但"蒙娜"的发音所产生的近乎呻吟的鼻音,以及略带歧义的结尾词"胸膛"而非其他更能准确表示"心"或"心脏"的词语,都削弱了这种对比的可能性,从而制造出相当的断裂感。这种感觉不仅在上述两处描写的行数不均中得到进一步确认,更在结尾词后的句号缺省中被进一步放大,让读者不禁好奇,"什么情况?""这是发生在哪?"以

[①] Rae Armantrout, *Precedence*, Providence: Burning Deck, 1985, p. 21.

及"到底发生了什么？"等诸多问题随即浮现脑海。随着这些问题，沉默降临，为该诗所暗示的价值难题中接连浮现的问题强行打开更多缺口，正如詹姆逊所言："世界上仅通过实践干预就能解决的问题，对于完全处于沉思中的头脑来说是一种逻辑上的耻辱或无所适从，是难以想象且在概念上自相矛盾的，也无法靠纯粹思维的运作来解决。"①

出自阿曼特劳特2009年诗集《谙熟》中的作品《后来》也展示了诗人使用不同手法的组合在诗中创造诗意沉默的瞬间。在该诗最后一节，诗人写道：

  他们载我

  去海边。

  暗地里，我仍是

  ____神秘之人。

  我用浪花说话。

  后来

  我做了那个孤独的梦②

在这7行的诗节中，分别在"我""仍是"和"后来"之后有三处跨行连续的句子，均营造出一种悬疑和紧迫感。除此之外，在第四行"神秘之人"之前以抢眼的下画线形式标示出沉默之所在，邀请读者参与到断裂的填充和意义建构当中。同样值得注意的还有结尾处的句号缺失，和"孤独的梦"之前的定冠词"the"一道，这一缺失彰显了沉默和孤独世界的分量。以纸页上大片空白为烘托，这种沉默也沉甸甸地横亘在读者的脑海中，让他们禁不住想知道那究竟是"哪一个孤独的梦？""这个梦有何特别之处？"以及"为什么偏偏是这个梦？"著名瑞士物理学家奥古斯特·皮卡德（Auguste Picard）在称赞自己仰慕的诗人时曾这样说道："他在作品

---

① Rae Armantrout, *Collected Prose*, San Diego: Singing Horse, 2007, p. 29.
② Rae Armantrout, *Versed*, Middletown: Wesleyan University Press, 2009, p. 56.

中留下清晰的空间以便让他人发声,他把题材变成自己的,但又不将其独占。因而这样的诗不会僵硬死板,而是有一种飘然的气质,随时都可以属于他人。"[1] 该评价也同样可以精准地总结阿曼特劳特对诗意沉默的孜孜以求。

此外还有一点尤为明显,阿曼特劳特素来偏爱用数字或星号作为诗节间隔来勾勒沉默。为此她在与诗人及批评家凯瑟琳·瓦格纳的访谈中进行过解释:"[诗节分隔]标出的是那些关系复杂而有问题的地方。我倾向于用沉默来体现怀疑或差异时刻,付诸笔端就表现为星号或数字符的使用。"[2] 有趣的是,在诗人看来数字比星号代表着更大的距离。无论哪种,这些符号所表示的断裂都"体现出我们经验中的缝隙"。对阿曼特劳特来说,我们对世界的认知从一个时刻跳到另一个时刻,从一段经验跳到另一段经验,没有任何事先预警。相应地,她诗中各个诗节间的关系也大都是脆弱甚至断裂的,要让读者接受已经呈现的内容,可以说是件艰难的任务。然而,尽管看起来艰难,她仍然表达了对读者能力的信心,"但我觉得我们总还是会找到办法,跨过缝隙找到联系。我们在生活中肯定会这么做,我希望读者在我的诗中也能(或尝试着去)这么做"[3]。然而,诗人并不想将这一过程简化或泛化,为此她着重解释道:

> 我们能看到相似之处,明显的身份标识,更不消说周围无处不在的因果关系,但我们知道不能一味相信我们认为我们所看到的东西……我希望我的诗能够演绎(或重新演绎)这些充满确信和怀疑的

---

[1] Rae Armantrout, *Collected Prose*, San Diego: Singing Horse, 2007, pp. 21-22.

[2] Catherine Wagner, "Dressing Electrons: Catherine Wagner Interviews Rae Armantrout for Poetryeater," *Poetryeater*, http://poetryeater.com/post/57810376657/dressing-electrons-catherine-wagner-interviews. (Accessed 2013-08-09).

[3] Catherine Wagner, "Dressing Electrons: Catherine Wagner Interviews Rae Armantrout for Poetryeater," *Poetryeater*, http://poetryeater.com/post/57810376657/dressing-electrons-catherine-wagner-interviews. (Accessed 2013-08-09).

时刻。①

在此，阿曼特劳特实则向读者提供了一种不同寻常的假设，即我们不应将发生的事情视为理所当然，否则，事物可能会由于那些尚未实现的可能性而发生改变。如此一来，阅读阿曼特劳特诗歌就成了一种近乎头脑风暴般的脑力锻炼。为此，瓦格纳的评价可谓鞭辟入里：

> 阿曼特劳特的诗行简洁而充满智慧，在克服刺耳怀疑的同时竭力将每一丝意思表达出来，就像一个充满魅力的医生带给你坏消息，话音落下，你只听到耳畔惬意的嗡嗡鸣响，然后是长久的寂静，直到你意识到到底发生了什么。②

然而，需要重申的是，阿曼特劳特所追求的诗意沉默的效果其思想动因是对美国媒体声音的强烈抵制。其在《诗意沉默》一文中所重点讨论的"媒体轰炸"之不良影响，实际暗合了乔治·斯坦纳（George Steiner）对于媒体的批评。"词语不再从寂静中来，而是直接从其他语汇中来"③，对于个体丧失表达自己思想的能力只能转而"学说"一些"预先设定"的词句这一现象，阿曼特劳特表达了深深的忧虑，因而升起了一种迫切需要"宣布暂停和沉默的冲动"。由此，"诗意沉默"实际上成为诗人抵抗媒体的意识形态干预的美学策略，因而具有内在的政治能量。

四、"切尔西诗学"

除上述"诗意沉默"，"切尔西诗学"也是阿曼特劳特在整个诗歌生涯中少数明确阐述的另一重要诗论。该思想首次正式发表于她2007年的《散文

---

① Catherine Wagner, "Dressing Electrons: Catherine Wagner Interviews Rae Armantrout for Poetryeater," *Poetryeater*, http://poetryeater.com/post/57810376657/dressing-electrons-catherine-wagner-interviews. (Accessed 2013-08-09).

② Catherine Wagner, "Dressing Electrons: Catherine Wagner Interviews Rae Armantrout for Poetryeater," *Poetryeater*, http://poetryeater.com/post/57810376657/dressing-electrons-catherine-wagner-interviews. (Accessed 2013-08-09).

③ Rae Armantrout, "Poetic Silence,"in *Collected Prose*, San Diego: Singing Horse, 2007, p. 21.

集》当中,其中重点阐释了其称为"双重含义"[①]或双重性的诗学理念。此后多年,该理念经诗人在各种访谈和朗诵会等场合一再打磨详解,成为其整体诗论中又一不可或缺的重要组成部分。

(一)"切尔西"名考

据阿曼特劳特本人解说,"切尔西"的名字来源于一个迪士尼卡通猫形象。在与墨西哥学者娜塔莉亚·卡巴约萨的访谈中,诗人将这一名字追溯到《爱丽丝梦游仙境》中著名的迪士尼卡通形象"切尔西猫",它具有可以任意消失或出现的瞬间漂移能力。爱丽丝向它问路,它同时指向两个方向,随后在薄暮中消失得无影无踪。因折服于该卡通猫神出鬼没、踪影难料的特性,阿曼特劳特以它的名字命名自己的诗学,实际旨在强调诗歌的复合指涉效果。"这就是切尔西诗学,"她解释道,"它指向两个方向,然后消失在所见与照见、可被了解和即被了解的模糊界限中。"[②]其实质就是对事物看似的状态与真实存在状态是否统一的怀疑。诗人强调,"世界存在的方式是混沌的"[③],而"经验是双重的,双重性是意识的本质"[④],因此,在诗里"意义流转,意义来了又去……你可能从来都不能确定一首诗的意义……"[⑤]然而,据笔者观察,看似轻巧的切尔西猫所代表的双重性这一诗歌理念还有更深层的诗学传统与认识论渊源。其中一方面和诗人对威廉姆斯诗歌的传承密不可分,另一方面则与对世界的认识论有关。对于前者,阿氏将其归功于威廉姆斯早期意象派诗歌的影响,并于2007年专门以《切尔西诗学》为题撰文详述。为解读其早年在威廉姆斯诗中所发现的迷人的"双重

---

① Rae Armantrout, "Poetic Silence," in *Collected Prose*, San Diego: Singing Horse, 2007, p. 55.

② Rae Armantrout, "Poetic Silence," in *Collected Prose*, San Diego: Singing Horse, 2007, p. 55.

③ Tom Beckett, ed., *A Wild Salience: The Writing of Rae Armantrout*, Cleveland: Burning Press, 1999, p. 107.

④ Lyn Hejinian, "An Interview with Rae Armantrout," in *Collected Prose*, Rae Armantrout, San Diego: Singing Horse, 2007, p. 105.

⑤ 孙立恒:《"我的诗歌基底在于好奇与不确定"——蕾·阿曼特劳特访谈录》,载《英美文学研究论丛》,2015年第22期,第18页。

性"韵致，她特意完整引用了后者所写的《欲望阁楼》（*The Attic Which Is Desire*）一诗：

用裸板搭就

的

尚未启用的棚屋

之外

直接伺候着

夜

与昼——

此处

离开大街

挨着

流光彩灯

环绕的

* * *

* 苏 *

* 打 *

* 汽 *

* 水 *

* * *

黑暗的

窗玻璃

就在

正中间

　　安装着①

在这首诗中，彼时刚刚入门的年轻诗人阿曼特劳特发现了诗歌"双重意义"，或是一种同时指向两个不同意义方向的玄妙所在。"这首诗达到了精妙的平衡"，诗人评价道："它同时既是对城市景观的写实描绘也是对欲望投射的神化。"②在其解读中，威廉姆斯诗中既关欲望又关街景的双重意味令她茅塞顿开。与意象派诗歌先驱庞德对意象诗歌中的语义滑动（slither）所持有的否定态度背道而驰，年轻的阿曼特劳特更倾心于威廉姆斯的诗学思想并暗下决心，"我既要意象主义，也要语义滑动；既保持我的精准，也要保持语言的双重性"③。显然，庞德所摒弃的所谓语义滑动却正是其所追求的意义"双重性"（doubleness）或双重意义的近义词。数年后论及此事，阿曼特劳特再次确认了早年在威廉姆斯诗中所找到的显著特点：

> 我的意思是我的诗歌同时去往两个方向，朝内和朝外同时移动——至少那是我的目标。我既对世界感兴趣，也对用来描绘这个世界的语言感兴趣。我想要弄明白我们都知道些什么（或以为我们知道些什么），以及我们如何知道我们所知道的一切。我想说出真相，但又不确定是否可能了解或说出真相。我的怀疑和确信占同样分量。④

诗人的这段解说所试图揭示的其实是事物永远具有其两面性的特点，她直言，"诗人们本身都明白，事物和观念并不能真正相融"⑤。与之相应，其诗中的许多匠心设计都是为了揭示事物的两面性和意义的相互渗透性，而非彼此的间离性。她将这一诗学思想归结于经验的双重性："当你认为你明

---

① 转引自Rae Armantrout，*Collected Prose*, San Diego: Singing Horse, 2007, p. 56. 中文译诗参见傅浩译《威廉·卡洛斯·威廉姆斯诗选》，上海译文出版社2015年版，第171—172页。

② Rae Armantrout, "Cheshire Poetics," in *Collected Prose*, San Diego: Singing Horse, 2007, p. 55.

③ Rae Armantrout, "Cheshire Poetics," in *Collected Prose*, San Diego: Singing Horse, 2007, p. 57.

④ Paul Holler, "An Interview with Rae Armantrout," *Bookslut*, July 2010, http://www.bookslut.com/features/2010_07_016299.php. (Accessed 2013-07-10).

⑤ Rae Armantrout, "Cheshire Poetics," in *Collected Prose*, San Diego: Singing Horse, 2007, p. 56.

白某事，……你觉得你是处在熟悉的环境中，但突然间又意识到'哎呀'，还有另一种全新的理解方式，于是你就切换到了一个完全不同的另一角度了。"[①]对诗人来说，"世界上很多东西诡异而令人困扰"，因此在其诗性观察中，生活在这个世界上有时就像"跌破一个夹层，就像爱丽丝梦游仙境一样。或许夹层之后还有夹层"[②]。

由此可见，"切尔西诗学"就其本质而言是诗人对这个世界的根本认识，这构成了其"切尔西诗学"的第二个重要含义，即一种认知的方式和本质。在某种程度上，其在诗中孜孜以求不断捕捉的这种双重性不止是其本人，也同样是我们所有人在现实生活中所亲身体验的世界的双重性。它不仅源于确信和不确定性二者的交接界面，也源于因认识到更多不确定性本身而导致的困境。究其根源，"切尔西诗学"来源于世界本身的遮蔽性，就像诗人所坦言的，"我感兴趣的是遮蔽，是世界被遮蔽的不同方式"[③]。这是一种体现了世界本身存在的样式及人们经历世界之方式的诗学："我对现实的感觉就是如此，所以我也在诗中尝试再现那种效果。"[④]纵观阿曼特劳特的诗人生涯，她以万千迂回的方式不断敦促读者去认识她所认识到的世界的双重性，正如她在1991年诗集的开卷诗中所写，"所见即重影，就像听到糟糕／的双关语，被人使着眼色说出来／一种令人不安的熟悉感"[⑤]。与该诗绝非偶然的标题《重影》一道，这些诗句表现出高度的元诗思考即以诗思诗的特性。它不仅揭示了阿曼特劳特诗歌美学的思辨原则，具有明显的诗学宣言意味，而且也阐明了其看待和体验这个世界的方式。对其来说，"经验

---

① Michael Silverblatt, "Rae Armantrout: Versed," "Bookworm, KCRW", https://www.kcrw.com/culture/shows/bookworm/rae-armantrout. (Accessed 2012-07-11).

② Michael Silverblatt, "Rae Armantrout: Versed,""Bookworm, KCRW" ,https://www.kcrw.com/culture/shows/bookworm/rae-armantrout.(Accessed 2012-07-11).

③ Tom Beckett, ed., *A Wild Salience: The Writing of Rae Armantrout*, Cleveland: Burning Press, 1999, p. 107.

④ Tom Beckett, ed., *A Wild Salience: The Writing of Rae Armantrout*, Cleveland: Burning Press, 1999, p. 107.

⑤ Rae Armantrout, *Precedence*, Providence: Burning Deck, 1985, p. 11.

是双重性的",而"双重性是意识的本质"①,彰显辩证唯物主义的认识论观点。

在创作实践中,阿曼特劳特力图将其"切尔西诗学"所追求的双重性尽可能贯彻在各个方面。如其1998年的回忆录《真》,尽管书名叫作"真",却有意无意地触发了很多与"真"相关的对比联想。吊诡的是,笃信真/假二分法的读者或许偏偏更愿意将其视为"假"或"非真"。随着继续深入阅读,他们也确实会慢慢意识到,从更大层面来说该回忆录所记录的确是诗人应对从小被灌输的各种错误信息和不实之词的经验,标题"真"实则巧妙地暗示了其在早年成长中所面对的所有"非真"事实。无独有偶,阿曼特劳特"切尔西诗学"所追求的双重性诗学理想在其很多诗集标题中也被表现到了极致,如《就好像》《通灵》《借口》《面纱》和《谙熟》等。这些标题或隐晦或明确地暗示了不同类型的假装和欺骗,并不约而同指向一个关键概念:即上文所提到的"夹层"(false bottom)。在诗人看来,所谓"夹层"是这世界诡秘莫测的本质所在,也恰恰是我们肉眼通常难以抵达的死角。它首先指的就是美国文化用来掩盖真相的各种花招把戏。如其所说,"富有伤害性的政治或心理真相常常隐藏在普通的外表下",被权威、官方或其他说辞"伪饰包装"②成所谓不明之理的伪事实文化。究其思想根源,"切尔西诗学"不仅是诗性也是一种文化防御策略,它通过多声部和反转的美学方式对美国文化借由不同花招加以包装伪饰的资本主义意识形态进行了诗意见证与驳斥。

(二)多声部诗学

多年来,阿曼特劳特通过加入新的元素不断对双重性诗学进行打磨和完善,赋予"切尔西诗学"以新的可能方向和内涵。她最初曾将其定义为"碰

---

① Lyn Hejinian, "An Interview with Rae Armantrout," in *Collected Prose*, Rae Armantrout, San Diego: Singing Horse, 2007, p. 105.

② Lyn Hejinian, "An Interview with Rae Armantrout," in *Collected Prose*, Rae Armantrout, San Diego: Singing Horse, 2007, p. 106.

撞和重合"①的诗学，其后又将其阐释为"对抗空间的诗学"②，无论前者还是后者，二种定义均折射出罗兰·巴特（Roland Barthes）的思想弧光。在巴特看来，文本是"一个多维度的空间"③，而在阿曼特劳特的诗歌里，这种"多维度空间"则变成了许多矛盾和冲突的声音所结构的空间。"这就是为什么我喜欢把相互冲突的话语放在一起的原因——为应对知识的强权政治。"④诗人直言。因而"把相互冲突的话语放在一起"的做法实则成为阿曼特劳特施展"切尔西诗学"的美学手法。通过在诗中构建不同声音的对抗空间，她提醒读者注意从父母、社会权威和流行文化等多重渠道不断传达的不实信息或说辞。在此过程中，其诗歌为相互冲突或互为映射的不同声音提供了表达自我的空间和平台。如诗人所说："我的诗中有不同的声音在说话。我则做代码转换……我的声音们都表达其各自的社会动荡。"⑤就此角度而言，"切尔西诗学"又是一种多声部诗学。

以其首部诗集《极限》的压卷之作《视景》为例，该诗可谓"切尔西诗学"多声部内涵的完美实践与体现。这首诗在有限的空间内并置两种截然相反或彼此渗透的言辞，透出威廉姆斯早期意象主义的神韵：

　　不要城市灯光。我们想要
　　–月亮–

　　月亮？
　　与我们何干！⑥

---

① Rae Armantrout, "Cheshire Poetics." in *Collected Prose*, Rae Armantrout, San Diego: Singing Horse, 2007, p. 57.

② Lyn Hejinian, "An Interview with Rae Armantrout," in *Collected Prose*, Rae Armantrout, San Diego: Singing Horse, 2007, p. 106.

③ Roland Barthes, *The Death of the Author*, UbuWeb Papers.

④ Lyn Hejinian, "An Interview with Rae Armantrout," in *Collected Prose*, Rae Armantrout, San Diego: Singing Horse, 2007, p. 106.

⑤ Rae Armantrout, "Cheshire Poetics," in *Collected Prose*, San Diego: Singing Horse, 2007, p. 58.

⑥ Rae Armantrout, *Extremities*, Berkeley: Figures, 1978, p. 17.

该诗短小精悍，不仅彰显了阿曼特劳特对威廉姆斯极简主义风格的传承，也明确表达了其个人化的双重性诗学风格。从形式看，该诗一共4行，第二和第三行之间采用双倍行距，有限的视觉空间却呈现了大量的间离，从而为情感预留了无限纵深的可能。在前两行中，一个梦幻般的声音宣布："不要城市灯光。我们想要/–月亮–"。紧凑的诗行空间通过一系列形式手法，如缺省压缩、跨行、缩进、重复和停顿以及不寻常的标点和大写等营造了大量戏剧化效果。第一个"月亮"周围的页面空白将全诗明显分成两个部分，同时也标志着截然相反的两种思维和观点。前一部分激发的是有关月亮的甜蜜共鸣和浪漫想象，第二部分则突然跳出一个完全不同的声音，阴沉而坚硬地讥笑道："月亮？/ 与我们何干！"作为全诗最后的标点，该句末那个在阿曼特劳特诗歌中很罕见的感叹号凸显了其对前两行所表达的情绪的公然反对，无情嘲讽了在几乎所有文化中都存在的与月亮相关的文化假设，即"想要月亮是不可能的"，营造出强烈的戏剧张力。另一方面，诗题《视景》也巧妙捕捉到了这个词语的双重含义，表现出诗人不仅对城市景观，更是对特定视角的关注，暗示无论"我们"对于月亮作为一个独立个体具有怎样浪漫的想象都无法避免地落入既定文化假设的窠臼，从而永远失去了其神秘的生命活力。包含两种不同含义的"视景"体现了阿曼特劳特从创作之初即不懈追求的双重性的诗学理想，并最终演化为其整体诗歌理论的根本指导原则。

尽管多声部的例子在其首部诗集《极限》中为数并不算多，但随着其作品长度的增加，这种趋势表现得愈发明显。如第二部诗集《饥饿的发明》的开篇诗《自然史》，该诗援引不同素材，包括《科学美国人》中一篇关于白蚁的文章，还有诗人在别处读到的虐恋捆绑内容。从那时开始，通过使用其所说的"相互冲突的话语"以达到双重性的诗学效果已然成为该诗人的御用手法。诗集《就好像》中的《创世纪》一诗也是此类范例之一，彰显借由不同语域的声音所打造的"冲突和重叠空间"的诗歌效果：

印象

贿赂或威胁

以为活命。

撤回栅栏

提供

一种持久的

珍贵。

*

让我们

移动得足够

快,在一个足够

狭小的空间里,然后

我们的旅程

会先有

形状,后有实体。

*

在最开始

有一个尺度。

自我审查

在何种程度上

像母亲的抚摸?

*

死去吧妈妈渣滓!

要想成真

它必须来过两遍。①

　　如标题所示,这首诗貌似与《圣经》所描绘的世界起源有关。然而,随着全诗的展开,读者很快发现并非如此,它并没有像《圣经》一样有一个

———————

① Rae Armantrout, *Made to Seem*, Los Angeles: Sun & Moon Press, 1995, pp. 13-14.

稳定统一的声音来讲述创世传说,而是将几个出处不详且相互断裂的声音并置在四小节以星号隔开的诗行中。如第三节以看似加深了与世界起源联系的那句开始,"在最开始/ 有……",但它的《圣经》叙事立刻被瓦解,取而代之的是某种类似科学性思考的声音,或者,换言之,是《圣经》的声音与科学的声音交相重叠,产生了令人捧腹的幽默效果。然而,在最后一节中突然出现了第三个明显可能是从电视上卡通人物中挪用的孩子的声音。尽管该声音以单独的一行斜体字呈现而被赋予更为直接的权威,但它很快又被之后出现的另一声音质疑且打断,"要想成真 / 它必须来过两遍"。矛盾的是,这一声明尽管听起来有道理,却又把事实放在了某个次要的位置,因此将自己变成了阿曼特劳特所说的"夹层",以引发猜测和再度思考。如此,这首诗体现了阿曼特劳特"切尔西诗学"的特质:这是一种"各取一瓢,各走一边"、因不同对话中的声音而有层次纵深的诗学。由于多种声音的存在,诗人坚持认为"实际上没有声音能被完全信任"[①],而在其中最不值得信任的当属所谓"社会控制的声音",这也是其最倾向于"戏仿与消解"[②]的一种声音。以诗集《就好像》中的《故事一则》为例,该诗很好地展现了阿曼特劳特的这种偏好:

尽管不听话

我们依然被谨言

的好母亲

所爱:

"我爱你,但我不

喜欢你躺在那儿

捏弄你的乳头

而我却在试着读故事给你听。"[③]

---

① Rae Armantrout, "Cheshire Poetics," in *Collected Prose*, San Diego: Singing Horse, 2007, p. 59.

② Rae Armantrout, "Cheshire Poetics," in *Collected Prose*, San Diego: Singing Horse, 2007, p. 59.

③ Rae Armantrout, *Made to Seem*, Los Angeles: Sun & Moon Press, 1995, p. 42.

根据这两节的叙述,这位"好母亲"正试图压着火气来矫正孩子的行为。紧接着诗在第三、四节又写道:

> 曾有一位老妪告诉她儿子她
> 必须去看医生,因为她下面
> 那里流血。她看似并不惊慌,却压抑着
> 笑声,仿佛被"挠了痒痒",仿佛她要
> 逃离什么。
> "看,"医生说,"你混淆了
> 违规和丰沛。尽管
> 可以被分成两个
> 均等部分:异常和恶意。"
>
> 但那固执的老妪只是答道,
> "当名字发挥功能,
> 那就是虚构。"①

在此,"医生"和前两节中所描述的"好母亲"语气相仿,似乎想要纠正"老妪"有关医学知识方面的错误。两者虽然语境不同,但"医生"和"好母亲"都各自代表着某种社会规范的声音,都在试图将事物保留在他们认为恰当的地方,前者坚持要让享乐延迟,后者则是要让分类得以维持。相比之下,第二节中提到的捏弄乳头的孩子和第三节中坚称名字只是虚构的老妪都是异见者,各自坚守着她们自己的思考方式。她们不仅没有被说服,反倒对来自母亲或医生的权威声音抱持怀疑。在诗中,所有的声音彼此冲抵,彼此对峙,进而累加产生了大量张力和权力斗争的复杂性。这些斗争虽然分别在私人空间中进行,却都源于大众业已接受并广为传播的文化假设。如阿曼特劳特所言,某种意义上,诗人就是诗中所描写的"所有这些人物",对类似斗争产生的紧张状态十分敏感,因而将自己置于艰难的处境中。例如,诗中母亲的角色可能被指责为将社会语言体系强加在那个天真无邪的小孩子

---

① Rae Armantrout, *Made to Seem*, Los Angeles: Sun & Moon Press, 1995, p. 42.

身上，其做法却让阿曼特劳特感到似曾相识，"身为母亲和女儿，我对其中的痛苦了如指掌"①。

  对诗人来说，这些彼此质疑的声音都在试图从自己的角度描绘这个世界的样子。她坦言："我喜欢把这些不同语境拼接在一起，看看当你可以将这些对世界的不同描述放在一起时会产生什么样的火花。"②在其笔下，这些声音可能来自她读到或观察到的任何事物，有时或许是当代物理科学，有时或许是神学或她自身的宗教体验，再有时也可能是童话或神话传说。如诗人所说："我不觉得这些东西之间是没有联系的。"这意味着在阿曼特劳特眼中，这些事物实际上以看不见的方式彼此相连。作为诗人，她一直在有意无意地寻找着让这些"看不见的方式"变得可见的可能方式。为此，她尤感兴趣的是在看似毫无关联的事物之间搭建某种意外的关联。

  在阿曼特劳特将不同的句群结合在一起以追求"切尔西诗学"的过程中，她对世界上所有事物或冲突都有微妙的观察和深刻的认识，笃信它们都以不同方式或明或暗彼此相连。在她看来，尽管这些事物表面看来断裂脱节，但它们之间的联系"既非直接透明也非随心所欲，而是处在两者之间的某个位置"③。在这样的联系之中，这些不同声音的摩擦和相互质疑自然形成了阿曼特劳特诗歌中的强烈戏剧效果，而这种效果又反过来力邀读者对其所处的世界进行更有深度的思考，思考人类是在怎样的语言及社会层面与这个世界相联系。诗人曾赞美狄金森的作品是揭露"身份和意识形态中裂罅"④的诗歌，这一评价对她自己的作品也同样适用。通过融合代表不同声音的不同文本，其诗也常常暗示出这样的裂罅。当谈到作品中这些文本之间的断裂本质时，她解释说：

    它们由彼此冲突的声音构成，形式上它们本是断裂的。节与节、

---

① Rae Armantrout, "Cheshire Poetics,"in *Collected Prose*, San Diego: Singing Horse, 2007, p. 60.
② Michael Silverblatt, "Rae Armantrout: Versed," "Bookworm, KCRW", https://www.kcrw.com/culture/shows/bookworm/rae-armantrout. (Accessed 2012-07-11).
③ Rae Armantrout, "Chains," *Poetics Journal*, No. 5, May 1985, p. 94.
④ Rae Armantrout, "Cheshire Poetics,"in *Collected Prose*, San Diego: Singing Horse, 2007, p. 62.

段与段之间的关系通常是曲意、多面或局部的。这并非偶然,而是一种探索部分与整体间关系的方法。这种关系是很让人耗神的。①

然而,诗人接下来很快又带着阿曼特劳特式的典型怀疑话锋补充道:"可部分能代表整体吗?"并随即对西方民主的基石进行叩问:"代议制民主行得通吗?"② 在此,无论有意无意,阿曼特劳特之前的局部与整体的讨论已悄然升级为她对于美国和其他西方国家引以为傲的"代议制民主"的质疑,充满了阿尔都塞式文化批评的底蕴,进而将其切尔西双重性诗歌美学升华到更高的社会层面,赋予其深刻的政治关怀力量。在此意义上来说,阿曼特劳特对其自身诗学的评价具有了相当的分量和信度:"我认为我的诗具有内在的政治性。"③ 诚然,尽管其诗歌就整体而言并非以口号方式表达明确政治思想意见的类型,但是借用诗人本人的说法,其作品中所表现的"局部之间多角度、多选项的关系"本身却可被视为表现了"代表各自社会不安"④ 的不同声音之间的"一种无政府状态"。虽然这里所谓"无政府状态"的说法并没有给她自己的诗歌以足够客观的评价,它却在某种程度上对整个社会权威和秩序提出了巨大挑战,从根源讲具有潜在的民主意味。诗人并不试图让诗中的一切都和谐共存,而是在冲突的思想和感受发生之时将它们表现出来,并借此委婉地引导读者展望一个允许各种冲突之声相安共存的社会愿景。由此,其"切尔西诗学"也在一定程度上对读者思想进行了潜在的政治干预。诗人解释道:"疑问和选择在读者脑中可以同时存在。对我来说这和经验的特点也更为相符。"⑤ 此处的"经验的特点"指的是早先她谈及经验的本质时提及的理论。阿曼特劳特认为,"经验是双重的",而且

---

① Rae Armantrout, "Cheshire Poetics," in *Collected Prose*, San Diego: Singing Horse, 2007, p. 62.
② Rae Armantrout, "Cheshire Poetics," in *Collected Prose*, San Diego: Singing Horse, 2007, p. 62.
③ Rae Armantrout, "Cheshire Poetics," in *Collected Prose*, San Diego: Singing Horse, 2007, p. 62.
④ Rae Armantrout, "Cheshire Poetics," in *Collected Prose*, San Diego: Singing Horse, 2007, p. 58.
⑤ Rae Armantrout, "Cheshire Poetics," in *Collected Prose*, San Diego: Singing Horse, 2007, p. 58.

"双重性是意识的本质"①。在她的诗中，诗人从不以高高在上的姿态提出任何绝对的解决方案，而是暗中给予读者力量，帮助其开阔视野并不断拓展经验的边界。就此而言，阿曼特劳特诗歌不仅增强了诗歌阅读的乐趣，也扩展了读者的思维。

（三）反转的诗学

结合前文提过的汉克·拉泽有关阿曼特劳特诗歌的"突变与转折"特点的洞见，笔者认为，其"切尔西诗学"除了以语调或措辞变化来制造对冲声音以外，还常常关涉题材、思维方面的反转，以施展其所追求的双重性诗学效果。以诗集《来世》中的《近》（*Close*）一诗为例，作为阿曼特劳特作品中最具挑战的诗作之一，它集中体现了诗人如何从一个主题快速滑到另一个主题以达到切尔西猫般神出鬼没的效果的过程。该诗共3个诗节，和大部分阿曼特劳特的诗作一样，各小节间以阿拉伯数字分隔：

    1
    好像一声尖叫
    诞下了

    一大家子特征

    如"风味"，"颜色"，
    "旋转"

    以及这牵附的趋势。

    2
    干枯的白色残余

---

① Lyn Hejinian, "An Interview with Rae Armantrout," in *Collected Prose*, Rae Armantrout, San Diego: Singing Horse, 2007, p. 105.

在蓝色花瓶里——
美丽——

冰冻的一组
不相称的愿望。

3
缓慢，蓝色，僵硬
是群体
行为的形态

凑近些。

人群由
小小的神祇组成

却并
没有天堂①

如上述诗句显示，该诗中节与节之间具有明显的关系缺失和断裂，难免会让读者猜想其各自写就的时间间隔，因为3个诗节根本就不像是一次性完成的结果。阿曼特劳特在一次访谈中对其创作过程的描述或许能为此提供些许启示：

我会零散地做些笔记，或许几天或许几周后，看看会浮现出什么东西来，什么和什么联在一起，能形成什么样的单位。最常见的情况是诗中的这些部分会保持一定的独立性，它们由数字或星号隔开形成一个系列。②

---

① Rae Armantrout, *Next Life*, Middletown: Wesleyan University Press, 2007, pp. 11-12.
② Natalia Carbajosa, "An Interview to Rae Armantrout," *Jot Down*, 2012(3), http://www.jotdown.es/2012/03/an-interview-to-rae-armantrout/. (Accessed 2015-01-29).

据此我们或许可以假设,这首诗中的3个诗节应该来源于不同时刻的思考与想法,这也就是为何乍读之后感觉它们彼此毫无关联的原因。由于这些思绪或想法发生的背景无从得知,读者或可借助诗题的"近"字推测,某人希望那"一声尖叫"能诞生"一大家子特征"。这里的"某人"或许是作者的母亲,如阿曼特劳特在回忆录《真》中所袒露,其母终其一生都希望自己的女儿能和她"亲近"一些;"某人"又或许是诗中的说话人自己,想知道她是否会继承这些家族特点。与此对应,这里的"家族"一词也生出了双重含义,不仅指由父母和子女组成的基本社会单位,也指在动植物分类中的主要分支即目和亚目等。然而矛盾的是,所谓"特征",这种常被视为"个性特征"或"性格特征"以表示家族相似性的习惯用法,很快却由于下一行中所列的诸如"风味"等所谓特征以一个近乎急转直下的反高潮被大大消解,因为所谓"风味"或"口味"等偏好往往是后天习得和适应的结果,而非由祖辈遗传而得。考虑到阿曼特劳特过去几年间对物理学的兴趣日渐浓厚,读者甚至可以在"风味""颜色"和"旋转"这样的词语中感受到金属元素所具有的内在冰冷特点。作为物理术语,假如让3个连续出现,它们会无可避免地指向粒子的特性,而非家族个性的相似性。然而,诗中突然的换行打断了这一连续,让"旋转"一词神秘地独占一行,令读者忍不住好奇这首诗是否暗示着"一大家子特征"无非都是些"旋转"而已。而面对诗中所描述的第四个特征"这牵附的趋势",读者可能会想究竟为何会有人想要继承这样的特点。加上该诗在开端所用的"仿佛"一词,该愿望径直被朝着相反方向抛出,那就是"一声尖叫"不会诞出"一大家子特征"。无论如何,第一小节中这些破碎断裂的诗行似乎暗示着某种冰冷荒谬的家庭关系。

该诗的第二小节则又转向了另一个场景,说话者竭力赞美着蓝色花瓶中干枯、白色和残余的花朵,这或许来自诗人在养老院看望母亲时的场景。据诗人本人回忆,其母20世纪90年代末死于癌症,在那之前她经常去探望她。"美丽"一词以斜体出现,听起来仿佛是某人面对瓶中干花的赞叹。除了"美丽"她还能说些什么?但这又是谁的话?面对干枯的花朵却称其"美丽"又是怎样一个善意的谎言?是诗人在欣赏它们,还是和她对话的人?除了欣赏,说话者还残酷地将"干枯的白色残余"和"冰冻的一组／不相称的愿望"作比。这些是谁的愿望,诗人的,还是对话者的?对于这些疑问读者都无法获知,唯一可以确信的是,无论是谁的话,它们永远都不相称,就像枯萎的花朵永远也不会真的美丽那样。在这温和的礼貌之下,依然是读者在第一小节中已经感受到的那份金属般的冰冷。无论直白或含蓄,这首诗都透着明显的断裂感和莫名的冰冷感。

随后,该诗第三小节则从花瓶中枯萎的花枝写起:"缓慢,蓝色,僵硬",随即又转而描写某种群体行为。借由隐喻的延伸,干花的僵硬残余现在被视为"群体/行为的形态"。这里的"群体"指的可能是信仰同一宗教的群体,就像诗人的母亲终其一生所参与的宗教团体。这些特定群体的成员可能会自视为"小神祇",即有着特殊信仰的特殊人群。然而,其宗教信仰中所自认的特殊性很快就被结尾句釜底抽薪:"却并/没有天堂"。就此,《近》一诗可谓阿曼特劳特切尔西双重性诗学所追求的美学效果的绝佳案例,它从一个主题迅速滑向另一个主题,从一个角度滑到另一个角度。跟随这些突转,读者也可以转换不同的角度解读全诗,既可以将其理解为某种家庭关系、家庭仪式,甚或是自我欺骗的再现,也可视其为对代际间沟通障碍的表达。

值得注意的是,驱动该诗的是拉泽所说的从一个方向转到另一个方向的"急速突转"①。从开端起,《近》和许多阿曼特劳特诗作一样都激荡着某种不安,似是把诗歌看作"'有关任何静止事物'的简单趋势的抗拒"②。在一次访谈中,阿曼特劳特也确认了这种总想突转的不安感,明确表示自己从不在一首诗中只描写一个主题。因此,其对"切尔西诗学"的坚持已经成了她对传统美国诗歌的主题驱动诗学的抗拒。从这位诗人身上,我们明白诗未必只是单一、持续、清晰地"围绕着"一个主题。何为观者,何为被观者?何为已知,何为未知?这几者之间并无绝对清晰的边界。如帕洛夫所论:"这都取决于那些未言之中。"阿曼特劳特诗中那些因逻辑和句法上的

---

① Hank Lazer, "Lyricism of the Swerve: The Poetry of Rae Armantrout," in *A Wild Salience: The Writing of Rae Armantrout*, ed. Tom Beckett, Cleveland: Burning Press, 1999, p. 141.

② Hank Lazer, "Lyricism of the Swerve: The Poetry of Rae Armantrout," in *A Wild Salience: The Writing of Rae Armantrout*, ed. Tom Beckett, Cleveland: Burning Press, 1999, p. 137.

跳跃所标示的沉默则成为可催生多种解读可能的开阔空间。

除上述主题的突转变换，阿曼特劳特的"切尔西诗学"还通过从背景到前景的突转得以表现，题为《闹鬼》（*Haunts*, 2013）的诗即是这样的例子，将观察视角从某个远处突然拉回到近景之中。该诗第一部分以对自然的观察开始："巨石被咬成/熟悉的形状——//脑袋翘在/锯齿状的脊柱上//有多少/橘色、粉色、白色的/峰柱/可以从这里看见？//壮阔/是那个数字//加上距离//仿佛'再一次'/能够得以体现。"① 该诗就像一位技艺娴熟的画家寥寥数笔即传神勾勒出一群形状诡异的不同峰柱的画面。但凡有过游览美国犹他州布莱斯峡谷公园经验的读者，会立刻联想到那片神奇的地貌。经过长期风霜天气和溪流水蚀，那里的岩石在沙漠中形成了一大片由红、橙、白三色组成的石林，令世界各地的游客叹为观止。诗人或许刚刚游览过这个公园，期间完成了诗的第一部分，这是她罕有的几次对自然景观几近浪漫的描写。然而，其中用来描写怪石所用的拟人化词语如"吃""头部"和"脊柱"却强化了群峰的鬼怪形状，与标题"闹鬼"遥相呼应，为所描写的场景平添了神秘诡异的氛围。毕竟，无论是在读者还是在游客们的眼中，这些鬼使神差般形成的怪石群落确如鬼魅浮生。

接着，诗的第二部分这样写道："'自然'是19世纪的风潮 / 是优生学的表兄。"尽管这看起来像一句从某个未知文本挪用而来的句子，却依稀让读者联想起拉尔夫·华尔多·爱默生（Ralph Waldo Emerson）创作于1836年并从此被世人视为先验主义奠基之作的《自然》（*Nature*）一文。尽管该文对美国文化具有深远影响，但其所倡导的有关自然的非传统认识的先验主义思想，即认为人们可以通过研究自然来了解现实的观念，的确也只能算作一时风潮。特别是站在长远的历史角度来看，该观念如今早已成为过去，作为浩瀚历史长河中的一朵浪花而被遗忘。随后，诗的第二部分接下来的几行将整个场景拉近到美国当代社会的一角："在21世纪 / 美国的软核 / 依然不死 // 在多少书架上 / 可爱、龇牙的少年 // 红着双眼，沾满鲜血。"② 尽管有第一

---

① Rae Armantrout, *Just Saying*, Middletown: Wesleyan University Press, 2013, p. 21.
② Rae Armantrout, *Just Saying*, Middletown: Wesleyan University Press, 2013, pp. 21-22.

段中对自然的浪漫描摹,现实似乎并不容易参透。这些诗句暗示,即便没有超自然元素,当代美国社会仍然饱受"亡灵"纠缠。而这就集中体现在几乎所有美国书店都在推销和热卖的长篇吸血鬼故事如《暮光之城》系列,而美国文化则仿佛只能以非真实的超自然形式存在,进而尖锐指出了美国流行文化所存在的问题。和许多阿曼特劳特的诗作一样,诗题的"闹鬼"一词再次以某种内在逻辑将两个似乎毫无关联的诗节拼接在了一起。"自然"(此处指布莱斯峡谷)似乎总充满了人类亡灵形态的诡异峰石,而当代美国社会也好像被鬼魅缠绕。这里的"闹鬼"不仅指涉由布莱斯峡谷所代表的嶙峋怪石石林,也指涉由美国文化的缩影——书店所代表的美国流行文化的亡魂。

总之,秉持追求多声部和断裂效果的"切尔西诗学",阿曼特劳特时常在诗歌中制造出贺金年所称的高度模糊的"复合形象"[①]效果,以表现真实世界中日常所面对的冲突。在其看来,现实正是"由这些正/负,波/粒,开/关的实体组成"[②]。相应地,其作品由于诗性观察所在的不同时间与空间而造成的错乱感,几乎从来不会呈现出读者所熟悉的传统诗歌的那种清晰的线性进程。加之阿曼特劳特的诗通常不仅短小精悍,且以数字或星号作为诗节标记,这就愈加强化了这种非线性感和阻断感。因此,如凯瑟琳·戴利所论,尽管其部分作品中会出现抒情的第一人称"我",但大多数还是保留了每一个在某个特定时间和地点所闻所见的言语或事件的原本声音,不会刻意用抒情自我的声音将它们熔锻成一个统一的单一声部。[③]如其在《路由》(*The Way*)一诗中写道:

    教堂座椅口袋中的卡片

    宣告

    "我在这里。"

---

① Lyn Hejinian, "An Interview with Rae Armantrout," in *Collected Prose*, Rae Armantrout, San Diego: Singing Horse, 2007, p. 105.

② Lyn Hejinian, "An Interview with Rae Armantrout," in *Collected Prose*, Rae Armantrout, San Diego: Singing Horse, 2007, p. 105.

③ Catherine Daly, "Review of *Veil*," *Cambridge Book Review*, No. 7, Spring & Summer 2002, http://www.smallbytes.net/~bobkat/veil.html. (Accessed 2012-01-13).

> 我就表达一个意思
> 因为一个严酷的冬天。
>
> 油脂就是口号；油脂
> 就是信条
>
> 我正有这种感觉。
> 真实生活的紧急情况
>
> 或幕后的花絮。①

  据诗人本人解释，该诗中几乎每一句都来自不同的"话语"领域。如第一段出自教堂座椅背后口袋里的一本小册子，句子中的说话者很可能就是耶稣；第二段则出自诗人在某咖啡馆里偶然听到的一个精神分裂或自闭男人所说的话。随后，大多数美国读者或许能轻易认出的是第三、四段，引自由弗兰奇·瓦利（Frankie Valli）演唱的《油脂》（Grease）那首歌，它曾是1978年派拉蒙制片公司出品的一部音乐电影的主题曲。最后，该诗的末尾两行则出自两个电视节目预告的内容提要。就这样，来自不同语境的话语片段被紧凑地编排在一起，由于逻辑和主题方面的断裂，创造出诗人常常谦称为四不像的"怪物"效果。如其本人所说，尽管这些话语之间看似毫无关联，但"当我看到两处或更多的笔记片段或许存在某种内在相似性因而可能彼此相连的时候，一首诗也就真正开始成型了"，而其中最让阿曼特劳特感兴趣的恰恰是那些看似"不可能的关联"②。

  然而，这首诗并非真的只为创造诗人所戏称的"怪物"效果。在接下来的几行中，她进一步将诗思推演到对童年经历的质疑，因为那里充斥着太多由母

---

① Rae Armantrout, *Veil: New and Selected Poems,* Middletown: Wesleyan University Press, 2001, p. 125.

② Tom Beckett, "'My Poetry Isn't Built on Hope': an Interview with Tom Beckett," in *Collected Prose*, Rae Armantrout, San Diego: Singing Horse, 2007, pp. 125-126.

亲所编织的故事或虚构情节："孩提时，/我被抛弃//在一则有关树的故事里。//这是那小小的/清理// 渴望/'再次''到访'。"①对"渴望"一词的形象化使用表达了诗人意欲"清理"自己头脑或试图厘清所有这些不请自来侵入她意识的虚假言辞。如该诗标题所暗示，这些人为编织的言辞或声音无端侵入人类意识的方式与父母不断重复虚构情节故事的方式如出一辙，令人防不胜防。

如本章所述，阿曼特劳特诗论——无论是其创作旨趣、诗歌定义与标准、语言情趣论，还是"诗意沉默"和"切尔西诗学"——究其根源，都可归结为一种铭刻在她性情中的深刻的怀疑和不信任感。这种怀疑部分源于诗人从童年时代起就有的一种认识，即母亲一再讲述的所谓家族故事实际前言不搭后语。其在回忆录中曾将母亲的故事描述为"充满了四五十年代好莱坞传奇特征的故事"②。成年后，该不确信感虽然因阿曼特劳特与语言诗人同侪所共同信仰的笛卡儿怀疑主义的影响得以强化，但更大程度上，它经由诗人本人通过密切观察而对美国文化产生的批评与反思而进一步深化，其背后闪烁着阿尔都塞文化批评理论的弧光。在阿曼特劳特看来，这个世界充满了各种矫饰的欺骗。"外星生物/被做成 / 芭蕾舞娘的样子。"③如《布景》（Sets）一诗所写，"慌乱的魔术师 / 说他已准备好/面对这'可能结果' // 当然，他的确是 / 他的每次失败 / 都是被勾选项目"④。诗人似乎是在暗示，那些"看起来好像"某物的事物或许是某个事先早已"准备好"或"被勾选"的选项和结果。因此，阿曼特劳特诗歌不再只是单纯"'分享思想和感情'的方式，而且是发展它们、验证它们的方法"，是"一种保持清醒和活跃的方式"⑤。

通过深度透视美国社会及语言环境，阿曼特劳特深深懂得，"越来越多

---

① Rae Armantrout, *Veil: New and Selected Poems,* Middletown: Wesleyan University Press, 2001, p. 125.

② Rae Armantrout, "True," in *Collected Prose*, San Diego: Singing Horse, 2007, p. 137.

③ Rae Armantrout, *Made to Seem*, Los Angeles: Sun & Moon Press, 1995, p. 25.

④ Rae Armantrout, *Made to Seem*, Los Angeles: Sun & Moon Press, 1995, p. 25.

⑤ Tom Beckett, "'My Poetry Isn't Built on Hope': an Interview with Tom Beckett," in *Collected Prose*, Rae Armantrout, San Diego: Singing Horse, 2007, pp. 128-129.

被作为'事实'传播的事物实则是由广告公司、电视主播以及政府顾问所炮制而成①。同样，诗人也清楚地认识到，语言作为包装这一切"伪现实"或"虚假意识"的媒介，也同样是意识形态和社会控制的"陈腐法术"。诗人在一首诗的结尾处以同样引发双重思考的反讽语调写道："人若出名/即会所知更多/在一句完美的句子中。"② 听起来虽有道理，但这些诗行里的话就其本质而言并不比自明之理更高明。谁知？谁被知？谁所知更多，在何种语境下？类似问题会不断在读者脑中涌现，从而为深入思考留下巨大空间。以这种不确定感为基石，阿曼特劳特诗学的总体框架可被视为一种双重性和不确定性的诗学。如其在《轨迹》（*Passage*）一诗中写的"双重意义 // 叠加"③，其诗学就整体而言时刻准备着拥抱语义滑动、多声部和多重解读的可能性。"所见即重影"虽然只是诗人的一个诗句，却已然成为其诗学理念和信条的最佳注解与宣示。诗人通过它不仅不断提醒自己对于双重性诗歌美学的追求，也敦促自己刺破事物的表象以探寻表象之下的微妙所在。然而，这又并不仅仅是阿曼特劳特的诗歌信条。某种意义上来说，这同样是她作为诗人给予读者的最为善意的提醒，以帮助他们领会其作品中的双重性意味："读它们即要读出双重（意味）。" 带着这一信条，诗人力邀读者去发现并锁定现实世界和语言世界中一切双重性的可能存在并加以防范。如她在诗中所写，"被选中的 / 展示环境 // 安排与抵达"④，她提醒人们发出疑问和质疑的勇气。在另一首标题本身充满双重性暗示的《钩》（*The Hook*）中，她再次发出温柔的提示：

"但那……会怎样？"

她问道

---

① Fred Muratori, "Seeming is Believing," *Epoetry*, http://www/epoetry.org/issues/issue/muratorirev.htm.

② Rae Armantrout, *Made to Seem*, Los Angeles: Sun & Moon Press, 1995, p. 25.

③ Rae Armantrout, *Versed*, Middletown: Wesleyan University Press, 2009, p. 120.

④ Rae Armantrout, *Veil: New and Selected Poems,* Middletown: Wesleyan University Press, 2001, p. 51.

然后停下，
缩着身子

到冲动
形成

某种怀疑。

身体成问号
灵魂则成了钩。①

  在此，诗人借用英文中最常用于提出建议的朴素表达"但那……会怎样？"将读者引向这一说法可能隐含的其他含义，鼓励读者们尝试，或至少看一看被习惯性忽视的事物的另一面或被"反面"所遮蔽的真实所在。如其在一次访谈中所明确指出的，"作为一个社会，我们周围充斥着各种劝说"。在此，大剂量的"意识形态的说服性言辞"通过社会控制的不同媒介被到处传播。因此，"我要用我的诗作为它的替代。它们让裂罅和缝隙显现出来，结构性地反映一种怀疑的状态"②。正是在这种深度怀疑和不确定感的指导之下，阿曼特劳特的双重性诗学通过对伯特所称"一切事物的社会建构"之形而上学的挑战，为其诗歌加持了一份可感可知的真诚与社会价值的分量。这不仅体现了她对美国社会从根本上的不信任感，也体现出了见证诗歌所倡导的深刻的社会良知和历史责任感。

---

① Rae Armantrout, *The Pretext*, Los Angeles: Green Integer, 2001, p. 45.

② Eric Elshtain, et al., "An E-mail Interview with Rae Armantrout,"in *Collected Prose*, Rae Armantrout, San Diego: Singing Horse, 2007, p. 89.

第五章　阿曼特劳特诗歌艺术策略

保罗·胡佛（Paul Hoover）在《后现代美国诗歌：诺顿选集》中曾对后现代诗歌的特点做出如下概述："总体而言，后现代诗歌反对统一、意义、线性和个人表达的温和价值，反对对资产阶级自我及其所关注之事进行拔高甚或英雄式的描绘。"① 于20世纪70年代后期在美国诗歌界"异声"突起的阿曼特劳特，其创作实践恰恰完美体现了这些后现代主义诗歌的特点。秉持别具个性的诗学主张和理念，其作品内在的后现代主义特点并不局限于后现代一词的时间维度，而是彰显非线性、碎片化及反表现主义的美学倾向，利用一系列诗歌策略表现对世界与自我的观察与探究，尤其关注语言对自我的塑造能力，关注个人及社会用以解读世界的不同方式及其带来的意识困惑和谜团。本章主要以后现代主义诗歌理论为指导，辅以帕洛夫和伊格尔顿的诗歌批评理念，从微观和宏观两个角度对阿曼特劳特诗歌所倚重的诗歌艺术策略及技巧进行深入的归类分析与阐证。其中宏观层面重点讨论诗人努力打破文化之间的壁垒，拆解散文与诗歌的文体边界的两大策略，即混搭和跨界及其各自的内涵和表现，而微观层面则聚焦其诗歌善用的拼贴和并置两大策略，及其各自主要内涵和表征。

---

① Paul Hoover, *Postmodern American Poetry: A Norton Anthology*, New York, London: W.W. Norton Company, 1994, p. xxvii.

一、混搭

著名批评家和《纽约客》专栏作家丹·谢松在评价《谙熟》时曾将其描述为"让边界消失的融合之作"[①]。这对于诗人2010年普利策获奖作品来说可谓十分贴切，但在笔者看来，"融合"作为《谙熟》最显著特点之一，同样也能准确把握阿曼特劳特其他作品的整体特征。通过混搭以达到"融合"效果，这乃是阿曼特劳特总体诗歌创作的主要策略之一。据本书观察，阿曼特劳特诗歌的"混搭"重点发生在词语风格层面且主要有三种表现形式：雅语与俗语混搭，严肃与戏谑混搭，以及诗意与非诗意的混搭。

（一）雅语与俗语混搭

从《极限》到《说说而已》，阿曼特劳特诗歌轻松颠覆了所谓"雅""俗"文本的界限，将文雅辞藻与日常口语，高贵与低微，诗意与非诗意，成人表达和孩童话语，严肃权威与戏谑轻慢的言辞巧妙混搭。和许多其他前卫美国诗人类似，阿曼特劳特对于"日常"言辞的频繁使用是一种刻意选择，这很大程度上可归结为她工薪阶层的家庭背景。比起小心谨慎地避免可能暴露这种家庭背景的表达方式，她选择以难得的真诚态度，不模仿、不做作、不假装，在作品中记录并真实呈现周围人特有的话语方式。在2004年诗集《悉知》的《此刻这》一诗中她写道：

>只有用这些冷僻词
>才能证明
>
>我所写的"这"，
>
>我所写的"我的"
>或*此刻*

[①] Dan Chiasson, "Entangled: The Poetry of Rae Armantrout," *The New Yorker*, May 17, 2010, p. 112.

*此地*①

　　反观这首诗的特定语境，以及阿曼特劳特其他诗歌作品，"冷僻"一词不仅指代那些不被频繁使用的词或异乎寻常的好词，也指所有那些其他诗人通常很少在创作中使用的通俗及琐碎词语。诗人将雅语和俗话混搭入诗，以此昭示词语内在的平等关系：词语不论雅俗高低，都同样以令人惊讶的随意性和随机性塑造着我们的经验。

　　当然，雅语和俗语之间的混搭并非阿曼特劳特独创。相反，它在英语诗歌中具有悠久的历史。例如，拜伦和莎士比亚都是喜欢在诗歌中将轻松的日常用语和优雅的华丽辞藻并用的诗人。在现代诗歌发展过程中，"雅"与"俗"的碰撞则可以追溯到包括T.S.艾略特和威廉姆斯在内的20世纪早期现代派诗人。前者在旷世之作《荒原》（*The Waste Land*）中将古雅的修辞和对话式的白话混搭并用；而后者不仅在用词上进行雅俗结合，还将其发展到了形式层面。比如，威廉姆斯在其著名诗作《这只是说》（*This Is Just to Say*）中就体现了类似创作手法。在该诗中诗人以轻松随意的对话腔调写道："我吃了/冰箱里的/李子//这/可能是你/留着/当早饭的//原谅我/它们太好吃了/特别甜/也特别冰。"② 其中对话式的调性不仅突破了所谓诗意语言的仪轨，更挑战了一向高高在上的传统诗歌的定义，将诗这一高雅体裁的文本以冰箱或厨房餐桌上充满烟火气的字条形式呈现出来。与威廉姆斯类似，阿曼特劳特打破诗歌作为虚构体裁的文体学观念，摒弃传统诗歌相对于大众文化的精英主义神秘色彩，大量实录日常生活中所使用的平淡无奇甚至琐碎卑微的真实用语。如其1995年诗集《就好像》，因为创作于诗人陪伴儿子成长的阶段，以至于其中包含了许多孩童话语和电视卡通言辞。"'噢，看看谁错过了/逃去如飞的时刻，'//绿巨人幸灾乐祸"，而在《掩盖》（*Covers*）一诗中诗人将电视中的话语和她自己对逝去的思考融合在一起，"如果换位/就是知晓 // 那我们就能弥补所逝去一切"③。另一首《创

---

① Rae Armantrout, *Up To Speed*, Middletown: Wesleyan University Press, 2004, p. 67.

② Qtd. from https://en.wikipedia.org/wiki/This_Is_Just_To_Say. (Accessed 2014-07-16).

③ Rae Armantrout, *Made to Seem*, Los Angeles: Sun & Moon Press, 1995, p. 12.

世纪》则通过注入孩童话语对自我进行了思考,"自我审查 / 在何种程度上 / 像母亲的抚摸? //*死去吧妈妈渣滓!*// 要想成真/它必须来过两遍"①。

除了孩童话语和电视节目中的卡通言辞,阿曼特劳特诗歌还从日常习语中汲取灵感。例如《关联》(Relations)一诗中就出现了品位低下甚至粗鲁的日常俗语,如"看一眼"及"不是看我,你个白痴"②。如此不符合诗歌语言仪轨的日常用语在诗人的其他著作中也有较多存在。浏览其2001年的诗集《借口》,读者可以轻易发现不少孩童话语,比如"就像说,'不细,不细,' / 而其实你真正的意思是 / '不是,' / 尤更撩人 / 一种缓慢的消解"③。在同一部诗集中还可以找到许多在日常交流中由于高频使用而听起来毫无诗意,甚至粗鄙浅陋的口头表达,比如:

"但关于……?"(p.45)

"不用说"(p.47)

"那类东西" / "有点像"(p.57)

"我看起来怎么样?"(p.58)

"是不是疯了?"(p.60)

"就继续向前,你不敢相信……"(p.72)

"那要花好多钱,不是吗?"(p.73)

"我都老了没用了。"(p.75)

"那是啥?"(p.83)

"它说啥?"(p.91)

"它这么说是啥意思?"(p.91)

这些平淡无奇的日常俗语和表达方式的频繁使用不仅印证了前文已经探讨过的阿曼特劳特的语言观,还从下列三个维度展现了诗人在这方面的创作努力。

首先,阿曼特劳特的诗歌手法似乎在提醒读者:世界由语言构成,碎片

---

① Rae Armantrout, *Made to Seem*, Los Angeles: Sun & Moon Press, 1995, p. 14.

② Rae Armantrout, *Made to Seem*, Los Angeles: Sun & Moon Press, 1995, p. 24.

③ Rae Armantrout, *The Pretext*, Los Angeles: Green Integer, 2001, p. 32.

化的语言，无论高雅或通俗都影响甚至决定着我们对世界的体验方式。对这位诗人来说，语言创造了地方感和存在感，就像她通过《言之凿凿》中的说话者表达的那样，"没有言之凿凿／就没有了地方感"①。随后，诗人又透过《地点》（*Locality*）中的另一个声音说，"我所发表的任何声明／如果足够特别／／都会证明／我曾在这里"②。

第二，阿曼特劳特在作品中使用代表了所谓"低端文化"的高度通俗化的习惯性表达用语，表明了诗人作为一位其所谓"恼怒的语言技师"③的真实处境。如她坦言："总体而言，语言被广告和媒体以各种不同的方式扭曲、钝化。"出于这一原因，她补充说道："我（我们）不得不对此加以密切关注，……让这种语言变成题材。"④在此，诗人实际上提出了两个问题：在一个由语言组成的世界中，人能做些什么？诗人能做些什么？

伊格尔顿曾在对海德格尔的解读中卓有洞见地说道："人类的存在就是一种与世界的对话，更充满敬畏的做法是听而不是说。"⑤与此相似，阿曼特劳特也在倾听和书写中为上述两个问题找到了答案。她的作品是在跟读者分享这一种认识，即世界无法被掌控，而这恰恰与语言习得息息相关。对诗人来说，世界的实体无法被触及，有的只是语言的碎片。如她在一首明显致敬狄金森著名诗作《我的生命——一杆上膛枪》的诗作《书写》（*Writing*）中所写，"我的人生，曾是一段简短的言辞，是一张剪下的优惠券"⑥。阿曼特劳特坚持认为，一位诗人能够且应该做的就是，"蹲下／带着短小的铅笔／在售票亭前"⑦，以便记录下他／她的所闻或所见。通过在诗中以前景化

---

① Rae Armantrout, *The Pretext*, Los Angeles: Green Integer, 2001, p. 24.

② Rae Armantrout, *Versed*, Middletown: Wesleyan University Press, 2009, p. 23.

③ Eric Elshtain et al., "An E-mail Interview with Rae Armantrout," in *Collected Prose*, Rae Armantrout, San Diego: Singing Horse, 2007, p. 92.

④ Eric Elshtain et al., "An E-mail Interview with Rae Armantrout," in *Collected Prose*, Rae Armantrout, San Diego: Singing Horse, 2007, p. 92.

⑤ Terry Eagleton, *How to Read a Poem*, Malden: Blackwell Publishing, 2007, p. 54.

⑥ Rae Armantrout, *The Pretext*, Los Angeles: Green Integer, 2001, p. 10.

⑦ Rae Armantrout, *The Pretext*, Los Angeles: Green Integer, 2001, p. 11.

方式特别呈现这些已然钝化而毫无别致可言的日常用语碎片,她希望将读者对语言的感受带入一种极敏感的高度,从而刷新他们对现实的反应与感知,因为她深深懂得,人们的感知和反应早已在日常言语的程式中被程序化或自动化,已然失去了新鲜活力和能量。

第三,阿曼特劳特将这些俗语和表达纳入诗行,实际上是以不同方式对它们实施了去语境化处理,从而赋予其新的可能含义和活力。诗评家伯特曾经以近乎绝望的口吻无比恰当地概括了诗人不得不面对的这一困境:

> 这些行将废败、令人亲近又自始至终已然商业化的用语,它们就是我们的全部了。如果你想要表达任何感觉,详述任何反应,就不得不使用你一直嘲笑、拆解的语言——因为就没有什么原创的选择,没有未被腐蚀的纯净语言尚存能供我们表达真实的情感。[1]

然而,面对如此困境,阿曼特劳特却并不轻易屈服。在2007年诗集中一首题为《翻新》(*Make It New*)的诗中,她对于口头俗语进行了饶有创意的思考:

> 摇动言语的碎片
> 像雪晶球里
> 的雪花——
>
> 一如睡眠搅动
> 生活的碎屑。
>
> 每首诗都说,
> "我绝望了"
>
> 然后,"一切
> 都将消失!"

---

[1] Stephen Burt, "Where Every Eye's a Guard: Rae Armantrout's Poetry of Suspicion," *Boston Review*, April/May 2002, http://bostonreview.net/br27.2/burt.html. (Accessed 2011-06-04).

（在这里听见某些熟悉的东西

会引来小心翼翼的笑声。）

"消失"到哪里？①

在这里，"I'm desperate"（我绝望了）这个英文中滥俗的日常用语和超市连锁店惯用的广告口号"Everything must go"（一切都将消失即"大清仓"）在该诗的特定语境中亲密碰撞，制造出一种诗人创作的抒情欲与完成创作后所产生的满足感之间的诙谐幽默的张力。如帕洛夫所评价的那样，"阿曼特劳特在这里所做的尝试和她在所有其他诗里一样，是将滥俗的习语或表达略作变化，使之产生新的意义，例如'身兼数职／以延期退出'"②。对诗人来说，采用这样的俗语和表达实际上是与由这些语言组成的世界保持特定距离的一种对抗手段。她以意想不到的方式对这些逐渐丧失能指活力的词语进行语境重置，从对它们的重新审视与批判中制造张力与深度。

在《新》一诗中，诗人加入了一段在语法上来说不很地道的英语言语片段：

这首新的流行歌

唱的是如何面对现实：

"你今天糟透了。

照相机不会骗人。"

但关于相机，他们

却正对你

撒谎。③

这里被纳入诗行的是典型美国城市工薪阶层的日常白话，显示出由口语

---

① Rae Armantrout, *Next Life*, Middletown: Wesleyan University Press, 2007, p. 56.

② Marjorie Perloff, "Teaching the 'New' Poetries: The Case of Rae Armantrout," in *Differentials: Poetry, Poetics, Pedagogy*, Marjorie Perloff, Tuscaloosa: University of Alabama Press, 2004, p. 252.

③ Rae Armantrout, *Versed*, Middletown: Wesleyan University Press, 2009, p. 45.

表达为代表的所谓"低端"文化如何充当了鲍勃·佩雷尔曼所说的"世俗启示"①。这些听似粗陋的白话在重要高贵和琐碎卑微的话题之间制造出颇有趣味的摩擦感与张力,不仅为阿曼特劳特的诗加入了浓重的现实主义的真实感和即时感,也向世人证明,雅与俗不能简单二元分割,它们都是理解世界的基本单位。同时,诗人将其入诗,也让读者多了一个在不同语境下近距离感受其厚度和在场感的机会。

(二)严肃和戏谑混搭

除了雅语和俗语的混搭外,阿曼特劳特诗歌还经常将严肃的言辞和戏谑的风格糅在一起。以2013年诗集《说说而已》中的《账户》(*Accounts*)一诗为例,它就混搭了量子物理学家的严肃话语与一位对话者戏谑的说辞。诗的开篇,物理学家从量子物理学的角度以书呆子般严谨而刻板的专业话术阐述了光的本质:

> 光在它的道路上
> 从虚无
> 走向虚空。
>
> 光专注认真
> 光全速前进
>
> 却被突然打断。②

随后,也恰恰是在"打断"这个词的地方,科学家认真严肃的声音忽然被其对话者(也即诗人本人)打断,问出一个任何外行都可能会问到的简单而粗暴的问题:"被什么打断?"而按该诗随后所描述的,物理学家全然无视这个问题,继续热切地说"当它打结/分裂/成对立的……",此时对话者

---

① Bob Perelman, "Introduction to Armantrout's Poetry Reading at Kelly Writers House," Sep. 20, 2007, http://www.pennsound.edu. (Accessed 2012-08-17).

② Rae Armantrout, *Just Saying*, Middletown: Wesleyan University Press, 2013, p. 7.

再次揶揄地插嘴：

  分裂成崭新的东西。

  哪些东西？

  饮水杯

  "想想你！
  便利泊车服务"

  速度怎么成型？

到这里，对话的另一头仍在尝试完成量子物理学的知识科普：

  嘘！
  你想让我重新开始吗？

  *

  逐渐消逝的激光脉冲

  描述激光脉冲的信息

  被储存

  被编码

  在原子状态的
  自旋中。[①]

随着科学家无视对话者的嬉笑与轻慢继续费力地讲解，该诗也达到了滑

[①] Rae Armantrout, *Just Saying*, Middletown: Wesleyan University Press, 2013, pp. 7-8.

稽的高潮，语调戏谑的对话者尝试将所有量子物理的现象归于上帝的创造：

  上帝

  正在对账

  上帝正给他的账户加密。

  这要花老长时间了！①

  最为滑稽的是，上述诗行中对话者虽然将物理形象地比作上帝，但这个上帝毫无神圣可言，而更像是一个每日忙于日常业务的普通银行雇员。诗中的对话者通篇以蓄意挑衅和惹人恼怒的腔调，显示出诗人对科学玩笑般的打趣和慢怠态度，以及对严肃迂腐并试图向他人灌输知识的权威声音的戏谑。

  显然，这里真正起到作用的是那抹俏皮的幽默感，对诗人而言，它和诗中其他元素一样至关重要。正是在这种严肃与戏谑、渊博与无知的对话中平添了诗歌的趣味与幽默感。《美国诗歌精粹》的系列主编大卫·莱曼曾在该书2007版序言中谈及他最喜欢的一类诗歌时明确表示：

  论气质和性格我偏爱两种诗歌——歌颂类诗歌和批判类诗歌；坚定誓言的诗歌和制造乐趣的诗歌；高度严肃，拯救世界的诗歌和极度滑稽，嘲讽救世主们自命不凡的诗歌。我和华兹华斯一样坚信，诗人的首要任务永远是带来欢乐。②

  如这一看法所表明的，具有滑稽意味的诗歌无疑能带来这样的欢乐。上述《账户》一诗就通过"嘲讽救世主们自命不凡"制造出很多乐趣。然而，滑稽并不意味着缺乏严肃，就像看似滑稽的喜剧电影却有着最严肃的社会关怀一样。如莱曼所言："展现出喜剧精神的诗歌可以和毫无笑点的诗歌具有

---

① Rae Armantrout, *Just Saying*, Middletown: Wesleyan University Press, 2013, pp. 7-8.
② Heather McHugh and David Lehman, eds., *The Best American Poetry 2007*, New York: Charles Scribner's Sons, 2007, p. xiv.

完全等同的严肃性。"① 阿曼特劳特与其他善于在诗歌中制造笑声的诗人一样,"毫无畏惧,与这个世界自相矛盾的伪装和情绪针锋相对"②。为此,她也充分肯定诗歌的愉悦价值,坚持认为愉悦感是促进人们阅读前卫诗歌的一种手段:

> 如果我们要鼓励更多人阅读前卫诗歌,我认为我们必须提高其中的乐趣。人们认为前卫诗歌就都是一群追随艾泽拉·庞德的严肃而阴沉的人。但我想如果你看看我们提到的其中一些人的作品——加诺特、阿什贝利和我自己,不一而足——你会发现它们其实都是很好玩的。诗可以充满趣味,而且应该被听见、被大声地读出来。③

在创作实践中,阿曼特劳特以愉悦感理念为指引,视英语为具有生命的有机活体,其中充满玩笑与谬误以及有知与无知的事例,并从这些事例中获得一种近乎顽皮的乐趣。在严肃和戏谑风格的混搭中,通过突出由知识与无知所形成的不对等、有漏洞的对比及由此产生的幽默效果,阿曼特劳特诗歌为读者带来了更多阅读乐趣。在她眼中,幽默与欢笑是人类特有的有效武器,"对我来说,幽默(跟做梦一样)是一种同时既有知又无知的方式,是一种面对内心分歧的方式。人们在惊讶或不适的时候就会发笑"④。又如在另一首题为《我的启示录》(*My Apocalypse*)的诗中她写道:

> 一个女人来信问
> 我的世界末日
> 进展如何。

---

① Heather McHugh and David Lehman, eds., *The Best American Poetry 2007*, New York: Charles Scribner's Sons, 2007, p. xiv.

② Heather McHugh and David Lehman, eds., *The Best American Poetry 2007*, New York: Charles Scribner's Sons, 2007, p. xiv.

③ Daniel Kane, *What is Poetry: Conversations with the American Avant-Garde*, New York: Teachers and Writers Collaborative, 2003, p. 47.

④ Stephen Burt and Linnea Ogden, "Whose Language Is It? An Interview with Rae Armantrout," *Rain Taxi*, Vol. 12, No. 1, Spring 2007, p. 23.

> 如果我说了
> 你会给我什么？
>
> 一条用一美元纸币
> 叠成的折纸鱼。
>
> 末日之后，
> 我们就成了一伙。
>
> 我们将完美地
> 理解对方。[①]

　　该诗描述了"一个女人"和"我"（这里所指应该就是诗人本人）之间的书信往来。女人在信中询问"我"的"世界末日"的进展情况。或许可以设想，女人问的是之前双方曾约定好的某个写作项目或任务，（诗人本人在一次朗读会上对此也做过简短解释）。然而，在英文原诗的缩略语境中，这样的问话就产生了不小的歧义，听起来仿佛是"我"（肚子里）怀着一个"世界末日"，而这个女人想知道"我"的孕期进度如何，因而产生了第一层滑稽幽默效果。而"我"在回答这个涉及"末日"毁灭的严肃而沉重的问题时所采取的戏谑态度则让全诗显得更为滑稽有趣："如果我说了/你会给我什么？// 一条用一美元纸币 / 叠成的折纸鱼。"面对这样一个关于"世界末日"的严肃话题，诗人以顽皮轻松的语调回应："一条用一美元纸币 / 叠成的折纸鱼。"在这里，危言耸听的末日话题与轻松戏谑的调笑口吻意外而随意地相遇，却生出不可思议的黑色幽默效果，并在接下来的几行中被推向极致："末日之后，/ 我们就成了一伙 // 我们将完美地 / 理解对方。"试问"世界末日"之后如何还有什么"一伙"或相互理解呢？这个问题无须赘言。论及阿曼特劳特诗中这种令人意外的幽默效果，伯特做过如下评论，

---

① Rae Armantrout, *Just Saying*, Middletown: Wesleyan University Press, 2013, p. 32.

"阿曼特劳特听起来很像一个言辞简洁到难以置信的单口喜剧演员"①，其中的幽默和乐趣显然不可低估。

然而重要的是，诗人追求的并不仅仅只是幽默或滑稽感。在庄严和戏谑风格的碰撞中，阿曼特劳特诗歌制造出意外的张力和兴趣空间，邀请读者和她一道在这些滑稽可笑的时刻思考，思考我们作为言说者的失败，思考我们如何放弃了伊格尔顿所说的"言语敏感度"而屈服于"发达资本主义肤浅、物化且一眼望穿的世界，及其肆无忌惮的符号使用和程式化传播以及对'体验'所做的光鲜包装"②。在阿曼特劳特看来，笑是化解尴尬的良药，是平衡知与无知的支点，"我们以为自己知道事情是怎么回事，却总会有之前没有被意识而此时又突然显现的额外元素出现，于是我们就会发笑"③。其诗歌中严肃与戏谑的组合所产生的幽默本身也具有一种明显的双重性特征。在制造快乐和愉悦的同时，它对诗人而言还是温柔的批判武器。为此，其本人解释则更为直接："我觉得事情是这样的，批判力和乐趣，或者更好的说法是，批判力和游戏并非敌人。它们可以在诗歌中达到统一。"④

加缪（Albert Camus）曾在其关于西西弗斯的文章中指出，人类存在的荒谬未必是悲剧，除非我们自己清楚地意识到这种荒谬本身。不过即便有所意识，那也不是彻底的悲剧。在他看来，如果我们作为人类能意识到所处困境的无意义，那我们至少可以试着微笑着蔑视它：已然如此，那又怎样？而诗人阿曼特劳特的看法虽然有时和加缪一样晦暗，却从来不是完全被绝望或厌恶感所淹没。相反，它总是既迷惑又专注，坚持认为：尽管我们不能战胜这种状况，但至少可以尝试通过全新的角度来摆脱程式化的惯性回应。我们身处其中又与之相融，似乎又不得逃脱。然而，恰恰是因为对自身的踟蹰畏

---

① Stephen Burt, "Where Every Eye's a Guard: Rae Armantrout's Poetry of Suspicion," *Boston Review*, April/May 2002, http://bostonreview.net/br27.2/burt.html. (Accessed 2011-06-04).

② Terry Eagleton, *How to Read a Poem*, Malden: Blackwell Publishing, 2007, p. 17.

③ Stephen Burt and Linnea Ogden, "Whose Language Is It? An Interview with Rae Armantrout," *Rain Taxi*, Vol. 12, No. 1, Spring 2007, p. 23.

④ Tom Beckett, "'My Poetry Isn't Built on Hope': an Interview with Tom Beckett," *Collected Prose*, Rae Armantrout, San Diego: Singing Horse, 2007, pp. 130-131.

缩了然于胸，我们才得以生存下来，因为，尽管苦涩，它们却依然会让我们有些许幽默与欢笑的喘息。

（三）诗意和非诗意混搭

玛丽安·摩尔（Marianne Moore）很早之前就提醒过美国诗坛不要"歧视商业文本和// 学校书本作为诗歌题材的价值"[①]。然而，据美国评论家观点，直到21世纪，摩尔的训诫才被当代美国诗人进一步接受并推广。这些诗人无论派系，都从电视指南、新闻报道、电影、旅游手册、字典索引、电话簿、情景喜剧、司法陈述、广告、官方语言，甚至科学研究等一系列在传统意义上被视为"非诗意"的广泛材料中汲取灵感。[②] 例如，2009年哈迪森诗歌奖获得者，新生代诗人朱莉安娜·斯帕尔（Juliana Spahr）就在诗中融合了许多她随手找到的符号、指南手册和法律文书等的语言片段。同样，保罗·盖斯特（Paul Guest）在其2008年诗集《我的微恐怖知识索引》（*My Index of Slightly Horrifying Knowledge*）中也大量使用了从用户指南、索引、待办事项清单，甚至音频评论中借用而来的非文学语料。还有许多诗人会借用和诗意相去甚远的碎片化语境，例如，弗雷斯特·哈默在作品中使用了2001年南非举办的关于种族歧视的国际大会上几位嘉宾的演讲片段。布鲁沃（Joel Brouwer）则在其新作《调查委员会报告节选》[③]的题词中引用了一篇2010年英国石油公司发表的官方声明。而克劳迪娅·兰金（Claudia Rankine）甚至更为前卫，在其两部诗集《别让我孤独》（*Don't Let Me Be Lonely*，2004）和《公民：美国抒情诗》（*Citizen: An American Lyric*，

---

① Jahan Ramazani, "'Sing to Me Now': Contemporary American Poetry and Song"in *Special Issue: American Poetry, 2000−2009*, ed. Michael Davidson, Winter 2011, Vol. 52, No. 4, Madison: The University of Wisconsin Press, p. 720.

② Jahan Ramazani, "'Sing to Me Now': Contemporary American Poetry and Song,"in *Special Issue: American Poetry, 2000−2009*, ed. Michael Davidson, Winter 2011, Vol. 52, No. 4, Madison: The University of Wisconsin Press, p. 720.

③ Ann Keniston, "Introduction,"in *The New American Poetry of Engagement: A 21st Century Anthology*, eds. Ann Keniston and Jeffrey Gray, Jefferson: McFarland & Company, p. 11.

2014）中穿插植入图片资料，成为图文并收诗歌的范例。

而在阿曼特劳特的诗中，除了前文所述如雅语和俗语混搭以及严肃与戏谑等混搭形式，还有另一种即诗意与非诗意风格的混搭形式，其中最为典型的是在诗中经常穿插挪用传统意义上来说与诗意语言大相径庭的科学文本片段。该特点在其2010年普利策获奖作品《谙熟》的标题诗中表现得尤为明显：

> 每个细胞的
> 自我监控功能
> '夸大了的'，
>
> 代表了——
> 一个人。①

从内容上看，上述几行应该是用来解释功能细胞自我监控的科学性描述。借用这样的生物学科学文本作为开篇诗节，该诗意欲探究的确实是一个关于"局部和整体"的关系问题：即这些细胞的扩张是否能真正代表一个人？"自我监控"和被"代表"之间的逻辑矛盾非但没有对此提供任何解答，反而催生了更多的问题。如果它是"自我监控"的，那它怎么可能被"代表"呢？而"代表"这个词指的是现在正在被"代表"，还是说过去曾被代表而现在不再被"代表"了？"代表"一词前刻意设置的双倍行距，配合其后那个醒目的破折号及其被动语态而变得更为复杂，产生了多种解读的可能，并深化了这一"局部与整体"关系问题的复杂性。随后，似乎为了呼应第一小节所提出的有关"局部与整体"的问题，该诗在第二小节中加入了一些貌似从媒体中引用的话语片段："'当日事务'/被代理人/反复思量。"干巴巴、一板一眼，这样的诗句听起来几乎全无诗意可言。作为读者的我们禁不住要问，在一个"'当日事务'/被代理人/反复思量"，以及如该诗第四小节所说，在一个"每一次体验的/缝隙。//被机器人般的测量师/横穿而过"的世界里，"局部"果真能代表"整体"吗？几页之后，同一诗集中的另一首诗《自己》似乎遥相呼应地对此问题做出了果决的回答，"但是

---

① Rae Armantrout, *Versed*, Middletown: Wesleyan University Press, 2009, p. 5.

局部厌倦了/代表整体"①。

  随着该诗进入第五小节，我们再次遇到了看似无聊、毫无诗意的日常话语片段。据诗人讲，这个片段来源于她在公园里听到的一位母亲对她的孩子所说的话。"当他扔下棍子／母亲大喊道，'好样的！'／／当他朝她走去／'好样的！'"作为全诗的结尾小节，它却刻意缺省了句尾常见的句号，促使读者思考其中的缘由。"Good job"（好样的）作为人们熟知的表达赞美或赞赏的英语短语，最常用在当一项工作用一种令人满意而有意义的方式完成之际。在此语境下，诗中的母亲说了两遍"好样的"，一次是在男孩丢下一直挥舞着的棍子时，另一次是"当他朝她走去"时。仔细思量，这样的情形难免具有潜在的不合理性，因为这位母亲似乎正在运用巴甫洛夫式的方法像训练狗一样训练她的孩子。当"他"按指令行事之后，她就像驯狗师表扬表现优秀的狗狗一样赞美孩子说"好样的"，其真正动机是她通过控制自己的孩子将他变成一个顺从听话却寡然无趣的人。这些非诗意语境片段的加入不仅呼应了《谙熟》这一诗题，也让读者想到一个伦理问题，即我们是否也深谙并习惯于这个将教育变成驯狗过程的趋势，把本具有"自我监控功能"的孩童或任何人不顾他们自己本身的思想而训练成顺从的生物呢？这些非诗意的语境各自不断玩味"谙熟"一词所具有的一系列意味，从而以不同方式对诗题暗示的主题进行了探究，同时无论诗意与否都保留了各自语境原有的风格特色。

  除了非诗意语域，阿曼特劳特还和威廉姆斯喜欢后院手推车类本并无诗意的物件一样，对会泄露人性之琐碎普通且毫无诗意的小东西小物件表现出极大兴趣。例如，在一首题为《腔调》的早期作品中，诗人谈到了家常手工物品所带来的乐趣。有趣的是，尽管它们同是"为我们所用"之物，但说话人却更偏爱由手工制作而非为日常功用所造的物件。其他出现在阿曼特劳特诗中非诗意的物品还包括司空见惯的地域景观和其他许多人看来毫无特色的东西，例如粗笨的电线杆、白色的灰泥平房、涂成粉色的丑陋的游泳池，邻居家后窗上面朝外贴着的玩偶图片和希拉里·克林顿的贴图，以及她家"后

---

① Rae Armantrout, *Versed*, Middletown: Wesleyan University Press, 2009, p. 58.

院挂着塑料南瓜灯／有的灯里面还塞满圣诞红"①，等等。例如，其2001年诗集中的一首《风景》就以"垃圾信件，每一天"唐突开篇，随即又将其与毫无诗意可言的日常短语结合在一起"'确保/那不重要！'"②

《谙熟》中的另一首《急板》则展示了阿曼特劳特诗歌对日常生活中普通事物的关注。该诗借用美国人熟悉的新闻插播片段开篇："紧急插播／安娜·妮可新闻／就在她埋葬／儿子的时候。"③在这条突发新闻里，被刻意隐去的是接下来发生的事情，即富有争议的美国好莱坞知名模特和演员安娜·妮可·史密斯（Anna Nicole Smith）在于2006年9月10日埋葬了自己二十岁的儿子一年之后也同样死于处方药用药过量。随后，该诗的第二部分转为描写美国孩子一年一度的万圣节戏装挑选大戏："'你想要／成为什么？'／／骷髅装/和超人服——//不恰当地相拥/在药店的货架上。"④而第三部分则以难度最高的钓鱼运动——飞钓的图景开腔，那句"旧的绳结/飞在半空中"或许就代表了一首诗的酝酿过程。毕竟，飞钓的套蝇这一过程和诗歌创作一样，需要诸多技巧。"急板！//对对蚊蝇/重新系在//旧的绳结上/飞在半空中。"此后，该诗真就像急板一样又忽然回到了万圣节场景：

  金色的假发和

  巫师的帽子。

  "我想要回去！"

  隐形绳结。

  我想变成它！⑤

---

① Rae Armantrout, *The Pretext*, Los Angeles: Green Integer, 2001, p. 50.
② Rae Armantrout, *The Pretext*, Los Angeles: Green Integer, 2001, p. 28.
③ Rae Armantrout, *Versed*, Middletown: Wesleyan University Press, 2009, p. 43.
④ Rae Armantrout, *Versed*, Middletown: Wesleyan University Press, 2009, p. 43.
⑤ Rae Armantrout, *Versed*, Middletown: Wesleyan University Press, 2009, p. 43.

《纽约客》评论家谢松将"假发"和"帽子"看作是"对安娜·妮可的致敬"①，考虑到影星妮可富有争议的短暂人生，"致敬"之词难免有牵强附会之嫌。在笔者看来，如果真有"致敬"之意，那也更有可能是诗人对自己2006年前后那段抗癌经历的致敬。如该诗显示，这首诗的背景为现代美国随处可见的药房便利店，顾客要穿过各类化妆品、玩具和零食之类的日用品货架才能抵达处方药房区域，在这里代表年轻欢欣的图景和暗示衰老的景象戏剧般地呈现在同一空间。而在这首诗中，像化疗假发和帽子等一些传统意义上视为非诗意的物品和普通的日常万圣节服饰产品意外相遇，暗示了人生的常态与无常。

总之，阿曼特劳特对于日常语汇和言辞的使用不仅体现了其作为诗人尽可能为普通低端话语带来新生和活力的努力，还彰显其作为"恼怒的技师"类诗人如何在后现代诗歌传统中努力消解所谓"高域"文化与"低域"文化边界的意识。诗人通过混搭各类符号力图证明，无论高域低域，无论高贵卑微，它们的作用其实都同等重要；传统上被认为代表着"低端文化"的口头表达蕴含着与"高级"语汇同样多的智慧与情感力量。无论哪种情形，这样的创作实践都在构成读者对所谓"文学"与"通俗"、诗意与非诗意的理解之间制造出诸多张力，从而进一步加深了其对诗歌从外形到本质的重新认识。通过"高"与"低"、庄重与琐碎、诗意与非诗意的嫁接，阿曼特劳特诗歌也有力地挑战了更大的社会文化的秩序体系，因而为其诗歌涂上一层深厚的人文主义色彩。

二、跨界

除了将高低语域进行混搭，阿曼特劳特诗歌还消解了散文和诗歌之间的传统体裁界限，在作品中大量穿插散文片段，呈现出显著的跨界特点。与上述混搭主要发生在语言风格层面不同，跨界则主要发生在文体层面。据最常规的定义，散文诗是指用散文而不是分节形式写成，但依然保留了诸如意象、并列和情感效果等美学特质的诗歌。而据其"最简洁定义"，散文诗是一种"以散文形式排印又自称诗歌；借用散文元素又同时呈现诗歌手法的

---

① Dan Chiasson, "Entangled: The Poetry of Rae Armantrout," *The New Yorker*, May 17, 2010, p. 112.

文学作品"①。论及该形式的混杂特征，《散文诗：国际期刊》（*The Prose Poem: An International Journal*）的编辑彼得·约翰逊（Peter Johnson）曾在发刊词中这样解释："就像黑色幽默跨越喜剧与悲剧界限一样，散文诗一脚踩在散文上，另一脚踩在诗上，两只脚都小心翼翼、如履薄冰。"②因此，确切地说，散文诗是表现为散文或直截了当之话语的诗，展现出话语的语法结构和自然流动，但又没有诗歌惯有的换行特点。因此，阿曼特劳特将散文诗定义为"以非分行形式写就的诗"③，可谓精准把握了散文诗的形式特点。然而，其对散文诗的认识却经历了一个典型的批判接受过程，显示了其对语言诗派集体诗学的呼应与改变努力。

（一）散文诗：折中策略

如前文所示，阿曼特劳特对散文诗给出了恰当的定义，但是，在诗中融入散文诗或散文段落的创作手法并非她的独创，其背后不仅饱含许多破旧立新的激进诗人在美国诗歌的演化过程中勇于创新的悠久历史积淀，也包含了阿曼特劳特本人与语言诗集体美学潮流相爱相杀的艰苦过程，有限的散文诗配置实乃其锐意突围的折中策略。

如布莱恩·克莱门茨（Brian Clements）和杰米·邓汉姆（Jamey Dunham）所论，散文诗甚为"自相矛盾"的名称本身"捕捉到了散文诗这一体裁的复杂本质，即它生来就被用于挑战关于诗歌是什么以及诗歌能做什么的传统假设"④，这种诗歌形式的历史充满了对传统清晰可见的抵抗痕迹。《后现代美国诗歌：诺顿选集》的编辑保罗·胡佛认为，尽管散文诗由法国诗人阿洛依修斯·伯特兰（Aloysius Bertrand）在1842年率先所用，很多

---

① Edward Hirsch, *A Poets Glossary*, New York: Houghton Mifflin Harcourt, 2014, p. 213.

② "Prose Poem: Collection of Poetic Forms-Academy of American Poets," www.poets.org. (Accessed 2015-03-21).

③ Daniel Kane, *What is Poetry: Conversations with the American Avant-Garde*, New York: Teachers and Writers Collaborative, 2003, p. 46.

④ Brian Clements and Jamey Dunham, eds., *An Introduction to the Prose Poem*, Dallas: Firewheel Editions, 2009, p. 10.

其他法国诗人也是该形式的早期实践者，其中包括夏尔·波德莱尔（Charles Baudelaire）、纪尧姆·阿波利奈尔（Guillaume Apollinaire）、马克思·雅各布（Max Jacob）等，不一而足。及至20世纪20年代初期，这种新形势传到美国文学圈，格特鲁德·斯坦恩（Gertrude Stein）和威廉姆斯两位被认为对包括阿曼特劳特在内的语言派诗人产生过深刻影响的诗人都立即将它用在自己的诗歌中。前者在其离经叛道的《软纽扣》（Tender Buttons，1924）中使用了一系列短篇散文诗，而后者则在《春天和一切》（Spring and All，1923）中书写了相当数量的散文段落。及至20世纪50和60年代早期，散文诗在垮掉派诗人中得到了复兴。艾伦·金斯伯格、鲍勃·迪伦（Bob Dylan）、杰克·凯鲁亚克（Jack Kerouac）和威廉姆斯·巴罗斯（Williams S. Burroughs）等人都不同程度地将其运用在自己的创作中。许多其他作家和诗人，如拉塞尔·埃德森（Russell Edson）、查尔斯·西米克（Charles Simic）、罗伯特·弗莱（Robert Fly）和詹姆斯·莱特（James Wright）等，也都不同程度地对这种新形式进行了试验。此外，极具抒情性的诗人迈克尔·帕尔默（Michael Palmer）和约翰·阿什贝利等也经常在他们主要由传统抒情诗构成的诗集中加入了散文片段。

尽管这些早期的散文诗实践者对此做出了努力，但是散文诗作为一种新的诗歌趋势直到20世纪70年代晚期才在新生代诗人的手中得到了巩固和确立。如保罗·胡佛所论，到70年代末搭乘这股散文诗风潮的诗人总的来说分化成两个方向：其中一部分如马克辛·切尔诺夫（Maxine Chernoff）和拉塞尔·埃德森等转为叙事、寓言和元小说的创作；而另一部分，尤其是隶属于当时蓬勃发展的语言诗派的诗人，如罗恩·西利曼、琳·贺金年和卡拉·哈里曼等人则采取了这种形式来重新定义注意力的"单元"，从既有的分解诗行变成西利曼所倡导的"新句子"——一种新的专注于将长句子和段落加以并列的散文诗趋势。同时，一些女性语言诗人如贺金年和哈里曼等则用散文诗搭配其他散文相关形式如自传、杂文和小说进行了实验创作。

阿曼特劳特对诗与散文的跨界融合虽感兴趣，但与其他语言诗人不同，她对长篇累牍不留丝毫沉默空间的散文诗则充满质疑，因而并没有过多卷入当时流行的"新句子"长篇散文诗创作热潮。如西米恩·波特（Simeon

Potter)指出的那样,所谓"新句子"视句子为"最小完整意群"①,这对痴迷于浓缩精炼、意在词与词之间寻求最大能指空间的阿曼特劳特来说并无多少魅力。不为所动的她曾就这种新趋势公开在一篇题为《诗意沉默》的杂文中表达了不同见解。诗人指出,这种"新散文诗"倾向于"营造一种肯定、坚决和完整的基调,为体验沉默而留下的空间少之又少。……每个句号之后读者得到更多的是疑惑而不是停顿。该片段在整体中作用如何?"②在她看来,这种散文诗虽深受以西利曼为首的众多语言诗人青睐,却打破了包括她自己在内的许多诗人倍加珍惜的、从威廉姆斯意象诗歌继承而来的极简风格。例如,西利曼的《涂腊器》(*Tjanting*,1981)由长达213页的散文诗组成,而单单最后一段——从"什么造就了最后一段?"开始就洋洋洒洒写了85页。在阿曼特劳特看来,西利曼垂青于散文诗所特有的天马行空的形式自由,立意营造一种"相邻句子间有趣的断裂"③。然而,尽管这些作品滔滔不绝意在传达民主或平等的包容原则,其长篇累牍不合逻辑的推论则大大削弱了读者对散文中通常会有的线性逻辑的期待,因此极大地挑战了美国以消费主义驱动的社会价值所传递的文学消费的即时感和便捷感。

因此,尽管西利曼冗长的"新句子"散文诗有诸多优点,阿曼特劳特却始终坚守个人风格,坚持使用单词和短语等更小的句法单位进行创作,拒绝大动干戈的长篇陈述句式。有趣的是,多年之后在访谈中被问及对长篇散文诗的排斥一事,阿曼特劳特明确指出:"我并不排斥不分行的诗,我所排斥的是在那个时期大家将其作为一种时髦风气趋之若鹜——假如我想写分行诗怎么办?[……]我不想因此被人污名化,所以我就说,'嘿,等一下'。"④因此,尽管从未像西利曼、贺金年和哈里曼等其他语言诗人那样

---

① Simeon Potter, *Modern Linguistics*, New York: W. W. Norton, 1964, p. 104.

② Rae Armantrout, *Collected Prose*, San Diego: Singing Horse, 2007, p. 22.

③ Ben Lerner, "Rae Armantrout," *BOMB*, Winter 2011, https://bombmagazine.org/articles/rae-armantrout/. (Accessed 2012-07-24).

④ Lynn Keller, "An Interview with Rae Armantrout," *Contemporary Literature*, Vol. 50, No. 2, Summer 2009, p. 230.

沉醉于"新句子"散文诗的创作潮流，但阿曼特劳特也从未停止过对散文诗进行实验和改进，只不过长度上要比上述几位诗人的作品更节制。实际上，自第一本诗集问世以来她时常在作品中加入散文元素，其中既有单独的散文短诗，也有分行诗节与散文段落并驾齐驱。在她的作品中诗和散文总能自由切换轻松跨界，而其对散文诗的实验融合实则再一次见证了她对语言诗派"团体"美学趋势的批判接受与谨慎的折中策略。其中最典型的案例，当数阿曼特劳特与西利曼于1982年共同创作的《引擎》一诗。迄今为止，这是她创作的最长的一首作品。全诗共14节，每节包含14个句子。除此之外，诗人几乎所有诗集都包含较短的纯散文诗以及由散文片段组成的诗作。如2001年诗集《借口》所收录的40首诗中6首都包含短小的散文片段，其中《胎记》尤为典型，由5个较长的散文段落组成。同样，诗集《谙熟》中共有16首诗作包含散文诗段落。

在这些诗作中，阿曼特劳特打破了散文和诗歌的文体边界，因而从另一方面刷新了读者对这两种体裁的概念认知和预想，尤其是人们对于诗歌的传统定义及其落在纸页上应有形态的既定认识。但和许多致力于创作由陈述句组成的长篇散文诗的语言诗人同侪不同，阿曼特劳特以高度优雅和独创的方式在保持个人美学品位和创作风格的同时，把散文诗的实验融合带上一条别具特色的道路，呈现出多种样式，其中不仅包括纯散文诗作品，还包括分行诗节与非分行散文片段交替穿插的作品。

（二）分行诗节加散文段落

在2003年的一次访谈中，谈及转向散文诗创作的原因，阿曼特劳特给出了一个简单得颇有些令人意外的回答：

> 就追求开放性诗歌效果而言，我在分行诗和散文诗上花的努力都一样。对于有时候为何会走向散文诗方向，我并没有一个很好的答案，我想这可能更多和语汇有关吧。[1]

---

[1] Daniel Kane, *What is Poetry: Conversations with the American Avant-Garde,* New York: Teachers and Writers Collaborative, 2003, p. 46.

尽管诗人轻描淡写，但其所谓"语汇"所指更像是"非常平铺无太多诗意的句子或对话句子，如'这是杰夫的爸爸'"[1]。在其看来，类似句子如果加以分行"则会显得很荒谬"[2]。可见对这位诗人来说，散文诗在某种程度上提供了一种被美国学者定义为"在修辞上不那么戏剧性的语言"[3]，可以不依照诗行的内在停顿设置段落章节。如《混淆》（The Mix Up）一诗，或可提供很好的案例说明。

　　1
　　这支笔在她看来干巴巴的口里
　　显得异常多汁，但她担心，要么因为她
　　不该是个傻子或因为她不该
　　意外地有这些感触。或许因为它们不该
　　持久，又或是，如果这感觉继续呢？尽管此刻，她注意到
　　担忧已经取代这支笔有些时间了。
　　2
　　涟漪蔓延
　　是美丽的。

　　仿佛一系列
　　表演

　　的停留。

　　比如，一串

---

[1] Rae Armantrout, *Necromance*, Los Angeles: Sun & Moon Press, 1991, p. 36.

[2] Daniel Kane, *What is Poetry: Conversations with the American Avant-Garde*, New York: Teachers and Writers Collaborative, 2003, p. 46.

[3] Daniel Kane, *What is Poetry: Conversations with the American Avant-Garde*, New York: Teachers and Writers Collaborative, 2003, p. 46.

字母"e"开头的单词：

　　逸出、移除、引人深思，

　　伊瓦库拉塔。

　　狂热地说
　　鸟儿们，发出悠长的叫声，
　　从任何地方开始
　　又逐渐消失为零。
　　3
　　但是我想停下是因为我记得我在整理
　　这一切时，狂乱地，想要将恐惧安放
　　在各个地方，从首次成功的那一天，
　　都对这工作如此着迷，而如今，这效果卓著
　　我依然不觉得无聊，因为我确信有些什么会再次被
　　激起。①

　　如上述诗例所示，这首诗是散文诗和分行诗两种体裁的跨界混搭。如诗人自己所言，其中的确包含一些在修辞上普普通通不那么诗意的词语，甚至还有一些语法词，如"shouldn't be"（不该是）和"shouldn't have"（不应该有）等——二者读起来都冗长而笨拙，使得全诗与阿曼特劳特其他标志性的纤细骨感的作品相比显得格格不入。然而，经过更加细致的阅读，我们会发现其上述以"语汇"作为使用散文诗段落的理由实在有些贬低了其散文诗的价值。她在散文与诗之间孜孜不倦的跨界实验实际并非仅仅基于对平淡语汇的技术性处理，更是一种同时具有对比性和意识形态的功能。她的诗自由穿梭在两种不同文体之间，从列状分行样式到块状散文段落之间来回转换，不仅改变了诗的节奏和外观，也让思维随之开辟了新的方向和模式。通读以上

---

① Rae Armantrout, *Necromance*, Los Angeles: Sun & Moon Press, 1991, pp. 17-18.

紧密相连的散文部分与分行诗节，读者还很容易就看出两种体裁在页面上显示出来的对比，以及它们意欲达到的主题方向。其中第一部分即散文段落明显更具叙事性，它随着时间自然向前推进；而第二部分即分行诗段落则努力想让时间静止，或至少在时间上有所停留。"涟漪蔓延/是美丽的/仿佛一系列/表演//的停留。"注意此处在"停留"（stay）一词上所做的文字游戏，它在之后第三部分的第一句中再次出现，"但我想停下是因为我记得我在整理/这一切时，狂乱地"。相比而言，该词在第二部分中的用法更加抽象，而在第三部分中则更加口语化："我想停下"。无论哪种情形，"停留"一词所指的停滞的时刻或动作都暗示着想让时间停止的欲望，不论这停留是多么短暂；而诗的第一和第三部分则都是关于时间行进所引发的焦虑。

具有反讽意味的是，这些散文段落中句子的流畅推进与其所描写的时间推进的踟蹰艰难形成强烈的对比张力。如果将其朗读出来，这种效果就更加明显：第一和第三部分中语句的自然流动可一气呵成，而这与第二部分中意外换行所带来的停顿形成激烈碰撞。对比之下，句法流畅表明了前者的一种内在紧迫感，而后者的分节处理则暗示着大量沉默和犹豫。一张一弛交替出现，并达到了意外的平衡效果，将一切由写作不同阶段释放的焦虑和满足感所带来的复杂状态表达得淋漓尽致。

另一方面，阿曼特劳特作为"最致力于探索诗歌中散文价值"[①]的诗人，在其作品中使用散文诗和类似散文的诗行也体现出了她对传统的反抗精神。她的这种反抗精神自孩提时代就开始形成，她会对一切所谓既定正确和权威事物发出质疑或挑战。阿曼特劳特拒绝严苛的正统观念以及母亲反复灌输给她的家族故事，练就了一套对经验始终保持质询的独特敏感力。这种精神日后在其诗歌中也得到完美表达。以那首题为《反短故事》的早期作品为例，它同时表现了散文和诗的美学价值。全诗如下：

   一个女孩正在奔跑。不要告诉我
   "她在追赶巴士。"

---

① Daniel Kane, *What is Poetry: Conversations with the American Avant-Garde*, New York: Teachers and Writers Collaborative, 2003, p. 9.

那套全靠边！①

如其所示，该诗用短短3行将散文和分节诗紧密相连，简约却并不简单，在有限的空间传达出不可低估的能量，干净利落地表现了阿曼特劳特对诗歌和叙事中长期存在的传统假设的不屈反抗。在诗的开头直接勾勒了一个极具张力的场景，即"一个女孩正在奔跑"，长期习惯于传统叙事模式的普通读者会很自然地推测全诗将走向滥俗的叙事方向，比如"她在追赶巴士"。然而，诗人用一个意外的祈使句"不要告诉我"果决地切断了那种叙事可能，原文以斜体呈现的"不要"一词尤其强调了这种祈使命令的语调，并把这种效果径直带到了结尾句："那套全靠边！"展现出诗人弃绝传统叙事诗学模式和一切既有权威的勇气和决心。值得注意的是，全诗末尾那个在阿曼特劳特诗歌中极为罕见的感叹号却将读者置于一种悬而未决的语境之中，既不知道女孩为何奔跑，也不知道她要跑向何方。更有甚者，这首诗平淡的叙述听起来和一个典型的短篇故事的开头如出一辙，不仅削弱了标题所示《反短故事》中"反"字本身的概念，也降低了读者所熟悉的传统诗歌中所设定的那种更为抒情的本能期待。全诗区区3行，这样的长度即便放在阿曼特劳特最典型的短诗中也显得异常短促，却以有趣复杂的方式向我们展示了散文的价值，即其如何改变读者对于诗歌形式、声音和题材的观念，给作为读者的我们以更多空间去接纳各种不同的可能答案。

该诗第一句散文式句子的叙事感以及第二句中严苛的命令式语调让人联想到美国各大学写作研习班可能发生的情境。在那里，写作老师正在讲授如何为作为读者的"我"提供什么的技巧，最典型的方法即"让我看见这个，让我感受到那个"——让我看到那个女孩，让我感受到她的恐惧，让我禁不住好奇她为什么在奔跑，等等。而下一句中那个斜体的"不要"一词却明显暗示了对于常规之外的坚持：女孩不是在追赶巴士，而是在追逐她的人生，此刻却因某种不明原因而处于危险之中。不禁令人想到庞德在《意象派戒条》（*A Few Don't by an Imagiste*）一文中为意象派诗人开具创作药方的权

---

① Rae Armantrout, *Extremities*, Berkeley: Figures, 1978, p. 38.

威强制意味。而在阿曼特劳特看来，这些原则难免将写作降低为一种可针对内容进行预先严格限制的过程。在这种坚持背后则是一种理念，即读者是可以被影响的人，而同样这首诗或任何诗中的"女孩"本身也是可被操纵的角色，因为诗人或作者所选择的一个原因而奔跑。然而，针对那个斜体的"不要"，这里还可能会出现另一个问题：假如那女孩就是在追赶公交车呢？另一方面，该诗最后那个分行写成的单句还表现了对之前那个散文句子中所表达的理念的对抗。感叹号明显表示了诗人对这一切的对抗态度，对抗文学研习班所讲授的叙事传统。从该角度来看，这首诗所反对的不仅仅是"短故事"这一体裁本身，更是对一种在内容上加以限制并对读者进行操控的体裁传统的公然反击。同时，最后一行的双倍行距的形式设计都强调了散文句子和分行诗句之间的对比张力，彰显规诫性诗歌叙事传统和阿曼特劳特个人摒弃所有这些传统的决心之间的对立与对抗。值得关注的是，以区区三行长度，该诗的策略显然不是讲述一个女孩出于某种原因奔跑的故事，而是要强调这种张力本身，强调创作作为一个选择和对抗传统表现形式的问题。

除上述两个功能之外，阿曼特劳特运用散文诗还体现了她对其所谓"梦境叙事体裁"[1]的处理方式。鉴于叙事中潜在的操控性倾向，诗人一直对叙事持怀疑态度，为此她在诗中写下"叙事让我准备好/去看/接下来会看到的任何东西"[2]。重提该话题，诗人表示："我不觉得叙事比十四行诗更为自然。我们并不会到处把自己的行为讲述给自己听。"然而，尽管如此，在面对梦境题材时她还是会转而用具有一定叙述性质的散文诗作为手段。对此她解释道："当我在脑海中听到一个传统叙事者的声音时，我就会转向散文诗……所以一个声音出现在我的诗里，它通常和体裁有关，那就是梦境叙事体裁。"[3] 为此，2011年诗集《卖点》中的《交易》（*The Deal*）一诗可谓

---

[1] Ben Lerner, "Rae Armantrout," *BOMB*, Winter 2011, https://bombmagazine.org/articles/rae-armantrout/. (Accessed 2012-07-24).

[2] Rae Armantrout, *Next Life*, Middletown: Wesleyan University Press, 2007, p. 5.

[3] Ben Lerner, "Rae Armantrout," *BOMB*, Winter 2011, https://bombmagazine.org/articles/rae-armantrout/. (Accessed 2012-07-24).

上好案例。"我立刻就知道如果我能接受/替代品的话就能睡着。我必须用我自以为知道的东西为这张脸去进行交换"①。该诗开门见山描写了许多读者都熟悉的、入睡片刻复又醒来的失眠状态。有趣的是,随着该诗进入尾声,最后那句"我可以进入它,只要我说出这张脸属于谁,或许是一个嫌犯,或许是一个私家侦探,而不是询问/'为什么这样?'"使诗中原本戏剧化的基调甚至开始走向另一种体裁即"悬疑小说"的方向。此处诗人是在把这些散文句子作为一种疗愈手段,以处理和描写一个半梦半醒的失眠时刻,从而营造出一种跳脱现实的超现实感。

另一首出自2009年诗集《谙熟》的《报告》(Report)一诗,同样清晰展示了阿曼特劳特利用散文诗来描绘梦境片段的手法。全诗如下:

那男的看起来什么样?

我拨了911却打到了心理热线。所有客服
号码都变了。为什么没告诉我?当我让热线
"转接到"警察局时,盗贼们冷笑。
查克在寻求在线帮助,当然,屏幕会死机。
我们试着和盗贼就电信系统开开玩笑。他们
发出险恶的笑声。

在花纹密集的地毯上,
一只空鞋子正厮磨着它的另一半。②

这首诗共分三节:第一和第三节分别由一行单句和两个断行句子构成,它们中间则夹着一个散文段落。第一小节所提问题"那男的看起来什么样"似乎打开了对某些回忆的大门,然后第二小节起到了叙述这些往事的作用。然而,在前述《反短故事》中所看到的一般过去时态再次出现在这一语境当中,提醒读者这可能是一场梦境的描写。"911""心理热线""盗贼"和

---

① Rae Armantrout, *Money Shot*, Middletown: Wesleyan University Press, 2011, p. 62.

② Rae Armantrout, *Versed*, Middletown: Wesleyan University Press, 2009, p. 95.

"发出险恶的笑声",类似描写叠加在一起,充满了戏剧化的超现实主义色彩,也同时向读者确认了其作为梦境而非现实的本质。

另一位著名美国诗人范妮·豪曾提出过这样的看法:"散文所具有的诗意和诗歌中所具有的一样多。它只是急于抵达某个地方,总带着更多的负罪感,永远在试着证明自己的合理性。"① 而在阿曼特劳特的这首诗当中,随着第二小节的展开,一种滑稽的紧迫感透过其直截了当、一气呵成的语流陡然而生。接着,这种张力在第三小节中一双鞋子在地毯上彼此摩擦的拟人想象中突然得以释放,滑稽又不失浪漫,意外的温情让读者忍不住轻声一笑。然而,它同样会引发对现代科技可能带来的末日大崩溃的想象与焦虑。对鞋子的描写虽然看似过于浪漫,却暗示了一种末日将临所带来的夹杂着些许无助和无奈的奇特的温情,而导致末日到来的则是由于互联网和现代电信技术所代表的现代科技世界的崩塌。在畅想5G时代即将到来的今天,这不能不令人深思。

同样值得关注的是,尽管诗的第二小节以散文形式表现,但读来仍有浓浓的诗意之美。散文诗形式看似散漫,但阿曼特劳特在散文段落中巧妙地注入了精巧的节奏和音效。她坚持认为,"散文诗仍然是诗,所有的词语都需要斟酌。"作为一名散文诗作者,"你仍然要关注韵律和声音——或许不会那么强烈,但你仍然要关注元音和辅音之间的游戏。"② 此外,跟写分行诗一样,专注于散文诗创作的诗人应该"还要意识到词语的各种不同含义和可能的比喻与联想所发挥的作用。"为此,阿曼特劳特建议,为了写出好的散文诗,诗人应该"把那种高度注意力集中在小的单位,集中在词、短语和句子之上"③。以上文解读过的《报告》一诗中的散文部分为例,其散文诗

---

① Daniel Kane, *What is Poetry: Conversations with the American Avant-Garde*, New York: Teachers and Writers Collaborative, 2003, p. 70.

② Daniel Kane, *What is Poetry: Conversations with the American Avant-Garde*, New York: Teachers and Writers Collaborative, 2003, p. 46.

③ Daniel Kane, *What is Poetry: Conversations with the American Avant-Garde*, New York: Teachers and Writers Collaborative, 2003, p. 46.

或段落从不缺乏词语的文字游戏、高度的想象和声音的效果等诗歌特质。在《报告》一诗的散文部分中，诗人就对"n"和"i"两个音节进行了充分的发挥，两者之间的协调创造出一种极具超现实感的滑稽幽默，与有关梦境的描写相得益彰。

（三）纯散文诗

除分行诗节与散文段落的结合体，阿曼特劳特诗歌作品中还有一种"纯散文诗"形式。如标题所示，这样的散文诗仅由散文句子或段落组成，不包含任何分行诗句。其处女诗集《极限》中一首早期诗作《来自日志条目：青春》（*From JOURNAL ENTRIES: YOUTH*）及《就好像》中包括《已知》、《可见》（*Visibility*）、《转折点》、《图绘》（*Mapping*）等作品都是类似例子。以《来自日志条目：青春》为例，该诗全文如下：

I

我在我母亲家中。我们正在吵架。她
拿出我的旧少儿手工书开始大声
朗读，"当霜降在南瓜上时"——满是
义愤。这意味着她将一些重要的东西
留在了她中西部的青年时代。某些未被定义的、
我将要凭吊的东西。我能抗拒吗？

II

我当然明白！那缺失的活力。暮色中
前院的荧光绿色。圣地亚哥，海军
驻地，坐在草坪椅上的家人。纵贯我的
童年物品都闪着强烈的恋物癖之光。

III

只有很年幼的那些是清醒的。他们感到不朽
并且以一种我们无法触达的真正严肃来看待

事情。①

显然，这首诗由三段块状排列的纯散文段落构成，且很罕见地以大写罗马数字作为分节标志。颇为矛盾的是，这些散文段落表面看似叙事，实则却显示出一种对叙事的强烈的抗拒感，这点在"某些未被定义的/我将要凭吊的东西。我能抗拒吗？"和"我当然明白！"两句话中表现得淋漓尽致。另外，同样值得注意的是第一小节中所用的一般现在时态。尽管带有自传色彩，但它给全诗添加了一层明显的超现实主义氛围，提醒读者这只是一段梦境，而非现实。这些看似平淡的散文段落衔接在一起，在浪漫化了的家族历史中老一代的恋物癖和年轻一代抵抗自幼父辈讲述的家族故事之间营造了强大张力。这些未经分行的散文段落流畅推进，表现了思维的通达以及要达成这一思考过程的紧迫性；而这些意味，假如放在分行排列的诗行中则会大大流失。

然而，上述诗例中这种思考推理环节和将其完成的紧迫感有时也暴露了这种思维的中断，而这种中断或许会演变成一个无理可讲的过程和该过程中所产生的焦虑。《转折点》一诗恰是这样一例，它讨论了这种无理可讲的过程及其引发的焦虑。很典型地，该诗融合了两个纯散文小节。第一小节内容如下：

> 屋外和以前一样，瘦削的棕榈和夹竹桃
> 它们颀长的叶子，造作的手指，并不指向哪里，
> 而是原地翻转——假如有人留意会称为异域风情
> 的植物——而想必同样的鸟和时光，在视野中进进
> 出出。她不断地走到门廊上来，感觉那里有什么东西。
> 永恒与停滞。她想要从基础的开始——尽管此情此景
> 可能是什么的基础，她并不知晓。②

如其所示，这一部分开篇描绘了标志性城市空间的地理特征。"瘦削的棕榈和夹竹桃""它们颀长的叶子"和"有人留意会称为异域风情的植物"

---

① Rae Armantrout, *Extremities*, Berkley: Figures, 1978, p. 16.

② Rae Armantrout, *Made to Seem*, Los Angeles: Sun & Moon Press, 1995, p. 48.

令读者想起典型的南加利福尼亚城市景观,这正是诗人阿曼特劳特出生并自1978年以来一直居住生活的地方。"想必同样的鸟和时光""在视野中进进出出""她不断地走到门廊上来,感觉那里有什么东西。"正是这种"那里有什么东西"的感觉表现出某种不安,这在之前那句树叶"原地翻转"中就有明显的预示,而后在下一行提到的"永恒与停滞"中得以浮现。略显矛盾的是,这种不安很快被该小节最后一行中所表达出的决心所强化,"她想要从基础的开始——",而所谓基础指的就是"这个场景"本身。然而,这种决心随即又被"尽管此情此景可能是什么的基础,她并不知晓"那句打断或削弱。此处,地域城市景观和散文形式的流畅所拥有的看似平静的"永恒"与思考和推理的"停滞"温柔地碰撞,不仅让诗中的"她",也让读者们好奇,禁不住想知道这整个场景究竟要引向何方。

该诗的第二小节则这样写道:

> 这曾是她的母语,在秩序中进进出出——它空旷的
> 街道和稀疏、摇曳的树叶,它赤裸裸的简朴好像一条
> 道路因为什么大事被清理出来。形状是唯一的
> 证据。她走回屋里。她应该想想这房子
> 是如何建造,或如何被买下的。一种感觉如何能
> 长时间拥有一种形状,比如长方形,而阳光则呈一系列
> 菱形落在它的木条上。它会有一个目标。
> 她好奇原因和目标间会有多少
> 区别。她会面朝门坐着。①

如该小节开头显示,"她"确认日常和本土的重要意义:"这曾是她的母语,在秩序中进进出出。"为了抵抗"空旷的街道"和"赤裸裸的简朴",这个场景仍然在酝酿着"什么大事",尽管诗中的"她"并不太知道那会是什么。"她走回屋里"的这个事实则进一步加强了第一小节里在"她不断地走到门廊上来"一句中所产生的焦虑,彼此形成了良好的呼应。"她"惶惶不安,却又不知究竟如何面对,于是转而思考一些更为具象

---

① Rae Armantrout, *Made to Seem*, Los Angeles: Sun & Moon Press, 1995, p. 48.

而肤浅的事情,"想想这房子是如何建造,或如何被买下的"。当这也无果之后,"她"便转向现在被定义为"能长时间拥有一种形状"的"一种感觉",这种形状还不像她所希望的那样清晰,因而诉诸一系列如"长方形""菱形"等几何形状。截至此刻,"翻转"的当地植物和在"视野"中"进进出出"的"鸟和时光"表现出景观的流转变化,而"她不断地走到门廊上来"然后"她走回屋里"则反过来再次体现了思维过程的流转和思考推理的中断。这也表现了诗人试图从无意义中整理获取意义的焦虑。诗中所描绘的街景陈旧而黯淡,其中看似"赤裸裸的简朴"或许是催生这种焦虑的原因,同时这种焦虑也有可能产生于美国城郊文化总体的孤独与空虚之感。

带着一丝微茫的希望,全诗这样结尾:反正"它会有一个目标"。尽管"她好奇原因和目标间会有多少/区别。她会面朝门坐着"。此处连续两次使用情态动词"would",借助它的力量又回到了前一小节末尾的那种决心。如此,借助散文形式的流畅,该诗以悖论的方式不但探索并展示了语言的局限,也对知识的边界进行了同样的探索。全诗以整齐流畅的散文形式精心布局,还捕捉到了许多深藏于人类脑海中的"转折点"。在此过程中,这首由纯散文构成的诗作完美凸显了维特根斯坦在《哲学研究》(*Philosophical Investigation*)中的探究态度,开启了一种用不确定感和好奇来解读这个世界的诗歌实践。

三、拼贴

除前文已经探讨过的诗歌策略,阿曼特劳特诗歌对于另一项策略即拼贴的使用也十分娴熟。该策略与混搭、跨界齐头并进,搭配出现。如果说混搭是其破解"高雅"和"低俗"语言风格乃至所谓"高域"和"低域"文化的概约化二元划分之策略,跨界是其应对语言诗派集体美学风潮的实验性折中策略,那么拼贴则是其针对信息爆炸时代所带来的碎片化现实体验所采取的防御性策略。尽管拼贴作为一种艺术策略历史悠久,且长期以来在不同艺术领域具有不同的定义与侧重,但是,阿曼特劳特的拼贴是其在个人创作实践中加入新的实验和创新的拼贴,不仅显示了其对社会生活细节及美国文化所带来的惊奇与困惑的智性思考,也揭示了其去神秘化、去精英式打造诗意世界的运化机制。

（一）传统拼贴及意义

从历史角度而言，拼贴技艺可以追溯到公元前200年左右的中国造纸术的发明，但作为一种典型意义上的文学手法却和古代日本诗歌有关——公元10世纪的日本书法家曾将诗作粘在抹有糨糊的纸上。然而，我们今天所熟知的作为艺术创作技法的拼贴一词则源于视觉艺术，在20世纪早期由立体派画家乔治·布拉克（George Braque）和帕博罗·毕加索（Pablo Picasso）确立并重新定义，指的是艺术品由不同形式的组合而产生，从而形成一个新的整体。纵观20世纪，许多艺术家都为这一艺术传统做出过不同程度的贡献。其中有创立拼贴术语本身的两位艺术家布拉克和毕加索的立体派作品；汤姆·韦塞尔曼（Tom Wesselmann）、罗伯特·印第安纳（Robert Indiana）和其他许多美国艺术家创作的波普艺术作品；库尔特·施威特斯（Kurt Schwitters）和露易丝·内威尔森（Louise Nevelson）的木板拼贴作品，以及60年代早期康纳德·马尔卡瑞利（Conard Marca-Relli）和简·弗兰克（Jane Frank）的混合媒介艺术作品，等等。这些在文学世界之外的艺术领域所创作的作品，又反过来对当代的前卫作家产生了深远影响。格特鲁德·斯坦恩、纪尧姆·阿波利奈尔和安德烈·布勒东（Andre Breton）等人就是第一批欣然承认这种影响的作家，并在各自作品中进行了不同程度的实践。

然而，和视觉与听觉艺术中使用具体的现成材料（包括音乐片段）的拼贴不同，诗歌中的拼贴，除了极少数例子[①]之外，并不涉及将具体物品粘贴到诗作中的情形，而是如美国学者丹尼尔·凯恩（Daniel Kane）所言，它"主要指使用从他人作品中搜罗借用而来的素材、诗句和词组，并将其嫁接到自己的作品中"[②]的手法。诗歌借助从其他文本搜罗素材，即阿曼特劳特

[①] 如当代美国诗人克劳迪娅·兰金的见证诗歌就将翻拍的媒体照片粘贴在其纪实散文诗中，详见Claudia Rankine, *Don't Let Me be Lonely: An American Lyric*, Graywolf Press, 2004.

[②] Daniel Kane, *What is Poetry: Conversations with the American Avant-Garde*, New York: Teachers and Writers Collaborative, 2003, p. 12.

所称"淘来语"并进行拼贴的做法,其兴起体现了"否定自我[……]作为艺术实践组织原则"①的美学理念,就本质而言可追溯到罗兰·巴特在1967年所提出的"作者之死"的后结构主义的理论影响。尽管这种"否定"发端于现代主义,但在语言诗人大规模反抗六七十年代主流美国诗歌盛行的个人化自白主义的诗歌创作中却格外明显。在摒弃个人经验式诗歌的大背景下,"淘来语"或现成素材的使用逐渐发展成熟,标志着诗歌转向与各种不同形式的现成素材的有机融合的方向。

在创作实践层面,以各种现成素材为物质基础的拼贴具有多方面的重要意义。首先,它作为将他人作品用在自己作品中的挪用行为,由于其颠覆性和民主性本质,具有一定的政治色彩。它对广为接受的作者的权威提出挑战,引发了人们对语言和身份本质的再思考。其次,拼贴向作者展现了新的事物和视角,真实体现了当代现实世界不断被爆炸式信息碎片和纷乱复杂的视听干扰以及喧嚣充斥的社会现状,体现了人们理解并体验外部世界以及选择如何定义与世界关系的各种不同方式。同时,拼贴赋予诗人更为广阔的创作空间。由此,一整个独立于所谓"原创"观念和形象的世界现在作为素材的潜在宝库向所有作者敞开。最后,作为一种诗歌手法,拼贴体现了诗歌融合充满神秘的动人喜悦和其他后现代艺术形式之创新的可能,而这些后现代艺术形式曾借由流行文化和雕塑、音乐等其他艺术形式中的现成素材得以丰富和发展。如1993年国家艺术奖章获得者美国平面艺术家罗伯特·劳森伯格(Robert Rauschenberg)就创造性地将细铁丝及各种搜集而来的纸片和木块等材料混合在一起,打造出一半是绘画一半是雕塑的艺术作品。而更典型的例子则是现代音乐DJ在混音中加入其他歌曲片段的做法。为此,有美国学者断言,我们有理由相信诗歌拼贴是一种"十分21世纪的现象,在其中,诗歌和其他艺术形式并肩而行,通过剪贴引用和整合的方法,将之前独立的具有

---

① Jeffrey Gray, "'Hands Off': Official Language in Contemporary Poetry," in *The News From Poems*, eds. Jeffrey Gray and Ann Keniston, Ann Arbor: University of Michigan Press, 2016, p. 85.

典型后现代主义特色的风格、声音和话语组合在一起"①。

和其他后现代艺术形式中的拼贴技巧一样,诗歌拼贴对权威、声音、原创性和创作态度等问题提出了惊世骇俗的挑战,也为诗坛带来了新的活力和可能。在此过程中,不同诗歌派别的美国诗人努力从其他文本挪用单词、短语或片段以寻求新的灵感。例如,约翰·阿什贝利的诗中就用过许多他在城市街头偶然听来的话语。在一次访谈中他坦承:"我经常在诗中加入别处听来的话,这在纽约街头有的是。"②事实上,他创作的许多集锦作品也体现出了使用现成素材的特质。正如美国学者帕吉特在《诗歌形式手册》(*Handbook of Poetic Forms*)中所言,所谓"'集锦'这个词来自拉丁语,指的是'拼布或拼缝工艺',就像'百衲被'那样"③,这道出了其作为现成素材的根本特点。美国诗人克里利则是又一典型案例,他将拼贴技艺的使用追溯到爵士乐的创作。他指出,拼贴"就像在爵士乐中的引用一样,它可以把一个音调、节奏或任何别的回声迅速发展成旋律"。伴随拼贴在当代美国诗歌中前所未有地广泛流行,美国诗坛出现了帕洛夫所说的新世纪"诗学转向",即美国诗歌更大规模地转向"与早期文本和其他媒介文本的对话"④的态势。

然而,当代美国诗人使用的拼贴与其现代主义先驱有很大不同。如雷吉纳德·谢泼德(Reginald Shepherd)所言,和其他所谓"后现代主义技法"——如句法断裂、蒙太奇、跳接、多声部、序列性及并置一样——拼贴既非新式也非独创。随手翻阅庞德的《诗章》及艾略特的《荒原》等作品,读者可随手发现诸多这样的用法。根据谢泼德的进一步观察,现代主义先驱手

---

① Daniel Kane, *What is Poetry: Conversations with the American Avant-Garde*, New York: Teachers and Writers Collaborative, 2003, p. 13.

② Daniel Kane, *What is Poetry: Conversations with the American Avant-Garde*, New York: Teachers and Writers Collaborative, 2003, p.12.

③ Ron Padgett, ed., *Handbook of Poetic Forms*, New York: Teachers & writers Collaborative, 1987, p. 40.

④ Marjorie Perloff, *Unoriginal Genius: Poetry by Other Means in the New Century.* Chicago: University of Chicago Press, 2010, p. 11.

中的拼贴和阿曼特劳特等当代诗人所用的拼贴之间的主要区别在于其各自不同的用法：

> 大多数英美现代主义诗人都渴望并追求整体，并通过使用这些方法来努力实现一个更新更真实的整合效果，但许多或许可以被称为后现代的当代艺术家，则通过使用这样的手法以反驳对这种整合的可能性。①

在力求多声部和反转诗学观即"切尔西诗学"的指导下，阿曼特劳特对统一和整体毫无兴趣，而是专注于探索局部和整体间多重和任意关系的可能性。因此，拼贴已成为其诗歌对抗整体性观念的主要策略，是阿曼特劳特诗歌中"最具辨识度的魅力之一"②。

（二）"淘来语"

和许多其他美国见证诗人一样，阿曼特劳特的拼贴以挪用其他现成言语片段为基础，如她在诸多场合说过的，她把这些现成片段称为"淘来语"③，这是其诗歌拼贴的话语基础。在一首题为《自传：瓮葬》的诗中她写道：

> 当我回首往事，
> 不管那些经历都是什么，
> 我总想起我曾经听过的
> 背景音乐，
> 或是熟悉曲调的串烧片段。④

如这些诗句所示，诗人一直都深谙人类意识如何被自我之外的各种话语及视听信息所侵扰。她坦言："我知道我（我们）就像混音磁带一样，被各种历史与我们截然不同的声音、情感、词汇和音频片段所占据。"⑤当代美

---

① Reginald Shepherd, ed. *Lyric Postmodernisms: An Anthology of Contemporary Innovative Poetries*, Denver: Counterpath Press, 2008, p. xiv.
② 孙立恒：《蕾·阿曼特劳特诗歌初论》，载《外国文学》2014年第2期，第18页。
③ Rae Armantrout, "Reading and Performances' Introductions," in Rae Armantrout Papers, MSS 699, Box 23, Folder 8, Special Collections Library, University of California San Diego.
④ Rae Armantrout, *Money Shot*, Middletown: Wesleyan University Press, 2011, p. 31.
⑤ Rae Armantrout, et al., *The Grand Piano*, Part 10, Detroit: Mode A, 2010, p. 155.

国诗评家伯特也充分肯定了诗人对这一文学技巧的理念,称拼贴他人的话语和声音几乎是一种生活常态。他断言:"没有任何语言和情感可以一直保持'全新'。我们所用的词语并不是自己造出来的——相反,我们接收并输出大都未经检验的语言片段。"因而,"我们所说的几乎所有东西(对听力足够敏锐的人)都会听起来像一系列未注明出处的引用"①。

阿曼特劳特对淘来语的试验可以一直追溯到其早期创作。尽管诗人本人在一次访谈中由于记忆偏差而错误地将其首次使用"淘来语"的案例归到第二部诗集《饥饿的发明》的开卷之作,而实际上早在其第一部诗集《极限》的《仇外》一诗中就已经出现了"淘来语"使用案例。在该诗的开篇,诗人援引当时其正在阅读的弗洛伊德有关梦境分析的片段及当时她年幼的儿子所读的故事书中的一则童话,并将二者糅合在一起,遂产生了这样的诗行:"'一定代表了家庭教师/因为,当然,这个生物本身/不会激发这样的恐怖'/[……]/'当窗户自己打开/在大核桃树上/有六七只狼……'"②随后,在其第二部诗集《饥饿的发明》里,一首题为《自然史》的诗成为第二例淘来语的拼贴用例。在该诗的第一小节诗人拼贴了出自《科学美国人》中一篇关于白蚁蚁丘的文章句子片段;而在第四小节中则借用了其同一时间在别处读到的一篇描写女施虐狂的部分句子。她对这些带有强烈母性色彩的素材的特别关注应该与其当时正值孕期的个体状态有关。在此意义上,阿曼特劳特对淘来素材的拼贴使用具有某种技术层面的价值,正如她自己所说,拼贴见证了"我的生活境遇如何在这些年间影响了我的诗歌"③。而彼时,她正努力将自己作品的长度从以前惯有的短小精悍拉得更长。这在某种程度上是对她生活状况的记录,因而无可避免地体现在她不同于许多其他语言诗人的特定创作过程中。

---

① Stephen Burt, "Where Every Eye's a Guard: Rae Armantrout's Poetry of Suspicion," *Boston Review*, April/May 2002, http://bostonreview.net/br27.2/burt.html. (Accessed 2011-06-04).

② Rae Armantrout, *Extremities*, Berkeley: Figures, 1978, p. 13.

③ Lynn Keller, "An Interview with Rae Armantrout," *Contemporary Literature*, Vol. 50, No. 2, Summer 2009, p. 233.

与罗恩·西利曼、巴雷特·瓦藤和琳·贺金年等其他语言诗人使用事先预设好行数和段落数的程式化创作过程不同，阿曼特劳特诗歌除《引擎》和《另一种语言》（*Another Tongue*）等少数案例，很少使用类似程式化的写作方式。相反，她更多采用基于淘来语话语基础的所谓"记录性过程"（notational process）。据悉，该诗歌运化过程关注日常审美和观察的细节，通常要耗时几天甚至几周。为此，诗人曾这样解释：

> 我很少一下子就写出一首诗，所以你看到的一些断裂就是创作过程中所留下的。我收集素材，无论到哪都带着我的记事本。我在公共场所里坐着，如果邻桌的人说了什么古怪的话，我就把它记下来……我不会立刻就把下一行写出来。接下来我会去购物或干其他什么事情。之后，可能又会有其他似乎与之相关的东西出现，我就把它们连在一起。①

这段看似简单的说明，实则显示了诗人极具颠覆性的诗学理念的弧光：那就是她有关诗歌作为非虚构文本的体裁观念。对她来说，直接来自日常生活的淘来语常常是她创作的起点或"起飞场所"，从那里展开她对世界以及生活在这个世界中的人们的诗意考察。如其所言："我找到的是我能有某种共鸣的东西，一旦它作为一个范围、一个搜索被确定，当有东西随之被吸引，那就是一首诗。"② 从这一角度来看，阿曼特劳特从周遭环境各种不同源头中搜罗而来的只言片语对她来说就像是本·莱纳所说的"交替感知集合"③，反过来及时记录了她对所感知到的现实世界所做出的瞬间回应，彰显见证诗歌的记录能力。不同的是，其所见证记录的是由话语或符号构成的社会生活细节，是用以理解和解释世界的不同方式及其带来的惊奇和困惑。

---

① Lori Chamberlain, "Interview with Rae Armantrout (1987)," M1211, Box 14, Folder 1, Special Collections Library, Stanford University.

② Lori Chamberlain, "Interview with Rae Armantrout (1987)," M1211, Box 14, Folder 1, Special Collections Library, Stanford University.

③ Ben Lerner, "Rae Armantrout," *BOMB*, Winter 2011, https://bombmagazine.org/articles/rae-armantrout/. (Accessed 2012-07-24).

例如，《近代》（Latter Day）一诗中描写灰泥平房天窗的诗句就源自诗人坐公交车时向外望去所观察到的场景：当她看到有人在自家的灰泥房子上开了一个低矮的圆形天窗时觉得很奇怪，于是就记在本子里放在一边，直到后来有其他事情自我呈现出来。当看到在所记录的看似毫不相关的事物之间似乎能有某种似有似无的微妙关联时，她就会把它们放在一起作成一首诗。阿曼特劳特本人对这一特定创作过程从不讳言，总是大方地与其他诗人和批评家分享。在获得2009年美国国家图书奖之后的一次访谈中她坦率地说道：

> 我总带个空本子——现在手里就有一本——然后记下我所看到、想到、听到、读到或电视上看到的东西。有时候一首诗就这样形成了，大多数时候它们是我笔记的集成。最终我会意识到这些部分之间有某些联系——某个观念和笔记本中另一个观念彼此呼应。我就把似乎彼此有联系的事物放在一起，调换调换顺序，然后修改完善。其他时候，我会想到一个自己很有兴趣的点子或是部分，然后我会出门去找找看是否能与它产生联系的东西。有时这会耗时几个星期。通常我都能找到，但我必须要坚持。我就像个收藏家，出去搜寻这些点滴片段。①

上述详解再次表明，阿曼特劳特的拼贴建立在她对不同环境的细致观察和记录之上。如她在《传播》（Circulating）一诗中所写："看到什么，说点什么/记到本子上。"②她总是观察、收集，将自己置于一系列感知环境中，在此，尝试性甚至戏弄性的关联成为关注的焦点。因此，她的诗从一组感知跳到另一组感知，形成强烈的阻断感，而这种感觉又被通常用来分隔不同诗节的星号和数字标识进一步加强。然而，恰恰是在这种趣味关联中生成了其诗歌独特的戏剧张力。虽然看似断裂，"却形成了某种扎实、真实而最终可辨识的东西——就像一床根据人类意识拼缝而成的百衲被"，并且"这种智慧，这种将手头能找到的东西拼缝在一起，这种用文字煨就的什锦焖锅

---

① Laura Baudo Sillerman, "The (Pulitzer-Winning) Poet is a Quilter," *Women's Voices for Change*, April 14, 2010, http://womensvoicesforchange.org/the-pulitzer-winning-poet-is-a-quilter-the-poet-is-a.... (Accessed 2012-07-24).

② Rae Armantrout, *Just Saying*, Middletown: Wesleyan University Press, 2013, p. 39.

或百衲被，在寒风凛冽之时会带给我们无比的温暖"①。

然而，尽管阿曼特劳特的创作以这样的记录性拼贴手法为基础，她的诗却绝不仅仅是"淘来语"或笔记碎片的随意拼凑。对她来说，拼贴远不只是她从其他各种不同地方搜罗而来的语境片段的简单复制。借用贺金年所论，尽管该诗人手中的拼贴"会连接从各种截然不同语境中得到的元素"，其兴趣却并不仅仅在于"生产这些元素，而在于那些来自各自语境的不同元素间擦出的火花"②。这就涉及阿曼特劳特拼贴的另一方面，即意识形态方面的重要性。通常而言，这位诗人手中的拼贴是其面对碎片化意识，或面对她称为来自"信息爆炸"猝不及防的"冲击"时的一种防御性应对手段。论及"信息爆炸"，阿曼特劳特坦言："我们无论愿意与否，都几乎无时无刻不被来自不同源头的各种不同信息所裹挟。"③有鉴于此，"有时候为了看或听得更真切，你确实需要将某些东西从它们通常的语境中剥离出来"，诗人解释道："另一方面，我对事物隔着页面空白彼此联结的方式以及它们彼此孤立都一样感兴趣。"④因此，需要注意的是，尽管其诗中的拼贴产生了一种类似于现代派诗歌的碎片化和互文性特点，阿曼特劳特诗歌却有别于其现代主义诗人前辈。其中最大的区别在于，前者更多关注战后创伤反应，而阿曼特劳特的拼贴是为了记录安·肯尼斯顿所说的"意识的断裂"⑤，与现实

---

① Laura Baudo Sillerman, "The (Pulitzer-Winning) Poet is a Quilter," *Women's Voices for Change*, April 14, 2010, http://womensvoicesforchange.org/the-pulitzer-winning-poet-is-a-quilter-the-poet-is-a.... (Accessed 2012-07-24).

② Lyn Hejinian, "An Interview with Rae Armantrout,"in *Collected Prose*, Rae Armantrout, San Diego: Singing Horse, 2007, p. 103.

③ Eric Elshtain, "An E-mail Interview with Rae Armantrout,"in *Collected Prose*, Rae Armantrout, San Diego: Singing Horse, 2007, p. 90.

④ Tom Beckett, "'My Poetry Isn't Built on Hope': an Interview with Tom Beckett," in *Collected Prose*, Rae Armantrout, San Diego: Singing Horse, 2007, p. 128.

⑤ Ann Keniston, "Introduction,"in *The New American Poetry of Engagement: A 21st Century Anthology*, eds. Ann Keniston and Jeffrey Gray, Jefferson: McFarland & Company, 2012, p.14.

生活中的一切间离感和突然感,以及意外和惊奇感形成强烈共鸣,见证了美国社会意识形态所造成的意识混乱和迷惑。

身为诗人,阿曼特劳特虽然常常为自身所处的社会文化感到困惑愕然,但她从来都不会束手就擒。相反,通过在诗中聚焦她在美国文化中受到的意识冲击,她对造成这种冲击的语言片段加以认真检视和探究。淘来语在她的作品里经"去语境化"处理而从原本的语境中剥离出来并置于新的语境,和其他语言放在一起以供进一步思考和研判之用。在诗人看来,头脑(或自我)与世界(或事物)亲密互动——与之相伴相互融合,你中有我我中有你——这不仅是对世界的观察,更是一种体验世界的方式。在整个过程中,她对这些淘来素材的使用其实正是她与世界共同思考的方式,既在世界之中,又与世界分隔。她直言:

> 语言总体上已然被广告和媒体以多种方式所钝化和歪曲。我(我们)不得不对此加以密切关注,跟上它的脚步,以便让这种歪曲能被听到,让这种语言变成题材……沮丧、迷惑,甚或是痴迷等,都是我创作关注的重要元素。①

以2004年诗集《悉知》中一首题为《可视化》的诗作为例,该诗以花边小报的标题开篇:"男孩用传奇故事收获爱情。"这里该诗通过引用博人眼球的媒体标题将人们的注意力引向身份和关系的构建问题。身份是否建基于为了赢得爱情的传奇故事之上?一段恋爱关系如果建基于传奇故事又岂能长久?在此,诗人对小报内容的重视程度甚至比小报本身对自己内容的重视程度还高,而对花边新闻片段的拼贴使用也体现了阿曼特劳特作为诗人所面临的困境。她坦言:"另一方面,我想要与媒体或政治语言保持'批判性距离'以便对其中的例子进行孤立和去语境化处理,这样我们才能对其进行再次思考消化。"②通过将其从原有的媒体语境中剥离出来,诗人实际上切断

---

① Eric Elshtain, et al., "An E-mail Interview with Rae Armantrout,"in *Collected Prose*, Rae Armantrout, San Diego: Singing Horse, 2007, p. 92.

② Eric Elshtain, et al., "An E-mail Interview with Rae Armantrout,"in *Collected Prose*, Rae Armantrout, San Diego: Singing Horse, 2007, p. 92.

了该语言的传播模式，凸显了这种素材所引发的困惑，以借机提醒读者谨防这种语言对思维的侵蚀。

而另一方面，如诗人在访谈中所坦承的那样，无论她多想与媒体和政治语言保持"批判性距离"，"这样的语言仍然在我们的意识中无孔不入，并成为意识的组成部分"，因此我们不可能"真的从这种素材中逃离"。在某种意义上，对阿曼特劳特来说，拼贴作为技法是处理意识问题的一种方式。正如她在一次访谈中着重指出的："意识不能单独存在。要想有意识，你就需要对什么东西产生意识。主体和客体本质上是统一的。这就是一种两难困境，或者说'第22条军规'似的困境"[1]。对她而言，"身份是一种平衡行为；一部分是平衡，一部分是拼贴"。受困于"所有这些我们脑中的声音、父母的声音、报纸的声音、专家的声音，还有那些广播里的声音"[2]，作为主体本身，诗人继续发出了追问："那么我们要接纳多少？拒绝多少？"她表示："所以说这是一种平衡术，但必须要有人去做这样的平衡，这个人我觉得就应该是自我了。"[3]显然，阿曼特劳特真正想表达的意思是，无论有意无意，人的意识会被从外面世界接收的各种信息所影响。在此意义上，拼贴作为一种文学手法，也是现实世界以及我们如何理解并和那个世界相处的反映。其《消逝》（*Fade*）一诗的开篇句"新的现实/是各种独白的/集锦"[4]，可谓准确概括了这种现实的精髓。

---

[1] Eric Elshtain, et al., "An E-mail Interview with Rae Armantrout,"in *Collected Prose*, Rae Armantrout, San Diego: Singing Horse, 2007, p. 92.

[2] Maureen Cavanaugh, et al., "UCSD Professor And Poet Rae Armantrout Nominated For National Book Award," "These Days on KPBS", November 9, 2009, http://www.kpbs.org/news/2009/nov/09/ucsd-professor-and-poet-rae-armantrout-nominated-n/.（Accessed 2014-01-10）.

[3] Maureen Cavanaugh, et al., "UCSD Professor And Poet Rae Armantrout Nominated For National Book Award," "These Days on KPBS", November 9, 2009, http://www.kpbs.org/news/2009/nov/09/ucsd-professor-and-poet-rae-armantrout-nominated-n/.（Accessed 2014-01-10）.

[4] Rae Armantrout, *Versed*, Middletown: Wesleyan University Press, 2009, p. 104.

作为拼贴的典型例子，阿曼特劳特那首题为《中间人》（*Middle Men*）的散文诗也对此问题进行了探讨。她在诗中写道：

> 故事从两位年轻技师的视角进行讲述
>
> 两人一胖一瘦，必须要给他们的上级一份精确到
>
> 时刻的有关他们密切追踪之对象的汇报。怀
>
> 疑出现，偶尔地，当他们必须告诉上级
>
> 他们无法将列举手法保持在一定范围内。
>
> 我们同情这被追踪的对象，但也同情这对显然
>
> 能力超凡，却常常恼怒的技师，他们的情况
>
> 其实更像，我们自己的境遇。①

这首诗表面看源于1998年的间谍悬疑片《全民公敌》（*Enemy of the State*）的剧情梗概，却逐步思考了下列问题，即"观众应认同哪一方：是调查对象的主角？还是被派去追踪他的探员？"尽管存在文化差异，但是无论美国还是中国观众，我们对双方都抱有同情，既同情被追踪的主人公，也同情时常被激恼的技术人员。该诗表明，电影描述的情况和我们自身同为主、客体的境遇并没有什么不同。在诗人看来，"主人公代表世界，甚至代表世界中作为客体的人，而技术人员代表的则是意识或者感觉。或许这是客体和过程之间的对阵"。阿曼特劳特在一次邮件访谈中坦言，她的诗恰恰"（就像那样）跨坐在那个间隙之上"②。

（三）阿氏拼贴的分类

尽管意识到拼贴在技法和意识形态方面的重要性，但是谈及拼贴的用途，阿曼特劳特却总略显犹豫，并不直接给出一个确切定义。她说："我总想我究竟是否知道拼贴的准确定义。"③ 事实上，这种犹豫本身却说明拼贴

---

① Rae Armantrout, *Up To Speed*, Middletown: Wesleyan University Press, 2004, p. 12.

② Eric Elshtain, et al., "An E-mail Interview with Rae Armantrout," in *Collected Prose*, Rae Armantrout, San Diego: Singing Horse, 2007, p. 92.

③ Lyn Hejinian, "An Interview with Rae Armantrout," in *Collected Prose*, Rae Armantrout, San Diego: Singing Horse, 2007, p. 103.

作为一种诗歌手法在具体使用中确实存在的差异,它会因不同诗人的创作实践而有所不同。更多时候阿曼特劳特将拼贴定义为一种"当你将不同来源的引用素材并排放在一起"①的创作实践。为此,她还在不同场合做过进一步解释,称她所说的拼贴"指的是用圆点隔开的诗节来自不同时刻、不同地方"②。综合其在不同场合就拼贴给出的定义会发现,无论哪种定义方式实际都指向了诗人手中惯用的,把来源于不同时间、不同地点、不同文本的引用素材穿插在一起的创作技法。无论有无引号框定,其所说的"引用素材"或文本指的都是诗人在电视上,在咖啡店、街头,或在所读的书籍和文章中发现并逐字引用在诗中的"淘来语"。同时,它也可能指她脑中想象而来的语句,其语调或声音却源于在别处听到或看到的某个语境,然后她将其用自己的话加以转述而不是逐字引用。因此,阿曼特劳特的拼贴在创作实践中主要呈现两种基本类型:一个是原文拼贴,另一个则是她称为"伪拼贴"③的调性拼贴。

1. 原文拼贴

所谓原文拼贴,类同于许多后现代主义诗人使用的传统拼贴手法,指的是从其他语境中逐字借用短语或句子的做法。这对阿曼特劳特诗歌来说尤为典型,其绝大部分诗作都是以这种从不同源头借用而来的词句开头并展开。一个有趣的例子当数《纠缠》一诗,该诗开头句逐字借用了诗人曾记下的某个车贴上的句子:"别让这车骗了你。//我的宝藏/在天堂。"④ 另一首《这是》(This is)一诗同样是用其看到并记下的另一张车贴标语作为开头:"如果你能读到这个/你就太近了。"⑤ 除了车贴上的句子,阿曼特劳特

---

① Lyn Hejinian, "An Interview with Rae Armantrout," in *Collected Prose*, Rae Armantrout, San Diego: Singing Horse, 2007, p. 103.

② Laura Moriarty, "Interview: Kit Robinson and Rae Armantrout," *The American Poetry Archives*, Vol. 10, Summer 1994, p. 6.

③ Lyn Hejinian "An Interview with Rae Armantrout" in *Collected Prose*, Rae Armantrout, San Diego: Singing Horse, 2007, p. 103.

④ Rae Armantrout, *Up To Speed*, Middletown: Wesleyan University Press, 2004, p. 17.

⑤ Rae Armantrout, *Money Shot*, Middletown: Wesleyan University Press, 2011, p. 72.

的诗还时常采用来源于其他不同语境的拼贴。以《崩塌》（*Collapse*）一诗为例：

> 当斯图熄灭了整座城市，
> 小淘气们拯救了一切
> 释放了冰箱
> 里的光。
>
> 一帮人正排演
> 怀孕的露西去医院检查的场景。
>
> 这样的财团可能已经进化出了
> 胞内功能？[①]

根据诗人自己的描述，诗的前两段一字不差地结合了她当时正在阅读的《电视指南》中所登载的一个卡通连续剧和广受欢迎的情景喜剧《我爱露西》的剧情简介，第三段则是其当时在读的美国生物学家琳·马古利斯（Lynn Margulis）的生物学著作《何为生命》（*What Is Life*，1995）中某句话的改写。尽管这些文本千差万别，当它们通过阿曼特劳特的设计安排在诗中意外相遇并产生了奇妙的火花，从而让读者得以从不曾想过的角度看待事物。就本诗而言，读者可以从生物学的角度看待动画片，也可以从动画片的角度看待生物学。

此外，阿曼特劳特诗歌也不断演绎从各种语境中提取而来的淘来语片段，特别是那些深深根植于美式英语中一些典型的陈词滥调或空洞表达，以激发读者的反思。例如，《交易》一诗就再现了诗人在星巴克咖啡馆里听到的其他客人等咖啡时的话语片段：

> 一个人说"没问题。"
> 或"我从头到尾都很喜欢。"

[①] Rae Armantrout, *The Pretext*, Los Angeles: Green Integer, 2001, p. 49.

> 或"达豪①让我觉得太爽了。"而
> 对我来说，
> 我是纯粹地痛恨。②

据诗人在与另一位诗人琳·凯勒的访谈中解释，这是她在咖啡馆听到的一些所谓"高端人士"谈论他们的假期时所使用的言辞片段。"我就在那，和刚刚旅行归来的人们一起排队，他们就那样谈论着他们的旅行和达豪。"③ 在诗中诗人刻意用显眼的双倍行距和引号将这些闲谈片段分隔开来，以吸引读者关注并思考这些话语的真正意图与实际传达效果间的落差。在诗人看来，这些说话人本身所期待传达的讯息因受其实际交流中所使用的滥俗表达的限制而大打折扣，因而充满冒犯之嫌，令人满心疑惑或反感。如果"没问题"以及"我从头到尾都很喜欢"还没有激起诗人所感受到的那种怀疑的话，"达豪让我觉得太爽了"那句则直接挑战了读者的接受底线。它用轻佻、毫无敬畏的腔调形容到访臭名昭著的纳粹集中营达豪时的所谓"刺激"感受，不仅让诗人本人在现场即"纯粹地痛恨"，也同样令了解那段历史的读者心生反感、疑问重重：怎么可以用"爽"来形容在达豪集中营的感受？

如阿曼特劳特所言："我们没有理由觉得达豪不应该让我们觉得'太爽了'，但是把滥俗的表述方式和其他东西加在一起……"④ 虽然诗人礼貌地就此打住，但无须说得再透彻，其话中的意思已经非常明确：她在请大家留意该语境下类似话题表述的不得体性。考虑到"爽"字的多重含义，尤其是和愉悦或音乐相关的含义，我们不由得思忖用这样的词形容一个人在达豪——一个二战期间以折磨和屠杀成千上万人而臭名昭著的纳粹集中营所在

---

① 达豪指达豪集中营，纳粹德国三大中心集中营之一。1933年3月建于德国巴伐利亚的达豪市附近，系纳粹德国最早建立的集中营。

② Rae Armantrout, *Up To Speed*, Middletown: Wesleyan University Press, 2004, p. 43.

③ Lynn Keller, "An Interview with Rae Armantrout," *Contemporary Literature*, Vol. 50, No. 2, Summer 2009, p. 236.

④ Lynn Keller, "An Interview with Rae Armantrout," *Contemporary Literature*, Vol. 50, No. 2, Summer 2009, pp. 236-237.

地的体验是否合适。在此，拼贴短语的轻佻语义本身揭示了那些美国访客的冷漠与无知。结合该诗中另一个美式英语里最漫不经心的短语"我可以帮你牵线"的说法，阿曼特劳特诗的这些拼贴案例体现了她对美国整体语言环境不断恶化的担忧。如她在同一首诗中指出的那样："传单/就该是简短描述//光寻求最快的路径//〔……〕/这些事情有何共同之处？//它们都表现得似乎//不耐烦。"①诗人似乎在委婉地敦促读者明白，在当今美国社会堕落的语言环境里，如果任由这些现成而不用脑子的滥俗表达占据他们的语言世界，人们乃至整个社会迟早会失去思想的棱角和动力。

又如，在《不请自来》（*Unbidden*）一诗中，诗人加入了一些她在热门电视节目《约翰·爱德华全国之旅》中听到的说法。小约翰·爱德华·麦克吉（John Edward McGee Jr.）职业称谓是约翰·爱德华（John Edward），是一名所谓的灵媒，声称可以让观众听到逝去亲友的声音。该诗写道："鬼魂成群。他们众口/一词。每一个/都爱你。每一个/都有些未竟之/事。"②该拼贴案例并未评价小约翰·爱德华其人，而是邀请读者思考，为何在这样的通灵术中死者所言总是雷同，因而对这种灵异之术的真实性提出了委婉质疑。同时，在其标志性的不确定感和自我审视中，该诗中的拼贴也揭示了诗人对于人性最基本层面上的关注：当我们离世的时候，感受又何尝不是那样？

在另一首《可逆》（*Reversible*）中，诗人把在飞机上听到的话语"那是个糟糕的/肖恩·康纳瑞，但/却是一个优秀的普林斯"与她对比喻的可逆性的思考混合在一起，"但比喻可逆吗？//试试这个//棕榈树干/像腿//一个独腿/芭蕾舞娘的腿"③。据其本人描述，这些话语的说话人当时或许正在谈论飞机闭路电视节目里正播放的一个电视模仿秀，有人模仿的是著名好莱坞明星肖恩·康纳瑞（Sean Connery），有人则模仿了传奇歌手普林斯·R.尼尔森（Prince R. Nelson）。"听起来特别怪诞，我就把它记了下来，"诗人说

---

① Rae Armantrout, *Up To Speed*, Middletown: Wesleyan University Press, 2004, p. 43.

② Rae Armantrout, *Versed*, Middletown: Wesleyan University Press, 2009, p. 70.

③ Rae Armantrout, *Next Life*, Middletown: Wesleyan University Press, 2007, p. 29.

道，"不只是电视，我从很多淘来语中获得素材。"①

更为有趣的还要数《整数》（*Integer*）一诗中的拼贴用法，在此阿曼特劳特将《科学美国人》中一篇关于癌症生物学的文章片段与自家话费单中的实时话费报告加以混合。"不，隐喻是顺势疗法//一个健康细胞/展现出接触抑制//这些暂时积分/将不会再反映/在您的下一个账单周期。"② 这些诗行看似断裂荒谬，然而如标题所示，它的确落在一种"整数"的范畴内，尤其是从诗的开头和结尾所产生的共鸣来看。第一部分的最后一句"某个暗物质/占据了它"和全诗结尾句"'暗'意味着/不会反光//不接受建议"③彼此呼应，给人一种将有坏事发生的"暗黑"之感或不祥征兆。因此，这些"淘来语"的句子看似彼此毫无关联，但两个句子中都透着的某种不祥之感却将它们巧妙地联系在了一起，暗示着威胁或危险可以化作任何形式发生在日常生活的各个层面。

此外，传统拼贴或纯拼贴最典型的例子则是阿曼特劳特2004年诗集《悉知》中一首长16行的诗，题曰：《你耳边的手机或许并不存在》（*The Cellphone at Your Ear May Not Exist*）。该诗第一小节长达9行，逐字逐句实录了诗人此前在咖啡馆听到的一个疯子所说的话：

  "你知道吗，把这记下来。

  你怎么样，女士，你还好吗？

  因为我的电话簿里有你的名字。

  我之前正跟某个人聊天

  她的名字就像那样。

  我就在这儿，放松放松。

  咖啡馆，理发店。对，

  一切都会好的

---

① Lynn Keller, "An Interview with Rae Armantrout," *Contemporary Literature*, Vol. 50, No. 2, Summer 2009, p. 235.

② Rae Armantrout, *Versed*, Middletown: Wesleyan University Press, 2009, p. 93.

③ Rae Armantrout, *Versed*, Middletown: Wesleyan University Press, 2009, pp. 93-94

因为你的名字就在这儿。好吗？"[1]

据诗人回忆，这是她在咖啡馆从坐在身后的一个男子那里听来的。起先，她以为他在打电话，随后发现并非如此。"在某个时刻我意识到这人可能是个疯子，我就开始把它写下来。"[2] 更让她震惊的是，很快她就意识到自己可能就是这个疯子口中所说的"女士"，因为当时咖啡馆里只有他们两人。尽管略感不安，诗人"还是忙着记下对方所说的一切"[3]。但是需要说明的是，这首诗并不尽是淘来之词，它在结尾段落还加入了诗人自己关于彼时彼景的哲学性思考，因而超越了"淘来语"本身的范畴，赋予全诗更深层的庄重之感。

    引用是否恶意？
    深刻？

    一只鸡头
    眨着双眼，

    用吸管
    对着"常规"的"U"字

    小口地吮吸[4]

作为典型的拼贴案例，该诗混合了诗人无意间听到的他人话语及其对此话语意义的思考。读者在第一部分读到的那些破碎而无逻辑的呓语引发了诗人的如下思考："引用是否恶意？/深刻？"很明显，尽管这首诗以阿

---

[1] Rae Armantrout, *Up To Speed*, Middletown: Wesleyan University Press, 2004, p. 25.

[2] Lynn Keller, "An Interview with Rae Armantrout," *Contemporary Literature*, Vol. 50, No. 2, Summer 2009, p. 236.

[3] Lynn Keller, "An Interview with Rae Armantrout," *Contemporary Literature*, Vol. 50, No. 2, Summer 2009, p. 236.

[4] Rae Armantrout, *Up To Speed*, Middletown: Wesleyan University Press, 2004, p. 25.

曼特劳特偶然听到的某个疯子的疯言疯语开篇，但这些疯话本身并不是她的最终兴趣所在。当发现问题无解，抑或是想假装没有在听的诗人随即对此尴尬境遇进行了哲学反思，转而使劲打量着手中饮料杯上的卡通标识："一只鸡头/眨着双眼//用吸管/对着'常规'的'U'字//小口地吮吸。"此处至少在"鸡头"（chicken head）和"常规"（regular）两个词上使用了双关游戏。前者除了"鸡头"的字面意思以外，也可以指"蠢笨的女性"；而后者的"常规"一词不仅可以指标准量饮料杯的尺寸，也可以指行为表现"正常"。诚然，在如此非常规的语境下，听一个疯子在公共场所胡言乱语，任何人都本能地会和诗人有同样的反应——假装没有听见，就像鸵鸟受惊时将头埋在沙子里自我保护一样。而从他人的视角（包括疯子自己）来看，这样的做法不同样是愚笨可笑的行为吗？这正是该诗的分量所在，这个哲思尽管短暂，但不仅消解了"淘来语"的荒谬之感，也为阿曼特劳特的拼贴手法加持了浓厚的人文关怀色彩。

如上述分析所示，阿曼特劳特手中的纯拼贴手法尽管看起来简单而程式化，却绝不是简单的复制粘贴过程。它显示了诗人对当代美国多元社会文化充满人文关怀的智性思考。巧妙的是，这样的关怀和思考始终不露痕迹地默默建基于对世人及其真实语言和这些语言的可能含义的细微观察与记录之上，成为见证诗歌在社会关注方面的良好范式。

2. 伪拼贴

除了传统的纯拼贴手法，阿曼特劳特诗歌还特别喜欢用她所称的"伪拼贴"手法，即对不同言辞行为的语调进行模仿的手法。据她在和贺金年的访谈中解释："我更常做的是一种伪拼贴，即把熟悉的腔调或声音混在一起的技巧——比如把电视主持人的话和某个阿尔茨海默病患者的话混搭在一起。"[1]然而这种"熟悉"是对谁而言，诗人并没有给出进一步的说明。这或许既指诗人本人也指读者，因为阿曼特劳特是从她日常生活听到的话语中广泛汲取素材，如媒体声音，而这些话语在别处也被其他人听过。值得注意

---

[1] Lyn Hejinian, "An Interview with Rae Armantrout," in *Collected Prose*, Rae Armantrout, San Diego: Singing Horse, 2007, p. 103.

的是，她在谈论"伪拼贴"时着重强调"措辞"一词，因为这正是让她的拼贴成为"伪拼贴"之所在。

另一方面，和逐字借用其他语料的传统拼贴不同，阿曼特劳特所说的"伪拼贴"还包括其"基于想象中的某种说话者的语调所做的模仿"①，就像诗人、批评家马蒂亚斯·里根（Matthias Regan）所评论的："阿曼特劳特借用的是言语的风格样式，而不是挪用具体的话语用例。"② 这种技法其实也可以在其他当代诗人的作品中找到，其中包括白萱华（Mei-mei Berssenbrugge）、贺金年、劳拉·穆伦（Laura Mullen）和莱斯利·斯卡拉皮诺（Leslie Scalapino）。与其他诗人不同的是，阿曼特劳特明显更专注于对代表某种控制和权威的声音，如政治领袖、老师、医生或老板的声音进行伪拼贴处理。"腹语/是母语，"③ 阿曼特劳特在一首诗里写道，因为她明白，"世界只有通过某种腹语才能进入诗歌"；但如今既然"事物和观念并不相融"，她就以腹语方式不动声色地模仿她所听到的所谓权威声音或自诩为权力及权威代表的声音。"我喜欢假扮专家的声音，假扮伪专家、医生、发明家，甚至上帝，去抢了他的风头。"④ 因此，所谓伪拼贴实为阿曼特劳特以近乎悖论的方式"通过伪装确信以探索怀疑，盗取它的各种腔调，并将它们置于荒诞的情境中所做的尝试"⑤。在此意义上，其伪拼贴可以被视为另一版本的戏仿，而戏仿作为术语也确实被诗人使用在多种场合以替代其所说的伪拼贴。如在与贺金年的对谈中她就曾直言："我经常戏仿权威的声

---

① Eric Elshtain, et al., "An E-mail Interview with Rae Armantrout," in *Collected Prose*, Rae Armantrout, San Diego: Singing Horse, 2007, p. 90.

② Matthias Regan, "A Review of A Wild Salience: The Writing of Rae Armantrout," *Chicago Review*, Vol. 47, No. 1, spring 2001, p. 123.

③ Rae Armantrout, *Necromance*, Los Angeles: Sun & Moon Press, 1991, p. 39.

④ Rae Armantrout, *Collected Prose*, San Diego: Singing Horse, 2007, p. 55.

⑤ Rae Armantrout, "Reading and Performances' Introductions," in Rae Armantrout Papers. MSS 699, Box23, Folder 8, Special Collections Library, University of California San Diego.

音，包括科学家的声音。"① 在《账户》一诗中，她将一位科学家和一位滑稽的、听不懂科学家意思的对话者的声音进行了伪拼贴。据阿曼特劳特后来在各种朗读会上披露，诗中的这位对话者其实就是她本人："他不大明白我的问题，我也不大明白他的答案。"②因而就有了这首诗：

嘘！
你想让我重新开始吗？

*

逐渐消逝的激光脉冲

描述激光脉冲的信息

被储存

被编码

在原子状态中的
自旋中。③

借用诗中科学家严肃的语调，诗人很快在接下来的几行结束了全诗："上帝/正在对账//上帝正给他的账户加密//这要花老长时间了！"通过把物理学现象描摹成上帝正在进行的日常世俗的银行活动，这里的对话者或诗人对科学家的迂腐与死板及他所坚持传授的科学理论都表达了一种恶作剧式的不敬。

---

[1] Eric Elshtain, et al., "An E-mail Interview with Rae Armantrout," in *Collected Prose*, Rae Armantrout, San Diego: Singing Horse, 2007, p. 101.

[2] Rae Armantrout, "Reading at the Bama Theater," University of Alabama, Tuscaloosa, September 20, 2012, http://writing.upenn.edu/pennsound/x/Armantrout.php. (Accessed 2013-04-18).

[3] Rae Armantrout, *Just Saying*, Middletown: Wesleyan University Press, 2013, p. 8.

然而，这种戏仿却未必带来冒犯或令人不快的结果。《美国诗歌精粹》系列主编大卫·莱曼在2007版中就戏仿本质进行了思考："戏仿，甚至是毫不留情的戏仿，未必是一种不尊重的表现。"莱曼说道："诗人对其他诗人进行戏仿和他们模仿他人写诗（或与之对立）的原因是一样的，即作为一种和特定的行为或声音互动的方式。真正有价值的戏仿其实是一种委婉的致敬。"[1] 阿曼特劳特的这种戏仿或伪拼贴事实上也大受科学家布莱恩·基丁的欢迎。基丁曾和诗人共进晚餐，并试图回答她"语言组织不佳"的量子物理学问题。对于这首诗，基丁非但没有受到冒犯，反而据称很高兴能够被写在了一首诗中——以致他之后将这首诗裱起来挂在了办公室的墙上以示纪念。这则逸事及这首将诗人自己和科学家之间的对话进行伪拼贴的作品，以一种常人很难想象的方式将两种截然不同的人以一种有趣的方式联系在一起。在诗人看来，某种层面上科学家和诗人其实属于一类人，因为"科学家和诗人都被他们在世界中所感知到的某些美所吸引，没有任何固定的数学或语言配方能够（至少现在）完全表现这些美"[2]。

无论如何，以上伪拼贴的例子从另一个角度见证了阿曼特劳特对权威和权力的怀疑精神，体现在这一案例中就是她对科学的某种程度的模糊态度。尽管对科学有着浓厚兴趣，诗人却仍然认为"科学——和宗教与童话一样，都试图对现状进行解释"[3]。为此诗人断言："科学家们都明白，他们所'知道'的事情都是暂时的。下一个试验就有可能颠覆这些知识，他们和不确信相伴相生。"[4] 遗憾的是，这首诗中的科学家却似乎对自己所知十分笃信。诗人质疑的正是这种确定感。该伪拼贴的用例为诗人提供了一个机会，

---

[1] Heather McHugh and David Lehman, eds., *The Best American Poetry 2007*, New York: Charles Scribner's Sons, 2007, p. ix.

[2] Rob Stanton, et al., "A Conversation with Rae Armantrout," Rae Armantrout Versed Reader's Companion, http://versedreader.site.wesleyan.edu/interviews/. (Accessed 2014-03-03).

[3] Rae Armantrout, "Reading and Performances' Introductions,"in Rae Armantrout Papers, MSS 699, Box 23, Folder 8, Special Collections Library, University of California San Diego.

[4] Rae Armantrout, "Reading and Performances' Introductions,"in Rae Armantrout Papers, MSS 699, Box 23, Folder 8, Special Collections Library, University of California San Diego.

从而对科学作为一种学科的局限以及知识总体上所具有的局限性加以委婉质疑，再次凸显了阿曼特劳特诗歌的首要准则，即"我的诗歌基底在于好奇与不确定"[①]。塞缪尔·约翰逊（Samuel Johnson）曾说："好奇心是智慧富有活力的最持久、最可靠的特征之一。"伪拼贴为其好奇心打开了更大的诗意探索空间，而她的诗恰恰因为持久的好奇心散发出迷人的魅力，并因此开启了读者充满好奇的阅读之旅。

阿曼特劳特手中的伪拼贴技法还可从1995年的诗集《就好像》中另一首题为《故事一则》的诗中窥见一斑。诗人在诗中借用深受美国文化推崇的少儿教育原则，即"当你矫正孩子的行为时永远不要对他/她发脾气"中所暗含的高高在上的教导腔调，将其与一位想象中的母亲一边给孩子念书一边试着善意地纠正其躺在那里"捏弄""乳头"的不雅行为的话语混合在一起。作为一个典型的伪拼贴例子，这两个话语声音其实均出自诗人自己的想象，而非从特定语境中直接拼贴而来。两种声音在诗中先后出现，擦出意外的戏剧性火花，将读者注意力引到幼教中所谓"专家建议"的自大态度上。这些建议听起来有理却未必禁得住推敲，因为它错误地暗示了一种身体与行为或动作与动因之间的决然分离。事实上，所谓"好母亲"正因为孩子捏弄乳头的行为扰乱了她的叙事进程而感到愠怒。和其他许多伪拼贴的例子所展示的一样，阿曼特劳特力图表现的是深藏在美国文化不同语境中的各种动态的语言微妙之所在。

另外，从该诗的页面呈现来看，上下两个诗节之间因双倍行距设计而留下的明显留白让第二诗节悬置在一种模糊未定的语境之中，进而为戏仿主人公即"母亲"的话语增添了更多的解读空间。"我享受这种腔调上的变化，某种意义上，这能让我'用不同的声音说话'。"[②] 然而，这种享受或愉悦感并不仅仅由诗人独享。眼尖并愿意被这种留白启发的读者同样能收获这样

[①] 孙立恒：《"我的诗歌基底在于好奇与不确定"——蕾·阿曼特劳特访谈录》，载《英美文学研究论丛》2015年第22期，第12页。

[②] Lyn Hejinian, "An Interview with Rae Armantrout," in *Collected Prose*, Rae Armantrout, San Diego: Singing Horse, 2007, p. 105.

的感受。读阿曼特劳特的诗，读者不仅可以享受从一个语境到另一个语境的跳跃所带来的意外的愉悦，还可尝试玩味多种解读的可能。试想，假如诗中的"你"并不是个孩子会怎样？假如这话从情色路径解读又当何论？显然，沿着不同的解读方向追寻，读者将会开启截然不同的理解方向所带来的多种快乐，因此大大加深了诗歌阅读的整体快乐体验。

  无论是拼贴还是伪拼贴，二者都能让作为诗人的阿曼特劳特"用不同的声音说话"，进而在一定程度上帮助她保持诗歌所需要的新鲜感和惊奇感。如约翰·德明（John Deming）对《说说而已》的评价一样，阿曼特劳特"收集意象、思想和感觉——那些所听所见和无意中听来的东西，并从中发现不引人注目的规律"，这样"她的诗就能一直保持新鲜，就像每天都是新的一天，只要世界在变，就会有素材"[1]。因此，其诗中相当数量的诗行或短语要么是"淘来语"的直接引用，或是从特定文本形式中戏仿而来的语调和风格，从而大大消解了读者的确定感，禁不住追问：诗人会在哪里出现，又在哪里消失？真实从哪里开始，想象又从哪里结束？而恰恰是这样的追问，不仅开启了永恒的游戏空间，更有不断深入的阅读乐趣。

  然而，尽管能在诗中如幻影般自由地从一个拼贴语境跳到另一个拼贴语境，但阿曼特劳特所做的绝不是将"淘来语"的片段简单地重复利用进行机械性的复写或誊写。相反，她像一个想象活跃的音乐DJ，将那些所希望呈现的声音以其独特的方式加以融合，为其赋予精神层面的贯通，从而最终在看似毫不相干的事物间搭建起意外的桥梁。为此，她曾在湾区语言诗人集体自传《大钢琴》中坦言：

    我们难道不也是将音轨混合在一起的DJ吗？我知道我、我们都并非被动的。自我就像一首古老的曲调，那个欢奏或哼唱着那首曲调的自我，那个有意无意把一首曲子和另一首曲子合在一起的自我，或许还有那个知道这曲调的存在却又对它厌倦了的自我。[2]

---

[1] John Deming, "Review of *Just Saying*," *Cold Front*, http://www.amazon.com/gp/feature.html/?docid=1000027801. (Accessed 2015-09-13).

[2] Rae Armantrout, et al., *The Grand Piano*, Part 10, Detroit: Mode A, 2010, p. 156.

很明显,通过拼贴,阿曼特劳特实现了对那些纷繁语境的"去语境化"处理,以便尝试发掘其在原语境之外的意义空间,激发它们在新语境中释放新的意义潜能。如此,诗人的拼贴在将淘来语置于显眼位置以被仔细观察的同时,也表达了她对外部世界的开放态度,而不是对封闭的自我世界进行以自我为中心的重点关注,从而让她的诗歌对其周围世界和生活在其中的人们有了更为深切的人文关怀。其诗歌以一种刻意疏离的方式,拒绝整合统一,拒绝浪漫化,拒绝对说话者虚假的统一声音抱有怀旧之感。相反,其诗充满了思维的发现和再发现,不仅不会让读者生出无力之感,反而赋予他们崭新的思维视角和方式。

有趣的是,帕洛夫在论及阿曼特劳特诗中的技法时却有不同看法。她在一封致后者的电子邮件中曾对诗人直言:"你做的不是拼贴",因为"拼贴总是包含具体的东西——把具体的物件粘贴在一起"[1]。在帕洛夫眼中,阿曼特劳特所做的"不如说是一种概念性非逻辑推论"[2]。之后,帕洛夫在其专著《诗学、诗歌与教学辨微》中对此进行了再次探讨:"但拼贴其实不是对她口中'语调转变'和'怪异叠加'的正确形容,"帕洛夫指出,"因为拼贴包含并置,要在同一语言层面对具体意象进行拼接。"[3] 这里我们暂不深究帕洛夫所说的"具体的东西"具体所指,以及在诗中将"具体的东西进行粘贴"的可能性,但这些特定评论却恰恰从另一个角度说明了阿曼特劳特对传统拼贴在概念和构建层面进行拓展的努力。诗人在一次访谈中确认:"我说的'拼贴'指的是用逗点隔开的诗节来自不同时刻、不同地方。"[4]

---

[1] Rae Armantrout, "Correspondence with Marjorie Perloff," Rae Armantrout Papers, ca. 1970-2001, M1211, Box 4, Folder 4, Special Collections Library, Stanford University.

[2] Rae Armantrout, "Correspondence with Marjorie Perloff," Rae Armantrout Papers, ca. 1970-2001, M1211, Box 4, Folder 4, Special Collections Library, Stanford University.

[3] Marjorie Perloff, "Teaching the 'New' Poetries: The Case of Rae Armantrout," in *Differentials: Poetry, Poetics, Pedagogy*, Marjorie Perloff, Tuscaloosa: University of Alabama Press, 2004, p. 251.

[4] Laura Moriarty, "Interview: Kit Robinson and Rae Armantrout," *The American Poetry Archives*, Vol. 10, Summer 1994, p. 6.

其拼贴手法有别于其他诗人手中多见的回收利用同一文化层次中其他文本中的具体短语、形式和形象的拼贴。在这个众声喧哗的时代，诗人以视身份为"一种部分是拼贴，部分是平衡术"的概念为基础，不仅在诗歌中加入了彼此断裂甚至冲突的话语，也呈现了不同的人在不同时间和地点所具有的感知和经验在调性、意识形态和声音等多维度的图鉴。通过与其他文本及话语的积极互动，她手中的拼贴作为一种文学策略证明了诗歌为"张力对话"① 提供舞台的能力。

作为阿曼特劳特为实现"切尔西诗学"，即其所谓"创造质疑和冲突空间"的"碰撞与重叠诗学"的主要诗学策略，拼贴在诗歌中为各种声音互相对抗争议并与"它们自身的纷扰"②进行对话开辟了空间。如她在《已知》一诗中所写，"诗的职责就是/为所有这些声音找到归宿"③。据阿曼特劳特在不同场合解释，这些声音或许就来源于不同人的不同话语语境。尽管诗人享受着这种允许她"以陌生的语言说话"，并在诗中加入"一定数量来源不明的声音"，从而产生一种"模糊身份"④ 的"语调变化"，但她绝不只是机械地复制这些声音。令人意外的是，各种出处不明的话语拼贴不仅没有把其诗分解成无意义的碎片，反倒激发出看待世界的崭新视角，不断刷新着读者对语言乃至对世界的看法。如诗人所说，"我经常将不同领域的话语拼贴一起，来看看它们相互遭遇会发生什么，会产生怎样的摩擦"⑤。就结果而言，拼贴在这位诗人的手中实际上成为一种借力打力的巧妙策略，以便从不同语域的话语中汲取诗歌所希望具有的张力、引力和智力。论及现成材料的使用，威廉姆斯曾说：

> 一个人创造一首诗时，注意，是创造，他会取用那些他觉得与

---

① Jahan Ramazani. "'Sing to Me Now': Contemporary American Poetry and Song," *Special Issue: American Poetry, 2000-2009*, Vol. 52, No. 4, Winter 2011, p. 732.

② Rae Armantrout, *Collected Prose,* San Diego: Singing Horse, 2007, p. 58.

③ Rae Armantrout, *Made to Seem,* Los Angeles: Sun & Moon Press, 1995, p. 37.

④ Rae Armantrout, *Collected Prose,* San Diego: Singing Horse, 2007, pp. 105-107.

⑤ Rae Armantrout, *Collected Prose,* San Diego: Singing Horse, 2007, p. 90.

自己有关联的话语并且完全不带歪曲、无损它们准确意义地进行创作——让这些话语成为其感知和热忱的强烈表达，从而成为他言辞中的一种揭示。成就艺术的并非他所说的内容，而是他所创造的，带着如此强烈的感知，自有一种本身内在的律动来验证其真实性的东西。①

作为阿曼特劳特最为崇拜的诗歌前辈，其说法也完美契合后者的诗歌意蕴。对她来说，拼贴看似随机，却帮助她看清楚某些素材如何会与她在特定时间点的生活经验相互关联。从某种意义上来说，拼贴实则反映了所谓"信息时代"的真实生活状况，正如另一位诗人莉莎·加诺特（Lisa Jarnot）所说："我们时刻被文化中的信息所包围。我们并非一直都能注意到它们，所以拼贴是迫使我们注意到一直在对我们狂轰滥炸的随机信息流的方式。"②

然而，阿曼特劳特和加诺特又有所不同，她始终都注意到这种信息及其对意识的影响。因此，拼贴对她从不是剪切粘贴的机械过程，而如雅各布斯（Ken Jacobs）也同样观察到的，"是一种专家和熟手的精确"③之术。特定片段如何以某个特定方式而非其他方式在一首诗中被拼贴在一起常常意味着某种思维参照体系的存在。如伯恩斯坦所论，"任何秩序的呈现、手法的实现，都暗示着一种世界观"④，阿曼特劳特的拼贴体现了她观照世界的特定视角和方法。如其所言："每首诗都与意识有关。"⑤她通过对日常世界的精妙观察和微观的判断思考，通过无数看似偶发瞬间的累积，抽象出理解和看待世界的别样视角。她认为："当我们有所意识时，就会从一个已为我们神秘地安排好的世界中再构建一个世界。我们来决定什么重要，什么

---

① William Carlos Williams, *The Collected Later Poems of William Carlos Williams*, Rev. ed. New Directions Publishing Corporation, 1963, p. 5.

② Daniel Kane, *What is Poetry: Conversations with the American Avant-Garde*, New York: Teachers and Writers Collaborative, 2003, p. 82.

③ Ken Jacobs,"A Review of Versed," *The Montserrat Review*, http://www.themontserratreview.com/bookreviews/versed.html. (Accessed 2014-01-28).

④ Charles Bernstein, *Content's Dream: Essays 1975–1984*, Los Angeles: Sun & Moon Press, 1986, p. 76.

⑤ Rae Armantrout, *Collected Prose*, San Diego: Singing Horse, 2007, pp. 124-125.

突显，但前景和背景是可以调换的。"① 而那个世界在她看来正是诗歌的世界，是一个能"创造质疑和冲突空间"② 的"碰撞与重叠"的世界。在这个空间里，不同的声音带着它们各自的不安，彼此冲突，又彼此对话，折射出文化与个人各自组织世界的不同方式。

四、并置

据《文学手法词典》定义，并置是"叙事或诗歌中将两种或两种以上的想法、地点、人物及其动作并排放置以进行比较与对照的文学手法"③。然而，在阿曼特劳特诗歌中并置的意义不止于此。如前文所述，不同于常见拼贴对来自其他现成文本或话语进行回收利用和再生产的手法，其诗中以"淘来语"为基础的拼贴尽管涉及对其他话语的"一些借用"，却"几乎从不占主导地位"④。对她来说，现成素材的拼贴或多或少只是一种"跳板"，多与不同时间的思考并置而行，或其所谓"对'外部'世界的'记录性观察'结合对可能形式的敏锐协调"⑤ 齐头并进。而这种并进的结果凸显了阿曼特劳特诗歌对另一种主要艺术技法即并置的倚重，该技法与其拼贴手法可谓相伴相生。需要强调的是，其手中的并置并非简单地将不同的想法并列放置，还包括把不同时刻的思考以及对日常偶然事件的细微观察加以并置。作为其诗歌的标志性策略，它同样具有从理论到意识形态等三方面的深刻原因。

就理论而言，并置源于语言诗派整体对一切组织原则及任何有关统一整合的虚妄观念的排斥和不信任，可一直追溯到她称为"语言诗人的标志"，即他们从现代主义先驱诗人那里继承而来的怀疑主义。谈及其与语言诗人群

---

① Rae Armantrout, *Collected Prose*, San Diego: Singing Horse, 2007, pp. 124-125.

② Rae Armantrout, *Collected Prose*. San Diego: Singing Horse, 2007, p. 105.

③ "Juxtaposition," Literary Devices, http://www.literarydevices.net/juxtaposition. (Accessed 2017-01-12).

④ Rae Armantrout, "Reading and Performances' Introductions,"in Rae Armantrout Papers, MSS 699, Box 23, Folder 8, Special Collections Library, University of California San Diego.

⑤ Lyn Hejinian, "An Interview with Rae Armantrout,"in *Collected Prose*, Rae Armantrout, San Diego: Singing Horse, 2007, p. 119.

体的关系时,阿曼特劳特曾确定地说:"我认为我的确和语言诗人有很多相通之处,这关系到我的诗从一个想法跳到另一个想法,或从一种意象跳到另一种意象却对其中的关联不加任何明确说明的做法,那种并置手法。"①

就意识形态层面而言,并置作为阿曼特劳特主要诗歌策略之一,与其对所谓意识的"断裂和缝隙"②的特别关注有关。在后现代美国诗歌的大背景之下,其诗歌以"切尔西诗学"为指导追求多声部和突转美学效果,尤其排斥统一整合的诗学理念。比起追求任何整体感,她更致力于实现她所说的"一种无政府合作",在诗中探索"局部之间多重、任意关系"③,反而视整体性为一种极权主义的表现。立意在形式、思维、心理和情感等维度求索对抗和瓦解手段,其诗歌整体上更为关注的是一种碎片化的诗学。为此,她在一次访谈中曾明确表示:"我喜欢片段[……]对部分、小节和它们如何以不同方式融汇到一起很感兴趣:什么是整体?什么是单位?一个单位是如何随机形成,又如何能被重塑?这些是我思考的问题。"④因此,为实现其"切尔西诗学"对局部/整体间多重和随机关系的追求,并置和拼贴一样,已然成为阿曼特劳特对抗整体性观念的主要策略。

而就美学层面而言,诗人执着于并置手法所带来的意外效果。如她本人坦承:"发现两个并列的事物、意象或说法起先看似毫无关联但再想又似乎有某种联系,这总是件令人激动的事情。"⑤为此,其诗中的说法更为有

---

① Christopher Lydon, "Pulitzer Poet Rae Armantrout," *Huffpost Arts and Culture*, 2010-05-19, http://www.huffingtonpost.com/christopher-lydon/pulitzer-poet-rae-armantr_b_582301.html. (Accessed 2011-09-13).

② Eric Elshtain, et al., "An E-mail Interview with Rae Armantrout,"in *Collected Prose*, Rae Armantrout, San Diego: Singing Horse, 2007, p. 89.

③ Rae Armantrout, "Cheshire Poetics,"in *Collected Prose*, San Diego: Singing Horse, 2007, p. 62.

④ Lynn Keller, "An Interview with Rae Armantrout," *Contemporary Literature*, Vol. 50, No. 2, Summer 2009, p. 223.

⑤ Ben Lerner, "Rae Armantrout," *BOMB*, Winter 2011, https://bombmagazine.org/articles/rae-armantrout/. (Accessed 2012-07-24).

力,"置放事物/让它们彼此关联/当我想要它们/变得永恒之时"①,而"头脑/试图看到规律//这些事之间有何共同点?"②

与此呼应,阿曼特劳特的诗中随处可见她在个人生活空间所能发现的各种不同符号或场景。然而,其在此中的兴趣从来都无关自传性个体经验的表达。"代词/已又换了位置/来表明她是公正的//她的观点/并不囿于一己之利——,"③诗人在《马车》(Carriage)一诗中写道。她更感兴趣的是讲述普通美国人的生活故事。"我感兴趣的是偶发事件,是日常之事。"阿曼特劳特解释道,"我想让诗自由转向,以容纳任何随后所发生的一切……我想看看我能从中做点什么。"④诗人曾明确地进一步解说过她的这种诗学实践:"我可以用任何景象或在某个时间框架内涌现的任何思想,以及其所引发的任何事件作诗。"⑤这样的结果便是她毕生致力于在写作中对偶然性的不懈探讨,让她的诗随时呈现任何正在发生的事情或正巧出现的事物。正如她在诗中所说:"仿佛任何陌生人/或陌生的事物/都可能发挥作用。"阿曼特劳特从身边的环境材料中广泛汲取灵感,对这位诗人而言,现实甚至比虚构更为奇特。以《问候》(Greeting)一诗为例:

    那木杆的

    玫瑰色横梁,

    扛着足量的

    把手⑥,

    就像晾衣绳上的夹子

    或圣诞彩灯,

---

① Rae Armantrout, *Necromance*, Los Angeles: Sun & Moon Press, 1991, p. 27.

② Rae Armantrout, *Up To Speed*, Middletown: Wesleyan University Press, 2004, p. 43.

③ Rae Armantrout, *The Pretext*, Los Angeles: Green Integer, 2001, p. 30.

④ Rea Armantrout, "Reading and Performances Introductions," in Rae Armantrout Papers, MSS 699, Box23, Folder 8, Special Collections Library. University of California San Diego.

⑤ Lyn Hejinian, "An Interview with Rae Armantrout," in *Collected Prose*, Rae Armantrout, San Diego: Singing Horse, 2007, p. 114.

⑥ 原文knobs应该指电线杆上的绝缘瓷瓶,也称"针式电力瓷瓶"。

> 弯曲的
> 电线从附近的
> 院子升起。
>
> *
>
> 我已在想念
> 周遭环境——
>
> 一个单个词语
> 可意味的方式
>
> 是必要、相对,
> 又暂时的
>
> 还有一只鸟掠过
> 留下
>
> 那感觉就像一个人
> 挥了挥他的手。[①]

如上述诗句所示,该诗开篇以略显感性的口吻描绘了她偶然看到的屹立在窗外、对旁人而言并无诗意且毫不吸引人的木质电线杆。这看似平庸、非诗的景致在诗里却激起了出人意料的柔情蜜意。据诗人本人解释,这里的重点是如果她当时没看见那根木电杆,它就不会被写进诗里。同样的场景若换在一个青涩且更传统的抒情诗人手中,则可能会以告白的方式体现出来,比如"当我坐在窗边,我突然注意到……"然而,这绝非阿曼特劳特的风格,电线杆的形象也不会在她的诗中停留太久,因为它很快就要随着诗人作为诗节分隔常用的星号符在娴熟的并置手法之下切换到说话人对"周遭环境"的

---

① Rae Armantrout, *The Pretext*, Los Angeles: Green Integer, 2001, pp. 68-69.

元诗性思考:"一个单个词语/可意味的方式//是必要、相对/又暂时的。"此外,还有其对偶然性的冥想:即这些日常事件和场景是如何随意闯进人的意识,成为"必要、相对/又暂时的"且可被体验的对象。鸟儿转瞬即逝,就像说话人对木电线杆短暂的关注一样,是"必要的""暂时的",因而是与特定环境有关的。

按照阿曼特劳特的思路,这样的偶然性事件"正从我们在崭新的、被数字化编程的世界的生活中倏忽而过",时刻提醒我们现实是如何被这些微小且瞬间即逝的时刻所"超定"。如诗中所说,这些偶然的事物所产生的注意力转移是"相对的"、受特定环境所影响的。它们在不同的时刻,在人的意识的前景中出现又消失,塑造或改变着我们对世界的直接体验。如诗人在许多作品中所宣告的那样,"生产/现在"[1] 正是诗人的职责;去关注"我所写的"这"//我所写的"我的"/或*此刻*//*此地*[2];或"我在这里重现/别人曾亲眼看到的/'转瞬即逝的印象'// 作为经验的积淀"[3]。在某种程度上,其在诗中凸显及时体验实际上是帮助她在所谓"崭新的、被数字化编程的世界"中"保持清醒"的独特方式。该思想彰显了阿多诺对资本主义文化批判的遗韵,表明了诗人对美国社会文化对意识之侵扰的高度自觉:在这样的社会里,人的感知被预先设定的各种分类"刻意导演"、精心编排,程度之深以至感知都变成商品,"事先压缩包装好"[4] 以供人消费。

有鉴于此,借由并置的艺术手法,诗人在诗中带来无数"奇特关联"[5],

---

[1] Rae Armantrout, *Veil: New and Selected Poems,* Middletown: Wesleyan University Press, 2001, p. 138.

[2] Rae Armantrout, *Up To Speed*, Middletown: Wesleyan University Press, 2004, p. 67.

[3] Rae Armantrout, *The Pretext*, Los Angeles: Green Integer, 2001, p. 76.

[4] Lyn Hejinian, "An Interview with Rae Armantrout," in *A Wild Salience: The Writing of Rae Armantrout*, ed. Tom Beckett, Cleveland: Burning Press, 1999, p. 25.

[5] Rae Armantrout, "Reading and Performances Introductions," in Rae Armantrout Papers, MSS 699, Box 23, Folder 8, Special Collections Library, University of California San Diego.

也即汉克·拉泽所称的"古怪并置"[①]。据笔者观察,并置在其诗中主要发生在视角转换或景别调度层面,共有三种表现形式:具象与抽象间的并置、远与近的并置,以及观者与被观者的并置。

(一)具象与抽象的并置

在此类并置中,阿曼特劳特将概念性或理论性语境与实际看到、感受到或听到的形象或事物并列放置。为此,《卖点》中的《上演》(*Staging*)一诗可谓佳例。该诗的第一部分内容如下:

1
一切都将翻新。

精确联结
重新耦合,

被研究者
堵截
又折起
已然开始。

2
薄纱窗帘的精致

和远处
吸尘器的声音。

延长的交通

[①] Hank Lazer, "Lyricism of the Swerve: The Poetry of Rae Armantrout," in *A Wild Salience: The Writing of Rae Armantrout*, ed. Tom Beckett, Cleveland: Burning Press, 1999, p. 135.

>   信号
>
>   和叶子
>   低垂的弧度。
>
>   所有可能路径
>   的发散。
>   定义了可能①

如上述诗行显示，这首诗的第一部分读来像在阐释一种通过不同部分"联结"和"重新耦合"创造新的实体的抽象的生物工程。而第二部分则随着从抽象到具象的突转回到了生活中所见所闻之事物直接呈现。这里的生活空间或许是门厅或会客室，可能诗人当时就身处其中。乍读之下这两个部分的并列确实奇怪，然而，几经细读则会逐渐揭示两种语境之间某种间接的内在联系。上半部分明显是从某些科学文本转述而来的各个部分抽象的重新调度，出于某种原因让后半部分中的片段也经重新调整成为经验的组织单元：看到的场景、听到的声音和在生活空间中所生成的想象。即便在诗的第二部分中，远与近、视觉与听觉的内容始终在穿梭置换，直至引向该诗那个精妙无比的结尾句："所有可能路径/的发散/定义了可能"。在整首诗中抽象和具象意外相遇，或更准确地说，被诗人任意配对，让它们彼此穿透，彼此质疑，又彼此对话，从而令全诗张力毕现。这些经验的组织单元似乎可以被一而再再而三地随心配对，从而创造各种假想的实体。想象力的"发散"和走向"所有可能路径"的思想则定义了"可能"本身。全诗巧妙呼应《上演》这一诗题，展演了诗人称在日常特定细节中所发现的"替代感知集合"。

有趣的是，其另一首早期诗作《她的参照》就已经以更为诗意的方式表达了这种借由并置手法制造上述意外"相遇"效果的创作意图：

>   几许特点

---

① Rae Armantrout, *Money Shot*, Middletown: Wesleyan University Press, 2011, p. 1.

或许已被梦见

以暗示一种相似。

"嘿，嘿，"

两位笑着，

会心地，

因为它们意外的

相逢。①

　　实际上，这首诗的标题已经暗示了阿曼特劳特如何广泛地从一系列"参照"或材料中获取素材，将它们"碰巧"并置在一起以制造摩擦的火花。正如她在《翻新》一诗中所写，"摇动言语的碎片/像雪晶球里/的雪花——"②诗人或刻意或随意地将这些短暂现象的片段一组再组，就像魔术师把手中的纸牌洗了又洗任意重组，展现出语言重组的勇气与智慧。据其本人说明，如果她的诗中出现了一段对话，那一定是她从哪里听到的；如果诗中出现了一个物品，那通常是她那一刻的所见之物。在其与伯恩斯坦的广播对谈中，她一反传统诗学视诗歌为虚构文本的体裁观念，明确称诗歌是一种"非虚构"作品③，而这种"就地取材"的创作手法很好地验证了这一点。与威廉姆斯一样，阿曼特劳特认为"诗歌无处不在"④。

　　2011年诗集《卖点》中的《泡囊》（*Vesicle*）一诗则展现了典型的阿曼特劳特式并置手法的用例。该诗写道：

1

令我们惊讶的是，

---

① Rae Armantrout, *The Pretext*, Los Angeles: Green Integer, 2001, p. 20.

② Rae Armantrout, *Next Life*, Middletown: Wesleyan University Press, 2007, p. 56.

③ Charles Bernstein, "Armantrout in conversation with Charles Bernstein," *Pennsound*, http://writing.upenn.edu/pennsound/x/Armantrout.php.

④ Michael Silverblatt, "Rae Armantrout: Versed," "Bookworm, KCRW", https://www.kcrw.com/culture/shows/bookworm/rae-armantrout. (Accessed 2012-07-11).

当以脂肪酸为食,

泡囊
并不只是单单长大,

它将自己扩展
成丝。

此刻国王最小的女儿说,

"我希望我也有
像那样的东西,"——

于是整个泡囊
演变成

一个狭长的细管
无比纤细。
2
僧侣们
模仿着彼此的
潦草笔迹

小心地
在烛火旁
仿佛他们以为
创造留下某种痕迹,

仿佛他们知道

创造看起来就像这样①

据诗人在致笔者的电子邮件中解释，这首诗第一部分是她非常喜爱的《科学美国人》杂志上一篇关于生命起源的文章的重述。文章说道，科学家发现非生命有机化学物质会自发地创造出一些我们以为与生命相关的化学结构。具体在这里，一个泡囊是一个细胞状液滴的延伸，看起来像一根细小蜿蜒又弯曲的血管。如果以脂肪酸为饲，泡囊就会变成一根精致的细管。当第一部分中的声音仍惊讶于这种魔法般的变形时，第二部分却突然转向诗人恰巧在电视节目上看到的"僧侣们"正"小心地/在烛火旁""模仿着彼此的/潦草笔迹"。随着故事继续展开，僧侣们做起了抄写员的工作，虔诚地手抄着其他文本。初读之下，这两个场景似乎风马牛不相及，但是经过更为细微的阅读或许会让我们发现两者之间存在的某种内在关联。一方面，我们可能会想象僧侣们的书写会和脆弱的泡囊或细胞（cells）间形成的细管子相似。巧合的是，僧侣们的居住地通常称居室（cells）而不是房间。除此之外，我们可能会将第一个有机化学物质看作是造物始祖，最终经过DNA一遍遍复制演变成更大、更高等的物种。而另一方面，僧侣们终其一生埋头抄写工作，可被看作是在模仿造物，模仿生命的细胞（甚至细胞前）的起源。他们留下的潦草笔迹或许最终因体量和数量上的增长而最终壮大成人类文明的一部分。

然而值得注意的是，在泡囊的生物描述当中忽然插入了一位未名国王的女儿语焉不详的话语片段。它从哪里来并不重要，重要的是这个声音被诗人刻意抹去了原有的语境。尽管它在本诗的语境中似乎毫无意义，但实则表达了人类永无止境的欲望诉求。在此，"国王最小的女儿"甚至想要重现造物过程本身。这究竟是人性的力量还是弱点？此问题就留待读者自行理解了。另外，第二部分中"仿佛"一词明显重复两次，为全诗蒙上了轻微的反讽色彩。僧侣们骄傲地看着他们手中誊写的内容，恍惚以为这就是自己的"创造"，飘飘然认为自己是知识的主人，因而会成为世界的主人。但仅凭手抄誊写他们真的就能创造世界吗？答案多半是否定的。尽管被并置素材看似全

---

① Rae Armantrout, *Money Shot*, Middletown: Wesleyan University Press, 2011, p. 53.

然不搭，但并置本身作为一种文学手法在该诗的特定语境中起到了一种隐喻的作用，帮助读者尝试进行多角度多样貌的联想。

（二）远景与近景的并置

从以上小标题可见，阿曼特劳特诗歌中的这类并置多回旋于诗人周遭近景中的意象或事物以及她曾在某个远方位置所看到的景致之间。《闹鬼》一诗就是这种并置的完美例证，它将远处的自然景观和近处书店里架子上微缩的城市景观紧凑地并列放置在一起。

1

巨石被咬成
熟悉的形状——

脑袋翘在
锯齿状的脊柱上。
*
有多少
橘色、粉色、白色的
峰柱
可以从这里看见？
壮阔
是那个数字

加上距离，

仿佛"再一次"
能够得以体现。

2

"自然"是19世纪的风潮，

是优生学的表兄。

在21世纪,
美国的软核
依然不死。

*

在多少书架上,
可爱、龇牙的少年,
红着双眼,沾满鲜血。①

  如本诗所示,这是阿曼特劳特诗歌最具"切尔西诗学"效果的典型案例之一。它开篇就以其经典的、简笔画般的极简主义对自然进行了生动形象的描摹:"巨石被咬成/熟悉的形状——//脑袋翘在/锯齿状的脊柱上//有多少/橘色、粉色、白色的/峰柱/可以从这里看见?"在这里"咬""脑袋""锯齿状的脊柱"等精选的词营造出浓厚的哥特式氛围,与诗题《闹鬼》形成完美的呼应。诗中对笼罩在橘、粉、白等神秘色彩中峰柱的诡异形状所做的生动描写让熟悉美国西部景观的读者很快联想到著名的布莱斯峡谷的独特景观。而诗人在一次广播访谈中确认了这种联想。据其说明,诗的第一部分的确是早年她和丈夫到访布莱斯峡谷时所作。日落时分,这些仿佛大自然鬼斧神工的岩峰形态诡谲蔚为壮观。这样的景观给诗人的大脑带来强烈的冲击,直至让它在诗中以极简风格得以完美表达:"壮阔/是那个数字//加上距离。"

  然而,该诗第二部分则以汉克·拉泽所说的"突转"在空间顺序上进行了一个由远及近的快速逆转,从鬼魅般的自然空间转到了一处微缩城市景观中:笼罩在一种既熟悉又陌生的诡秘氛围中的书店一角。乍一看,书店里一排排摆放的都是吸血鬼的故事书,封面清一色是忧郁俊美却獠牙毕露的少年,脸上抹的鲜血形态各异。这一远一近,交相并置,自然景致与城市景

---

① Rae Armantrout, *Just Saying*, Middletown: Wesleyan University Press, 2013, pp. 21-22.

观形成鲜明的对比,彼此碰撞,彼此渗透,不仅创造出强烈的"紧张对话感",也暗示了两者之间内在的隐喻关系。如果说日落时分的布莱斯峡谷有鬼魂萦绕,那它是被大自然这看不见的幽灵所塑造;而书店则是被美国流行文化这看得见的鬼魅所缠绕,一排排书架上关于吸血鬼或僵尸的图书就是表现。虽然诗人在诗中对此文化现象未做任何评价,但是针对这种书店里看似微不足道的场景进行近距离描写本身却以一种不露痕迹的方式表达了罗伯·斯丹顿所说的"隐性判断",在其中"仅仅提到这些空间和文化方面的局限就已经意味着某种价值观判断,甚至是道德判断"[1]。在此,阿曼特劳特以典型的狄金森式"说出全部真相但不直说"的迂回方式表达了她对诸如《暮光之城》(*The Twilight*)、《吸血鬼日记》(*The Vampire Diaries*)和《真爱如血》(*True Blood*)等吸血鬼故事大受欢迎的现象的关注和反思。这样的关注和反思绝非空穴来风,正如很多教育学家指出的,大行其道的吸血鬼亚文化或明或暗地推崇血腥、暴力,确实已给美国年轻一代带来了身心方面的不良影响。

如诗中所写,"在21世纪/美国的软核/依然不死",似乎21世纪的美国文化只能以亡灵的超自然形式存在。诗人在"软核"与"不死"之间刻意为之的换行尤其让后者悬而未决,带着一种诡异的宿命感。在诗中真正的"鬼魅"(haunts)不仅指萦绕在布莱斯峡谷的看不见的鬼魂或书店书架上看得见的不死亡灵,更有阿曼特劳特在此暗示强调的由美国流行文化借对吸血鬼故事的迷情所施加的"资本主义对意识的干预"[2]的幽魂。该诗用极简浓缩的诗句描写书店里不起眼的场景,再次展现了诗人高度的社会责任感和现实意义的人文关怀。

《谙熟》中另一首诗《就位》(*In Place*)也阐释了其诗歌实现远近之间,

---

[1] Rob Stanton, "'Hard to say where / this occurs': Domestic and Social Space and the Space of Writing in Rae Armantrout's Work," *How 2*, Vol. 2, Issue 3, Spring 2005, http://www.asu.edu/pipercwcenter/how2journal/archive/online_archive/v2_3_2005/current/in_conference/stanton.htm. (Accessed 2013-06-16).

[2] Lyn Hejinian, "An Interview with Rae Armantrout," in *Collected Prose*, Rae Armantrout, San Diego: Singing Horse, 2007, p. 120.

或曰前景和背景之间的并置效果的方式。诗的第一小节内容如下：

> 我们在来生
> 落座。
>
> 这里
> 正值良夜
> 突然黑斑羚窜出，
>
> 良夜时分
> 猎胜者撕扯
> 着猎物的尸体。①

在该小节未指明的"我们"或许指诗人及其丈夫，又或许是任何人，正观看着捕猎者和猎物之间的决战，因此有了后者的"来生"。由此，"我们"置身于一系列对立位置上，如黑斑羚和捕猎者的位置，此处或许是一头狮子。令人惊讶的是，"来生"，这本应发生在某个遥远时空的事，无论是在天堂或是地狱，似乎正发生在某个近在咫尺的空间，如某个客厅或是起居室。在这里，"我们"置身一种剥离的安全和舒适之中，以人类特有的冷静距离远观着电视中播放的达尔文进化论中所说的"生存之战"。但是，这种平静很快就被该诗第二小节中陡然切入的声音击得粉碎：

> "做那个，做那个，
> 做那个，"
>
> 驿动着
>
> 从星巴克的
> 各个角落。②

---

① Rae Armantrout, *Versed*, Middletown: Wesleyan University Press, 2009, p. 74.
② Rae Armantrout, *Versed,* Middletown: Wesleyan University Press, 2009, p. 74.

该小节以典型的阿式拼贴开腔，借用极有可能来自不远处某个星巴克咖啡店正在播放的背景音乐的歌词碎片，随着歌声在"我们"耳边回响，这些诗句也似乎在读者耳畔萦绕，令人错愕。"做那个，做那个/做那个"，歌声如泣如诉，令"我们"（包括读者）不禁设想："假如'我们'被置于第一小节所描绘的情境中又会如何？"并因这一想象不寒而栗。

如前文所述，阿曼特劳特常将她的诗学定义为"指向两个方向，然后消失在所见与照见、可被了解和即被了解的模糊界限中"的"切尔西诗学"①。如上述《就位》一诗所示，并置在她的手中完美贯彻了其双重性的诗学追求。随着该诗从前景切至背景，在所见与照见的混沌边界自由切换，作为读者的我们也跟着从已知景象一脚跨进未知的想象。就此，该诗在开篇刻画的那一份从容自洽被瞬间消解，原因部分来自电视节目正上演的"生存之战"，部分来自"来生"（afterlife）一词本身所携带的死亡气息，无情地提醒诗中的"我们"和诗外的读者，虽然我们现在活在生活所赋予我们的平静和舒适中，但是迟早在未来某个特定时刻，我们都将面对自己的"来生"。

（三）观察者与被观察者的并置

除了前文讨论过的抽象与具象、远景与近景两种并置，阿曼特劳特诗歌中的并置还常常发生在观察者与被观察者之间，她说："我的诗专注于在被观察者和观察者之间来回摇摆（移动）——至少那是我的兴趣所在。"②其手中的这种并置流转于被观察事物和正在施行观察的人物之间。以一首题为《二，三》（*Two, Three*）的诗作为例。该诗的开篇小节如下：

> 悲伤的、戴着海盗帽的胖男孩
> 长长的、破旧的、满身凹痕的
> 古铜色福特车。③

---

① Rae Armantrout, "Cheshire Poetics," in *Collected Prose*, San Diego: Singing Horse, 2007, p. 55.

② Rae Armantrout, *Collected Prose*, San Diego: Singing Horse, 2007, p. 119.

③ Rae Armantrout, *Next Life*, Middletown: Wesleyan University Press, 2007, p. 7.

随后，第二小节通过并置干脆利落地把焦点从或许正驾着或正经过一辆"长长的、破旧的、满身凹痕的/古铜色福特车"的"悲伤的、戴着海盗帽的胖男孩"转移到正在进行观察的人及其对此场景的思考之上：

> 事物
>
> 必须拥有多少特点
>
> 才能变得孑然特立？
>
> （回声说服我们
>
> 我们说的一切
>
> 都至少已被说过
>
> 一次。）①

在这一思考中，观察者（或许就是诗人自己）得出如下结论，不管一个事物拥有多少特点，它都无法标榜自己是"孑然特立"的。有趣的是，这种看似合理的结论却是基于一种观者不甚确定的"淘来语"拼贴之上。这种不确定感可明显从括号内所给的补充信息中感受到，且随后又被该小节结尾词之前那片刻意的页面空白和静默进一步强化。然后，随着全诗的展开，它又从观察者的遐想跳到了另外两个被观察着的男人身上。二人也许是一对同性情侣，穿着情侣装遛狗：

> 两个壮实、秃头的男人
>
> 穿着灰色的T恤
>
> 和棕黄色短裤
>
> 遛着一条小斗牛犬——
>
> 后面跟着一个隐形的
>
> 第三人的目光。

有破折号作为形式和逻辑上的分隔符，这对怪异的情侣被第三人（或许是诗人本人）的目光"跟着"，对他们施以观察，并和他们形成了某种假想的三位一体的关系：

---

① Rae Armantrout, *Next Life*, Middletown: Wesleyan University Press, 2007, p. 7.

> 三位一体的诞生，
>
> 来自我们所了解的
>
> 苦涩的
>
> 伴侣的共生。①

然而，全诗并没有就此结束，而是再次回到了那个观察者，正思考着婚姻或人类关系问题：

> 能否通过同步我们的话语
>
> 来消解回音的悲哀？
>
> 这是真爱的开始
>
> 还是结束
>
> 当我们怜悯一个人
>
> 因为，在他身上，
>
> 我们看到自己？②

读到这里，读者或许已经意识到：尽管诗题是《二，三》，但它实际上还包括一个"一"，那就是诗的开头所描写的一个悲伤的胖男孩的形象。该诗从这个胖男孩形象开始，又转到一对着装一致且步伐"同步"疑似同性恋情侣的形象，如简笔画般快速且传神地勾勒，再到出现了第三个人，对前两个形象进行密切观察，进而将他们与观察者带入某种"三位一体"的结构状态。在此，并置不露声色地将这些看似不着边际的意象和及时观察交搭堆叠，创造出一种奇妙的张力和神秘感。它让诗人以及读者能够从一个想法跳到另一个想法的同时，也会心地意识到这些偶然的场景和事件是如何猝不及防、任意进入人的意识和生活并成为其有机的组成部分。

尽管"不请自来"（借用阿曼特劳特另一首诗的标题），这样的事物会

---

① Rae Armantrout, *Next Life*, Middletown: Wesleyan University Press, 2007, p. 7.

② Rae Armantrout, *Next Life*, Middletown: Wesleyan University Press, 2007, pp. 7-8.

闯入我们的思想,成为"我的人生时刻"①,就像诗人在新作《它自己》中所写的那样。尽管它们转瞬即逝,却时刻提醒着我们,人生如何就此被"超定"或"被多重因素决定",我们对世界的体验又是如何被偶然割成碎片。而更悲哀的是,如贺金年诗中所云:"我们自己,无名小卒们,也同样是偶然的。"②

总之,阿曼特劳特手中的并置让她得以在看似断裂的事物间发现"不可能的联系"。《美国诗歌精粹》丛书编辑查尔斯·莱特(Charles Wright)在2008年那一刊的前言中说道:"他们说,艺术就是于无意义中发现意义;于断裂中找到关联,以及不可联结中找到联结。"③ 这可以说是对阿曼特劳特的并置艺术尚佳的总结。阿曼特劳特尤其擅长在看似毫无关联甚至冲突的场景和意象之间搭建拐弯抹角的关联,她的并置彰显诗歌在看似无意义的事物中追索并捕捉意义的超凡能力,直至让她的诗整体上呈现出一种浓郁的后现代派电影跳跃剪辑的效果。在纸页上,这些跳跃式剪辑被数字或星号隔开,表明它们来自时间和空间都不同的地方。

不可否认,鉴于并置的本质特点,阿曼特劳特的诗在一些更习惯于阅读具有明确线性线索类诗歌的传统读者看来可能会无可避免地觉得零散破碎。然而尽管断裂,她的诗却散而不乱,形散神聚,充满了真诚与智慧的火花。帕洛夫在论及真正的实验派诗歌本质时曾指出:"任何严肃诗歌,无论多么不连贯或'荒谬不经',都是有意义的。"④ 该评价用在阿曼特劳特诗歌上可谓毫不为过。正如她在一次朗读会上所说:"经验本身就是碎片化的,你也可以说它是以量子形式出现的,这一点没什么可遮掩。我想说的是,经验

---

① Rae Armantrout, *Itself*, Middletown: Wesleyan University Press, 2015, p. 40.

② Lyn Hejinian, "An Interview with Rae Armantrout," in *Collected Prose*, Rae Armantrout, San Diego: Singing Horse, 2007, p. 117.

③ Charles Wright and David Lehman, eds., *The Best American Poetry 2008*, New York: Charles Scribner's Sons, 2008, p. xx.

④ Marjorie Perloff, "Teaching the 'New' Poetries: The Case of Rae Armantrout," in *Differentials: Poetry, Poetics, Pedagogy*, Marjorie Perloff, Tuscaloosa: University of Alabama Press, 2004, p. 246.

就是当我们的人生不在自动驾驶仪操控下所发生的事情。"① 此外，诗人还在其他场合就她所谓"经验的本质"做过进一步阐释：

> 你走出去看看，周围全是不相关联的东西，你对它们产生好奇，上帝不会放下一个告示牌告诉你这些东西之间如何相互联系，你必须要自己建立联系。既然这是我面对经验的方式，对我来说那就是应该努力呈现的真实的方式。②

阿曼特劳特明白，这些事件的瞬间闯入她的意识，在不同程度上不仅改变了她在诗中探索的当下，也改变了她对整个世界的体验。其结果，如贺金年所说，"至少不是抽象的——它似乎很实际；是一种'现实主义'——是参数不断变化的永久分岔的现实主义"③。木电线杆、悲伤的胖男孩、着情侣装的男同性伴侣以及她诗中的其他各种意象，无论是符号还是声音，都是帮助塑造和重塑这种"现实感"的组成成分，充当了贺金年所谓"时间联结的物质基点"④，通过它们，各种意义以不同的轨迹发动并启程。

在通过一系列诗学策略来凸显断裂以再现经验的本质特点的过程中，阿曼特劳特从不满足于停留在语言和现象学层面的事件碎片之中。相反，她带着极大的审慎和耐心不断尝试探索，在看似断裂毫不相干的碎片中间寻找出乎意料、难以置信以及非同寻常的联结与关系。在此意义上，其诗歌特有的非线性特点实则真实反映了身份、意识和社会空间的破碎感。她坦言："这些手法和策略应运而生"，因为"它们与现代和后现代世界中的矛盾冲突

---

① Rae Armantrout, "Reading and Performances Introductions,"in Rae Armantrout Papers, MSS 699, Box 23, Folder 8, Special Collections Library, University of California San Diego.

② Lori Chamberlain, "Interview with Rae Armantrout (1987)," M1211, Box 14, Folder 1, Special Collections Library, Stanford University.

③ Lyn Hejinian, "An Interview with Rae Armantrout," in *Collected Prose*, Rae Armantrout, San Diego: Singing Horse, 2007, p. 117.

④ Lyn Hejinian, "An Interview with Rae Armantrout,"in *Collected Prose*, Rae Armantrout, San Diego: Singing Horse, 2007, p. 117.

对应","反映了局部和整体之间的变化无常的关系"①。如她在《自己》一诗中所写:"但局部厌倦了/代表整体。"②通过一系列诗歌艺术技法,她的诗让"断裂和缝隙得以显现,在结构层面反映出一种怀疑的状态"③。它们紧扣诗人本人对日常现实中层出不穷、纷繁复杂的信息所造成的困惑与不确定,对个体如何与社会相处,以及个体神经元如何叠加形成独立意识等问题进行了深入思考。很大程度上,其诗歌将各种孤立的单元碎片加以魔术般的重洗和再组最终形成本·莱纳所说的"意识的更高秩序",精准捕捉到了当代美国碎片化的社会现状。其诗歌以独特的方式证明了"诗歌塑造和重组局部与整体间关系的卓绝能力",也因此将诗歌提到了"探讨当代和其对立面的有力工具"④这一高度。如帕洛夫在其力作《激进的巧思:媒体时代的诗歌创作》中所论,"线性结构,因其有开始、中间和结束及音乐性重复,一直被视为无法'匹配'和批判我们所生活的20世纪晚期(如今已是21世纪)美国的实际社会和政治结构"⑤。阿曼特劳特诗歌用以营造这种碎片化结构的一系列美学策略,实际上是其作为诗人为保护意识不被美国社会强加给本国民众的各种文化震惊与战栗侵扰的防御性策略和反击,也是对当代美国社会现状真实而有力的表现方式。

---

① Lyn Hejinian, "An Interview with Rae Armantrout,"in *Collected Prose*, Rae Armantrout, San Diego: Singing Horse, 2007, p. 109.

② Rae Armantrout, *Versed*, Middletown: Wesleyan University Press, 2009, p. 58.

③ Eric Elshtain, et al., "An E-mail Interview with Rae Armantrout," in *Collected Prose*, Rae Armantrout, San Diego: Singing Horse, 2007, p. 89.

④ Ben Lerner, "Rae Armantrout," *BOMB*, Winter 2011, https://bombmagazine.org/articles/rae-armantrout/. (Accessed 2012-07-24).

⑤ Marjorie Perloff, *Radical Artifice: Writing Poetry in the Age of Media*, New York: University of Chicago Press, 1991, p. 251.

第六章　阿曼特劳特诗歌美学特点

如前几章所分析和阐证的，阿曼特劳特诗歌通过打破不同语言、体裁和语境的边界，通过创意在看似毫无联系的主题和意象间搭建出其不意的关联，以意想不到的方式打破了关于诗歌是什么，以及诗歌在纸页上应该呈现之形态的普遍观念，还颠覆了传统隐喻、线性叙事和意义的构建方式，乃至更大的美国社会文化体系。在此意义上，其所使用的一系列诗歌策略和技法显然不仅仅是出于美学品位所做出的决定，更是一种有意而为的出于意识形态方面的决定，以对应她所说的"经验的本质"[①]，即经验的双重性特点。诗人借由这些诗歌策略和技法，揭示了语言无论在诗歌空间和社会空间都具有的内在任意性本质，并由此形成一套关于世界、自我和语言之间的复杂且偶然关系的敏锐洞见，因而赋予其诗歌一系列鲜明的异质性。本章将在三个维度阐论阿曼特劳特诗歌三大显著美学特点：抒情性、未决性、政治性。

一、抒情性

据M. H. 艾布拉姆斯在《文学术语词典》中的定义，抒情诗是主要诗歌形式之一，源于中世纪歌谣和由公元前6世纪诗人萨福创作并由里拉琴伴

---

① Rae Armantrout, "Chains," *Poetics Journal*, No. 5, May 1985, p. 94.

奏吟唱的古希腊诗歌，后在浪漫主义时期被称为"典范诗歌模式"①。而美国抒情诗则可追溯到17世纪诸如安妮·布莱德斯特（Anne Bradstreet）和爱德华·泰勒（Edward Taylor）等诗人的作品。其后，19世纪是抒情诗在美国诗歌发展史上的兴盛时期，诞生了许多优秀的抒情诗人，如埃米莉·狄金森、沃尔特·惠特曼（Walt Whitman）、埃德加·爱伦·坡（Edgar Allan Poe）、威廉·库伦·布莱恩特（William Cullen Bryant），以及拉尔夫·华尔多·爱默生等。这些诗人的作品都在不同程度上对后世美国抒情诗歌产生了影响。

随着20世纪抒情诗传统的深化，大量美国诗人，包括T.S.艾略特、兰斯顿·修斯（Langston Hughes）、丽塔·达夫（Rita Dove）、罗伯特·弗罗斯特（Robert Frost），以及罗伯特·洛威尔（Robert Lowell）等人都在抒情诗创作上有所涉猎。除了形式和风格差异，20世纪诗人的抒情诗有很多共同特点。为此，《20世纪美国诗歌》主编伯特·基梅尔曼（Burt Kimmelman）表示：

> 和古老的抒情诗一样，20世纪美国抒情诗作品强调思想与情感，通常是诗人自己的苦闷。抒情诗仍然多以简短和高度个人化的独白形式出现，通常以第一人称创作，专注于单一人物或状态，不涉及多个人物或事件的故事。②

就阿曼特劳特诗歌而言，尽管极少以统一的第一人称独白形式书写，但由于其对思想和情感统一的高度重视和对捕捉个体意识和经验的短诗的偏好，总体来说是在抒情诗传统的框架之内。如伯特早先对其诗歌的评价，"如果抒情诗是在形式上体现单个意识的短小作品，那么就很难不将她的诗歌看作是抒情诗"③，虽然阿曼特劳特和安·维克里（Ann Vickery）所说

---

① [美]M. H. 艾布拉姆斯，杰弗里·高尔特·哈珀姆：《文学术语词典》（第10版），吴松江、路雁，等编译，北京大学出版社2014年版，第404页。

② Burt Kimmelman, ed., *20th Century American Poetry,* New York: Facts On File, Inc., 2005, p. 294.

③ Stephen Burt, "Where Every Eye's a Guard: Rae Armantrout's Poetry of Suspicion," *Boston Review,* April/May 2002, http://bostonreview.net/br27.2/burt.html. (Accessed 2011-06-04).

的"总体上弃绝抒情,甚至在诗学上倡导非指称性"①的语言诗运动有很深的渊源,但长期以来她都被认定为一位抒情诗人,素有"最抒情的语言诗人"②的美誉。

(一)"最抒情的语言诗人"

"最抒情的语言诗人"系美国诗人和批评家史蒂夫·埃文斯(Steve Evans)和詹妮弗·默克斯利(Jennifer Moxley)对阿曼特劳特的赞誉,但她本人对这一称号却似乎从未完全信服,最初还认为它是"值得商榷的"一种"修辞绑架"③。后来,随着其诗歌不断发展成熟,她对此称谓的态度也经历了从饱受困扰游移不定到波澜不惊坦然接受。

阿曼特劳特对此评价的矛盾态度最早见于其2008年为西海岸语言诗人集体自传《大钢琴》系列所撰写的一篇无题杂文。该文开篇态度明确地直指让其备受困扰的抒情诗人标签:"看来不管我喜欢与否,我都和'抒情'绑定了。我曾听到自己不止一次地被称为'最抒情的语言诗人'。……我和抒情诗绑在一起,但我真的不确定究竟什么叫'抒情诗'。"④此外,诗人还在其他场合,如《大钢琴》系列另一期中进一步表示疑惑:"有任何人在任何地方界定过他们所说的'抒情'吗?"⑤随后,她还煞费苦心地对这一问题进行了探讨,不厌其烦地总结了以下四条通常和抒情诗挂钩的特点:

(1)抒情诗是相对短小的独立诗歌。

(2)抒情诗(源自里拉琴lyre一词)是语言的声音在其中扮演重

---

① Ann Vickery, "Finding Grace: Modernity and the Ineffable in the Poetry of Rae Armantrout and Fanny Howe," in *A Wild Salience: The Writing of Rae Armantrout*, ed. Tom Beckett, Cleveland: Burning Press, 1999, p. 55.

② Stephen Burt, "Where Every Eye's a Guard: Rae Armantrout's Poetry of Suspicion," *Boston Review*, April/May 2002, http://bostonreview.net/br27.2/burt.html. (Accessed 2011-06-04).

③ Rae Armantrout, "Correspondence with Barry Watten (2007−2008)," in Rae Armantrout Papers, MSS 699, Box 13, Folder 47, Special Collections Library, University of California San Diego.

④ Rae Armantrout, et al., *The Grand Piano*, Part 8, Detroit: Mode A, 2009, p. 35.

⑤ Rae Armantrout, et al., *The Grand Piano*, Part 3, Detroit: Mode A, 2007, p. 52.

要角色的诗歌。

（3）抒情诗中包含一位言说者，一个"我"，可以被想象为在对一个单独的"你"说话。

（4）抒情诗所捕捉的是一个隽永的时刻，意在让时间停止。①

吊诡的是，上述阿曼特劳特对抒情诗特点的归纳总结非但没有让自己摆脱抒情诗的标签，反而证明了她诗歌的抒情性特点，因为其作品实际已涵盖许多（尽管不是全部）其所罗列的抒情诗特性。

其中最突出的一点，就是人们总将她的抒情主义归结于作品中极具爆发力的简洁凝练，这种简短通常以极短促的诗行呈现，且被数字或星号分割成短小的诗节。单就这种对短诗的偏爱已在很大程度上证明阿曼特劳特诗歌的抒情一面。为此，诗人在与伯恩斯坦的一次广播访谈中坦陈："我觉得人们这么说是因为他们觉得我的诗很短小。这一点我没什么可争辩的。"②继而承认，无论怎样，"作为*短小*，或曰*极为短小*③ 的诗的表象，抒情诗还是让我感兴趣的"④。对这位诗人而言，所谓抒情性很大程度上在于由短小所留下的沉默感。"短诗，"在她看来，"或许是表达短暂、失败和不可能的完美平台"⑤，而所有这些又都属于传统抒情诗的主题性关注。如其所言，短诗通常戛然而止，消失在突然的沉默里，留下悬念，引读者深思："就这些？""怎么能真就这样结束？"因而加强了诗歌和读者之间的互动。据诗人进一步解释，这种意义上的抒情诗总是"指向所被遗漏的部分"，"未被言说的"内容，因而"强调了边界"，这在阿曼特劳特看来是"内外之间（或现在和将来之间）神秘而任意的分界"⑥。她对于界限和分隔的着迷

---

① Rae Armantrout, et al., *The Grand Piano*, Part 8, Detroit: Mode A, 2009, p. 35.
② Rae Armantrout, "Armantrout in Conversation with Charles Bernstein (May 10, 2006)-Close Listening," *PennSound*, http://www. writing.upenn.edu. (Accessed 2013-07-18).
③ 斜体强调为诗人本人所加——译者注。
④ Rae Armantrout, et al., *The Grand Piano*, Part 8, Detroit: Mode A, 2009, p. 36.
⑤ Rae Armantrout, "The Short Poem," in *Collected Prose*, San Diego: Singing Horse, 2007, p. 85.
⑥ Rae Armantrout, et al., *The Grand Piano*, Part 8, Detroit: Mode A, 2009, p. 36.

在一首题为《自然史》的诗中有过充分的表达，即"不适划定边界/一个早期症状就是边界"①。如陶德·派德森所论，阿曼特劳特"稀疏，近乎骨感的诗歌"②，通过言与不言之间的精妙平衡完美体现了抒情诗的根本信条："少即是多"。

然而，阿曼特劳特诗歌的抒情性特点并不只是短小，它的生发还见证了诗人对以自白派诗学为主导的主流美国诗歌及她当时所崇拜的前卫诗人所倡导的美学趋势的一系列冷静思考和抗拒。与贺金年的访谈中她曾重谈这一话题："如果不为反抗常规而写作，那我可能根本就不会写作"③，诗人一直对任何形式的规范抱持怀疑态度，其中也包括语言诗人们广为流传的"群体"美学主张。阿曼特劳特并没有盲目接受所谓"群体"诗学，反倒是将自己置于一个近乎边缘化的位置上。"老实说，某种意义上，我可能被边缘化了，那是因为我一直就在边缘"，这足以证明其在语言诗群体中的所谓"边缘化"地位更多是为了保持个人美学特色的自主选择。与伯恩斯坦在其著作《内容之梦：1975—1984文集》中所表达的对于所谓"'我们'的阴谋"或"群体主义"④感到担忧相类似，阿曼特劳特也一直对语言诗所倡导的群体美学趋势高度警惕，即便是在语言诗发展壮大之时，她依然不懈努力，以保持不被群体身份所同化。

矛盾的是，阿曼特劳特作为语言诗派的奠基成员之一，其诗学，特别是她的抒情主义，实际正是在对语言诗人"反抒情"美学主张的对抗中演变而来。所谓反抒情主要体现为由罗恩·西利曼、巴雷特·瓦藤和卡拉·哈里曼等阿曼特劳特十分推崇的激进创新诗人所倡导，且正在语言诗派中间蓬勃发展的各种诗歌样式。阿曼特劳特的诗学抵抗则集中表现在三个方面：一是她

---

① Rae Armantrout, *The Invention of Hunger*, Tuumba Press, 1979.

② Todd Pederson, "Review of *Versed* by Rae Armantrout," *Raintaxi Review of Books*, Fall 2009, https://www.raintaxi.com/versed/. (Accessed 2014-01-20).

③ Lyn Hejinian, "An Interview with Rae Armantrout," in *Collected Prose*, Rae Armantrout, San Diego: Singing Horse, 2007, p. 107.

④ Charles Bernstein, *Content's Dream: Essays 1975–1984*, Los Angeles: Sun & Moon Press, 1986, p. 343.

对"新句子",即对20世纪70年代流行于语言诗派的长篇散文诗的质疑;二是对语言诗写作的早期标签即"以语言为导向"一词的探究;三则是其对70年代流行于新生的语言诗写作的"非指称性"论点的批判。

阿曼特劳特首次公开表达她对抒情价值的高度赞赏发生在她对"新句子"的审视过程中。20世纪80年代早期,语言诗派曾组织了一场题为《对谈》的系列研讨。为此诗人以《诗意沉默》为题做了一场十分精彩的讲座,重点表达了她对抒情诗的看法:"我无意反对这种散文诗,而是想要肯定抒情形式的价值以及它激发静默的更大潜能。"[1]由于将这种群体美学趋势看作当时特定时刻的一种"时髦风气",所以她本人依然专注于本就短小精干的分行诗风格。如她在那次讲座中所表达的那样,"嘿,等一下。假如我就想写分行诗呢……我不想让那被污名化"[2]。多年之后,阿曼特劳特在一次访谈中重提此事并再次肯定:"我重点回避的是70年代末80年代初朝向散文诗的发展趋势。"[3]其后,在对"以语言为导向"一词的质询中,诗人表达了力求保持语言和思想感情相统一的理念。她坦言:"我会用这个词,但我对它最终是抱着怀疑态度的,因为它似乎是在暗示语言和经验之间、思想和感情之间,以及内在和外在之间的分裂。"[4]阿曼特劳特对这些新潮想法并不信服的态度在根本上源自其对美国新诗究竟该如何定义和被谁定义的深入思考。如其所言:"我当时极力反对的是(我所认为)有关新诗过于严苛的定义,以及主流诗歌不愿审视其自身意识形态传统和美学沉疴的自大态度。"[5]

此外,阿曼特劳特的抒情诗立场还在其对语言诗所倡导的所谓"非指

---

[1] Rae Armantrout, "Poetic Silence," in *Collected Prose*, San Diego: Singing Horse, 2007, p. 22.

[2] Lynn Keller, "An Interview with Rae Armantrout," *Contemporary Literature*, Vol. 50, No. 2, Summer 2009, p. 230.

[3] Tom Beckett. "'My Poetry Isn't Built on Hope': an Interview with Tom Beckett," in *Collected Prose*, Rae Armantrout, San Diego: Singing Horse, 2007, p. 130.

[4] Rae Armantrout, "Why Don't Women Do Language-oriented Poetry" in *Collected Prose*, San Diego: Singing Horse, 2007, p. 15.

[5] Rae Armantrout, *Collected Prose*, San Diego: Singing Horse, 2007, p. 9.

称性"理念的质询中得到了进一步的揭示。诗人一直对该诗学倡议"颇有疑虑",认为它"存在诸多问题",并明确表示,"对于语言可以是非指称性的这一点我并不信服,就算它可以,我也不觉得我会对其产生的结果有兴趣"①。谈及非指称性理念的本质,阿曼特劳特曾在与笔者的电子邮件中解释,从字面上的角度来说,非指称性诗歌或许可以指"声音比意义更重要的诗",甚或是不包含任何意义的"无意义诗歌"(nonsense poetry)。在诗人看来,"那样的诗歌或许令人感到享受,但我不会希望所有诗歌都像那样无所指!"为此,她还尖锐指出:"一首非指称性诗的抽象和一幅画的抽象方式一样;它不会描绘外在世界的任何东西。"在此,诗人真正所表达的是,诗不应该是抽象的,它应足够具体到能探讨外在世界的事物。为此,她还着重补充道:

> 我认为讨论非指称诗歌的人们(在70年代中期那包括罗伯特·格里尼尔、大卫·梅尔尼克,甚至还有罗恩·西利曼),可能想表达的意思是他们对描述经验兴趣寥寥,而对让诗歌本身作为一种经验却兴趣有加。②

细究之下会发现,阿曼特劳特这番话实际上说明了她对于诗歌创作的两个基本理念:一是诗歌具有描述经验的职责;另一个则是思想和感情的内在统一。对她而言,"相信非指称性可能就是相信语言可以从思想中被剥离,词语可以从它们的历史中被剥离"③。她直言,"思想激发我心中的感情,感情又激发了思想"④,而"思想和感情的离间是不自然的[……]并且思想和情感之间没有区别"⑤。

有鉴于此,与其他语言诗人不同,阿曼特劳特诗歌虽然通常根植于抒

---

① Rae Armantrout, et al., *The Grand Piano*, Part 3, Detroit: Mode A, 2007, p. 53.

② 出自2012年4月28日阿曼特劳特致笔者的邮件。

③ Rae Armantrout, "Why Don't Women Do Language-oriented Writing" in *Collected Prose*, San Diego: Singing Horse, 2007, p. 13.

④ 出自2012年6月9日阿曼特劳特致笔者的邮件。

⑤ Natalia Carbajosa, "An Interview to Rae Armantrout," *Jot Down*, 2012 (3), http://www.jotdown.es/2012/03/an-interview-to-rae-armantrout/. (Accessed 2015-01-29).

情诗框架,却是一种创新意义上的抒情诗。在一个对抒情诗并不友好,甚至有敌意的诗歌时代,阿曼特劳特为实现其诗意表达而对抒情诗,这个被美国学者谢泼德称为一个已然"破碎或变形"的"惨遭贬损的概念"之价值的坚守,更大程度上归结于她对于抒情诗"一直被更新且始终能进行更新的可能性"①的信任。她在抒情诗中所看到的这些可能性起到一种替代作用,在其创作实践中替代之前提到的其在"群体"美学趋势中发现的"有关新诗过分的定义"。尽管阿曼特劳特意识到了语言诗派对短抒情诗的敌意,意识到"体裁歧视在抒情诗上更是欠妥和变化莫测的"②,抒情诗对诗人来说仍然有着特殊的吸引力。

(二)破壁主体的抒情主义

在西海岸语言诗人集体撰写的引人入胜的《大钢琴》回忆录系列的最新一期中,阿曼特劳特将"抒情诗"定义为:"清晰但又随意的有限实体,由声音共鸣、回音、亲近感和意义构成的反馈圈演变而成。"而数页之后,她又进一步将其称为"短小的诗篇,充满回声的气泡"③。罗伯·斯丹顿在评论阿曼特劳特对抒情诗的定义时指出了它的脆弱性,"没什么东西像气泡一样容易戳破了"④。尽管斯丹顿是一位研究阿曼特劳特诗歌的资深专家,但在这点上其判断似乎略有偏差。与其不同,笔者认为"气泡"说法恰恰在很多方面都与阿曼特劳特的诗学气质非常贴合。"气泡"之说看似脆弱,实则与其专注偶发事件的诗学紧密相连。"气泡"这一无比轻盈的意象生动形象地表达了她的美学追求,即要她的诗"突然转向,戛然而止",以便"对所

---

① Reginald Shepherd, ed., *Lyric Postmodernisms: An Anthology of Contemporary Innovative Poetries*, Denver: Counterpath Press, 2008, p. xv.
② Rae Armantrout, et al., *The Grand Piano*, Part 1, Detroit: Mode A, 2007, p. 62.
③ Rae Armantrout, et al., *The Grand Piano*, Part 8, Detroit: Mode A, pp. 37-41.
④ Rob Stanton, "This," *Jacket* 39, Early 2010, http://jacketmagazine.com/39/r-armantrout-rb-stanton.shtml. (Accessed 2013-12-22).

呈现的事物做出反应"①。

不仅如此，在阿曼特劳特看来，脆弱本身正是抒情诗最大的吸引力之一。如她所说："很明显抒情诗会脆弱、令人怀疑。对我来说，那正是其部分吸引力所在。"②更为重要的是，这个"气泡"未必指代的是通常意义上的气泡，它更有可能指的是卡通或漫画书中最常使用的、让人明白特定人物所说所想的"话语泡泡"和"思想泡泡"。而阿曼特劳特对抒情诗定义的另一个词语"回声"也可验证上述解读。由此，诗人本人对抒情诗所做的上述定义修改，即"短小的诗篇，充满回声的气泡"，实则是对其诗歌抒情维度的贴切总结，其所说的"回声"即话语、思想和声音——不仅包括诗人的声音，更有其他人的声音，展现出突破统一抒情自我主体之局限的抒情主义特点。

与此对应，阿曼特劳特诗歌虽然具有抒情性，却并不沉迷于感伤滥情的告白或自恋的倾向。相反，其特点在于对流变主体性的崭新理解。在此理解中，自我并不先于诗人所做的观察而存在，而是不可靠的、随着诗人从一个语境到另一个语境的快速切换而不断流变的。因而，如马蒂亚斯·里根所论，阿曼特劳特的诗"抒情却没有轻率的第一人称主体的自我主义意味，激进又深思熟虑，而不诉诸抽象"③。

伯特曾说："没有对以语言表达内心状态的人的理解，就没有抒情诗。"④阿曼特劳特借由抒情诗传统，设想了一种诗歌模式，用其原话就是"构建了一个可能被想象成对一个单一的'你'说话的'我'"⑤的模式。在《度量》（*Measure*）一诗中，诗人写道：

　　我把自己

---

① Rae Armantrout, "Reading and Performances' Introductions," in Rae Armantrout Papers, MSS 699, Box 23, Folder 8, Special Collections Library, University of California San Diego.

② Rae Armantrout, *The Grand Piano*, Part 8. Detroit: Mode A, 2009, p. 37.

③ Matthias Regan, "A Review of A Wild Salience: The Writing of Rae Armantrout," *Chicago Review*, Vol. 47, No. 1, Spring 2001, p. 127.

④ Stephen Burt, "The New Thing: The Object Lessons of Recent American Poetry," *Boston Review*, May/June, 2009, http://www.bostonreview.net/BR34.3/burt.php. (Accessed 2013-04-18).

⑤ Rae Armantrout, et al., *The Grand Piano*, Part 8, Detroit: Mode A, 2009, p. 35.

> 加入其中，这
> 缓慢有度的，
> 客观的说话声，
>
> 仿佛是在谈论
> 过去的事情，
>
> 仿佛
> 在对另一个人说话。①

然而，阿曼特劳特的"我"绝不是感伤告解的自我。她对于赤裸裸的自白派诗歌的抵抗显见于其2007年《散文集》收录的两篇杂文，即《主流边缘性》和《女性主义诗学与清晰的意义》之中。与其语言诗人同侪一样，阿曼特劳特一直都对唯我独尊的单一抒情的"我"有着很深重的矛盾态度。但她又不同于其他语言诗人，没有停留在拒绝或逃避它的层面，如她所明确表示的，"我认为我们都发现我们所继承而来的第一人称抒情诗（以及由它产生的'个人化'倾向）有些不尽如人意，甚至是假惺惺的。但是然后呢？人称代词并不会消失"②。她不是单纯地批评摒弃，而是担起了一个可能更加冒险的直面抒情诗传统的角色。其《无论》（*No Matter*）一诗可谓完美展现了她的诗歌美学定位，即偏向于不稳定的第一人称抒情自我，而不是抒情诗最传统意义上的统一的"我"：

> 第一人称
> 是相对的
> 是幽灵
> 肢体和器官
> 的放置，一个停滞
> 态势在

---

① Rae Armantrout, *Money Shot*, Middletown: Wesleyan University Press, 2011, p. 16.
② Rae Armantrout, et al., *The Grand Piano*, Part 1, Detroit: Mode A, 2007, p. 62.

>   视线中沉浮
>   以与我相配。
>
>   我喜欢光
>   的游戏因为
>   它抚摸我
>   又没有抚摸；
>   它撩拨着
>   我佯装被抚摸
>   的方式 然后转过身
>   （在我的坟茔里）
>   沙沙作响。①

如上述诗行所暗示的那样，阿曼特劳特宁愿让她抒情的"我"像光一样跳跃舞动，处在不断变换的状态中。如布莱辛（Mutlu K. Blasing）所描述的，"抒情的'我'无法忘记在一开始有一种暴力，一个切口，深入统一的时空，而该时空则构成了空间、时间、语言以及心灵"②。与之相呼应，阿曼特劳特在其回忆录《真》中回忆幻觉中看到的画面，以及她如何努力通过这些画面发现了她的自我：

> 我清晰地看到，我所认为的"我"是一套防御堡垒体系（那种我以前崇拜的英雄，从比利小子到史蒂芬·克莱恩都有的那种"坚定不屈"的信念和硬汉姿态），然后那些堡垒"里面"又是什么呢？羞愧？恐惧？我的父亲母亲？我觉得，这是一次和"解构"尚不成熟的交集，但也是我几乎立刻就很感兴趣的一次交集。[……]回想起来，我认为我确实是有某个"真实"自我的。我就是那个认为类似经验很有意思会想要再来一次的人。我还是那个禁不住要试着去谈论它

---

① Rae Armantrout, *Necromance*, Los Angeles: Sun & Moon Press, 1991, p. 19.

② Mutlu Konuk Blasing, *Lyric Poetry: The Pain and the Pleasure of Words*, Princeton: Princeton University Press, 2009, p. 63.

的人。①

　　如上述文字明确表达的那样，阿曼特劳特一直对所谓"真实自我"很不确定。尽管其诗中不时会出现自传性素材，但这些素材总是以零星而非线性叙事的形式出现，并且以一种尽可能客观的方式加以处理。如惠特曼在诗中所言"我是多面的"，阿曼特劳特在谈到她的身份时也持有类似态度："我有多重身份：白人；身居南方的工薪阶层；女性；算是个知识分子；仍然喜爱摇滚的60年代的人；读《圣经》长大；怀疑论者，等等。"②与此呼应，其抒情性实际颠覆了传统抒情诗所倚靠的统一自我的稳定性。在《宣言》（*Statement*）一诗中，诗人把她的名字和大概在医院就医时被叫到的名字加以比较和考量。当时的她在医院被能讲双语的护士用西班牙语称为"孕妇"，而在阿曼特劳特的家乡圣地亚哥，西班牙语是被广为使用的第二语言；另一个名字则是她从幼时读过的小金书系列经典《波基小狗》（*The Pokey Puppy*）中想起来的。结果就在诗中产生了如下对主体的描述："这是我的名字//三十一岁/孕妇//波基小狗"③。如这些诗行所要表现的，自我意识来源于不可预测的临时性假设，而不是任何可靠的声音或统一的存在。"我是谁？/要体验恒星/的暴增？"④诗人在一首题为《暗物质》的诗中问道。而类似有关身份的问题，诗人早在另一首诗《我的关联》（*My Associates*）中也做过深入思考：

　　　　你认同
　　　　身体的
　　　　日常

　　　　直到你以为
　　　　那就是你的身体——

---

① Rae Armantrout, "True," in *Collected Prose*, San Diego: Singing Horse, 2007, p. 161.

② Rae Armantrout, "Cheshire Poetics," in *Collected Prose*, San Diego: Singing Horse, 2007, p. 58.

③ Rae Armantrout, *The Pretext*, Los Angeles: Green Integer, 2001, p. 88.

④ Rae Armantrout, *Versed*, Middletown: Wesleyan University Press, 2009, p. 69.

就像认为
你是钟表。

身份是一种
祈祷。

"我看起来怎样?"

意味着
我能装成什么样①

  这些诗句似乎告诉我们,无论是一个可靠的"我"还是一个稳定的"你"都是不可能的,因为他们都和词的意义一样是随意构建出来的。如这首诗的结尾所说:"那就拿任何一个单词/把它剖开//让它把自己埋进土里/以看起来肥沃。"②秉持这样的理念,阿曼特劳特通过拓展自我密闭世界的界限,以全新的形式和内容对传统抒情诗的边界进行了有益拓展。她的抒情诗突破了传统抒情诗中抒情自我的线性推进轨迹,以宽广的胸怀拥抱从自我的封闭世界内外所产生的痛苦和欢乐,以及困惑和冲突。在这当中,诗人在某种程度上将传统抒情诗和实验诗歌完美杂糅在一起。毕竟,如斯文森所论:"尽管这两个目标或许看似大相径庭,但是二者在本质上都具有社会性,都懂得社会责任;因而它们展现出诗歌持续不断的相关性。"③

  然而有趣的是,有一点值得注意。阿曼特劳特对抒情诗的总体态度是在她抵抗语言诗派盛行的反抒情趋势中发展而来,而她有关打破主体稳定性的理念则和语言诗基本诗学思想不谋而合。语言诗派诗人曾通过质疑在文学创作中将自我和主体性作为组织原则的传统观念,针对垄断六七十年代美国主

---

① Rae Armantrout, *The Pretext*, Los Angeles: Green Integer, 2001, p. 58.

② Rae Armantrout, *The Pretext*, Los Angeles: Green Integer, 2001, p. 59.

③ Cole Swensen, et al., eds., "Introduction," in *American Hybrid*: A Norton Anthology of New Poetry, New York: W.W Norton & Company, 2009, p. xxi.

流诗歌的个人化自白派诗歌进行了坚决的集体反抗。

同时，这在很大程度上还源于语言诗派对克里斯多夫·比奇所说的20世纪中晚期欧洲"文学理论的急速散播"的欣然接受与吸收，为他们"挑战语言作为传播思想、概念以及形象的透明媒介这一理念"[①]提供了理论依据。这些理论特指后结构主义理论家的理论，包括罗兰·巴特提出的"作者之死"；迈克尔·福柯（Michael Foucault）有关"作者功能"的假设；路易·阿尔都塞（Louis Althusser）关于社会构建主体的看法，以及雅克·德里达的观点，即语言基本而言是一个差异体系。在此，词语或他所谓的"符号"仅指在意义的无限推延中的其他符号，未必代表意义。这些开拓性的作品通过译介进入美国学术界的时间恰逢语言诗派积聚能量发展壮大的20世纪60年代晚期和70年代早期。有这些理论的加持，语言诗作为一场大规模的诗歌运动已然证明是"现代主义以来美国诗歌史上最为重要的一次运动"[②]。它摒弃"语言透明性"，即认为"语言能快速直接反映它所要试图描绘的事物或经验"[③]的认识，最大优点在于"它对诗歌和诗学的再次整合沉浸于政治、历史以及人类科学辩论的宽广领域"[④]，这和20世纪由语言哲学家索绪尔和维特根斯坦为最佳代表的"语言革命"息息相关。这两者都认为，意义实际上是由语言产生，而不是简单地由语言"反映"或"表达"出来的东西。对其中包含的意义，伊格尔顿的看法最为贴切："我们作为个体的经验从根源上来说是社会性的；因为没有所谓的私人语言，想象一种语言即是想象一种社会生活。"[⑤]

---

① Christopher Beach, *The Cambridge Introduction to Twentieth-Century American Poetry*. Cambridge: Cambridge University Press, 2003, p. 205.

② Hank Lazer, *Opposing Poetries, Vol. 2: Readings*, Evanston, Illinois: Northwestern University Press, 1996, p. 7.

③ Christopher Beach, *The Cambridge Introduction to Twentieth-Century American Poetry*, Cambridge: Cambridge University Press, 2003, p. 205.

④ Hank Lazer, *Opposing Poetries, Vol. 2: Readings*, Evanston, Illinois: Northwestern University Press, 1996, p. 7.

⑤ Terry Eagleton, *How to Read a Poem*, Malden: Blackwell Publishing, 2007, pp. 52-53.

作为语言诗派的奠基人物之一，阿曼特劳特独特的抒情诗通过整合两代截然不同的诗歌传统演变而来。如笔者在此前一篇讨论阿曼特劳特诗歌的小文中指出，这两种诗歌传统一方面包括以安·塞克斯顿（Ann Sexton）和西尔维娅·普拉斯（Sylvia Plath）为代表的二十世纪六七十年代第二浪潮女性主义诗人的抒情传统，另一方面则是以罗恩·西利曼和鲍勃·佩雷尔曼等七八十年代语言诗人所提倡的反抒情诗传统[1]。无论这两代诗歌在美学上如何泾渭分明，它们都认为自我由语言创造，坚持把诗歌作为它们抵抗主流自我概念的平台。前者通常主要依靠基于性别的身份概念，而后者则倾向于将统一自我和连贯思想拆解成抽象而没有意义的形式。阿曼特劳特将这两种诗学传统兼容并蓄，不仅克服了语言诗人由非指称性所导致的抽象化倾向，也规避了第二浪潮女性主义诗歌中所体现的对自我的封闭世界的过度强调和普通抒情诗歌所依靠的一致自我与连贯声音产生联系的基础。由此产生的诗歌不仅关注自我的狭小世界，也会放眼广阔的外部世界，密切关注"此时""此地"所发生的偶然事件。

（三）日常抒情主义

T.S.艾略特曾在《哈姆雷特和他的问题》一文中论及客观对应物并做出如下定义：

> 以艺术形式表达感情的唯一方式就是寻找"客观对应物"；换言之，也就是寻找用以表达特定情感的一组事物，一个情景，或一系列事件；也即在感官体验中必须被终止的外部事实出现，这种情感就会被立即触发……[2]

而对阿曼特劳特来说，对不可见的、抽象事物的探索必须根植于可见的客观世界中。她在社会现实的存在中寻找意义，在日常细节中寻找她的客观对应物。如在《嘿》一诗中，她写道：

---

[1] 孙立恒：《蕾·阿曼特劳特的诗学观及诗歌特点》，载《陕西师范大学学报》2013年第3期，第155页。

[2] Burt Kimmelman, ed., *20th Century American Poetry*, New York: Facts On File, Inc., 2005, p. 172.

1
声音
或许针对
你
或许不是。

2
一张收据条
被狂风卷着
吹过停车场,
也许,是
一只飞蛾。①

如该诗所示,哪怕是一张购物票被风吹过停车场这样最不起眼的细节也不会逃过诗人的目光。诗中抒情的"我"明显缺失,不仅显示了阿曼特劳特对庸常世俗的关注,也显示了其湮灭自我的谦卑,以及摆脱以自我为中心的精神桎梏的用心。与此相协调,尽管阿曼特劳特诗歌中不时出现第一人称,却从不唯我独尊,因为她的兴趣从来都不是自我表达,这也正是其抒情性与自白派个人化抒情诗传统美学的不同之处。如诗人所言,"区别我们在学校所学的'抒情诗'和与语言有关的抒情主义还是很重要的"②,其抒情主义关注广阔的外部世界中的当下时刻或特定细节。这导致了阿曼特劳特极少,甚至可以说从不采用线性第一人称或自白派以探索自我及其情感的抒情模式进行创作。"人称代词/又换座位了/来表示她是公正的//她的观点/并不囿于一己之利——"③,她在《马车》一诗中这样写道。而针对这一问题,诗人私下做出的解释则更详尽有力:

---

① Rae Armantrout, *Versed*, Middletown: Wesleyan University Press, 2009, p. 92.
② Lori Chamberlain, "Interview with Rae Armantrout (1987)," M1211, Box 14, Folder 1, Special Collections Library, Stanford University.
③ Rae Armantrout, *The Pretext*, Los Angeles: Green Integer, 2001, p. 30.

我的诗当然表达了我的情感。既然是我头脑的产物，怎么可能不是呢？我用我的经验——我所看到的和听到的，窗外的景致、人们跟我说的话、我所读到的内容，甚至是我的梦境，它们都始终是我的素材。而且我认为我所有的诗都是根植于情感当中。通常当我为某事感到困扰，尤其是不明白为什么它困扰我的时候，我就开始写诗。我不会把思想和情感分开。例如，如果我在读一本关于宇宙学的书籍，想象宇宙的大小和年龄对我可能会产生情感上的影响。它可能会让我感到渺小而孤独。所以我对天体物理学的所思所感就可能催生出一首诗来。我只是不直接以情感作诗而已，比如"我今天很难过"那类内容，我写的是激发情感的事物。①

上述解释说明，阿曼特劳特要做的是将物理世界的信息转化为心理上的现实。在这方面，其作品从内到外、从外到内都保持在抒情诗的创作框架里。诗人意识到，"世界只有通过一种腹语才能进入诗歌"，因为"事物和想法并不总能互相融合"②。因此，诗人只能通过自己对世界的回应和感知来表现这个世界，无论是情感的还是心理上的。有鉴于此，她进一步阐说明："我所记录的主要是我的感知，我对所受到的震动的情感回应。"③

然而，尽管阿曼特劳特的诗，借用她自己的说法，都"根植于情感当中"，其诗意语境中的"情感"并不单纯指个体苦难的哀恸呻吟或是自我歌颂等传统抒情诗的典型基底，它更多指涉的是诗人从周遭"事物"中所感知到的惊诧和意外所带来的"思想和感情"。如此，其抒情主义更多专注于该术语在认知上的作用，以探究她所说的由日常现实中的所见所听而引起的沮丧、迷惑，甚或是痴迷④等情绪。阿曼特劳特的诗歌从自我之外更为广阔的

---

① 此段内容来自2012年12月6日阿曼特劳特给作者的电子邮件。

② Rae Armantrout, "Cheshire Poetics,"in *Collected Prose*, San Diego: Singing Horse, 2007, p. 55.

③ Eric Elshtain, et al., "An E-mail Interview with Rae Armantrout,"in *Collected Prose*, Rae Armantrout, San Diego: Singing Horse, 2007, p. 99.

④ Eric Elshtain, et al., "An E-mail Interview with Rae Armantrout,"in *Collected Prose*, Rae Armantrout, San Diego: Singing Horse, 2007, p. 92.

外部世界汲取力量，其所真正关注的焦点是典型的美国人的生活，以及在她的自我之外的人们。在2007年诗集《来世》中，诗人在第三首诗《二、三》中写道："悲伤的、戴着海盗帽的胖男孩/长长的、破旧的、满身凹痕的/古铜色福特车。"① 该诗借助对一辆老旧福特车的俗气外表的简单刻画委婉地提醒美国读者去关注那些家庭收入在平均线以下的城乡同胞的诉求和不如意。通过这样的做法，她的诗突破了弗池所批判的狭窄的"自我表达和语言艺术封闭区域"② 的边界而进入外部世界的广袤空间。事实上，在对传统抒情诗自我表达的抵制中，阿曼特劳特与著名见证诗歌的奠基人、诗人、评论家弗池不谋而合。后者相信，"对个人的歌颂"往往"意味着一种短视，无法看到更大的经济结构和国家如何限制——尽管不会决定——脆弱的个体空间"③。

如安·维克里所论，对阿曼特劳特来说，"写作变成了冥想，抒情诗变成了自反的平台"④。这点诗人曾在不同场合有过多次说明，她表示"我困惑时就会写作"，而且"我在写作中思考，或通过写作思考"⑤。因此，其抒情诗更像维克里所说的"分解抒情诗"，凸显与世界交流的"对话维度"。"我写作是为了给世界'回话'"，如其在一次访谈中所言，"这样我就不会被动地被各种感觉、事件和说辞等暴击"⑥。例如，诗集《来世》

---

① Rae Armantrout, *Next Life*, Middletown: Wesleyan University Press, 2007, p. 7.
② Carolyn Forché, "The Poetry of Witness," in *The Writer in Politics*, eds. William H. Gass and Lorin Cuoco, Carbondale: Southern Illinois University Press, 1996, p. 135.
③ Carolyn Forché, ed., *Against Forgetting: Twentieth-Century Poetry of Witness*, New York: W.W. Norton & Company, 1993, p. 9.
④ Ann Vickery, "Finding Grace: Modernity and the Ineffable in the Poetry of Rae Armantrout and Fanny Howe," in *A Wild Salience: The Writing of Rae Armantrout*, ed. Tom Beckett, Cleveland: Burning Press, 1999, p. 56.
⑤ Paul Holler, "An Interview with Rae Armantrout," *Bookslut*, July 2010, http://www.bookslut.com/features/2010_07_016299.php. (Accessed 2013-07-10).
⑥ Paul Holler, "An Interview with Rae Armantrout," *Bookslut*, July 2010, http://www.bookslut.com/features/2010_07_016299.php. (Accessed 2013-07-10).

中的《继续闪耀》一诗开头写道，"在最后的分析中/以普朗克之详尽"，然后在隔了数行之后，该诗进入尾声：

> 空间或许可以想象成
>
> 是一种泡沫
>
> 被这样的擦涂点缀，
>
> 彼此交织的随想。
>
> *
>
> 南瓜微笑着，
>
> 正极度膨胀，
>
> 端坐在斯皮利特
>
> 大卖场顶上[①]

在此，阿曼特劳特将她对宇宙扩张理论的沉思和量子力学中最小的度量单位"普朗克长度"转化成她"彼此交织的随想"，或她对万圣节服饰店屋顶上摆放的用作广告的巨大的南瓜灯的思考。诗人将宇宙想象成一个大大的南瓜头，同时对美国社会的商业化进行了思考。庆幸的是，她没有因为只让其充当揭示言说者"顿悟状态"[②]的喉舌而深陷拉泽口中"剥夺外部世界激进他者性"的"抒情惯用伎俩"的陷阱之中，而是通过不随意指出任何思想方向的方式给诗歌留下开放空间。帕洛夫在赞美阿曼特劳特对本土世界的关注时曾这样说过："阿曼特劳特的抒情诗既有地方性又有全球性。"[③]基于

---

① Rae Armantrout, *Next Life*, Middletown: Wesleyan University Press, 2007, pp. 61-62.

② Hank Lazer, "Lyricism of the Swerve: The Poetry of Rae Armantrout,"in *A Wild Salience: The Writing of Rae Armantrout*, ed. Tom Beckett, Cleveland: Burning Press, 1999, p. 143.

③ Marjorie Perloff, "Afterword,"in *Narrativ: Selected Poems, Rae Armantrout*, Wiesbaden, Germany: Luxbooks, 2009,

其抒情诗深深根植于本土且关注当下特有的生活,该评价对阿曼特劳特诗歌来说应该是十分贴切了。

对于阿曼特劳特诗歌的本土性特点,笔者也曾指出:"她目光所及处的风景,高大茂密的桉树、风中摇摆的杜松、光影斑驳的棕榈林等,都极具南加州的气质,提示着诗人作为圣地亚哥人的地域属性和文化身份。"①在阿曼特劳特诗中同样常见的还有很多日常图景,如高速路入口处的花、窗外的高大树木、路边的大朵牡丹、空中的飞鸟、安全岛上的旗杆、停车场中飞舞的收据、怀抱幼子的父亲、给孩子读睡前故事的母亲、诊所里的病人、超市里的顾客,甚至是超现实的梦境,等等。这些事物和人,无论多么微不足道,都被她作为创作题材定格在诗行中,使其作品具有亲近感与即时感。按照罗伯特·克里利的说法:"我被她讲述的内容所感动,被带进了我们都会称为生活的世界里。她诗中的'我''你'和'我们'就是那些我一直都了解且永远会了解的人们。"②阿曼特劳特的诗具有更加切实的、比典型语言诗还要更加深刻的人文关怀。

在《PBS新闻一小时》(PBS News Hour)栏目主持的一次广播访谈中,阿曼特劳特向年轻诗人分享了她身为作家的经验:

> 而且我认为要成为好的作家,你不仅需要望向内心世界,而且还要望向身外的世界,然后将两者结合在一起。它不能只是关于你的。但你要知道,你看世界的方式肯定会受到你的身份和发生在你身上的事情的影响。不过,你仍然需要往外看到世界。③

很明显,阿曼特劳特对年轻诗人建议的重点仍然是对外部世界的关注,这从根源上与海德格尔的"存在"哲学相符。据伊格尔顿的解读,"这样的

---

① 孙立恒:《蕾·阿曼特劳特诗歌初论》,载《外国文学》2014年第2期,第20页。

② Robert Creeley, "Particular," in *Collected Prose*, Rea Armantrout, San Diego: Singing Horse, 2007, p. 90.

③ Tom Legro, "Conversation: Pulitzer Prize Winner in Poetry," *NewsHour*, PBS, New York, http://www.pbs.org/newshour/art/conversation-pultizer-prize-winner-in-poetry-rae-armantrout/ (Accessed 2012-02-14).

存在首先永远是入世的：我们之所以为人，只是因为我们彼此相连，与物质世界相连，而这些联系是我们生活的本质，而非偶然。"[1]然而，阿曼特劳特的世界广至整个宇宙世界，这与普拉斯和安·塞克斯顿等第二浪潮女性主义诗人笔下狭窄的自我世界完全不同。在《和》一诗中，诗人写道：

  挺好

  一切无关紧要地

  骚动

  在我周围

  像这样

  铜绿色的阴影

  摇曳，呢喃，

  以便

  我能静止

  *

  我把事情写下来

  为以后

  示与别人

  或自己

  那并非我一人

  的经历

  *

  "和"

---

[1] Terry Eagleton, *How to Read a Poem*, Malden: Blackwell Publishing, 2007, p. 54.

是出现在脑海的

那个字，

但此处又不是

恰当的字。①

如其所示，该诗巧妙地以介词"和"字为题，将作为写作先决条件的孤独与代表潜在社会性的外部世界结合在一起。的确，虽各自表达经验的方式不同，但其个人此时此刻的经验又何尝不是别人的经验？"和"字恰当表达了一份独而不孤的从容与自洽，也正是这份从容，使她拥有了"虚无之处见世界"的广阔胸怀。同时，该诗标题本身也不言自明。在此，最简单不过的英语介词"和"（with）却因与其相关的各种变体形式，似不经意却明确暗示了阿曼特劳特有关内外世界的基本观念。在她看来，身为诗人，就应该在自我的私人世界和外部世界的公共空间之间保持互动与联结。诚然，如她所坚持的那样，好的诗应"看见自己也看到世界"②。诗人在《度量》一诗中写道："我在此句中/并不孤单//一只蜜蜂小心翼翼地/落在//紫罗兰的/紫色花尖上//在风中曳动。"③上述《和》和此处描绘的淡然与静谧使诗人以更宽广的心灵去拥抱外部世界，并对其进行X光般最细微的观察，却无须诉诸陈词滥调的常规反应和习惯性感受。

伯特在其有关美国实验派诗歌的极具洞见的《新事物》一文中曾这样评价：

抒情诗歌或许是，[……]私人话语中的自我——但它可能会采用一种从他人的言论中学来的语调：一种有责任感的语调，"富有穿透力又严肃"，并且时常意识到我们是谁取决于我们在空间和社会秩序中的位置——取决于我们所有、所见和所知的东西，以及"我们"或"我"如何去想象一个"你"。④

---

① Rae Armantrout, *Money Shot*, Middletown: Wesleyan University Press, 2011, p. 46.
② Rae Armantrout, *Collected Prose*, San Diego: Singing Horse, 2007, p. 15.
③ Rae Armantrout, *Money Shot*, Middletown: Wesleyan University Press, 2011, p. 16.
④ Stephen Burt, "The New Thing: the object lessons of recent American poetry," *Boston Review*, May/June, 2009, http://www.bostonreview.net/BR34.3/burt.php. (Accessed 2013-04-18).

与伯特的说法相仿，阿曼特劳特把她的抒情诗扎根于外部世界的特定细节而非她自己当中，由此展现出一种近乎湮灭自我的广阔胸怀，使她避开了因为夸大个人感情和经验而面临"抒情定式"的风险。在一次诗歌主题朗读会的公开讨论中，阿曼特劳特曾将她的语言诗同侪迈克尔·帕尔默的作品描述为"自我湮灭"[1]的艺术。这一说法也完全适用于她自己的作品。诗人通过刻意省去个人特征，尤其是其作品中的人称代词"我"，展现出自我湮灭的开放胸襟。有鉴于此，她得以将任何所能想象得到的"事物"都纳入诗行，再次无声验证了威廉·卡洛斯·威廉姆斯"没有观念/唯有事物"[2]的"物之理论"。如诗人自己所坦言："我笔下几乎所有，或者说大部分事物，都来源于我实际看到或听到的东西。"[3]通过把抒情主义与对日常生活中人与事的社会观察密切结合，阿曼特劳特成功地从抒情传统内部突围，大大拓宽了传统抒情诗的边界。例如，《外界》（*Outer*）一诗就描写了她在超市见到的一位不修边幅的老妪的形象：

> 我是这样一个人，不懂那位邋遢老妇
> 把一加仑伏特加放进推车的时候是否
> 觉得愧疚、挑衅，或魅力十足。她
> 或许把自己想象成在电影里演酒鬼
> 的演员。
>
> 换位激活魅力？
>
> 仿佛从外界看你自己，尽管

---

[1] Vasiliki Katsarou, "Lyric Persuasion at Poets House," *Ragged Sky Blog*, Ragged Sky Press, http://www.raggedsky.com/blog/archives/84. (Accessed 2012-01-13).

[2] William Carlos Williams, *The Collected Later Poems of William Carlos Williams*, Rev. ed. New Directions Publishing Corporation, 1963, p. 7.

[3] Maureen Cavanaugh, et al., "UCSD Professor And Poet Rae Armantrout Nominated For National Book Award," "These Days on KPBS", November 9, 2009, http://www.kpbs.org/news/2009/nov/09/ucsd-professor-and-poet-rae-armantrout-nominated-n/. (2014-01-10).

不似其他人看你那样。

乘着光
影像留存

而感觉
却如此易逝

以至总
难以置信。

外部世界意味着
国家农场①甜甜圈跆拳道?
思想如同耗尽的燃料棒。

在其前方
紧随其后
是仙人掌
雕塑般的影子
投在草坪上

今天或许可被描述成一个退休男人
哼着不成调的歌。

---

① "国家农场"为美国一甜品咖啡店名称。

> 我问你在想些什么，你说"想关于向
> 孩子们解释搭建五朔节花柱的最佳方法。"①

  作为阿曼特劳特并置抽象与具象的绝佳案例，该诗还展示了诗人对"外部"世界的细微观察。如她本人在访谈中确认的那样，诗中描述的老妪是她在家附近的超市连锁店里亲眼所见的人物②。如散文诗写就的第一小节所示，该诗一开始就对那位老妪自动产生了一种高高在上的看法，然后又想到老妪和所有人一样，应当是她自己世界的中心，其他任何人都无法看到她对自己的看法或她眼中的世界，就像我们也无法知道人们看向其他人时会如何评价他们一样，体现了我们可能忽略的那些可能性。

  很明显，尽管这首诗开头和结尾都采用了第一人称，但诗人通过削弱其稳定性和权威性使得全诗读来丝毫没有落入传统抒情诗的窠臼。这一点首先体现在诗中的说话者承认外人对老妪的评价和她对自己的评价之间可能存在差距。通过宣布"我……不懂"消解了常见于传统抒情诗中第一人称说话者的自我中心主义和高高在上的态度。她以略带幽默的口吻表达了既肯定又批判的双重态度，其主张的"切尔西诗学"思想在此得到了近乎完美的展现。然而，这种对第一人称的消解还远没有结束，后来出现的所谓"退休男人"将其推向更高的高度。根据阿曼特劳特讲解，这位"退休男人"其实是她很熟悉的人——她的丈夫。诗人在一次访谈中透露，该诗句记录了她在和丈夫的闲聊中感到的疑惑。当时，她看到他脸上一个奇怪的表情，遂问丈夫在想什么。出乎她所料，他竟然回答说在思考如何向孩子们解释建造五朔节花柱的最佳方法。为此，诗人进一步说道："当你意识到你完全不知道其他人在想什么的时候，会觉得有点吓人。另一方面，我们之所以知道世界是真

---

① Rae Armantrout, *Versed*, Middletown: Wesleyan University Press, 2009, pp. 11-12.
② Maureen Cavanaugh, et al., "UCSD Professor And Poet Rae Armantrout Nominated For National Book Award," "These Days on KPBS", November 9, 2009, http://www.kpbs.org/news/2009/nov/09/ucsd-professor-and-poet-rae-armantrout-nominated-n/. (2014-01-10).

实的,唯一的原因就是它的不可预知。"①结合该诗第一小节中"老妪"所带来的不确定性,诗中所暗示且经作者本人在访谈中所确认的这种"惊讶体验"见证了一个事实,即无论相识与否都会出现在人际交流中的、未竟的抒情欲望。

该诗中出现的类似老妪和退休男人这样的普通人,在阿曼特劳特诗歌中绝非偶然。在另一首诗《岛屿之间》(*Between Islands*)中,就有对"修鞋匠"的描述:

紧挨着通道,

在购物广场
和医药大楼之间,

一个戴草帽的男人
靠着
一面粉色的
粘贴板

上面是一只
女鞋

和"修理"的字样②

而在另一首诗中,"一个移民/在卖电线做成的/蝎子/在一家来德爱药店门前"③。尽管诗中不做评论,不做判断,但是这些对购物广场或超市前的

---

① Maureen Cavanaugh, et al., "UCSD Professor And Poet Rae Armantrout Nominated For National Book Award," "These Days on KPBS", November 9, 2009, http://www.kpbs.org/news/2009/nov/09/ucsd-professor-and-poet-rae-armantrout-nominated-n/. (2014-01-10).
② Rae Armantrout, *Just Saying*, Middletown: Wesleyan University Press, 2013, p. 70.
③ Rae Armantrout, *Money Shot*, Middletown: Wesleyan University Press, 2011, p. 24.

修鞋匠和移民小贩这样普通人的描写却生动刻录了美国社会巨大的贫富差距。阿曼特劳特独特的抒情模式证明，诗歌在专注形式创新的同时也可以兼顾抒情性和现实性。尽管一贯贴近日常生活，其抒情诗却从不是简单记录日常琐事的流水账。诗人虽将《外界》和其他许多作品置于抒情诗的框架内，却并不诉诸言说主体的权威和传统抒情框架的虚假连贯性，因而为她的作品加入更多、更深刻的人文关怀。由此，阿曼特劳特诗歌由于特别注重对外部世界的观察以及发掘抒情诗所蕴藏的新的可能性而具有了别样的社会意义。

如兰金和朱莉安娜·斯帕尔所评价，这样的关注不仅"让阿曼特劳特的诗歌在语言诗中独树一帜，还标志了她对由狄金森开创至今的创新抒情传统的有益延伸"①。一次又一次，诗人让她的诗追寻人们习惯性回避的最核心问题的答案：我们是谁？我们如何与人和身边事物有意义地相处？我们能知道些什么又知道多少？我们所生活的社会如何塑造了我们？死后会发生什么？然而，阿曼特劳特的追寻从不背离世界的亲近感或跌入虚妄的抽象之中，进而让她的诗歌"超脱大多数同时代人的诗"而成为"我们时代最伟大艺术的一部分"②。

（四）"此刻"抒情主义

如前文所论，阿曼特劳特眼中的抒情诗通常与"片刻"或她所说的"时间中跳跃的气泡"③联系在一起。在她独具魅力的创作中，诗人一贯被抒情诗在片刻与时间流之间调和矛盾的能力所吸引。《回答》（*Answer*）一诗的开头部分就这样探讨了阿曼特劳特对此的痴迷：

  片刻寂静

  索要着一个答案。

---

① Claudia Rankine and Juliana Spahr, *American Women Poets in the 21st Century: Where Lyric Meets Language*, Middletown: Wesleyan University Press, 2002, p. 27.

② Rob Stanton, "This," *Jacket*, 39, Early 2010, http://jacketmagazine.com/39/r-armantrout-rb-stanton.shtml (Accessed 2013-12-22).

③ Rae Armantrout, et al., *The Grand Piano*, Part 8, Detroit: Mode A, 2009, p. 40.

片刻何时终结？①

如上述诗句所示，捕捉片刻是抒情诗的内在欲望。"片刻何时终结？"这恰是诗人求索的开始："终结就在手边。那现在呢？谁在那儿？"②为追寻这个问题的答案，她将她的诗歌转向当下，转向此刻，如其2001年诗集《借口》的结尾诗《此刻》中所写：

一个小女孩儿

被付费唱

《优质船舶动力》。

用母爱付费？

太空发出一声回响。

就一次

叩门之声

而通常它就在那里。③

上述诗行似乎在告诉读者，生活有时会变得无比黯淡荒谬，以至于有人会付费让一个小女孩儿唱无聊的歌曲。然而，生活又不仅如此，它还会生出无数难以预测的可能性，就如忽然传来的叩门声，"就一次/叩门之声/而通常它就在那里"。而当这些可能性发生之时，诗歌的职责就是去捕捉并记录那一时刻，而不是将其还给虚无。如阿曼特劳特在另一首《诗》中所写的那样：

在你睡着时

此刻并不存在。

此刻意味着，"现在

---

① Rae Armantrout, *Money Shot*, Middletown: Wesleyan University Press, 2011, p. 26.

② Rae Armantrout, et al., *The Grand Piano*, Part 8, Detroit: Mode A, 2009, p. 41.

③ Rae Armantrout, *The Pretext*, Los Angeles: Green Integer, 2001, pp. 90-91.

做点什么？"①

对这位诗人来说，"此刻"需要诗人"环顾/边缘"以便发现"能是什么/本就是什么//意思"②，要不断质疑或至少问问，"它说的什么？//这么说是什么/意思"③？如该诗句所揭示的，尽管作为人类我们永远不可能准确知道它的意思，但我们仍然要继续发问。在《传播》一诗中，她坚定地说道，"看到什么，说点什么/记到本子上"④。哪怕发问会让我们走向悲欢的极点，它依然会让诗人写出绝妙的抒情诗行，一如《继续闪耀》一诗中的那样：

问出正确问题
所需的能量
如此巨大

以至询问本身形成
一个迷你黑洞。

空间或许可以想象成
是一种泡沫
被这样的涂擦点缀，

彼此交织的随想。⑤

在她质疑人生荒诞，投向宇宙世界寻找可能答案的过程中，阿曼特劳特如查尔斯·亚历山大所赞，"和那些诗人并驾齐驱，他们创作出充满智慧、坚定不屈且结构完美的抒情诗歌，关注我们是谁，我们是什么、我们如何来

---

① Rae Armantrout, *Itself*, Middletown: Wesleyan University Press, 2015, p. 41.
② Rae Armantrout, *Itself*, Middletown: Wesleyan University Press, 2015, p. 41.
③ Rae Armantrout, *The Pretext*, Los Angeles: Green Integer, 2001, p. 91.
④ Rae Armantrout, *Just Saying*, Middletown: Wesleyan University Press, 2013, p. 39.
⑤ Rae Armantrout, *Next Life*, Middletown: Wesleyan University Press, 2007, p. 61.

到这世界上"①。她的抒情诗是当下时刻的抒情,是"此刻",是"我们"的抒情诗。因为,生而为人,唯有此刻;因为"天堂里没有需要//而我们即是需要"。

事实上,这个"此刻"也可能生出惊讶和震惊,从而无可避免地把"此刻"变成一个"永恒时刻"。阿曼特劳特在《大钢琴》卷8中曾归纳总结抒情诗的四大特点,其中之一就是抒情诗"捕捉永恒时刻"以及"让时间静止"②的欲望。这一点在她的抒情诗中体现得尤为明显,特别是结合2006年诗人自己的健康状况来看。她的普利策获奖作品《谙熟》其实就是在她被诊断出癌症后在死亡阴影下出版的。这也能很好地说明诗人选择"死亡"这一莎士比亚数百年前使用的最为隽永的抒情诗主题的真实背景。与莎士比亚在其十四行诗第65首中以"除非有奇迹的力量/墨迹中我的爱犹放光芒"等诗句所代表的抒情诗"在纸上稳定并延长现实生活中稍纵即逝的爱情"③的古老抒情传统略有不同,阿曼特劳特在诗中写道:"我所做任何声明/如果足够特别//都将证明/我曾来过这里。"④然而,面对"让时间静止"这一诗意努力,阿曼特劳特既无造作也不夸张,表现了异乎寻常的平静态度,从容淡定,笔触轻盈,一如她处理日常生活所呈现给她的其他题材一样。例如,其2009年发表的诗作《圈》(*Hoop*)就不着痕迹地展示了诗人的淡定心态以及对死亡的好奇与探索。该诗的第一小节以《圣经》宣言式的宏大基调写道:

> 上帝旋转着
>
> 从它的脸前
>
> 越过不可名状的

---

① Charles Alexander, "Singing Through the Echo: Review of *The Pretext* by Rae Armantrout," *Jacket*, 18, August 2002, http://jacketmagazine.com/18/alex-arma.html. (Accessed 2013-06-09).

② Rae Armantrout, et al., *The Grand Piano*, Part 8, Detroit: Mode A, 2009, p. 35.

③ [美]海伦·文德勒《看不见的倾听者》,周星月、王敖译,广西师范大学出版社2019年版,第10页。

④ Rae Armantrout, *Versed*, Middletown: Wesleyan University Press, 2009, p. 23.

面孔
　　因为它静止不动。

　　上帝那时还是动力，
　　那样地无法忍受
　　被打断，

　　用它自己的形象
　　给时间的空白盖戳。

很快，当诗进入第二小节，很快转入诗人对自己从癌症阴影中死里逃生的境况考量：

　　现在她的主题将是
　　她逃脱了
　　某种毁灭，

　　她幸运到
　　难以置信。

　　这一主题应该是跃动的
　　却又有些许突兀，
　　就这样到来，
　　如此之晚。①

然而，诗人幸运的康复并不仅仅是一个姗姗来迟的突兀事件，它更是一件令她从众人中间脱颖而出的不寻常事件，正如该诗在结尾段落所写：

　　与该主题有关
　　的人物
　　应身着

---

① Rae Armantrout, *Versed*, Middletown: Wesleyan University Press, 2009, p. 110.

>   明显老派的服饰——
>
>   也许是一条箍衬裙——
>   而其他人则都
>   穿着短装，
>
>   正准备开始烧烤野餐。①

如上述诗句所示，阿曼特劳特让这个"她"毫不慌乱、有条不紊地穿上典型的狄金森式的庆典服饰"箍衬裙"，从而鹤立鸡群，淡然等待着生活可能给予的下一场境遇，就像等待烧烤野餐的开始。同样，在《谙熟》的压卷之作《事实》（*Fact*）中，诗人带着新的勇气和决心迎向未知的将来：

>   幽灵怒火行动。
>   *
>   生存意志
>   的全部力量
>   都被钉在
>   下一个场合：
>
>   有人
>   带着托盘进来，
>
>   有人
>   叫了一个号码。②

在此，伊拉克战争"幽灵怒火行动"的行动代号与医院重症监护室的典型场景并置一处，暗示了阿曼特劳特在2006年由于肾上腺皮质癌手术时所经历的身体里的一场战役。接着，该诗的第二小节将她所有标志性的好奇以及

---

① Rae Armantrout, *Versed*, Middletown: Wesleyan University Press, 2009, p. 110.
② Rae Armantrout, *Versed*, Middletown: Wesleyan University Press, 2009, p. 121.

探究的本性变成世界持续向她施加的谜团:

每一个重大

事实

都是一种姿态,

一个等待被选择

的答案。

"正是这样。"它说。

"再问一遍!"①

诗人努力调整着极端情境下会出现的游移波动心态,展现了超绝的冷静淡定,用充满好奇的探究口吻对这些常人难以想象的艰难时刻进行了客观的描绘。无可置疑,她对头脑如何试图面对死亡深感兴趣,且真的去思考死亡这个其他人视为终极文化禁忌而避讳的话题。诗在结尾处那掷地有声的一句"再问一遍!"其胆量和勇气最终让阿曼特劳特从她的同时代诗人中脱颖而出,成为"一位(尽管不是唯一一位)伟大的描写死亡或哀恸的当代诗人"②。也正是出于这同样的胆识和勇气,阿曼特劳特胸中升起"让时间停止"的抒情欲望。在《谙熟》卷尾出现的最后几首诗之一《轨迹》(*Passage*)中,这种抒情欲望表现得淋漓尽致。该诗由两小节构成,全诗如下:

1

我在意念中

不乏精准地

掌握了我生命的框架。

---

① Rae Armantrout, *Versed*, Middletown: Wesleyan University Press, 2009, p. 121.
② Rob Stanton, "This," *Jacket* 39, 2010, http://jacketmagazine.com/39/r-armantrout-rb-stanton.shtml. (Accessed 2013-12-22).

我知道何时我在

何处——或者我在何处时

是何时——但是过去

发生的许多事

都未被保存。

相反，这个框架

成为货物崇拜①路线，

永远在邀请

未来降临。

最后，我存在下来

作为时间延续的

理念②

2

爬山虎

在墙上

画线。

花朵作为标点？

你能否详述

这个轨迹？

双重意义，

---

① 货物崇拜：又译为"货物运动"，是一种宗教形式，经常在一些与世隔绝的原住民中出现。当货物崇拜者看见外来的先进物品时，便会将之当作神祇崇拜。

② 此小节译诗参考倪志娟译本《精深》，北岳文艺出版社2019年版，第174页上《段落》第一节，略有改动。

叠加：

头发倒竖

让一个生物看起来
更大，更凶猛。①

在上述诗句中，尽管诗人对时间停止的欲望感同身受，却绝没有半点要将此加以浪漫化处理的意思，而是揭示了产生于这种双重约束中的捕捉永恒时刻的欲望和无法阻挡的流淌的时间如一个"货物崇拜路线/永远在邀请/未来降临"。同样引人注意的是，它展现出阿曼特劳特的抒情诗和传统抒情诗在意欲停止时间方面的巨大差异。大多数传统抒情诗旨在吟咏所爱之人或诗人自己的能力，而如该诗所示，阿曼特劳特所歌咏的则是一种能感知到、体验到的"何时我在/ 何处——或者我在何处时/ 是何时"纯粹的现实感，一种她从威廉姆斯和乔治·奥本、洛琳·尼黛克，甚至是罗伯特·克里利等诗人那里继承而来的对及时经验的关注。而其对这种及时经验的关注则集中表现在一个英文中几乎毫不起眼但高频使用的指示代词"这（个）"（this）身上。试看其早期标题本身就不言自明的一个作品《此刻这》：

因而棕榈是放浪的

而蔓绿绒
是忧伤的。

只有用这些冷僻词
才能证明

我所写的"这"，

---

① Rae Armantrout, *Versed*, Middletown: Wesleyan University Press, 2009, p. 119.

我所写的"我的"

或 *此刻*

*此地*①

　　如上述诗句所示，阿曼特劳特特意用斜体醒目呈现的"这"字其实就是指其后两行中出现且同样用斜体呈现的"此刻"和"此处"两个单词，即在某个特定时刻在某个特定地点对世界的及时性体验和感受。对阿曼特劳特来说，"这"就是"棕榈是放浪的//而蔓绿绒/是忧伤的"地方。除此之外，诗人还多次在不同语境中提到"这"字。如在《大钢琴》卷4中，她写道："任何人都可以写这些东西。我没有跟你讲任何你猜不到的东西。"阿曼特劳特以此来强调从此时此刻的生活中汲取创作灵感和素材的重要性。对她而言，"那就是作家的天职，我们指向明白易懂的东西"②。此外，在诗集《谙熟》中间部分的另一首题为《出生顺序》（*Birth Order*）的诗中，诗人通过把本地景致扩展到人类关系层面而重提"这"字主题：

你有什么可失去？

这

灰瓦屋顶，

灰色的被

电线切割

的天空。

这作为亲密

所框定的衡量

距离

手指的影子

（我的）

---

① Rae Armantrout, *Up To Speed*, Middletown: Wesleyan University Press, 2004, p. 67.

② Rae Armantrout, et al., *The Grand Piano*, Part 4, Detroit: Mode A, 2007, p. 86.

掠过白色的纸页。

任何人
都能书写这个。

那个词
"这"—

最先出生
了无必要。①

该诗高频提到"这"字，点明了诗人在其诗意观察中重点关注的所谓"这"字所指代的内容。无可争论的是，阿曼特劳特的"这"具体指在物质和精神两个层面与外部世界的互动与交融。根据《韦氏词典》的定义，"这"指的是"在某个地点、时间或思想中当前出现的或就近出现的人、事或想法"，或者指"此时"。这个看似简单卑微、从未在美国诗歌中被重视的英语单词，却在阿曼特劳特诗歌中被赋予前所未有的美学地位。对她而言，正如在上述《出生顺序》一诗中表现尤为突出的，"这"字的运用极其广泛，其所指几乎覆盖生活的各个方面。借用惠特曼的话，它"包罗万象"，它就是"整个世界和关于那个世界的记录"②。

与上述《出生顺序》一诗交相呼应，在《谙熟》接近尾声的时候，阿曼特劳特借在《锚定》（Anchor）一诗看似对其本人墓志铭的想象中再次回到了该指示代词"这（个）"之上：

"广为预料，
如果你愿意，
大灾难。"

---

① Rae Armantrout, *Versed*, Middletown: Wesleyan University Press, 2009, p. 60.
② Mark Scroggins, "Dark Matters," *Parnassus: Poetry Review*, No. 1/2, 2009, p. 370.

我想说的事情，
正在说，

对那些已不在的
人们

几码之外，整齐的杜松
进行它们例行的
鞠躬。

"噢不，谢谢你"
对其中的任何一位说。

如果你观察我
从渐行渐远的距离

我就写这个
一直[1]

和她的许多其他诗作一样，这首作品以拼贴从别处挪用的话语片段开篇："广为预料/如果你愿意/大灾难。"它体现出一种面对灾变时的优雅平静，让读者想起当时诗人被诊断出癌症一事。诗题《锚定》具有明显的双重含义。说话人以庄严的声音宣布听起来宛如墓志铭的内容，却通过将那个时刻锚定在"几码之外"正"进行它们例行的/鞠躬"的"整齐的杜松"平实直白的观察框架当中。它让我们回到阿曼特劳特视"抒情诗"为脆弱"气泡"的理念，并为其提供了一个切实的替代可能：假如足够特出，抒情诗实际上"会给原本瞬息即逝的生活提供一个实质性的抓手，从而不仅为作者，

---

[1] Rae Armantrout, *Versed*, Middletown: Wesleyan University Press, 2009, p. 112.

也为读者提供了一个留存"①。"我在这里重现/别人曾亲眼看到的/'转瞬即逝的印象'//作为经验的积淀"②,阿曼特劳特在一首刻意命名为《此地》的诗中写道。她的诗在让自己保持清醒和活跃的同时,也让读者保持活力,让他们在思维和情感上都能警觉而活跃。在此意义上,阿曼特劳特手中的抒情诗不仅摒弃了传统抒情诗最被诟病的自我主义意味,也超越了有关语言诗人普遍视音乐性为抒情诗最重要元素的假设。论及语言诗人对抒情主义的普遍反感,诗人曾这样说道:

> 抒情主义通常不会和语言诗人联系在一起的原因在于他们丢弃了抒情诗的很多其他传统,比如某种常规化的自我表现、对规则节奏的期待等。对语言诗人来说,"抒情诗"不仅仅指音乐性。③

此处尽管阿曼特劳特是将语言诗人作为一个整体来说,但这一看法同样适合她本人的抒情立场。她把抒情主义和社会观察糅合在一起以赋予其新的质感,证明除了音乐性抒情诗还有其他内容。和其他将抒情主义等同于音乐性的语言诗人不同,她将抒情传统认为理所应当的第一人称自我表达拓展到新的层面,即《纽约客》诗歌批评家丹·谢松称为"意识描绘"的疆域。然而,谢松的评论应该说只对了一半,因为它淡化了阿曼特劳特与世界和语言有意识互动时的动感变化。对诗人来说,"意识不能单独存在。要想有意识,你就需要对什么东西产生意识。主体和客体本质上是统一的"④。其诗歌不仅关注内在世界,更强调基于"此时""此地"所感受的有关外部世界在特定时间、特定地点的及时经验的社会观察,已然与以第一人称统一主体的单旋律线性结构为基础的传统抒情诗截然不同,代之以不稳定的、流变的主体性。如诗人所说,创作从不是被动的,她的抒情诗就像洛琳·尼黛克的

---

① Rob Stanton, "This," *Jacket* 39, Early 2010, http://jacketmagazine.com/39/r-armantrout-rb-stanton.shtml. (Accessed 2013-12-22).

② Rae Armantrout, *The Pretext*, Los Angeles: Green Integer, 2001, p. 76.

③ Lori Chamberlain, "Interview with Rae Armantrout (1987)", M1211, Box 14, Folder 1, Special Collections Library, Stanford University.

④ Eric Elshtain, et al., "An E-mail Interview with Rae Armantrout,"in *Collected Prose*, Rae Armantrout, San Diego: Singing Horse, 2007, p. 92.

一样，"是充满活力的对位体系，允许各方冲突的力量与声音（外在与内在一样）都得以发挥作用"①。

在一首接一首的作品中，阿曼特劳特努力与读者分享她在拥有经验时如何对其加以处理，如何用语言再现发生在她身上的事件，以及诗歌如何能够最好地面对当下的炫目光芒。如史蒂芬·伯特所言："我们没有理由非得去关注他人内在人生中的光影跳跃，但如果我们能这样做的话——［……］——我们自己的人生会承载更多奇迹，拥有更多欢乐。"②笔者在这里还想要更进一步：如果我们能走进阿曼特劳特的诗里，看到她的不确定如何找到表达的风格，看到她断裂的抒情声音和风格如何揭示她对世界的困惑和矛盾，我们或许会更好地理解我们作为人类如何与世界、语言和他人更好地共处。有鉴于此，其作品的确拥有斯丹顿在其诗中所发现的"政治干预"力量。然而，她的诗如何以及在何种程度上能起到这种作用，这都是值得后续进一步思考与探索的问题。

二、未决性

据评论家保罗·胡佛考证，帕洛夫是首位提出诗歌未决性的学者和批评家。在其见地颇深的著作《不确定诗学：从兰波到凯奇》（1981）当中，帕洛夫将先锋派的雏形追溯到伟大的法国诗人阿蒂尔·兰波的象征主义诗歌中。"是兰波为我们在格特鲁德·斯坦恩、庞德及威廉姆斯等人作品中发现的'悬而未决性'奠定了基础……这种特质在过去几十年的诗歌中十分明显"③，之后又在未来主义、达达主义、超现实主义、现代主义和一系列包括语言诗在内的后现代主义诗学中得以延续。随后，保罗·胡佛将其定义为

---

① Rae Armantrout, "Feminist Poetics and the Meaning of Clarity," in *Collected Prose*, San Diego: Singing Horse, 2007, p. 42.

② Stephen Burt, *Close Calls with Nonsense: Reading New Poetry*, Saint Paul, Minnesota: Graywolf Press, 2009, p. xv.

③ Marjorie Perloff, *The Poetics of Indeterminacy: Rimbaud to Cage*, Princeton: Princeton University Press, 1981, p. 4.

"真相的条件性,以及远离定论和封闭的创作趋势;文本处在动荡和未决的状态中"①。

过去几十年中,不同时代和诗派的诗人都意识到作为诗歌内在本质之一的未决性。如保罗·瓦莱利(Paul Valery)就曾强调过这一主张,宣称"恰当的诗歌主题没有单一名称,其自身会引发或需要不止一种解释"②。在美国诗歌界,诗人们的看法也不尽相同。约翰·阿什贝利曾在一次访谈中坚称:"用多种方法诠释诗歌是没有问题的。事实上,我认为这是阅读诗歌的唯一方法。我们都根据自己的经验去解读诗歌,因此大家的解读都是不同的。"③面对同样的问题,罗伯特·克里利也表达过类似看法:"无论一个人想让这种意义建构表达或说些什么,他人的经验都会变成确立这种'意义'的重大影响因素。战争对于参过战的人会有诸多'意义',对于诗歌和人来说也是一样。如金斯伯格所言,'每个人都是对的'。"④同样,阿曼特劳特也曾多次在不同场合明确讨论过诗歌的内在本质。"我认为,不同的人以不同方式解读,这本身恰是阅读诗歌的一部分乐趣",她在一次访谈中指出,"当我阅读的时候,我所享受的就是意义的不稳定和无限制"⑤。其作品以"切尔西诗学"和诗意沉默原则为指导,永远被置于未决或不确定的状态下,而这种未决状态又因她惯用的缺省、拼贴、并置等特定诗歌手法所造成的断裂而变得更为复杂。再加上飘忽不定的断句换行、语调和主题的突转,以及基于诸多词语变体和联想的文字游戏,该未决性特点最终演变成一种明显的开放性。在接下来的内容中,笔者将从三个方面深入论述阿曼特劳

---

① Paul Hoover, *Postmodern American Poetry: A Norton Anthology*, New York, London: W.W. Norton Company, 1994, p. xxxi.

② Paul Valery, *The Art of Poetry*, trans. Denise Folliot, New York: Random House, 1958, p. 177.

③ Daniel Kane, *What is Poetry: Conversations with the American Avant-Garde*, New York: Teachers and Writers Collaborative, 2003, p. 35.

④ Daniel Kane, *What is Poetry: Conversations with the American Avant-Garde*, New York: Teachers and Writers Collaborative, 2003, p. 16.

⑤ Lynn Keller, "An Interview with Rae Armantrout," *Contemporary Literature*, Vol. 50, No. 2, Summer 2009, pp. 237-238.

特诗歌未决性的内涵及表现方式：一是由于接受读者参与而产生多种解读的可能性；二是容忍源自知识局限的不确定立场；三是承认诗人的局限性。

（一）多重解读可能性

汉克·拉泽在他的著作《对立诗歌》（*Opposing Poetries*，1996）中对语言诗创作彰显的开放性曾做出如下卓有洞见的评价：

> 语言诗写作通过一系列努力，如打破统一声音和规范的语法及语义顺序，破除围绕主题而进行组织的写作，及破除终结定论等，以对抗惯性阅读。在这种反抗中，语言诗写作邀请读者成为文本的生产者，而不是停留在消费者的层面。①

尽管这一评价是针对整个语言诗写作，它也尤其适用于阿曼特劳特的诗歌创作。她对于"切尔西诗学"的追求，基于高度不确定性的诗歌美学，以及她对线性进程的抵制，加上对诗意沉默、断裂，以及诗中精心打造的各局部之间多层次、多选择性之关系的战略性部署——这一切合起来产生了一种乐于接受读者参与意义建构的诗歌作品。通过在作品中刻意留下她所说的"含义之弧"邀请读者在阅读诗歌时做出自己的解读。

1."含义之弧"

在《母亲节》一诗中，阿曼特劳特宣示了她的诗学追求，"和上帝一样，我会留下/一个含义/之弧"②。其中"弧"（arc）一词是其同音异义词"挪亚方舟"中"方舟"（ark）一词的双关语，这一说法成为阿曼特劳特的诗学宣言，而"含义之弧"的类比本身即是其双重性诗学的同义词。通过戏谑地假以上帝之名，这一宣言鼓励读者为了读诗的最佳体验而参与到诗歌当中。

如诗人所解释的那样，这一诗学追求总的说来是源于她在阅读威廉姆斯和埃米莉·狄金森作品时所发现的"激进诗学"③，这两位都是阿曼特劳特

---

① Hank Lazer, *Opposing Poetry*, Evanston: Northwestern University Press, 1996, p. 145.
② Rae Armantrout, *Just Saying*, Middletown: Wesleyan University Press, 2013, p. 87.
③ 有关狄金森诗歌中潜藏的爆炸性能量的讨论，参见［美］海伦·文德勒：《花朵与旋涡——细读狄金森诗歌》（上），王柏华，等译，广西人民出版社2021年版，第207页。

在学习创作过程中为自己选择的诗歌楷模。如史蒂芬·伯特指出，阿曼特劳特从这两位诗歌前辈身上学到了"如何拆解和重构分节抒情诗的形式——如何将其内外翻转；如何用单个词语的组合来表现重大问题和疑虑；以及如何运用短小词组组合去激发有力的冲突"。按照阿曼特劳特的解说，正是这些手法让其诗歌变得"激进"，而这里所谓激进特指"含义之弧能拉伸多远而依然保持恰当贴切"①。纵观其诗歌生涯，这位诗人在创作中极力把含义之弧拉伸到极限以拥抱新的可能性和乐趣。在某种意义上，"含义之弧"也完全可视为诗人在诗中刻意留下的"含义方舟"（ark of implication），其用意是帮助读者跨越多重解读的宽阔水域以抵达诗意叠加的彼岸。

以这些诗歌前辈特别是狄金森为诗歌楷模，阿曼特劳特懂得了诗歌如何能留下一种"要么行将消失要么爆破——到极限"②的效果。在她以"切尔西诗学"为目标的创作中，其匠心的很大部分，用迈克尔·西尔弗布拉特（Michael Silverblatt）的话来说，"是为了看清事物的双重性；意义相互渗透，不分彼此，而重点就在于同步性"③。在阿曼特劳特看来，这种意义的双重性与"经验的特性"以及世界的怪异本质相吻合。就这一点，诗人的解释更加生动有力：

> 我发现这世界大部分事物出于某种原因都是怪异而令人不安的，我希望能把它反映在我的诗中。但能激起这种怪感的一件事就是当你以为你明白某事，你觉得身处你熟悉的环境中，但突然，你意识到"啊，"还另有别的角度去看待它，我之前看到的可能并不是真的；于是你转到了一个全新的角度。并不是说第二个角度就比第一个角度更真实，你只是意识到"噢，那到底有多少层次呢？"这就像跌破一个夹层，就像爱丽丝梦游仙境一样。或许夹层之后还有夹层。这就是

---

① Rae Armantrout, "Cheshire Poetics,"in *Collected Prose*, San Diego: Singing Horse, 2007, p. 55.

② Rae Armantrout, "Cheshire Poetics,"in *Collected Prose*, San Diego: Singing Horse, 2007, p. 55.

③ Michael Silverblatt, "Rae Armantrout: Versed,""Bookworm, KCRW", https://www.kcrw.com/culture/shows/bookworm/rae-armantrout. (Accessed 2012-07-11).

我对现实的感受，因此就试着在作品中复现这种效果。①

确实，这番描述生动解释了阿曼特劳特称其为"夹层"的怪异感，同时更醒目地指向世界既可读而又不可读的本质。它暗示既然现实包含了不同的层次和维度，诗人也应该在诗中重建这种效果。阿曼特劳特以"切尔西诗学"为指导，坚定地致力于不确定诗学，其不确定性正是她在更多场合称为"含义之弧"的概念。

如诗人的一句诗所写，"双重意义//叠加"②，她认为诗歌的意义应该具有沉积层那样层层叠加的特质。为阐明这一理念，诗人转向了视觉幻象的奇妙力量。在一次访谈中她借助丹麦心理学家埃德加·鲁宾（Edgar Rubin）1915年创造的著名二维形象"鲁宾花瓶"解释说："我对双重意义几乎着迷，［……］我喜欢打造一种让词语或词组能够翻转的链轴。如果它'翻转'，诗就有了不同的意义。"③诗人在《合上》（Shut）一诗中写道："双重意义/让我们摆脱死气沉沉"④，对她而言，双重意义同样让读者保持活跃，一如《纽约时报》畅销作家乔纳森·莱瑟姆（Jonathan Lethem）说的，就像"一剂氧气直注大脑"。然而，阿曼特劳特懂得，看到意义的两面绝非易事，"这构造的反面恰在我们的身后，在我们恰巧没看到的地方"⑤。这或许可以解释她在《惊吓》（Spooks）一诗中所描绘的"反面"：

> 反面
>
> 能被
>
> 同时

---

① Michael Silverblatt, "Rae Armantrout: Versed,""Bookworm, KCRW", https://www.kcrw.com/culture/shows/bookworm/rae-armantrout. (Accessed 2012-07-11).

② Rae Armantrout, *Versed*, Middletown: Wesleyan University Press, 2009, p. 119.

③ Laura Hinton, "Conversation over Cognac with Rae Armantrout," *Chante De La Sirene*, http://www.chantedelasirene.com/. (Accessed 2011-09-03).

④ Rae Armantrout, *Precedence*, Providence: Burning Deck, 1985, p. 16.

⑤ Lyn Hejinian, "An Interview with Rae Armantrout,"in *Collected Prose*, Rae Armantrout, San Diego: Singing Horse, 2007, p. 105.

> 读懂的感觉
>
> 是一种
>
> 惊吓；
>
> 另一个
>
> 则是那种感觉
>
> 有一个密闭的坨
>
> 或"堆"存于
>
> 表面意义
>
> 之外。①

与诗人对令人不安的怪异感的讨论相呼应，这首诗表现了说话者所认为的可能造成惊吓或怪异经验的两种"感觉"，而这两者归根溯源都指向诗歌内在的双面性或多层性特质。如她在《版本》（*Versions*）中所说，"爵士乐/穿过露台//每个词语//即兴/自满// 就像顾客们/ 也几乎如此"②。诗人相信，不同的事物和偶然事件在不同的时间框架内"在崭新、数字化精心设计的世界中从我们的生活消失"并随之催生"一些与偶然、条件、相对和临时有关的抽象概念"③，从而让我们有所感知。就意义的不确定而言，她的诗句则道出了类似的道理，"一个单个词语/可意味/必要的，相对的/暂时的"④。

与之相应，在阿曼特劳特的大多数诗中，所建议的意义同时也是被拒绝的意义，诱导读者进入其中的缝隙以进行意义构建，从而将诗歌阅读转化成西利曼所称的更为"内部"的阅读经验。以诗人第二部诗集《饥饿的发明》中的压卷之作《黄昏》为例：

---

① Rae Armantrout, *Money Shot*, Middletown: Wesleyan University Press, 2011, p. 45.

② Rae Armantrout, *Versed*, Middletown: Wesleyan University Press, 2009, p. 102.

③ Lyn Hejinian, "An Interview with Rae Armantrout," in *Collected Prose*, Rae Armantrout, San Diego: Singing Horse, 2007, p. 114.

④ Rae Armantrout, *The Pretext*, Los Angeles: Green Integer, 2001, p. 68.

蜘蛛在冰冷的玻璃

　　平面上，离地三层楼高

　　栖息得全神贯注

　　孤独得如此纯粹。

　　我可不像那样！①

　　如以上诗句所示，该诗以一副几乎超现实主义的意象开篇：一只蜘蛛栖息在一面窗户的玻璃上，而令人惊讶的是那玻璃窗在"离地三层楼高"位置。作为诗歌开头的"蜘蛛"一词，其首字母未大写，一反英文书写规范，使"蜘蛛"的出现显得突兀。诗中的意象之所以显得超现实，是因为很少会有人从这么远的距离注意到一只蜘蛛。"蜘蛛"就在那，不知来处，去向莫名，一副没有过去也没有将来的样子，疏离，清冷，既充满威胁也饱受威胁。如果说诗人的楷模威廉姆斯关注主体的移动，就像在那首题为《诗》的诗所描写的猫的移动轨迹那样，而阿曼特劳特则不同，她会很快由外转内，以人类的角度对昆虫进行观察，看着它在那里"栖息得全神贯注/孤独得如此纯粹"。然后，全诗在末尾那句"我可不像那样！"突然出现了反转。这句以异常醒目的双倍行距与前面诗行隔开的诗句，正是阿曼特劳特为读者特意留下"含义方舟"或渡船，以摆渡他们从一种解读到另一种解读。比如，它可能是蜘蛛对人认为它"像那样"地"全神贯注而孤独"地停息在那里的想法的一种责备；或者，也可能是诗人在说"千万别用蜘蛛的角度看待我，我才不像那样！"如另一首诗《离开》（*Leaving*）所说，"就这样我藏在/新潮的盟友当中"②，阿曼特劳特有西海岸语言诗派"有血有肉的群体所带来的战友情"③的加持，确实并没有像这首诗中的蜘蛛那样独自搁浅"在

---

① Rae Armantrout, *The Invention of Hunger*, Tuumba Press, 1979.

② Rae Armantrout, *Made to Seem*, Los Angeles: Sun & Moon Press, 1995, p. 58.

③ Tom Beckett, "'My Poetry Isn't Built on Hope': an Interview with Tom Beckett," in *Collected Prose*, Rae Armantrout, San Diego: Singing Horse, 2007, p. 130.

冰冷的玻璃/平面上"。此外，它也可能指诗本身的创作过程："我"才不会像传统抒情诗那样将蜘蛛的茕茕孑立和孤独进行浪漫化处理。"我才不像那样！"又或许还会让读者想起桑德拉·吉尔伯特（Sandra Gilbert）和苏珊·古巴尔（Susan Gubar）对狄金森及女性诗人形象的经典描述，即在孤独中写诗的"隐秘的蜘蛛艺术家"①。

巧合的是，阿曼特劳特后来的一首作品《取暖》也描绘了一个类似形象："她在黑暗中/缝着，将裂洞穿在一起／用一根看不见的线／那是女性的成就。"②结合这些诗句，《黄昏》结尾句中的否定别具能量，类同诗人的独立宣言——她反抗同质化，决心保持个人创作个性而不盲从任何团体潮流。无论从任何角度看，这首诗都完美表现了其诗歌解读的开放性特点。

针对以上所论《黄昏》一诗可能引发的多种解读方式，读者在阅读她的作品时恐怕很难只完全信服于一种意义的诠释。如诗人自己所指出："只要我们还活着，还在思考、阅读和写作，这样的差异和共鸣就会接踵而来。"因此，"我们继续在过程中寻找着意义，但永远无法达成最终的统一"③。撇开任何一首特定作品的构想，这种不稳定性都为读者开放了空间，邀请他们考量各种潜在的解读方式，允许他们打造各自的意义。不止如此，其作品中极具爆发力的简洁和缺省跳跃还会进一步加剧这种解读的复杂程度。蒂姆·格里芬曾在评价其作品的这一特质时做出富有洞见的结论："阿曼特劳特诗的特点在于它们将意义和认同都置于令人不安的悬念中。短小作品中的短促诗行在表达和含义上具有多层意义，会引发多种解读。"④《牛津美国诗歌集》主编大卫·莱曼在该书序言中论及对诗歌的期待："我要求一首诗拥有令人着迷的表面，但也需要它暗示更多东西——足够让人想要二次阅

---

① Sandra M. Gilbert and Susan Gubar, *The Madwoman in the Attic: The Woman Writer and the Nineteenth-Century Literary Imagination*, New Haven: Yale University Press, 1979, p. 639.

② Rae Armantrout, *Necromance*, Los Angeles: Sun & Moon Press, 1991, p. 43.

③ Paul Holler, "An Interview with Rae Armantrout," *Bookslut*, July 2010, http://www.bookslut.com/features/2010_07_016299.php. (Accessed 2013-07-10).

④ Tim Griffin, "Liberal Meditation," *Bookforum*, April/May 2009, http://www.bookforum.com/. (Accessed 2014-02-07).

读并从中得到惊喜。"①毫无疑问，对莱曼和许多其他文学批评家来说，好诗都包含一些基本准则。例如，它在形式上应当具有吸引力，它还应该具有引人再次阅读和让读者感到惊讶的内涵。对于阿曼特劳特的诗歌来说，读者毫无例外都能在诗人苦心孤诣在字里行间用她定义为"夹层"的形式留下的"含义之弧"中找到这两种特质。而她所谓的"夹层"通常体现为两种形式：刻意缺省结尾句号，以及在诗中提出问题。两者的目的都在于吸引读者参与诗歌意义构建。

2. 句号缺省

论及对诗歌结尾的想法，阿曼特劳特曾着重表示："但我对结尾——对终极很感兴趣。我喜欢感觉像是夹层的结尾，喜欢乍听似真但马上又让读者有其他想法的说法。"②在此，诗人袒露了她创造文学"夹层"的技法：即在诗的结尾缺省句号。比如《静坐》一诗的最后一小节，就为其"夹层"理论提供了尤为宝贵的例证：

"我不知道

我在想什么。"我们说，

带着陡然升起的欢愉。

这是温暖的，

人情味的部分

它驱散紧张③

如结尾所示，全诗戛然而止，却没有用句号来表示形式上的结束。中国作家冯骥才曾在其一篇精彩文章《拒绝句号》中说道："句号，就是停止，就是终结，就是事物最终变为有限的、死去的符号。"④阿曼特劳特作品中

---

① David Lehman and John Brehm, eds., *The Oxford Book of American Poetry*, New York: Oxford University Press, 2006, p. vi.

② David Lehman and John Brehm, eds., *The Oxford Book of American Poetry*, New York: Oxford University Press, 2006, p. vi.

③ Rae Armantrout, *Made to Seem*, Los Angeles: Sun & Moon Press, 1995, p. 7.

④ 冯骥才：《冯骥才散文精选：灵感忽至》，华中科技大学出版社，2018年，第267—268页。

句号的缺省，如上述《静坐》一诗所示，把诗置于一种持续、开放的永恒游戏中。正是这种手法为读者打开了空间，他们会翻到下一页——却发现之后并没有内容。既惊讶又不死心，于是很快又翻回到前一页，禁不住自问："就这样了？""这就完了？"就这样，他们自己还没有察觉的时候已经开始第二遍读这首诗了。在此过程中，诗的结尾行的句号缺省营造出一种高度的"未竟感"，吸引读者继续阅读和思考，从而有效加强了读者对意义建构的参与，大大深化了他们的阅读体验。区别于狄金森对破折号的使用，阿曼特劳特在原本该有句号的地方故意缺省句号具有图示意义，它暗示读者，诗中的论辩并不随着诗的结束而结束。相反，这些缺省代表一种开放的姿态，力邀读者进一步深入思考而不要仅仅满足于一次解读，以确保产生一种深化的阅读带来的双重愉悦体验。

谈及阅读诗歌的愉悦体验，美国学者丹尼尔·凯恩所做的牧歌式解读具有典型性。凯恩以约翰·阿什贝利为例，把读阿什贝利的诗的体验描绘为犹如"在碧绿的田野上追逐兔子"的经历：

> 每次我离兔子更近了的时候，它却转过头看看我，抽抽鼻子，然后从我的手中逃开。我却并不恼怒于兔子的逃走，只是笑着继续追它。我得到了有益的锻炼，阳光和煦，天气温暖，兔子可爱，笑声轻柔且永不止息。①

凯恩提到阅读阿什贝利就好像"永不停止地追逐兔子"，这比喻也同样适用于阿曼特劳特的作品。对于这两者的诗作来说，阅读在遭遇困难的地方也恰恰是妙趣横生之所在。然而，阿曼特劳特本人对于这一过程的描述甚至更加鲜活到位。在《渐稀》（The Thinning）一诗的第二小节中，她把意义比作嬉戏的脱衣舞娘：

> 她嬉戏着，
> 脱下她的上衣

---

① Daniel Kane, *What is Poetry: Conversations with the American Avant-Garde*, New York: Teachers and Writers Collaborative, 2003, p. 1.

> 一件接一件。
>
> 真的吗？
>
> 扔下她的花瓣
> 仿佛她可以一直
> 做更多。①

如上述诗行所示，对阿曼特劳特来说重要的是从一种解读切换到另一种解读的过程中所产生的近乎情色的愉悦感。这种酝酿于诗中的特有乐趣在另一首《命名》中以更具情色意味的措辞被进一步探索。该作品以几近情色的意象开始，诱惑读者使他们禁不住怀疑、猜想，最后一行所说的"那即被称为/快感的感觉"又因为结尾句的句号缺省而显得愈加深不可测，似乎代表更多的乐趣尚待发掘。

此外，这种在本该有句号的地方刻意缺省句号的做法，也表达了阿曼特劳特对于语言局限性的敏锐感知。正是由于这种意识，诗人总是尽量让她的诗"戛然而止"，或"消失于突然的静默中"。因此产生的诗歌会异乎寻常地短小和急促，对不熟悉该手法的读者来说，难免会留下一种由于戛然而止而造成的突兀傲慢印象，禁不住发问："就这？""这就完了？"但是，阿曼特劳特会通过提出问题，或以问题而非解答的形式来淡化这种令人不悦的感觉。这种提出问题的手法对她而言是又一个暗示或有效的邀请姿态，以鼓励读者进行思考，在建构意义中得出自己的理解。例如，在《钩》一诗中她写道：

> "但那……会怎样？"
>
> 她问道
>
> 然后停下，
> 缩着身子

---

① Rae Armantrout, *Just Saying*, Middletown: Wesleyan University Press, 2013, p. 46.

>到冲动
>
>形成
>
>某种怀疑。
>
>身体成问号
>灵魂则成了钩。①

该诗以"但那……会怎样？"这一问题开头，将说话人自己变成了一个问号，无论身体或是灵魂，都成为未言或未竟之事物的表征。如诗中所提问题和其后的省略号所暗示的那样，阿曼特劳特乐于接受新的可能性，而非那些已经给定的、作为习惯性假设的内容。巨大的问号以一个"钩"的形式在她的诗行时隐时现，以诱导读者与诗人共同思考。对她来说，答案中藏匿着的新的可能性会随着诗歌阅读一直出现。为此，她本人的解释应该更有说服力：

>我们可以支持"开放"或"未完成"的诗歌，因为我们仍在路上，仍在试图搞清楚状况。我们觉得自己已经有了一个最终答案，但明天就会发现其实不然。我喜欢将这种过程戏剧化，特意把结尾做成一种夹层，感觉上貌似确定的结尾，而紧接着又发现其实并非如此。②

3. 开放式提问

除了刻意缺省句末句号，阿曼特劳特还通过提问的方式在诗中打造她所说的"夹层"以鼓励读者参与。诗歌于她是一种开放的提问，她提出问题，却不给出答案，以邀请读者进一步参与。以《唤醒》（*Wake Up*）一诗为例：

>想象宿舍里那孩子在我从衣柜里喊他时
>的迷惑。"我是杰夫的爸爸：快让我出去。"

---

① Rae Armantrout, *The Pretext*, Los Angeles: Green Integer, 2001, p. 45.

② Daniel Kane, *What is Poetry: Conversations with the American Avant-Garde*, New York: Teachers and Writers Collaborative, 2003, p. 46.

> 我起身。我们死去的猫站在门边。我拔下
> 一些灰色的绒毛去说服查克出事
> 了,但我展示给他的看起来像歪斜的稻谷。
> 像野生燕麦?
>
> 我们起来查查。在厨房里抓住了一个
> 假冒的修理工。"我只是来看看你是不是
> 搞定了,"他撒着谎说。"那我搞定了吗?"我喊道,
> 十分恼怒。①

  据诗人本人所述,诗题《唤醒》实际上源于她前一天晚上的梦境,作品中的说话者"我"实际上是诗人自己。该诗并没有以顿悟开篇,而是描绘了不同时刻的困惑和不安。悬念不断升级,随着全诗戛然而止,持续的悬疑在结尾处说话者那句恼怒的疑问"那我搞定了吗?"中激起了更深的疑问和不安。然而,答案从未揭晓,因为它就在诗中:"我"或"诗人"很明显还没有"搞清楚";问题悬置,她困惑依旧。就此,该诗以一种明白无误的开放性和未完成感替换了大多数读者所熟悉的传统诗歌干净利落的结尾。"那我搞定了吗?"犹在读者耳畔缭绕,诗中的"我"却仍在寻找解决的办法,而读者也同样在试图把问题厘清。与结尾句号刻意缺省一样,提问是阿曼特劳特试图勾起读者好奇心并对阅读和思考产生兴趣的主要谋略。为此,她坚持让其作品"与不确定性同在",而达成的结论也通常"刻意地具有临时性"②。为强化其诗歌不确定的特点,阿曼特劳特在其作品中一次又一次频繁发问,一问一世界,每一次发问都代表着她对语言和世界以及二者之关系的探究。

  论及发问的频率,其作品本身即是最有利的证明。2013年诗集《说说而已》共收集101首作品,其中超过30首都包含探讨不同困惑与矛盾的问题。在

---

① Rae Armantrout, *Necromance*, Los Angeles: Sun & Moon Press, 1991, p. 36.
② Rob Stanton, et al., "A Conversation with Rae Armantrout," Rae Armantrout Versed Reader's *Companion*, http://versedreader.site.wesleyan.edu/interviews/. (Accessed 2014-03-03).

《来生》的49首诗中，则散落着近20个不同问题。同样，在其普利策获奖作品《谙熟》中，87首诗中问出近30个问题。《相似》、《你在路上》（*On Your Way*）和《像》等，每首诗包含的问题多达三个。其中，仅《相似》一诗中就提出了四个问题：

  一种破例

  的趋势？

  多少的我

  可能失去

  而相似留下？

  相似能单独存在？

  能吗？[①]

然而几乎没有例外，这样的问题往往都得不到答案。为此，帕洛夫的评价一针见血："问题，作为阿曼特劳特最钟情的修辞手法之一，往往悬而未决。当接下来在纸页上有推测性答案出现时，它又似乎变成了另一个问题。"[②] 又如《进展》（*Progress*）一诗，也包含了一系列问题：

  三个古怪的姐妹

  是你，

  胡言乱语，身着异服，

  那有什么

---

① Rae Armantrout, *Versed*, Middletown: Wesleyan University Press, 2009, p. 82.

② Marjorie Perloff, "Teaching the 'New' Poetries: The Case of Rae Armantrout," in *Differentials: Poetry, Poetics, Pedagogy*, Marjorie Perloff, Tuscaloosa: University of Alabama Press, 2004, p. 252.

特别奇怪的?

他们预见你的跌落,
却督促你向前。

除了跌落还能
去往何处?

你想要去,
不是吗?①

  该诗开门见山地说"三个古怪的姐妹/是你",其中的系动词"是"被刻意斜体,邀请读者将自己放到灰姑娘故事中三姐妹的位置。随后,诗中一连抛出三个问题,鼓励读者继续思考故事可能发展的不同方向。而在另一首作品中,诗人问道:"为什么不呢?他们为什么要说谎?……/ 当你抵达指定地点/ 这额外混进来的元素是什么?"②带着这样的问题,诗人意在暗示诗中或许总有第二个,甚至更多的替代解释或可能性供读者参考和选择。在某种程度上,"可能性"几乎可以说是阿曼特劳特眼中诗歌的代名词。如她在《上演》一诗中所写的:"所有可能路径 / 的发散 / 定义了可能。"③对她而言,诗歌是开放提问之地,其本身就是创造一切可能性的平台。论及诗歌中问题的价值,约翰·阿什贝利也曾提出过类似看法:"问号让事物悬而未决,与'啪'一声合上书以诗歌的'经验'结尾正好相反。"④阿曼特劳特频繁提出问题,却从不提供任何清晰解答,宁愿将它们留给读者诠释。在《命名》一诗中,诗人以揭露物体作为商品的不实用性开篇:"物品是*愚蠢*

---

① Rae Armantrout, *Just Saying*, Middletown: Wesleyan University Press, 2013, p. 72.

② Rae Armantrout, *Just Saying*, Middletown: Wesleyan University Press, 2013, p. 63.

③ Rae Armantrout, *Money Shot*, Middletown: Wesleyan University Press, 2011, p. 1.

④ Daniel Kane, *What is Poetry: Conversations with the American Avant-Garde*, New York: Teachers and Writers Collaborative, 2003, p. 35.

的 // 孤独 // 就像"嗷"字 // 一样。"与之形成明显反差，却坚持认为"开放性 / 问题的 / 韧性"①活跃而持久。如该诗所暗示的，未决的疑问就像一股直入大脑的氧气，会帮助读者保持智慧与活力。当然，对于她在作品中提出的某些问题，诗人或许在某些场合提供一些暗示性的答案；然而更多时候，她不会给出任何绝对的解答。如她在《女性主义诗学与清晰的意义》一文中所说，"我认为疑问在开放状态下才是最有用的"②。在题为《值得》（Worth While）的一诗中，诗人以令人惊讶的隐喻方式再现这一理念的弧光：

> 未解的问题
> 改变了布斯和布恩之间的
> 局面。
> 一串雨滴
> 从铁杠上
> 悬垂而落，揭示了
> 澄明的
> 不同机会。③

设想《牛津英语词典》中夹在"booth"（摊位）和"bone"（骨头）两个单词之间绵延数页的一系列词语条目，读者或许能理解"未回答的问题"中内在的魔力。如上述诗句所表现的，"未解的问题"并不会真的改变事物，而是包含了无数不同解读的可能等待着读者发掘，像"一串雨滴/从铁杠上/悬垂而落"一样，思考着"澄明的/不同机会"；就像沿着一根无止境的能指链条前进，重点不在于任何一首诗所提出的任何问题，而是每位读者将要带入阅读中的不同的参照体系。

因此，对于阿曼特劳特来说，诗歌世界代表了她对世界全部的或许永远没有答案的疑问和困惑。所以就像我们无法完全领悟现实一样，我们又怎么

---

① Rae Armantrout, *Versed*, Middletown: Wesleyan University Press, 2009, p. 17.

② Rae Armantrout, *Collected Prose*, San Diego: Singing Horse, 2007, p. 48.

③ Rae Armantrout, *Versed*, Middletown: Wesleyan University Press, 2009, p. 35.

会完全领悟一首诗呢？意义并非固定和局限的，这就是读诗的乐趣所在。在诗人看来，"意义流转，意义来了又去"①，任何语言或非语言的情境都可能是双关发生的场所，因而孕育出多种解读。"强迫让我们明白一些事物的意义"②，她在《另一种语言》中也这样写，借以敦促读者重新思考，思考我们为何必须通过不断屈服于既有的意义构建模式和规则强制性地让单一意义存在，而不是尝试以不同的角度来进行思考。由此，诗人将读者引向一种意识，从而能对任何接收的信息及其背后的文化做出更多智性思考而不是盲目接受和跟从。例如，《乐趣》（*Pleasure*）一诗就揭示了认识到被宣称的事物的状态与其真实状态之间差距的重要性：

> 属于我的
>
> 感觉的
>
> 意义
>
> 在于将生命
>
> 传递给生命？③
>
> 如何区别
>
> 一束光和另一束光？
>
> 唯有区分才有
>
> 意义。
>
> （罐装意义）④

---

① 孙立恒：《"我的诗歌基底在于好奇与不确定"——蕾·阿曼特劳特访谈录》，载《英美文学研究论丛》2015年第22期，第18页。

② Rae Armantrout, *Precedence*, Providence: Burning Deck, 1985, p. 34.

③ 此处译诗参考了阿曼特劳特诗集《精深》（*Versed*）倪志娟译本，北岳文艺出版社2019年版，第50页。

④ Rae Armantrout, *Versed*, Middletown: Wesleyan University Press, 2009, p. 18.

如该诗所示,它包含两个问题,但说话人甚至质疑她自己的感觉是否真实,所以丝毫不敢放松戒备,除非她能区分不同的可能性。然而"如何区别／一束光和另一束光?"光——通常代表着阿曼特劳特诗歌中意义的特点——会一如既往地闪烁跳跃。"光依旧是光//但'朝向'／却变得不明。"① 诗人在《另一感觉》(Another Sense)中写道。在另一首题为《无论》的诗中,她再次用光描写了意义流转幻化、难以确定的本质:

> 我喜欢光
> 的游戏因为
> 它抚摸我
> 又没有抚摸;②

在此,"光的游戏"蕴藏着可提供无限乐趣的无数可能性。对诗人来说,这样的乐趣同样存在于如树影般难以确定的词语的意义中。在一首名为《回答》的诗中她写道:

> 人行道上树叶的影子:
>
> 词语意义滑动
> 漫不经心,
> 一遍又一遍,
> 以便心不在焉地爱抚。③

和前述《无论》一诗对读,会发现最重要的是对多种结果的认识,而非欣然咽下经过加工处理的"罐装意义",或诗人在别处所说的"事先压缩包装好"的商品④。如阿曼特劳特在这首作品和其他许多诗中委婉提醒的那样,那些毫无甄别地接受同样像"罐装意义"一样经过加工处理的认知

---

① Rae Armantrout, *Up To Speed*, Middletown: Wesleyan University Press, 2004, p. 41.

② Rae Armantrout, *Necromance*, Los Angeles: Sun & Moon Press, 1991, p. 19.

③ Rae Armantrout, *Money Shot*, Middletown: Wesleyan University Press, 2011, p. 26.

④ Lyn Hejinian, "An Interview with Rae Armantrout," *Collected Prose*, Rae Armantrout, San Diego: Singing Horse, 2007, p. 120.

和信息的人们会将自己也变成商品，沦为趋利产业借以维持自身力量和权威的受害者。作为对抗，诗人在《来世》中倡议："别做商品／做一个概念：//［……］//要相关//要两倍远/却只返回一半"①。对她来说，"每一个重大／事实／都是一种姿态 // 一个等待被选择/的答案"。因此，她敦促读者也敦促自己："'正是这样。'它说 // '再问一遍！'"② 不难看出，对诗人来说，提问本身就会制造乐趣。

阿曼特劳特作品中所提的那些问题一次次指向了深藏于各种可能性中的乐趣。《渐淡》一诗以几乎令人捧腹的口吻设想了或许会深藏于最微小的英语单词即介词"of"（的）当中的乐趣。为此，该诗将其置于问题的框架中，随后又提出了另一个问题：

假如"的"是一个敏感点会怎样？

"灌木丛的渐淡。"

假如一种隐秘的乐趣

在于用另外的名字

称呼一样东西？③

这些诗句似乎暗示"语言从不是中性的……每个词语似乎都充满了含义"④。通过赋予英语最普通词语之一"of"以"敏感点"的特殊力量，阿曼特劳特将这一理念带到了更高的层面。假如连"of"一词都充满了性意味，那会产生什么样隐藏的乐趣呢？值得注意的是，全诗以另外一个问题而非陈述作为结尾。借由两个暗示好奇和求知渴望的固定短语"假如"开头的反义疑问句，该诗在结尾处力邀读者在"用另外的名字/称呼一样东西"的隐喻性思考中找到同样的乐趣。该作品展示了阿曼特劳特的诗如何通过提出

---

① Rae Armantrout, *Next Life*, Middletown: Wesleyan University Press, 2007, pp. 77-78.
② Rae Armantrout, *Versed*, Middletown: Wesleyan University Press, 2009, p. 121.
③ Rae Armantrout, *Versed*, Middletown: Wesleyan University Press, 2009, p. 34.
④ Maureen Cavanaugh, et al., "UCSD Professor And Poet Rae Armantrout Nominated For National Book Award," "These Days on KPBS", November 9, 2009, http://www.kpbs.org/news/2009/nov/09/ucsd-professor-and-poet-rae-armantrout-nominated-n/. (Accessed 2014-01-10).

问题邀请读者参与的特点，也展现了即便是最小的英语单词也可能拥有的特殊潜能。

显然，无论在哪首诗中，阿曼特劳特的目标都是邀请读者参与意义建构，而非任由他们沦为诗歌的被动消费者。如其所为，她的这种邀请常常通过她所说的"含义之弧"或在纸页上刻意留下的文本"夹层"得以传达，而这些所谓"夹层"最典型的代表即是诗句中原本该有句号却刻意缺省句号，以及各种问题被提出的地方。

（二）容忍不确定立场

如前文多次提到的，阿曼特劳特在阐释其诗学时经常借用一个双重意义的比喻，即"跌破一个夹层后还有一个夹层"，而支撑这一比喻的实际上是从一开始就贯穿其作品的深深的不确定性。如诗人在《记录》（*Recording*）中所写的那样："我假装配合，尽管/在私下里/我仍有困惑。"[1]对她而言，"我们身处一个仿佛/好像的世界中"[2]，所见之物通常并不是它们的本来面貌，可能包含不同层面的"夹层"或埋伏。鉴于这一认识，阿曼特劳特坦言："我的诗歌基底在于好奇和不确定。"[3]她援引量子物理学理论来寻找不确定性的答案，在2011年诗集《卖点》里一首题为《人类》的诗中写道：

"不确定性"预测

我们越是明白

（波）（粒子）

我们就越不能

---

[1] Rae Armantrout, *Money Shot*, Middletown: Wesleyan University Press, 2011, p. 25.

[2] Lynn Keller, "An Interview with Rae Armantrout," *Contemporary Literature*, Vol. 50, No. 2, Summer 2009, p. 226.

[3] 孙立恒：《"我的诗歌基底在于好奇与不确定"——蕾·阿曼特劳特访谈录》，载《英美文学研究论丛》2015年第22期，第23页。

> 清晰认识到
>
> 反射是什么意思。①

如上述诗句所示，阿曼特劳特将"不确定性"认作世界、宇宙乃至人类的本质，因此她从不在自己的作品中提供任何终极评价或绝对方案。相对于试图得出明确结论的作品，她的诗见证了一个又一个永远在进行中、持续开放的认识论的智性探究过程。为此，她刻意回避显见于传统美国诗歌中的确定性和权威性的腔调。就算偶尔达成结论，它们也都是随机的、临时性的，很可能很快在接下来的诗节中被推翻。

相比之下，诗人对于美国主流诗歌确定性和权威性诗学的批判还可以从她对另一位美国诗人莎朗·奥尔兹（Sharon Olds）的作品解读中推测出来。"你还能有什么可想的呢？你在读诗之前就已经知道了——你可以在报纸上读到他们在智利对人进行折磨，你也知道她在诗里要说什么。你知道你不想听到那些。"② 对阿曼特劳特来说，尽管"封闭""确定"的诗歌有时可以描述一些比较艰难的情境，它"最终会对熟悉的人文价值进行确认"，因此无可避免地显得无聊③。在她看来，类似奥尔兹作品这种封闭、确定的诗歌"只允许按控制代码订制的信息进入，却不允许任何再思考的机会或外界声音存在"④。论及此类诗歌的问题，阿曼特劳特在另一场合尖锐地指出："这样的诗歌永远会受欢迎，但它们让我觉得无趣。而且我现在觉得其他很多人也对此感到厌倦。我们习惯于媒体填鸭式的信息灌输；可我们不想艺术也这样对待我们。"⑤ 显然，她在此想要说明的是，诗歌或艺术不应只满足

---

① Rae Armantrout, *Money Shot*, Middletown: Wesleyan University Press, 2011, p. 39.
② Lori Chamberlain, "Interview with Rae Armantrout (1987)," M1211, Box 14, Folder 1, Special Collections Library, Stanford University.
③ Lori Chamberlain, "Interview with Rae Armantrout (1987)," M1211, Box 14, Folder 1, Special Collections Library, Stanford University.
④ Rae Armantrout, "Feminist Poetics and the Meaning of Clarity," in *Collected Prose*, San Diego: Singing Horse, 2007, p. 41.
⑤ Natalia Carbajosa, "An Interview to Rae Armantrout," *Jot Down*, 2012(3), http://www.jotdown.es/2012/03/an-interview-to-rae-armantrout/. (Accessed 2015-01-29).

于获取共情，而应该让读者进入深度思考。如她所言，"诗歌可以让我们平静，也可让我们保持警醒"，诗人明显更倾向于后者。在追寻她所谓的"被选召的当下"[①]过程中，她认为诗人和科学家一样，两者都"被他们在世界上感知到的（至少目前）尚没有固定数学或语言公式曾表达的美丽事物所吸引"[②]，而不是习惯性屈服于既有或预设的意义构建轨迹，等着被填鸭般塞满包装好的"罐装意义"。

在另一首题为《渐稀》的诗中，诗人这样写道：

这些人试着让我们

将情绪和产品匹配起来

就像曾经

在爱之魔咒下，

我们把声音

和意义相连，

把声音与事物相连。

古老的魔法已不再灵验，

但被提醒

也算不坏。[③]

正如上述诗句所言，"古老的魔法已不再灵验"，阿曼特劳特对传统诗歌通过自我歌颂的权威来强迫产生意义的做法不为所动，始终致力于追求不

---

① Rae Armantrout, *Versed*, Middletown: Wesleyan University Press, 2009, p. 28.

② Rob Stanton, et al., "A Conversation with Rae Armantrout," Rae Armantrout Versed Reader's Companion, http://versedreader.site.wesleyan.edu/interviews/. (Accessed 2014-03-03).

③ Rae Armantrout, *Just Saying*, Middletown: Wesleyan University Press, 2013, p. 48.

确定诗歌美学,这种不确定的特点显现于其诗作中大量表示深刻怀疑的英语固定短语中,如"仿佛""似乎""看起来"等高频词语,其中"仿佛"明显占到更大比例。单就《就好像》的31首诗来看,就有11首诗包含"仿佛"这一短语:

  仿佛那里/了无一物 除了,(p.8)

  仿佛沐浴/被沐浴着。(p.18)

  仿佛记忆/是准备好的回应,(p.23)

  仿佛黑暗之前——仿佛到四向停车线附近的/某条长椅上。(p.29)

  仿佛在宣告什么(p.31)

  仿佛"烛台"占到/了青春痘的长度——(p.32)

  仿佛在聆听/一个骗子。(p.38)

  仿佛被"挠了痒痒",仿佛她要/逃离什么。(p.42)

  仿佛一条路为某个重大事情开了出来。(p.48)

  仿佛一些秘密的/意志已然消退/留下意义/在它原地(p.57)

  仿佛我一直在期待/一卷蕾丝。(p.58)

  借由高频使用的"仿佛"一词或相近词语,阿曼特劳特似乎在告诉读者,"我们处在一个仿佛/好像的世界里"[①]。在她的诗里"仿佛"无处不在,彰显了一种推测和假想的开放性心态,而非板上钉钉的决断确认。用大卫·布洛米奇的话来说,这"仿佛"让阿曼特劳特的诗成了"性感"的"双关语王国"。"仿佛"和"事实上"之间的"对弈"不断提醒着读者,事实上"最不言而喻的往往只是一张掩人耳目的面具"[②]。但奇妙的是,尽管"仿佛"一词通常会无可避免地传达出一种负面的焦虑意味,但被用在阿曼特劳特的诗中却总能产生意外的积极能量。它对读者来说就像是入门的把手,通过它可以开启罗伯·斯丹顿所说的"虚拟空间",在此,一切比

---

① Lynn Keller, "An Interview with Rae Armantrout," *Contemporary Literature*, Vol. 50, No. 2, Summer 2009, p. 226.

② David Bromige, "Rae Armantrout: Made To Seem,"in *Collected Prose*, Rae Armantrout, San Diego: Singing Horse, 2007, p. 116.

喻——确认（如隐喻：这个是那个）和比较（如明喻：这个就像那个）都可以被聚集一处并仔细考量。如阿曼特劳特在《题词》（*Inscription*）中所写：

> 仿佛你
> 可以变成另一个人
> 只需在
> 她/他的体内
> 开启
> 一连串的自动回应。
>
> 仿佛你可以逃离
> 只需沿着
>
> 你在那里刻下的
> 小径
>
> 抵达它既定的终点。①

在此，诗人借"仿佛"这一特定短语故意让所描绘的场景成为假设性构想，以邀请读者"思考一下这个"或"想象一下那个"。作为"让其作品独树一帜的特点之一"②，它完美展现了阿曼特劳特的不确定诗学的内涵。无论是诗人本人还是她的读者，都能因此对某种现实可能产生的结果进行探索而不会为其强加任何确定的诠释或绝对的定论。结合阿曼特劳特诗歌中无所不在的疑问，这种怀疑感或不确定感几乎渗透了所有人类情感：希望、自信、信任和快乐等，甚至连爱情都不能逃脱它怀疑的利刃：

> 这是真爱的开始

---

① Rae Armantrout, *Versed*, Middletown: Wesleyan University Press, 2009, p. 38.
② Rob Stanton, "'Hard to say where / this occurs': Domestic and Social Space and the Space of Writing in Rae Armantrout's Work," *How 2*, Vol. 2, Issue 3, Spring 2005, (Accessed 2013-06-16).

还是结束

当我们怜悯一个人

因为，在他身上，

我们看到自己？①

然而，阿曼特劳特的怀疑主义并不总是晦暗的，它会适时地发出耀眼的智慧和幽默的光芒。以《我的问题》一诗为例，她写道：

当狗被用来

代表人的

内心，我需要问问，

"这是哪种狗？"②

除了体现深度不确定性的"仿佛"和其他类似短语，阿曼特劳特深切的怀疑主义也表现在其诸多著作标题中，如《就好像》《通灵》《借口》《面纱》《谙熟》《卖点》和《说说而已》。这些标题暗示了层出不穷的欺骗或矫饰，将读者的注意力带到横亘在世界与经验之间被忽略的缝隙中。对于这一点，诗人曾尖锐地指出：

这个世界总有太多力量想要操控并欺骗我们。新闻常被操纵限定，商业广告和政治宣传也试图影响我们的行为……作为个人，我们对世界的掌握是无力而有限的。③

如上述说法所示，诸多欺骗模式被商业和政治实体精心设计，通过向人们呈现预先包装好的伪现实而扭曲他们对自己以及对世界的认知。阿曼特劳特将这种扭曲和欺骗准确形容为"资本主义对意识的干预"，以诗意的迂回发出"所见即重影"④的警言，呼吁读者擦亮双眼，在所谓真相面前提高警惕。因为，无论见与不见，事实与伪事实都充斥于生活中。

---

① Rae Armantrout, *Next Life*, Middletown: Wesleyan University Press, 2007, pp. 7-8.

② Rae Armantrout, *Made to Seem*, Los Angeles: Sun & Moon Press, 1995, p. 16.

③ 孙立恒：《蕾·阿曼特劳特诗歌初论》，载《外国文学》2014年第2期，第23页。

④ Rae Armantrout, *Precedence*, Providence: Burning Deck, 1985, p. 11.

（三）承认诗人的局限性

罗伯特·V. 霍伯格（Robert V. Hallberg）曾说："诗歌具有保存能力：它保存信仰，也保存愿望、疑虑，以及诗人的怀疑和他们的文化。"[1]这番话对阿曼特劳特的诗歌而言可谓恰如其分：其作品的确保存了她对自己及其所在文化的深切怀疑与担忧。作为不确定性的清晰体现，其诗歌中无处不在的"假如"一词也显示了她对诗人这一身份在知识和语言方面的局限性的清醒认识。谈及"未竟"诗学，她明确表示：

> 经验对我来说总感觉是不完整的。我感觉对很多其他人来说也是一样。这或许是人类最好或最坏的一点。我们常常认为总还有些什么别的东西。这就是为什么我的诗有时会戛然而止，或许没有标点，当然也没有真正结束的感觉。它们探身向外，伸向所缺失的部分。[2]

这一说法不仅说明了诗人所说的"信念和怀疑之间来回摇摆"[3]，也暗合海德格尔"在事实之外，而不是在它之前……还有其他事情发生"的断言[4]，因而展现了愿意包容包括错误和未知在内的其他可能性的辩证态度。如她在诗中所写"仿佛我们知道／什么是极乐"，而她真正的意思却是"事实上我们并不知道"。又如"仿佛千里眼／能够延伸到过去"，而诗人真正想表达的却是，即便"它（千里眼）也不可能且永远都不能（看透过去）"。为此，她在另一首诗中尖锐地指出，"因而你有一种知识／即便之后每一个细节都被确认，也仍然／不是真正的知识"[5]。阿曼特劳特想做的就是要撕去把诗人视为拥有特权的全知说话者的精英身份的幻想。论及人的

---

[1] Robert Von Hallberg, *Lyric Powers: the Pains and Pleasure of Lyric*, Chicago: The University of Chicago Press, 2008, p. 2.

[2] Natalia Carbajosa, "An Interview to Rae Armantrout," *Jot Down*, 2012(3), http://www.jotdown.es/2012/03/an-interview-to-rae-armantrout/. (Accessed 2015-01-29).

[3] Rae Armantrout, "Reading and Performances' Introductions," Rae Armantrout Papers, MSS 699, Box 23, Folder 8, Special Collections Library, University of California San Diego.

[4] Rae Armantrout, et al., *The Grand Piano*, Part 4, Detroit: Mode A, 2007, p. 89.

[5] Rae Armantrout, *Versed*, Middletown: Wesleyan University Press, 2009, p. 63.

知识的局限性，诗人走得更远："我认为我们永远也不能表达自我并被他人完全理解，这一点有些吓人，而且我们永远不能从内心里了解他人；我们永远无法完全理解他们所说的话的意思。我们只能了解他人的一部分。"①之所以如此，是因为在阿曼特劳特眼中，"世界是遮蔽的"，对于任何人（包括诗人这一群体）来说都"很难说出任何事物的'全部真相'"②，这两者都着重指出诗人一方内在的不确定性问题。如劳瑞·张伯伦（Lori Chamberlain）所言，"'不确定性'问题"实际上与"'开放形式'问题"紧密相连，也一直是我们所谓"后现代诗歌"的显著特点之一③。

罗伯特·克里利在评论诗歌意义时曾指出："在任何情况下，作者都不应该仅仅是将读者引向预设好的意义。那就太无聊了！［……］我认为诗歌确实可以传达有关感受和行为的明确信息——但那并不一定要成为它的责任或目的。"④显然，克里利在此想要强调的正是意义的开放性。阿曼特劳特比克里利走得更远，她对诗人在知识方面的局限性具有更加清醒的认识。她坦言："我感兴趣的是感知心理学以及信念形成的方式。［……］我感觉作者在创作中同时处于既知道也不知道的状态。对我而言那就是开放性的意义。"⑤如其所示，开放性在阿曼特劳特看来还涉及对诗人自身问题的质疑。除了对语言局限的思考，她对知识的局限也有着明确认识。"切尔西诗学"中所追求的双重性完美体现了诗人由于不确定而同时处于知道与不知道的矛盾状态。诗人为了实现其不确定性诗学，不遗余力地在诗中营造一种双

---

① 孙立恒：《"我的诗歌基底在于好奇与不确定"——蕾·阿曼特劳特访谈录》，载《英美文学研究论丛》2015年第22期，第18页。

② Lyn Hejinian, "An Interview with Rae Armantrout," in *Collected Prose*, Rae Armantrout, San Diego: Singing Horse, 2007, p. 114.

③ Lori Chamberlain, "Interview with Rae Armantrout (1987)," M1211, Box 14, Folder 1, Special Collections Library, Stanford University.

④ Daniel Kane, *What is Poetry: Conversations with the American Avant-Garde*, New York: Teachers and Writers Collaborative, 2003, p. 60.

⑤ Lori Chamberlain, "Interview with Rae Armantrout (1987)," M1211, Box 14, Folder 1, Special Collections Library, Stanford University.

重效应,所产生的诗摇摆在确信和怀疑之间,使得读者很难判断其诚恳和反讽、直白和比喻的程度。例如,其诗中的一些言辞,初读或许感觉正确,如"要想成真/ 它必须来过两遍"——但再读时这句话就会变得很可疑。而其他说法或许听起来完全是荒谬的——如"我只是说说而已"——但随着更深入的思考而开始显得合情合理。很多时候,其诗的解读都具有双重可能。《叹息》(Sigh)一诗可谓佳例,显示了诗人的开放性理念:

  等待开启
  礼物

  的记忆
  环绕着我们未来

  的图景

  以一种奇怪的
  节日氛围。①

  以上诗句中,"礼物"(present)一词的双关看似随意,实则经过精心设计,它和之后的隐喻一起,将动词"开启"(open)的含义从激起拆开节日礼物的回忆延伸到对未来的期许。然而可以肯定的是,大部分时候我们对于节日礼物会是什么并不比对眼前的未来确定多少。"未来不是我们所能预见",如一首著名的英语老歌所唱的,"该怎样,就怎样"。以上《叹息》一诗所暗示的不确定和不可预测感完美体现了阿曼特劳特所谓的"开放性",即不仅要容忍还要接受多种解读可能以及诗人自身在知识方面的局限性。诗人并非无所不知,他和常人一样有着这样那样的知识局限。

  在另一场合论及她对于信念形成所涉及的心理活动时,阿曼特劳特说道:"吸引我的是联想的可疑性,即一个隐喻能成功地将两个事物显而易见、令人信服地连接起来的方式。但随后你的确信感就动摇了,然后你就会

---

① Rae Armantrout, *Precedence*, Providence: Burning Deck, 1985, p. 36.

问为什么呢？我喜欢那种带着难以解释的共鸣的诗歌……"①诗歌于她就是经验，总会受到各种不确定及难以解释的力量的影响。也正是由于这个原因，她对自己的作品始终保持批判性的眼光，从不把自己放在一个她所谓"先知或神一般的使徒"②的全知地位。反之，她承认诗人作为普通人会有各种局限的事实，且乐于在创作中毫不造作地质疑诗人的问题。然而，承认诗人具有知识局限并不意味着全然放弃。相反，它会将其转化为她创造力的源泉。身为艺术家，阿曼特劳特通过探究、理解和改变的方式在未知世界不懈追寻。"不确定也没有关系。"如诗人在一次访谈中所说，"对所见不甚确定［……］其中是具有某种强大力量的。那片阴影里有什么东西吗？这是我们通常体验世界的方式，那为什么不应该也是我们体验一首诗的方式？"③

与传统诗歌所传达的自我歌唱、志向高远的诗人形象不同，阿曼特劳特透过作品所展现的诗人形象更多是这样的：一个宁愿衣着低调，住在朴素的城郊区域，听着日间电视新闻，忙于照顾孩子和赡养老人，越来越能把她在诗中所说的"空虚感受"作为"一种现存条件"④来享受的普通人形象。如美国学者所赞，这是一位"显示良好民众基础"⑤的诗人，在平常人生的细微现实中追寻着意义，没有自我吹嘘，没有矫揉造作，更没有装模作样。对其而言，诗人更像是处在《爱丽丝梦游仙境》所描写的境遇，从一个又一个不知究竟有多少面的夹层不断跌落下来。"词语能表达些什么？"她在诗中问道。接着她又很快宣布"每个句子既是默许又是否认"⑥。在阿曼特劳特

---

① Lori Chamberlain, "Interview with Rae Armantrout (1987)," M1211, Box 14, Folder 1, Special Collections Library, Stanford University.

② Rae Armantrout, *Collected Prose*, San Diego: Singing Horse, 2007, p. 50.

③ Eric Elshtain, et al., "An E-mail Interview with Rae Armantrout,"in *Collected Prose*, Rae Armantrout, San Diego: Singing Horse, 2007, p. 97.

④ Rae Armantrout, *Versed*, Middletown: Wesleyan University Press, 2009, p. 105

⑤ David Bromige, "Rae Armantrout: Made To Seem,"in *Collected Prose*, Rae Armantrout, San Diego: Singing Horse, 2007, p. 115.

⑥ Rae Armantrout, *Next Life*, Middletown: Wesleyan University Press, 2007, p. 24.

的诗中,诗人就应该是一位始终"在信念和怀疑之间来回摇摆"①的没有把握的人。例如,《嘿》一诗就捕捉了诗人在日常生活最意想不到的细节中所发现的信念和怀疑共存的瞬间:

> 1
> 声音
> 或许针对
> 你
> 或许不是。
>
> 2
> 一张收据条
> 被狂风卷着
> 吹过停车场,
> 也许,是
> 一只飞蛾。②

如该作品所描写的,一位匿名说话者发现自己同时处于一种知与不知的尴尬状态,并在两种状态间做着快速转换。该诗刻意缺省传统抒情诗中清晰的第一人称的单一声音,毫不留情地揭露了诗人所知的局限性:即便是面对一张停车场被风刮过的"收据条"这样的琐碎细节,诗人都无法确认其真实性。如此细节,虽看似细微琐碎,却展现了有知与无知的辩证关系。如阿曼特劳特在《反讽与后现代诗歌》(*Irony and Postmodern Poetry*)一文中所强调的,"有见识和无知这两者之间傲慢的关系或许是知识结构中所固有的,反映在所有知情者和已知事物之间,甚至包括某个想法和接下来对其进行改正的想法之间"③。由此,她推测:"渊博的他们和无知的他们很可能是同

---

① Rae Armantrout, "Reading and Performances' Introductions," in Rae Armantrout Papers, MSS 699, Box 23, Folder 8, Special Collections Library, University of California San Diego.

② Rae Armantrout, *Versed*, Middletown: Wesleyan University Press, 2009, p. 92.

③ Rae Armantrout, *Collected Prose*, San Diego: Singing Horse, 2007, p. 49.

一个人。"①在另一首题为《接下来》（*Next*）的诗中，诗人在梦境中又思考了同样的问题：

  梦见我怀疑所听到的
  梦见被称为
  男性化的，不是

  梦见一个抽屉
  有问题，无法理解
  它的内容。

  ....
  嗨每个人都需要某个地方
  在那里展演
  他们局限的戏码。

  它即将来临？

  它正在崩塌？

  会有东西
  为它加倍吗？②

  如该诗中的未名说话人所宣称的，"嗨每个人都需要某个地方/在那里展演/他们局限的戏码"。对阿曼特劳特来说，所谓"某个地方"就是诗歌创作，这已然成为展现她努力探求真理之过程的平台。她一次又一次以苛刻批判的目光挑战自己作为诗人的立场，却始终小心翼翼，严禁自己模仿或重复满是错误信息的媒体说话的方式，也不允许自己仅仅满足人们对诗歌的传

---

① Rae Armantrout, *Collected Prose*, San Diego: Singing Horse, 2007, p. 49.
② Rae Armantrout, *Made to Seem*, Los Angeles: Sun & Moon Press, 1995, p. 40.

统期待，即为上升为某种顿悟的装腔作势或自我美化的表达充当透明媒介。

在另一首诗题颇有深意的《差错》中，阿曼特劳特写道：

1
仿佛我们知道
什么是*极乐*，

这个锭剂
溶解，

紫色和粉色，
一片巨大的温暖，

落入冰冷的海水。

2
我想抓住
我自己

但求
在犯错之时

仿佛赤身裸体
在反复出现的梦中。①

该诗以阿曼特劳特标志性的"仿佛"所开启的假设开篇，似乎在提醒诗中的"我们"注意其关于极致幸福的自以为是的错误假设。"仿佛我们知道/什么是*极乐*，"但事实上"我们"在看到海边落日之前从来都并不真正知晓。鉴于"我们"在第一小节所犯的错误，说话者"我"（很可能就是诗

---

① Rae Armantrout, *Versed*, Middletown: Wesleyan University Press, 2009, p. 91.

人自己)欣然展示了她坦承个人所犯的差错,并勇于适时承担后果的决心。在《其他人》(*Someone Else*)中,她重申了对于诗人知识局限性的认识:

  考虑到她

  犯错的可能性,

  她的信念是

  太明显,

  因为"我们永远不会

  肯定地知道"而且

  她就是那句话

  活生生的例子——[1]

  此外,阿曼特劳特在探讨大学时代的老师丹尼斯·列维托夫的诗歌时也提到应鼓励诗人在创作中给自己纠错并勇于承认自己有局限性的观点。尽管她大学时代曾非常欣赏列维托夫的诗,但她坦言,"列维托夫是位好诗人,但不是伟大的诗人",并指出其作品总体来说"过于简单"且其中的"冲突大部分都是外部的、偶然的,很少涉及内部"[2]。在之后的进一步解释中,阿曼特劳特指出列维托夫并非一位伟大诗人,因为"她不与自己争辩,也不真正指出自己的错误。她不涉足荒谬的东西"[3]。这一评价从侧面揭示了阿曼特劳特对"伟大诗人"的评价准则。她坚称"这些事情伟大的诗人都会做",力证伟大的诗人会和自己争辩,会涉足荒诞,会勇于发现自己的错误。这一准则或许会有片面之嫌,但在此特定语境下,她试图强调的是诗人与自己争辩、给自己纠错以避免诗人因被过于浪漫化而拥有全知全能的特权。"当我们展现说话者/思想者的谬误",阿曼特劳特指出,"我们就为

---

[1] Rae Armantrout, *The Pretext*, Los Angeles: Green Integer, 2001, p. 34.

[2] Paul Holler, "An Interview with Rae Armantrout," *Bookslut*, July 2010, http://www.bookslut.com/features/2010_07_016299.php. (Accessed 2013-07-10).

[3] Paul Holler, "An Interview with Rae Armantrout," *Bookslut*, July 2010, http://www.bookslut.com/features/2010_07_016299.php. (Accessed 2013-07-10).

行动开辟了可能。我们就是那个思想者"①。

为了将这种理念付诸实践,阿曼特劳特在揭示自己作为说话者或思想者的谬误时毫不含糊,主要表现在两个方面。一是在作品中刻意打造许多字面"夹层",即她定义为"一个听起来有道理——或许讽刺的是,它很有吸引力,因而听起来有一定道理,但再思考就会觉得可疑"②的言辞。《创世纪》一诗的结尾句"要想成真 / 它必须来过两遍"③即是典型一例,可以对此进行清晰的说明。这话乍听起来似乎很有道理,然而再思考一下,就似乎很有问题了——假如诗中所说的这个"它"本身就是什么错事呢?难道错事来过两遍就变成对的事了吗?当然不是。无论它来过多少遍,错的就是错的,永远也不会成为对的事。强调"我很注重二次思考"的阿曼特劳特通过在诗尾留下如《创世纪》中一样的文字"夹层"以期在读者身上激起一种深深的不确定感,将其置于"在信念和怀疑之间来回摇摆"的状态,进而引导读者进行更深入的思考,而不是盲目地接受给定内容。

阿曼特劳特刻画这种开放性的另一方式则是努力展示诗人的谬误以让他/她作为说话者和思考者的局限性跃然纸上。为此她使用了明显的范畴错误、自相矛盾的对句,以及让读者产生错误性假设的句子。例如,在一首早期作品《家庭联邦》(*Home Federal*)中她写道:"一个商人 / 在用他的 / 印花窗帘效果 / 试探我们 // '哈,哈,你想我了,' / 一个死人说道。"④ 在这里,原本听起来像是卡通片里腔调可笑的聊天对话却由一个"死人"说出,它会像一道闪电让读者惊吓无比,进而将他们置于一种不安和怀疑状态,为其带来灵光乍现的一刻,让他们得以窥见即将展开的魔法表演。

具体来讲,事物在被闪电照亮时会显得诡异莫测,但多亏这种诡异感,我们才能从不同的角度看到它们。弗洛伊德曾将此描述为"那种恐惧可以追

---

① Rae Armantrout, *Collected Prose*, San Diego: Singing Horse, 2007, p. 54.
② Rae Armantrout, "Reading and Performances' Introductions," Rae Armantrout Papers, MSS 699, Box 23, Folder 8, Special Collections Library, University of California San Diego.
③ Rae Armantrout, *Made to Seem*, Los Angeles: Sun & Moon Press, 1995, p. 14.
④ Rae Armantrout, *Precedence*, Providence: Burning Deck, 1985, p. 42.

溯到古老而长期为人所熟悉的东西［……］诡异的效果通常容易产生于想象和现实之间的差别被抹去的时候"①。由此，上述诗句语境中的"死人"所说的"哈，哈，你想我了"就显出了诡异感，而这感觉就产生于"死人"和"想"之间的逆喻关系中。在此背景下，随后提到的"商人"就难免笼罩了一层资本主义的险恶色彩。在另一首《掩盖》中也有类似例子："片刻之后/ 考古学家找到了他。"②"片刻"的短暂本质和考古学家工作中内在的历史感这两者似乎并不协调的搭配或许会让读者感到惊讶。人们会习惯性地认为考古学家在工作中发现的都是消失数百年之后的人和物。然而日常生活中，他们或许也时常在"片刻之后"发现某人，比如他们的孩子在游乐园或森林中迷路的时候。即便是在考古学家的工作中，"片刻之后"找到某人也并非不可能，比如一位在沙漠里寻找失落城市的遗迹却迷了路的同事。阿曼特劳特在这些看似不协调的词汇和短语搭配中暗示：所有的符号都和她有意在诗中暴露出来的错误一样随意而不可靠。

然而，其作品中的这些诗句非但没有抹去，反而极大凸显了想象和现实之间的差别。更多时候，它们暗示着一个谜题或悖论，要求读者推翻自己的期待以对此进行理解消化。她以令人眩晕的方式将她所发现的陌生、怪异和神秘的东西融入诗中，让她的诗进一步创新。在此过程中，她大方承认诗人知识的局限却不愿轻易变得无望或无助，完美证明了探讨激起这种"怪异的惊骇"的不可或缺性。阿曼特劳特的诗歌摒弃终结感和决断感，代之以高度不安和诡异的不确定感。通过暴露美国社会所传递的文化信息及其自己想法中的"夹层"，以激发读者的思考。她刻意在诗中留下的一个又一个"夹层"实际上成了让诗人本人同样也让读者的想象力得以充分发挥的神秘诀窍。

在实践中，阿曼特劳特诗歌的开放性还有更重要的意义。在《如何读诗》一书中，美国批评家兼诗人爱德华·赫尔希（Edward Hirsch）提到了一种亲密交流，他也将其称为诗中说话者和读者之间的"交易"："说话者通过隐喻发出一份隐蔽的邀请，倾听者则努力接受并进行诠释。这样的交易

---

① Sigmund Freud, *Art and Literature*, London: Penguin, 1990, p. 340.
② Rae Armantrout, *Made to Seem*, Los Angeles: Sun & Moon Press, 1995, p. 11.

中就含有一种群体的认同。"① 这一理念展示了诗人如何善意地吸引读者无论是情感还是思想上的参与,以及读者如何反过来积极地参与到意义构建当中。"通过这种充满活力和创意的交换,"赫尔希继续说道,"诗歌最终让我们参与到了比思想和情感更深刻的东西当中。"② 而这个"东西"如赫尔希所暗示的那样,指的就是"一种群体认同",即诗人与读者间的一个共享空间,在其中他们平等分担所谓的"抽象负担"。阿曼特劳特的情况正是如此。在诗人坦承多种解读可能和诗人局限性时,她不仅认同而且尝试去打造这样的"群体",欣然邀请读者前往,分享诗歌的财富和快乐。

然而,如果作品"封闭"而"确定"的话,借用诗人《形式局限》(*Formal Constraints*)中语带反讽的诗句,"诗歌在为自己/ 和我们/ 摆脱抽象/ 的负担——/一项宝贵的服务"③。根据阿曼特劳特的说法,这样的诗歌不值得保留,随后她又在《形式局限》中这样写下"不过 / 会出现一个问题 / 针对如何 / 处理掉这首诗 / 在出售 / 完成以后"④。在诗人看来,有保存价值的诗歌应该是激发读者参与兴趣的作品,这也是她对"好诗"的最低标准,如她所说:

> 我想对意义的变换保持开放心态——这样读者也能够参与其中。我明白不同的读者会给一首诗带来不同的解读。[……]一首"好"诗应该能经得起多种解读(当然也并不是什么老套的解读都可以!)⑤

而以此为指导,阿曼特劳特通过让意义保持开放而不是囿于单个作者的个人意图,以开辟空间欢迎读者对其诗歌进行全方位和多角度的解读。

伯恩斯坦曾提倡把"大规模社会转化"作为"作家的社会目标",为此,他指出:"就探究意义的本质,探究事物如何由语言加密的社会价值所构成,探究读写如何拥有非工具性价值并形成乌托邦"等方面而言,诗歌创

---

① Edward Hirsch, *How to Read a Poem*, New York: Harcourt Brace and Company, 1999, p. 5.
② Edward Hirsch, *How to Read a Poem*, New York: Harcourt Brace and Company, 1999, p. 5.
③ Rae Armantrout, *Just Saying*, Middletown: Wesleyan University Press, 2013, p. 83.
④ Rae Armantrout, *Just Saying*, Middletown: Wesleyan University Press, 2013, p. 84.
⑤ Rae Armantrout, *Collected Prose*, San Diego: Singing Horse, 2007, p. 96.

作是这种社会转型的"重要阵地"①。从某种程度而言，阿曼特劳特诗歌的开放性同样具有这种转化的显著社会意义。其作品看似呈现了比明确的解决方案和评判更多的矛盾和关联，却反而突出了格特鲁德·斯坦恩所说的"创作的平等理论"②。在该理论中，作者将"文字形式的财富"③让渡出去来放弃自己的权威。吊诡的是，她和每一位读者分享的"财富"反而让她取得了更高的可信度，也因此得到了更大的权威。由此，阿曼特劳特的诗意开放证明了诗歌至少"在理论上更民主"的价值所在。然而，为了分享这种"财富"，读者需要积极参与到深层次的思考和意义创建中。论及这种读者参与，伯恩斯坦在《内容之梦：1975—1984文集》中指出："文本呼吁读者积极参与到意义构建的过程中去［……］文本在形式上包含反应/阐释过程，而在此过程中，读者会注意到自己既是意义的生产者，也是消费者。"④这正是阿曼特劳特诗歌所带来的有益结果。她的读者通过受邀来玩味多种可能的解读，来思考和再思考诗人与读者的知识局限，他们不仅是意义的消费者，同样是意义的生产者，进而分享了诗人刻意让渡的语言"财富"。在某种意义上，阿曼特劳特将她的读者变成了作者的双胞胎姐妹，同坐在跷跷板的两边，摩擦出《仅》一诗中所提到的所谓"电荷"：

只有双胞胎。

正极和负极
"电荷，"

---

① Charles Bernstein, *Content's Dream: Essays 1975–1984*, Los Angeles: Sun & Moon Press, 1986, p. 386.

② Gertrud Stein, "Composition as Explanation," in *Selected Writings of Gertrude Stein*, ed. Carl Van Vechten, New York: Vintage-Random, 1972, p. 15.

③ Paul Hoover, *Postmodern American Poetry: A Norton Anthology*, New York, London: W.W. Norton Company, 1994, p. xxxvi.

④ Charles Bernstein, *Content's Dream: Essays 1975–1984*, Los Angeles: Sun & Moon Press, 1986, p. 233.

推或拉

取决于

谁在发问。①

在此过程中，诗歌已经转化为一次重要的亲密交流和交换思想与观点的社区，进而显示出一种创作民主，同时也宣告了罗兰·巴特所说的"作者之死"。

三、政治性

如加里·尼尔森（Gary Nelson）所论，政治价值不仅体现在"关于主要、公开的历史冲突，比如战争的诗歌中"，或"支持某种政治诉求、政党或信仰的诗歌"中，还应该被更广泛定义为"对所有社会等级结构的关注"，这些关注"塑造社会生活；赋能一些人去剥夺另一些人的权力，抬高一些价值观却藐视或妖魔化其他价值观"②。在此定义下，尽管阿曼特劳特诗歌的政治性可追溯到最早期的语言诗派诗学，但它经由诗人本人对美国社会及其文化的批判性思考和观察而变得更加锐化和具象，从而到达更高的层次，是其作为见证诗歌的集中表现。

（一）超越语言层面的见证

克里斯多夫·比奇指出，语言诗派整体上由于"语言诗人坚持把诗歌视为社会和政治批判的媒介"③因而具有内在的政治意义。然而，与艾伦·金斯伯格等现代派诗人倾向于以直白的愤怒或厌恶来表明对当代美国社会的批判的方式不同，语言诗人更愿意用诗歌考察语言如何在各类文本中的运作方式。他们中大多相信，诗歌的政治价值在于认识到语言是口是心非或两面派行为的集散地，这些两面派行为隐匿在精心构建和设计的语言中来说服、

---

① Rae Armantrout, *Versed,* Middletown: Wesleyan University Press, 2009, p. 115.

② Gary Nelson, "Teaching Guide for 'A Sheaf of Political Poetry in Modern Period'," *The Heath Anthology of American Literature: Modern Period (1910–1945)*, 2nd Ed, 1994, Web. 10 Jan. 2015, p. 567.

③ Christopher Beach, *The Cambridge Introduction to Twentieth-Century American Poetry*, Cambridge: Cambridge University Press, 2003, p. 204.

规劝和欺骗以达到各种政治、经济、商业和文化等目的。这同时也是特定社会历史环境造成的结果。如阿曼特劳特在一次访谈中所论:"我们曾经是,现在依然是一个团体,一个社会团体,一群童年在冷战中度过,成年在越战中度过的诗人。"为确认她和其语言诗人同侪共同的政治立场,她又着重补充道:"政治上我们是左派,跟曾经的许多年轻人一样,我们与政府的所作所为保持距离,对关于冷战和越战的论调甚为怀疑。"①如她在这里所表明的,"我认为我们对于这些论调和公众话语的怀疑是有共识的,是它把我们团结在了一起,或许现在我们仍然想法一致"②,诗人对于美国社会在政治上的怀疑的确来源于她和语言诗人同侪的许多共同理念。

和其他大多数同时代的语言诗人同侪一样,阿曼特劳特的成年时期是在战后经济扩张的最初繁荣已经过去,媒体驱动的商品文化大举扩张并被普遍认可的年代。事实上,如比奇所论,到二十世纪七八十年代,美国文化已经充斥着高度媒体化的语言,包括广告、脱口秀、畅销书、政治演讲片段等等,因此,"靠诗人本身为某个特定场合以'自然'语言创作诗歌已不再可能"③。当时,如语言诗人普遍意识到的,他们的现代主义先驱打造的"对事物进行直接处理"的诗歌理想,以及基于"自我"和人类话语现状的战后诗歌理想已经不复存在,因为自我和真实的人类话语已经被媒体语言永远改变了。八九十年代语言诗人手中的诗歌已不再是个人情感和经验的表达媒介,而是对语言本身的探索和对社会和政治批判的媒介。比奇断言:这些诗人更感兴趣的是用诗歌考察语言在各类文本中运作的方式,而且对他们来说,"诗歌创作不是表达作者情感或个人特质的手段,而是对错综复杂的社

---

① Christopher Lydon, "Pulitzer Poet Rae Armantrout," *Huffpost Arts and Culture*, May 19, 2010, http://www.huffingtonpost.com/christopher-lydon/pulitzer-poet-rae-armantr_b_582301.html. (Accessed 2011-09-13).

② Christopher Lydon, "Pulitzer Poet Rae Armantrout," *Huffpost Arts and Culture*, May 19, 2010, http://www.huffingtonpost.com/christopher-lydon/pulitzer-poet-rae-armantr_b_582301.html. (Accessed 2011-09-13).

③ Christopher Beach, *The Cambridge Introduction to Twentieth-Century American Poetry*, Cambridge: Cambridge University Press, 2003, p. 204.

会和历史关系的表达"①。

和其他语言诗人一样，阿曼特劳特对在杰德·拉苏尔称为"意识形态板块"②的重压下而支离破碎的美国语言文化现状深有感触，她不无担忧地指出："当代美国文化已变成了一个如此堕落的语言环境。"③为此，她宁愿让自己做一位"恼怒的语言技师"，以期直面眼前的问题。伊格尔顿曾指出，"威胁语言敏感性的是发达资本主义无深度、商业化、迅速易读的世界，以及它对符号、计算机化交流和大量'经验'的光鲜包装方式"④。同样，阿曼特劳特早已察觉到了当代美国以媒体驱动社会所带来的意识形态影响。她一针见血地指出："语言总的来说已经被广告和媒体多方钝化和扭曲。我必须（我们必须）对此密切追踪，保持关注，让大家注意到这些扭曲，让这种语言成为诗歌的题材。"⑤

和语言诗人们分享共同的群体美学主张和理想的同时，阿曼特劳特在个人创作中思考商品化、文化资本，以及潜藏在语言内外空间中的权力斗争的动态。与其语言诗同侪们一样，她打破读者关于身份、统一和散文意识的传统期待。更重要的是，她磨炼并形成了自己独特的见证诗学，对以"表达主义"抒情诗为代表的主流美国诗歌形式进行批判与观察。尽管她回避对个人情感和经验的直接表达，却始终，尽管不是唯一，致力于以语言和意识形态基本架构为参照的社会文化批判。她坦承："我总不断地询问，在一个感知都被当作商品被事先压缩包装好的社会中，主体——即'我思故我在'的

---

① Christopher Beach, *The Cambridge Introduction to Twentieth-Century American Poetry*, Cambridge: Cambridge University Press, 2003, p. 204.

② Jed Rasular, "From Corset to Podcast: The Question of Poetry Now," *American Literary History*, Vol. 21, No. 3, Fall 2009, P. 665.

③ Tom Beckett, "'My Poetry Isn't Built on Hope': an Interview with Tom Beckett," *Collected Prose*, Rae Armantrout, San Diego: Singing Horse, 2007, p. 128.

④ Terry Eagleton, *How to Read a Poem*, Malden: Blackwell Publishing, 2007, p. 17.

⑤ Eric Elshtain, et al., "An E-mail Interview with Rae Armantrout," in *Collected Prose*, Rae Armantrout, San Diego: Singing Horse, 2007, p. 92.

我，会发生什么"①。阿曼特劳特聚焦"资本主义对意识的干预"方式，以期将心灵从保罗·布莱斯林（Paul Breslin）所说的"社会强加给人们的虚假意识"②中解放出来。

对于阿曼特劳特来说，在一个媒体驱动和充满即时消费事件与经验的世界里，诗歌一词已不再仅仅指代一种写作的技艺模式；它具有深刻的社会、政治和认识论意义。如伊格尔顿所言，某种意义上，诗歌实际上可以作为"一整套替代意识形态"③。阿曼特劳特的诗歌尽管迂回委婉，但仍意图以诗歌中的能量和价值刷新人们理解世界的方式从而实现社会转变，因而具有难以掩盖的政治力量。在伊格尔顿"经验之死"④的诗歌理论中，经验本应是一种以其浓厚的独特性和具体性远离商业化的方式，如今却被各种加工信息和"打包"体验所代替。阿曼特劳特的相关理念与此暗合。据她看来，在一个随时以各种光鲜、预包装的感觉和经验方式对个人意识进行"媒体轰炸"的世界里，诗歌创作是"保持清醒"和思考的独特方式。相应地，她的诗意欲通过仔细审视语言和意识形态的基础架构对美国社会进行批判，从而帮助自己和读者免受"资本主义对意识的干预"。

路易斯·辛普森曾在《诗人的特质》（*The Character of the Poet*）一文中尖锐地指出："诗人，无论男女，都是自由人——他们不能为某种意识形态服务，如果这样做了那他们就不再自由。"⑤而阿曼特劳特就是这样一位不愿服务于任何意识形态的诗人。她指出，"既然我们是社会性的、使用语言的生物，那我们当然是'被构建的体系'，但同时从某种意义上来说我们也是

---

① Lyn Hejinian, "An Interview with Rae Armantrout," in *Collected Prose*, Rae Armantrout, San Diego: Singing Horse, 2007, p. 120.

② Paul Breslin, *The Psycho-Political Muse: American Poetry since the 1950s*, Chicago: University of Chicago Press, 1987, p. xiii.

③ Terry Eagleton, *How to Read a Poem*, Malden: Blackwell Publishing, 2007, p. 17.

④ Terry Eagleton, *How to Read a Poem*, Malden: Blackwell Publishing, 2007, p. 17.

⑤ Louis Simpson, "The Character of the Poet," in *What Is A Poet: Essays from the 11th Alabama Symposium on English and American Literature*, ed. Hank Lazer, Tuscaloosa and London: The University of Alabama Press, 1987, p. 20.

这些体系的构建者"①。为了在特定意识形态所构建的虚假意识面前保持清醒，她指出保持清醒意识的重要性："当我们变得有意识时，我们就已经在为我们打造好的神秘世界外又构建了一个世界。我们决定什么重要、突显，但前景和背景可以转换。"②显然，她所说的世界外的世界就是诗歌世界——阿曼特劳特已经将诗歌世界转化成抵抗意识形态干预、在某种意义上帮助重新定义和重新构建社会体系的舞台，是其对美国文化所造成的各种困惑与谜团，乃至震惊与战栗进行思考和反击的防御之所，是其政治价值的观念性体现，彰显见证诗歌的政治价值。

然而，和其他许多语言诗人一样，阿曼特劳特对直接表达政治观点毫无兴趣，认为其只不过是另一种版本的"填鸭式"意识灌输或针对读者的操纵性说服。"我们习惯了媒体的填鸭式灌输，我们不想艺术也被这样对待。"③因此，她倾向于在作品中使用间接迂回的手法处理政治问题或观点。在这一点上，她和其语言诗派同侪十分相像。如汉克·拉泽所赞，她的创作从一开始就是"离经叛道的文学实践"。拉泽有论：

> 语言诗没有将诗歌作为创造和表达"真实"声音和个性的舞台，而是肯定了现代主义激进的形式实验，从"爆破自我"中脱颖而出，消解了体裁之间的界限（不仅是诗歌和散文间的界限，还有诗人和评论家、诗歌和批评之间的功能界限），并且积极寻求读者和作者之间的合作关系，因而凸显出文学活动的政治维度。④

阿曼特劳特充分肯定上述拉泽有关语言诗写作的政治价值的评价，但是，她认为从形式角度而非主题角度表现诗歌的政治维度是更加明智的，也

---

① Eric Elshtain, et al., "An E-mail Interview with Rae Armantrout," in *Collected Prose*, Rae Armantrout, San Diego: Singing Horse, 2007, p. 100.

② Tom Beckett, "'My Poetry Isn't Built on Hope': an Interview with Tom Beckett," in *Collected Prose*, Rae Armantrout, San Diego: Singing Horse, 2007, pp. 124-125.

③ Natalia Carbajosa, "An Interview to Rae Armantrout," *Jot Down*, 2012(3), http://www.jotdown.es/2012/03/an-interview-to-rae-armantrout/. (Accessed 2015-01-29).

④ Hank Lazer, *Opposing Poetries Vol. 2: Readings*, Evanston, Illinois: Northwestern University Press, 1996, p. 7.

更富有挑战性。因此，她从不在作品中明确表明立场或通过愤怒呐喊"布什政府太烂"之类的话来表达强烈的政治观点。她坚持认为，写作从来不是被动的，它完全可以用自己的方式表达对抗的力量。阿曼特劳特的作品和她高度赞扬的尼黛克作品一样，是"动感的对位体系，让各种冲突的力量和声音（包括内部和外部）得以发挥作用"[1]。在努力从日常生活中汲取灵感时，政治题材，不管是媒体语言，还是周遭发生的事，都和其他东西一样自然地进入她的作品中。

然而，不同于一些男性语言诗人的言语冲撞，如因不满当时布什总统发动海湾战争而写的诗作《反冥想》（*Counter Meditation*）中对布什进行谩骂攻击的基特·罗宾森。阿曼特劳特则多以水滴石穿的方式揭露潜藏在语言中的言不由衷或双重性——水滴看似温柔，实则有穿透巨石的力量。斯文森在《美国杂糅：诺顿新诗选》一书中曾指出："尽管政治问题也许是或不是阿曼特劳特作品的显要主题，但政治性特点一直就在其中，潜藏于她对以让大多数人听得清、看得懂的新锐方法使用语言的专注之上。"[2] 该评价固然精彩，却并未充分意识到阿曼特劳特诗歌政治价值的真正内涵，因为它似乎在暗示其政治价值更多在于语言的使用。不可否认，阿曼特劳特对语言的使用方法本质上是激进而富有政治性力量的，但其作品的总体政治特质远远超越了语言本身。事实上，其诗歌对很多国内外政治事件都做出了反应，如美国当局以"反恐战争"为名对公民自由的内部打击，入侵伊拉克，由虚假、失控的银行行为引起的经济危机，等等。如其2012年诗集《卖点》就探讨并批判了美国的政治现状。对她来说，这样的诗就像占领华尔街运动的"话筒测试"一样，试图打破当下的权力话语并将其公之于世。

但为了避免其作品沦为与美国政府相同的"过于无聊因而毫无效果"的宣传言论，其诗歌中的政治性经常通过反语、讽刺，以及两者表现出的疏离以高度迂回的手法表达出来。"一方面是因为这样更有意思。"她解释说，

---

[1] Rae Armantrout, *Collected Prose*, San Diego: Singing Horse, 2007, p. 42.

[2] Cole Swensen, et al., eds., "Introduction," *American Hybrid:* A Norton Anthology of New Poetry, New York: W.W Norton & Company, 2009, p. xxi.

"比如你可以直接引用比如米特·罗姆尼（Mitt Romney）①之类的政治家所说的话，然后就成了讽刺！"诗人紧接着又说："这就是我刚才说的诗歌的'话筒测试'。但你又能花多长时间去嘲笑一个令人恐慌的状况？肯定还是有界限的。这是我们尚未解决的两难困境。"②尽管并不容易，但近年阿曼特劳特在对美国社会和文化的批判中已显见地采取了非常直接的方式。在为《21世纪美国社会关注新诗选》所写的《诗学声明》中，她以史无前例的明确方式阐明了其政治立场：

> 美国公众一直生活在一系列的欺骗当中。无论怎么粉饰，我们都明白这一点。布什用虚假的借口带着美国和几个盟国打起了战争。人们被虚假、一心想挣快钱的借贷引诱，背上了难以支付的房贷。这些快钱来源于已经和庞氏骗局无异的股票市场，而股价几乎和任何实体完全剥离，电脑几秒钟就可以进行买卖，无须任何其本该代表的公司或产品。③

在这里不仅可以明显看到阿曼特劳特对美国政府所谓"反恐战争"的反击，也可以看到她对于盛行于今日美国商业金融中的信贷诈骗和金融操控等现实的批判。作为回应，她在作品中对于这些问题进行思考和反驳："我对这些现况带给我们的心理和语言影响深感兴趣。我们如何处理这种欺骗，流行文化又如何替我们处理它们？"诗人进一步声明："一般来说，我的诗经常涉及这样或那样的意识形态，以及马克思主义理论家所说的'虚假意识'……我想要在读者身上激发起一种更高的警觉。"④如其早年所言，"我意在见证资本主义对意识的干预"，阿曼特劳特诗歌始终坚守自己的创作旨趣，彰显见证诗歌的政治性特点。

---

① 米特·罗姆尼，美国政治家、企业家，2010年总统候选人。

② Natalia Carbajosa, "An Interview to Rae Armantrout," *Jot Down*, 2012(3), http://www.jotdown.es/2012/03/an-interview-to-rae-armantrout/. (Accessed 2015-01-29).

③ Ann Keniston and Jeffrey Gray, eds., *The New American Poetry of Engagement: A 21st Century Anthology*, Jefferson: McFarland & Company, 2012, p. 205.

④ Ann Keniston and Jeffrey Gray, eds., *The New American Poetry of Engagement: A 21st Century Anthology*, Jefferson: McFarland & Company, 2012, p. 205.

(二)对美国大众媒体的批判

多年来媒体一直都是美国社会的痼疾。如克里斯多夫·比奇所言,美国自战后经济扩张结束后,开始感受到媒体驱动的商品文化所带来的冲击。时至七八十年代,美国文化中各种各样堕落的媒体化语言已经泛滥,使得"靠诗人本身为某个特定场合以'自然'语言创作诗歌已不再可能"①。如语言诗人们所料,这对诗歌创作造成的直接后果就是"达成他们现代主义先驱打造的'对事物进行直接处理'的诗歌理想,或以'自我'表达和人类话语现状为基础的战后诗歌理想都已不复可能"②,而原因则很简单,因为自我和真实的人类话语已经被媒体语言彻底改变。自此,美国诗人开始猛烈质疑美国媒体通过作为"常识"反复传播和宣传的信仰及态度对身份和意识所造成的冲击。如美国语言学家萨丕尔·沃尔夫(Sapir Woolf)在其著名的"沃尔夫假说"中所指出的:

> 人类既不独立处在一个客观世界中,也并非独立生活在由人们普遍理解的社会活动的世界中,而是完全依靠成为该社会表达媒介的特定语言。[……]事情的真相是,"真实的世界"在更大程度上是在该群体的语言习惯上不自觉地建立起来的。③

这也从另一个角度揭示了媒体语言对普通大众的潜在影响,揭示了媒体如何作为自诩的传媒代表和受某些特定人群青睐的特定价值观的散播者深深影响了大众对所谓"真实世界"的感知。

作为二战后婴儿潮中出生的一员,阿曼特劳特长期见证、亲身经历了媒体所造成的危害。在她20世纪70年代末所写的《诗意沉默》一文中,诗人公

---

① Christopher Beach, *The Cambridge Introduction to Twentieth-Century American Poetry*, Cambridge: Cambridge University Press, 2003, p. 204.

② Christopher Beach, *The Cambridge Introduction to Twentieth-Century American Poetry*, Cambridge: Cambridge University Press, 2003, p. 205.

③ Ron Silliman, "Disappearance of the Word, Appearance of the World," *The L-A-N-G-U-A-G-E Book*, eds. Charles Bernstein and Bruce Andrews, Carbondale and Edwardsville: Southern Illinois University Press, 1987, p. 121.

开批判美国媒体只给世界"留下了极少的自然空间"以及由快速发展的现代科技所发出的"持续的引擎声"。诗人将媒体"不停歇的声音"称为"媒体轰炸",明确批评美国媒体以电视、广播、广告牌等幽灵般的信息持续冲击着我们的耳朵和记忆。如她所说,由于这样的媒体轰炸,"词语不再从寂静中来,而是直接从其他语汇中来",这些词语被"已然设定",或用阿多诺(T.W.Adorno)的话来说,是"媒体不断重复呈现的事先咀嚼过、事先包装过的理念和思想"。在其看来,虽然这些声音无须任何回应,但它仍会被下意识地接受,因此,她呼吁"一种停止的冲动,一种沉默的冲动"以抵抗这种漫无边际的"噪音"干扰。她坚持认为:"在审慎的思考之下总有一些想法,这些想法是对媒体轰炸片段的自动、随机的回应。"[1]相应的,如批评家马克·斯克金(Mark Scoggins)所论,"尽管阿诗使用语体风格广泛,但她最常探究的还要数大众媒体平实但具有暗示性的语体风格,美国媒体空间成为阿曼特劳特见证诗歌的一大见证场域。"[2]

鉴于该兴趣,阿曼特劳特坚持把她对美国媒体的批评和问责嵌入其作品的字里行间,将诗歌转化为与媒体冲击抗衡的平台。对其而言,"写作变成了思考,抒情则成为反思的平台"[3],这里的"反思"具有"反映"和"回应"的双重含义。为此,她以分解抒情诗为基础,密切关注她所说的由媒体所造成的"身份和意识形态中的裂罅",坚持创作由充满艺术性声音结构和替代线性叙事的跳跃联想群所支撑的独具特色的抒情诗歌。不同的是,她的抒情所关注的并非浪漫感伤的情感,而是记录美国社会为其民众所带来的文化惊奇和震惊。诗歌于她就是对这些文化震惊和震颤的防御性反应和回击。阿曼特劳特深谙媒体语言名实不符的本质,并形成一套独特语言姿态以问责媒体对总体美国文化的侵蚀。对她而言,美国社会充斥着"'信息爆炸'所

---

[1] Rae Armantrout, "Poetic Silence," in *Collected Prose*, San Diego: Singing Horse, 2007, p. 21.

[2] Mark Scroggins, "Dark Matters," *Parnassus: Poetry Review*, No. 1/2, 2009, p. 379.

[3] Ann Vickery, "Finding Grace: Modernity and the Ineffable in the Poetry of Rae Armantrout and Fanny Howe", in *A Wild Salience: The Writing of Rae Armantrout*, ed. Tom Beckett, Cleveland: Burning Press, 1999, p. 56.

带来的震惊，人们无论愿意与否几乎都时刻被各种不同种类和不同来源的信息所包围"①。她认为，在此过程中，美国媒体鼓励和传播具有毒害或令人麻痹的思想，污染了美国文化，以至于人们即便在睡梦中都无法幸免。她尖锐地指出"当代美国文化是一个如此堕落的语言环境"，但"我们能怎样？可能有人会说那就别看电视"？对此问题，她自问自答："但这类说法说得轻巧！［……］希望这种文化能极尽嬉笑怒骂然后自己毁灭？那听起来太玩世不恭、太颓丧了！"②

显然，阿曼特劳特绝不允许自己沦为媒体"玩世不恭""颓丧"的受害者。相反，她采取更积极和更鼓舞人心的态度，积极直面充满欺骗性语言的媒体世界，以防范它们对人的意识形态的干预。她坦言：

> 有的时候作为一个诗人，我感觉自己像一个恼怒的语言技师。语言总的来说已经被广告和媒体多方钝化和扭曲。我必须（我们必须）对此密切追踪，保持关注，让大家注意到这些扭曲，让这种语言成为诗歌的题材。③

然而，阿曼特劳特并不甘心仅仅做一名"恼怒的诗人"或语言技师，而是以更活跃而理性的方法对这一主题进行处理。《传播》一诗写道："看到什么，说点什么/记到本子上//让自己/处于防御的姿态。"④她的目光追寻着一切可能的、值得注意的资本主义媒体世界的症候——无论是涂鸦、高速路广告牌、耸人听闻的报纸标题，还是无休无止看似比日常生活更真实的真人秀电视节目，以发现隐藏在其语言背后的各种欺骗伎俩和把戏。为此，阿曼特劳特解释说："因此我对人们表现意识形态的方式感兴趣。我们如何被欺

---

① Eric Elshtain, et al., "An E-mail Interview with Rae Armantrout," in *Collected Prose*, Rae Armantrout, San Diego: Singing Horse, 2007, p. 90.

② Tom Beckett, "'My Poetry Isn't Built on Hope': an Interview with Tom Beckett," in *Collected Prose*, Rae Armantrout, San Diego: Singing Horse, 2007, p. 128.

③ Eric Elshtain, et al., "An E-mail Interview with Rae Armantrout," in *Collected Prose*, Rae Armantrout, San Diego: Singing Horse, 2007, p. 92.

④ Rae Armantrout, *Just Saying*, Middletown: Wesleyan University Press, 2013, p. 39.

骗又如何欺骗自己——因为我们都可能这样做。"①诗人认识到:"还有很多时候具有破坏力的政治或心理真相被隐藏在普通外表下,只不过被这种陈词滥调的说辞所遮盖。"由于这种认识,诗人喜欢将她所说的"悖反言论"放在一起,以"应对知识的权力政治"②。最明显的案例是由一系列标题组成的《标题之歌》(Headline Song)一诗:

> 布什宣誓
> 战胜恐怖。
>
> 对孤儿而言,
> 噩梦依旧。
>
> 我们将依靠
> 被证明有用的东西。
>
> 鸡蛋充满
> 阻燃剂。③

据诗人解释,以上内容均为各种媒体标题,通过把它们混在一起,该诗描绘了媒体语言如何如雪崩般侵入人类意识并导致人脑产生强烈的困惑和荒谬之感。她指出,媒体语言和"政府背后的力量"一样,正实实在在地试图"摧毁思想的先决条件"④。如诗人在《在》(At)一诗中所写,她对这一切洞若观火:"政府通过文法/和新货币/操控我们。"几行之后,她忽然跳转到一幅快速捕捉到的、触目的韩国现代汽车的广告条幅,"现代汽车大厦

---

① Rae Armantrout, "Reading and Performances' Introductions," in Rae Armantrout Papers, MSS 699, Box 23, Folder 8, Special Collections Library, University of California San Diego.

② Lyn Hejinian, "An Interview with Rae Armantrout," in *Collected Prose*, Rae Armantrout, San Diego: Singing Horse, 2007, p. 106.

③ Rae Armantrout, *Next Life*, Middletown: Wesleyan University Press, 2007, p. 31.

④ Lyn Hejinian, "An Interview with Rae Armantrout," in *Collected Prose*, Rae Armantrout, San Diego: Singing Horse, 2007, p. 120.

的/黑色墙面上//加粗的字幕咆哮着：/振作起来//但我却无法看懂/它们意指何方"①。值得注意的是，该诗意外地以英语介词"at"为题，让读者不禁联想到媒体和政府言论背后的用意。这两者都是用精心策划过的语言，将说服工作对准普罗大众，对准"我们"。然而讽刺的是，"我却无法看懂/它们意指何方"。此处，情态动词"无法/不能"（can't）与人的能力并无多大关系，而是更多指向一种不可动摇的抗拒，抗拒媒体和政府试图强加于他/她的强力操控。

在她揭露媒体语言之荒谬的努力中，阿曼特劳特明显对驳斥社会控制的言论更感兴趣。为此，《布景》一诗或许是一个很好的说明。该诗开篇如下：

"你现在可以停止跳舞了，阿彪。"
一个人已经知道
一个人在完美句子中
知道得更多。②

据诗人本人解释，"阿彪"（即发射台）是一位搞怪的飞行员，是她在儿子小时候陪他一起看的动画片中的一个人物。诗里的那句引语实际是诗人转述动画片主角对阿彪所说的话。狄金森在《草丛中的窄家伙》一诗中难以置信地把"窄"和"家伙"两个词搭配使用以制造意外效果，阿曼特劳特也将两个显然不搭的词"跳舞"和"阿彪"组合在一起，并同时采用了一种既愤世嫉俗又知识渊博的语调："你现在可以停止跳舞了，阿彪。"听起来说话者似乎对这个阿彪十分了解，正在以一副常见的"歇菜吧，都是为你好"的口吻取笑并让他放弃想要跳舞的癖好。借助这个高高在上、语带讥讽又同时透着压抑的不耐烦的声音，诗人实际上是在"以写作对抗规范"，而这里所触及的规范就是以上述声音为代表的社会控制的声音。

具体说来，该诗中的主人公的社会控制声音以命名为伪装登场，而命名从社会和心理角度上来说都被广泛认为是驯服和控制的方式之一。卡通片里

---

① Rae Armantrout, *Just Saying*, Middletown: Wesleyan University Press, 2013, p. 45.

② Rae Armantrout, *Made to Seem*, Los Angeles: Sun & Moon Press, 1995, p. 25.

的英雄形象通过给阿彪一个名字而将社会控制强加在他身上。然而，如阿彪这个名字本身所暗示的那样，这是一个仅仅基于其机械功能而命名的名字。毫无疑问，这样的命名方式实际是对阿彪的间接贬低。说"你现在可以停止跳舞了，阿彪"就像是在说"我知道你喜欢跳你那傻乎乎的舞，但我已经受够了"！这句话似乎在暗示它可以通过某种压抑的不屑对事物施加控制。但英雄形象真的了解阿彪和他"跳舞"之外的癖好吗？从技术层面讲，作为张力和能量的平台，该语境中的阿彪和其他所有的发射台一样，都难以预料。他们可能会分散，会飞离轨道，或只是变得歇斯底里。考虑到这一点，阿曼特劳特很快在接下来的诗句中探讨身份位置的含混。该诗刻意缺省人称代词，它实际真正要探讨的问题是"'我们'站位何处"？与说"你现在可以停止跳舞了，阿彪"的角色一样，"我们"也会发现自己正在强加，或正在尝试将我们认为自己所了解的东西强加于他人。"一个人已经知道/ 一个人在完美句子中/ 知道得更多。"随着诗行继续推进，对于谁知道、知道什么、谁是已知的、谁知道得更多、到何种程度？这都可能成为一连串需要考量的问题。通过邀请读者对这些可能的问题进行思考，诗人指向一向深藏于语言中的、先在的控制与从属的结构体系。

谈及媒体语言的泛滥，阿曼特劳特坦言："这样的语言渗透我们的意识并成为我们意识的一部分，所以我们又如何能与这些素材真的保持距离？意识无法单独存在。想要有意识，你必须对某些事物有意识。主体和客体本质上是统一的。"[①]在此，诗人面对的关于媒体商品化语言的困境与加拿大后现代批评家琳达·哈琴所说的"共谋批判"非常相似。在"共谋批判"的情形中，"特定文本或主题观点哪怕在说话者被证实与其紧密相连的情况下仍然会受到诘问"[②]。诗人明白，各种不断涌现于美国媒体中的语言把戏只是在努力通过重复自己，给人们的思想打上自己的烙印，直到他们眼中的世

[①] Eric Elshtain, et al., "An E-mail Interview with Rae Armantrout," in *Collected Prose*, Rae Armantrout, San Diego: Singing Horse, 2007, p. 92.

[②] Ann Keniston and Jeffrey Gray, eds., *The New American Poetry of Engagement: A 21st Century Anthology*, Jefferson: McFarland & Company, "Introduction," p. 10.

界仅以口号和广告宣传用语的方式存在,而失去了事物本应具有的真实的模样。然而,无论与这样的语言有怎样的羁绊,阿曼特劳特都不会轻易屈服。在另一首同名标题《布景》的诗中,她写道:"'我们'又在轰炸伊拉克了//只要我打开新闻/ 某人就会说,'我们/是认真的'。"[1]在此,诗人独特的换行帮助我们看到这首诗真正的内涵:它实际隐晦地描写了美国有线电视新闻网CNN新闻如何以自诩的权威声音通过传播经过精细加工处理的所谓时事叙事迷惑美国受众,以及它如何努力通过大规模重复使用"我们"一词为人们打造一种"虚假意识"。借用那个被特意打了引号的"我们",就像几页之后的另一首诗中的"我们是目标受众"的情形一样,阿曼特劳特通过斜体的"我们"将读者的注意力引向美国媒体作为"生意"的内在本质。如该作品所暗示的那样,媒体中高频出现的"我们"不再是代表着团结力量的可敬的"我们",而是一种用于说服的修辞手法,是制造包容性和常规性的"媒体定位"的惯用伎俩。它是似是而非的"我们"、是数据、是共谋。

为了抵抗这样的"媒体定位",阿曼特劳特决意打破旨在传递预先"压缩包装"的文化与政治价值的欺骗性语言和意象的媒体传播模式。通过将它们做"去语境化"处理,即从原先的语境中剥离出来,她把世界的经验描绘成只有靠深思熟虑的媒体形式才能获得的经验。如她《翻新》一诗中所写:

　　每首诗都说,
　　"我绝望了"

　　然后,"一切
　　都将消失!"

　　(在这里听见某些熟悉的东西
　　会引来小心翼翼的笑声。)

---

[1] Rae Armantrout, *The Pretext*, Los Angeles: Green Integer, 2001, p. 67.

"消失"到哪里？①

诗人在这里借用超市或商场常见的广告用语"大清仓"（Everything must go，也即"一切都将消失"）一词，将其从原有语境剥离出来进行思考。在此过程中，她不仅营造了浓厚的戏仿幽默，还通过赋予其诗歌创作的抒情欲念和完成创作的成就感等丰富内涵对广告语言的本质进行了彻底改造。括引的那句即"在这里听见熟悉的东西/会引来小心翼翼的笑声"，以意外的温柔和幽默不仅为诗人对这种语言的防御姿态做了注解，同时还起到敦促读者的作用：敦促他们和自己一同思考消失到哪里去。如此，就像诗题本身所暗示的，诗人的确通过从内而外打破传媒世界那些"预先塑包过"的商品化感知的传播模式对其进行了彻底"翻新"。随着诗人在"小心翼翼的笑声"中所问的那句"'消失'到哪里去？"她邀请读者继续思考在接下来的诗句中将被揭示的事实：

加速器的

稳定压力

可能被提前

设定

就像矮壮的灌木

可能在外围视野被模糊。②

读者就此可能会理解，诗歌创作的抒情欲和加速器一样，除了沿着预先设定的轨道以外哪里也去不了，只能靠搭上媒体语言的顺风车方能得以满足。假如这还不够明确，阿曼特劳特在另一首诗中既告诫自己也同时在告诫读者："如果我能避免这些辞藻，留下的就应该是我的经验。"③此外，诗人还在其他场合重申同样的告诫。《扩张》（*Dilation*）一诗就特别描写了一双怀疑的眼睛，清晰表现出对深藏于美国流行文化的商业化意图的极度不信

---

① Rae Armantrout, *Next Life*, Middletown: Wesleyan University Press, 2007, p. 56.
② Rae Armantrout, *Next Life*, Middletown: Wesleyan University Press, 2007, p. 56.
③ Rae Armantrout, *Made to Seem*, Los Angeles: Sun & Moon Press, 1995, p. 45.

任感，以警醒读者做出同样的审视：

> 双眸锁定
> "时尚女孩"
> 出品的
> 虚空名利上。
> 一个交织着闪光
> 和锐痛
> 的表面①

审视着时尚杂志所刊登的追求浮华和声名的时尚女孩，阿曼特劳特提醒读者和她一起思考，由这些杂志所定义的时尚潮流文化究竟是怎样的内涵。和诗中刻画的"双眸"一样，我们同样需要睁大双眼，对每一条信息和其表面的"闪光"做仔细检视。在她强烈的怀疑主义目光筛选下，可信任的东西实在是少之又少。对于媒体的这种毒害效果，读者或可在一首题为《守护者》（*Keepers*）的诗里找到解药：

> 在通货市场，
> 我是才艺秀
> 或选美比赛
> 的评委
>
> 那些参赛者
> 是我的人生
>
> 时刻。没有一个
> 好到
>
> 值得保留②

---

① Rae Armantrout, *Versed*, Middletown: Wesleyan University Press, 2009, p. 37.

② Rae Armantrout, *Itself*, Middletown: Wesleyan University Press, 2015, pp. 39-40.

如该诗所表达的,在这个消费主义驱动的社会中,如果流行文化的消费者欣然接受流行文化所传递的审美和价值,那他们本身就会变成商品,落入美国消费产业文化的陷阱。这些产业迫不及待地将它们转化为社会资本从而维持自己的力量。作为替代手段,消费者应当和诗人一样牢牢把握自己的思想,并学会了解,尽管媒体鼓励的错误形象或许会成为生活中的片段,但"没有一个/ 好到// 值得保留"。

除了媒体语言本身以外,阿曼特劳特还对美国媒体描绘的形象所产生的影响具有浓厚兴趣。例如《情节》(*The Plot*)一诗就思考了媒体描绘并鼓励的虚假意识。该诗别有深意地开篇:"睡眠的边界为何被防守?"接下来写道:

显示器上
职业化的虚假自我
说着自我贬损的话。
那是一个很像娜塔莉·伍德的
性感、无聊的家庭主妇,
叹息着,"男人应该赢的"——
但唯一重要的
是替代的节奏。
你感觉想要从她正直的丈夫
和自行车手的男友
那里逃离

你不敢相信
你上了佩内洛普的秘密内幕。
一位追求者久久地
等待
等着在台上

被催眠。①

该诗在此描绘了一个魔幻世界,那里的人们或表现得像训练有素的新闻主播,"真诚地"通过职业的面具发言,抑或表现得像老电影中的女演员。这是怎样的世界?这是一个"你感觉想要逃离"的如梦般超现实的世界。这不现实、不可靠的世界如今将美国女性变成了上千上万个佩内洛普,永远等待着她们的英雄丈夫归来;它将美国男性变成《荷马史诗》中自欺的追求者,走向一开始就注定的命运:即如果情敌回家,他们就会走向毁灭。

谈及她所认为的"现实",阿曼特劳特在一次访谈中曾表示:

> 当某事物能够抵御意识形态时,我就认为它是"现实"的。我对拉康式的真实感兴趣,它的实现要经过一种暴力的破裂,某种打破想象的文化世界表面的东西。②

如上述《情节》一诗所示,诗人逐行撬开美国媒体打造的非现实世界,袒露它构建的虚假意识和伪装的自我形象,并代之以对现实更为清醒的理解。遗憾的是,此类美国媒体所描绘和传播的熟悉形象反复出现,似乎预示了更活跃的唯媒体马首是瞻的巴甫洛夫式倾向。这让我们注意到阿曼特劳特诗中描绘的那些宁愿"活在角色中"的人的形象。蒂姆·格里芬在他对《谙熟》的精彩评述中将这些人称为"角色中的角色"。然而,这句话只对了一半。尽管这些人看起来的确有兴趣成为媒体当中描绘的人物,但他们并非诗人阿曼特劳特杜撰的角色任务。相反,他们都是阿曼特劳特在不同时间不同环境中随机遇见的普通美国人的形象。

如前文有关阿曼特劳特诗歌日常抒情主义的分析所示,由于她毕生致力于在作品中探讨偶发性事件,无论大小,任何出现或发生在她周遭环境中的事和物都有可能被其写进诗里。因此毫不奇怪,这些诗作中所描写的人都是她在某时某处——大街上、咖啡馆、超市等地方真实遇见的人物。不过令人意外的是,他们之间的共同点是进入角色的巨大愿望。对于这些人来

---

① Rae Armantrout, *The Pretext*, Los Angeles: Green Integer, 2001, pp. 71-72.
② Natalia Carbajosa, "An Interview to Rae Armantrout," *Jot Down*, 2012(3), http://www.jotdown.es/2012/03/an-interview-to-rae-armantrout/. (Accessed 2015-01-29).

说，似乎"身份是一种祈祷/ 的形式// '我看起来如何？//意味着/ 我能装作什么"①。比如《外界》中那个在超市里买了一加仑伏特加的老妪，"或许把自己想象成电影里演酒鬼/ 的演员"②。在另一首诗中，一个声音大叫："嘿/ 我的阿凡达罢工了！"③它散发着詹姆斯·卡梅隆2009年的商业大片《阿凡达》的弧光。

谈及媒体对自我形象的影响，阿曼特劳特表示："我们想要看待自己的方式和想要展示自己的方式无可避免地紧密相连。这就变得麻烦了，尤其是由于资本媒体的介入，它们将人格当作商品加以生产。"④阿曼特劳特认为这对于诗歌的任务来说至关重要，因而潜心专注于揭示隐藏在美国媒体传播虚假文化价值与信息背后的险恶用心。论及阿曼特劳特诗的特点，蒂姆·格里芬指出："这些诗行分隔疏离，足以引人入胜。但它们的隐喻价值只有在语境中才能得以产生"，说明"如今的主体性处在媒体的辩证影响中，寻找着宣泄或凝思的时刻"⑤。而正如诗人自己所言，她最大的兴趣就在于"不断地询问，在一个感知都被当作商品被事先压缩包装好的社会中，主体——即'我思故我在'的我，会发生什么"⑥。如其2010年普利策获奖诗集《谙熟》中的开卷之作《结果》（*Results*）所暗示的，媒体正在邀请消费者进一步参与，却要求他们只能按照分派给他们的声音进行"表达"：

  点击此处，选举

  谁最适合

  接受改造

---

① Rae Armantrout, *The Pretext*, Los Angeles: Green Integer, 2001, p. 58.

② Rae Armantrout, *Versed*, Middletown: Wesleyan University Press, 2009, p. 11.

③ Rae Armantrout, *Versed*, Middletown: Wesleyan University Press, 2009, p. 15.

④ Rae Armantrout, et al., *The Grand Piano*, Part 1, Detroit: Mode A, 2007, p. 61.

⑤ Tim Griffin, "Liberal Meditation," *Bookforum*, April/May 2009, http://www.bookforum.com/. (Accessed 2014-02-07).

⑥ Lyn Hejinian, "An Interview with Rae Armantrout," in *Collected Prose*, Rae Armantrout, San Diego: Singing Horse, 2007, p. 120.

  或管控

  在此系列试验中。

  选票记录
  在服务器上
  并被发回

  作为结果。①

  如上述诗所暗示的，投票只是一个玩笑陷阱，只是将参与者作为发言工具来达成由消费主义主导的文化所精心策划并预先准备好的所谓"结果"。诚然，如阿曼特劳特在另一首诗中同样暗示的，在一个"'时事问题'/被代理人/反复考量"②的世界中，投票者怎么可能依照自己的独立思考得出结果？在另一首题为《绑定》（*Bonding*）的诗中，阿曼特劳特将怀疑的目光转向了某热门猜价电视节目的一个场景：

  在空荡药店的电视里，
  那个选手
  因猜测最接近
  零售价
  而尖叫。③

  本诗描述了在一个热闹的商品价格竞猜节目中，一位选手为从零售商店赢取奖金而做"尽量接近零售价的猜测"。它让读者禁不住思考类似节目的结果。它无非是把选手和其他任何直接或间接的节目参与者都变成了媒体把戏和广告的受害者。诗题则不言自明：这些节目的动机只是为了将大众与事先设计好的逐利计划"绑定"。如诗人本人所言："我对企业和行业利用各

---

① Rae Armantrout, *Versed*, Middletown: Wesleyan University Press, 2009, p. 3.

② Rae Armantrout, *Versed*, Middletown: Wesleyan University Press, 2009, p. 5.

③ Rae Armantrout, *Versed*, Middletown: Wesleyan University Press, 2009, p. 30.

种媒体手段操纵我们的想法以获取利益的方式很感兴趣。这让我很着迷,并且想要看透背后的意识形态。"① 为此,她力图揭露深藏于媒体言论中的险恶用心,用她的诗邀请读者像她一样"再仔细检查!我等待/我的思想/再次出现"②。在她看来,为了保护一个人的真实思想与想法不被媒体语言和形象所毒害与捆绑,我们应该时刻开启"怀疑的X光视线"。

在入选1988年《美国诗歌精粹》的一首散文诗《基底》中,阿曼特劳特写道:"很激动能阐述一些与我们想象中认为普遍甚至是虚构的状况/明显相异的东西。"随后在该诗的另一小节中继续道:

> 她说要么你现在在说谎或者你
> 之前哭着说要她帮助时
> 在说谎。事实上她认为
> 你两次都在说谎,一直都在
> 但也不完全如此。③

该诗以里根执政期间的伊朗门事件为背景,实际考查了美国政府和媒体言论中的两面派倾向。诗人以看似松散的方式,同时从公共领域和私人领域汲取素材,以探究人们怀疑或信念的根基所在。点睛之笔直到诗的结尾句才姗姗来迟:"现在新闻是衡量我们对口是心非的/民调。"④英文原诗将"口是心非"一词刻意单独隔开在最后一行,几乎是对当时发生在美国的一系列政治事件所造成的怀疑氛围的最清楚无误的注解。在此我们看到阿曼特劳特诗歌如何在经验和实验以及个人和社会间搭建完美桥梁的努力。她用诗作证明诗歌的确与政治有关,尤其是当极具破坏力的欺骗性政治信息以不同表象侵扰人的大脑,以为其构建精心设计的"虚假意识"之时。她在诗中把这些信息袒露给读者们看,仿佛轻推他们的肘部对其暗示,鼓励他们重新思

---

① Laura Moriarty, "Interview: Kit Robinson and Rae Armantrout," *The American Poetry Archives*, Vol. 10, Summer 1994, p. 6.

② Rae Armantrout, *Versed*, Middletown: Wesleyan University Press, 2009, p. 30.

③ Rae Armantrout, *Necromance*, Los Angeles: Sun & Moon Press, 1991, p. 21.

④ Rae Armantrout, *Necromance*, Los Angeles: Sun & Moon Press, 1991, p. 21.

考和掂量媒体传播的信息的真实性。同时,"她把舌头探向小龋洞,模仿着准确性"①,以便找到更多和读者分享的内容。感谢这位诗人和她的诗,读者能够看到各种裂罅——语言的裂罅、自我的裂罅,以及被媒体充斥的美国文化的裂罅。

又如在《预览:美国》(*Preview: America*)一诗中,她对2008年的电影《钢铁侠》(*Iron Man*)进行了风趣又不失尖锐的批评,同时也批评了美国媒体所鼓励的自鸣得意与自我中心主义。在此解读中,诗人揭露了美国自诩的世界强国假象——就像一个假意忏悔的武器大亨:既然"他现在明白了,他的公司陷入腐败,他的武器(背着他)被卖给了强大的人",因此,他现在(和他们)单打独斗,"比任何时候都更有力、更无辜"②。这些诗在质疑美国自诩的世界强国形象的同时,实际上还重提了美国高级官员秘密向伊朗贩卖军事武器的问题。而《事物》(*Thing*)一诗则作为另一个例子以幽默迂回的方式通过嘲讽伊拉克战争期间美国媒体自称的"全方位"新闻报道角度对美国政治进行了间接批判:

  我们爱我们的猫
  因为她的自我
  欣赏勤勉
  又平淡

  因为她坐在我们地毯
  上的一小片阳光里
  全方位地
  舔着她的爪子

  而那比
  "全方位报道"

---

① Rae Armantrout, *Necromance*, Los Angeles: Sun & Moon Press, 1991, p. 21.
② Rae Armantrout, *Versed*, Middletown: Wesleyan University Press, 2009, p. 88.

> 要好太多
>
> 尽管，当然
>
> 它也是
>
> 完全一样。①

据阿曼特劳特本人解释，这首诗作于美国入侵伊拉克时期，当时有美国记者"潜入"美国军队中，因此探究伊拉克战争背景的氛围很浓。然而值得注意的是，尽管该作品以《事物》为标题，似在致敬威廉姆斯晚期作品《一种歌曲》（*A Sort of Song*）中"没有观念 / 唯有事物"②为最佳代表的"物之理论"。但事实上，阿曼特劳特的这首诗以说话者"我们"观察"我们"的每日陪伴——坐在阳光里清理毛皮的宠物猫开篇，然后在"全方位"处又突然回到了以福克斯新闻频道为代表的美国媒体所谓的"全方位报道"。但问题是，它们怎么可能"猫在"坦克里做到全面公正地报道呢？很显然，该诗是在暗喻：媒体极力地为美国战争机器舔舐爪子，就像猫舔舐打理自己一样。可怜的猫现在就成了美国媒体，爪子则代表着坦克和飞机，而猫的舌头就代表着战地记者。显然，这比喻有些荒唐，但是该诗和所有的隐喻一样，想要两者兼具。其真正想表达的含义是，猫的自我清理比美国媒体"要好更多"（更干净得多）；但从另一方面来说，它又和新闻媒体的手法并无不同。如阿曼特劳特本人在一次访谈中所说的，其中的笑点就"源于推动隐喻的极限"③。

政治问题或许并非阿曼特劳特诗歌最突出的主题，但政治性却一直深藏于其对政治和无意识之间相互作用的探究中。她直言："我对弗洛伊德否定和无意识概念的政治影响感兴趣。阿尔都塞在将意识形态定义为一个人与其

---

① Rae Armantrout, *Next Life*, Middletown: Wesleyan University Press, 2007, p. 15.

② William Carlos Williams, *The Collected Later Poems of William Carlos Williams*, Rev. ed. New Directions Publishing Corporation, 1963, p. 7.

③ Eric Leshtain, et al., "An E-Mail Interview with Rae Armantrout," in *Collected Prose*, Rae Armantrout, San Diego: Singing Horse, 2007, p. 89.

真实存在状况的幻想关系时就发现了这种政治影响的潜力。"① 带着一种明显致敬的姿态,其散文诗《机制》(Mechanism)的结尾部分特意对弗洛伊德的相关理论进行了隐喻式的探讨:

可疑的肿胀。碎片据说像梦一样

(揭示被压抑的东西。)在梦的语言中,

动乱地区以秀场女孩的形象返回

她头上顶着一大堆水果。②

在这里该作品描写了20世纪40年代美国家喻户晓的南美籍桑巴歌手和舞者卡门·米兰达(Carmen Miranda)头顶缀满热带水果的大帽子的经典形象。然而,此描写绝不是为了将秀场女孩的形象浪漫化,而是暗示,该热门舞蹈秀的意象很可能代表的就是美国与拉丁美洲的幻想关系。舞者头顶上那堆诱人的热带水果难免会让熟悉40年代美国与拉美时局的读者回想起那段历史,即美国联合水果公司派遣军队到拉丁美洲国家镇压工人暴动这一政治事件。据阿曼特劳特本人在一次访谈中透露,诗中斜体的"动乱地区"一词其实是出自弗洛伊德《梦的解析》一书,在此诗歌语境中却拥有双重含义。除了作为字面意义指头脑中受到困扰的区域,这一词组还暗指工人们因反抗美国水果公司而给美国政府制造了"动乱"的拉丁美洲地区。同样,"大堆(masses)"既指社会下层民众,也指如肿瘤般潜于美国社会的重大社会问题。如此,这首诗所描绘的秀场女孩开心的笑脸只不过是因美国剥削当地劳工而恶化的两地关系的"舞台化了的美国"的一部分伪装。从这一观点看来,《机制》和许多其他的诗一样,虽没有明确地讨论政治主题,但带有政治色彩。

而在新近一首题为《动作诗》(Action Poem)的作品中,阿曼特劳特聚焦媒体如何构建"虚假意识",将她对美国政治的批判带到了一个新的层面。

---

① Daniel Kane, *What is Poetry: Conversations with the American Avant-Garde*, New York: Teachers and Writers Collaborative, 2003, p. 21.

② Rae Armantrout, *Necromance*, Los Angeles: Sun & Moon Press, 1991, p. 16.

1

屏幕上

两个男人发现

他们的母亲

是假扮的，

他们的世界

是不真实的。

替换

是可怕的。

（我们又一次发现了这个。）[①]

上述第一小节是诗人对所看过的一个电视连续剧情节的转述，描写两个男人意识到"他们的世界/是不真实的"。读者或许能略有觉察，诗人处理这一主题的手法几乎是悖论式的：她在用媒体中所创造的形象批评媒体。事实上，如蒂姆·格里芬指出的那样，这正是阿曼特劳特诗歌最大的创新之一，即"与其被其浪漫、预先包装好的理念困住，不如从源源不断的大众媒体中汲取灵感以颠覆其传播模式"[②]。"就让我们深入底层搅乱／他们的语言"，诗人在一首题为《巴别塔》（*Babel*）的诗中宣布。在阿曼特劳特抵御媒体影响的努力中，她通过使用日常生活中习以为常的媒体语言和形象巧妙地打造了一个高度传媒化的世界。如诗人在《度量》一诗中所写的那样，"玛丽[③]小心翼翼地／从脑颅中／／移走了它／并把它放在／／金属架上"[④]。通过对这样的语言和形象进行语境剥离，诗人就好比把它们置于"金属架上"以便做进一步的仔细检查，仿佛她是在"量"一个人脑，从

[①] Rae Armantrout, *Just Saying*, Middletown: Wesleyan University Press, 2013, p. 46.

[②] Tim Griffin, "Liberal Meditation," *Bookforum*, April/May, 2009, http://www.bookforum.com/. (Accessed 2014-02-07).

[③] 玛丽是诗人阿曼特劳特的中间名。

[④] Rae Armantrout, *Money Shot*, Middletown: Wesleyan University Press, 2013, p. 16.

而模糊了真实和虚构之间的界限。"我们又一次发现了这个",上述诗节的结尾句刻意以斜体呈现的"这个"一词,成功地把注意力引向它之前的那句:"替换/是可怖的。"由此,《动作诗》第一小节的最后三行互相作用,为读者制造了诸多悬疑,诱使他们思考:"'这个'究竟指什么?"指的是"替换/是可怖的"?还是指"他们(因而也是我们,是读者)的世界是不真实的"?不仅如此,他们还为诗其后的下一小节营造了期待和戏剧的氛围:

2
美国
有一个清醒的梦。

她正
从地面
堕入崩塌层
在别人(谁人?)
的领土,穿过
地板,掉下桥梁,
绝望地开火。

有人说,"梦
得再大点,"递给我们
一把火箭筒。①

随着该诗的展开,第二小节的动词如"堕入""崩塌"和"开火",加上一系列表示突然的空间转换的状语,如"从地面堕入崩塌层""穿过地板""掉下桥梁"等,都从不同角度对标题做了呼应,通过动作片电影中的典型表现技法营造了破坏性的动感氛围。据阿曼特劳特为安·凯尼斯顿和杰

---

① Rae Armantrout, *Just Saying*, Middletown: Wesleyan University Press, 2013, p. 46.

弗里·格雷（Jeffrey Gray）合编著作《21世纪美国社会关注新诗选》所写的《诗学声明》中所说，事情也的确如此。该诗第二小节实际上是对广受欢迎的2010年惊悚科幻电影《盗梦空间》的戏仿，所不同的是，电影中由莱昂纳多·迪卡普里奥（Leonardo DiCaprio）扮演的主人公在诗里被替换成了"美国"。对于看过这部电影的人来说，他们知道由迪卡普里奥所扮演的主人公是一名职业窃贼，通过入侵他人的梦境以盗取他们的秘密。为达到目的，他需要创造出一个能让他的行动合情合理发生的可信的世界。然而，如诗人所说：

> 随着情节的展开，我们意识到梦里还有梦——电影本身就正是这样一个梦。导演必须创造一个临时可信的世界以展开他的剧本。在电影结尾，我们看到整部影片中能力极强的主人公自己似乎也被困在了其中一个建构的世界当中。①

至此，作为读者的我们终于明白了第一小节的最后三行。尽管如其所说，"替换是可怖的"，现在我们看到了可怕的被替代的美国世界。在这个世界中，"美国"和《盗梦空间》中的主角一样，正做着一个更大的梦，即通过用"一把火箭筒"——或曰"火箭推进榴弹"——"绝望地开火"以夺取"他人的领土"。

为了起到强调的作用，该诗用特别强调的方式，即把明显独占一行的"一把火箭筒"的英文首字母缩写，以示结尾——为所有的梦都投下一个悲剧的阴影：无论是谁的梦，无论多么大胆，区区"一把火箭筒"就会让它灰飞烟灭。至此，这首诗充满爆破力的结尾有力证明了阿曼特劳特敢于以令人无比警醒的方式向美国的霸权野心和胃口"开火"。这还不是结束。论及她诗中所批判的电影所代表的美国文化，她指出："似乎我们对这些'异想天开'的电影娱乐百看不厌。很明显它们既映射也回避了关于我们文化现状的某些东西。"为进一步说明，诗人直言不讳地总结道："我认为这些电影令人激动的同时令人麻痹。读者可能会问他/她失去了什么。但她/他不应该像

---

① Ann Keniston and Jeffrey Gray, eds., *The New American Poetry of Engagement: A 21st Century Anthology*, Jefferson: McFarland & Company, 2012, p. 206.

电影中主人公通常被描绘得那样软弱无力。"①

为抵抗美国媒体对人心的麻痹，阿曼特劳特不遗余力地在她的诗歌中督促人们，直到"我们"——包括诗人自己和读者，终于更清醒、更凝重地明白："替换／是可怖的。"——因而我们必须在变得软弱无力并彻底沦为同化的受害者之前保持防御姿态。"我确是在'说说而已。'但想要做比说更多的事情。"阿曼特劳特强调：

> 我希望在我的诗中，词语、诗行、诗节和句子有时能有更多（或更少）的含义，或干脆不同于一开始要表达的意义。我想要在读者身上激发起一种更高的警觉。②

无可置疑，如以上刚刚分析过的《动作诗》所显示的，阿曼特劳特诗歌"以其人之道还治其人之身"，借用媒体语言和形象本身从其内部突围以切断其传播模式，从而揭露盛行于美国文化中的媒体包装美化价值观和信息的险恶用心。某种意义上来说，《动作诗》和前述《布景》一诗中的发射台"阿彪"一样，最终摆脱了社会控制的桎梏，以强烈的勇气带来了新的思想与行动轨迹。乔治·奥本曾说，"无论多么难以捉摸，真诚都是诗歌的目的与标尺"③。在这首《动作诗》中，对标题稍做思考或许就能增加我们对阿曼特劳特作为诗人的真诚与责任感的理解。这位诗人是在用她的作品号召读者行动起来，以对抗美国媒体所传播的麻痹人心的文化和价值观，从而抵御媒体对民众所进行的意识形态干预。

（三）对美国城市空间的批判

与对美国媒体的批判相伴，阿曼特劳特见证诗歌的另一见证场域则是城市空间。作为创作元素之一，城市空间在塑造其诗学思想和提供创作素材

---

① Ann Keniston and Jeffrey Gray, eds., *The New American Poetry of Engagement: A 21st Century Anthology*, Jefferson: McFarland & Company, 2012, p. 206.

② Ann Keniston and Jeffrey Gray, eds., *The New American Poetry of Engagement: A 21st Century Anthology*, Jefferson: McFarland & Company, 2012, p. 206.

③ Manuel Brito, ed., *A Suite of Poetic Voices: Interviews with Contemporary American Poets*, Santa Brigida, Spain: Kadle Books, 1992, p. 14.

方面发挥了极为重要的作用，而其所指的就是她所生活的城市空间：圣地亚哥——她出生、成长、离开，又回归，并自1978年至今一直都生活的地方。著名城市文化学者德波拉·史蒂文森（Deborah Stevenson）在其令人耳目一新的著作《城市与城市文化》（*Cities and Urban Cultures*）中指出，对艺术家、诗人、小说家和电影制作人而言，城市一直是他们取之不竭的想象和灵感源泉①。这一说法与阿曼特劳特的情况尤其契合，因为她的城市又恰好是她的故乡。

阿曼特劳特在南加州的太平洋滨海城市圣地亚哥出生长大。除却二十世纪六七十年代她完成大学学业并积极参与语言诗运动的那十来年，她时至今日一直都在这里生活。这座城市的一切都已然融入她的血液，提醒着她作为诗人的"地域属性和文化身份"②。对阿曼特劳特而言，"这曾是她的母语，在秩序中进进出出——它空旷的/街道和稀疏、摇曳的树叶，它赤裸裸的简朴"③，就像新泽西州的派特森于威廉姆斯一样，这里已经成为她精神上的无尽源泉，不仅给予她诗学灵感，也给予她认知世界的独特范式。

赫拉克利特（Heraclitus）曾说："最熟悉的亦是最疏远的"，即所谓"近处无风景"。但对阿曼特劳特来说却恰恰相反：最近的亦是最值得关注的。然而，她眼中的圣地亚哥既非闻名遐迩的拉霍亚度假海滩，也非嬉闹喧嚣的主题公园，它更是一个简朴得几乎"赤裸裸的"地方，是"家里或附近/荒凉的景色"（*Extremities*, p.34），是"我父母邻居的家/背着光/在他们那条街的尽头"（*Precedence*, p.12），是"灰泥/平房上的/天窗—"（*Precedence*, p.19），是"细瘦，带栅栏的院子/在呼啸的/高速路边"（*Necromance*, p.8），是"金银花/像条胳膊/环绕在铁丝网围栏上"（*Made to Seem*, p.17），是"后院挂着塑料南瓜灯/有的灯里面还塞满圣诞红"（*The Pretext*, p.50），是"绵延数英里的/鳄梨果园"（*Extremities*, p.12），是"城

---

① ［澳］德波拉·史蒂文森：《城市与城市文化》，李东航译，北京大学出版社2015年版，第143页。
② 孙立恒：《蕾·阿曼特劳特诗歌初论》，载《外国文学》2014年第2期，第20页。
③ Rae Armantrout, *Made to Seem*, Los Angeles: Sun & Moon Press, 1995, p. 48.

乡/墨西哥人的晾衣绳/白色床单飞舞在/蓝天里"（*Extremities*, p.20），是"远处/一架飞机拖着它的广告/'现代老年人'//飞来飞去"（*The Pretext*, p.51）。阿曼特劳特以X光般的精准目光捕捉着这些常人看来比海滩度假村和主题公园平淡无趣的圣地亚哥城市空间的景观与图景。在一首别有深意的题为《重影》的诗中，阿曼特劳特对其城市竟抱有"一种令人不安的熟悉感"，一半是兴趣一半是恼怒的复杂感受。对她而言，类似碎片化的平凡景致无一例外都带着一种圣地亚哥特有的双重性特点。

据史蒂文森的城市文化理论，城市在构建生活方式和日常文化经验方面扮演着关键角色①。对阿曼特劳特而言，她的城市对其个人以及她的创作所起到的作用是独特而显而易见的。圣地亚哥不仅是闻名世界的旅游度假胜地，还是一个大型军事重地——美国海军、海军陆战队和海岸警卫队等均在此设有军事基地。在诗人眼中，圣地亚哥"古旧，近乎土气的美国中产阶级形象"的欢乐表象之下，总有着"与之对冲的险恶、死板的军国主义"底色，其间强烈的矛盾反差对其诗歌产生了巨大影响②。她坦言："在这里（圣地亚哥）长大让我提前感受到了鲍德里亚（J.Baudrillard）日后所说的类像。我逐渐培养了，不能说是品味，而是一种捕捉反讽的、不谐之音的能力。"③

圣地亚哥看似快乐的表象和令人不安的军事设施之间巨大的反差在很大程度上决定了诗人心理和认识世界的经验，近乎贪婪地捕捉着她目光所及的一切微妙而奇异的反讽现象。如她的好友、诗人范妮·豪断言，"圣地亚哥无论是过去、现在，还是将来，都与她对任何经验的解读无法分割"，而这些反讽让人注意到包括"情感、疏离、阶级同质化"④在内的"景观的非物

---

① ［澳］德波拉·史蒂文森：《城市与城市文化》，李东航译，北京大学出版社2015年版，第67页。
② Gloria Tierney, "Profit of Poetry: Most Personal Pleasures," *The Tribune*, San Diego: University of California. September 2, 1987, p. 3.
③ Rae Armantrout, "Reading and Performances' Introductions,"in Rae Armantrout Papers, MSS 699, Box 23, Folder 8, Special Collections Library, University of California San Diego.
④ Fanny Howe, "The Garden of Even,"in *A Wild Salience: The Writing of Rae Armantrout*, ed. Tom Beckett, Cleveland: Burning Press, 1999, p. 52.

质特征"是如何决定了这座城市被感知和体验的方式。

回忆起她在父亲服役期间在海军家属区度过的童年岁月,阿曼特劳特在第一本诗集的一首散文诗《来自日志条目:青春》中写道:

> 我当然明白!那缺失的活力。暮色中
> 前院的荧光绿色。圣地亚哥,海军
> 驻地,坐在草坪椅上的家人。纵贯我的
> 童年物品都闪着强烈的恋物癖之光。①

在她1998年的回忆录《真》当中,诗人提到她童年生活空间"缺失的活力":

> 我在联盟花园的生活中很少有东西能激发我的想象力。我很少能离开居住的小区,而我的小区非常同质化[……]但我目光所及都是单调的,刷着"雀跃"的柔和色调的墙,刨花板做的,没有巴洛克式木纹的家具。没有任何抢眼的东西。我一直都很焦躁不安。②

诗人尽管焦躁不安,这样的景观却一直存在。如杰西卡·格里姆所说:"它总在那里,每一分钟都因它变得暗淡,又同时变得极度有趣。每一段时光都被磨损,被做旧,然而又是存在的。"③对此,范妮·豪也深表理解:"当一处景观与你对宇宙本质的思考不相吻合时,那它倒不如是地狱。"④

然而,成年的阿曼特劳特已经学会了打破这一诅咒并将其变祸为福。比起美化她的城市,诗人选择了将其吸收锐化,撬开它平静、柔和,甚至天堂般的表象,揭露其黯淡、贫瘠和不可靠的根源,赋予它"富有魅力的存在感"以及进攻与警惕的"闪光的棱角"⑤。在阿曼特劳特对主宰美国文化的商品崇拜这一社会问题的探究中,用她自己的话来说,她"对我们的环境是

---

① Rae Armantrout, *Extremities*, Berkeley: Figures, 1978, p. 16.

② Rae Armantrout, *True*, Berkeley: Atelos, 1998, p. 7.

③ Jessica Grim, "Place d'Armantrout," in *A Wild Salience: The Writing of Rae Armantrout*, ed. Tom Beckett, Cleveland: Burning Press, 1999, p. 87.

④ Fanny Howe, "The Garden of Even," in *A Wild Salience: The Writing of Rae Armantrout*, ed. Tom Beckett, Cleveland: Burning Press, 1999, p. 51.

⑤ Rae Armantrout, *Extremities*, Berkeley: Figures, 1978, p. 7.

如何被'矫饰'出来而尤感兴趣"①。

诗人的这一兴趣在其早期一首题为《发展即历史》的诗中表现得最为明显：

一条短短的人行道

蜿蜒

在林荫大道与

停车场之间——

某种灌木

被插栽

在每个拐弯处②

如其所示，该诗以描写一条人行道开篇，平铺直叙，然而，它诗行短小，头韵、半韵和跨行的突兀处理，都给读者平添一种莫名的紧张感，让他们禁不住疑惑顿生：人行道有什么可写的？但偏偏如此，这条人行道看似随意地蜿蜒在"林荫大道与停车场之间"，而这实际上是一个复杂的人工符号环境中的一部分。弄得看似"自然"却实则是资本主义精心设计的产物。它不仅是自然的模仿，更是对这种悠闲城镇生活的模仿，以至于人们才会随着"蜿蜒"的人行道向前，结果却走到了一个大型停车场。

随着诗行推进，上述那种莫名的紧张感随着诗行的推进不断加剧，激荡着某种令人不安的能量：

锯齿状的

簇叶伪装成

被啃食的样子？

在此，锯齿状不规则的诗行特意以疑问句形式呈现出一个更令人费解的奇特联想：灌木丛被整齐地修剪成"锯齿状"，好像被动物啃食过的样

---

① Lori Chamberlain, "Interview with Rae Armantrout (1987)," M1211, Box 14, Folder 1, Special Collections Library, Stanford University.

② Rae Armantrout, *Precedence*, Providence: Burning Deck, 1985, p. 28.

子。似乎这些灌木的存在就是为了被有序地消费,而它们"锯齿状"的簇叶也大大提升了动物啃咬的方便程度。一条不起眼的人行道和道旁修剪整齐的灌木丛,再到"啃食"的奇特联想,这些图景无不令人惊讶。"伪装"(feints)、"锯齿状"(saw-toothed)和"啃食"(grazing)等选词,席卷各自同义词和近义词的广阔地带,带着军事暴力的回响,从读者的潜意识中呼啸而过,为该描写蒙上一层无法回避的暴力阴影,不能不让人联想到诗人所在城市的军事背景及其对她成长的影响。

很快,上述暴力色彩的选词在接下来的诗节中激起了更深的不安和焦虑:

在完美的间隔

坠落什么会有关系吗——

我是说

只要

我们在它之上?[①]

该节阿曼特劳特以典型的疑问句形式引导读者对这处景观做出进一步思考,随着她的疑问,读者或许会若有所悟,上节中的"某种灌木"或许正是这里所说的"坠落"之物,而"坠落"(fall)一词的另一含义"堕落",使该语境的内涵变得愈加复杂莫测。如诗所云,"只要/我们在它之上",这些细节似乎又没什么重要。"在它之上"(on top of it)可以理解成"凌驾于"或"掌控"的意思,也可能指人"走在人行道上"之意。需要注意的是,这个忽然间出现的复数第一人称代词"我们",不仅指诗中那句"我意思是说"中的"我",即那个以我们的名义发问且对该景观进行描述的人,也包括作为读者的"我们"。"坠落什么会有关系吗"?究竟是怎样的焦虑引发了这样的疑问?"只要/我们在它之上"?为什么会从一处毫不起眼的城市微景窥出如此明显的凌驾欲望?这些问题的回答都要求我们必须再次细究诗行中或许错过的内容。毕竟,"任何严肃的诗,无论怎样不连贯,无论怎样'荒谬',都是有意义的",当代著名先锋派诗歌评论家帕洛夫这样教

[①] Rae Armantrout, *Precedence*, Providence: Burning Deck, 1985, p. 28.

导我们,"而要理解一首诗,就要读它,字对字、行对行地读"①。如果这还不够,帕洛夫还以《问候》一诗为例阐明理解阿曼特劳特诗歌及其他先锋派诗歌的方法:"我们不能读《问候》,我们只能重读"②。该方法不仅适用于《问候》一诗,同样适用阿曼特劳特其他作品,包括眼下这首《发展即历史》。

  再读之下,该诗开篇对"人行道"的描写尤其值得深思,它似乎以转喻的形式暗示着更加庄严的主题意蕴。试问人行道延伸至何处?它"在林荫大道与/停车场之间",该空间细节描述所传递的信息不止一个。"停车场"不仅暗示有众多车辆存在,也暗示周围会有商场、购物中心、餐馆、休闲娱乐场所或观光景点等,势必会是城市空间中具有吸引力的地方。此处,"林荫大道"或许正是这样一处景点。选择这个词语应该并非偶然,让人难免会联想到伯曼(Marshall Berman)的相关论断:"作为19世纪城市主义的独特标志,林荫大道充当了融汇爆炸性的物质力量与人类力量的媒介"③。作为外来词,该词负载着19世纪以来以巴黎为代表的欧洲城市美化运动历史,以及20世纪林荫大道作为权利景观被修建和利用在政治、经济和军事等方面的深厚背景④,弥漫着对异域繁华都市生活的向往与怀旧色彩。同时,用来描述"人行道"的"蜿蜒"(meanders)一词也绝非偶然之选,它独占一行并以斜体呈现,无不凸显了它的刻意。"蜿蜒"多指河流的自然流动,而这里用它描写人行道,其本身所蕴含的自然意味与人行道因人工而成的非自然

---

① Marjorie Perloff, "Teaching the 'New' Poetries: The Case of Rae Armantrout," in *Differentials: Poetry, Poetics, Pedagogy*, Marjorie Perloff, Tuscaloosa: University of Alabama Press, 2004, p. 246.

② Marjorie Perloff, "Teaching the 'New' Poetries: The Case of Rae Armantrout," in *Differentials: Poetry, Poetics, Pedagogy*, Marjorie Perloff, Tuscaloosa: University of Alabama Press, 2004, p. 252.

③ Marshall Berman, *All that is Solid Melts into Air: The Experience of Modernity*, New York: Penguin, 1988, p. 165.

④ [澳]德波拉·史蒂文森:《城市与城市文化》,李东航译,北京大学出版社2015年版,第94—96页。

本质显得极不协调。为此,美国学者斯丹顿有评:"如果该人行道的蜿蜒是出自人为因素,那该语境中对其自然性的表现本身也充满人工意味。"[①]此外,"蜿蜒"一词英文发音中的浓重鼻音,不仅加剧了这种人工意味,更为该描写蒙上了一层矫揉色彩。问题在于,这里为何要刻意表现一条人行道的造作之势?

伴着这样的疑问,读者很快发现,作者意图在第二节中借助"某种灌木/被插栽"那句中一个微妙的过去分词的用法已然浮出水面。这个过去分词所表示的被动含义,暗示某个未被指明的机构应该是灌木插栽和人行道设计的动作发出者或责任单位。而其后以问句形式所表达的不确定感释放出如下讯息:即这样的人工景观设计非但不能带来自然本身的愉悦感,反倒成为令人不适的质素,继而引发了如下焦虑:"在完美的间隔/坠落什么会有关系吗——/我是说/只要/我们在它之上?"修剪灌木丛自然会令许多枝叶坠落,但它们具体是何种植物重要吗?诗人绝口不提它的属种,同样是出于特别用意。它们只不过是"某种灌木",它们身份缺失,是因为"我们"根本对它们视而不见。而这个"我们"或许才是真正的坠落(fall),走在这些人工景观"之上",却不屑于看清它们是什么树种。当然,这里也可能是在暗示规划这些灌木的绿化工作者们的堕落,是他们设计出如此造作且令人不安的人工景观供人们生活其中。然而,将这首诗简单视作对城市绿化及其设计者的批判恐怕还远远不够。因为,如其他美国学者分析的,在阿曼特劳特眼中,"对自然世界的挪用,于她则更是别具深意"[②],对她而言,"别有深意"恰恰体现在城市空间设计的非自然性,人工景观以破坏自然本性为代价和人类消费需要凌驾于自然之上的狂妄自大之中。

随着这条人行道无声地蜿蜒,该诗也进入了尾声。称其"尾声",是

---

① Rob Stanton, "'Hard to say where / this occurs': Domestic and Social Space and the Space of Writing in Rae Armantrout's Work," *How 2*, Vol. 2, Issue 3, Spring 2005. (Accessed 2013-06-16).

② Laura Moriarty, "Interview: Kit Robinson and Rae Armantrout," *The American Poetry Archives*, Vol. 10, Summer 1994, p. 5.

因为它以"有声"形式,原生态引用了一句听似商场广播呼叫的前半部分:"'请房车区/B停车场/红色达桑①/车主……'"②。假设这个广播呼叫与该诗其他部分同处一个语境,它显然颇具用意。首先,它从侧面证明上文分析,"林荫大道"的确是作为一个人工设计的城市景观而存在于公共空间供人欣赏,而"停车场"则是周边某个大型购物场所的重要组成部分,且被按字母顺序分成若干个蜂巢般的小块。其次,第三小节中的"啃食",作为典型的阿式隐喻,尽管最初很像是汉克·拉泽所说的"离奇拼搭"(Wacky juxtaposition)③,此时却变得十分贴切。"我们"(特指每一个美国人),作为消费社会的牺牲品,何尝不是这样的"啃食者"?同时,"我们"中任何人都可能是那个广播呼叫的对象,是那些能将"我们"送达不同消费场所的现代化交通工具的拥有者。再次,"我们"消费欲望如此膨胀,就像广播呼叫的那位"车主",驾驶着一辆颜色招摇的日产达桑牌汽车,此刻却可能正在"房车区"选购房车。最后,那句广播通知以画外音形式淡出,全诗亦在此戛然而止,留下一串省略号,也留下一片想象的空间。为何要广播呼叫这位"车主"?因为他/她违章停车?或者他/她的车挡了别人的路?无论如何,诗人所感兴趣的显然不是广播呼叫的具体内容,而是这种呼叫形式本身。这里以情态动词"Will"开头,其明显的"请求"含义暗合了阿尔都塞论及的"询唤"(Appellation)本质。该询唤凌空出世,打破此前对人工景观的思考,看似询唤"车主",实则在询唤每一位读者。因为,作为读者,难道不是同样将自己凌驾于自然之上,心安理得地接受人工景观的造作以及对自然环境的肆意挪用?又有谁不是在消费大潮中已然失去了独立身份,就像那些灌木丛失去了其植物属种一样?

从一处毫无特色的人工景观:一条步行道、一些莫名的灌木丛和一段忽然冒出的商场广播呼叫的片段,萃取出上述对美国消费文化的批判,似乎

---

① 达桑系日本尼桑公司旗下一款汽车品牌。

② Rae Armantrout, *Precedence*, Providence: Burning Deck, 1985, p. 28.

③ Hank Lazer, "Lyricism of the Swerve: The Poetry of Rae Armantrout,"in *A Wild Salience: The Writing of Rae Armantrout*, ed. Tom Beckett, Cleveland: Burning Press, 1999, p. 135.

显得有些小题大做。然而，了解阿曼特劳特的创作意图则会帮助我们打消这样的疑问。"我对感知心理很有兴趣，而该兴趣与政治有关。我总不断地询问，在一个感知都被当作商品被事先压缩包装好的社会中，主体——即'我思故我在'的我，会发生什么。"阿曼特劳特曾在与贺金年的访谈中明确表示："我写作的宗旨就是让读者更加警惕，更加怀疑。"她进而指出："我可以把我所做的称为'见证诗学'——只不过，不是见证重大事件，我意在见证资本主义对意识的干预。"[①]反观该诗标题《发展即历史》，它实际上也从侧面暗示了深藏其中的文化批评主题。诚然，开发利用城市空间是城市发展的一部分，它一经实施即以人工景观形式被暂时固化，成为历史的一部分，也必将随着更多的发展成为历史垃圾，而"我们"，从这里到那里，不断置换着"啃食"的地方，置换着消费这些未来历史垃圾的场所，沦为消费社会的牺牲品。该诗结尾处以省略号对广播呼叫的具体内容进行刻意拦截，将"我们"（包括读者）悬置于这种深刻的担忧之中，发人深省。

如上所述，阿曼特劳特眼中的城市景观潜伏着资本主义意识形态的特别意义。她眼中的圣地亚哥是符号的城市，也是激流暗涌的城市，它裹着滨海之都特有的淡淡云雾，时而真切时而模糊。这也许就是为什么她的诗中经常出现与眼睛或看的动作有关的意象与描写，流露出范妮·豪所说的"凝视隐含的坚定"[②]：

"男人/在眼科诊所/揉着他的眼睛——"（*Precedence*, p.12）；

"那里每只眼睛/都是哨兵"（*The Pretext*, p.59）；

"眼睛大睁/要表示/道歉？"（*The Pretext*, p.67）；

"自出生起/你就一直转动着/你的眼睛/前前后后//等着被欢迎"（*Just Saying*, p.26）。

"眼睛扫过树木/屋顶，电线/又原路折回"（*Versed*, p.90）。

[①] Lyn Hejinian, "An Interview with Rae Armantrout," in *Collected Prose*, Rae Armantrout, San Diego: Singing Horse, 2007, p. 120.

[②] Fanny Howe, "The Garden of Even," in *A Wild Salience: The Writing of Rae Armantrout*, ed, Tom Beckett, Cleveland: Burning Press, 1999, p. 52.

在这当中,《行》(Line)一诗中所表现的"凝视"尤其引人关注和思索:

> 眼睛扫过树木,
> 屋顶,电线
> 又原路折回。
>
> 这先于叙事
> 这是它的残余。
>
> 眼睛转动,
> 假装感兴趣,
>
> 然后跟随一串
> 金属细珠
>
> 往下到拉手处
> 可爱的
> 假铃铛。
>
> 屏幕上
> *
> 干瘪的男人
> 睁大的眼睛
>
> 表示"还要!"也
> 表示"不!"[①]

如上述诗句所示,这种"凝视"虽然充满不安、流转与未决的意味,

---

① Rae Armantrout, *Versed*, Middletown: Wesleyan University Press, 2009, p. 90.

但始终指向某种失落而非共鸣。这种凝视表现了一位虽身处某种边缘化地位但拒绝接受符号秩序的同化的女性诗人形象。这样的定位也正是阿曼特劳特所说的"自由瞬间",之所以利用这样的瞬间,是因为诗人决意要揭露建构意识形态的机制与手段。与此对应,阿曼特劳特的凝视最为关注的即是各种"不和谐"或如其1995年诗集标题所说的"做得像"某某的事物。通过这种凝视,她的诗发现了独立自我和更大世界之间常常存在的一种内在张力,以及由于自我所知所见所闻与美国文化所鼓励的意义构建模式之间的冲突所产生的躁动与不安。

然而,诗人在诗歌中为实现这一努力所采用的几乎是一种刻意自我湮灭的独特方式,那就是"无我"的方式。在她的大多数作品中,作者,特别是她自己,没有被赋予哪怕是一丝的存在感和权威感。但通过对语言、城市景观和仪轨的凝视所暗示的含义,读者最终会捕捉到尖锐目光中的火花,以及它们背后隐含的意见和观点。如此,这种凝视将那种张力或躁动的严酷转化为一种怀疑主义的崭新形式,甚至将无意识转化成了一片不可依靠的领域,"睡眠的边界为何被防守"[①]? 如她在一首题为《杜撰》(*Making it Up*)的诗中所写,"因而她的梦是一片风景 / 而非世界"[②]。在这些表现坚定目光的凝视的诗中,《优先》中的《重影》一诗则最为明显地表现了弥漫于其作品中的那种躁动或焦虑不安的感觉。

据诗人透露,这首诗作于1978年她和丈夫重回故乡圣地亚哥定居后不久。在素有"诗人摇篮"之称的旧金山前后生活近十年后,此次出于经济和就业等诸多因素考虑搬回故乡定居,是何等艰难的选择。时逢诗人怀孕待产,未来莫测,故乡的一切既熟悉又陌生,令她饱尝在《大钢琴》中讲到的"错位感和不真实感":

> 那是个雾蒙蒙而炎热的9月。周围的事物看起来遥远而不真实。一切都似曾相识,但就像梦中的事物,那种熟悉感,又反而是'怪

[①] Rae Armantrout, *The Pretext*, Los Angeles: Green Integer, 2001, p. 71.

[②] Rae Armantrout, *Made to Seem*, Los Angeles: Sun & Moon Press, 1995, p. 31.

异的'。①

在这段自传性叙述中,阿曼特劳特援引弗洛伊德用来形容"怪异"的德语词"unheimlich"回顾上述《重影》中那种"令人不安的熟悉感",那种刚回到圣地亚哥时所感受到的错位的失衡感。和被诗人赞为"姿态、规范和态度之城"的旧金山相比,圣地亚哥对她而言似乎是"异样空洞又难以辨识"的——以至于变成了"某些我一直努力让自己融入或接近的东西"②。《重影》一诗记录了那五味杂陈的失落时刻,并通过摸索思考寻求新的地方感。

尽管《重影》的语境设定在比《发展即历史》更为舒适的梦境中,但它所关注的绝不只是梦或景观本身。如诗中描写,迷雾沉沉,故乡的山水亦梦亦真,"所见即重影"。这个"重影",还原其英文单词"double",则另有"双关的""模棱两可的"和"双重的"等意思。紧接着在下句中,诗人凭借看与听的通感转换,阐发了"看"的结果:"就像听到糟糕的双关语"。值得注意的是,这里的"双关语",无论如何"糟糕",依然是双重性的又一表现手段。在阿曼特劳特看来,"双关"不仅存在于语言之中,同样存在于社会空间。就像前文所分析的《发展即历史》一诗中的"灌木丛"和"人行道",其实都是美国文化中"糟糕的双关语",暗示了人类在消费主义的驱动下,以暴力手段肆意改变自然、破坏自然的深层含义。双关语的双重性,和一切象征符号的复调本质一样,是语言内外所有隐喻性表达的根本特点,不仅是"一种令人不安的熟悉感",更是阿曼特劳特意欲看穿并揭示的东西。如她在和贺金年的一次访谈中所说,"隐喻就像一物吞下另外一物:就像被吞入蟒蛇腹中的羚羊的凸起。隐喻应当让我们产生怀疑,但我们又离不开它"③。阿曼特劳特一直对一切隐喻保持着高度警惕。由此,这句"所见即重影"所包含的多重意义,如"看,即看其两面","看,就要看

---

① Rae Armantrout, et al., *The Grand Piano*, Part 9, Detroit: Mode A, 2009, p. 11.

② Rae Armantrout, et al., *The Grand Piano*, Part 9, Detroit: Mode A, 2009, p. 12.

③ Lyn Hejinian, "An Interview with Rae Armantrout," in *Collected Prose*, Rae Armantrout, San Diego: Singing Horse, 2007, p. 105.

出其两面性",或者"看,即看其双重意义"等,不仅是其对城市景观的深刻体验,也是其诗性思维的最佳注解,弥漫着"诗学宣言"的意味。

在该诗的第二节中,"那条路更像/又不大像那条路"那句接着以同样的语调确认了这种无法逃避的双重性,即或"看"或"观"的双重本质,暗示"那条路"在先前提到的"睡梦"中可能发生的变化:要么比之前的状态有所改善,要么更加恶化。不难看出,这些诗句背后所隐藏的如罗伯特·弗罗斯特在《未被选择的路》中表达的诗意思想的影子。然而,阿曼特劳特的这首诗却又明显不同,它刻意以《重影》为题,并没有诱使读者相信诗人刚刚经历了一场宏大的顿悟,而是在一种无法看清的视觉效果的描写中结束:"拐弯处,一座座/浅色房子,一排排杜松树/再看,又什么也看不见。"

诚然,说话者又如何能够真的"看到""拐弯处"呢?全诗最后一句以看似唐突又意味深长的方式为诗中所有现实中或想象中的"见"与"未见"画上了干净利落的句点,并委婉重申了"要两面看"的重要性。这首诗不仅反映了阿曼特劳特"经验是双重的"及"双重性是意识的本质"等理念精髓,也彰显了辩证唯物主义的认识论特点。然而,"要看到两面",特别是看到事物的下面或"另一面"绝非易事。为此,阿曼特劳特指出"构造之物的另一面在我们身后,恰恰是在我们看不到的地方"[①],它敦促我们至少去试着看到事物的两面,因为,无论如何,世界因充满了真实和虚构的纠缠而真假难辨。

如果进一步探索这首诗所要强调的双重性基本原则,读者或许会逐渐明白,这种原则虽然脱胎于语言诗人普遍对笛卡儿式怀疑主义的高度推崇,但它经由阿曼特劳特自身对美国文化和社会卓有建树的批判而得以强化和升华,极具阿尔都塞文化批判的哲学意味。在这位诗人眼中,诗歌不仅仅是分享感情的手段,更是一种在一个不鼓励清醒的社会中保持清醒与独立思考的方式。

从某种意义上来说,阿曼特劳特的诗有时读来确实仿若出自男性作家手笔,但撇开该评价中暗藏的性别意味,它也从另一侧面证明了其作为诗人的

[①] Lyn Hejinian, "An Interview with Rae Armantrout," in *Collected Prose*, Rae Armantrout, San Diego: Singing Horse, 2007, p. 106.

独特声音。她的诗摒弃常见于女性诗人作品中的感伤与自恋,看向外面的世界,聚焦于对美国文化的深入思考与批判。它们以坦诚的态度对媒体时代无处不在的各种错误信息做出反应,又以极具迂回的委婉敦促读者警惕美国文化的精神麻痹与毒害。如伊格尔顿所说,在这种麻痹中,"体验已然就在那里,就像已经做好的披萨,如巨石般坦率客观"①,等着被欣然吞下。阿曼特劳特诗歌就是要把读者从被动的消费者变成拥有"高度警觉"的积极的思想者。

在这一点上,阿曼特劳特的《诗学声明》表达得则更为响亮:"美国民众被接连不断地欺骗。[……]我只是'说说而已。'但我除了说还想多做些什么。"诗人继续清晰无误地表示,"我想要在读者身上激发起一种更高的警觉"②,从而揭示了她高度的社会良知和责任感。她的诗以探究美国文化在心理和语言层面对人们的影响为己任,立意揭露其构建马克思理论家们所说的"虚假意识"的真正意图。

本着这样的创作宗旨,阿曼特劳特已然成为本雅明所说的城市漫游者。借用城市文化研究专家菲德斯通(M. Featherstone)的话,漫游是其"阅读城市文本的方式",是她"发现那些嵌入尘世分层构造中的社会意义的踪迹的方法"③。从她片段式的阅读中,读者可洞悉城市及其所在社会的秘密。其作品也从诗歌文本进入公共话语空间,具有了社会文本的价值,为人们了解美国社会文化提供了全新纬度。正如下面将要分析的另一首阿曼特劳特作品《崩塌》,其中的景观描写将带我们进入一段尘封已久的美国政治历史片段。

> 旧的符号崩塌,
> 形成一个个黑洞。

---

① Terry Eagleton, *How to Read a Poem*, Malden: Blackwell Publishing, 2007, p. 18.
② Ann Keniston and Jeffrey Gray, eds., *The New American Poetry of Engagement: A 21st Century Anthology*, Jefferson: McFarland & Company, 2012, p. 206.
③ [澳]德波拉·史蒂文森:《城市与城市文化》,李东航译,北京大学出版社2015年版,第77—78页。

> 一处人家的后院挂着塑料南瓜灯，
> 有的灯里面还塞满圣诞红。
> 玩具娃娃和
> 希拉里·克林顿的贴图
> 面朝外
> 贴在窗户上①

开头两句暂且不论，其余6行所再现的则应该是一户市井人家的后院。这里布局杂乱，色彩搭配毫无设计感，陈设几乎没有吸引人的地方。然而，"希拉里"的赫赫大名，深陷由末尾处标点缺失而造成的悬置感中，激发了读者一探究竟的好奇心。

根据该诗所在诗集《借口》的出版年份推测，它的创作时间应该在20世纪90年代末，而那正是所谓"拉链门"事件闹得沸沸扬扬的时间。时任美国总统的比尔·克林顿的性丑闻被曝光，正在接受司法调查。这首诗所描写的普通美国市民家的窗户上正贴着当事人夫人希拉里·克林顿的头像。这里对美国"第一夫人"头像的处理方式，其含义不言而喻：它是和几张玩具娃娃的贴图一起，被"面朝外/贴在窗户上"。显然，贴图的人并不想看到这些贴图的正面，贴它们的目的也不是为了观赏或崇拜，而只是为了遮光。作为诗人，如果出于对当事人的同情，完全可以对这样一幅极具反讽的画面缄口不语。选择将其再现诗中显然意蕴深长，其答案则在标题《崩塌》以及开篇前两句中完美释放。在这里，"崩塌"的是"旧的符号"，是曾经的偶像。遥想1992年克林顿新当选之时，意气风发，拥戴者众多。而时过境迁，几年后，建树寥寥却深陷丑闻，其政治形象岌岌可危。此时，作为总统夫人的希拉里出于政治目的，委曲求全，出面为丈夫开脱。然而，克林顿最终被证实说谎，被迫向美国公众道歉，希拉里则落得玩偶般的可悲境地，这对美国总统夫妇的政治偶像形象也随之全线崩塌。由此可见，这首诗所影射的不仅是政治领袖形象的崩塌，更是美国政治的崩塌和公众信任的崩塌。诗人将量子物理学概念"黑洞"混搭入诗，

---

① Rae Armantrout, *The Pretext*, Los Angeles: Green Integer, 2001, p. 50.

精锐刻画了"崩塌"在社会公众心中造成的巨大影响。

阿尔都塞说过:"艺术的特性是'使我们看到'(nous donner a voir),'使我们觉察到','使我们感觉到'某种暗指现实的东西。"①和阿曼特劳特其他作品一样,该段诗文风格简约,极尽迂回,让我们"看到"美国政治生活的风暴如何轻轻扫过市井人家的庭院。在此过程中,阿曼特劳特并没有为读者的阅读体验做任何选择,但是她对意欲观察的城市空间场景进行了特别的甄选。如范妮·豪所说:"纸页上是思想终能找到与之对等的静默和整理的地方。"②阿曼特劳特经过沉静的思考对其所在的城市景观背后所隐藏的文化讯息做出了别样曲折的诗性解读,从而让人们更清晰地思考和感知城市的秘密。

诗人曾在一次访谈中坦言:"我生活在圣地亚哥,南加州就像一个母亲;在那里所有的事情都会变得更加强烈。关于美国的一切都在这里真实地显现出来。在这里,病态毕现,就像我有关母性的说法一样。"③从这个角度来说,阿曼特劳特认为她居住的城市实际就是美国社会和文化的缩影。如范妮·豪的精辟论断:"如果圣地亚哥是其他持续发展中的世界的可能模板的话,那蕾的作品就预示了居住在那个世界中的感受。"④透过阿曼特劳特的诗歌,特别是对圣地亚哥城市空间碎片化的描绘,读者可以一瞥她的世界以及生活在那个世界中的人们。她的诗举重若轻,不着微痕,却定格了美国重大历史事件,成为切斯瓦夫·米沃什和卡罗琳·弗池所倡导的"见证诗歌",其隐而不显的"政治干预"力量不容置疑。

综上所述,在阿曼特劳特眼中,城市空间在平静的表面下埋伏着象征的密林,就像南加州地质层的断裂带,在地壳深层一点点凝聚着骇人的力量。阿

---

① 朱立元,李均,编:《二十世纪西方文论选》(上),高等教育出版社2001版,第665页。

② Fanny Howe, "The Garden of Even," in *A Wild Salience: The Writing of Rae Armantrout*, ed. Tom Beckett, Cleveland: Burning Press, 1999, p. 54.

③ Laura Moriarty, "Interview: Kit Robinson and Rae Armantrout," *The American Poetry Archives*, Vol. 10, Summer 1994, p. 5.

④ Fanny Howe, "The Garden of Even," in *A Wild Salience: The Writing of Rae Armantrout*, ed. Tom Beckett, Cleveland: Burning Press, 1999, p. 54.

曼特劳特诗歌中再现的城市景观，看似风轻云淡，实则激流暗涌，潜藏着对美国文化和政治的批判。而这种力量的集结与其诗歌形式和艺术风格相辅相成，正如其诗学追求和世界观的形成与其所在的城市休戚相关一样。她颠覆其他诗人用于保持逻辑清晰的线性进程，跨行突跳，笔锋精锐，以最大限度增加作品多重解读的可能性，从而提高读者的参与力度，扩大其思考空间。她是诗人，也是漫游者，行走在城市的迷雾中，凝眸定睛，直面一切不和谐之处。她的"看"是未决的，是多面的。她的目光穿透城市中看似索然无味的庭院平房和人工绿化景观，直抵美国社会深藏的悖论。她弃绝感伤，弃绝虚饰，以几近白描的极简风格将它们定格在诗行里，也定格在历史中。"我在这里重现/别人曾亲眼看到的/'转瞬即逝的印象'"①，她在诗中写道。而这样的"印象重现"不仅对其本人，对世人也具有同样的意义。她将看似微不足道的个人观察塑造成看似简单实则意味深长的符号以及与人们相关的公共意象。她立意高远，不加妄断，呼唤读者和她一道，"'检查看看'/'检查看看'"②，帮助人们发现他们甚至毫无觉察的各种意识形态侵扰。面对看似平淡无奇的城市景观，她敦促人们鞭辟向里，"观，即观其两面"。她还是抵抗者，用诗歌对抗资本主义对意识的干预，捍卫着个体经验的纯洁性和独特性。"有词语与此景相关。'入境者'便是一个。如果我能避免这些词语，那剩下的就应该是我的经验"③，她在一首散文诗中如是说。由此，她的诗体现了拒绝被权利象征的秩序所同化，以及撬动深嵌于美国文化中之"意识形态板块"④的决心，从某种意义上打破了文学文本与社会文本的壁垒，力证美国当代诗歌转向社会关注的最新趋势，成为人们了解美国文化的又一维度，成为"我们时代最伟大艺术的一部分"⑤。对阿曼特劳特及其诗歌而言，这样的评价可谓实至名归。

---

① Rae Armantrout, *The Pretext*, Los Angeles: Green Integer, 2001, p. 76.

② Rae Armantrout, *Versed*, Middletown: Wesleyan University Press, 2009, p. 64.

③ Rae Armantrout, *Made to Seem*, Los Angeles: Sun & Moon Press, 1995, p. 45.

④ Jed Rasular, "From Corset to Podcast: The Question of Poetry Now," *American Literary History*, Vol. 21, No. 3, Fall 2009, p. 665.

⑤ Rob Stanton, "This," *Jacket* 39, 2010, http://jacketmagazine.com/39/r-armantrout-rb-stanton.shtml. (Accessed 2013-12-22).

第七章　结语："迷思海洋中的严肃灯塔"之两面观

如前文所述,在经历了40多年的创作实践和创新努力之后,阿曼特劳特为美国乃至世界诗坛带来了很多诗歌佳作,赢得了"其时代最具辨识度和最优秀诗人之一"[①]的美誉,更被赞为"迷思海洋中的严肃灯塔"[②]。她几十年如一日始终对这个不确定的世界充满好奇,不断求索语言在复杂多样的世界中的流变,在日常现实中目所能及的一切符号和场景之间,在看似断裂破碎的片段之间寻找难以察觉的不同寻常的关联。她视诗歌为思考方式,探寻诗歌表现自我与世界之间不稳定关系的最佳路径,探求诗歌能直面当下生活的知识困境以及个体与社会之关系的可能方式,以及诗歌试图消解以媒体语言为代表的社会语境对意识的干预与改变的对抗方式。她利用一系列诗歌技巧,打破不同语言、流派和语境的界限,在此过程中,她动摇了第一人称统一声音的线性进程和传统隐喻及意义的构建方式,直至赋予其诗歌以鲜明的抒情性、未决性和政治性。

总体而言,她的诗歌有力捕捉了当代美国社会存在的矛盾的碎片,通过重整,她给日常现实中所观察到的原本孤立悬垂的符号和场景单位赋予更多

---

① Stephen Burt, "Where Every Eye's a Guard: Rae Armantrout's Poetry of Suspicion," *Boston Review*, April/May 2002, http://bostonreview.net/br27.2/burt.html. (Accessed 2011-06-04).

② Stephen Burt and Linnea Ogden, "Whose Language Is It? An Interview with Rae Armantrout," *Rain Taxi*, Vol. 12, No. 1, Spring 2007, p. 20.

的意义,旨在提高读者对社会意识形态机制的认识。它们证明了诗歌力图解决美国社会真正矛盾的卓越努力。

在此意义上,阿曼特劳特所追求的诗学理念和理想及其为实现这些理念和理想所采用的相应诗歌策略,如诗人本人坦言过的,实际上是为应对人们在现代和后现代世界中的冲突与困惑而生。因此,其诗学思想及创作手段和策略绝非单纯从美学或技术偏好角度所做出的决定,而是针对当代美国社会文化体系中的冲突和困惑而做出的哲学决定。在她的诗中,我们看到一个将目光锁定在生活中的诗人,她将美国社会及文化中的困惑与谜团转化为一种特定风格。她的诗作为一种开放的提问,用震颤回击震颤,用谜团回击谜团,一点点帮助读者远离情感沉溺与迷惑,朝向更高层次的自觉,抵达独立和理智的思维彼岸。作为"继约翰·阿什贝利以来最具有真正实验精神的普利策获奖诗人",她打破不同语言风格、体裁和语境的边界,弃绝句与句、段与段之间的明确关联,运用令人意外的创新主题,大胆地并置意象,让文本表面与读者阅读体验都变得复杂多元。这种方式不仅颠覆了人们对诗歌长久以来的既定看法——如人们对它的内涵期许,对它在纸页上应有的样貌,读者阅读时习惯持有的想当然的假设,以及他们可以预备从中获得的情感满足与精神慰藉,等等——还同时刷新了陈旧隐喻、线性叙事传统、习惯性的意义构建方式,进而也在一定程度上消解了文本之外的美国文化体系的权威,因而具有更大的社会文化价值。

一、阿曼特劳特诗歌的重要性及局限性

阿曼特劳特有诗句说"观,即观其两面"[①],对其诗歌进行整体评价同样需要"双重"视角。反观其整个创作成就,虽然具有多方面重大意义,也不可避免面临一定局限与挑战。就成就而言,其对当代美国诗歌的重要贡献和意义主要体现在社会、文化、理论和美学四个层面。

在社会层面上,阿曼特劳特诗歌通过暴露意识与思维中的"裂罅与缝隙",反映了美国文化整体上的一种怀疑与不确定状态。尽管该不确定和

---

① Rae Armantrout, *Precedence*, Providence: Burning Deck, 1985, p. 11.

怀疑感源于诗人所在的语言派诗人所高度认同的笛卡儿式理性怀疑主义，却经由她对美国文化和社会富有成效的批判而得以磨砺与升华，完美呼应了诗人所崇尚的阿尔都塞文化批判哲学的精华。有鉴于此，诗歌对她而言绝非虚构与想象的产物，而是一种纪实的方式；诗歌已经不再是单纯分享感情的手段，而是一种创新和特定思维方式，是在一个不太鼓励清醒的社会里保持清醒的独特姿态。身为女性，她的诗却很少能读出女性诗人的笔风。她另辟蹊径，摒弃女性作家作品中较为常见的情感沉溺和自我主义倾向，越过偏狭闭锁的个人空间，更多放眼于外部世界和广阔多变的社会空间。在她的诗中，读者可辨识出其所身处的文化现实和那个被称为"社会"的实体，领悟这个特定社会如何借由无数日常言语及物象不断左右他们的观察和判断，并最终影响甚至决定其思想内容与形式的再生。在此层面而言，她的诗歌是对整个美国文化所进行的冷静反思与批判。

在一个媒体主导的信息乱象时代，阿曼特劳特诗歌以含蓄与精妙的迂回，将读者从思维与精神麻痹之中拯救出来——借用特里·伊格尔顿的话，在媒体无孔不入、喋喋不休的精神麻痹下，"体验已然就在那里，就像已经做好的披萨，如巨石般坦率客观"[1]，时刻准备着被大快朵颐——而阿曼特劳特的诗则把他们从被动的吞咽者或消费者转变为具有"高度警觉"的活跃思想者。就此而言，阿曼特劳特的《诗学声明》则以更为率直响亮的方式，道出了其作为诗人的高度社会良知和责任感：

> 美国民众被接连不断地欺骗。……在诗中，我所感兴趣的是这些现实在心理层面和语言层面对我们施加影响的方式；我们怎样处理这些欺骗？这些欺骗又是怎样被大众文化处理后再传达给我们？[2]

在进一步阐释其写作目标时，这位诗人强调道："一般来说，我的诗经常涉及这样或那样的意识形态，以及马克思主义理论家所说的'虚假意

---

[1] Terry Eagleton, *How to Read a Poem*, Malden: Blackwell Publishing, 2007, p. 18.

[2] Ann Keniston and Jeffrey Gray, eds., *The New American Poetry of Engagement: A 21st Century Anthology*, Jefferson: McFarland & Company 2012, p. 205.

识'……我想要在读者身上激发起一种更高的警觉。"①在这里,一反其过去对诗歌社会功用的悲观态度,阿曼特劳特终于首次对其作为诗人在漫长的创作生涯中实际不懈追求的重大社会政治报复发出了明确宣告,即意欲唤醒读者高度关注美国文化对人意识的侵扰的响亮宣言。这些话不仅彰显其社会责任感,也充分肯定了其诗歌内在的深厚政治价值。在这种诗意理想追求的指导下,阿曼特劳特的诗,如斯坦顿所赞,"也同为他人发挥功效,因而是②政治干预,不仅使读者保持清醒(有时直至深夜,当他或她宁愿睡觉之时),也让他们保持警觉,在精神和情感上保持'活跃'和预备状态"③。她的诗透过那些迷人的非线性化的间离与丝连,散点式思维的近与远,实录性言语的虚与实,将一切在媒体主宰的社会中的困惑与反思纳入其诗性思维与观察镜头之下。她的诗不断地提出问题,却从不提供任何答案,也不会做出任何全知全能的评判姿态,反倒时不时地有意泄露出诗人作为普通人的无知和局促。也正是因为如此,她的诗反倒赢得了更为深刻的信任,从又一角度验证了保罗·德·曼所言:"诗正是在它放弃任何真理要求的时刻,获得了最可信的力量。"④

伊格尔顿曾说:"珍贵的文学作品不仅只是强化我们的既定感知,还打破或超越这些规范的观察方式,并因此教会我们新的理解准则。"⑤阅读阿曼特劳特的诗常常吸引读者在不知不觉中花费相当多的时间和脑力构建诗行间和断行处的含义。他们填补空白,在她的诗句和段落之间尝试性地搭建起各种关联,不仅根据已说内容,更要根据未尽之言进行各种花式推论。在此意义上,她的诗句实际上是一系列向读者发出的邀请,不仅与读者分享一种理论层面的民主与财富,而且引导他们重新看待和思考问题。她坚守自己的

---

① Ann Keniston and Jeffrey Gray, eds., *The New American Poetry of Engagement: A 21st Century Anthology*. Jefferson: McFarland & Company, 2012, p. 205.

② 斜体为原作者所加。——作者注。

③ Rob Stanton, "This," *Jacket* 39, 2010, http://jacketmagazine.com/39/r-armantrout-rb-stanton.shtml. (Accessed 2013-12-22).

④ Paul De Man, *Allegories of Reading*, New Haven, CT, and London, 1979, p. 21.

⑤ Terry Eagleton, *How to Read a Poem*, Malden: Blackwell Publishing, 2007, p. 68.

创作宗旨，立意揭露"资本主义对意识的干预"，她的诗歌不仅帮助她自己保持清醒和活跃，还向读者再现他们本不自觉地在语言或其他层面都正在遭遇的文化操纵的事实，也同样在一定程度上让他们和广大美国民众都能保持清醒和思想活跃，能在诗歌之外的世界中辨别伪饰、谎言与荒谬。在一定程度上，阿曼特劳特诗歌所达成的正是本书第二章论及的弗池所倡导的当代美国诗歌应作为"见证诗歌"的任务，是21世纪美国诗歌从个人与顿悟走向所谓"观察与见证立场"[①]这一重大变迁的重要组成部分。而就其创作身份而言，她也从一个普通诗人变成了伯特所称赞的"*那个*[②]表达我们对所谓一切社会构建之当代懊恼的诗人"[③]，因而赋予其诗歌更为深刻的社会担当与价值，成为"我们这个时代最伟大艺术的一部分"[④]。

在文化层面上，阿曼特劳特诗歌契合21世纪美国诗歌及诗歌文化的最新发展动态，见证了被安·肯尼斯顿和杰弗里·格雷称为当代美国诗歌"更大的文化变迁"，即"朝向将诗歌视为应对自我之外的世界做出反应与担当之观念"[⑤]的重大转向。正如弗池所论，这一趋势挑战了美国长期占主导地位的"文学文化"（literary culture），即"把诗人归类为受历史、政治和社会力量操纵的抒情表达的密闭领域"[⑥]的文学生态观念。阿曼特劳特诗歌虽然

---

① Jeffrey Gray and Ann Keniston, "Introduction: Contemporary Poetry and Public Sphere," in *The News From Poems*, eds. Jeffrey Gray and Ann Keniston, Ann Arbor: University of Michigan Press, 2016. p. 1.

② 斜体为原作者所加。——作者注。

③ Stephen Burt, "Where Every Eye's a Guard: Rae Armantrout's Poetry of Suspicion," *Boston Review*, April/May 2002, http://bostonreview.net/br27.2/burt.html. (Accessed 2011-06-04).

④ Rob Stanton, "This," *Jacket* 39, 2010, http://jacketmagazine.com/39/r-armantrout-rb-stanton.shtml. (Accessed 2013-12-22).

⑤ Geffrey Gray and Ann Keniston, "Introduction: Contemporary Poetry and Public Sphere," *The News From Poems*, eds. Jeffrey Gray and Ann Keniston, Ann Arbor: University of Michigan Press, 2016, p. 5.

⑥ Carolyn Forché, "The Poetry of Witness," in *The Writer in Politics*, eds. William H. Gass and Lorin Cuoco, Carbondale: Southern Illinois University Press, 1996, p. 135.

具有一定抒情性，却绝无传统抒情诗所具有的自恋和滥情意味。相反，它们超越自我"密闭领域"，通过密切的社会关注与观察，抵达更为宽广的美国社会文化空间。它们以近乎湮灭自我的大气胸怀，扎根日常生活，关注典型的美国生活和美国民众，而非纯粹的个人世界和个人情感表达。同时，为免于堕入媒体语言的灌输模式，她的诗极尽迂回，点到为止，彰显狄金森式的曲意美学。在这些作品的背后是与读者分享对语言和世界以及美国文化之感受的真诚意愿，而支撑这种意愿的基础则是意欲改变长期以来有关诗意、诗歌以及诗歌阅读目的的文化假设。

在一个很大程度上仍然把诗歌看作虚构文体并将其贬视为一种有关幻想的真实声音和个性的表演舞台，而在整个文化和社会语境中处于边缘化和无关紧要位置的文化时代，阿曼特劳特借由诗歌向人们证明，艺术实践非但不是"民族文化的装饰品"，还可以具有相当的社会与文化意义。她大隐于市，把对社会的批判深植于对日常现实的个人观察之中；她的诗密切关注在语言和社会空间中所遭遇到的一切可能的欺骗形式，却没有一丝粉饰、评判和高高在上的姿态。如穆拉托里所言："她的诗所具有的是一种过滤意识，并非一种公然的情感或明显的政治意识（当然，这两个元素都并非完全不存在）。有鉴于此，其诗歌似乎带有不偏不倚的纪实证据或科学的分量。"①

诗评家伯特指出："很少有读者——很少有诗人——像阿曼特劳特一样强烈地感受到我们既定剧本的残酷；也很少有人像她那样富有成效地憎恶这些残酷。"②阿曼特劳特在作品中有效地对抗了有关世界和自我的简易快捷、塑装打包的预设叙事方式。对她而言，身份维护需要济慈所说的"消极批判力"（negative capability）来质疑美国文化试图灌输给其民众心中的图像和信息，而毫不顾忌他们的惊讶和厌恶。在当代美国社会过度商业化和媒体化的世界里，正当流行文化的碎片带着各种矛盾的信息如雪崩般撕裂人们

---

① Fred Muratori, "Seeming is Believing," *Epoetry*. http://www.epoetry.org/issues/issue/muratorirev.htm. (Accessed 2011-12-25).

② Stephen Burt, "Where Every Eye's a Guard: Rae Armantrout's Poetry of Suspicion," *Boston Review*, April/May 2002, http://bostonreview.net/br27.2/burt.html. (Accessed 2011-06-04).

的注意力之时，阿曼特劳特诗歌通过对美国文化在语言和社会层面的质询和拷问来保护人们的真实经验和感知。在充斥着矛盾和喧嚣夸张的错误信息的乱象之中，这种保护不仅起到了与伪饰和欺骗对抗的作用，它还提醒美国读者和民众提高警惕，敦促他们重新考量和评估他们与世界，以及与美国文化所传达和鼓励的语言和形象的关系。如陶德·派德森所论："她的作品包含了有关流行文化影响的普世性警告，告诫我们深入思考，努力追求比我们收到的图像更为充实的东西。"[①]对于美国媒体的交流模式和隐秘意图，阿曼特劳特不仅致力于厘清信息包装过程中的信息内容，也同样关注信息被处理加工的方式。与越来越多的当代美国诗人一道，她更愿意关注自我、个人、顿悟或审美以外的世界，并以自己的特定方式赋予诗歌以远超美国文化习惯性假设所给予的更大的文化影响力。

在理论层面上，阿曼特劳特在其诗歌创作中结合了20世纪下半叶译介引入美国学界的欧洲文学理论。其诗学观及其在文本层面的表征——包括她的诗歌理念和理想、美学策略，以及定义她诗歌的鲜明特征和风格——突显出一个最为重要的诗意愿望：即对受困于各种不确定因素而必然受到局限之自我的祛魅，或对主体中心地位的消解。其中部分原因可归结于语言诗派对美国主流诗歌的个人化及自白派诗歌美学的集体反抗，同时在更大程度上得益于欧洲文学理论的传播，如后结构主义理论家们提出的理论，包括巴特关于"作者之死"的论断，福柯对"作者功能"的假设，阿尔都塞有关社会构建主体学说，德里达的"符号"差异体系和意义延异学说，以及维特根斯坦的语言哲学，特别是有关语言创造和重塑世界可能性的理论等。所有这些理论在美国学界的适时译介与传播对语言派诗人的创作都具有深刻的理论指导作用。受上述文学理论思想以及语言诗群体诗歌美学的激发与影响，阿曼特劳特本人的诗歌成为反抗美国主流诗歌传统美学的实验派诗歌不可分割的一部分。对其而言，诗歌并非仅仅是展示作者或任何所谓"真实"声音或个性情感或特点的场所。与此相反，她在自己诗歌中探求的，也正是她在贺金年

---

① Todd Pederson, "Review of *Versed* by Rae Armantrout," *Raintaxi Review of Books*, Fall 2009, https://www.raintaxi.com/versed/. (Accessed 2014-01-20).

和尼戴克的诗歌中所发现的在"一种复调的内在体验与一个无限的外部世界"①之间所存在的张力变化,特别关注在当代美国社会饱受她所谓"媒体轰炸"的自我状态。

她的诗秉持"切尔西诗学"理想和诗意静默的美学追求,通过不同话语和体裁间古怪精灵的并置,轻灵飘忽的断句换行和极致的稀疏凝练,拆解其他诗人为实现逻辑清晰而更常采用的线性推进,从而创造出多重解读的可能性,为读者开辟了深入思考和参与的广阔空间。因此,虽然时不时会有美丽的抒情瞬间,但她的诗从来没有自我中心和告白意味,而是深深植根于对外部世界以及那个世界中的人们恰逢"此时""此地"之生活的微妙观察,为她的诗歌植入一层真实可感的人文主义情怀。在此过程中,阿曼特劳特还表现了与语言派诗人们共同具有的对当时主导美国主流诗歌的叙事诗学的厌恶,认为它是"话语尤其具有问题的特征",而且"其结构布下了只会限制和统治经验领域的'故事'"②。作为替代方案,她以其特有的方式试图通过莱迪所称的"所熟悉之一切的颠覆"来塑造一种不受叙事传统钳制的诗学。她挑战广为接受的既定观念和常规思维方式,打破美国诗歌通常追求的一路递增以抵达某个表现扬扬自得的顿悟瞬间的传统叙事风格。

阿曼特劳特带着标志性自我退隐的宽广情怀,在诗中不仅最大限度地抹去第一人称自我作为组织原则的痕迹,还大大消解了诗与散文以及不同文化语境之间的边界,让诗歌变成诗人与读者之间积极互动的舞台。她反对将作家置于读者之上,通过刻意揭示语言与知识的局限性,大方邀请读者参与意义建构,把斯坦恩曾奉为"创作的平等主义理论"③付诸实践,与读者们共同分享诗歌可能提供的至少在言语层面上的财富和理论上的民主。鉴于其对多种解读的高度认同和对不确定性及诗人局限性的高度宽容,阿曼特劳特诗

---

① Rae Armantrout, "Feminist Poetics and the Meaning of Clarity," in *Collected Prose*, San Diego: Singing Horse, 2007, p. 41.

② Gerome McGann, "Contemporary Poetry, Alternate Routes," *Critical Inquiry* 13, 1987, p. 638.

③ Gertrude Stein, "Composition as Explanation," in *Selected Writings of Gertrude Stein*, ed. Carl Van Vechten, New York: Vintage-Random, 1972, p. 15.

歌彰显了一种清晰可见的未决感或开放性，开辟出主体与语言、与诗歌以及与当代美国文化各种新型关系的可能空间。

而就美学层面而言，与《纽约客》诗评家谢松把其诗学贡献归结为所谓"独立个体的超凡心灵和独特的破碎之心的意识描绘"[①]不同，笔者认为，阿曼特劳特诗歌对语言诗的最大贡献在于她通过独特的抒情声音以弥合经验与实验、个体与社会间断层的努力，从而为其诗歌整体打造了既具有高度语言创新意趣，也饱含深刻人文关怀的特质。而不无矛盾的是，如前文已经讨论过的，这些成就的达成是建立在其对语言诗派"群体"美学同化之一系列的对抗之上。作为西海岸语言诗派的主创成员之一，尽管阿曼特劳特一直深入参与语言诗运动，并和其他语言派诗人长期保持密切关系和合作，但是阿曼特劳特始终与这些语言诗同侪保持了一定的距离。她拒绝盲从，有意选择了一条近乎"自我边缘化"的道路，即便在语言诗发展势头风生水起的岁月里，依然在抵制所谓群体认同和群体审美趋势的同化。这包括对语言诗写作的早期标签即"以语言为导向"一词的质疑，对20世纪70年代席卷新兴语言诗派的"无指称性"理念的批评，以及当时横扫语言诗派所谓"新句子"的长篇散文诗创作风潮的质疑等三个方面。

在此过程中，阿曼特劳特自称"语言诗派中的孑然孤绝分子"，坚守自己的诗歌美学，潜心于以浓缩、断裂和沉默为标志的骨感纤细且短小精悍的分行式短诗的创作。如帕洛夫所言，尽管她与语言诗派诗友们有不少相似的诗歌理念，但阿曼特劳特"从来都不同"，她的诗也从"不像任何别人的诗"[②]。在过去几十年里，这种差异日渐清晰，此间她不仅从未放弃自己的诗学追求，甚至从未为自己的诗歌原则做过任何辩解，却在诗歌界、评论界和出版界广获好评，成为当代美国诗人中少数几例同时为上述"三界"欢迎的诗人之一。

---

① Dan Chiasson, "Entangled: The Poetry of Rae Armantrout," *The New Yorker*, May 17, 2010, p. 110.

② Marjorie Perloff, Afterword, *Narrativ: Selected Poems*, Rae Armantrout, Wiesbaden, Germany: Luxbooks, 2009.

此外，阿曼特劳特对其所处语言诗派"群体美学"同化的抵制唤起了她对潜藏于美国——特别是其生活和创作空间所在地圣地亚哥——社会及文化语境中的细微权力动态的浓厚兴趣和持久关注。正如其普利策获奖作品《谙熟》中最动人的一句诗所写，"假如你观察我／从渐行渐远的距离／／我就写这个／一直"[①]。她在语言诗派中始终刻意保持低调的个人身份，选择了其所说的"自我边缘化"，这却反倒成就了她在语言诗人中"狂野的凸显"地位及其特立独行的"异己者"形象。对此，伯特和奥格登给出了相当中肯的评价：

> 然而称阿曼特劳特为语言诗人就像称雪豹为哺乳动物，如果你正密切观察雄伟的豹子，或认真阅读阿曼特劳特机敏睿智的诗，你会发现，她与其他语言派诗人共有的特性和那些将她与之分隔开来的动作和特质比起来变得远没有生趣。[②]

在此，伯特和奥格登所谓将阿曼特劳特与其语言派诗友截然分离的特性"常常是认识论的"[③]，显现于她为探测已知与未知的边界，破解人们如何获取想要获取的知识以及所获取知识的极限所做出的不懈努力。然而，这些特性在本质上也同样具有社会性。她的诗始终指向自我之外的真实世界，指向那里的语言和图景；它致力于探究人们如何被所谓规范的思维方式剥夺了的意识自觉，揭穿资本主义意识形态如何通过社会生活的方方面面实现其自我再生的各种伪装，解码他们俗称为社会的物体如何借助父母、薪金、医院和超市、汽车和媒体等各个层级中所谓权威和社会机构之口，通过反复叠加和重复所灌输的既定观念为他们编织一个又一个"虚假意识"的幻象，最终任由自我被社会所鼓励的价值和思想编程、建构和设定，从而交出自我并最终失去独立思考和判断的能力。

---

① Rae Armantrout, *Versed*, Middletown: Wesleyan University Press, 2009, p. 112.
② Stephen Burt and Linnea Ogden, "Whose Language Is It? An Interview with Rae Armantrout," *Rain Taxi*, Vol. 12, No. 1, Spring 2007, p. 20.
③ Stephen Burt and Linnea Ogden, "Whose Language Is It? An Interview with Rae Armantrout," *Rain Taxi*, Vol. 12, No. 1, Spring 2007, p. 20.

有鉴于此,阿曼特劳特的诗歌不仅极大超越了早期语言诗派的"非指称性"审美倾向,更通过敏锐的社会观察以新锐的形式和素材更大限度地拓展了诗歌的体裁界限,进而将其诗歌升华为一种见证艺术,一种社会关注性艺术。如维克里所言,其作品"不断吸引读者提高对其认知背后的主导社会结构的认识"[1]。她颠覆诗歌作为虚构产物的根深蒂固的文体观念,真实记录令其不解和惊诧乃至震惊的所见所闻,勾勒其背后的思维与情感结构,捕捉言外之意的细微轮廓,抽象出文化和语言如何侵扰自我的把戏,成为其所说的对"资本主义对意识的干预"之各种乱象的见证。从某种意义上说,阿曼特劳特诗歌独特的抒情性,即把个体不确定性的投射与敏锐的社会观察相结合的抒情模式,是对语言诗写作试图从语言系统内部突破来对抗并改造社会制度整体的抽象美学倾向的有益修正。同时,其诗歌深刻的社会内涵还纠正了将语言诗视为无实质性所指的"无稽之谈"的误解,再次证明诗歌在记录并回击文化所带来的震颤与战栗,进而思考、解决当代美国社会现实矛盾与困惑方面的独特能力。凭借长久锻炼的机敏睿智和对写作之社会责任的坚守,阿曼特劳特诗歌以"迷思海洋中的严肃灯塔"般的能量,为21世纪的美国诗歌创作指出了不同方向,为其在审美及社会方面提供了可资借鉴的创新和可能性。

然而,"诗无达诂,文无达诠",面对其具有"迷思海洋中的严肃灯塔"之美誉的诗歌宝藏,我们同样需要采取"两面观"的客观态度。如上文所论,阿曼特劳特诗歌虽然在社会、文化、理论和美学方面都具有深远意义与贡献,但和任何其他诗人一样,她的诗也不可避免地面临从形式到内容的挑战和局限。

伯特在《双眼警惕之处:蕾·阿曼特劳特的怀疑之诗》一文中实际上已经触及阿曼特劳特诗歌因难度所带来的挑战与风险。在伯特看来,她是"真正难懂的诗人"并直言其诗很大部分或许尚"不适合所有人"阅读,因为"它们通常是不和谐的,几乎从不甜美悦耳、语义明确,或过度叙

---

[1] Ann Vickery, "Rae Armantrout," in *20th Century American Poetry*, ed. Burt Kimmelman, New York: Facts On File, Inc., 2005, p. 17.

事"①。伯特的担忧并非只是出于假设，由于形式和内容上的特异性，阿曼特劳特诗歌确实不能对所有读者大众产生足够的吸引力，因而面临诸多挑战。

第一，就形式而言，阿曼特劳特的作品大多主要由短诗构成，每行一至三个单词，短小精悍、篇幅窄细，几近形销骨立，在纸页上简化为稀疏的单词和缩略破碎的短语或短句，呈现出极其脆弱的外观。加之其作品的观察来源于不同的时间与空间，通常特意以数字或星号作为诗节标记，几乎从来不会呈现出读者更为熟悉的传统诗歌中那种清晰的线性推进模式。因此，乍读之下读者难免生出断裂错乱之感。此外，尽管其诗中也会出现第一人称的"我"字，但大多数情况下保留了其作为诗人在每一个特定时间和地点所闻所见的事件的原本声音和样貌，而不会刻意将它们用抒情自我的声音熔锻成一个统一的单一声部。如此反常规的诗歌形态，对于更习惯于传统诗歌均衡铺陈并已养成特定阅读习惯和阅读期待的读者而言确实极具挑战，尤其可能将那些志得意满、缺乏耐心的读者拒之门外。因为它打破了惯性审美体验的基础，使其惯用的阅读策略突然失去了效果，使读者自我确认的期待失去了可能，因而以读者尚不熟悉的方式在其身上唤起了熟悉的不耐烦、沮丧、迷惑和焦虑，甚至会导致非诗人所愿的异化效果，让其滑入打哈欠、紧蹙眉头或不解嗤笑，甚或是心生恼怒的状态，最终让这部分读者从阅读中抽离或拂袖而去。此外，阿曼特劳特诗歌的浓缩性，以及由于腔调、话语风格和主题方向的突转和跳脱所造成的表面逻辑脱漏及其造成的令人眩晕的碎片感，这对那些把所有诗歌一律视为抒情诗，进而坚持好诗就应该保持第一人称叙事线性统一的文学品味的读者而言，大大降低了可读性和接受度。然而，何为可读？这个世界又有多少可读性？作为读者，我们是否应该要求一位锐意破除传统诗歌文化与思维的诗人放弃其努力培养并保持多年的创作个性而变得更"可读"一些？假如为了提高可读性而让某位特定诗人放弃她所以为她而非另一个人的特定风格与特色是否恰当和公平？倘若如此，去掉了豹纹的猎

---

① Stephen Burt, "Where Every Eye's a Guard: Rae Armantrout's Poetry of Suspicion," *Boston Review*, April/May 2002, http://bostonreview.net/br27.2/burt.html. (Accessed 2011-06-04).

豹还可以称为猎豹吗？这在读者层面依然是亟待思考和面对的难题。

第二，就内容而言，由于阿曼特劳特对一些非诗意文本的喜好，如多年来对科学文本，特别是量子物理的迷恋，经常在诗中拼贴挪用一定数量的科学话语，这对于没有同样阅读喜好和素养的普通读者来说可谓增加了额外的脑力和阅读理解工作，可能会抑制其对阿曼特劳特诗歌的整体兴趣。而对于其他读者而言，其诗歌为寻求新的意义可能路径和双重性能指空间而花费在文字玩味上的时间和笔墨似乎并无太多必要。此外，阿曼特劳特挑战诗歌作为人类情感慰藉或避难所的审美认知，视诗歌为思考方式，她的诗更多指向纷繁各异的具有明显反讽或不和谐意味的社会图景和话语方式，从而让人们看到曾经忽略或压根未曾看到或不想看到的令人不适的真相。这种不适撬动了人类的自信，动摇了其对于诗歌的全部期许。她对后现代生活所带来的文化震颤与战栗细微而准确的刻画继而导致的一定程度上的审美震惊和随之而来的不适反应，或许会让部分读者倍感冒犯，从而心生困惑与不悦，甚至怨恨的情绪，最终失去了阅读兴趣。为此，芮塔·菲尔斯基（Rita Felski）所言或可先行为其辩护："我们珍视文学作品，正是因为他们强迫我们，通常以难以原谅的方式强迫我们正视我们失败之处与盲点，而非保护我们的自尊心。"[①]尽管如此，要化解其诗歌在观念和审美层面的挑战依然任重道远。

第三，就读者接受而言，相比之下，阿曼特劳特诗歌总体上对读者方面具有更高要求，这种要求大大高于大部分读者从小喜爱并熟悉的以主题驱动为主的抒情诗的阅读。读她的诗，读者需要花费更多时间和耐心，以破解哪句和哪句相连，这小节和那小节关系如何，一首长约28行的三节诗为何一定是目前的顺序设置而非其他，等等，因而对读者来说是更高体力和脑力的挑战，这让不少读者在初读之时就心生恐惧而败下阵来。甚至还有一些读者会认为阿曼特劳特的诗其难无比、缺乏真诚，甚至令人生厌。以一位匿名读者在亚马逊网上对其普利策获奖作品《谙熟》的留言评论为例：

  这些诗里有一种懒惰，一种假装的缜密——短而稀疏的诗句暗示着抒情张力，但感觉至多就像鸡尾酒杯垫上的随笔。许多模糊不清的

---

① ［美］芮塔·菲尔斯基：《文学之用》，刘洋译，南京大学出版社2019年版，第75页。

伪连接，杂乱，意象烟雾和镜像——目的为何？对于智慧而乐于倾听的诗歌读者而言，这里几乎什么都没说。①

显然，这位读者对阿曼特劳特的诗颇有微词，他的批评抱怨或许也道出了部分读者的真实感受。因为执着于因长期阅读传统抒情诗而培养起来的根深蒂固的阅读习惯，一些读者确实无法体会并享受阿曼特劳特在诗歌中孜孜以求的风格与特色。那些风格与特色又恰是后现代社会断裂和碎片化现实体验的诗性内化，是阿诗之所以为阿诗的标志。同一个问题在此又一次显现：为了读者接受，是否可以要求某个特定诗人放弃她之所以为她的风格与特性？该问题背后实际潜伏着阿曼特劳特诗歌所面临的真正问题和挑战。和许多见证或社会关注诗歌一样，阿曼特劳特同样面临一定的书写焦虑，但更大的挑战则是可能发生的听众缺席问题。而要解决由阅读和审美障碍所造成的读者缺席问题，其关键在于解决以阿曼特劳特诗歌为代表的美国实验诗歌或新诗的教育问题。这点在美国各大学的英语系教学实践环节，如课程设置和课外活动组织（如定期诗歌朗诵会和研讨会等）中均有所体现。笔者本人2013年在美访学和对阿曼特劳特进行实地采访期间，就曾应邀参加了诗人所在的加州大学圣地亚哥分校文学系举办的"阿曼特劳特诗歌朗诵暨研讨会"。此外，还有美国民间社会机构如书店和咖啡馆等不定期举办的规模不等的诗歌分享会或系列朗诵活动。这类活动其实在美国具有良好的社会文化基础，自20世纪50年代起就见证了后现代诗歌的兴起和发展。其中影响最大的当属旧金山"城市之光书店"（City Lights Bookstore）长期举办的垮掉派诗人的系列朗诵和七八十年代语言诗派诗人在旧金山海特街的一家咖啡馆里定期举办的"大钢琴系列朗诵"活动等。笔者有幸在上述访学期间还亲历了阿曼特劳特和其他几位美国诗人在当地一个小型书店里举办的朗诵分享会，席间荣幸地结识了著名美国诗人、评论家杰罗姆·罗森伯格，并与其就阿曼特劳特诗歌进行了有益的讨论与分享。毋庸置疑，这些活动对诗歌教育而言其效果和潜力均不可小觑，但这些具体教育教学举措和努力如何走下本科和

---

① 海外读者匿名评论，参见 https://www.amazon.com/Versed-Wesleyan-Poetry-Rae-Armantrout-ebook/ (Accessed 2012-04-28).

研究生课堂而更多深入到社会空间，仍有很多细节问题亟待进一步思考。

　　与上述有关阿曼特劳特诗歌教育的形式并存的是该教育的内容问题，这又牵涉到一个个体层面的努力，一方面是相关专家的引导，另一方面则有赖于读者自身方面的意识和努力，二者相辅相成，缺一不可。读者不仅需要更加开放的心态，还需要具有适当的方法和耐心。具体就阿曼特劳特诗歌而言，读者要像帕洛夫所倡导的，不仅做到"细读"，还要"远读"，以便了解其诗歌创作的社会文化语境及创作指导思想，了解阿曼特劳特被上述网络读者所诟病的"懒惰"，其实恰恰是其刻意营造的沉默与留白的美学效果。不同于大多数诗人，这位诗人视诗歌为思考和保持清醒的方式，在创作中以"切尔西诗学"理念为指导，追求诗歌的不确定美学效果；她用极度的俭省和节制告诉我们，真正想要认识一件物品的实质或抵达一个事件的核心，不是做加法而是减法；需要的不是词语的堆叠，而是词语的缺席。她用标志性的简约和跳跃提醒我们，真正有效的认知活动既取决于所见和所知，也取决于未见与未知；它包括言，也包括不言，是言与不言的神秘变化与精妙平衡。更为重要的是，诗人的初衷绝不是要暴露诗歌文本与读者的不对称，其被个别读者诟病的所谓"懒惰"实则显示了节制有度的冷静与清醒，以及诗人内心深处渴望与读者分享在文字层面可能分享的"文字财富"的执着努力。不同于许多更愿意把诗当成纯粹的自我情感表达或炫耀诗艺之场所，阿曼特劳特的诗试图背道而驰，刻意引导读者更多关注诗人及其技法以外的东西，进而将阅读变成朝向更高层次的自觉的过程，从而抵达独立和理智的思维彼岸。作为读者，我们必须时刻提醒自己，她的诗虽然外表纤弱令人迷惑，内里却极具能量令人振奋，满载来自一个独立个体复杂多变的聚焦视角的更深刻的社会关注与智性反思，彰显了高尚的写作伦理。对阿曼特劳特而言，"写作不仅仅是一种'分享思想和情感'的方式，而且是发展它们、验证它们的方法，是一种保持清醒和活跃的方式"[①]。

　　此外，读者还需要了解，那些常见于传统诗歌的线性逻辑、情感慰藉

---

① Tom Beckett, "'My Poetry Isn't Built on Hope': an Interview with Tom Beckett," in *Collected Prose*, Rae Armantrout, San Diego: Singing Horse, 2007, p. 129.

和宏大叙事正是阿曼特劳特在刻意回避和消解的东西。也恰恰因为这些,她的诗不会雷同于其他任何诗人的诗歌,极具辨识度,令人耳目一新、印象深刻。因此读她诗歌的感受不同于读其他人诗歌的感受,其结果很可能不可避免地导致一种类似眩晕或耳鸣的效果,持久地盘旋在读者的脑海,也许是几分钟,也许是几小时,甚至是几天之久。读她的诗,读者需要更多的耐心、脑力甚至体力;读她的诗,读者不能只是做简单的倾听者,被动地等待着那些诗行中的文字走向自己。相反,她的诗为读者的思维安排了不可能的任务,并借此助其保持了思维的活力。我们需要走向她的文字,走进页面,走进字里行间,并试着学会一边读一边与诗人交互思考,关注并感受其所关注的思想、观点与情感的细微流转方式及其作用于我们大脑的方式。阿曼特劳特曾在新千年之交接受诗评家和诗人汤姆·贝克特的采访,谈及对新千年诗歌未来的希望时她坦言:

> 我希望人们不要再把诗歌看作是验证他们自己已经感觉到(或希望他们已感受到的)东西,而是重新发现"消极感受力"。或者换种方式说,我希望在艺术和政治中,人们将会寻求一种力量,而不是偷窥心理的认同。[1]

如其所示,诗人的这些希望对读者提出了完全不同的期许。她的诗拒绝成为有关生活现状的所谓真理的贮藏之地,却更愿意成为一种开放的提问之所,它提出问题,却从不给出答案;她的诗不是要读者发现自我,而是重新发现自我看待世界的不同方式和翻开事物另一面的勇气。读这位诗人,我们必须学会放弃有关诗歌是什么、诗歌应该关涉什么内容,以及诗歌在页面上应该呈现的样貌等问题所带有的习惯性假设和期望。读这位诗人,我们必须了解,诗歌不一定是个体的情感宣泄,而更应该是一种思维修炼方式,它可以深深扎根于更为广阔的外部世界,可以对日常生活密切注视与观察。阿曼特劳特在诗歌中孜孜以求希望能给予读者的不是传统诗歌中通常所期待的情感慰藉,而是质疑和思考的勇气和发现的力量。她的诗在拓展我们认知的同

---

[1] Tom Beckett, "'My Poetry Isn't Built on Hope': an Interview with Tom Beckett," in *Collected Prose*, Rae Armantrout, San Diego: Singing Horse, 2007, p. 133.

时，带领我们走出混沌与麻木的意识泥沼。跟随她的诗，我们进入一个不很熟悉的他者世界，开始了解不曾了解的事物，学会看待世界的不同方式，从与我们不一样的生活中回望我们自己。

总之，尽管面临上述诸多局限与挑战，即便有可能来自部分读者的批评与诟病，阿曼特劳特诗歌依然无可争议地被誉为当代美国最优秀的诗歌代表之一，显示了美国诗歌在21世纪的进步方向。她颠覆诗歌作为虚构产物的传统文体观念，以近乎X光般精准的症候透视之眼，坦然凝视并直面美国文化和社会所存在的不和谐之处，不回避不退缩，更不会掩饰或美化，勾勒出用以解释或建构世界的话语方式及其背后的思想游丝，破解美国文化在符号层面特有的蛊惑方式，对其所担忧的美国社会及文化加以致密的观察和尖锐的批判，以引导读者用新的方式看待世界，带领读者走出惯性思维和麻木的泥沼。和其他很多受人喜爱的诗歌一样，她的诗尽管会带来一定的脑力挑战，却更能满足我们的智力趣味和审美认知，从而带来强烈的愉悦感。她的诗不仅会改变我们的观看方式，也同时改变了所观看之物。她的诗是一双发现的眼睛，是一种见证，真实记录当代美国意识形态所引发的各种感知混乱和信任危机。罗伯特·平斯基曾说："社会依靠诗人来见证某件事情，然而诗人只能通过远离社会所习惯视为诗意的东西才能发现那件事情。"[1]阿曼特劳特对其文化的检视不仅抽象出其用以解释世界的话语机制，还透过城市空间中那些看似庸常而枯燥的景观表象，撕破美国文化中那些裹在预包装的思想灌输的华美外表，直至锁定那些长期以来在美国社会深处不断聚集积重难返的反讽和悖论，将它们掰开揉碎翻个里朝外以便让读者看个清楚并加以思考。

为了这样的检视，她在诗中刻画了很多不同的眼睛，而和其所刻画的眼睛一样，阿曼特劳特本人的眼睛对所谓古老故事和"预设轨迹"之老套的宏大叙事全无兴趣，反倒更愿意转向当下，转向"此时"和"此地"，转向语言、习俗、媒体和流行文化，转向深藏于美国文化所热衷于以各种伪装形式

---

[1] Robert Pinsky, "Responsibilities of the Poet," *Critical Inquiry*, Vol. 13, No. 3, Politics and Poetics Value, Spring, 1987, p. 426.

呈现的图像以及其动机背后的裂罅和缝隙,转向很多美国民众甚至全然不知被不断灌输给他们并已经在堵塞其脑回路的预设思维方式。跟随这位诗人的双眼,读者同样会学会保持清醒,培养更加广角的视野,而不再期待所谓绝对的真实——因为"真实"本身,正如诗人的回忆录标题《真》所暗示的,总有偏离方向的可能,不断提醒着我们真伪的双重性:"真或假"相依相存,换个角度,抑或再往前一步都有可能被瞬间置换,走向各自的对立面;它提醒着我们隐藏于"似"和"是"之间永恒的对决和游戏。如其所言:"意义的反面在我们身后,恰恰是我们碰巧没有看的那一面。"[1]阿曼特劳特在诗中用轻柔克制的声音敦促读者,邀请他们和她一道"检查看看/检查看看",以便更加深刻地懂得:即使是最显而易见的真相,也可能恰恰是某种伪装的面具。

查尔斯·伯恩斯坦在他的诗《克鲁普齐女孩》(*The Klupzy Girl*)中幽默地写道:"诗歌就像是一种昏厥,但区别在于/它会让你清醒过来。"[2]阿曼特劳特的诗歌的确在努力地让读者保持清醒。"观,即观其两面",这句标题特意定为《重影》的诗中的句子,其实正是诗人以诗意方式发出的诗学宣言。她以惊人的柔情、真诚和耐心诚邀读者和她一道,揭露播散于美国文化中纷繁复杂花样百出的欺骗和错误信息,以看清事物本真的样子,而不是欣然接受早已刻意过塑包装过的现成思想和经验。她的诗中没有烟雾缭绕的炫技,没有滥情的感伤和情感沉溺,更没有高高在上的评判,却有着现实世界中可能发现的同样的密度、暧昧、挑战与深意。她用几近白描的简洁与沉静,锁定纷繁各异的反讽的图景和话语,将它们定格在纸页上,也同样定格在历史中。"我在这里重现 / 别人曾亲眼看到的 / '转瞬即逝的印象'。"[3]她在诗中写道,而这样的"印象重现"不仅对其本人,对世人也具有同样的意义,将看似微不足道的个体观察塑造成看似简单实则意味深长的符号以及

---

[1] Lyn Hejinian, "An Interview with Rae Armantrout," in *Collected Prose*, Rae Armantrout, San Diego: Singing Horse, 2007, p. 105.

[2] Charles Bernstein, *Islets/Irritations*, New York: Jordan Davies, 1983, p. 47.

[3] Rae Armantrout, *The Pretext*, Los Angeles: Green Integer, 2001, p. 76.

与人们相关的公共意象。因而，阿曼特劳特的诗歌其实是对美国文化给其国人所带来的文化震惊与战栗的防御性反应与反击，是其用以在"资本主义对意识的干预"面前保持清醒的独特方式。其诗歌打破不同语言、体裁和语境边界，颠覆有关诗为何物及其在书面上如何呈现等问题的习惯认识，以出其不意的方式消解传统诗歌单一自我的直线推进进程，以及惯有的隐喻和意义建构，向美国社会所带来的文化困惑与意识侵扰发出了诘问与反思，呈现出抒情性、未决性和政治性等鲜明特点。其所恪守的诗学理念与主题思想，以及艺术手法与策略，均远非出自审美或技术偏好的选择，而是源于冷静思考的有意识采选，不仅见证了其对20世纪70年代以来其所隶属的语言诗派的"团队"诗学主张的批判与吸收，更折射了深藏于当代美国社会更大文化体系中的矛盾与冲突。

追根溯源，阿曼特劳特诗歌与诗学观均建立在一种理性怀疑主义的基底之上，而这种怀疑主义一半源于她对伴其成长的家族故事的怀疑，一半源于她在写作城市空间所发现的双重性本质。秉持这份深刻的怀疑与不确定感，她超越个人的密闭空间，不断刺破事物的表象，将诗歌创作深深植根于美国日常社会现实，从广阔而多变的外部世界中寻找创作源泉。她的诗尤其侧重揭示美国文化建构"虚假意识"的各种不同伪装形式，成为伯特赞叹的"那个代表我们表达对当今美国我们称为一切社会构建之懊恼的诗人"。她的诗在内心与外部世界交互穿梭，用微妙的社会记录与微观的认知反应，展示出一个美国当代知识分子如何将对其文化的懊恼化作一种发现与见证的能动力量，为人们带来看待世界的新方式和新思路。

她的诗寡言惜字，用词语的缺席和沉默打造思维的厚度与层次，意在与读者分享斯坦恩所说的语言及理论意义的民主与财富，以不露微痕的方式表达崇高的写作操守。她的语言世界眷注缝隙、断裂、反讽和游戏，力邀读者参与意义构建，从而将其从被动的消费者转化为具有防范惯性思维及意义建构模式之"高度警觉"意识的主动思考者，使其诗歌充满"政治干预"的巨大能量和社会价值。她的诗有抒情，但没有滥情；有自我，但没有自我主义；她提出问题，却从不会给出答案。她弃绝传统诗歌自诩的诗人高高在上的精英意识，以近乎湮灭自我的磅礴大气，超越以顿悟或审美为追求目标的个人化倾向，击穿个体与社会空间的壁垒，成为当代美国诗歌转向见证与社会关注之最新诗歌文化思潮的重要组成部分。

如阿曼特劳特的一则诗句所言，"观，则观其两面"，在其对"切尔西诗学"理想的不懈追求中，她于无意义中发现意义，于断裂中寻求关联，不断揭示貌似真实的事物中隐藏的虚假，以及一切说辞中所掩盖的未尽之辞。上述诗句不仅是阿曼特劳特诗性思维的最佳注解，亦是读者解密其诗意风景的密钥利器，时刻提醒我们：虚与实、真与假，枝缠蔓绕，方显世界本质之所在。如其本人坦言："我的诗歌建基于好奇和不确定性之上。"那种贯穿于其所有作品中的深刻的不确定感，不仅表现了美国知识分子对所处社会和文化现实的焦虑，也代表了当代美国诗歌本身所面临的整体焦虑。

二、研究反思与未来研究方向展望

本书结合国外最新诗歌文化思潮和相关研究动态，以细读其1978年至2015年间所发表的全部诗集中的作品为基石，特别针对蕾·阿曼特劳特见证诗歌和诗论进行了全面、系统和深入的探讨与阐释，主要内容包括阿曼特劳特创作分期及特点、阿曼特劳特诗学理念和美学理想、阿曼特劳特诗歌艺术策略、阿曼特劳特诗歌美学特点，以及阿曼特劳特诗歌的意义与局限性等。尽管尽可能地对阿曼特劳特诗歌及诗论进行了系统、全面深入地分析、归纳和阐证，但鉴于特定读者与文本相遇的潜在复杂性和多层次性，以及研究者可能面对的主客观方面的挑战，本书尚存在下列几方面的不足和精进空间。

首先，鉴于这位诗人仍然健在且保持活跃创作状态的事实，此前笔者凭借多方努力和不同渠道的帮助，才得以成功对其1978年到2015年发表的全部作品进行了适时跟踪。然而，遗憾的是，由于时间、精力和资源以及本书的时效性限制，笔者未能及时跟进由卫斯理安大学出版社在过去几年中出版的新作，如《部分》（*Partly*，2017）等。鉴于这些方面的研究资源短缺，本书有可能错失了跟踪并勾勒阿曼特劳特诗歌创作最新动态和新的主题关注的宝贵时机。

其次，本书在分析阐证阿曼特劳特诗歌独特的美学特征过程中曾多次论及其深受狄金森"曲说"（slantedness）的诗学影响，但鉴于篇幅所限，没能开辟专门章节对此内容进行更加深入细致的探究和文本案例分析。此外，有关阿诗抒情性的讨论重点关注了其不稳定主体抒情主义、日常性抒情主义和此刻抒情主义等抒情内涵与表现形式，对抒情性在语言另一表现形式如音乐美或韵律感特征的讨论较少，这或是未来阿曼特劳特诗歌研究的又一可能方向。

最后，尽管本书在有关阿曼特劳特诗歌的局限和挑战的讨论中论及其诗歌因风格和非诗歌语言，如科学语言的运用及因此在读者方面造成的审美障碍和困难，但并没有就此继续探讨并提供更多具体可行的意见或建议，如可能在大学、社会机构和个人层面进行的读者教育和培养的教学活动，面向社会的推介和引导活动等，尚存在一定深入探究的空间。

结合上述不足与尚存研究空间，本书对阿曼特劳特诗歌的未来研究有下列几方面的设想和展望。

首先，鉴于阿曼特劳特放弃传统诗歌基于单一第一人称叙事声音的典型线性推进，导致其诗中大量从一个语境或主体和另一个语境或主体的跳接现象，而这些跳跃又往往呈现出许多貌似偏离主题的瞬间，因而打断了某个醒目可辨主题的成形与发展，彰显非主题驱动（non-theme-driven）的书写态势。正如阿曼特劳特本人在一次访谈中所言，"我从不会在一首诗中写一件事"[①]，因此，将其诗歌分成具有明显意义的主题驱动模块将是一项非常困难的尝试。作为折中方案，本书将对其主题思想的探讨穿插揉进了定义阿曼特劳特诗歌整体态势的诗学策略和美学特征的阐证之中，如阿曼特劳特的日常抒情主义，她对当下时刻的关注，对不确定性的追求，以及对媒体和城市空间的批判，等等，这些实际都是其诗歌思想主题的重要内涵及表现形式。但是，对于那些立意对阿曼特劳特诗歌进行主题分析的学者来说，或可按传统研究方式从其他视角切入其诗歌主题特征，开辟更大的空间对其思想主题进行更为精细的分类与归纳分析，如家庭、爱情、死亡、诗艺、人类关系、女性主义和都市生活等，都可能是极有建设性的研究尝试。

---

① Catherine Wagner, "Dressing Electrons: Catherine Wagner Interviews Rae Armantrout for Poetryeater," *Poetryeater*, http://poetryeater.com/post/57810376657/dressing-electrons-catherine-wagner-interviews. (Accessed 2013-08-09).

其次，对于有志于诗歌声音效果研究的同人而言，或可更多关注阿曼特劳特诗歌的音乐性的内涵与表征等。作为具有高度实验精神的后现代主义诗人，她打破传统格律边界，但对半谐音和辅音韵及诗歌的内在节奏表现了极大的关注；伴随其极尽俭省的用词和刻意沉默以及陡峭的断行等形式策略，常常在词与词、行与行、段与段之间制造出的微妙的犹豫、停顿和断裂，反倒营造出意外的声音效果。虽不见得总是和谐悦耳，却总是不露声色地呈现出一种不容忽视的节奏感和迷人的乐感，这种独特的节奏感和乐感与其所暗示的后现代语境下人类意识与情感的微妙起伏及其背后更大的文化历史具有怎样的牵涉，甚至其诗歌与美国流行音乐之间的微妙互动关系等，都有望成为下一步深入探讨的又一焦点。

再次，对于那些希望透过阿曼特劳特诗歌管窥当代美国诗歌发展态势的同人和研究者来说，或可考虑从跟进并考察阿曼特劳特诗歌对年轻一代诗人的影响切入。特别针对一些曾在不同场合明确承认过阿曼特劳特诗歌影响的美国年轻诗人，如凯瑟琳·瓦格纳、劳拉·兴顿和本·莱纳等，通过一定对比研究分析其具体影响的方面和表征，从而阐证阿曼特劳特在当代美国诗歌中的影响与传承，同样可作为建设性的研究思路和尝试。

总而言之，作为被美国评论界盛赞为"这个时代最伟大艺术的一部分"的诗歌作者，阿曼特劳特依然保持创作活力并跻身当代美国同时在诗歌、评论和出版界都广受欢迎的极少数三栖诗人之列。反观其卓越的诗歌影响和成就，特别是其以独特的诗歌创作对美国社会给其国人所带来的文化震惊和战栗所进行的防御性的智性反思和回击，有关其诗歌的研究无论在宏观还是微观层面，都依然存在相当深广的研究空间，且在国内和国外文学研究语境都具有极高的学术价值和重大社会现实意义。

参考文献

[1] ALEXANDER C. Singing Through the Echo: Review of *The Pretext* by Rae Armantrout [J/OL].Jacket, 2002-08-18[2013-06-09]. http://jacketmagazine.com/18/alex-arma.html.

[2] ALLEN D,TALLMAN W. Poetics of the New American Poetry[M]. New York: Grove Press, Inc., 1974.

[3] ANDREWS B Bernstein C. The L-A-N-G-U-A-G-E Book[M]. Carbondale and Edwardsville: Southern Illinois University Press, 1987.

[4] ARENDT H. The Human Condition[M]. Chicago: Universityof Chicago Press, 1958.

[5] ARMANTROUT R. Just Saying[M]. Middletown: Wesleyan University Press,2013.

[6] ARMANTROUT R. Itself[M]. Middletown: Wesleyan University Press, 2015.

[7] ARMANTROUT R. Money Shot[M]. Middletown: Wesleyan University Press, 2011.

[8] ARMANTROUT R. Versed[M]. Middletown: Wesleyan University Press, 2009.

[9] ARMANTROUT R. Next Life[M]. Middletown: Wesleyan University Press, 2007.

[10] ARMANTROUT R. Collected Prose[M]. San Diego: Singing Horse, 2007.

[11] ARMANTROUT R. Up To Speed[M]. Middletown: Wesleyan University Press, 2004.

[12] ARMANTROUT R. Veil: New and Selected Poems[M]. Middletown: Wesleyan University Press, 2001.

[13] ARMANTROUT R. The Pretext[M]. Los Angeles: Green Integer, 2001.

[14] ARMANTROUT R. True[M]. Berkeley: Atelos, 1998.

[15] ARMANTROUT R. Made to Seem[M]. Los Angeles: Sun & Moon Press, 1995.

[16] ARMANTROUT R. Necromance[M]. Los Angeles: Sun & Moon, 1991.

[17] ARMANTROUT R. Precedence[M]. Providence: Burning Deck, 1985.

[18] ARMANTROUT R. The Invention of Hunger[M].Willits and Berkley: Tuumba Press, 1979.

[19] ARMANTROUT R. Extremities[M]. Berkeley: Figures, 1978.

[20] ARMANTROUT R. Rae Armantrout Papers[Z]. MSS 699, Box 1-23, Special Collections Library. San Diego: University of California.

[21] ARMANTROUT R. Chains[J]. Poetics Journal, 1985,(5): 91-95.

[22] ARMANTROUT R. On From Tender Buttons[J].L=A=N=G=U=A=G=E, 1978,1(6): 21-22.

[23] ARMANTROUT R. Reading and Performances' Introductions[Z]//Rae Armantrout Papers. MSS 699, Box 23, Folder 8, Special Collections Library. San Diego: University of California.

[24] ARMANTROUT R. Teaching Notes for Experimental Writing[Z]//Rae Armantrout Papers. MSS 699, Box 21, Folder 1, Special Collections Library. San Diego: University of California.

[25] ARMANTROUT R. Correspondence with Lydia Davis (2000−2008)[Z]//Rae Armantrout Papers. MSS 699, Box 1, Folder 12, Special Collections Library. San Diego: University of California.

[26] ARMANTROUT R. Correspondence with Barry Watten (2007−2008)[Z]// Rae Armantrout Papers. MSS 699, Box 13, Folder 47,Special Collections

Library. San Diego: University of California.

[27] ARMANTROUT R. Correspondence with Bob Perelman (2001–2008)[Z]// Rae Armantrout Papers. MSS 699, Box 2 ,Folder 28, Special Collections Library. San Diego: University of California.

[28] ARMANTROUT R. Correspondence with Ron Silliman (1978–2008)[Z]// Rae Armantrout Papers. MSS 699, Box 2 ,Folder 37, Special Collections Library. San Diego: University of California.

[29] ARMANTROUT R. MY William Carlos Williams[Z]//Rae Armantrout Papers. Reading and Performances Introductions. MSS 699, Box 23, Folder 8, Special Collections Library. San Diego: University of California.

[30] ARMANTROUT R. Rae Armantrout Papers, ca. 1970–2001[Z]. M1211, Box 4, Folder 4, Stanford University Library Special Collections.

[31] ARMANTROUT R, et al. The Grand Piano, Part 1[M]. Detroit: Mode A, 2007.

[32] ARMANTROUT R, et al. The Grand Piano, Part 2[M]. Detroit: Mode A, 2007.

[33] ARMANTROUT R, et al. The Grand Piano, Part 3[M]. Detroit: Mode A, 2007.

[34] ARMANTROUT R, et al. The Grand Piano, Part 4[M]. Detroit: Mode A, 2007.

[35] ARMANTROUT R, et al. The Grand Piano, Part 5[M]. Detroit: Mode A, 2007.

[36] ARMANTROUT R, et al. The Grand Piano, Part 6[M]. Detroit: Mode A, 2008.

[37] ARMANTROUT R, et al. The Grand Piano, Part 7[M]. Detroit: Mode A, 2008.

[38] ARMANTROUT R, et al. The Grand Piano, Part 8[M]. Detroit: Mode A, 2009.

[39] ARMANTROUT R, et al. The Grand Piano, Part 9[M]. Detroit: Mode A, 2009.

[40] ARMANTROUT R, et al. The Grand Piano, Part 10[M]. Detroit: Mode A, 2010.

[41] ARMANTROUT R. Statement[M]//KENISTON A, GRAY J. The New American Poetry of Engagement: A 21st Century Anthology. Jefferson: McFarland & Company, 2012: 205-206.

[42] ASHBERY J,LEHMAN D. The Best American Poetry 1988[M]. New York: Charles Scribner's Sons, 1988.

[43] ASHBERY J,LEHMAN D. Honored Guest[M]//Your Name Here. New York: Farrar, Straus and Giroux, 2000.

[44] AXELROD S G, et al. The New Anthology of American Poetry: Postmodernisms 1950–Present[M]. New Brunswick: Rutgers University Press, 2012.

[45] BAKER N P.Modern Poetic Practice: Structure and Genesis[M]. New York: Peter Lang, 1986.

[46] BEACH C. The Cambridge Introduction to Twentieth-Century American Poetry[M]. Cambridge: Cambridge University Press, 2003.

[47] BECKETT T. A Wild Salience: The Writing of Rae Armantrout[M]. Cleveland: Burning Press, 1999.

[48] BERMAN M. All that is Solid Melts into Air: The Experience of Modernity[M]. New York: Penguin, 1988.

[49] BERNSTEIN C. Content's Dream: Essays 1975–1984[M].Los Angeles: Sun & Moon Press, 1986.

[50] BERNSTEIN C. Islets/Irritations[M]. New York: Jordan Davies, 1983.

[51] BERNSTEIN C. "Armantrout in Conversation with Charles Bernstein." Close Listening, Penn Sound.[EB/OL]. (2006-06-10) [2013-07-18].https://clocktower.org/show/rae-armantrout-interview.

[52] BURT S,OGDEN L. Whose Language Is It? An Interview with Rae Armantrout[J]. Rain Taxi, 2007, 12(1): 20-23.

[53] BURT S, et al. Does Poetry Have a Social Function[EB/OL]. Poetry Magazine, 2007(1) [2014-02-14]. http://www.poetryfoundation.org/poetrymagazine/article/178919.

[54] BURT S. Where Every Eye's a Guard: Rae Armantrout's Poetry of Suspicion [J/OL]. Boston Review, 2002,(4/5)[2011-06-04]. http://bostonreview.net/br27.2/burt.html.

[55] BURT S. Close Calls with Nonsense: Reading New Poetry[M]. Saint Paul, Minnesota: Graywolf Press, 2009.

[56] BURT S. The Seeds of Doubt[N/OL]. The New York Times, 2007-03-18[2013-04-03].http://www.nytimes.com/2007/03/18/books/review/Burt2.

t.html?_r=0.

[57] BURT S. The New Thing: The Object Lessons of Recent American Poetry [J/OL]. Boston Review,2009,(5/6) [2013-04-18]. http://www.bostonreview.net/BR34.3/burt.php.

[58] BLASING M K. Lyric Poetry: The Pain and the Pleasure of Words[M]. Princeton: Princeton University Press, 2009.

[59] BRESLIN P. The Psycho-Political Muse: American Poetry since the 1950s[M]. Chicago: University of Chicago Press, 1987.

[60] BELZ A. The Mind is a Spa: A review of Versed[EB/OL]. Cardus Review. (2010-08-27) [2014-07-10]. http://www.cardus.ca/comment/article/2139/the-mind-is-a-spa/.

[61] BRITO M. A Suite of Poetic Voices: Interviews with Contemporary American Poets[M]. Santa Brigida, Spain: Kadle Books, 1992: 13-22.

[62] BRONK W. Life Supports[M]. San Francisco: North Point, 1981.

[63] CARBAJOSA N. An Interview to Rae Armantrout[J/OL]. Jot Down. 2012,(3)[2015-01-29].http://www.jotdown.es/2012/03/an-interview-to-rae-armantrout/.

[64] CARONE A, et al.These Days on KPBS[EB/OL]. (2009-11-09)[2014-01-10]. http://www.kpbs.org/news/2009/nov/09/ucsd-professor-and-poet-rae-armantrout-nominated-n/.

[65] CAMPIN P. Review of *Up to Speed* by Rae Armantrout[J]. Poetry, 2004, 185(2): 135-136.

[66] CASPER R. Interview with Rae Armantrout [J/OL]. Jubilat, 2009 ,(18)[2014-01-11]. http://jjgallaher.blogspot.com/2010/12/rae-armantrout-money-shot.html.

[67] CHIASSON D. Entangled: The Poetry of Rae Armantrout[J]. The New Yorker, 2010, (17): 110-112.

[68] CHAMBERLAIN L. "Interview with Rae Armantrout (1987)" [Z].M1211, Box 14, Folder 1, Stanford University Libraries Special Collections.

[69] CLAUDIA R,SPAHR J. American Women Poets in the 21st Century: Where Lyric Meets Language[M].Middletown: Wesleyan University Press, 2002.

[70] CLEMENTS B,DUNHAM J. An Introduction to the Prose Poem[M]. Dallas: Firewheel Editions, 2009.

[71] Columbia University. Citation of The 2010 Pulitzer Prize Winners in Poetry. The Pulitzer Prizes. (2010) [2011-10-10].http://www.pulitzer.org/citation/2010-Poetry.

[72] COPELAND B. The Interview: Rae Armantrout[J]. Burnside Review, 2013, 9 (1): 21-26.

[73] CREELEY R,LEHMAN D. The Best American Poetry 2002[M]. New York: Charles Scribner's Sons, 2002.

[74] DALY C. Review of *Veil* [J/OL]. Cambridge Book Review, 2002, (7)[2012-01-13].http://www.smallbytes.net/~bobkat/veil.html.

[75] DAVIDSON M. Palimtexts: Postmodern Poetry and the Material Text[M]// PERLOFF M.Postmodern Genres. Norman and London: University of Oklahoma Press, 1989: 75-95.

[76] DAVIES A. Eaches[J]. L=A=N=G=U=A=G=E, 1979, 2(1): 14-16.

[77] DAVIS L. Why Stop with a Barnacle?[M]//ARMANTROUT R.Collected Prose.San Diego: Singing Horse, 2007:80-85.

[78] DEMING J. Review of Just Saying. Cold Front [EB/OL].[2015-09-13].http://www.amazon.com/gp/feature.html/?docid=1000027801.

[79] DICKSTEIN M. Gates of Ede: American Culture in the Sixties[M]. New York: Basic Books, 1977.

[80] DUPLESSIS R B. One Perfect Limousine[M]// BECKETT T. A Wild Salience: The Writing of Rae Armantrout. Cleveland: Burning Press, 1999: 37-46.

[81] DUNCAN R. A Selected Prose[M]. New York: New Directions, 1995.

[82] EAGLETON T. How to Read a Poem[M]. Malden: Blackwell Publishing, 2007.

[83] ELSHTAIN E, et al. An E-mail Interview with Rae Armantrout[M]// ARMANTROUT R. Collected Prose. San Diego: Singing Horse, 2007: 86-102.

[84] EPSTEIN A. The Volley Maintained Nears Orgasm: Rae Armantrout, Ron Silliman, and the Cross-Gender Collaboration[M]//DEWEY A,RIFKIN L. Among Friends: Engendering the Social Site of Poetry. Iowa City: University of Iowa Press, 2013: 171-190.

[85] FORCH C. Against Forgetting: Twentieth-Century Poetry of Witness[M]. New York: W.W. Norton & Company, 1993.

[86] FORCH C. The Poetry of Witness[M]//GASS W H,Cuoco L. The Writer in Politics. Carbondale: Southern Illinois University Press, 1996: 135-161.

[87] FORCH C. Twentieth Century Poetry of Witness[J]. American Poetry Review, 1993, 22(2): 9-16.

[88] FORCH C. Reading the Living Archives: the witness of literary art[M]// FORCHÉ C, WU D. Introduction. Poetry of Witness: the Tradition in English 1500–2001. New York: W.W. Norton & Company, 2014: 17-26.

[89] FORD K. Statement[M]// KENISTON A, GRAY J.The New American Poetry of Engagement: A 21st Century Anthology. Jefferson: McFarland & Company, 2012: 216-217.

[90] FREDMAN S. Twentieth-Century American Poetry[M]. Malden: Blackwell Publishing Ltd, 2005.

[91] FREUD S. Art and Literature[M]. London: Penguin, 1990.

[92] FROST E A. The Feminist Avant-garde in American Poetry[M]. Iowa City: Universityof Iowa Press, 2003.

[93] GILBERT S M, SUSAN G.The Madwoman in the Attic: The Woman Writer and the Nineteenth-Century Literary Imagination[M]. New Haven: Yale University Press, 1979.

[94] GOLDENSOHN L. War and Anti-War Poetry[M]// HARALSON L.E. Encyclopedia of American Poetry: the Twentieth Century. Chicago: Fitzroy

Dearborn Publishers, 2001: 748-751.

[95] GRAY J. "Hands Off": Official Language in Contemporary Poetry[M]// GRAY J,KENISTON A. The News From Poems. Ann Arbor: University of Michigan Press, 2016: 84-103.

[96] GRAY J,KENISTON A. Introduction: Contemporary Poetry and Public Sphere[M]// GRAY J,KENISTON A. The News From Poems. Ann Arbor: University of Michigan Press, 2016: 1-9.

[97] GRAY R.American Poetry of the Twentieth Century[M].New York: Longman, 1990.

[98] GREGERSON L. Statement[M]// KENISTON A, GRAY J.The New American Poetry of Engagement: A 21st Century Anthology.Jefferson: McFarland & Company, 2012: 221-222.

[99] GRIFFIN T. Liberal Meditation[J/OL].Bookforum, 2009, (4/5) [2014-02-07]. http://www.bookforum.com/.

[100] GRIM J. Place d'Armantrout[C]// BECKETT T. A Wild Salience: The Writing of Rae Armantrout. Cleveland: Burning Press, 1999: 86-90.

[101] GRINDSTAFF L, et al. The money shot: trash, class, and the making of TV talk shows[M]. Chicago: Universityof Chicago Press, 2002.

[102] HALL D. Poetry and Ambition[M]// GIOIA D, et al. Twentieth-Century American Poetics: Poets on the Art of Poetry. Boston: McGraw Hill, 2004: 298-309.

[103] HALLBERG R V. Lyric Powers[M]. Chicago: Universityof Chicago Press, 2008.

[104] HARALSON E L. Encyclopedia of American Poetry: The Twentieth Century[M]. Chicago: Fitzroy Dearborn Publishers, 2001.

[105] HASS R,LEHMAN D. The Best American Poetry 2001[M].New York: Charles Scribner's Sons, 2001.

[106] HEIDEGGER M. Poetry, Language, Thought[M]. HOFSTADTER A, trans. New York: Harper & Row Publishers, 1971.

[107] HINTON L. Conversation over Cognac with Rae Armantrout. Chante De La Sirene [EB/OL]. (2011-05-14) [2011-09-03]. http://www.chantedelasirene.com/.

[108] HINTON L, HOGUE C. We Who Love to be Astonished[M]. Tuscaloosa: University of Alabama Press, 2001.

[109] HEJINIAN L. An Interview with Rae Armantrout[M]// BECKETT T. A Wild Salience: The Writing of Rae Armantrout. Cleveland: Burning Press, 1999: 12-26.

[110] HEJINIAN L. An Interview with Rae Armantrout[M]//ARMANTROUT R.Collected Prose.San Diego: Singing Horse, 2007: 103-120.

[111] HEJINIAN L. The Language of Inquiry[M]. Berkeley: Universityof California Press, 2000.

[112] HILLMAN B. Statement[M]// KENISTON A, GRAY J.The New American Poetry of Engagement: A 21st Century Anthology. Jefferson: McFarland & Company, 2012: 226-228.

[113] HIRSCH E. How to Read a Poem[M]. New York: Harcourt Brace and Company, 1999.

[114] HIRSCH E. A Poets Glossary[M]. New York: Houghton Mifflin Harcourt, 2014.

[115] HOLLER P. An Interview with Rae Armantrout. *Bookslut* [EB/OL]. (2010-07) [2013-07-10]. http://www.bookslut.com/features/2010_07_016299.php.

[116] HOOVER P. Postmodern American Poetry: A Norton Anthology[M]. New York: W.W. Norton Company, 1994.

[117] HOWE F. The Garden of Even[C]// BECKETT T. A Wild Salience: The Writing of Rae Armantrout. Cleveland: Burning Press, 1999: 51-54.

[118] HOWE S. Review on Extremities[J]. L=A=N=G=U=A=G=E, 1979, 2 (1): 208-211.

[119] JACOBS K. A Review of *Versed*.The Montserrat Review[EB/OL]. (2011-03-26) [2014-01-28]. http://www.themontserratreview.com/bookreviews/versed.

html.

[120] KANE D. What is Poetry: Conversations with the American Avant-Garde[M]. New York: Teachers and Writers Collaborative, 2003.

[121] KATSAROU V. Lyric Persuasion at Poets House.Ragged Sky Blog [EB/OL]. (2010-05-10) [2012-01-13].http://www.raggedsky.com/blog/archives/84.

[122] KELLER L. An Interview with Rae Armantrout[J]. Contemporary Literature, 2009, 50(2):219-239.

[123] KENISTON A. Introduction[M]// KENISTON A,GRAY J. The New American Poetry of Engagement: A 21st Century Anthology. Jefferson: McFarland & Company, 2012.

[124] KENISTON A,GRAY J. The New American Poetry of Engagement: A 21st Century Anthology[M]. Jefferson: McFarland & Company, 2012.

[125] KIMMELMAN B. 20th Century American Poetry[M]. New York: Facts On File, Inc., 2005.

[126] LAKOFF G, et al. Metaphors We Live By[M]. Chicago:University of Chicago Press, 2003.

[127] LAZER H. Lyricism of the Swerve: The Poetry of Rae Armantrout[C]// BECKETT T. A Wild Salience: The Writing of Rae Armantrout. Cleveland: Burning Press, 1999: 131-154.

[128] LAZER H. Opposing Poetry[M]. Evanston, Illinois: Northwestern University Press, 1996.

[129] LAZER H. Opposing Poetries. Vol. 2: Readings[M]. Evanston, Illinois: Northwestern University Press, 1996.

[130] LAZER H. Opposing Poetry: Language Poetry by Douglas Messerli; In the American Tree by Ron Silliman[J]. Contemporary Literature, 1989, 30(1):142-150.

[131] LAUTERBACH A. Statement: Writing in the Near/Far[M]// KENISTON A, GRAY J. The New American Poetry of Engagement: A 21st Century Anthology. Jefferson: McFarland & Company, 2012: 229-231.

[132] LEDDY M. See Armantrout for an Alternate View: Narrative and Counternarrative in the Poetry of Rae Armantrout[J]. Contemporary Literature, 1994, 35(4):739-760.

[133] LEGRO T. Conversation: Pulitzer Prize Winner in Poetry. NewsHour, PBS[EB/OL].(2010-04-19) [2012-02-14].http://www.pbs.org/newshour/art/conversation-pultizer-prize-winner-in-poetry-rae-armantrout/.

[134] LEHMAN D, BREHM J. The Oxford Book of American Poetry[M]. New York: Oxford University Press, 2006.

[135] LERNER B. Rae Armantrout[J/OL].BOMB, 2011(114). (2011-01-01) [2012-07-24]. https://bombmagazine.org/articles/rae-armantrout/.

[136] LESHTAIN E, REGAN M. An E-mail Interview with Rae Armantrout[M]// ARMANTROUT R. Collected Prose. San Diego: Singing Horse, 2007: 86-102.

[137] LYDON C. Pulitzer Poet Rae Armantrout. Huffpost Arts and Culture[EB/OL]. (2010-05-19) [2011-09-13].http://www.huffingtonpost.com/christopher-lydon/pulitzer-poet-rae-armantr_b_582301.html.

[138] MORAMARCO F S, SULLIVAN W J. Containing Multitudes: Poetry in the United States Since 1950[M]. New York: Twayne, and London: Prentice Hall, 1998.

[139] MCGANN J. Language Writing[M]//London Review of Books. October 15, 1987: 6-8.

[140] MCGANN J. The Point is to Change it: Poetry and Criticism in the Continuing Present[M]. Tuscaloosa:The University of Alabama Press, 2007.

[141] MCGANN J. Contemporary Poetry, Alternate Routes[J].Critical Inquiry, 1987, 13: 624-647.

[142] MCHUGH H, LEHMAN D. The Best American Poetry 2007[M]. New York: Charles Scribner's Sons, 2007.

[143] MEREDITH W. Reasons for Poetry[J]. The Quarterly Journal of the Library of Congress, 1982, 39(3): 184-193.

[144] MESSERLI D. "Language" Poetries[M]. New York: A New Directions, 1987.

[145] MLINKO A. Review of *Next Life* by Rae Armantrout[J]. Poetry, 2007, 191(1): 61-64.

[146] MONROE-KANE C. Rae Armantrout on *Versed*, TTBook Archives[EB/OL]. [2014-10-22].http://www.ttbook.org/book/rae-armantrout-versed.

[147] MORIARTY L. Interview: Kit Robinson and Rae Armantrout[J].The American Poetry Archives,1994, 10: 5-8.

[148] MURATORI F. Seeming is Believing. Epoetry[EB/OL]. (2011-12-25) [2011-12-25]. http://www/epoetry.org/issues/issue/muratorirev.htm.

[149] NANCE K. The Difference between Nothing and Nothingness: Profile of Rae Armantrout[J]. Poets and Writers, 2013,(3/4): 47-53.

[150] NELSON G. Teaching Guide for "A Sheaf of Political Poetry in Modern Period" [M/OL]//The Heath Anthology of American Literature: Modern Period 1910–1945, 2nd Ed., 1994: 476-732. [2015-01-10].https://college.cengage.com/english/lauter/heath/4e/instructors/irm/modern.pdf.

[151] NICOLE E C. Rae Armantrout[M]// HARALSON EL. Encyclopedia of American Poetry: The Twentieth Century Chicago: Fitzroy Dearborn Publishers, 2001: 22-23.

[152] NGAI S. Our Aesthetic Categories[M]. Cambridge: Harvard Press, 2012.

[153] OPPEN G. Collected Poems[M]. New York: New Directions, 1975.

[154] OPPENHEIMER M. Poetry's Cross-Dressing Kingmaker. The New York Times[EB/OL]. (2012-09-14) [2013-04-28].http://www.nytimes.com/2012/09/16/magazine.

[155] PADGETT R. Handbook of Poetic Forms[M]. New York: Teachers & writers Collaborative, 1987.

[156] PEDERSON T. Review of *Versed* by Rae Armantrout [J/OL].Raintaxi Review of Books, 2009 (Fall)[2014-01-20]. https://www.raintaxi.com/versed/.

[157] PERELMAN B. Exactly: The Poetry of Rae Armantrout[M]// BECKETT T.

A Wild Salience: The Writing of Rae Armantrout. Cleveland: Burning Press, 1999: 155-161.

[158] PETERSON J. The Siren Song of the Singular: Armantrout, Oppen, and the Ethics of Representation[J]. Sagetrieb, 1993, 12(3): 101-103.

[159] PERLOFF M. The Poetics of Indeterminacy: Rimbaud to Cage[M]. Princeton: Princeton University Press, 1981.

[160] PERLOFF M. The Word As Such: L=A=N=G=U=A=G=E Poetry in the Eighties[J]. The American Poetry Review, 1984, 13(3): 15-22.

[161] PERLOFF M. Radical Artifice: Writing Poetry in the Age of Media[M].New York: University of Chicago, 1991.

[162] PERLOFF M. The Coming of Age of Language Poetry[J]. Contemporary Literature, 1997,38(3): 558-568.

[163] PERLOFF M.Teaching the "New" Poetries: The Case of Rae Armantrout[M]//PERLOFF M. Differentials: Poetry, Poetics, Pedagogy. Tuscaloosa: University of Alabama Press, 2004: 243-257.

[164] PERLOFF M. Afterword[M]//ARMANTROUT R. Narrative: Selected Poems. Wiesbaden, Germany: Luxbooks, 2009.

[165] PERLOFF M. Unoriginal Genius: Poetry by Other Means in the New Century[M]. Chicago: University of Chicago Press, 2010.

[166] PERLOFF M. Majorie Perloff's Correspondence to Rae Armantrout 2000–2008. Rae Armantrout Papers[Z]. MSS699, Box 2, Folder 29. Special Collections Library. San Diego: University of California.

[167] PINSKY R. Responsibilities of the Poet[J]. Critical Inquiry, 1987, 13(3),Politics and Poetics Value: 421-433.

[168] POTTER S. Modern Linguistics[M]. New York:W. W. Norton, 1964.

[169] POUND E. Selected Prose[M]. COOKSON W, New York: New Directions, 1973.

[170] PRUFER K. Statement[M]// KENISTON A, GRAY J. The New American Poetry of Engagement: A 21st Century Anthology. Jefferson: McFarland &

Company, 2012: 244-245.

[171] RAMAZANI J. "Sing to Me Now": Contemporary American Poetry and Song[J]. Special Issue: American Poetry, 2000–2009. 2011, 52(4): 716-755.

[172] RANKINE C, SEWELL L. Eleven More American Women Poets in the 21st Century: Poetics Across North America[M].Middletown: Wesleyan University Press, 2012.

[173] RASULAR J. From Corset to Podcast: The Question of Poetry Now[J]. American Literary History, 2009, 21(3):660-673.

[174] REGAN M. A Review of A Wild Salience: The Writing of Rae Armantrout[J]. Chicago Review, 2001, 47(1): 121-127.

[175] SCROGGINS M. Dark Matters[J].Parnassus: Poetry Review, 2009, (1/2): 366-386.

[176] SEIDEL F. The Bush Administration[M]// KENISTON A, GRAY J. The New American Poetry of Engagement: A 21st Century Anthology. Jefferson: McFarland & Company, 2012: 177-179.

[177] SILLIMAN R. In the American Tree[M].National Poetry Foundation, Inc., Orono: University of Maine at Orono, 1986.

[178] SILLIMAN R. "Aloha, Fruity Pebbles": The Poems of Rae Armantrout[M]// ARMANTROUT R. Veil: New And Selected Poems. Middletown: Wesleyan University Press, 2001: ix-xvi.

[179] SILLIMAN R. Disappearance of the Word, Appearance of the World[M]// BERSTEIN C,ANDREWS B. The L-A-N-G-U-A-G-E Book. Carbondale and Edwardsville: Southern Illinois University Press, 1987: 121-123.

[180] SILLIMAN R. Ron Silliman Papers[Z]. MSS75, Box 2, Folder 2, Special Collections Library. San Diego: University of California.

[181] SILLIMAN R. Asterisk: Separation at the Threshold of Meaning in the Poetry of Rae Armantrout [M]// BECKETT T. A Wild Salience: The Writing of Rae Armantrout. Cleveland: Burning Press, 1999: 162-175.

[182] SILLIMAN R. Ron Silliman Correspondence 1994–2000. Box 4, Folder 18.

Stanford University Library Special Collections.

[183] SIMPSON L. The Character of the Poet[M]// LAZER H. What Is A Poet: Essays from the 11th Alabama Symposium on English and American Literature. Tuscaloosa and London:University of Alabama Press, 1987: 13-30.

[184] SILLERMAN L B. The (Pulitzer-Winning) Poet is a Quilter. Women's Voices for Change[EB/OL]. (2010-04-14) [2012-07-24]. http://womensvoicesforchange.org/the-pulitzer-winning-poet-is-a-quilter-the-poet-is-a.

[185] SILVERBLATT M. Rae Armantrout: Versed. Bookworm, KCRW[EB/OL]. (2009-02-16) [2012-07-11]. https://www.kcrw.com/culture/shows/bookworm/rae-armantrout.

[186] SILVERBLATT M.Rae Armantrout: Just Saying. Bookworm, KCRW[EB/OL]. (2013-5-30) [2013-09-13].http://www.kcrw.com/etc/programs/bw/bw130530rae_armantrout_just.

[187] SHEPHERD R. Lyric Postmodernisms: An Anthology of Contemporary Innovative Poetries[M]. Denver: Counterpath Press, 2008.

[188] SHERRY J. Our Nuclear Heritage[M]. Los Angeles: Sun & Moon Press, 1991.

[189] SMITH D, BOTTOMS D. The Morrow Anthology of Younger American Poets[M]. New York: Quill, 1985.

[190] STANTON R. This[J/OL]. Jacket, 2010 (39) (Early 2010) [2013-12-22]. http://jacketmagazine.com/39/r-armantrout-rb-stanton.shtml.

[191] STANTON R. "Hard to say where / this occurs": Domestic and Social Space and the Space of Writing in Rae Armantrout's Work[J/OL]. How 2, 2005, 3(2) [2013-06-16]. http://www.asu.edu/pipercwcenter/how2journal/archive/online_archive/v2_3_2005/current/in_conference/stanton.htm.

[192] STANTON R, et al. A Conversation with Rae Armantrout.Rae Armantrout Versed Reader Companion[EB/OL]. [2014-03-03]. http://versedreader.site.wesleyan.edu/interviews/.

[193] STEIN G. Selected Writings of Gertrude Stein[M]// VECHTEN C V.New York: Vintage-Random, 1972.

[194] STEWARD S. When I'm speaking, I'm not crying[M]// KENISTON A, GRAY J. The New American Poetry of Engagement: A 21st Century Anthology. Jefferson: McFarland & Company, 2012: 184.

[195] SWENSEN C. Introduction[M]// SWENSEN C. American Hybrid. New York: W.W Norton & Company, 2009: xvii-xxviii.

[196] TIERNEY G. Profit of Poetry: Most Personal Pleasures[M]// The Tribune. San Diego: University of California, 1987: 2-6.

[197] VALERY P. The Art of Poetry[M]. FOLLIOT D, trans., New York: Random House, 1958.

[198] VENDLER H. Poets Thinking[M]. Cambridge: Harvard University Press, 2004.

[199] VENDLER H. The Harvard Book of Contemporary American Poetry[M]. Cambridge, MA: The Belknap Press, 1985.

[200] VICKERY A. Rae Armantrout[M]// KIMMELMAN B. 20th Century American Poetry. New York: Facts On File, Inc., 2005: 17-18.

[201] VICKERY A. Finding Grace: Modernity and the Ineffable in the Poetry of Rae Armantrout and Fanny Howe[M]// BECKETT T. A Wild Salience: The Writing of Rae Armantrout. Cleveland: Burning Press, 1999: 55-74.

[202] VICKERY A. American Poets since World War II[J]. Dictionary of Literary Biography, 1998, 193: 10-20.

[203] WAGNER C. Dressing Electrons: Catherine Wagner Interviews Rae Armantrout for Poetryeater[EB/OL]. Poetryeater. (2013-08-09) [2013-08-09]. http://poetryeater.com/post/57810376657/dressing-electrons-catherine-wagner-interviews.

[204] WALTER B M. The Shape of the Signifier[M]. Princeton:Princeton University Press, 2004.

[205] WATTEN B. The Constructivist Moment: From Material Text to Cultural

Poetics[M]. Middletown:Wesleyan University Press, 2003.

[206] WILLIAMS W C. The Embodiment of Knowledge[M]. New York: New Directions Publishing Corporation, 1974.

[207] WILLIAMS W C. Collected Poems: 1921–1931[M]. New York: The Objectivist Press, 1934.

[208] WILLIAMS W C. The Collected Later Poems of William Carlos Williams[M]. Rev. ed. New York: New Directions Publishing Corporation, 1963.

[209] WISKER A. William Carlos Williams[M]// BLOOM C, DOCHERTY B. American Poetry: The Modernist Ideal, New York: St. Martin's Press, 1995.

[210] WHITMAN W. Complete Poetry and Collected Prose[M]. New York: The Library of America, 1982.

[211] WRIGHT C, LEHMAN D. The Best American Poetry 2008[M]. New York: Charles Scribner's Sons, 2008.

[212] WRIGHT D. An Interview with Carolyn Forché.Modern American Poetry[EB/OL]. [2015-01-12]. http://www.english.illinois.edu/maps/poets/a_f/forche/wrightinterview.html.

[213] YAU J. Beware the Lady: New painting and Works on Paper by Susan Bee. Electronic Poetry Center[EB/OL]. [2013-07-14]. http://epc.buffalo.edu/authors/bee/reviews/yau/html.

[214] YOUNG K, LEHMAN D. The Best American Poetry 2011[M]. New York: Charles Scribner's Sons, 2011.

[215] ZUKOFSKY L. A Statement for Poetry[M]//Prepositions: The Collected Critical Essays of Louise Zukofsky. Berkeley: University of California Press, 1971:13-20.

[216] M. H. 艾布拉姆斯，杰弗里·高尔特·哈珀姆. 文学术语词典[M]. 第10版. 吴松江，路雁，等编译. 北京：北京大学出版社，2014.

[217] 雷·阿曼特劳特. 精深：雷·阿曼特劳特诗集[M]. 倪志娟，译. 太原：北岳文艺出版社，2019.

[218] 冯骥才. 冯骥才散文精选：灵感忽至[M]. 武汉：华中科技大学出版

社，2018：267-268.

[219] 倪志娟. 雷·阿曼特劳特(Rae Armantrout)诗选[J]. 绿风，2010（4）：108-112.

[220] 倪志娟. 揭开事物的面纱[J]. 绿风，2010（4）：112-114.

[221] 聂珍钊，等. 马乔瑞·帕洛夫文学批评：20世纪诗歌和诗学批评[J]. 世界文学研究论坛，2011专号.

[222] 德波拉·史蒂文森. 城市与城市文化[M]. 李东航，译. 北京：北京大学出版社，2015.

[223] 孙立恒. 蕾·阿曼特劳特的诗学观及诗歌特点[J]. 陕西师范大学学报，2013（3）：148-156.

[224] 孙立恒. 蕾·阿曼特劳特诗歌初论[J]. 外国文学，2014（2）：17-24.

[225] 孙立恒. 诗十一首[J]. 外国文学，2014（2）：25-29.

[226] 孙立恒. "我的诗歌基底在于好奇与不确定"——蕾·阿曼特劳特访谈录[J]. 英美文学研究论丛，2015（22）：12-24.

[227] 孙立恒. 阿曼特劳特诗歌中的城市景观再现[J]. 外国文学，2016（5）：41-49.

[228] 切斯瓦夫·米沃什. 诗的见证[M]. 黄灿然，译. 桂林：广西师范大学出版社，2013.

[229] 海伦·文德勒. 看不见的倾听者：抒情的亲密之舒伯特、惠特曼、阿什贝利[M]. 周星月，王敖，译. 桂林：广西师范大学出版社，2019.

[230] 海伦·文德勒. 诗人的思考：蒲柏、惠特曼、狄金森、叶芝[M]. 刘晗，译. 杭州：浙江大学出版社，2020.

[231] 海伦·文德勒. 花朵与旋涡：细读狄金森诗歌：上[M]. 王柏华，等译. 桂林：广西人民出版社，2021.

[232] 朱立元，李均. 二十世纪西方文论选：上[M]. 北京：高等教育出版社，2001.

后　　记

终于到了可以坐下来写后记的时候，回顾本书诞生的过程，那些最初的迷茫疑虑，那些化解难题后的喜悦和再次陷入困境时的彷徨不安，几多艰辛几多汗水，甚至是泪水，一时间历历在目。历经数年，一路上跌跌撞撞，幸得朋友家人及多方人士相助，不吝鼓励支持，在此一并致谢。

首先感谢我的研究对象、诗人和诗学教授蕾·阿曼特劳特，受其本人特别邀请，我于2013年3—6月在美国加州大学圣地亚哥分校进行访学调研。其间，她除了随时回复我的邮箱问题，更是在写作和教学工作之余每周定期接受我的面对面访谈，耐心解答我的相关问题，推荐相关书籍和文献，还不时带我参加当地各种诗歌朗读会，并将我引荐给同在研究阿曼特劳特诗歌的美国学者和专家，不仅开拓了我的研究视野，也让我在孤独访学期间收获了很多珍贵的友谊。蕾和她丈夫查克还一起贴心地带我熟悉圣地亚哥的城市风貌和文化，与他们共度的学术和休闲时光是我此次访学最温暖的美好回忆。

感谢时任加州大学圣地亚哥分校特殊藏品图书馆新诗馆馆长的罗伯特·梅尔顿（Robert Melton）先生及其他图书管理员在我采集文献期间所给予的大力支持和帮助；感谢斯坦福大学特殊藏品图书馆管理员玛蒂·陶米娜（Mattie Taormina）及其同事在我访学期间所提供的多方关照，他们耐心细致的工作态度给我留下了深刻印象。

特别感谢美国诗人和评论家杰罗姆·罗森伯格（Jerome Rothenberg）教授，我们相识于蕾在当地一家书店举办的诗歌朗读会，他对我研究课题所表现出的关切与兴趣让我备受鼓舞，而其有关后现代诗歌的独到洞见更令我茅塞顿开；感谢他不辞辛苦与我慷慨分享由其主编的阿曼特劳特德语版诗歌选集的相关资料。罗森伯格夫妇曾多次邀请我小聚畅聊，意外获悉他们曾到访过西安和我母校的特别经历，让我不禁生出一种"他乡遇故知"的亲近之感。他们的学识和忘年友情，更是照亮了我圣地亚哥访学中的孤独时光，成为我此生最难忘的美好回忆之一。

诚挚感谢我的恩师王文教授，是他开启了我进一步深入美国诗歌研究的兴趣。在该书成稿初期，他尚在美国佛罗里达大学担任孔子学院中方院长，虽远在他乡，但作为我研究课题的领航人，他对课题的内容和进展给予了极大关注和鼓励。师母郭张娜老师更是温柔体贴，在我写作遭遇瓶颈和困难之时不吝时间，陪我聊天解压。导师夫妇所不懈坚守的生活和学术原则是我此生学习的最好榜样之一。

感谢我的两位朋友汪涛教授和王蕾教授的鼎力支持，他们分别在做耶鲁大学博士后研究员和斯坦福大学博士后研究员期间，不惜花费大量宝贵时间，及时帮助我获取在国内暂时无法获取的重要文献资料，无比耐心地替我扫描或复印我所需要的章节。没有他们的帮助，我不可能迅速有效地完成本书在初级阶段所亟须完成的文献收集工作。

感谢《外国文学》编辑部主任李铁老师对我的研究课题给予的关切和指导，他宽广的学术视野和思维格局总能带给我不同的思路和想法，督促我不断迎接新的挑战，开启新的研究方向。

感谢陕西师范大学外国语学院前院长王启龙教授，他对我研究项目的关注给了我莫大的鼓舞和支持。感谢我的同事和好友张亚婷教授、胡选恩教授，他们对我研究领域的兴趣和建议带给我持续的鼓舞和安慰。感谢外国语学院领导及其他同事对我的长期鼓励和支持。

感谢陕西师范大学出版社及相关领导和编辑们为此书的出版所付出的时间和努力。感谢我的研究生付馨媛、杨柳和包娟在成稿最后阶段帮忙就脚注和参考文献的体例进行的细致耐心的校对工作。

最后，我要感谢我的家人张建成教授和儿子张之昊，还有我家的两个猫娃Mewmew和Tiggy，多年来默默分担我的压力，帮我排忧解难，耐心安抚我在遭遇挫折时的急躁情绪,使我所谓的"学术生涯"不那么苦寂。一路上我先生更是不吝鼓励和指导,虽专业相隔,却坚持做我每一篇研究论文的第一读者,并总能从我意想不到的角度提出建设性的意见和建议,敦促我用更宽广的视野去思考问题。家人的坚守和无条件的支持与付出始终是我最坚强的后盾,是我此生无尽的力量源泉。

孙立恒
2021年5月20日